Polina Daschkowa
Bis in alle Ewigkeit

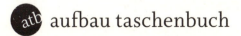

POLINA DASCHKOWA, geboren 1960, studierte am Gorki-Literaturinstitut in Moskau und arbeitete als Dolmetscherin und Übersetzerin, bevor sie zur beliebtesten russischen Krimiautorin avancierte. Sie lebt in Moskau.

Im Aufbau Verlag erschienen bisher ihre Romane: »Die leichten Schritte des Wahnsinns« (2001), »Club Kalaschnikow« (2002), »Russische Orchidee« (2003), »Lenas Flucht« (2004), »Für Nikita« (2004), »Du wirst mich nie verraten« (2005), »Keiner wird weinen« (2006), »Der falsche Engel« (2007), »Das Haus der bösen Mädchen« (2008) und »In ewiger Nacht« (2010).

Professor Sweschnikow macht 1916 eine sagenhafte Entdeckung, die Ratten das Leben verlängert. Ein Zufall will es, dass sie einem Menschen hilft, den Tod zu überlisten. Der Professor möchte seine Entdeckung gern geheim halten, doch das gelingt ihm nicht. Das Gerücht, dass er ein Verjüngungsmittel erfunden hat, hält sich bis in die Gegenwart, wo es die Begehrlichkeit des alternden Oligarchen Pjotr Colt weckt. Colt scheut weder Kosten noch Mittel bei der Jagd nach dem ewigen Leben.

Polina Daschkowa

Bis in alle Ewigkeit

Kriminalroman

Aus dem Russischen
von Ganna-Maria Braungardt

aufbau taschenbuch

Die Originalausgabe unter dem Titel
Источник счастья erschien 2006 bei Astrel, Moskau.

Die Zeilen aus Ossip Mandelstams Gedicht »Kino« entnahmen wir aus Ossip Mandelstam, Der Stein. Frühe Gedichte 1908–1915. Aus dem Russischen übertragen und herausgegeben von Ralph Dutli. © 1988, 2004 Ammann Verlag, Zürich. Neu: S.Fischer Verlag GmbH, Frankfurt am Main. Alle Rechte vorbehalten.

Die Zeilen aus Alexander Puschkins Gedicht »Reiseklagen« entnahmen wir aus Alexander Puschkin, Gedichte, Aufbau-Verlag Berlin und Weimar 1985, Nachdichtung Martin Remané.

ISBN 978-3-7466-2858-5

Aufbau Taschenbuch ist eine Marke
der Aufbau Verlag GmbH & Co. KG

1. Auflage 2012
© Aufbau Verlag GmbH & Co. KG, Berlin 2012
Copyright © 2006 by Polina Daschkowa
Umschlaggestaltung capa, Anke Fesel
unter Verwendung eines Motivs von Chris Keller/bobsairport
Satz LVD GmbH, Berlin
Druck und Binden CPI – Clausen & Bosse, Leck
Printed in Germany

www.aufbau-verlag.de

»Der verstorbene Alte hat bestimmt nach dem Stein der Weisen gesucht ... der Schelm! Und wie gut er das geheim zu halten wusste!«

Wladimir Odojewski, *Sylphide*

Erstes Kapitel

Moskau 1916

Die Wohnung von Professor Michail Wladimirowitsch Sweschnikow nahm den gesamten dritten Stock in einem neuen Haus in der Zweiten Twerskaja-Jamskaja-Straße ein. Der Professor war Witwer, noch nicht alt, und hatte drei Kinder. Böse Zungen behaupteten, er habe sie alle in Reagenzgläsern gezüchtet. Unter den umliegenden Krämerinnen kursierten Gerüchte, dieser Doktor würde Tote wieder lebendig machen, könne sich in einen schwarzen Hund und in eine weiße Maus verwandeln und sei zweitausend Jahre alt. Zu Adels- und Professorentitel und dem Rang eines kaiserlichen Generals sei er mit Hilfe schwarzer Magie sowie der japanischen und deutschen Spionagedienste gekommen.

Übrigens wussten weder der Professor selbst noch seine Hausgenossen von diesen Gerüchten. Nur das Dienstmädchen Marina, eine stille, füllige junge Frau von fünfundzwanzig Jahren, erzählte manchmal, wenn sie vom Einkauf im Lebensmittelladen kam, der alten und nahezu tauben Kinderfrau Awdotja Borissowna davon. Wenn Marina ihr laut ins Ohr flüsterte, seufzte Awdotja, stöhnte und schüttelte den Kopf. Sie glaubte, Marina spreche von erfundenen Personen, aus der Zeitung oder aus einem Buch. Sie konnte sich keinen Augenblick lang vorstellen, dass die Rede von ihrem geliebten Michail war, dessen Kinderfrau und Amme sie gewesen war, vor langer Zeit, in einem anderen Jahrhundert.

In Moskau wimmelte es von Medien, Hellsehern, Hypnotiseuren, Handlesern und Hexern – für jeden Geschmack.

Über dem Professor wohnte der Spiritist Bublikow, an seiner Tür hing sogar ein glänzendes Schild: »Doktor der Esoterik, großer Magier, verdienter Spiritist des Russischen Reichs A. A. Bublikow«. Doch er interessierte die Krämerinnen seltsamerweise weniger als Professor Sweschnikow.

An einem dunklen Januarmorgen des Jahres 1916, in der siebten Stunde, gellte aus einem Fenster des dritten Stocks, das zum Hof hinausging, ein Frauenschrei. Der Hauswart Sulejman rammte die Schaufel in eine Schneewehe und schaute hinauf. Das kleine Lüftungsfenster stand offen, durch die dichten Vorhänge drang helles elektrisches Licht. Ein Lichtstreifen lag auf der dunklen Schneewehe, und einzelne Schneekristalle funkelten darin wie eine Handvoll kleiner Diamanten.

Dem Schrei folgte nichts als Stille. Der Hauswart zog einen Handschuh aus und betete leise und ausgiebig zu Allah.

Im ehemaligen Speisezimmer, das nun als Laboratorium diente, saß das alte Dienstmädchen Klawdija auf dem Fußboden und roch an einem Salmiakfläschchen. Professor Sweschnikow stand über sie gebeugt. Unrasiert, verschlafen, in einem gesteppten seidenen Hausrock, ein Handtuch um den Hals und in warmen Hausschuhen, war er auf den Schrei des Dienstmädchens hin aus dem Bad herbeigeeilt.

»Na, na, ganz ruhig, Klawdija, hör auf zu zittern«, sagte der Professor in angenehmem, schlafheiserem Bariton, »beruhige dich und erzähl mir alles der Reihe nach.«

Klawdija schniefte, hob einen zitternden Arm und zeigte in eine entfernte Ecke, wo hinter einem Krankenhauswandschirm aus Wachstuch drei kleine Glaskästen mit Luftlöchern standen. In einem rannten zwei fette weiße Ratten, lautlos fiepend, hin und her. Im zweiten wuselte ein Dutzend kleiner Ratten herum. Der dritte war leer.

»Hast du den Käfig aufgemacht?«

Klawdija schüttelte entschieden den Kopf. Der Professor fasste sie unter, hob sie hoch, führte sie zu einer Liege, setzte sie hin und schritt energisch in die Rattenecke.

Das solide dicke Glas war an mehreren Stellen gesprungen. Der runde Metalldeckel war aufgeklappt. Feine Kiefernspäne aus dem Käfig lagen auf dem Fußboden herum.

»Hast du ihn gesehen?«, fragte der Professor und betrachtete die frischen Kratzer auf dem Metall und den abgebrochenen kleinen Riegel.

»Und ob ich ihn gesehen habe! Er hat sich auf mich gestürzt, der Teufel, wo er bloß die Kraft her hat, alt und krank, wie er ist. Ist schon fast krepiert, und dann springt er so hoch.« Klawdija zeigte mit der Hand eine Höhe von anderthalb Metern über dem Boden. »Er wär mir beinahe ins Gesicht gesprungen, der Mistkerl, ich hab ihn gerade noch mit dem Besen abwehren können, den Unhold.«

Das Dienstmädchen Klawdija war eine gottesfürchtige Person, schweigsam und ungelenk. Sie war kein Plappermaul, hob nie die Stimme, benutzte niemals Schimpfworte. Nun brannten ihre Wangen, und ihre Augen glänzten. Sie zitterte wie im Fieber und leckte sich die trockenen Lippen. Der Professor griff aus alter ärztlicher Gewohnheit nach ihrem Handgelenk und registrierte mechanisch, dass ihr Puls raste, mindestens hundertfünfzig in der Minute, und sein eigener ebenso.

»Moment mal, du meinst, er ist von irgendwo runtergefallen?«, fragte er nach und schaute sich um.

»Von wegen gefallen! Nein!«

»Sondern? Vom Boden hochgesprungen? So hoch?« Der Professor lachte nervös.

»Er ist hochgeflogen, als wär er ein Vogel und keine Ratte. Ach du meine Güte, was ist denn das?« Klawdija öffnete den Mund und riss die Augen weit auf.

Es wurde still. Man hörte den Hauswart draußen Schnee schippen. Zu diesem Geräusch gesellte sich ein anderes – ein hartnäckiges, beunruhigendes Quietschen.

Der braune Plüschvorhang bewegte sich rasch und heftig, als wäre er plötzlich lebendig. Das Ende der massiven hölzernen Gardinenstange rutschte krachend herunter, Stuck rieselte.

Der Professor besann sich als Erster. Mit einem Satz war er am Fenster und warf sich auf den zappelnden Vorhang.

»Klawa, Äther, schnell! Und Handschuhe, zieh Handschuhe an!«

Der Professor kniete am Boden. Der gefangene Vorhang tobte und fiepte in seinen Händen. Der Professor keuchte und atmete schwer. Seine Augen glänzten, die Wangen unter den grauen Bartstoppeln schimmerten rot. Er sah aus wie ein Torwart, der im letzten Moment den Ball gefangen hat, als das Spiel schon fast verloren war.

»Nein!«, rief Klawdija leise. »Ich kann das nicht! Gott ist mein Zeuge, Michail Wladimirowitsch. Ich kann nicht. Haben Sie seine Schnauze gesehen? Seine Augen?«

»Hör auf, es ist nur eine Ratte. Zieh dir Handschuhe an.«

Oben schaukelte die Gardinenstange. Sie hing nur noch an einer Schraube. Der Messingknauf am Ende drohte dem Professor auf den Kopf zu fallen. Klawdija saß reglos da, nur ihre Lippen bewegten sich kaum merklich. Sie murmelte ein Gebet.

»Na schön, geh Tanja wecken«, sagte der Professor.

Klawdija sprang hastig auf, rannte davon und prallte an der Tür gegen ein dünnes junges Mädchen von siebzehn Jahren mit blauen Augen, die Tochter des Professors. Tanja war von dem Lärm aufgewacht. In einem gelben Negligé, das hüftlange helle Haar offen, eilte sie ins Labor, ihrem Vater zu Hilfe.

Nach einer Viertelstunde lag auf dem nicht sehr großen Operationstisch ein mit Äther eingeschläfertes dickes kleines Tier. Es war eine Laborratte, genauer gesagt, ein Ratz. Ganz weiß, mit einem roten Fleck unter dem Unterkiefer. Das seltsame, für eine Ratte ungewöhnliche Mal erinnerte an ein Pentagramm, einen fünfzackigen Stern mit der Spitze nach unten.

»Die Uroma von diesem Ratz muss mit einem Urahn des Katers unserer Kinderfrau gesündigt haben«, hatte Tanja einmal gesagt. »Der schöne Mursik hat am Hals genau so einen Fleck, nur rund.«

»Ausgeschlossen«, widersprach der Professor. »Zwischen Katzen und Ratten sind derartige Beziehungen unmöglich.«

Tanja lachte, bis sie einen Schluckauf bekam. Sie amüsierte sich immer sehr über den Gesichtsausdruck ihres Vaters, wenn er vollkommen konzentriert war, keine Scherze verstand und selbst die absurdesten Mutmaßungen ernsthaft erwog.

»Komm, wir nennen ihn Grigori, zu Ehren von Rasputin«, schlug Tanja vor und berührte das rote Pentagramm.

»Wie oft habe ich dir das schon gesagt: Versuchstieren darf man keine Namen geben, nur Nummern«, entgegnete der Vater mürrisch. »Und wieso gerade der mystische Kerl Ihrer Majestät? Er ist nicht der Einzige auf der Welt, der Grigori heißt. Mendel, der Begründer der Genetik, hieß auch Grigori.«

»Umso besser! Ich werde ihn Grigori III. nennen!«, rief Tanja freudig.

»Untersteh dich! Jedenfalls in meiner Gegenwart!«, schimpfte der Vater.

Dieser Dialog lag ein halbes Jahr zurück. Seitdem nannte Tanja den Versuchsratz mit dem roten Fleck Grigori III. Irgendwann nannte ihn auch der Professor unversehens so.

Nun betrachteten beide, Vater und Tochter, verwirrt das schlafende Tier. Der nackte rosa Bauch bebte leicht. Die Pfoten, die aussahen wie winzige, zierliche Damenhändchen, vollführten ein paar schwache Kratzbewegungen und kamen dann zur Ruhe.

»Nein, Papa, das ist nicht Grigori, nein«, sagte Tanja und gähnte. »Sieh doch, sein Fell ist weiß und flauschig, die Augen rosa. Die Haut ist weich und jung. Und wo ist denn der Fleck? Wo, zeig ihn mir!«

»Hier ist er. An Ort und Stelle.«

»Ich glaube es trotzdem nicht. Grigori hat eine riesige Nachkommenschaft, irgendwer aus einem Wurf kann das rote Pentagramm geerbt haben. Das ist sein Enkel oder Urenkel. Grigori war nach der Operation fast kahl.«

»War er. Aber nun ist das Fell nachgewachsen.«

»So schnell?«

»In einem Monat. Das ist normal.«

»Und die Farbe des neuen Fells ist dieselbe wie früher, mit demselben Pentagramm am Hals?«

»Wie du siehst.«

»Grigori muss eine Narbe auf dem Kopf haben. Wo ist sie? Da ist keine Narbe.«

Tanjas Hand im schwarzen Medizinerhandschuh drehte die Ratte vorsichtig auf den Bauch. Der Professor nahm eine große Lupe und strich das dichte, glänzende Fell auf dem Scheitel der Ratte beiseite.

»Da ist die Narbe. Ganz klein.«

»Papa, hör auf!« Tanja schüttelte den Kopf. »Die Wunde kann nicht so schnell verheilt sein, und auch das Fell kann nicht so schnell gewachsen sein. Du bist doch kein Alchemist, kein mittelalterlicher Magier, kein Doktor Faustus! Du weißt genau, dass das Unfug ist. Man wird dich auslachen. Eine siebenundzwanzig Monate alte Ratte kann nicht so aussehen, das ist unmöglich! Siebenundzwanzig Monate sind für eine Ratte wie neunzig Jahre für einen Menschen.«

»Na, na, was schreist du so? Warum bist du so erschrocken, Tanja?« Der Professor streichelte seiner Tochter die Wange. »Einem alten Ratz ist ein neues, junges Fell gewachsen. Und die Augen sind wieder rosa. Das kommt vor.«

»Das kommt vor?«, rief Tanja, riss sich die Handschuhe herunter und schleuderte sie in die Ecke. »Papa, ich glaube, du hast den Verstand verloren! Du hast doch selbst immer gesagt, dass die biologische Uhr nie rückwärts geht.«

»Schrei nicht so. Hilf mir lieber, ihm Blut für den Test abzunehmen, solange er schläft, und überleg dir, wie wir den Käfigdeckel so befestigen können, dass er nicht wieder rausspringt.«

Der Professor hielt bereits eine kleine Stahlfeder und ein sauberes Reagenzglas in der Hand. Tanja drehte ihr Haar rasch zu einem Knoten, band sich ein Kopftuch um, zog es sich tief in die Stirn und streifte saubere Handschuhe über. Dabei sagte sie nervös: »Er ist am 1. August 1914 geboren. Ein denkwürdiges Datum – da begann der Krieg. Er hat als Einziger aus seinem Wurf überlebt. Er war schwach, aber aggressiv.«

»Genau, aggressiv«, murmelte der Professor glücklich blinzelnd.

Ein Tropfen Rattenblut rollte in das Reagenzglas. Tanja trug den schlafenden Ratz zum Käfig zurück und spürte durch den Handschuh hindurch das Pulsieren des weichen Körpers. Einen Augenblick lang hatte sie das Gefühl, kein Labortier in der Hand zu halten, sondern ein seltsames Geschöpf, das nicht von dieser Welt war. Sie warf einen Blick auf ihren über das Mikroskop gebeugten Vater. Durch seine grauen Igelstoppeln schimmerte eine rosa Glatze. Grigori bewegte die Pfoten. Die Wirkung des Äthers ließ nach. Tanja setzte den Ratz in den Kasten auf die Sägespäne und beschwerte den Deckel mit dem Marmorfuß einer Tintengarnitur.

»Wirst du ihn obduzieren?«, fragte Tanja, während sie Handschuhe und Kopftuch ablegte.

Sie musste die Frage noch einmal laut wiederholen. Ihr Vater klebte am Mikroskop.

»Wie? Nein, ich will ihn noch eine Weile beobachten. Sag Bescheid, sie sollen den Samowar aufsetzen. Was ist, bist du festgewachsen? Geh, sonst kommst du zu spät ins Gymnasium.«

»Papa!«

»Was denn, Tanja?«

»Sag mal, hast du das bewusste Eiweiß isolieren können?«

»Ich weiß nicht. Wahrscheinlich nicht.«

»Warum dann?«

Der Professor hob endlich den Kopf vom Mikroskop und sah seine Tochter an.

»Es ist alles ganz einfach, Tanja. Er hat Diät gehalten, sich aktiv bewegt. Der Käfig steht näher am Fenster als die anderen, das Lüftungsfenster ist immer offen, er hatte viel frische Luft.«

»Papa, hör auf! Du hältst auch Diät und hast viel frische Luft!«

Der Professor antwortete nicht. Er beugte sich wieder über das Mikroskop. Tanja verließ das Labor und schloss leise die Tür.

Moskau 2006

Im Flur läutete hartnäckig die Klingel. Auf dem Nachttisch meldete das Mobiltelefon zwitschernd, dass eine Nachricht eingetroffen sei. Sofja wachte auf und erblickte ihren Vater. Er saß auf der Bettkante, den Finger auf den Lippen, und schüttelte den Kopf.

»Mach nicht auf«, flüsterte er, »mach auf keinen Fall auf.«

Sofja stand auf, warf sich einen Bademantel über den Pyjama und tappte barfuß in den Flur. Ihr Vater blieb sitzen und sagte nichts mehr, schaute ihr nur mit traurigem Kinderblick nach.

»Sofja Dmitrijewna Lukjanowa?«, fragte eine Männerstimme vor der Tür.

»Ja«, krächzte Sofja und hustete.

»Machen Sie bitte auf. Ich habe eine Sendung für Sie.«

»Von wem?«

Vor der Tür raschelte es.

»Lesen Sie die Nachricht auf Ihrem Mobiltelefon. Sie ist vor zwanzig Minuten gekommen«, sagte die dumpfe Männerstimme.

Auf dem Weg zurück ins Zimmer warf Sofja einen Blick in den Spiegel. Der alte Bademantel ihrer Mutter hing an ihren mageren Schultern wie ein Sack an einer Vogelscheuche. Der Verband war in der Nacht auf den Hals gerutscht, die Haare hingen wirr herunter, darin klebten Wattefetzen. Das rechte Ohr war von den Alkoholkompressen gerötet und geschwollen und schälte sich. Nach ihrem Frösteln zu urteilen, hatte sie jetzt am Morgen mindestens achtunddreißig Grad Fieber. In ihrem Ohr blubberte und zog es noch immer, die ganze rechte Kopfhälfte tat weh.

»Sehr geehrte Sofja Dmitrijewna!
Herzlichen Glückwunsch zum Geburtstag! Ich wünsche Ihnen Gesundheit und viel Erfolg in der Wissenschaft!
I. S.«

Das war die letzte Nachricht. Sie war tatsächlich vor zwanzig Minuten gekommen, also um halb elf. Drei waren davor eingetroffen. Sofja las sie nicht, klappte das Telefon zu und tappte zurück in den Flur.

»Mach nicht auf«, flüsterte ihr Vater wieder.

Er stand jetzt neben ihr. Seine Wangen waren gerötet. Der zarte Flaum auf seinem Kopf zitterte. Seine Augen wirkten größer und heller.

Vor der Tür war es still.

»He, sind Sie noch da?«, fragte Sofja.

Keine Antwort.

»Ich glaube, sie sind weg«, sagte Sofja zum Vater. »Ich mache trotzdem mal auf und sehe nach. In Ordnung?«

Der Vater schüttelte erschrocken den Kopf.

Wegen des Fiebers, der Schmerzen und des ständigen Ziehens im Ohr war alles in einen zähen trüben Schleier gehüllt, als hätte sich die Luft in der kleinen Wohnung verdichtet.

»Wovor hast du denn solche Angst?«, fragte Sofja. »Du hast einfach schlecht geträumt.«

»Nein«, erwiderte der Vater, »das ist kein Traum. Das ist ganz real, Sofie. Ich bitte dich, mach die Tür nicht auf.«

»Niemals?«

»Ich weiß nicht. Jetzt jedenfalls nicht.«

Ein paar Sekunden standen sie schweigend da und sahen sich an.

»Na schön. Mir ist alles egal. Ich lege mich wieder hin«, sagte Sofja. »Weißt du vielleicht, wo unser Fieberthermometer ist?«

Der Vater trat auf sie zu und berührte mit den Lippen ihre Stirn.

»Achtunddreißig zwei. Das Thermometer hast du gestern Nacht zerbrochen. Vergiss bitte nicht, das Quecksilber unterm Bett aufzufegen. Du weißt doch, wie schädlich es ist.«

»Gut. Und wo ist der Besen?«

»Im Auto. Du hast damit Schnee abgefegt und ihn im Kofferraum gelassen. Einen zweiten Besen haben wir nicht. Aber untersteh dich, ihn holen zu gehen. Es ist Schneesturm und sehr kalt. Quecksilber kann man auch mit einem feuchten Lappen aufwischen. Ich würde es selbst tun, aber ...«

Im Zimmer zwitscherte das Mobiltelefon. Noch eine Nachricht. An der Tür klingelte es, diesmal so durchdringend laut, dass Sofja zusammenzuckte.

»Sofie, bist du zu Hause? Schläfst du etwa?«

Diese Stimme war unverkennbar. Ein rollender, körniger Bass, den man fast täglich bei einem unpopulären privaten Fernsehsender aus dem Off hören konnte. Ihr Vater schaltete immer diesen Sender ein, eigens um zu hören, wie der Trinker Nolik mit seinem autoritären Bass Tabletten zur Behandlung von Alkoholismus anpries oder der dicke Nolik von den neuesten Methoden blitzschnellen Abnehmens berichtete.

Seine untreue Ehefrau hatte Nolik vor einem Jahr verlassen. Danach hatte er abendelang bei den Lukjanows in der Küche gesessen und erklärt, sein Leben sei zu Ende.

»Sofie, ich bin's! Mach auf!«

Noliks Bass klang munter und fröhlich. Sofja dachte, dass es offenbar sehr schlecht um ihn stand. Früher hatte er morgens nicht getrunken. Sie brauchte eine ganze Weile für die Türschlösser. Ihr Vater harrte neben ihr aus und schwieg angespannt. Endlich öffnete sie die Tür.

»Miau, miau!«, sagte Nolik.

Sein rundes Gesicht strahlte. Wenn er betrunken war, miaute er immer. Doch statt Alkoholdunst schlug Sofja der intensive Duft frischer Blumen entgegen. Nolik hielt einen riesigen Rosenstrauß unterm Arm. Die dunkelroten, fast schwarzen festen Blüten waren mit Wassertropfen übersät.

»Herzlichen Glückwunsch.« Er trat über die Schwelle und reckte die Lippen nach Sofjas Wange.

»Bist du übergeschnappt?«, fragte Sofja und verzog wegen einer neuen Schmerzattacke im Ohr das Gesicht.

»Leider verbietet meine angeborene Ehrlichkeit mir das Lügen«, seufzte Nolik und reckte die Unterlippe vor. »Die sind nicht von mir. Sie lagen auf dem Fußabtreter vor der Tür. Ich habe jemanden mit dem Fahrstuhl runterfahren gehört. Wenn du jetzt gleich aus dem Küchenfenster schaust, siehst du ihn vielleicht noch.«

»Den Besen«, sagte Sofja und bekam einen Hustenanfall.

»Was heißt hier Besen! Das sind tolle Rosen! Also wirklich, Sofie!«

Nolik war empört. »Einfach wunderschön, schau doch, riech doch! Du musst unbedingt die Stiele anschneiden und abbrühen.«

»Der Autoschlüssel ist in der Tasche meiner blauen Jacke, geh runter und hol bitte den Besen aus dem Kofferraum. Mir ist das Fieberthermometer runtergefallen, das Quecksilber muss aufgefegt werden.«

»Ah, verstehe.« Nolik nickte. »Wird sofort erledigt. Aber kümmere dich um die Rosen, stell sie ins Wasser.«

Er schloss die Tür hinter sich. Sofja stand noch immer da, den raschelnden Strauß mit beiden Armen umklammernd. Sie besaß keine große Vase. Das einzige Gefäß von passender Größe war der Plastikmülleimer. Sofja nahm die Mülltüte heraus, spülte den Eimer aus und füllte ihn mit Wasser. Während sie noch mit den Blumen beschäftigt war, kam Nolik zurück. Außer dem Besen hatte er eine kleine braune Aktentasche mitgebracht, die er Sofja feierlich überreichte.

»Weißt du noch, was meine Mutter immer sagt, wenn wichtige Dinge verschwinden? Es liegt irgendwo und sagt keinen Ton! Hier, sie lag unter dem Beifahrersitz und hat natürlich kein Wort gesagt. Aber es hätte sie sowieso keiner gehört.«

Es war die Aktentasche ihres Vaters. Sie war genau an jenem schrecklichen Abend vor neun Tagen verschwunden.

»Papa!«, rief Sofja. »Komm her, sieh mal, Nolik hat dein gutes Stück gefunden.«

»Schrei nicht so«, flüsterte der Vater, »ich höre sehr gut. Ich bin hier, bei dir.«

Er stand tatsächlich direkt vor Sofja. In den wenigen Minuten war sein Gesicht eingefallen, gealtert, seine Wangen waren faltig, blass und mit grauen Greisenstoppeln bedeckt, der graue Flaum klebte nun glatt an der Kopfhaut. Seine Augen waren trüb und so hoffnungslos, dass Sofja schauderte.

»Freust du dich gar nicht, dass die Aktentasche sich angefunden hat?«, fragte Sofja leise.

Der Vater schüttelte traurig den Kopf und legte ihr die Hände auf die Schultern. Seine Hände waren warm und zu schwer. Sofja kniff fest die Augen zu, um den Schwindel zu unterdrücken, und als sie sie wieder öffnete, schaute sie in Noliks erschrockenes Gesicht und spürte seine riesigen Pranken auf ihren Schultern.

»Sofie, sieh mich an! Ich bin's, Sofie! Siehst du mich überhaupt? Hörst du mich? Was hast du da für einen Strick um den Hals?«

»Dummkopf! Das ist kein Strick, das ist ein Verband. Nolik, ich habe eine Mittelohrentzündung, ich habe mir heute Nacht eine Kompresse gemacht, und die ist runtergerutscht. Was ist denn?«

»Du hast gerade mit Dmitri Nikolajewitsch gesprochen.«

»Ja. Und?«

Nolik legte ihr die Hand auf die Stirn.

»Du hast Fieber. Aber nicht so hoch, dass du phantasieren musst. Komm zu dir, bitte.«

Der arme Nolik war so erschrocken, dass sein leichter morgendlicher Rausch spurlos verflogen war. Sofja kam zu sich, Nolik zuliebe, damit er sich keine Sorgen machte.

»Alles in Ordnung. Ich bin okay. Ich weiß, dass Papa tot ist, wir haben ihn letzten Mittwoch beerdigt, heute ist der neunte Tag.«

»Puh, Gott sei Dank«, seufzte Nolik. »Du hast nur vergessen zu erwähnen, dass heute auch dein Geburtstag ist. Du bist dreißig geworden, Sofie. In dem Strauß sind einunddreißig Rosen. Eine Rose mehr, weil eine gerade Anzahl Blumen Unglück bringt. Und du stellst den schönen Strauß in den Mülleimer! Dir ist wirklich alles egal! Hast du wenigstens Wasser reingemacht?«

»Natürlich! Schenk mir doch eine schöne große Vase zum Geburtstag, Arnold!«

»Ich hab ein anderes Geschenk für dich. Aber du kriegst es nicht, wenn du mich Arnold nennst, Knolle. Noch einmal, und ich gehe.«

»Ach ja! Du fliegst hochkant raus, wenn du mich Knolle nennst!«

Einen Augenblick lang sahen sie sich so drohend an, als wollten sie sich prügeln. Nolik keuchte empört. Vor zwanzig Jahren hätten sie sich tatsächlich geprügelt. Nolik konnte seinen vollen Namen Arnold nicht ausstehen. Und Sofja ärgerte sich über ihren Kinder-Spitznamen Knolle. Sofort sah sie den Schulflur vor sich, die mit grüner Ölfarbe gestrichenen Wände, das graugestreifte Linoleum, hörte Getrappel und Geschrei: »Lukjanowa[*]! Zwiebel! Zwiebelknolle!« Nolik ging in dieselbe Schule, zwei Klassen über ihr, und hatte früher in der Wohnung gegenüber gewohnt.

Er war für sie längst mehr als ein Kindheitsfreund – eine Art Verwandter, ein jüngerer Bruder, obwohl er älter war als sie.

[*] von (russ.) luk – Zwiebel. Anm. d. Ü.

Der dicke, trinkende, verwöhnte Nolik, bar jeder Männlichkeit, mit unregelmäßigem Einkommen und den ernsten Ambitionen eines gescheiterten Schauspielers.

»Damit du es weißt, ich habe heute zur Feier deines Geburtstags alle Synchrontermine abgesagt. Ich bin extra früh aufgestanden und durch den Schneesturm zu dir gekommen, quer durch Moskau.«

»Du hättest einfach anrufen können.«

»Du nimmst ja nicht ab.«

»Ach nein? Tatsächlich? Warum wohl?«

»Hör mal, soll ich dir einen Arzt rufen?«

»Haha, ich bin selber Ärztin.«

»Gar nicht haha. Du bist keine Ärztin, du bist Biologin, du brauchst einen, wie heißt das? Für Hals-Nasen-Ohren.«

»Scher dich zum Teufel. Feg lieber das Quecksilber unterm Bett auf, mach mir einen Tee, und dann geh in die Apotheke und kümmer dich mal einen Tag lang um mich wie eine Mutter.«

Nolik war sofort bereit, brachte Sofja ins Zimmer ihres Vaters, bettete sie aufs Sofa, deckte sie zu und ging das Quecksilber auffegen.

Die Aktentasche war merkwürdig leicht, als wäre sie fast leer. Sofja hatte sie auf den Schreibtisch gestellt und bemühte sich, nicht hinzusehen. Zu stark war die Versuchung, sie sofort zu öffnen.

Vor kurzem war ihr Vater in Deutschland gewesen. Zwölf Tage. Er hatte gesagt, er wolle seinen ehemaligen Doktoranden Resnikow besuchen. Bei seiner Rückkehr war er nachdenklich und bedrückt gewesen, hatte kaum mit Sofja gesprochen. Und sich keinen Augenblick von seiner Aktentasche getrennt. Er hatte sie in Deutschland gekauft.

»Lass sie mich mal ansehen«, hatte Sofja gebeten.

Sie hatte eine Schwäche für Taschen. Die Aktentasche hatte

an der Seite Ringe für einen Schulterriemen. An ihr würde sich dieses elegante teure Ding sehr schick ausnehmen.

Ihr Vater gab sie ihr nicht. Er wurde wütend und erklärte, sie würde bestimmt das Schloss kaputtmachen oder den Griff abreißen. Vermutlich legte er sich die Tasche nachts sogar unters Kopfkissen.

Sofja versuchte ihn auszufragen, in welchen Städten er gewesen sei, was er dort getan und gesehen habe, wie es Resnikow ginge, doch der Vater hatte hartnäckig geschwiegen oder sie angeknurrt: Sie habe das Geschirr wieder nicht abgewaschen, sie laufe bei dieser Kälte ohne Kopfbedeckung herum, im Bad tropfe der Wasserhahn, das Sofa lasse sich nicht mehr aufklappen und sei so zum Schlafen zu schmal, der Drucker sei seit einem halben Jahr kaputt, und er könne keine Filme mehr schauen, weil das DVD-Laufwerk hinüber sei.

»Das kannst du alles selber reparieren«, knurrte Sofja zurück, »du bist doch Ingenieur, Doktor der technischen Wissenschaften.«

Sofjas Eltern hatten sich vor einem halben Jahr getrennt. Ohne Scheidung, formal waren sie noch verheiratet. Aber die Mutter lebte seit fünf Jahren in Australien, sie hatte ein langfristiges Stipendium an einer dortigen Universität bekommen. Und sie verheimlichte weder Sofja noch deren Vater, dass sie in Sydney einen engen Freund hatte, den Australier Roger, einen Witwer, älter als ihr Mann. Sofja hatte das Vergnügen gehabt, ihn kennenzulernen. Er war eigens dafür mit ihrer Mutter zusammen nach Moskau gekommen. Der krummbeinige Mann, der einen Kopf kleiner war als die Mutter und krause dunkle Haare in Nase und Ohren hatte, gab sich große Mühe, einen guten Eindruck auf Sofja zu machen, und zwinkerte ihr ständig zu. Später erklärte ihr die Mutter, der arme Roger habe vor Aufregung an einem nervösen Tick gelitten.

Um an die Aktentasche heranzukommen, musste Sofja aufstehen und zwei Schritte bis zum Schreibtisch laufen. Die glänzenden runden Schlösser ließen sich natürlich nicht ohne weiteres öffnen. Aber sie wusste, wo die Schlüssel waren. Sie hatte sie im guten dunkelgrauen Anzug ihres Vaters gefunden, als sie ihn für die Beerdigung ankleidete. Der Ring mit den beiden kleinen Schlüsseln war mit einer Sicherheitsnadel ordentlich am Futter der Innentasche festgesteckt gewesen.

»Ach ja, apropos Mutter«, sagte Nolik, der in einer alten Schürze mit Marienkäfern darauf in der Tür erschien. »Du hast hoffentlich nicht vergessen, dass Vera Alexejewna übermorgen kommt? Sie hat mich angerufen und mich gebeten, dich daran zu erinnern, dass du sie mit dem Auto abholen sollst. Sie macht sich große Sorgen, weil du nicht ans Telefon gehst. Ich habe mir für alle Fälle die Flugnummer und die Ankunftszeit aufgeschrieben. Willst du wirklich nach Domodedowo fahren, so krank, wie du bist?«

»Kein Problem. Ich nehme einen Haufen Tabletten und setze dich auf den Beifahrersitz, als zusätzliche Heizung. Wann kommt sie an?«

»Ich glaube, nachts, um halb eins.«

»Hör mal, was macht der Tee? Ich brauche was Warmes. Ich hab schreckliche Halsschmerzen.«

»Ja, gleich. Soll ich ihn herbringen, oder trinkst du ihn in der Küche?«

»In der Küche. Hier verschütte ich ihn nur.«

»Das ist wahr.« Nolik lachte spöttisch. »Du solltest dir was an die Füße ziehen. Bei deinem Fieber darfst du nicht barfuß rumlaufen. Immer das Gleiche mit dir.«

»Was soll ich machen?« Sofja seufzte. »Meine Hausschuhe bleiben nie paarweise zusammen. Meine Socken übrigens auch nicht. Wenn du was Paarweises findest, ziehe ich es an.«

Nolik streifte ihr Wollsocken ihres Vaters über die nackten Füße. Zum Glück lag in Vaters Zimmer alles an seinem Platz, ordentlich in Schubfächern. Auf dem Weg in die Küche stieß sie im Flur beinahe den Eimer mit den Rosen um.

»Ach, übrigens, wer hat eigentlich diesen Prachtstrauß gebracht?«, fragte Nolik.

»Keine Ahnung.«

»Dein Mobiltelefon klingelt wie verrückt, hörst du das nicht?«

»Das sind SMS. Hilf mir beim Hinsetzen, lehn mich an die Wand, und dann nimm das Telefon, lies, wer mir da gratuliert, und sag es mir.«

Nolik schenkte ihr und sich Tee ein und setzte sich mit dem Telefon auf einen Hocker. Er las lange und voller Interesse, stieß hin und wieder einen Pfiff aus oder schüttelte den Kopf.

Na gut, dachte Sofja, Vater war siebenundsechzig, das ist ja nicht mehr jung, das ist schon ein reifes Alter, aber er war doch noch kein Greis gewesen.

Vater hatte nie Herzbeschwerden gehabt. Sie kannte niemanden, der gesünder und kräftiger war als er. Er hatte keinen Alkohol getrunken, nie geraucht, nichts Süßes und nichts Fettes gegessen und jeden Morgen am offenen Fenster Gymnastik gemacht. Auch seine Nerven waren völlig in Ordnung gewesen. Wieso also plötzlich akutes Herzversagen? Und mit wem war er an dem bewussten Abend in einem der teuersten und snobistischsten Moskauer Restaurants gewesen? Er mochte keine Restaurants, schon gar nicht solche pompösen. Warum hatte ihn derjenige, der ihn eingeladen hatte, nicht nach Hause gefahren? Der Vater hatte Sofja am Abend um halb elf angerufen und sie gebeten, ihn abzuholen. Als sie ankam, saß er auf einer Parkbank, die Arme um seine Aktentasche geschlungen. Die Bank war voller Schnee, er saß auf der Lehne und sah aus wie ein Schneemann, sogar in seinen Brauen glitzerten Schneekristalle.

Sofja hatte gefragt, was passiert sei, und er hatte geantwortet: nichts. Erst später, als sie an dem Restaurant vorbeifuhren, sagte er, dass er dort gegessen habe. Und versprach, ihr am nächsten Tag alles zu erzählen. Zu Hause hatte er über Schwäche geklagt und sich gleich schlafen gelegt. Am Morgen atmete er nicht mehr und war schon kalt. Sofja rief die »Schnelle Hilfe«, und sie sagten, ihr Vater sei gegen ein Uhr nachts gestorben.

»Wer ist I. S.?«, fragte Nolik und riss sich endlich von Sofjas eingegangenen SMS los.

»Was?« Sofja schreckte auf. »I. S., das ist der, der die Rosen geschickt hat. Apropos – wo ist dein Geschenk?«

»Warte, gleich. Hör zu: ›Sofie, warum nimmst du nicht ab? Wir machen uns Sorgen!‹

›Dein Meerschweinchen mit dem Myom ist gestorben. Melde dich!‹

›Du wolltest das Ergebnis der Biopsie dringend haben, es ist fertig, aber du bist nicht da!‹

›Sofie, dein Artikel ist angenommen, du sollst ihn fertig machen!‹

›Du hast doch bald Geburtstag? Einen runden? Entschuldige, ich hab vergessen, wann genau. Schreib es mir, ich will dir gratulieren.‹

›Sofie, bist du krank? Geh ans Telefon!‹ Ah, die ist von mir.

›Sehr geehrte Sofja Dmitrijewna! Herzlichen Glückwunsch! I. S.‹

›Sofja Dmitrijewna, alles in Ordnung mit Ihnen? Wie geht es Ihnen? I. S.‹«

Nolik nahm einen Schluck Tee und starrte Sofja an.

»Das ist gerade eben gekommen. Hör mal, Knolle, wer ist dieser I. S.?«

Sofja wollte wegen der »Knolle« mit ihm schimpfen, musste aber husten.

»Er hat also die Rosen geschickt?« Nolik holte seine Zigaretten hervor und zündete sich nervös eine an.

»Ja, wahrscheinlich.«

»Wer ist er?«

»Keine Ahnung. Irgendwer aus dem Institut.«

Sie wurde von heftigen Hustenanfällen geschüttelt, aber Nolik war so in Fahrt, dass er das gar nicht bemerkte.

»Unsinn! In deinem Institut gibt es niemanden, der sich einen solchen Strauß leisten könnte. Vielleicht bahnt sich da eine ernsthafte Affäre an?«

»Schon möglich.« Sofja lächelte schwach. Der Husten war endlich vorbei.

»Aber du kennst ihn? Du hast dich schon mit ihm getroffen, mit diesen I. S.?«

»Nein, Nolik, nein. Wie oft soll ich das noch sagen?«

»Was? So ein Strauß ist unheimlich teuer, Sofie, den schickt kein x-beliebiger guter Onkel.«

»Es war leider kein Absender dabei. Du hast versprochen, in die Apotheke zu gehen, ich hab nichts mehr gegen das Fieber, und außerdem brauche ich Ohrentropfen.«

»Und du versuchst gar nicht, es herauszufinden?«

»Wie denn?«

»Antworte ihm, frag ihn, wer er ist.«

»Ja. Mach ich. Aber nicht jetzt.«

»Warum nicht?«

»Weil mein Vater gestorben ist, weil ich krank bin und weil mir alles scheißegal ist.«

Nolik schwieg eine Weile mürrisch und rauchte, dann seufzte er und sagte etwas ruhiger: »Du solltest dich wenigstens bedanken. Du warst immer gut erzogen, Sofie.«

»Es reicht.«

Sofja lehnte den Kopf gegen die Wand und schloss die Augen.

»Weißt du was, Papas Doktorand Resnikow, der war auf der Beerdigung.«

»Ich weiß. Er hat den Sarg tragen geholfen. So ein Glatzkopf mit Bärtchen. Und?«

»Er hat gesagt, er habe Papa nicht nach Deutschland eingeladen. Er lebt seit langem in Moskau.«

»Moment, wieso Resnikow?«

»Papa hat behauptet, er fahre ihn in Deutschland besuchen. Papa hat nie gelogen.«

»Na ja, vielleicht war das ... na, was Persönliches? Warum nicht? Mama hat einen *boyfriend* in Sydney, und Papa hat sich jemanden in Berlin angeschafft.«

»In Hamburg. Nein, Nolik. Das hätte er mir erzählt. Hör mal, mir geht's echt elend. Geh bitte in die Apotheke. Im Flur steht meine Tasche, darin ist mein Portemonnaie.«

Als Nolik gegangen war, blieb Sofja noch ein paar Minuten in der Küche sitzen, den Kopf an die kalten Fliesen gelehnt und die Augen geschlossen. Sie wünschte sich, dass ihr Vater wieder erschien. Sie wusste, sie würde jetzt aufstehen, in sein Zimmer gehen und die Aktentasche öffnen, und der verrückte Gedanke, dass sie das ohne seine Erlaubnis nicht tun dürfe, ließ ihr keine Ruhe. Unterwegs hockte sie sich hin und senkte ihr Gesicht in die Rosen. Wer immer dieser unbekannte I. S. war – sie war ihm dankbar. Tatsächlich hatte sie zum ersten Mal im Leben einen solchen Strauß geschenkt bekommen. Wäre Vaters Tod nicht gewesen und die Mittelohrentzündung, hätte sie sich bestimmt schrecklich gefreut und sich geschmeichelt gefühlt.

Sie tappte mühsam bis zum Zimmer des Vaters, nahm die Aktentasche in die Hand und kam sich beinahe wie eine Diebin vor. Vielleicht hatte Nolik recht, und ihr Vater hatte in Hamburg eine Freundin? Nicht ohne Grund hatte er nicht gewollt, dass Sofja ihn zum Flughafen begleitete.

Wahrscheinlich hatten sie sich hier in Moskau kennengelernt. Schon einige Monate vor seiner Reise nach Deutschland hatte er sich merkwürdig verhalten, war oft spät nach Hause gekommen. Doch Sofja hatte nie vermutet, dass ihr gemütlicher alter Vater ein intimes Privatleben haben könnte.

Aber Sitzungen der Sektion und des wissenschaftlichen Rates dauerten nie bis nach Mitternacht. Wie viele seiner Kollegen verdiente sich der Vater etwas nebenbei, indem er Abiturienten auf die Aufnahmeprüfungen an Universitäten und Hochschulen vorbereitete. Die jungen Mädchen und jungen Männer kamen normalerweise zu ihm nach Hause, der Vater unterrichtete sie in seinem Zimmer. Er fuhr nie zu ihnen. Aber in den letzten zwei Monaten hatten Sitzungen der Sektion und des wissenschaftlichen Rates bis ein Uhr nachts gedauert, und der größte Teil des Unterrichts mit den Abiturienten hatte sonstwo stattgefunden.

Sofja stellte sich eine elegante ältere *Frau* vor, eine gelehrte Dame mit adrettem grauen Haar und einem bezaubernden Porzellanlächeln.

Inzwischen hatte sie die Aktentasche geöffnet. Darin lag nur ein fester kleiner Briefumschlag. Er enthielt Fotos, schwarzweiß und ziemlich alt.

Ein junges Mädchen und ein junger Mann. Sie etwa achtzehn, er höchstens fünfundzwanzig. Vermutlich in einem Fotoatelier aufgenommen. Sie sitzen da und blicken ins Objektiv, scheinen aber nur einander zu sehen. Er dunkelhaarig, die großen Ohren leicht abstehend, das Gesicht schmal, die Nase gerade, die Lippen dünn. Sie hat den dicken hellen Zopf über die Schulter geworfen, ihre Augen sind groß und dunkel. Sie wirkt verwirrt und schrecklich schutzlos.

Das kleine gelbgraue Rechteck hatte gezackte Ränder. Auf der Rückseite waren mit Bleistift kaum erkennbar vier Ziffern notiert: 1 9 3 9. Sofja begriff nicht gleich, dass das eine Jahreszahl war.

Das nächste Foto – dasselbe Paar, diesmal draußen. Schwer zu sagen, wo genau. Man sah nur die kahlen Äste von Bäumen. Der junge Mann und das junge Mädchen stehen nebeneinander. Sie in Hut und Mantel. Er in einem Militärmantel, eine Schirmmütze tief in die Stirn gezogen. Er hält ein längliches Bündel im Arm. Sofja sah genauer hin und erkannte, dass es ein in eine Decke gewickelter Säugling war. Auf der Rückseite des Fotos stand keine Jahreszahl.

Auf den anderen, noch älteren Fotos, waren Offiziere und junge Frauen, ein halbwüchsiger Gymnasiast in Uniformmantel und mit Schirmmütze und ein düsterer junger Mann im Russenhemd. Ein Gruppenfoto auf dem Hof eines Lazaretts. Viele Menschen. Verwundete und Soldaten, Krankenschwestern, Ärzte. Die Gesichter waren zu klein, nicht zu erkennen. Ein noch nicht alter, aber grauhaariger Herr im weißen Kittel auf demselben Lazaretthof, allein, auf einer Bank sitzend und rauchend. Eine junge Frau, die sie schon auf anderen Fotos gesehen hatte, diesmal in Schwesterntracht. Dann sie zusammen mit dem grauhaarigen Herrn. Noch einmal sie, in einer Bluse mit Stehkragen und einer Brosche am Hals, mit einem Offizier mittleren Alters. Noch einmal der Grauhaarige, allein, an einem Schreibtisch.

Sofja kniff die Augen zusammen, schüttelte den Kopf und schaute noch einmal auf das letzte Foto. Sie stand auf, schaltete die Deckenlampe ein, die Schreibtischlampe und die Wandlampe. Sie rannte in ihr Zimmer und kam mit einem dicken Buch zurück, das sie kaum halten konnte – *Geschichte der russischen Medizin. Enzyklopädie.* Nach kurzem Blättern fand sie, was sie suchte. Das Foto des Grauhaarigen, nur größer und deutlicher – im Anhang, unter den Fotos berühmter Ärzte.

Ein Ausschnitt, nur das Gesicht. Der grauhaarige Herr. Michail Wladimirowitsch Sweschnikow. Professor an der medizinischen Fakultät der Moskauer Universität, Mitglied der Physikalisch-medizinischen Gesellschaft. General der kaiserlichen Armee. Militärchirurg. Autor herausragender Arbeiten zur Medizin und zur Biologie, leistete einen bedeutenden Beitrag zur Erforschung von Blutbildung und Geweberegeneration. Geboren 1863 in Moskau. Wann und wo gestorben, war nicht bekannt.

Moskau 2006

Der quecksilberfarbene Sportwagen, flach wie eine fliegende Untertasse, raste in einem für Moskau unmöglichen Tempo den Lenin-Prospekt entlang. Es war Abend, ein Schneesturm tobte. Aus dem Auto drang eine moderne Mozart-Adaption. Am Steuer saß ein glatzköpfiger älterer Herr. Auf der Rückbank schlief zusammengerollt ein junges Mädchen. Sie war höchstens zwanzig. Selbst im Schlaf kaute sie weiter Kaugummi.

Seltsamerweise waren sämtliche Verkehrspatrouillen vom Prospekt verschwunden. Alle anderen Autos machten den Weg frei, obwohl Moskauer Autofahrer selbst Feuerwehr und Notarztwagen selten vorbeilassen. Der Wagen jagte dahin, die nagelneuen Reifen berührten kaum die Straße, der Tacho zeigte 120 Stundenkilometer. Am Gagarin-Platz hatte sich ein Stau gebildet, und wer weiß, wie der magische Flug des Sportwagens geendet hätte – doch er bog in eine ruhige Nebenstraße ein und drosselte das Tempo.

»Maschka, wach auf, wir sind da!«, sagte der Mann und stellte die Musik lauter.

»Ich bin Jeanna«, murmelte das Mädchen, ohne die Augen zu öffnen.

»Entschuldige, mein Sonnenschein.«

»Hmhm.« Das Mädchen setzte sich auf, klimperte mit den

angeklebten Wimpern und holte eine Puderdose aus der Handtasche.

Das französische Restaurant »Je t'aime« war vor fünf Jahren in einen großen Hof gesetzt worden, anstelle zweier abgerissener Plattenbauten. Die zweistöckige Villa im Stil des europäischen Jugendstils beherbergte zwei Speisesäle, einen Bankettsaal mit einer Bühne für ein Orchester, drei Séparées und eine Bar mit riesigen Samtsofas. Der Chefkoch war Franzose. Der Portier und einige Kellner waren Schwarze. Von der Straße führte ein Wandelgang mit Girlanden bunter Lämpchen und einem Teppichläufer zum Eingang.

Der Wagen hielt, und sofort stürzten Kameraleute und Journalisten mit Mikrofonen herbei.

»Na so was, Mozart! Früher hat er im Auto Kriminellensongs gehört«, flüsterte die Korrespondentin eines schmalen Hochglanzmagazins, eine große vierzigjährige Dame mit Kinderzöpfen und einem Dutzend Ringen in jedem Ohr.

»Wer ist das?«, fragte ihr Fotograf.

»Colt. Pjotr Borissowitsch Colt.« Die Journalistin drängte sich geschickt zwischen die Kollegen und zog den schwerfälligen Fotografen hinter sich her.

Ein beleibter kleiner Mann stieg aus dem Auto. Die uralte Jeans rutschte ihm fast vom Leib, das graue Fischgrätensakko war zerknittert, als habe eine Kuh darauf herumgekaut. Unter dem Sakko trug er ein T-Shirt mit dem englischen Aufdruck: »Gott liebt alle, sogar mich«.

Die Journalistin mit den Zöpfen stieß ihren Fotografen mit dem Ellbogen an und flüsterte: »Die Füße! Mach ein Foto von den Füßen!«

An den Füßen trug Colt schmutzige orangene Leinenschuhe. Colt gähnte, reckte sich und verzog das Gesicht wegen der Blitzlichter.

»Pjotr Borissowitsch, guten Tag! Magazin ›Joker‹. Was halten Sie von der heutigen Veranstaltung?«

»Herr Colt! Was ist das Geheimnis eines erfolgreichen Unternehmens?«

»Pjotr, sagen Sie, stimmt es, dass Sie für zehn Millionen Euro die Fußballmannschaft der Elfenbeinküste gekauft haben?«

Es hagelte Fragen, Blitze zuckten, Mikrofone schoben sich gegenseitig beiseite. Colt kratzte sich den dicken weichen Bauch, bedachte die Journalisten mit einem gutmütigen Lächeln und sagte mit tiefer Stimme: »Es ist alles ganz eitel.«

Dann drehte er dem Publikum den Rücken zu, öffnete den hinteren Wagenschlag und zog das verschlafene, vor sich hin kauende Mädchen heraus.

Die glatten hellen Haare fielen ihr ins Gesicht, und sie blies sie mit vorgereckter Unterlippe weg. Als sie sich aufrichtete, reichte Colts runder Kopf ihr knapp bis zur Schulter. Das Mädchen trug eine khakifarbene kurze Daunenjacke. Ihre gelbe Seidenhose war so geschnitten, dass vorn ein beträchtlicher Teil des Bauches entblößt und hinten die Ritze zwischen den Pobacken deutlich erkennbar war.

Das Mädchen fotografierten die Journalisten nicht; sie ließen von Colt ab. Das Paar, rührenderweise Hand in Hand, lief zum Eingang. Die Journalistin mit den Zöpfen hatte schon ein paar Sätze für ihre Notiz in petto: Endlich sei dystrophische Magerkeit aus der Mode, nun seien üppige Formen aktuell. Der Antiglamour-Stil setze sich immer mehr durch. Alte, abgetragene, zerknitterte, betont billige und hässliche Sachen wie vom Flohmarkt gelten jetzt in der Szene als besonders schick.

Ein Wachmann stieg in den Sportwagen und fuhr ihn auf den restauranteigenen Parkplatz, um Platz zu machen für einen quadratischen schwarzen Jeep, in dem ein populärer Fernsehmoderator und dessen Frau saßen.

Im geräumigen Restaurantfoyer war an langen Tischen ein Büfett aufgebaut.

Gemäß dem in der Einladung vorgegebenen Dresscode trugen die Männer strenge Anzüge, Frack oder Smoking, die Damen Abendkleider. Ein äußerst solides Publikum: Bankiers, Politiker, Besitzer von Zeitschriften, Zeitungen und Fernsehsendern. Bisher hatte noch niemand gewagt, auf einer derart seriösen Veranstaltung in Flohmarkt-Schick zu erscheinen.

In einer halben Stunde sollte der feierliche Akt beginnen – die Überreichung der Preise für besondere Erfolge im Mediengeschäft.

Die Preise selbst waren nicht besonders wertvoll. Jeder Ausgezeichnete erhielt eine kleine Bronzestatue, einen Vogel oder einen Fisch, einen Blumenstrauß und seine Portion Beifall. Kostbar war etwas anderes: An der Zeremonie teilnehmen zu dürfen, die schwarze Einladungskarte mit Golddruck im Kuvert aus rosa Seidenpapier erhalten zu haben. Außenstehende hatten hier keinen Zutritt.

Die Gäste drängten sich um die Tische, schoben sich mit Tellern und Gläsern durch die Menge, bemüht, niemanden zu schubsen, nichts fallen zu lassen oder zu verschütten, was nicht so einfach war, denn es wurde immer voller.

Colts Erscheinen löste einige Bewegung aus, aber nicht wegen der schlabbrigen Jeans und des zerknitterten Sakkos, nicht einmal wegen des halbnackten großen Hinterns seiner Freundin Jeanna. Die Bewegung rührte einzig daher, dass Colt sich recht rabiat in die Menge drängte, manchen anstieß und anderen auf den Fuß trat. Entschuldigen konnte er sich nicht, weil er dabei telefonierte. Auch das Mädchen Jeanna entschuldigte sich nicht, weil sie das prinzipiell nie tat.

»Wo bist du? Ich sehe dich nicht. Hier sind massenhaft

Leute!«, trompetete Colt in den Hörer. »Schön, bleib, wo du gerade stehst, und leg nicht auf!«

Der Mann, zu dem Colt strebte, stand nicht, sondern saß. Er hatte einen bequemen Platz in der Ecke ergattert, neben dem Flügel. Er rauchte, lässig auf ein Sofa gelümmelt, lauschte den ausgezeichneten Jazzimprovisationen des Restaurantpianisten und musterte neugierig das Publikum. Er sah aus wie höchstens fünfundvierzig. Auf den ersten Blick wirkte er hässlich, ja unsympathisch. Ein großes dunkles Gesicht mit breiten Wangenknochen und Stupsnase, dünnes, mattes Haar von unbestimmter Farbe, ein schweres Kinn, blasse, aufgeworfene Lippen. Aber er hatte klare blaue Augen, eine reine Stirn und ein wundervolles Lächeln. Mit diesem Lächeln bedachte er Jeanna, die allerdings in keiner Weise darauf reagierte, sondern weiter ihren Kaugummi kaute.

»Geh was essen, misch dich unter die Leute«, sagte Colt zu ihr und setzte sich auf das Sofa.

»Nun, was ist?«, flüsterte er ungeduldig, als das Mädchen sich entfernt hatte.

»Vorerst nichts.«

»Was heißt das – nichts? Ich hab doch gesagt – jede Summe. Jede! Hast du ihm das erklärt?«

»Hab ich. Er ist einverstanden.«

»Und?!« Colts kleine gelbe Augen glänzten, und er schlug seinem Gesprächspartner aufs Knie. »Wie viel also?«

»Das ist nicht mehr wichtig.«

»Was heißt das – nicht mehr wichtig?«

»Er ist tot.«

»Wer?!«, rief Colt so laut, dass man sich nach ihm umsah.

»Psss ...« Der Dunkle schürzte die Lippen und schüttelte den Kopf. »Nein, nein, ihm ist nichts passiert, keine Sorge. Lukjanow ist tot.«

»Ach so.« Colt atmete erleichtert auf, runzelte aber sogleich die

Stirn. »Moment mal, wie das so plötzlich? Er war doch noch gar nicht alt und kerngesund, hast du gesagt. Fünfundsechzig, wie ich.«

»Siebenundsechzig. Akutes Herzversagen.«

»Und wie weiter?«

»Wir werden weiterarbeiten.«

»Mit wem?«, fragte Colt besorgt.

»Mit ihr.« Der Mann lächelte.

Ganz in ihr Gespräch vertieft, hatten sie nicht bemerkt, dass die Menge in den Bankettsaal gestrebt war. Durch das nun leere Foyer kam ein großer brünetter Schönling im weißen Smoking wie aus der Werbung angelaufen und sagte, verlegen von einem Bein aufs andere tretend: »Pjotr Borissowitsch, Iwan Anatoljewitsch, entschuldigen Sie bitte, aber dort warten schon alle, Sie möchten bitte kommen, es ist Zeit.«

»Ja, wir kommen. Wir kommen schon«, erwiderte Colt.

Bevor er auf die Bühne stieg und Iwan Anatoljewitsch in der ersten Reihe platzierte, drückte ihm Colt die Hand und flüsterte ihm ins Ohr: »Und wenn sie nun auch plötzlich stirbt? Wie alt ist sie?«

»Erst dreißig, gerade heute geworden.«

Auf Iwan Anatoljewitschs Gesicht erstrahlte ein sanftes, bezauberndes Lächeln.

Zweites Kapitel

Moskau 1916

Der 25. Januar war Tanjas Geburtstag. Sie wurde achtzehn.

Professor Sweschnikow lebte zurückgezogen, konnte Empfänge nicht leiden, besuchte fast nie jemanden und lud auch selten Gäste ein. Aber auf Tanjas Bitte machte er an diesem Tag eine Ausnahme.

»Ich will eine richtige Feier«, hatte Tanja einige Tage zuvor gesagt, »viele Gäste, Musik und Tanz und keine Gespräche über den Krieg.«

»Was versprichst du dir davon?«, fragte der Professor erstaunt. »Das Haus voller fremder Leute, Gedränge und Lärm. Du wirst sehen, schon nach einer halben Stunde bekommst du Kopfschmerzen und möchtest alle zum Teufel jagen.«

»Papa mag keine Menschen«, spottete Wolodja, Sweschnikows ältester Sohn. »Dass er Frösche, Ratten und Regenwürmer misshandelt, das ist Sublimierung nach Doktor Freud.«

»Danke für die netten Worte.« Sweschnikow neigte den runden grauen Kopf mit dem Igelschnitt. »Der Wiener Scharlatan klatscht dir Beifall.«

»Siegmund Freud ist ein großer Mann. Das zwanzigste Jahrhundert wird das Jahrhundert der Psychoanalyse, nicht das der Zelltheorie von Sweschnikow.«

Der Professor lachte spöttisch, klopfte mit einem Löffel ein Ei auf und knurrte: »Zweifellos hat die Psychoanalyse eine große Zukunft. Tausende Gauner werden mit dieser Geschmacklosigkeit einen Haufen Geld machen.«

»Und Tausende romantische Verlierer werden vor Neid mit den Zähnen knirschen.«

Wolodja lächelte böse und rollte ein Stück Brot zu einer Kugel.

»Besser ein romantischer Verlierer sein als ein Gauner oder gar ein modischer Mythenschöpfer. Deine klugen Freunde Nietzsche, Freud und Lombroso beurteilen den Menschen mit solchem Ekel und solcher Verachtung, als gehörten sie selbst einer anderen Art an.«

»Geht das wieder los!« Der zwölfjährige Andrej verdrehte die

Augen und verzog die Lippen zum Zeichen äußerster Langeweile und Müdigkeit.

»Ich würde mich glücklich schätzen, wären sie meine Freunde!« Wolodja warf sich die Brotkugel in den Mund. »Jeder Bösewicht und Zyniker ist hundertmal interessanter als ein sentimentaler Langweiler.«

Sweschnikow wollte etwas erwidern, unterließ es aber. Tanja küsste ihren Vater auf die Wange, flüsterte: »Papa, lass dich nicht provozieren«, und verließ das Zimmer.

Die verbliebenen drei Tage bis zum Geburtstag lebte jeder wieder sein Leben. Wolodja verschwand am frühen Morgen und kehrte manchmal erst weit nach Mitternacht wieder zurück. Er war dreiundzwanzig. Er studierte an der philosophischen Fakultät, schrieb Gedichte, besuchte diverse Zirkel und Gesellschaften und war in eine zehn Jahre ältere, geschiedene Literatin verliebt, die unter dem Namen Renata bekannt war.

Andrej und Tanja gingen in ihre Gymnasien. Tanja nahm ihren Bruder, wie versprochen, mit ins Künstlertheater, in den »Blauen Vogel«, der Professor leistete Dienst im Lazarett des Heiligen Pantelejmon in der Pretschistenka-Straße, hielt Vorlesungen an der Universität und bei Frauenkursen, schloss sich abends in seinem Laboratorium ein, arbeitete bis tief in die Nacht und ließ niemanden herein. Wenn Tanja fragte, wie es dem Ratz Grigori III. gehe, antwortete der Professor: »Ausgezeichnet.« Mehr bekam sie aus ihm nicht heraus.

Am Morgen des 25. hielt der Professor beim Frühstück eine kleine Rede: »Du bist jetzt richtig erwachsen, Tanja. Das ist traurig. Umso mehr, da Mama diesen Tag nicht mehr erlebt. Du wirst nie mehr klein sein. Dich erwartet so viel Schönes, Aufregendes, vor dir liegt ein großes und glückliches Stück Leben. Und das alles in diesem neuen, erstaunlichen und seltsamen zwanzigsten Jahrhundert. Ich wünsche mir, dass du Ärztin wirst, dass du nicht vor der praktischen Medizin in die abstrakte Wissenschaft fliehst wie ich, sondern Menschen hilfst, ihre Leiden linderst, sie rettest und tröstest. Aber lass nicht zu, dass der Beruf alles andere verschlingt. Wiederhole nicht meine Fehler. Die Jugend, die Liebe ...«

Beim letzten Wort musste er husten und wurde rot. Andrej schlug ihm auf den Rücken. Tanja lachte plötzlich los.

Den ganzen Tag, den ganzen 25. Januar 1916, lachte sie wie verrückt. Der Vater steckte ihr die kleinen Brillantohrringe an, die sie im Schaufenster des Juweliergeschäfts auf der Kusnezki-Brücke lange bewundert hatte. Ihr älterer Bruder Wolodja überreichte ihr einen Gedichtband von Igor Sewerjanin und machte, statt ihr zu gratulieren, wie immer spöttische Scherze. Andrej hatte ein kleines Aquarell-Stillleben gemalt. Ein Herbstwald, ein Teich, bedeckt mit Entengrütze und gelben Blättern.

»Ihr Fräulein Schwester ist im besten Frühlingsalter, und Sie malen nichts als Welken«, bemerkte Doktor Fjodor Fjodorowitsch Agapkin, Sweschnikows Assistent.

Tanja konnte ihn nicht leiden. Er war ein primitiv schöner Mann mit glattgekämmtem kastanienbraunem Haar, mädchenhaften Wimpern und dicken schmachtenden Lidern. Sie hatte ihn nicht eingeladen, aber er war trotzdem erschienen, schon am Morgen, zum Frühstück, und hatte dem Geburtstagskind eine Stickgarnitur überreicht. Tanja hielt nichts von Handarbeiten und verehrte Agapkins Geschenk dem Dienstmädchen Marina.

Am meisten rührte und amüsierte Tanja das Geschenk der Kinderfrau Awdotja. Die alte Frau, eine einstige Leibeigene von Tanjas Großvater, war inzwischen fast taub und voller Runzeln und gehörte längst zur Familie. Zum Namenstag schenkte sie Tanja, genau wie im vorigen und im vorvorigen Jahr, die immer gleiche Puppe Luisa Genrichowna.

Diese Puppe war viele Jahre lang Gegenstand von Kämpfen und Konflikten gewesen. Sie saß stets auf einer Kommode im Zimmer der Kinderfrau, ohne jeden Nutzen. Ein grünes Samtkleid mit Spitze, weiße Strümpfe, Wildlederschuhchen mit Smaragdknöpfen, ein Hut mit Schleier. Als Tanja noch klein war, hatte sie nur an Feiertagen die rosa Wange und die elastischen blonden Locken der Puppe berühren dürfen.

Vor rund dreißig Jahren hatte die Kinderfrau die Puppe bei einer Kinderweihnachtsmatinee im Maly Theater gewonnen, für Natascha, die jüngere Schwester von Tanjas Vater. Natascha, der Liebling der Kinderfrau, war ein ordentliches, stilles Mädchen gewesen, ganz anders als Tanja. Sie hatte Luisa Genrichowna nur angeschaut.

Tanja küsste die Kinderfrau, setzte die Puppe auf den Kaminsims und vergaß sie umgehend, voraussichtlich bis zum nächsten Jahr.

Am Abend fuhren Kutschen in der Jamskaja-Straße vor. Festlich gekleidete Damen und Herren mit Blumen und Geschenkpäckchen betraten das Haus und fuhren im Lift mit den Spiegeln in den dritten Stock hinauf.

Universitätsprofessoren mit ihren Frauen, Ärzte aus dem Lazarett, der Anwalt Brjanzew – ein molliger goldrosa blonder Mann, der aussah wie ein gealterter Engel von einem Rubensgemälde. Der Apotheker Kadotschnikow in seinen obligaten Filzstiefeln, die er wegen seiner kranken Gelenke das ganze Jahr trug, aber zur Feier des Geburtstages in einer Hose mit Biesen, einem Gehrock und gestärkter Wäsche. Tanjas Freundinnen aus dem Gymnasium, die Dramatikerin Ljubow Sharskaja, eine alte Freundin des Professors – eine große, schrecklich dünne Dame mit einem hochtoupierten roten Pony bis zu den Brauen und der üblichen Papirossa im dunkelroten Mundwinkel. Einige finstere, hochmütige Philosophiestudenten, Freunde von Wolodja, und schließlich seine Liebe, die geheimnisvolle Renata, deren Gesicht vom Puder bläulich war und deren Augen einen ovalen Trauerrahmen hatten.

Diese buntgemischte Gesellschaft lief im Wohnzimmer herum, lachte, spottete, tratschte, trank Limonade und teuren französischen Portwein und füllte die Aschenbecher mit Zigarettenkippen und Mandarinenschalen.

»Im Haus der Dichter gibt es einen literarischen Abend, mit Balmont und Block. Gehst du hin?«, flüsterte Soja Wels, eine Klassenkameradin von Tanja, ein schüchternes stämmiges Mädchen. Ihr Gesicht war voller Sommersprossen. Die riesigen blauen Augen sahen aus wie zwei Stückchen Himmel zwischen düsterem Wolkengekräusel.

Renata, die in einer anderen Ecke des Zimmers einsam in einem Sessel saß und rauchte, brach plötzlich in ein helles Nixenlachen aus, so laut, dass alle verstummten und sie anstarrten. Auch sie verstummte, ohne zu erklären, was sie so erheitert hatte.

»Na, bist du zufrieden? Amüsierst du dich?«, fragte der Professor und küsste seine Tochter im Vorbeigehen auf die Wange.

»Aber ja!«, flüsterte Tanja.

Beim Abendessen sprachen sie über Rasputin. Die Dramatikerin bat den Anwalt Brjanzew, von der nasenlosen Bäuerin zu erzählen, die einige Jahre zuvor ein Attentat auf den Wunderheiler der Zarin verübt hatte. Die Bäuerin Chionija Gussewa hatte Rasputin in seinem sibirischen Heimatdorf Pokrowskoje einen Dolch in den Bauch gestoßen, als er nach dem Frühgottesdienst aus der Kirche kam. Die Zeitungen überschlugen sich. Die Journalisten wetteiferten miteinander um die wahnwitzigsten Hypothesen. Der Wunderheiler überlebte. Die Bäuerin wurde für unzurechnungsfähig erklärt und in eine Heilanstalt für Geisteskranke in Tomsk gesperrt.

»Wäre es zu einem Prozess gekommen, dann hätten Sie bestimmt ihre Verteidigung übernommen, Roman Ignatjewitsch«, sagte die Dramatikerin, während sie sich akkurat ein Stück vom Putenfilet abschnitt.

»Auf keinen Fall.« Der Anwalt runzelte die Brauen und schüttelte den blonden Lockenkopf. »Als noch offen war, ob es zum Prozess kommen würde, habe ich das entschieden abgelehnt.«

»Warum?«, fragte Wolodja.

»Aus Possenspielen halte ich mich lieber heraus. Sie verhelfen einem zwar zu schnellem Ruhm, mitunter auch zu gutem Geld, aber sie sind schlecht für den Ruf. Hätte die Gussewa ihn ins Herz gestochen und getötet, dann hätte ich sie mit Vergnügen verteidigt und bewiesen, dass sie durch ihre mutige Tat Russland gerettet hat.«

»Was war eigentlich mit ihrer Nase?«, platzte Soja heraus und wurde erneut puterrot.

»Syphilis wahrscheinlich.« Der Anwalt zuckte die Achseln. »Obwohl sie behauptete, sie habe nie an dieser beschämenden Krankheit gelitten und sei überhaupt Jungfrau.«

»Aber ist sie denn nun verrückt oder nicht?«, fragte Doktor Agapkin.

»Ich würde sie nicht als psychisch gesund bezeichnen«, antwortete der Anwalt.

»Und Rasputin? Sie haben ihn doch aus der Nähe gesehen. Was ist er Ihrer Meinung nach? Ein Verrückter oder ein kaltblütiger Gauner?«

»Ich habe ihn nur ein Mal gesehen, zufällig, im ›Jar‹. Er hat dort ein unwürdiges Trinkgelage mit Zigeunern veranstaltet.« Der Anwalt war des Themas sichtlich überdrüssig, er wollte sich endlich dem Stör in Aspik widmen.

»Aber warum nimmt dieser schmutzige sibirische Bauer so viel Platz ein in der Politik, in den Köpfen und Herzen der Menschen?«, fragte die Dramatikerin nachdenklich.

»Schreiben Sie doch ein Stück über ihn«, schlug Wolodja vor. »Übrigens hat Tanja eine von Papas Laborratten nach ihm benannt.«

»Die nämliche, die verjüngt wurde?«, fragte Renata.

Abgesehen von ihrem Lachanfall war dies ihre erste Äußerung an diesem Abend. Ihre Stimme war hoch und schrill.

Der Professor wandte sich mit dem ganzen Oberkörper zu ihr um, eine Gabel mit einem Stück Lachs in der Hand, dann sah er Wolodja an. Agapkin presste sich eine Serviette auf die Lippen und hustete laut.

»Herrschaften, trinken wir auf das Wohl des Geburtstagskindes«, schlug der Apotheker Kadotschnikow vor.

»Ihr Dienstmädchen Klawdija ist die Cousine meiner Schneiderin«, erklärte Renata gelassen, wonach alle anstießen und auf Tanjas Wohl tranken.

Es wurde still. Alle schauten den Professor an, manche mitfühlend, andere neugierig. Tanja, die neben ihrem Vater saß, drückte unterm Tisch fest sein Knie.

»Ich bitte dich, Michail, streite es nicht ab, sag nicht, das Dienstmädchen hätte sich das nur ausgedacht oder etwas verwechselt. Ich weiß, dass es die Wahrheit ist, denn du bist ein Genie!«, haspelte die Dramatikerin, ohne Luft zu holen. »Wie hast du das geschafft, sag, wie?«

Der Professor schob sich das Stück Lachs in den Mund, kaute, tupfte sich mit einer Serviette die Lippen ab und begann: »Vor ein paar Monaten veranstaltete unser oberer Nachbar, Herr Bublikow, wieder einmal eine spiritistische Sitzung.

Diesmal erwartete er den Geist des Grafen Saint Germain*.

---

* Der Graf von Saint Germain, (auch: Aymar de Betmar; Marquis de Betmar; Graf Welldone u. a.), (* unbekannt; † 1784 in Eckernförde) war ein Abenteurer, Geheimagent, Alchemist, Okkultist und Komponist, behauptete, ein *Aqua benedetta* zu besitzen, das bei Damen das Altern stoppte.

Davon wusste ich natürlich nichts, ich saß in meinem Labor. Plötzlich klappte das Fenster, und die Dielen knarrten. Er war äußerst elegant und liebenswürdig, trotz seiner Durchsichtigkeit. Ich sagte zu ihm, er habe sich gewiss in der Adresse geirrt, er müsse eine Etage höher. Er erwiderte, bei Bublikow sei es langweilig, bekundete Interesse für mein Mikroskop und fragte mich über Neues in der Medizin aus. Wir redeten bis zum Morgengrauen. Bevor er verschwand, gab er mir zur Erinnerung ein kleines Fläschchen und sagte, das sei sein berühmtes Elixier. Ich war so kühn, zu fragen, warum ich dann mit einem durchsichtigen Geist spräche und nicht mit einem lebendigen Menschen. Er antwortete, er könne seit langem von einem Zustand in den anderen wechseln, nämlich mittels Transmutation, etwa so, wie Wasser je nach Temperatur zu Eis oder zu Dampf wird. In gasförmigem Zustand könne man sich weit bequemer im Raum bewegen. Ich war so beeindruckt und erschöpft von der schlaflosen Nacht, dass ich unmerklich am Schreibtisch im Labor einschlief. Nach zwei Stunden wachte ich auf, erblickte das seltsame Fläschchen, erinnerte mich an alles, misstraute jedoch meiner Erinnerung und entschied, dass es nur ein Traum gewesen war. Den Inhalt des Fläschchens habe ich in den Behälter gekippt, aus dem die Ratte trinkt. Nun, und dann geschah das, was unser Dienstmädchen der Schneiderin dieser bezaubernden Dame erzählt hat.«

Erneut trat eine Pause ein. Potapow klatschte lautlos Beifall. Der alte Apotheker nieste und entschuldigte sich.

»Alles?«, flüsterte Soja laut. »Haben Sie alles aus der Flasche in den Rattenbehälter gefüllt, bis auf den letzten Tropfen?«

Moskau 2006

Sofja hatte Nolik nicht zurückkommen gehört. Er hatte Schlüssel mitgenommen und die Wohnung sehr leise betreten. Sie zuckte zusammen und hätte vor Angst beinahe aufgeschrien, als er im Zimmer auftauchte. Die Fotos waren auf dem Tisch ausgebreitet. Daneben stand die offene Aktentasche. Nolik tippte mit dem Finger auf das Foto des jungen Paares aus dem Jahr 1939.

»An wen erinnert sie mich? Hast du eine Ahnung?«

»Wer?«

»Das Mädchen. Das hier, mit dem Zopf.«

Nolik kniff die Augen ein und hielt sich das Foto dicht vor die Augen.

»Hast du die Medikamente gekauft?«, fragte Sofja.

»Ja, natürlich. Hier.« Er legte den Beutel aus der Apotheke auf den Tisch. »Ein Fieberthermometer ist auch drin. Sei so gut und miss bitte mal. Mein Gott, wo könnte ich sie schon einmal gesehen haben?«

»Nirgendwo. Das war 1939.« Sofja klemmte sich das Thermometer unter die Achsel.

»Ach!« Nolik schlug sich klatschend gegen die Stirn. »Sofie, ich bin ein Trottel! Warte, gleich!«

Er rannte in den Flur, kam umgehend zurück und überreichte Sofja ein kleines Päckchen. Es enthielt Parfüm. Sofja öffnete die Schachtel, dann den Flakon, roch daran und lächelte.

»Warte, das ist noch nicht alles!« Nolik schwenkte ein Kärtchen vor ihrer Nase. »Hier, das ist besser als jedes Parfüm, sogar besser als die Rosen von dem unbekannten I. S.!«

»Was ist das?«

»Na, lies doch!«

Sofja griff nach der Visitenkarte.

»›Valeri Pawlowitsch Kulik‹. Wer ist das?«

»Du bist gut! Dein ehemaliger Dozent! Ein Professor von deiner Biofakultät! Na? Erinnerst du dich? Hör mal, Sofie, bist du wenigstens imstande, eine wichtige positive Information aufzunehmen? Das ist doch toll! Das ist super! Er war vorgestern bei uns im Sender. Wir haben uns in der Raucherecke zufällig getroffen. Er schaut mich an, ich ihn. Er fragt: ›Wo sind wir beide uns schon mal begegnet?‹ Ich hab nur dumm gekuckt und konnte mich auch nicht erinnern. Dann ist es ihm eingefallen. Auf deiner Absolventenfeier an der Uni, da hast du uns einander vorgestellt. Also, er hat mich nach dir ausgefragt, sich erkundigt, wie es dir geht und wo du arbeitest. Er hat gesagt, er sucht dringend nach dir.«

»Da muss er doch nicht lange suchen«, sagte Sofja leise, ohne die Augen zu öffnen, »in der Fakultät haben sie noch meine Adresse und meine Telefonnummer.«

»Das hat er alles, aber du gehst seit fast einer Woche nicht ans Telefon, und da dachte er, du wärst vielleicht umgezogen oder hättest eine neue Telefonnummer. Na, und da laufe ich ihm über den Weg. Das ist Schicksal, Sofie! Nun lies schon, was auf der Visitenkarte steht.«

»Biology tomorrow«, las Sofja vor. »Internationale Nichtregierungsorganisation ›Fonds zur Förderung wissenschaftlicher Initiativen‹. Institut für experimentelle Biotechnologien. Geschäftsführender Direktor Valeri Pawlowitsch Kulik.«

»Ruf ihn an, gleich heute! Du siehst ja, er hat sogar seine Mobilfunknummer dazugeschrieben. Er möchte dir eine Stelle anbieten. Sofie, das bedeutet ein ganz anderes Einkommen, ganz andere Perspektiven. Ich freue mich schrecklich für dich!«

»Vor einem halben Jahr habe ich meinen Lebenslauf dorthin geschickt«, sagte Sofja, »und sie haben mich abgelehnt.«

Nolik machte ein langes Gesicht.

»Na ... Alles fließt, alles verändert sich«, entgegnete er tiefsinnig. »Jetzt wollen sie dich jedenfalls.«

Sofja zog das Fieberthermometer hervor. Neununddreißig fünf.

»Soll ich über Nacht hierbleiben?«, fragte Nolik. »Ich muss früh zum Synchron, für rund drei Stunden. Wenn du willst, komme ich danach gleich wieder her, ja? Ich könnte bleiben, bis deine Mutter kommt, und sie mit dem Taxi abholen. Ich habe nur kein Geld. Sie zahlen erst Ende des Monats.«

»Ich hole sie selber ab, bis morgen Abend bin ich wieder fit. Aber bleib ruhig hier. Wozu sonst die Ausgabe für das Fieberthermometer?«

»Wieso?«

»Na ja, das braucht man doch nur, damit jemand ›ach!‹ sagt, wenn er sieht, wie hoch das Fieber ist. Wenn man als Kranker allein ist, sagt keiner ›ach!‹. Hol den Wodka aus dem Tiefkühler, verdünn ihn mit Wasser, feuchte ein Handtuch damit an und leg es mir auf die Stirn. Aber nicht trinken, ja? Wenn du trinkst, werfe ich dich raus.«

Sofjas Zunge verhedderte sich. Nolik brachte sie zur Couch und ging in die Küche. Sofja kam der Gedanke, dass nicht die Krankheit schuld war an ihrem Fieber, sondern die Aufregung.

»Biologie morgen« – das war der Traum jedes Wissenschaftlers, vor allem junger Spezialisten, aber es war furchtbar schwer, dort reinzukommen, selbst wenn man Englisch und Deutsch sprach, einen Doktortitel hatte und genau wusste, dass man für die Biologie geboren war.

Sofja befasste sich mit der Apoptose, dem programmierten Tod, besser gesagt, dem Selbstmord der lebenden Zelle. Das Thema war seit einigen Jahren sehr in Mode, weil es die Frage des Alterns und einer möglichen Lebensverlängerung berührte.

Jede Minute sterben in jedem lebendigen Organismus Milliarden Zellen, und andere werden geboren, aber von Minute zu Minute verschiebt sich das Verhältnis zwischen beiden immer weiter in Richtung Tod. Von allem, was lebt, sind nur Amöben, Bakterien und Krebszellen unsterblich. Sie können ewig leben. Sie fressen und teilen sich, teilen sich und fressen.

»Das heißt, wir können etwas von ihnen lernen«, hatte Professor Michail Sweschnikow schon 1909 in einer seiner Vorlesungen gesagt.

2002 erhielten drei Wissenschaftler, zwei Engländer und ein Amerikaner, den Nobelpreis für die Entdeckung des genetisch programmierten Zellsterbens. Sie hatten unterm Mikroskop beobachtet, wie ein nur einen Millimeter langer Fadenwurm lebt und stirbt, und die Gene gefunden, in denen der Selbstmord der Zelle programmiert ist. Und dann hatten sie nachgewiesen, dass auch das Genom des Menschen solche Gene enthält und diese die gleiche Funktion erfüllen. Diese Entdeckung eröffnete phantastische Perspektiven für die Behandlung von AIDS, Krebs und Herzinfarkten. Viele Biologen sprachen von der Möglichkeit, das Genom des Menschen zu verändern, Krebszellen so zu programmieren, dass sie von selbst absterben, oder umgekehrt das Programm auszuschalten, das bei einem Infarkt zum Absterben von Gewebezellen im Herzen führt. Für diese Forschungen wurden enorme Gelder zur Verfügung gestellt, es fanden sich freiwillige Versuchspersonen, es wurden Kliniken eröffnet, in denen wenig erforschte Methoden in der medizinischen Praxis angewandt wurden, das Internet, Zeitungen und Zeitschriften wurden überflutet von Werbung für universelle genetische Methoden zur Behandlung menschlicher Leiden, einschließlich Alter und Tod.

All dem war auch ihr Doktorvater verfallen, Boris Iwanowitsch Melnik, genannt Bim, Biologe und ein Freund ihres Vaters.

Bim hatte viele Jahre lang den nämlichen Fadenwurm erforscht, mit dem gleichen Ziel wie die beiden Engländer und der Amerikaner, und war, was ihn besonders ärgerte, zu den gleichen Ergebnissen gekommen wie diese, und zwar ein Jahr früher. Aber Bim arbeitete in einem bettelarmen, gottverlassenen kleinen Forschungsinstitut für Histologie, hatte keine Ausrüstung, kein Geld, verdiente lächerlich wenig und rannte immer wieder gegen die ewige Wand aus Dummheit, Feigheit und Korruptheit der russischen Wissenschaftsbeamten an. Der fremde Nobelpreis 2002 brachte das Fass zum Überlaufen. Er gab ein Interview nach dem anderen und verkündete überall, dass er an neuen Verfahren zur Lebensverlängerung arbeite. Ihm als habilitiertem Biologen fiel es nicht schwer, eine neue, durchaus logische Theorie zu erfinden, die besagte, dass die moderne Biologie Arm in Arm mit der Genetik Alter und Tod besiegen könne. Man glaubte ihm, wie man heidnischen Schamanen, mittelalterlichen Hexern, Alchemisten und Abenteurern aller Zeiten und Völker geglaubt hatte, einfach deshalb, weil man so sehr daran glauben wollte. Aber damit nicht genug – irgendwann glaubte Bim plötzlich selbst an den hochtrabenden Stuss, den er Journalisten und Laien in Internetforen servierte.

Bim wurde berühmt. Weil Sofja, seine treue Assistentin, immer an und auf seiner Seite gewesen war, wollte er sie zu Fernsehinterviews mitnehmen, doch sie erfand triftige Gründe, um ihn nicht begleiten zu müssen. Sie schämte sich und hatte Angst, ihm die Wahrheit zu sagen. Eigentlich wollte sie das Labor nicht verlassen, doch ihr Doktorvater hatte eindeutig den Verstand verloren. Also entschied sie zu gehen, wusste aber nicht, wohin. Ihr Problem war, dass sie eine wissenschaftliche Arbeit wollte, keinen gewissenlosen Kommerz unter dem Deckmantel der Wissenschaft. Diese Möglichkeit sah sie gegenwärtig nur in einer Organisation gegeben – »Biologie morgen«. Und nun tauchte wie auf den Wink eines Zauberstabs dieser Kulik auf.

Ich muss was gegen das Fieber nehmen und einfach ein bisschen schlafen, dachte Sofja. Das sind zu viele Fragen für einen kranken Kopf, an dem auch noch das Ohr wehtut. Kulik ist ein Windhund und ein Gauner, kein Wissenschaftler, aber vielleicht ist das für die Verwaltungsarbeit genau das Richtige. Er ist da Geschäftsführer, also verwaltet er das Geld, Fonds und Fördermittel. Ihn persönlich interessieren meine Forschungen wohl kaum, die sind ihm scheißegal. Aber irgendwer dort kümmert sich um die wissenschaftlichen Belange und hat Kulik aufgetragen, Kontakt zu mir aufzunehmen. Wieso auf einmal? Und wie ist ein Foto des großen Sweschnikow zwischen die Fotos in Papas Tasche geraten? Haben die beiden Dinge vielleicht miteinander zu tun? Nein. Unsinn. Das ist das Fieber, ich phantasiere. Mein Gott, ich habe Schüttelfrost. Wo bleibt nur Nolik?

Sie fiel fast von der Liege, als Nolik ihr ein nasses, nach Wodka riechendes Handtuch ins Gesicht klatschte.

»Herrgott, du hättest es wenigstens auswringen können!«, stöhnte Sofja.

Moskau 1916

Die Gäste waren gegangen, und der Professor zog sich mit Agapkin in sein Arbeitszimmer zurück.

»Seien Sie mir nicht böse, Fjodor«, sagte Sweschnikow, während er sich in einen Sessel niederließ und mit einer dicken krummen Schere die Zigarrenspitze kürzte. »Ich weiß, wie leicht Sie sich für etwas begeistern und wie sehr Sie unter Enttäuschungen leiden. Ich wollte Sie nicht mit Bagatellen behelligen.«

»Von wegen Bagatellen!« Agapkin kniff die Augen zusammen und entblößte seine großen weißen Zähne. »Sind Sie sich überhaupt darüber im Klaren, was da geschehen ist? Zum ersten Mal in der Geschichte der Medizin seit Hippokrates ist es gelungen, einen lebendigen Organismus zu verjüngen!«

Der Professor lachte fröhlich.

»Mein Gott, Fjodor, Sie nicht auch noch! Ich verstehe ja, wenn Hausmädchen, romantische Fräuleins und nervöse Damen so reden, aber Sie sind immerhin Arzt, ein gebildeter Mann.«

Agapkins Gesicht wurde ernst. Er zog eine Papirossa aus seinem silbernen Etui.

»Michail Wladimirowitsch, Sie haben mich die letzten zwei Wochen nicht in Ihr Labor gelassen, Sie haben alles allein gemacht«, sagte er in heiserem Flüsterton, »erlauben Sie mir wenigstens, einen Blick auf ihn zu werfen.«

»Auf wen?« Der Professor lachte noch immer, zündete ein Streichholz an und gab Agapkin Feuer.

»Auf Grigori III. natürlich.«

»Bitte, gehen Sie rein und schauen Sie, so viel Sie wollen. Aber kommen Sie nicht auf die Idee, den Käfig zu öffnen. Übrigens ist es nicht wahr, dass ich Sie nicht ins Labor gelassen habe. Sie selbst haben mich vor Tanjas Geburtstag um einen kurzen Urlaub gebeten, soweit ich mich erinnere, wegen geheimnisvoller persönlicher Umstände.«

»Nun ja, entschuldigen Sie. Aber ich wusste ja nicht, dass Sie mit einer neuen Versuchsreihe begonnen hatten! Hätte ich das geahnt, hätte ich diese persönlichen Umstände zum Teufel geschickt!« Agapkin zog gierig an seiner Papirossa und drückte sie gleich darauf aus.

»Schämen Sie sich nicht, Fjodor?« Der Professor schüttelte den Kopf. »Wenn ich es richtig verstanden habe, ging es um Ihre Braut. Wie können Sie die zum Teufel schicken?«

»Ach, das Ganze hat sich zerschlagen.« Agapkin verzog das

Gesicht und winkte ab. »Lassen wir das. Also, zeigen Sie mir die Ratte?«

»Ja, ich zeige sie Ihnen und erzähle Ihnen alles, keine Angst. Aber unter einer Bedingung: Wir reden nicht von einer Verjüngung. Was mit Grigori III. geschehen ist, war lediglich ein Zufall oder höchstens ein überraschender Nebeneffekt. Ich hatte keine großen Pläne, die Arbeit im Lazarett ermüdet mich zurzeit sehr, ich habe überhaupt keine Kraft und keine Zeit für ernsthafte wissenschaftliche Arbeit. Im Labor entspanne ich nur, befriedige meine Neugier. Ich hatte keineswegs vor, die Ratte zu verjüngen. Ich glaube, ich habe Ihnen erzählt, dass mich seit vielen Jahren das Rätsel der Epiphyse beschäftigt. Wir leben bereits im zwanzigsten Jahrhundert, aber noch immer weiß niemand, wozu dieses kleine Ding gut ist, die Zirbeldrüse.«

»Die moderne Wissenschaft hält die Epiphyse für ein nutzloses rudimentäres Organ«, sagte Agapkin rasch.

»Unsinn. Nichts im Organismus ist nutzlos und überflüssig. Die Epiphyse ist das geometrische Zentrum des Gehirns, ohne ein Teil davon zu sein. Abbildungen der Epiphyse gibt es auf ägyptischen Papyrusrollen. Die alten Hindus glaubten, sie sei das dritte Auge, das Organ der Hellseher. René Descartes vermutete in der Epiphyse den Sitz der unsterblichen Seele. Bei einigen Wirbeltieren ist diese Drüse geformt und aufgebaut wie ein Auge, und bei allen, auch beim Menschen, ist sie lichtempfindlich. Ich habe das Gehirn der alten Ratte geöffnet, aber nichts entfernt oder transplantiert, die alte Hypophyse nicht durch eine neue ersetzt – das hatte ich bereits viele Male getan, immer erfolglos. Ich habe nur den frischen Extrakt der Epiphyse einer jungen Ratte injiziert.«

Der Professor sprach ruhig und nachdenklich, als redete er mit sich selbst.

»Das ist alles?« Agapkins Augen quollen hervor wie bei einem Basedow-Kranken.

»Das ist alles. Dann habe ich sie zugenäht, wie es sich nach einer solchen Operation gehört.«

»Das alles ist Ihnen *in vivo* gelungen?«, fragte Agapkin nach einem dumpfen Räuspern.

»Ja, zum ersten Mal in meiner langjährigen Praxis ist die Ratte nicht gestorben, obwohl das eigentlich zu erwarten war. Wissen Sie, an diesem Abend lief nichts richtig. Zweimal wurde der Strom abgeschaltet, die Ätherflasche ist zerbrochen, meine Augen tränten, meine Brille war beschlagen.«

Aus dem Salon drangen gedämpfte Stimmen und Musik.

»Sie amüsieren sich dort offenbar noch immer«, murmelte der Professor und sah auf die Uhr. »Andrej gehört eigentlich ins Bett.«

Im Salon ging es tatsächlich lustig zu. Wolodja hatte das Grammophon erneut aufgezogen und schlug vor, Blindekuh zu spielen. Tanja lachte, als Andrej ihr zum Gesang der Plewitzkaja die Augen mit einem schwarzen Seidenschal verband. Er flüsterte ihr ins Ohr: »Weißt du, warum Papa sich verschluckt hat, als er beim Frühstück von Liebe sprach?«

»Weil er vor seiner Rede das Roastbeef nicht richtig durchgekaut hat«, antwortete Tanja lachend.

»Ach was, das Roastbeef! Gestern Abend, als wir beide im Theater waren, hat Oberst Danilow Papa besucht und mit ihm über dich gesprochen.«

»Danilow?« Tanja hickste vor Lachen. »Der grauhaarige Alte, über mich? Was für ein Unsinn!«

»Er hatte die Frechheit, um deine Hand anzuhalten. Ich hab zufällig gehört, wie Marina mit der Kinderfrau darüber getratscht hat.«

»Du hast gelauscht? Du hast das Geschwätz des Personals belauscht?«, zischte Tanja böse.

»Ph, von wegen!« Andrej zog aus Rache den Knoten ganz fest, wobei er auch eine Haarsträhne erwischte. »Die Kinderfrau ist stocktaub, die beiden haben gebrüllt, dass man es in der ganzen Wohnung hörte.«

»He, das tut weh!«, kreischte Tanja.

»Wenn er im Krieg nicht getötet wird, dann fordere ich ihn zum Duell! Auf zehn Schritt. Er schießt besser als ich, er wird mich im Nu umbringen, und das ist dann deine Schuld«, erklärte Andrej, umfasste Tanjas Schultern und drehte sie wie einen Brummkreisel.

»Dummkopf!« Tanja wäre beinahe gefallen; sie stieß ihren Bruder mit einer übertrieben kindlichen Bewegung von sich, befreite die Haarsträhne, wobei sie ihr Haar noch heilloser durcheinanderbrachte, und erstarrte mitten im Salon in vollkommener, samtiger Dunkelheit, die sich rasch mit Gerüchen und Geräuschen füllte. Sie kamen ihr intensiver und bedeutsamer vor als im normalen, sehenden Leben.

Er hat es gewagt. Er ist verrückt geworden. Er könnte im Krieg getötet werden. Seine Frau! Was zum Teufel wäre ich für eine Ehefrau?, dachte Tanja, während sie in die warme Luft im Salon tastete und schnupperte.

Ihre Nasenflügel bebten, in der Finsternis vor ihren Augen tanzten bunte Kreise.

Durch die hohe Stimme vom Grammophon und das trockene Knacken der Nadel hindurch hörte Tanja die alte Kinderfrau im Samtsessel deutlich schnaufen und nahm wahr, dass sie nach Vanillezwieback roch. Von links, aus dem Anrichtezimmer, drangen Geschirrklappern und der aufdringliche Geruch nach Nelkenrasierwasser. Damit übergoss sich der Diener Stjopa jeden Morgen. Aus dem Arbeitszimmer des Vaters wehte ein weicher Honiggeruch nach Zigarre. Tanja tat ein paar unsichere Schritte ins Ungewisse. Sie hörte Andrejs gespieltes Lachen und einen kunstvollen Pfiff von Wolodja. Plötzlich umfing sie eine trockene Hitze. Sie fürchtete, gleich gegen den Ofen zu prallen, doch da stieß sie auf etwas Großes, Warmes, Raues.

»Tanja«, murmelte Oberst Danilow. »Tanetschka.«

Mehr brachte er nicht heraus. Er war gerade erst in den Salon gekommen und sofort mit der »blinden« Tanja zusammengestoßen. Sie umarmten sich – eher unabsichtlich, linkisch, und erstarrten. Sie spürte, wie schnell sein Herz schlug. Er berührte mit den Lippen ihren Kopf, die schmale, weiße Linie ihres Scheitels.

Tanja stieß Danilow von sich, riss sich die schwarze Augenbinde ab und versuchte, ihr Haar zu entwirren.

»Nun helfen Sie mir doch, Pawel Nikolajewitsch!« Ihre Stimme kam ihr selbst unangenehm schrill vor.

Dem Oberst zitterten ein wenig die Hände, als er die Haarsträhnen aus dem Knoten befreite. Tanja verspürte den Wunsch, ihn zu schlagen und zu küssen, wünschte sich, dass er augenblicklich verschwand und dass er nie wieder fortging. Endlich konnte sie wieder sehen. Er stand vor ihr, den schwarzen Schal in den Händen knautschend. Sie spürte, dass ihre Wangen glühten.

Als sie Oberst Danilow alt und grau genannt hatte, war sie unaufrichtig gewesen, vor allem sich selbst gegenüber. Danilow war siebenunddreißig. Er war nicht sehr groß, kräftig gebaut, hatte wasserhelle Augen und war an der Front ergraut, im japanischen Krieg. Tanja träumte fast jede Nacht von ihm. Es waren ganz und gar unschickliche Träume. Sie ärgerte sich darüber, und wenn sie sich begegneten, fürchtete sie sich, ihm in die Augen zu schauen, als wäre zwischen ihnen tatsächlich bereits jenes Beschämende, Heiße, Unheimliche geschehen, wovon sie seit über einem Jahr mitten in der Nacht aufwachte, dann gierig Wasser trank und zum Spiegel lief, um sich im schwachen Licht der Straßenlampe, das ins Schlafzimmerfenster fiel, im Spiegel zu betrachten.

In den ersten Unterrichtsstunden im Gymnasium gähnte Tanja, blinzelte und kaute an ihrem langen hellen Zopf. Dann vergaß sie den Traum und lebte weiter wie immer – bis zur nächsten Nacht.

Wolodja spottete, seine Schwester habe sich in einen alten Monarchisten verliebt, einen finsteren Reaktionär, und nun müsse sie wohl oder übel in ihrem Zimmer ein Familienbild der Romanows aufhängen, den Oberst heiraten, ihm Kinder gebären, dick werden, verdummen und sich an einen Stickrahmen setzen.

Andrej war düster und beredt eifersüchtig. Er war gerade zwölf geworden. Seine Mutter war bei seiner Geburt gestorben. Tanja war der Mutter ähnlich und kümmerte sich viel um den kleinen Bruder. Die Kinderfrau hatte dem Jungen eingeredet, seine Mutter sei nun ein Engel und schaue vom Himmel auf ihn herunter. Andrej hatte sich eingeredet, Tanja sei die rechtmäßige irdische Stellvertreterin von Mamas Engel und müsse deshalb ihre Engelspflichten brav erfüllen. Tanjas Verehrern begegnete er hochmütig, verachtete sie und bedauerte sie manchmal sogar. Nur Oberst Danilow hasste er, still und verbissen.

Unsinn, das hat sich Andrej nur ausgedacht, entschied Tanja und trat ans Regal, um eine Schallplatte herauszusuchen.

Andrej stellte sich neben sie, mit dem Rücken zu dem Gast, und legte seinen Kopf auf die Schulter der Schwester. Sie waren fast gleich groß, und er verrenkte sich fast den Hals. Der Oberst stand noch immer mitten im Zimmer. Nach einer Weile räusperte er sich und sagte leise: »Tatjana Michailowna, herzlichen Glückwunsch zum Geburtstag, hier ist Ihr Geschenk.« Er zog ein kleines Juwelieretui aus der Tasche und hielt es Tanja hin.

Plötzlich erschrak Tanja. Sie begriff, dass das kein Unsinn war, dass Danilow tatsächlich mit ihrem Vater über sie gesprochen hatte, doch der war so beschäftigt mit seinen Reagenzgläsern und Ratten, dass er sich nicht die Mühe gemacht hatte, Tanja etwas davon zu sagen.

Das kleine goldene Schloss ließ sich nicht öffnen, und Tanja brach sich einen Fingernagel ab.

»Lass mich mal«, meldete sich Wolodja, der bis dahin in einem Sessel gesessen und zerstreut in einer Zeitschrift geblättert hatte.

Im ersten Moment glaubte Tanja, auf dem blauen Samt säße ein lebendiges Glühwürmchen. Wolodja stieß einen Pfiff aus. Andrej fauchte verächtlich und murmelte: »Ph, ein Glassteinchen!« Danilow schob den Weißgoldring mit dem kleinen, unglaublich klaren und durchsichtigen Stein auf Tanjas Ringfinger. Er passte wie angegossen.

»Den hat schon meine Urgroßmutter getragen«, sagte der Oberst, »und dann meine Großmutter und meine Mutter. Ich habe niemanden außer Ihnen, Tatjana Michailowna. Mein Urlaub geht zu Ende, morgen muss ich zurück an die Front. Auf mich wartet niemand. Verzeihen Sie.« Er küsste Tanja die Hand und verließ rasch das Zimmer.

»Der Ärmste«, zischte Andrej aus seiner Ecke.

»Was ist, wieso stehst du da wie angewurzelt?«, spottete Wolodja. »Lauf ihm nach, fang an zu weinen, sag: Ach, Liebster, ich bin dein!«

»Seid still, ihr zwei Idioten!«, rief Tanja unerklärlicherweise auf Englisch und lief Danilow nach.

»Kinder, was ist passiert? Wohin will Tanja so eilig? Wo ist Michail?«, hörte sie die Stimme der Kinderfrau in ihrem Rücken.

In der Diele zog der Oberst gerade seinen Mantel an.

»Morgen?«, fragte Tanja dumpf.

Ohne recht zu wissen, was sie tat, packte sie ihn am Mantelkragen, zog ihn an sich, barg ihr Gesicht an seiner Brust und murmelte: »Nein, nein, ich werde Sie auf keinen Fall heiraten. Ich liebe Sie viel zu sehr, und eine Ehe, das ist niedrig und öde. Und merken Sie sich eins: Wenn Sie dort getötet werden, dann werde ich nicht weiterleben.«

Er streichelte ihren Kopf und küsste sie auf die Stirn.

»Wenn Sie auf mich warten, Tanja, dann werde ich auch nicht getötet. Wenn ich zurückkomme, heiraten wir. Michail Wladimirowitsch hat gesagt, das sollten Sie entscheiden. Er sehe nichts, was dem entgegenstünde. Bis auf den Krieg, aber der ist ja hoffentlich bald vorbei.«

Moskau 2006

Sofja erwachte mitten in der Nacht von einem seltsamen Geräusch, als ließe hinter der Wand jemand ein Motorrad an. Eine Weile lag sie da, ohne etwas zu begreifen, und blickte an die Decke. Es war kalt, draußen tobte ein Schneesturm. Sie sollte aufstehen, das Fenster schließen und sehen, was dort draußen vorging.

Auf dem Display ihres Mobiltelefons leuchtete die Uhrzeit: halb vier. Sie mochte nicht mehr schlafen. Das Fieber war gesunken. Endlich begriff Sofja, dass sie im Zimmer ihres Vaters eingeschlafen war, auf seiner Liege, und dass hinter der Wand Nolik schnarchte.

Draußen vorm Fenster schwankte eine Straßenlaterne im Wind, die Schatten an der Decke und an den Wänden bewegten sich. Sofja hatte plötzlich das Gefühl, als hätte das Zimmer ein eigenes geheimes nächtliches Leben und als wäre sie, Sofja, hier überflüssig. Als dürfte niemand sehen, wie tragisch sich die Schreibtischlampe neigte, wie die Vorhänge zitterten, wie das riesige rechteckige Auge, der Spiegel des Kleiderschranks, von Tränenfeuchte beschlagen, glänzte. Sobald sie sich bewegte, quietschte die Liege.

»Du liegst hier rum?«, hörte Sofja. »Meinst du nicht, dein geliebter Papa könnte ermordet worden sein?«

»Von wem? Warum?«, rief Sofja erschrocken, erwachte vom Klang ihrer eigenen Stimme endgültig und schaltete das Licht ein.

Die Diagnose des Notarztes hatte bei niemandem Zweifel geweckt: Akutes Herzversagen. Sofja war an diesem Tag wie benommen gewesen, hatte mechanisch alle Fragen beantwortet und in ein liniertes Formular geschrieben, was der Arzt und ein Milizionär ihr diktierten:

»Ich, Sofja Dmitrijewna Lukjanowa, geboren 1976, wohnhaft da und da, kam am soundsovielten um soundsoviel Uhr in das Zimmer meines Vaters. Er lag im Bett, auf dem Rücken, unter einer Decke. Atmung und Puls waren nicht zu spüren, seine Haut fühlte sich kalt an ...«

Sie hatte immer wieder gesagt, ihr Vater sei gesund gewesen und habe nie über Herzprobleme geklagt, als wollte sie sich selbst beweisen, dass sein Tod ein Missverständnis sei, dass er gleich die Augen öffnen und aufstehen würde.

»Siebenundsechzig, und das in Moskau. Extreme Umweltbelastungen, ständiger Stress«, erklärte der Arzt.

Er war ein älterer, höflicher Mann. Er sagte, einen solchen Tod könne man sich nur wünschen. Ohne Qualen, im Schlaf, im eigenen Bett. Ja, vermutlich hätte er noch zehn, fünfzehn Jahre leben können, aber heutzutage stürben selbst junge Leute wie die Fliegen, und er sei ein alter Mann gewesen.

Die Organisation und die Kosten der Beerdigung und der Totenfeier übernahm das Institut. Bims Frau Kira wich nicht von Sofjas Seite und versorgte sie mit Beruhigungstabletten, doch Sofja hatte heftige Krämpfe in der Kehle, sie schluckte mit Mühe gerade mal eine Kapsel hinunter und musste sich anschließend unentwegt übergeben. Während alle beim Totenschmaus saßen, würgte Sofja im Bad ihr Innerstes nach außen.

Am Tag nach der Beerdigung hatte Sofja Fieber bekommen. Sie ging nicht ans Festnetztelefon. Ihr Mobiltelefon war abgeschaltet, weil das Guthaben aufgebraucht war. Gestern hatte jemand das Konto aufgeladen, und sie war wieder erreichbar.

»Wenn ich ständig darüber nachdenke, werde ich noch verrückt«, sagte sich Sofja, »schließlich ist niemand sonst auf diese Idee gekommen, kein Mensch.«

Sofja presste die Hände gegen die Schläfen und fing an zu weinen.

Inzwischen hatte das Schnarchen aufgehört. Hinter der Wand waren Bewegung, Quietschen, Husten und Schlurfen zu vernehmen. Nolik erschien in der Tür, in eine Decke gehüllt wie in eine römische Toga.

»Was hast du?«, fragte er gähnend.

Sofja weinte weiter und brachte kein Wort heraus. Nolik holte ihr eine Tasse kalten Tee aus der Küche. Sie trank, und ihre Zähne schlugen gegen den Tassenrand.

»Das Fieber ist gesunken«, sagte Nolik, nachdem er ihre Stirn befühlt hatte, »aber wenn du weiter so heulst, steigt es wieder.«

»Geh schlafen«, sagte Sofja.

»Du bist gut!«, empörte sich Nolik. »Würdest du an meiner Stelle etwa gehen? Und einschlafen? Hör mal, du hast mir noch immer nicht erzählt, worüber du gestern mit diesem Kulik geredet hast. Was hat er dir eigentlich angeboten?«

Sofja schluchzte. »Er will sich morgen mit mir treffen. Es geht um irgendein großartiges internationales Projekt, die Schaffung eines bioelektronischen Hybrids. Computergesteuerte Morphogenese *in vitro*.«

»Ich verstehe kein Wort.« Nolik runzelte die Stirn und schüttelte den Kopf.

»Sie wollen nicht einfach nur Gewebe in Reagenzgläsern züchten, sondern diesen Prozess lenken, die Zelle steuern«, erklärte Sofja und wischte sich die Tränen ab. »Theoretisch hat das natürlich mit meinem Thema zu tun, aber es ist trotzdem komisch, dass sie plötzlich so aktiv werden. Kulik hat nicht einmal abgewartet, bis ich mich bei ihm melde, sondern selbst angerufen. Das sieht ihm überhaupt nicht ähnlich.«

»Du hast ein zu geringes Selbstwertgefühl, Sofie. Gib dir einen Ruck, komm zu dir. Das ist doch alles sehr schön für dich. Jetzt muss nur noch dein Ohr wieder gesund werden.«

»Und Papa wieder lebendig«, murmelte Sofja.

»Schluss jetzt, genug!« Nolik hob die Stimme, stand auf und lief durchs Zimmer. »Wenn die Eltern sterben, das ist schlimm, das tut weh. Aber es ist normal, Sofie. Die Kinder dürfen deshalb nicht plötzlich ihr Leben anhalten, verstehst du? Sollte ich nicht endgültig dem Suff verfallen und doch noch eine Frau finden, die bereit ist, ein Kind von mir zu kriegen, werde ich es rechtzeitig darauf vorbereiten, es an den simplen Gedanken gewöhnen, dass die Eltern vor ihm sterben werden. Ja, Dmitri Nikolajewitsch ist tot, das ist ein großer Kummer, aber dein Leben geht weiter.«

»Und wenn er nun ermordet wurde?«, fragte Sofja plötzlich.

Nolik erstarrte mit offenem Mund, musste husten, griff nach einem Papiertaschentuch, schüttelte mit zitternden Händen die ganze Packung aus und wischte sich die nasse Stirn ab.

»Es gibt Gifte, die im Körper keinerlei Spuren hinterlassen und deren Wirkung einen natürlichen Tod vortäuschen kann, zum Beispiel durch akutes Herzversagen«, fuhr Sofja mit fremder, mechanischer Stimme fort. »Irgendetwas ging die letzten zwei Monate in Papas Leben vor. Er hat sich sehr verändert.

Jemand hat ihn unter Druck gesetzt, irgendwer wollte etwas von ihm. An seinem letzten Abend hatte er in diesem Restaurant mit irgendjemandem eine schwierige Unterredung. Ich habe ihn noch nie in einem solchen Zustand gesehen, höchstens damals, als Mama wegging, aber selbst da hatte er sich besser in der Gewalt.«

»Vielleicht hatte er ja einfach Herzbeschwerden und hat dir nichts davon gesagt?«, fragte Nolik, der sich ein wenig beruhigt hatte. »Dein Vater war immer gesund, er kannte es nicht anders. Und auf einmal – wie ein Blitz aus heiterem Himmel: Das Herz tut weh, er fühlt sich elend. Womöglich hat er sich ja untersuchen lassen, wollte dich aber nicht damit belasten. Vielleicht ist er nach Deutschland geflogen, um Ärzte zu konsultieren oder sich behandeln zu lassen. Womöglich war es eine Krankheit, die ihn bedrückt hat, irgendeine schwere, komplizierte Herzkrankheit, an der er am Ende gestorben ist. Mach dich nicht verrückt, erfinde nicht irgendwelche Schurken mit Gift im Restaurant.«

»Klingt logisch.« Sofja seufzte. »Ja, bestimmt hast du recht. Aber – die Aktentasche? Die Fotos?«

»Richtig! Die Fotos!«, rief Nolik und schlug sich mit seiner üblichen Theatralik an die Stirn. Manchmal schätzte er seine Kraft dabei falsch ein, und auf seiner Stirn entstanden rote Streifen. »Ich weiß jetzt, an wen mich das Mädchen mit dem Zopf erinnert! Komisch, dass du sie nicht erkannt hast!«

Nolik sah sich im Zimmer um und ging zu den Bücherregalen. Dort standen mehrere Fotos hinter Glas. Eine gerahmte große alte Fotografie zeigte ein strenges, sehr schönes Mädchen. Ihr Haar wirkte dunkler als auf den Fotos aus der Aktentasche. Der Zopf war nicht zu sehen, das Haar war zu einem Knoten gebunden. Sofjas Großmutter, die Mutter ihres Vaters, Vera Jewgenjewna Lukjanowa, noch ganz jung.

Moskau 1916

Der Infanterieunteroffizier Samochin klagte, seine rechte Hand sei taub, die Finger würden anschwellen und jucken. Der Nagel des Zeigefingers sei eingewachsen und müsse entfernt werden.

»Ich spiele Gitarre, Fräulein, ich brauche meine Finger.«

Tanja schlug die Decke zurück und erblickte einen verbundenen Stumpf. Der rechte Arm des Mannes war bis zum Ellbogen amputiert. Tanja schüttelte sein Kissen auf, strich ihm über den kahlgeschorenen Kopf und sagte, wie sie es von den alten Ordensschwestern hier in der postoperativen Abteilung gehört hatte: »Mein Lieber, mein Guter, hab Geduld.«

Am anderen Ende des Krankensaals quietschte ein Bett, und eine heisere Stimme sang leise: »Ruhm dem Kaiser, wir liegen im Dreck und haun dem Deutschen die Birne weg.«

Auf dem Kissen ruhte ein großer rosiger Kopf, kahlgeschoren wie bei allen Verwundeten. Die langen Arme waren in die Höhe gereckt, die Finger ballten immer wieder eine Faust und beschrieben sonderbare Kreisbewegungen. Unter der Decke zeichnete sich ein kurzer Körper ab. Ein flacher Hügel von der Größe eines Rumpfes, sonst nichts.

»Ich trainiere die Arme«, erklärte der Soldat, »sie müssen mir jetzt die Beine ersetzen. Meine Beine hab ich, wie du siehst, für alle Zeit dem Franzosen überlassen, als ich ihr Verdun gegen die Deutschen verteidigt hab. Was, zum Teufel, frage ich dich, schert mich ihr französisches Verdun? Was hatte ich dort verloren? Die Franzosen kommen bestimmt nicht her, wenn es daran geht, mein Dorf Kanawka zu verteidigen.«

»Es juckt, die Finger jucken so«, wiederholte der Unteroffizier.

»Schon gut, keine Angst, das geht bald vorbei«, sagte Tanja.

Der Unteroffizier verzog die ausgetrockneten Lippen, ein stählerner Schneidezahn blinkte auf.

»Was geht vorbei? Was? Wächst mir eine neue Hand?«

»Es heißt, Doktor Sweschnikow macht solche Experimente, dass dem Menschen Arme und Beine wieder wachsen, wie der Schwanz bei einer Eidechse«, sagte der Beinlose laut.

»Das sind Märchen«, sagte Tanja und spürte, dass sie rot wurde. »Professor Sweschnikow macht keine solchen Experimente.«

»Woher willst du das wissen, Fräulein?«, fragte ein junger Soldat neben dem Unteroffizier dumpf. Sein ganzer Kopf war verbunden. Nur der Mund schaute heraus. Ein Schrapnell hatte sein Gesicht getroffen, er hatte Augen und Nase verloren.

Der Beinlose unterbrach seine Übungen, es wurde still im Krankensaal.

»Ich weiß es.« Tanja blickte verwirrt um sich. »Ich weiß es, weil der Mensch nun mal kein Salamander ist!«

»Wenn man die Haare abschneidet, wachsen sie nach. Auch der Bart wächst nach und die Nägel, sogar bei einem Toten«, sagte fröhlich ein weiterer Beinloser in einem Bett am Fenster. »Auch die Haut an einer verletzten Stelle wächst nach. Warum sollte nicht auch ein ganzes Bein oder ein Arm nachwachsen?«

»Wenn Kindern die Milchzähne ausgefallen sind, kommen neue raus«, unterstützte der Unteroffizier den Beinlosen.

»Das ist etwas ganz anderes. Die Ansätze für die späteren Zähne sind schon vorher da«, erklärte Tanja, »und Haare und Nägel bestehen aus ganz besonderen Zellen, aus Hornzellen. Und neue Haut wächst nur auf kleinen beschädigten Stellen nach, das nennt man Geweberegeneration, doch wenn ein beträchtlicher Teil der Hautfläche betroffen ist, schafft der Organismus das nicht.«

Der Krankensaal hörte schweigend zu. Die Verwundeten sahen Tanja an. Selbst der Mann ohne Augen schien sie anzublicken. Tanja bekam ein schlechtes Gewissen. Ihr munterer, herablassender Ton kam ihr unaufrichtig vor.

Was nützen ihnen meine wissenschaftlichen Vorträge?, dachte sie. Sie wollen ihre lebendigen Arme, Beine und Augen wiederhaben oder wenigstens an das Unmögliche glauben.

»Cosmas und Damian, die heiligen Märtyrer, haben einem Toten ein Bein abgesägt, es einem Lebenden angenäht, gebetet, und das Bein ist angewachsen. Der Mann konnte wieder laufen, das Bein war wie sein eigenes, nur dass es schwarz war, der Tote war nämlich Afrikaner, er selber aber war weiß«, teilte der Beinlose laut mit und rief Tanja zu sich. »Komm, meine Schöne, hilf mir. Ich muss mal.«

Am Fußende seines Bettes las Tanja: »Iwan Karas*, geb. 1867, Soldat ...«

»Einen interessanten Namen haben Sie«, sagte sie lächelnd und zog die Emaille-Ente unterm Bett hervor.

»Ein schöner Name, ich beklag mich nicht. Die Karausche ist ein nützlicher Fisch. Komm, hilf mir, oder nein, ruf lieber die alte Nonne, ich bin schwer.«

»Das macht nichts.« Tanja gab sich Mühe, bei dem Gestank, der ihr unter der Bettdecke des Soldaten entgegenschlug, nicht das Gesicht zu verziehen.

Iwan Karas war ganz nass. Offenbar hatte er es nicht anhalten können und es nicht gemerkt.

Handschuhe, dachte Tanja erschrocken, Papa hat gesagt, das macht man nur mit Handschuhen ...

Aber sie konnte nicht mehr weg. Es war ihr peinlich, sich vor dem Soldaten zu ekeln und die füllige, asthmatische Mutter

---

* (russ.) Karausche.

Arina zu holen, die sich eben erst im Schwesternzimmer hingelegt hatte.

»Meine Jüngste, die Dunjascha, die sieht dir ähnlich«, sagte der Soldat, »genauso blaue Augen, genauso flink. Dienstmädchen ist sie, in Samara, beim Kaufmann Ryndin. Es geht ihr nicht schlecht, es sind anständige Menschen, ehrliche Bezahlung, und zu jedem Feiertag ein kleines Geschenk. Sinka, meine Älteste, die ist auch Städterin geworden, hat Modistin gelernt. Die Söhne sind beide an der Front. Ach ja, mein Muttchen ist aus dem Dorf gekommen, sie wohnt bei der Schwiegertochter auf der Presnja, die würd ich gern noch einmal sehen. Und jemand sollte nach einem Priester schicken, für die letzte Ölung. Ich werde wohl heute Nacht sterben. Gott sitzt im Himmel, die Spinne in der Stube, und der Soldat fährt in die Grube.«

Tanja ließ beinahe die Ente fallen. Der Beinlose sprach ganz ruhig und vernünftig, seine Lippen lächelten. Erst jetzt bemerkte Tanja, dass er am ganzen Körper glühte und dass an den Stümpfen Blut durch die Verbände sickerte.

»Warten Sie, mein Lieber, ich bin gleich zurück«. Sie rannte hinaus.

Zwei Stunden zuvor war eine neue Partie Verwundeter eingetroffen, alle Ärzte waren beschäftigt. Sweschnikow war bei einer dringenden Operation und daher unabkömmlich. Zu Iwan Karas kam der junge Chirurg Potapenko mit einem Feldscher und zwei Schwestern.

»Es sieht schlecht aus. Eine eitrige Entzündung beider Stümpfe, kurz vorm Wundbrand, und weiter amputieren können wir nicht«, sagte Potapenko.

Die Verbände wurden abgenommen, die Wunden gereinigt, doch gegen das Fieber waren sie machtlos. Ein Geistlicher erschien. Lange beichtete Karas leise. Der Diakon sprach ein Gebet. Der Weihrauchgeruch wirkte beruhigend und einschläfernd. Zum ersten Mal seit Tagen verspürte Tanja die animalische Müdigkeit ohne jeden Gedanken, ohne stockendes Herz und Kloß im Hals, nach der sie sich lange gesehnt hatte.

Es war ihre dritte Nacht im Lazarett. Ihr Vater hatte sie davon abbringen wollen, doch sie hatte nicht auf ihn gehört. Sie konnte sowieso nicht schlafen, seit Beginn des Großen Fastens befand sie sich in einem Zustand ständiger fieberhafter Erregung. Sie wollte tätig sein, Schwierigkeiten überwinden, Menschen retten.

Mitte März war ein kurzer Brief von Oberst Danilow gekommen. Ein dicker junger Leutnant hatte ihn überbracht. Danilow schrieb, er sei am Leben, fühle sich wegen der vom Frühjahrsmatsch aufgeweichten Straßen wie eine Sumpfkröte und träume von drei Dingen: Tanja wiederzusehen, sich auszuschlafen und gute Musik zu hören. Zu Ostern hoffe er Urlaub zu bekommen, aber sie sollten sich nicht zu früh freuen.

»Tanja! Richten Sie Michail Wladimirowitsch aus, dass seine Vermutungen hinsichtlich der Kälte richtig sind. Im Februar haben die Verwundeten, die draußen an der frischen Luft gelassen wurden, weniger Blut verloren und überlebt.«

Der Leutnant hatte es sehr eilig, wollte nicht einmal einen Tee. Tanja verfasste in seinem Beisein eine Antwort. Die erste Variante zerriss sie, die zweite ebenfalls. Der Leutnant spielte mit den Fransen der Tischdecke, wippte mit dem Fuß und schaute ständig auf die Uhr. Schließlich hatte sie Folgendes geschrieben:

»Pawel Nikolajewitsch! Ohne Sie fühle ich mich einsam und leer. Bitte kommen Sie bald zurück. Ich weiß, das hängt nicht von Ihnen ab. Jeden Abend von acht bis neun werde ich für Sie Chopin und Schubert spielen. Denken Sie um diese Zeit an mich und stellen Sie sich vor, Sie würden die Musik hören. Papa ist gerade im Lazarett, und Ihr Leutnant kann nicht warten. Er sitzt neben mir, wippt mit dem Fuß und macht mich nervös. Ihre T. S.«

»Na bitte! Da erübrigen sich theoretische Beweise!«, sagte Sweschnikow, als Tanja ihm Danilows Brief zeigte. »Bei Kälte verbraucht das Gehirn weniger Sauerstoff, die Gefäße verengen sich. Das ist seit alters bekannt. Für Beweise fehlt jetzt die Zeit. Ich würde Pawel Nikolajewitsch gern schreiben, ich habe eine Menge Fragen an ihn. Hat dieser Leutnant eine Adresse dagelassen?«

»Nein. Aber schreib ihm trotzdem«, riet Tanja, »vielleicht kommt wieder eine Gelegenheit.«

Nicht einmal sich selbst wagte sie einzugestehen, dass das Warten auf eine solche Gelegenheit, auf eine weitere Nachricht vom Oberst, zum Sinn ihres Lebens geworden war. Abends saß sie von acht bis neun im Salon am Flügel und spielte, selbst wenn niemand zuhörte außer der tauben Kinderfrau.

Von der Front kamen schlechte Nachrichten. Aber das schien allen egal zu sein. Auf die patriotische Begeisterung im Herbst und Winter 1914 war längst Gleichgültigkeit gefolgt. Im Februar hatte der Generalangriff gegen die Deutschen an der Westfront begonnen. Vor Verdun gab es erbitterte und aussichtslose Gefechte. Die Regierungen Frankreichs und Italiens forderten Unterstützung. Russland erfüllte redlich seine Bündnispflicht.

Am 18. März 1918 rückten die russischen Truppen in Richtung Westen vor. Bei den Kämpfen an der Düna und bei Wilna fielen 78 000 Menschen. Die Gesellschaft aber interessierte sich mehr für die Gerüchte um Rasputin, für spiritistische Sitzungen und Hypnose-Experimente, aufsehenerregende Strafprozesse und Börsenkurse.

Am Sonntag schlief Tanja den ganzen Tag. Am Montag ging sie ins Gymnasium, am Abend war sie wieder im Lazarett.

Der Soldat Iwan Karas lebte noch. Auf einem Stuhl neben

seinem Bett saß eine hutzlige kleine alte Frau. Tanja erstarrte auf der Türschwelle. Die Alte hatte die Verbände von den Stümpfen abgenommen. Auf dem Nachttisch stand eine Schüssel mit einer schmutzigen Flüssigkeit, in die die Frau Lappen eintauchte und sie dann auf die offenen Wunden legte.

»Was machen Sie da?«, rief Tanja.

»Schrei nicht so, Mädchen, der Doktor hat's mir erlaubt.«

»Welcher Doktor?«

»Der allerbeste«, meldete sich Karas, »Professor Sweschnikow.«

»Unsinn, das kann er Ihnen nicht erlaubt haben, das ist unmöglich! Hören Sie sofort damit auf!«

»Beruhige dich, Tanja«, sagte ihr Vater, als sie ihn im benachbarten Krankensaal gefunden hatte, »das ist Ysopschimmel. Kennst du Ysop? Der wird sogar im Psalter erwähnt: ›Entsündige mich mit Ysop, und ich werde rein sein; wasche mich, und ich werde weißer sein als Schnee.‹«*

»Papa, es reicht! Du bist doch kein ungebildetes altes Weib, du weißt, dass Schimmel Schmutz ist. Das ist unhygienisch.«

»Tanja, du kennst dich in der Medizin aus, aber je länger ich mich damit beschäftige, umso deutlicher spüre ich, wie nichtig mein Wissen ist.« Der Professor schüttelte den Kopf. »Im altägyptischen Papyrus Edwin Smith, dem Wundenbuch, stehen Rezepte zur Behandlung eiternder Wunden mit Brot- und Holzschimmel. Das war im sechzehnten Jahrhundert vor unserer Zeitrechnung. In der Volksmedizin wird Schimmel bereits seit Tausenden von Jahren angewendet, sowohl bei uns in Europa als auch in Asien. Manchmal hilft er. Wie und warum, das weiß niemand.«

---

* Psalm 51,9. Elberfelder Bibel.

Drittes Kapitel

Außer dem Restaurant »Je t'aime« und dem Sportcoupé, das rund eine Million Euro kostete, besaß Pjotr Colt noch ein Dutzend Restaurants in Moskau, Petersburg, Prag und Nizza. Restaurants waren sein Hobby. Er kaufte sie zum Vergnügen, nicht um des Gewinns willen, ebenso wie Villen an den schönsten Küsten, Jachten, Sportwagen, Gemälde und Fabergé-Eier.

Colt leitete ein kleines, aber starkes Finanzimperium, zu dem zwei, drei Banken gehörten, ein Dutzend Ölquellen, eine Tankstellenkette und eine Reihe bescheidener Wodkafabriken in der russischen Provinz. Colt war Mitbegründer mehrerer Wohltätigkeitsfonds und Preise. Für seine Spenden für den Bau orthodoxer Kirchen hatte er den Orden des Heiligen Gottesfürchtigen Fürsten Daniil Moskowski dritter Klasse erhalten. Für seine Verdienste um den buddhistischen Glauben war er mit dem Titel eines Ehrenbuddhisten und Doktors der buddhistischen Philosophie ausgezeichnet worden, nicht ganz zu Unrecht, denn er hatte Philosophie studiert.

Im lange zurückliegenden Jahr 1965 hatte er die philosophische Fakultät der Moskauer Staatlichen Universität absolviert. Sein Diplom hatte er nicht auf dem Gebiet des Buddhismus verteidigt, sondern in Marxismus-Leninismus, und anschließend den verantwortlichen Posten des für Agitation und Propaganda zuständigen Zweiten Sekretärs zunächst in einer Kreis-, dann in der Stadtleitung des Komsomol bekleidet.

In den siebziger Jahren, der Zeit der Stagnation, hatte er eine Abteilung im ZK des Komsomol geleitet und alle damit verbundenen Privilegien genossen, doch von Beginn seiner Komsomolkarriere an hatte er gespürt, wie wacklig die sowjetische Nomenklaturpyramide war, und auf seinem Weg nach oben stets daran gedacht, sich ein weiches Lager zu schaffen, falls es für ihn einmal abwärts ging.

Dazu kam es nicht. Zu seinen Freunden gehörten einige bedeutende illegale Unternehmer und sogar eine Kriminellenautorität, und die wirren Neunziger trafen Colt nicht unvorbereitet.

Stonewashed Jeans, Raubkopie-Kassetten, gefälschte Wodka-Etiketten, Kooperativläden, Finanzpyramiden, Immobilien – mit all dem verdiente er Geld. Die irrsinnig galoppierende Inflation, die Privatisierung durch Vaucher und Pfandscheinauktionen, Putsche, Krisen, Währungscrashs – das alles nützte ihm, denn er war klug und nicht geldgierig, er war kompromissfähig und dachte in jeder Situation mehrere Schritte voraus.

Die illegalen Unternehmer wurden ermordet und eingesperrt, die Kriminellenautorität floh nach Amerika und wurde dort mit großem Trara verhaftet, doch da war Colt bereits nicht mehr mit ihnen befreundet. Seine Freunde waren nun Afghanistan-Veteranen, Sportler, junge Reformpolitiker. Er geizte nicht mit Geld für die Einrichtung von Hilfsfonds für diese, jene und letztere, er unterstützte Miliz-Veteranen, Klöster und Altenheime, beteiligte sich am Bau eines Gesundheitszentrums für Waisenkinder.

Mitte der Neunziger wurde er zum Duma-Abgeordneten des autonomen Wudu-Schambala-Kreises und fuhr sogar dorthin, in die Steppen-Einöde im Osten, wo Staubstürme heulten, Herden rotbrauner Pferde frei weideten und Frauen mit bunten Tüchern und flachen runden Gesichtern Pfeife rauchten. Wo immer man ein Loch in die harte Steppenerde bohrte, schoss eine Ölfontäne in den Himmel.

Der agile junge Gouverneur German Jefremowitsch Tamerlanow galt dort als lebendige Inkarnation der alten Gottheit

Yoruba, die Einwohner beteten seine Büste an, die in allen Städten und Dörfern stand. Die Gottheit fuhr im offenen Ferrari über die miserablen Steppenstraßen, spielte Tennis und hielt sich einen Harem aus zwölf Frauen unterschiedlicher Nationalitäten.

Pjotr Colt freundete sich mit der Gottheit an, bekam den Titel Inkarnation des Pfa verliehen, des Bruders von Yoruba, half Yoruba, ein Gestüt aufzubauen und die Herstellung von Decken aus Schafwolle in Gang zu bringen, und kaufte ein paar frisch erschlossene Ölquellen.

In der Steppe wuchs reichlich Kchwedo-Gras, das sehr viel mit Hanf gemein hat, doch Yorubas vorsichtige Vorschläge, ein gemeinsames Geschäft damit aufzubauen, lehnte Colt höflich ab.

Die zweite Hälfte der Neunziger hindurch wurde Colt in diverse Ämter gewählt, ausgezeichnet, beglückwünscht, mit Vollmachten und Immunitätsgarantien ausgestattet. Er lächelte, drückte Hände, hielt Reden, lancierte als Lobbyist Duma-Gesetze, trat in Fernsehdebatten auf und bedauerte nur eines: dass der Tag nur vierundzwanzig Stunden hatte.

Er wurde ausgeraubt und erpresst, man versuchte ihn zu verleumden, zu verhaften und zu töten. Doch auch das nützte ihm. Er gewann an Erfahrung, seine Intuition schärfte sich, und er empfand nun noch tiefer und deutlicher, wie schön das Leben war.

Das einundzwanzigste Jahrhundert begrüßte Colt in den französischen Alpen, im Skiort Courchevel, im besten Restaurant am Platz, in dem die Kellner längst russisch sprachen.

Die Party tobte die ganze Nacht. Am Himmel flammte ein buntes Feuerwerk auf, dressierte Bären mit Fliege um den Hals trugen Kristallschalen mit schwarzem Kaviar herum, die Gäste begossen einander mit Champagner. Musik dröhnte, alle waren betrunken – Oligarchen, Politiker, Showstars und Models. Jemand kletterte auf die Bühne, um einen Toast auszubringen, ein anderer auf einen Tisch, um einen Bauchtanz vorzuführen.

Es war lustig, genau wie vor einem Jahr, vor zwei und vor drei Jahren. Colt liebte solche Vergnügungen. Er entspannte sich, lachte über die Witze anderer, scherzte selbst, trank viel, ohne sich zu betrinken, suchte sich hin und wieder ein neues Mädchen aus, bahnte manchmal sogar seriöse Geschäfte an.

Doch in dieser Silvesternacht überkam Colt plötzlich Langeweile. Inmitten der allgemeinen Verrücktheit wurde er traurig. Das geschah auf der Toilette. Die Beleuchtung dort war zu grell. Er wusch sich die Hände, schaute in sein Gesicht und dachte daran, dass er neunundfünfzig war. Das siebte Jahrzehnt nahte. Er war der Älteste hier im Restaurant. Er war müde, er hatte Herzschmerzen. Soeben war ein Jahrhundert angebrochen, in dem er vielleicht noch zehn Jahre zu leben hatte, nicht mehr.

Natürlich waren ihm solche Gedanken auch früher schon gekommen. Er dachte viel und oft an den Tod, aber ganz anders. Eine Kugel, eine Bombe, ein gut inszenierter Unfall. Ein solcher Tod war sein ständiger Begleiter, Gegenüber, Geschäftspartner, manchmal Freund, manchmal Feind. An ihn war er gewöhnt wie an einen Vertrauten, konnte sich mit ihm einigen, sich von ihm loskaufen, ihn überlisten. Gesunder Menschenverstand, Intuition, Geld – das alles besaß er im Überfluss. Doch während der atemberaubenden Jagd der letzten zwanzig Jahre hatte er anscheinend vergessen, dass das Ende auch anders aussehen konnte.

Ein anderer Tod blickte ihm in dieser Silvesternacht aus dem prächtigen Spiegel der Restauranttoilette entgegen – ein natürlicher Tod, von niemandem in Auftrag gegeben, ein Tod, der niemandem nützte, der aber unvermeidlich war, und Colt begriff ohne Worte, dass er sich mit ihm nicht würde einigen können. Dieser Tod wollte nichts – weder Geld noch Macht oder Beziehungen.

»Es ist alles eitel«, flüsterte Colt.

Von dieser Nacht an wiederholte er diesen Satz ständig, laut und in Gedanken.

Moskau 1916

Die alte Frau behandelte nicht nur die Wunden ihres Sohnes mit Ysopschimmel, sie flößte ihm diese Scheußlichkeit auch löffelweise ein. Der Soldat Iwan Karas überlebte. Unteroffizier Samochin aber, dem man den rechten Arm amputiert hatte, starb, obwohl die Wunde gut verheilte.

»An Trauer«, erklärte sein Bettnachbar Tanja.

»Er litt an Angina pectoris«, sagte ihr Vater, »das habe ich alter Esel übersehen.«

Karas wurde in einen anderen Saal verlegt. In der Lazarettwerkstatt wurde für ihn ein primitiver Rollwagen gebaut. Tagelang fuhr er in Begleitung seiner Mutter durch die Flure, festgebunden auf einem Brett mit Rädern, und lernte, sich mit kurzen Krücken vom Boden abzustoßen.

Der Unteroffizier wurde auf den Friedhof gebracht. Die beiden frei gewordenen Betten belegten neue Verwundete.

Vater und Tochter gingen vom Lazarett zu Fuß nach Hause. Es war der erste richtige Frühlingsmorgen. Der Himmel war aufgeklart, die Sonne spiegelte sich in Pfützen und Fensterscheiben. Tanja mied die Pfützen geschickt, trotzdem waren ihre hochhackigen cremefarbenen Wildlederschuhe am Ende über und über mit Schlamm bespritzt und durchnässt.

»Awdotja hat doch gesagt, du sollst die Halbschuhe anziehen!«, knurrte der Professor. »Nie hörst du auf jemanden, alles machst du nach deinem eigenen Kopf, selbst wenn es um Kleinigkeiten geht.«

Vor der Großen-Himmelfahrts-Kirche drängten sich die Bettler. Es war gerade Gottesdienst.

»Gehen wir rein?«, fragte Tanja.

»Na, wenn du unbedingt willst.« Der Professor gähnte. »Ehrlich gesagt möchte ich nur so schnell wie möglich ein Bad nehmen und mich ausschlafen.«

»Keine Angst, nur kurz.«

Tanja wollte Kerzen aufstellen und Fürbittbriefe für die Gesundheit von Oberst Danilow und für den Seelenfrieden von Unteroffizier Samochin abgeben. Ihr Glaube an Gott war noch immer aufrichtig und schlicht, wie in ihrer frühen Kindheit, als die Kinderfrau Awdotja mit ihr in die Kirche gegangen war. Im Gymnasium wurde sie von vielen fortschrittlichen jungen Mädchen deswegen ausgelacht. Junge Damen in ihrem Alter und älter schwärmten für den Spiritismus, lasen den »Theosophischen Boten«, besuchten Medien und Wahrsagerinnen. Orthodox zu sein galt in kultivierten Kreisen nicht nur als altmodisch, sondern fast als unanständig. Tanjas Bruder Wolodja spottete in ihrer Gegenwart absichtlich über die Kirche, nannte die Priester »Popiks« und las ihr den Boulevardzeitungsklatsch über die Lasterhaftigkeit und Völlerei der Mönche und über die Homosexualität hoher Kleriker vor. Sie stritt nie mit ihm, wich aus und betete dann inbrünstig für ihren Bruder. Sie wusste, was für Abscheulichkeiten Wolodja in seinem fröhlichen okkulten Zirkel trieb.

Professor Sweschnikow war kein Atheist, betrachtete aber die Kirche lediglich als eine von vielen staatlichen Einrichtungen. Aus Rücksicht auf Tanjas Gefühle bekreuzigte er sich in der Kirche akkurat und hielt die Große Fastenzeit ein.

Als sie die Kirchentreppe hinaufgingen und den Bettlern

Kleingeld gaben, griff eine winzige Hand, die aussah wie eine Vogelkralle, nach dem Saum von Tanjas weißem Pelzmantel.

»Hilf mir, hilf mir ...«

Die hohe Stimme war ganz leise, übertönte jedoch alle anderen. Ein Geschöpf in ausgeblichener Gymnasiastenjacke, langen Unterhosen und riesigen Kunstlederstiefeln schaute Tanja aus hervorquellenden, wimpernlosen braunen Augen an. Sein Kopf war mit einem löchrigen Strickschal umwickelt. Das faltige kleine Gesicht wirkte wie eine bösartige Karikatur eines Kindes und zugleich eines Greises, ja überhaupt wie die Karikatur eines Menschen. Eine kräftige Frau in Lumpen packte den Kind-Greis am Jackenkragen und zischte:

»Ossja, du Teufel, rühr das edle Fräulein nicht an, lass los, du machst den teuren Pelz noch schmutzig! Scher dich zu deiner Synagoge und bettle da, nicht hier! Schönes Fräulein, gib einer armen Soldatenwitwe etwas Kleingeld für ein Stück Brot, hab Mitleid mit meinen Waisenkindern!«

Ob nun die Frau Ossja zu heftig geschüttelt hatte oder er sich ohnehin kaum auf den Beinen halten konnte, jedenfalls sank er langsam in sich zusammen und fiel direkt in Tanjas Arme. Der Professor hob ein Augenlid des Kind-Greises an und fühlte seinen Puls.

»Ohnmächtig«, sagte er leise zu Tanja.

Sie hielt den Jungen in den Armen, er war merkwürdig leicht, fast körperlos. Der Professor lief nach einer Droschke. Zwanzig Minuten später kehrten sie mit dem Kind-Greis zurück ins Lazarett. Unterwegs kam er zu sich. Er sagte, es gehe ihm gut, er heiße Iossif Katz und werde in einem Monat elf Jahre. Seine Eltern würden ihn nur Ossja nennen.

»Wo sind deine Eltern?«, fragte Sweschnikow.

»Zu Hause, in Charkow«, antwortete der Junge.

Während Tanja und Schwester Arina den Jungen wuschen

und ihm zu essen gaben, erzählte er, dass er die erste Klasse des Gymnasiums besuche und mit einem Wanderzirkus von zu Hause weggelaufen sei. Unterwegs habe eine deutsche Bombe ihr Fuhrwerk getroffen, alle seien getötet worden, nur er habe überlebt und sei durch den erlebten Schrecken ergraut.

»Aber deine Eltern suchen dich doch, machen sich Sorgen.« Schwester Arina schüttelte den Kopf.

»Ach wo. Ich habe mit ihnen telefoniert«, antwortete der Junge, »sie wissen Bescheid.«

»Worüber?«, fragte Tanja.

»Dass ich in Moskau bin und zum Theater will. Ich will den Narren im *König Lear* spielen. Ich muss nur erst gesund werden.«

Während Professor Sweschnikow den Jungen untersuchte, schwatzte der ununterbrochen. Er erklärte, er sei gar nicht von zu Hause weggelaufen, es habe sich einfach zufällig ergeben. Schon im Sommer sei auf einer Wiese in der Nähe der Datscha ein deutscher Aeroplan gelandet. Der Pilot habe Ossja nach dem nächsten Wirtshaus gefragt und sei essen gegangen, und Ossja sei in die Kabine geklettert, habe am Steuer gedreht, einen Hebel heruntergedrückt, und da sei der Aeroplan losgeflogen. Ossja sei erst erschrocken, aber dann habe es ihm gefallen, er sei höher geflogen als die Wolken und habe sogar einen Passagier mitgenommen, den alten Raben Jermolai. Dieser Rabe habe früher auf einem Baum vor Ossjas Haus gelebt, er sei klug und freundlich gewesen, habe sprechen können und aus der Hand gefressen, sei dann aber verschwunden. Und nun habe Ossja ihn am Himmel wiedergetroffen und in die Kabine seines Aeroplans geholt. Der Rabe habe erzählt, er sei vor den Agenten der Geheimpolizei geflohen, weil er mit den Sozialdemokraten sympathisierte und nachts Flugblätter geklebt habe, und die gemeinen Spatzen hätten ihn denunziert.

»Jermolai und ich sind geflogen, bis wir froren. Am Himmel

ist es nämlich kalt, kälter als auf der Erde. Eines Nachts sind wir in Moskau gelandet, im Neskutschny-Garten. Es war dunkel, niemand hat uns gesehen. Wir haben den Aeroplan in einer Blumenrabatte vergraben. Ich habe beschlossen, inkognito in Moskau zu bleiben, einen anderen Namen anzunehmen und ein großer Filmschauspieler zu werden, wie Herr Chaplin. Jermolai hatte Angst hierzubleiben. Die Agenten waren hinter ihm her, er hatte keinen Pass, und er hatte die Ansiedlungszone verlassen. Also haben wir uns getrennt.«

»Wo wohnst du?«, fragte der Professor, während er die Lymphdrüsen am Hals des Jungen abtastete.

»Jetzt nirgendwo. Früher im Maljuschinka-Viertel, in einer Pilgerherberge, die Köchin dort, Pelageja Gawrilowna, ist eine nette Frau. Ich habe für sie Kartoffeln geschält und ihr die Zeitungen vorgelesen, mit Gefühl. Aber dann ist ihr ein persönliches Drama passiert. Ihr intimer Freund Pachom hat sie mit der Tochter des Hausherrn betrogen. Pelageja hat angefangen zu trinken. Wenn sie betrunken war, hat sie erst geweint und dann mich verprügelt, mit allem, was ihr gerade in die Hände fiel, und geschrien, ich hätte Jesus Christus verkauft. Ich habe versucht, ihr zu erklären, dass dieses Verbrechen vor sehr langer Zeit geschehen ist, vor 1916 Jahren, und ich also nichts damit zu tun haben kann. Da wurde sie noch wütender, fuchtelte mit dem Schüreisen herum und erklärte dann, ich sei ein deutscher Spion, ein Freimaurer, ich hätte Russland zugrunde gerichtet und würde mit dem Blut christlicher Säuglinge Matze backen. Ich habe gesagt, dass die Juden nichts essen, wo Blut drin ist, weil das nicht koscher ist, und dass sie Matze nur aus Mehl und Wasser machen, nicht einmal Salz tun sie rein.«

»Ossja, erinnerst du dich, wann du krank geworden bist?«, fragte der Professor.

»Mit fünf, glaube ich. Erst wurde ich immer dünner. Mama

hat mich gepäppelt, wie sie konnte, aber ich wurde immer dünner. Ich war blass, und meine Haut war ganz welk und faltig. Dann wurden die Haare weiß, und das Atmen wurde schwer, wenn ich ein bisschen schnell laufe, fange ich an zu keuchen.«

»Haben deine Eltern dich irgendwelchen Ärzten vorgestellt?«

»Natürlich. Die besten Ärzte von Charkow haben mich untersucht, sogar Professor Ljamport.«

»Ljamport? Iwan Jakowlewitsch? Interessant. Erinnerst du dich, was er gesagt hat?«

»Sehr gut sogar. Er hat gesagt, dass ich ein kluger Junge bin und dass das alles vorbeigeht. Ich soll mehr Fleisch, Obst und Gemüse essen, an die frische Luft gehen, mich mit kaltem Wasser waschen und Gymnastik machen.« Plötzlich gähnte Ossja und rieb sich die Augen.

Als der Professor ihn auf die Liege gebettet hatte und seinen Bauch abtastete, schlief er bereits wie ein Toter. Der Professor deckte ihn mit einem Plaid zu und schloss die Vorhänge.

»Er ist doch nicht ansteckend?«, fragte flüsternd der alte Feldscher Wassiljew, der die ganze Zeit ebenfalls im Raum gewesen war.

»Nein.«

»Aber was ist das? Was hat er, der Ärmste?«

»Das weiß ich noch nicht. Vielleicht extreme Auszehrung. Aber er redet lebhaft, und sein Verstand ist in Ordnung. Bei einer so schweren Dystrophie müssten psychische Störungen auftreten, Asthenie, Depression, Psychosen.«

»Tja, mit seinem Kopf ist alles in Ordnung.« Der Feldscher lachte spöttisch. »Ein fixes Kerlchen, fast zu fix. Was er für Märchen erzählt – von einem Aeroplan, von einem Raben. Vielleicht hat er auch geschwindelt, was sein Alter angeht?«

»Na, wie alt könnte er denn sein, was meinen Sie?«

Wassiljew ging auf Zehenspitzen zur Liege und betrachtete

im trüben Licht Ossjas Gesicht. Im Schlaf ähnelte dieser eher einem Kind als einem Greis. Die Falten waren geglättet, Wangen und Lippen rosig. Sein runder Kopf lag im Schatten, so dass das graue Haar nicht zu sehen war.

»Ist er wirklich erst elf?«, fragte der Feldscher.

»Ja. Kaum mehr. Aber sein Körper ist verbraucht wie der eines siebzigjährigen Greises.«

»Gott erbarm, wie lange hat er denn noch?«

»Ein Jahr, anderthalb. Das Herz ist schwach. Wenn er aufwacht, geben Sie ihm noch einmal zu essen und viel Warmes, Süßes zu trinken.«

»Michail Wladimirowitsch, wollen Sie ihn hierbehalten?«

»Ob ich will oder nicht – er kann doch nirgendwohin.«

»Aber wir haben keinen Platz, alle Betten sind belegt«, entgegnete der Feldscher, »und wenn Seine Exzellenz das erfährt, wird er dagegen sein.«

»Ich habe nicht gesagt, dass er in einen Krankensaal zu den Verwundeten gelegt werden soll. Das ist nicht nötig. Er kann hier übernachten, in meinem Zimmer. Bringen Sie ihm Bettwäsche, ein Kissen, eine Zahnbürste, Seife, ein Handtuch. Und mit Seiner Exzellenz rede ich.«

Im Foyer entdeckte der Professor seine Tochter. Tanja schlief in einem Sessel in der Ecke.

Sie gähnte, schüttelte den Kopf, um wach zu werden, und fragte mit heiserer, verschlafener Stimme: »Wo ist Ossja?«

»Er schläft in meinem Zimmer.«

»Hast du herausgefunden, was ihm fehlt?«

»Ich fürchte, ja. Obwohl das ganz unglaublich ist.«

Moskau 2006

Schlüssel, Handschuhe, Geldbörse. Diese drei Gegenstände kamen Sofja wie verhext vor. Sie verschwanden immer im unpassendsten Moment, wenn sie dringend aus dem Haus musste. Ihr Vater hatte in solchen Fällen gesagt: »Kleiner Kobold hier im Haus, rück die Sachen wieder raus«, und wie durch Zauberei fand sich alles wieder an, als lebte in ihrer Wohnung tatsächlich ein launischer kleiner Hausgeist. Auf ihren Vater hörte er, auf Sofja nicht.

Sie lief hektisch durch die Zimmer, die Küche, schaute in alle Schränke und Schubladen. Die Handschuhe waren spurlos verschwunden. Blieb nur die Hoffnung, dass sie im Auto lagen. Die Geldbörse fand sich auf einem Bord im Bad. Statt ihrer eigenen Schlüssel nahm sie die ihres Vaters, sie lagen in der Tasche seines Lammfellmantels. Dort entdeckte Sofja auch ein kleines Pappkärtchen: die Visitenkarte des Crowne Plaza Hotels in Sylt-Ost in Deutschland.

»Sylt, Sylt«, murmelte Sofja vor sich hin, während sie die Treppe hinunterstürmte.

Ihr alter hellblauer Volkswagen stand auf dem Hof, mit Schnee bedeckt und von drei Seiten hoffnungslos eingekeilt von fremden Autos. Sofja sah auf die Uhr, rannte zur Metro und redete sich ein, dass es besser so sei – jetzt waren überall Staus, da könnte sie anderthalb Stunden feststecken. Mit der Metro war sie in zwanzig Minuten da, außerdem musste sie keinen Parkplatz suchen.

Auf der Station »Belorusskaja« blieb die Rolltreppe plötzlich stehen. Ein Mann in Tarnjacke fiel schwer gegen Sofja. Er roch nach Alkohol. Sofja griff nach dem Geländer, um nicht auf eine gebrechliche kleine Oma zu fallen. Sie fiel nicht, verstauchte sich aber schmerzhaft die rechte Hand.

Der Bahnsteig war übervoll.

»Dieser Zug endet hier, bitte alle aussteigen«, teilte eine Lautsprecherstimme mit.

Der Schmerz im rechten Ohr hörte nicht auf. Das Fieber hatte Sofja mit Analgin heruntergedrückt. Ihr war leicht schwummerig, die Knie zitterten vor Schwäche. Die Menge quoll aus dem Zug, eine mürrische Aufsicht und ein Milizionär liefen rasch durch alle Wagen. Aus dem letzten holten sie einen verschlafenen Mann im Schafpelz. Der Milizionär trug seine gestreifte Tasche, der Mann knurrte und rieb sich mit den Fäusten die Augen. Der leere Zug raste pfeifend davon. Von der Rolltreppe schwappte der nächste Schwung Fahrgäste herab. Sofja wurde immer weiter an die Bahnsteigkante gedrängt, sie beschloss, nicht zu warten, sondern in die Ringlinie umzusteigen und über »Krasnopresnenskaja« bis »Kusnezki most« zu fahren.

Durch ihren Kopf geisterte noch immer das kurze, dumpfe Wort »Sylt«. Es klang wie ein Spechtklopfen.

Auf der Gästekarte standen An- und Abreisedaten. Ihr Vater hatte zehn Tage im Zimmer 23 des Crowne Plaza Hotels auf der kleinen Insel Sylt gewohnt. Er war also nirgendwo sonst in Deutschland gewesen. Er war nach Hamburg geflogen und mit dem Zug über den berühmten Damm auf die Insel gefahren. Warum?

Als sie aus der Metro sprang und über die Straße lief, schrillte in ihrer Tasche das Mobiltelefon.

»Ist alles in Ordnung, Sofja? Haben Sie sich vielleicht verlaufen? Stecken Sie im Stau?«, fragte die Stimme von Valeri Pawlowitsch Kulik.

»Ich bin ganz in der Nähe«, sagte sie ins Telefon, »ich sehe es schon, das Café »Grin«.«

»Ach, Sofja! Sie haben wieder alles verwechselt. Nicht »Grin«, sondern »Grieg«, das ist kein Café, sondern ein Restaurant. Das »Grin« ist ein Imbiss. Legen Sie nicht auf.«

Kulik erklärte ihr Schritt für Schritt den Weg zum Restaurant, bis sie drinnen war.

»Was kann ich für Sie tun?«, fragte ein Security-Hüne in einem tadellosen Anzug.

Ringsum Marmor, frische Blumen, Bilder in Goldrahmen, Samtsessel und Spiegel. Riesige, erbarmungslose Spiegel, die jedes Detail genau wiedergaben. Sofjas Lammfellmantel, den sie vor fünf Jahren auf dem Sawjolowo-Markt gekauft hatte, die losen Fäden, wo die Knöpfe fehlten. Die schwarze Hose, die schlecht saß, aber ihre einzige anständige war. Die braunen Stiefel mit den untilgbaren weißen Spuren vom Streusalz auf den winterlichen Moskauer Straßen. Der weiße Pullover war längst fusselig. Sie hätte sich das Haar in Form föhnen und Make-up auflegen müssen. Aber da sie das nie tat, hatte sie auch jetzt nicht daran gedacht. Doch die Spiegel erinnerten sie daran.

Der Portier wollte ihr den Mantel nicht abnehmen. Der Security-Mann telefonierte, tat, als hätte er ihr schüchternes »Ich werde erwartet« nicht gehört und versperrte ihr den Weg. Aus dem Saal kam eine hochgewachsene, umwerfend schöne brünette Frau, malte sich die Lippen an und warf missbilligende Blicke auf Sofja. Vor allem auf die abgewetzten braunen Stiefel zur schwarzen Hose.

Endlich erschien Kulik, groß und weich. Sofja registrierte, dass er sich die restlichen Haare abrasiert hatte und nun absolut kahlköpfig war, zudem ohne Brille, wahrscheinlich trug er Kontaktlinsen. Er war ohne Jackett, ein hellblaues Hemd umspannte straff seinen Bauch. Er glänzte, strahlte, lächelte und fühlte sich hier wie zu Hause.

»Schön, Sie zu sehen, Sofja! Warum sind Sie so blass? Und warum die roten Augen? Ach, verzeihen Sie, Mädchen, verzeihen Sie, Sie haben Ihren Vater verloren, mein aufrichtiges Beileid.«

Er nahm ihr den Mantel ab und reichte ihn dem Portier. Der lächelte unterwürfig und empfing das abgetragene Stück aus Kuliks Händen mit einer Ehrfurcht, als handelte es sich um einen Nerz.

Im Saal war das Licht nicht so grell, und Sofja entspannte sich ein wenig. Kulik führte sie ganz nach hinten, wo die Tische in Nischen hinter Samtvorhängen standen.

»Ich werde Ihnen gleich einen sehr wichtigen Mann vorstellen«, flüsterte er, »bemühen Sie sich, ihm zu gefallen.«

Am Tisch saß ein Mann von Mitte vierzig. Seine dünnen blonden Haare waren sorgfältig zurückgekämmt, er wirkte unsympathisch, hochmütig. Derbe Gesichtszüge, wulstige blasse Lippen. Er erhob sich vor Sofja, drückte ihr die Hand, zu fest, so dass ihr die Finger wehtaten, und lächelte. Dieses Lächeln verwandelte ihn auf erstaunliche Weise. Weiße Zähne leuchteten auf, seine Züge wurden weicher, und Sofja sah, dass er strahlendblaue, recht lebhafte Augen hatte.

»Subow«, stellte er sich knapp vor.

»Tja, Iwan Anatoljewitsch, hier bringe ich Ihnen das beste Exemplar«, sagte Kulik und rückte einen Stuhl für Sofja heran.

»Wie geht es Ihnen, Sofja Dmitrijewna?«, fragte Subow und musterte sie unverhohlen. »Ich glaube, Sie waren krank?«

»Ja, ein wenig. Aber jetzt bin ich wieder gesund. Danke.« Sofja versteckte sich vor seinem forschenden Blick hinter der Speisekarte.

»Nehmen Sie die Forelle«, empfahl Kulik.

Als die Bestellung aufgegeben und der Kellner gegangen war, fragte Subow: »Sagen Sie, Sofja Dmitrijewna, haben Sie außer den drei Artikeln zur Apoptose, die im Internet stehen, noch mehr über dieses Thema geschrieben?«

»Ihre Dissertation behandelt es, das habe ich Ihnen doch erzählt«, antwortete Kulik für Sofja.

»Was ist Vaskularisation?« Subows tiefe Stimme klang leicht gekränkt.

Sofja zuckte zusammen.

»Iwan Anatoljewitsch ist für die Kader zuständig, er ist kein Biologe, sondern Betriebswirt. Versuchen Sie also bitte ohne unsere spitzfindige Terminologie auszukommen«, erinnerte Kulik sie sanft.

Sofjas Mund war völlig ausgetrocknet. In einem Zug leerte sie ein ganzes Glas Mineralwasser.

»Krebszellen produzieren ein besonderes Eiweiß, Angiogenin, das die Bildung von Kapillaren auslöst, also die Vaskularisation«, erklärte Sofja, »eine Geschwulst zieht sozusagen neue wachsende Gefäße an, ernährt sich durch sie, wird zum untrennbaren Teil des lebenden Organismus, und zwar zu dessen stärkstem und aggressivstem Teil. Bereits Mitte der siebziger Jahre ist es gelungen, die komplette Aminosäuresequenz dieses Eiweißes zu bestimmen, das Gen zu finden, das für seine Synthese zuständig ist. Doch an diesem Punkt gerieten die Forschungen in eine Sackgasse.«

Subow wandte seine strahlendblauen Augen nicht von Sofja. Es war schwer zu sagen, ob er ihr zuhörte oder sie bloß studierte. Seine Augen waren ausdruckslos. Sofja wollte gern glauben, dass er ihr zuhörte. Wozu sonst ließ er sie erzählen? Kulik langweilte sich und schaute sich ständig um, wann endlich die Vorspeisen gebracht würden.

»Wenn ich Sie richtig verstanden habe, geht es da doch um Onkologie, oder?«, vergewisserte sich Subow. »Aber was hat der Zellenselbstmord damit zu tun?«

»Krebs ist eine Form von Selbstmord eines lebendigen Systems, und zwar auf Makroebene, das heißt, auf der Ebene des gesamten Organismus. Eine Krebszelle unterscheidet sich praktisch nicht von einem Einzeller, sie verhält sich genau wie ein Bakterium. Eigentlich müsste der Körper darauf mit einer gewaltigen Immunattacke reagieren.«

»Kein sehr appetitliches Thema«, sagte Kulik mit einem spöttischen Lachen und nahm sein Mobiltelefon vom Tisch, damit der Kellner den Teller mit Krabbensalat vor ihn hinstellen konnte. »Sofja, machen Sie eine Pause und lenken Sie Ihre Aufmerksamkeit auf das Carpaccio.«

Wirklich, was schwatze ich da?, fragte sich Sofja. Das interessiert sie doch offenbar gar nicht.

»Valeri Pawlowitsch hat gesagt, Sie sprechen Englisch und Deutsch.«

Subow durchbohrte Sofja noch immer mit seinem Blick, spießte dabei geschickt eine Olive auf und schob sie sich in den Mund.

»Mein Deutsch ist nicht besonders gut, ich benutze es selten. Englisch kann ich besser.«

»Sie haben keine Kinder, auch keinen Mann.« Subow hob eine hauchdünne Käsescheibe mit der Gabel hoch und schaute mit eingekniffenen Augen durch sie hindurch zu Kulik.

»Ja«, sagte Sofja, »ich bin allein. Meine Mutter lebt mit ihrem neuen Mann in Sydney.«

»Sie hatte einen wunderbaren Vater, aber er ist vor kurzem gestorben«, sagte Kulik.

»Mein Beileid.« Subow nickte mechanisch. »Dass Sie allein sind, ist ein zusätzliches Plus. Es wäre für Sie kein Problem, für ein Jahr nach Deutschland zu gehen. Waren Sie schon einmal dort?«

»Nein.«

»Sie werden ihr Deutsch auffrischen müssen.« Subow zerkaute den Käse und lächelte Sofja erneut an. »Sagen Sie, woher kommt Ihre Leidenschaft für die Biologie? Gab es in Ihrer Familie Biologen?«

»Nein.«

»Sind Sie sicher?«

»Heutzutage weiß kaum jemand etwas über seine Urgroßeltern«, bemerkte Kulik, »die Menschen kennen ihre Wurzeln nicht mehr, leider. Ich zum Beispiel habe erst vor kurzem herausgefunden, dass einer meiner Vorfahren väterlicherseits ein berühmtes Medium und ein Dichter war. Eine populäre Kombination zu Beginn des zwanzigsten Jahrhunderts. In der esoterischen Zeitschrift »Ottuda«, die von 1904 bis 1918 in Petersburg erschien, habe ich Artikel, Gedichte und sogar ein Foto von meinem bemerkenswerten Vorfahren Stepan Kulik gefunden.«

»Ich kenne nur meine Großmütter und Großväter«, sagte Sofja, »von den Generationen davor weiß ich nichts.«

»Und was waren ihre Großeltern?«, fragte Subow.

»Der Vater meiner Mutter war sein Leben lang Buchhalter im Landwirtschaftsministerium. An ihn kann ich mich erinnern. Mein anderer Großvater war Pilot, aber er war schon tot, als mein Vater geboren wurde.«

Sofja wandte sich endlich ihrem Carpaccio zu. Die rosigen Lachsscheiben schmeckten wunderbar, etwas Derartiges hatte sie lange nicht gegessen, und sie kniff vor Behagen die Augen zusammen.

»Schmeckt's?«

»Ja, sehr.«

»Haben Ihnen die Rosen gefallen?«

Sofja verschluckte sich und musste husten. Kulik goss Wasser ein und reichte ihr das Glas. Sie trank gierig, und der Husten legte sich.

»Wir konnten Sie telefonisch nicht erreichen.« Subow bedachte Sofja erneut mit einem Lächeln. »Wir wussten, dass Sie Geburtstag hatten, sogar einen runden. Es ist bei uns üblich, unseren Mitarbeitern zu gratulieren und sie zu beschenken. Sie sind zwar noch nicht Mitglied unseres Teams, aber ich hoffe, dass Sie es bald sein werden.«

Moskau 1916

Der Antwortbrief von Doktor Ljamport aus Charkow kam recht schnell. Der Doktor teilte mit, er habe den Jungen Iossif Katz tatsächlich fünf Monate lang behandelt. Tuberkulose, Krebs, Dystrophie und Blutarmut seien auszuschließen. Wahrscheinlich leide das Kind an einer seltenen Form kindlicher Auszehrung. Im Übrigen sei das an sich keine Diagnose, denn hinter der alten Definition der »kindlichen Auszehrung« verbergen sich viele Krankheiten, die der Medizin noch unbekannt seien. Die Krankheit sei nicht erblich bedingt, niemand in Ossjas Familie habe an etwas Ähnlichem gelitten. Die übrigen Kinder der Familie seien gesund.

»Die Familie selbst existiert allerdings nun nicht mehr«, schrieb Ljamport. »Im Juni des vergangenen Jahres geschah ein Unglück. Die Eltern des Jungen, seine Großmutter und sein älterer Bruder sind bei einem Feuer im Sommerhaus ums Leben gekommen. Die Polizei weiß bis heute nicht, ob es sich um einen Unfall oder um Brandstiftung gehandelt hat. Iossif besuchte zu der Zeit seine verheiratete älteste Schwester in Odessa (ich hatte ihm Seebäder verordnet). Wie das Kind nach Moskau und auf die Kirchentreppe gelangt ist, weiß ich nicht. Andere Angehörige konnte ich bislang nicht ausfindig machen. Ich habe mich beim Polizeimeister erkundigt, und er sagte, weder in Charkow noch in Odessa habe sich jemand wegen des

Verschwindens des Jungen Iossif Katz an die Polizei gewandt. Seine Schwester und ihr Mann sind aus Odessa fortgezogen, wohin, ist unbekannt.«

Ossja lebte inzwischen die dritte Woche im Lazarett. Bei ihm waren sämtliche medizinischen Tests vorgenommen worden, verschiedene Fachärzte hatten ihn untersucht. Alle redeten genau wie Ljamport von kindlicher Auszehrung. Sweschnikow fuhr mit Ossja zu dem berühmtesten Moskauer Kinderarzt, Professor Grischin. Und Grischin sprach das Wort aus, das Sweschnikow längst im Kopf herumspukte: Progerie. Ein äußerst seltenes und rätselhaftes Leiden unbekannter Herkunft. Ein Kind wird gesund geboren. Doch sein Körper verschleißt in zehnfachem Tempo, als durchlebte er an einem Tag einen ganzen Monat, in einem Monat ein Jahr. Es altert rasend schnell, bleibt dabei ein Kind und stirbt mit elf, zwölf Jahren als uralter Greis. Wie das zu behandeln ist, weiß niemand.

Ossja las Conan Doyle und Cooper, spielte mit dem Feldscher Wassiljew Dame, malte Aeroplane, Unterseeboote und Luftschiffe, unterhielt die Nonnenschwestern mit Szenen aus *Was ihr wollt* und *König Lear* und bettelte Tanja an, mit ihm ins Künstlertheater zu gehen.

»Wenn Sie Angst haben, mein Anblick könnte das Publikum erschrecken, kann ich mich ja als Dame verkleiden und einen Hut mit dichtem Schleier aufsetzen. Dann sieht keiner, dass ich grauhaarig und faltig bin. Ich wäre eine Liliputanerin, geheimnisvoll und interessant. Liliputanern ist doch der Theaterbesuch nicht verboten, oder?«

»Gut, nach Ostern gehen wir beide ins Künstlertheater«, versprach Tanja.

Sie bat ihren Vater, Ossja aus dem Lazarett mit nach Hause zu nehmen.

»Er kann in meinem Zimmer wohnen. Was hat es für einen Sinn, ihn hierzubehalten, wenn er sowieso nicht geheilt werden kann?«

Der Professor war dagegen. Ossja habe ein schwaches Herz. Im Lazarett gebe es alles Nötige für Hilfe im Notfall. In Wirklichkeit hatte er nur Angst, dass der Junge Tanja zu sehr an Herz wachsen könnte, wie ihm selbst.

»Warum glaubst du, man dürfe niemanden lieben, der jeden Augenblick sterben kann?«, fragte ihn Tanja eines Tages.

»Weil es, wenn dieser Augenblick kommt, unerträglich wehtut«, antwortete der Professor.

»Dieser Augenblick kommt immer, ob früher oder später, also kann man nur Infusorien, Bakterien und den Ratz Grigori III. lieben.«

»Und noch vier Ratten, zwei Meerschweinchen und ein Kaninchen«, murmelte der Professor und summte leise die Romanze *Nebliger Morgen* vor sich hin.

»Was?« Tanja blieb abrupt stehen und begann zu flüstern, obwohl sie niemand hören konnte, denn sie liefen den menschenleeren Twerskoi-Boulevard entlang. »Du machst weiter mit den Versuchen? Und sie gelingen? Warum hast du nichts davon gesagt?«

»Weil es vorerst nichts darüber zu sagen gibt. Ich bin mir der Ergebnisse nicht sicher, es ist noch zu wenig Zeit vergangen, aber selbst wenn etwas gelingt, ist es besser, darüber zu schweigen. Das weißt du selbst sehr gut.« Der Professor legte seiner Tochter den Arm um die Schultern. »Du siehst doch, was mit Agapkin los ist. Er ist dem Wahnsinn nahe. Bei ihm sterben die Tierchen.«

»Hast du ihm alles erzählt?«

»Ich habe ihm den Weg gewiesen, möchte aber nicht jeden meiner Schritte kommentieren, zumal ich mir selbst noch nicht sicher bin.«

»Du hast es nie in seiner Gegenwart getan, mit ihm zusammen. Warum nicht?«

»Ja, tatsächlich, warum nicht?«

»Aber er verlässt das Labor doch praktisch nie.«

»Er schläft manchmal. Die Zeit genügt mir vollauf. Weißt du, was das Merkwürdigste ist? Er bemerkt meine verjüngten Tierchen gar nicht. Ich sage ihm nichts, verheimliche aber auch nichts. Er ist wie blind.«

»Stimmt, er ist blind.« Tanja runzelte die Stirn, schwieg eine Weile und flüsterte dann: »Aber ich habe auch kein einziges Tier mit Trepanationsspuren gesehen. Grigori hast du doch den Schädel geöffnet. Es ist zwar alles erstaunlich schnell verheilt, aber doch nicht gleich am nächsten Tag, er hatte fast eine Woche lang einen Verband um den Kopf.«

»Eine Trepanation ist offenbar auch nicht nötig. Es ist einfacher, aber zugleich tausendmal schwerer.«

»Wie?«

»Wenn ich das wüsste – wie. Und wenn ich verstehen könnte – warum. Sieben von zehn Experimenten waren erfolgreich, ohne jede Trepanation. Aber ich muss noch lange beobachten, ich bin nicht sicher. Vielleicht sterben sie plötzlich, oder Agapkin nimmt sie sich vor und öffnet ihnen den Schädel. Vielleicht sollte ich ihm sagen, dass er sie nicht anrühren soll?«

»Wirf ihn raus«, sagte Tanja nach einer langen Pause, »hol Doktor Potapenko oder Maslow. Sie würden gern mit dir arbeiten. Agapkin ist irgendwie unangenehm und außerdem neurasthenisch.«

»Oh, bist du aber streng, meine Liebe.« Der Professor lächelte und schüttelte den Kopf. »Du solltest nachsichtiger sein, du willst doch Ärztin werden. Komm, gehen wir in die Konditorei, ich habe große Lust auf Zitronenkuchen und Kaffee.«

»Papa, ich werde dir vorerst keine Fragen mehr stellen«, sagte Tanja, als sie sich an den Tisch gesetzt hatten. »In Ordnung?«

»Ob du fragst oder nicht, viele Fragen kann ich mir selbst noch nicht beantworten. Ich habe Angst, ich glaube nicht, ich verstehe nicht. Aber ich kann nicht aufhören. Das ist wie ein Narkotikum. So, genug davon.«

»Gut.« Tanja zuckte die Achseln und blätterte in der Karte.

Ein Kellner kam an ihren Tisch. Der Professor bestellte gleich drei Stück Kuchen, Kaffee mit Sahne und ein Gläschen Likör. Tanja überlegte lange, entschied sich für ein Sandkuchentörtchen mit Obst und eine Tasse Kakao und bat den Kellner, einen Boten mit einem großen Apfelkuchen ins Lazarett zu schicken.

»Ossja hat darum gebeten«, erklärte sie ihrem Vater, »den mag er gern. Und zu uns nach Hause holen müssen wir ihn trotzdem. Jeden Tag kann Seine Exzellenz ins Lazarett kommen, und du weißt, was dann los ist.«

»Was?« Der Professor mimte komisches Entsetzen. »Der General schickt mich in den Ruhestand? Aber ich bin auch General, hast du das vergessen?«

»Er ist Gendarm, und du bist Arzt.«

»Genau. Wer ist wohl wichtiger im Lazarett, was meinst du?«

Tanja runzelte die Stirn, drehte sich weg und betrachtete die Bilder an der Wand. Es waren billige Reproduktionen, aber in dicken Goldrahmen, die Luxus suggerieren sollten. Schließlich sagte sie kaum hörbar, ohne ihren Vater anzusehen: »Ossja ist Jude.«

»Was du nicht sagst! Danke, das habe ich nicht gewusst.«

»Das ist nicht witzig, Papa! Seine Exzellenz ist ein fanatischer Antisemit.«

»Das geht meist mit chronischer Verstopfung einher. Dagegen helfen Klistiere und Bittersalz.«

Kaffee und Kuchen wurden gebracht. Der Professor aß mit Appetit, Tanja aber konnte nicht. Ihr blieben die Bissen im Hals stecken. Sie sah ständig das faltige Kindergesicht vor sich, das zahnlose Lächeln. Und hörte ein schwaches Flüstern, wie damals auf der Kirchentreppe: »Hilf mir, hilf mir!« Riesige braune Augen schauten sie an, voll ewiger, alters- und zeitloser Trauer.

Moskau 2006

Als sie das Restaurant verließen, verabschiedete sich Kulik zärtlich von Sofja, küsste und umarmte sie. Subow brachte sie in einem schwarzen Mercedes mit Chauffeur nach Hause. Unterwegs stellte er ihr harmlose und angenehme Fragen: über ihre Kindheit, darüber, warum die Biologie sie so gereizt hatte.

Auf einer Bank auf dem Hof saß Nolik und rauchte.

»Hallo. Ich habe dir doch Schlüssel gegeben«, sagte Sofja.

»Ja, ich dachte auch, dass ich die hätte, aber es sind die Autoschlüssel.«

Zusammen fegten sie den Schnee von Sofjas Volkswagen. Um nicht wieder eingekeilt zu werden, parkte sie den Wagen vorsorglich um. Schon in drei Stunden musste sie zum Flughafen, ihre Mutter abholen.

»Und, wie war's mit Kulik?«, fragte Nolik, als sie die Wohnung betraten.

»Nolik, man hat mir eine Arbeit in Deutschland angeboten. In einer neueröffneten Filiale des Instituts für experimentelle Biokybernetik. Sie stellen eine internationale Gruppe junger Wissenschaftler zusammen. Daher kommen übrigens auch die Rosen. I. S., das ist Iwan Subow, er ist für die Kadersuche zuständig. Kulik hat uns im Restaurant miteinander bekannt gemacht. Hast du den Mercedes gesehen? Das ist seiner, der von I. S.«

»Stark. Gratuliere. Und warum machst du dann so ein Gesicht? Zahlen Sie in Euro?«

»Nein. In ukrainischen Griwna. Wie soll ich das Bim beibringen? Wie kann ich für ein ganzes Jahr in ein fremdes Land gehen? Ich habe keinen Reisepass. Ich habe Angst vorm Fliegen. Dieser Subow hat mir nicht gefallen, trotz seiner Rosen und seines bezaubernden Lächelns. Er spielt einem was vor. Ich kenne solche Typen – scheißfreundlich, wenn sie was von dir wollen, aber wenn sie nichts von dir wollen oder du ihnen, Gott bewahre, in die Quere kommst, dann gehen sie nicht nur über dich hinweg, dann zermalmen sie dich.«

»Hör auf zu jammern. Noch will dich keiner zermalmen. Rosen, Restaurant, Aussicht auf eine tolle Arbeit. Was spulst du dich so auf? Sag lieber – war das Restaurant gut? Hat das Essen geschmeckt?«

»Ja, sehr. Wieso?«

Sofja verzog das Gesicht und mühte sich, einen Stiefelreißverschluss aufzuziehen. Er klemmte, und das bekümmerte Sofja ernsthaft, denn sie hatte keine anderen Winterschuhe. Nolik hatte inzwischen längst Schuhe und Jacke abgelegt und hockte vor dem offenen Kühlschrank. Er war leer, und das bekümmerte Nolik sehr.

»Wenn ich hungrig bin, kommen mir alle möglichen Gefühle und Gedanken«, sprach er in seinem samtenen Reklamebass.

»Hilf mir bitte mal, die Stiefel auszuziehen«, bat Sofja.

Nolik zerrte zu heftig, und die Reißverschlusszunge brach ab. Ohne zu überlegen, zog Nolik den Stiefel von Sofjas Bein und wischte sich die Hände an seinen Jeans ab.

»Hylozoistisches Syndrom«, sagte Sofja.

»Was?«

»Das ist eine Krankheit, die ich habe.«

»Mal was Neues. Reicht dir die Mittelohrentzündung nicht?«
Nolik berührte ihre Stirn. »Fieber hast du keins.«

»Nein«, bestätigte Sofja, »und auch keine anderen Stiefel, keinen anderen Mantel und nichts zu essen im Kühlschrank. Die Rolltreppe bleibt stehen, der Zug fährt nicht weiter, Schlüssel und Handschuhe verschwinden, das Geld ist alle, Strumpfhosen gehen kaputt, der Kaffee kocht über. Hylozoismus, das ist eine philosophische Lehre, nach der alles, was uns umgibt, lebendig ist. Alles, verstehst du? Dieser Hocker hier, mein kaputter Stiefel, die Mantelknöpfe, die Rolltreppe, der Zug, der Bahnsteig, die Metro, der Kühlschrank, den du nicht wieder zugemacht hast. All diese Dinge sind lebendig, und im Moment mögen sie mich nicht.«

»Na, der Kühlschrank hat wohl eher was gegen mich als gegen dich«, murmelte Nolik betreten. »Sag mal, was ist das denn für ein Blödsinn?«

»Das ist kein Blödsinn. Daran haben nicht die dümmsten Menschen geglaubt: Goethe, Giordano Bruno, Diderot. Ich glaube nicht daran, aber bei mir ist es ein Syndrom.«

»Und das Geld ist wirklich alle?«, fragte Nolik vorsichtig.

»Papas Reserve ist noch da, aber die will ich nicht anreißen. Ich weiß nicht einmal, wie viel es ist.«

Nolik stand abrupt auf und ging in die Küche. Sofja hörte ihn dort rumoren, er klappte die Kühlschranktür zu, schniefte, ließ Wasser laufen.

»Ich hab Pelmeni gefunden. Butter und Schmand sind natürlich nicht da, aber Senf«, knurrte Nolik, als sie zu ihm in die Küche kam. »Hör mal, Sofie, meinst du nicht, dass es ganz gut wäre, etwas zu essen zu besorgen, bevor deine Mutter kommt? Es ist nichts zum Frühstück da, sogar der Kaffee ist alle. Und wäre es nicht Zeit, dir neue Stiefel zu kaufen?«

»Du spielst auf Papas Reserve an?«, fragte Sofja.

»Das ist keine Anspielung. Das sage ich offen und geradeheraus. Du bist dreißig Jahre alt, Sofie. Für kindliche Naivität schon zu alt, für Senilität noch zu jung.« Nolik schüttelte energisch den Salzstreuer über dem Topf. »Deine Stiefel sind längst reif zum Wegwerfen. Genau wie dein Mantel. Besinn dich, Sofie, schau in den Spiegel.«

»Du wirst die Pelmeni versalzen, und dann hast du gar nichts zu essen.« Sofja nahm die Schachtel mit seinen billigen Zigaretten vom Tisch und zündete sich eine an. »Du willst sagen, ich bin schlampig?«

»Nein, Sofie. Du bist nicht schlampig. Du bist gleichgültig. Dir ist alles piepegal, bis auf deine Biologie.«

»Das stimmt nicht. Ich mag Musik, alten schwarzen Jazz, Bardenlieder und die Oper *Eugen Onegin*. Ich lese viel, nicht nur Fachliteratur, sondern auch Belletristik, und ich habe mir vor kurzem sogar einen Film im Fernsehen angeschaut, ich hab vergessen, wie er hieß. Dass ich mir keine Klamotten kaufe und keine Kosmetik benutze, das ist kein Prinzip, Nolik, das ist die reine Not. Ich arbeite in einem staatlich finanzierten Institut. Weißt du, wie viel ein wissenschaftlicher Mitarbeiter verdient? Dreieinhalbtausend Rubel. Papa hatte etwas mehr, fünftausend. Schön, er hat Privatstunden gegeben, aber er hat kein Schmiergeld genommen. Unser Geld reichte für die Wohnung, fürs Essen, wir haben uns ein Auto gekauft und für jeden ein gutes, teures Notebook. Natürlich hätte ich mich anständiger kleiden können, aber dafür muss man einen Haufen Zeit und Kraft mit Einkäufen verschwenden. Mir steht nichts, und meine Größe ist nie da. Die Verkäuferinnen sind entweder furchtbar aufdringlich oder arrogant. Bei dem Licht und den Spiegeln in den Ankleidekabinen möchte ich losheulen. Klar, manche Frauen sind bei jeder Beleuchtung hingerissen von sich, wenn sie in den Spiegel schauen, aber ich gehöre nicht zu diesen Glücklichen. Ich hasse Geschäfte.«

»Sofie, ich glaube, ich habe zum ersten Mal in zehn Jahren von dir einen so langen Monolog ohne einen einzigen biologischen Terminus gehört. Du hasst also Bekleidungsgeschäfte. Das verstehe ich. Und was hältst du von Lebensmittelläden?«

»Schon gut, du hast recht. Ich muss Geld aus Papas Reserve nehmen und in den Supermarkt gehen.«

Auf dem Schreibtisch ihres Vaters lagen noch immer die alten Fotos. Auf dem Grund des obersten Schubfachs fand Sofja zweitausend Dollar und dreißigtausend Rubel. Dort lagen auch der alte Parteiausweis ihres Vaters, der Komsomolausweis ihrer Großmutter, eine Schachtel mit den Orden, die man ihr postum verliehen hatte, irgendwelche Urkunden mit Ähren und Leninporträt und eine rote Ledermappe mit Seidenbändern. Sofja zog fünftausend Rubel aus dem Packen. Ein paar Sekunden lang betrachtete sie die rote Mappe, nahm sie in die Hand, schlug sie aber nicht auf, sondern legte sie wieder zurück.

Nolik wartete schon angezogen im Flur. Sofja versuchte, in den Stiefel mit dem halboffenen Reißverschluss zu schlüpfen. Es ging nicht. Sie musste die Turnschuhe anziehen.

Der Supermarkt war zwei Häuserblocks entfernt. Um keine kalten Füße zu bekommen, rannte Sofja. Nolik blieb hinter ihr zurück und knurrte wütend. Als sie den Einkaufswagen an den Regalen entlangschoben, wurde er wieder freundlich, als er entdeckte, dass Sofja extra für ihn eine kleine flache Flasche Kognak in den Wagen gelegt hatte. Sobald sie mit vollen Einkaufstaschen wieder zu Hause waren, öffnete er die Flasche, schenkte sich ein Gläschen ein, aß Schokolade dazu und zog dann erst Jacke und Schuhe aus. Sofja ging in das Arbeitszimmer ihres Vaters und sammelte die Fotos ein.

Nolik hat sich bestimmt geirrt. Das Mädchen auf dem Foto

von 1939 sieht Oma Vera einfach nur sehr ähnlich. Aber sie kann es unmöglich sein.

Sofja nahm das Porträtfoto ihrer Großmutter vom Bücherregal, holte das alte Familienalbum heraus und die rote Ledermappe und öffnete sie. In der Mappe lag ein vergilbtes, zerknittertes kariertes Blatt aus einem Schulheft, mit Kopierstift in rascher, schiefer Schrift vollgeschrieben. Das Blatt war in Plastik eingeschweißt. Außerdem lagen in der Mappe mehrere Fotos von Oma Vera, Vaters Mutter. Eines davon war das gleiche wie das mit der Jahreszahl 1939, aber nur halb so groß. Irgendwer hatte das Bild des jungen Mannes säuberlich herausgeschnitten.

Moskau 1916

Im Lazarett liefen alle wie aufgescheucht herum – Seine Exzellenz wurde erwartet, der oberste Lazarettinspektor. Der ehemalige Gendarm General Graf Pjotr Ottowitsch Flosselburg demonstrierte eifrig seinen Patriotimus, denn er war Deutscher und fürchtete, man könne ihn der Sympathie für den Feind oder, Gott behüte, der Spionage verdächtigen.

Seinen Posten verdankte er der Protektion durch Rasputin, außerdem genoss er die Gunst Ihrer Majestät. Wenn er ein Lazarett besuchte, kontrollierte er vor allem, ob es in jedem Raum eine Ikonenecke gab, ob dort ein Öllämpchen brannte, ob genug Öl darin und von welcher Qualität es war. Ärzte, Feldscher und Krankenschwestern belehrte er, das Wichtigste an ihrer Arbeit sei nicht so sehr die Linderung physischer Leiden als vielmehr die Erziehung der Leidenden im Geiste moralischer Reinheit und christlicher Demut durch Vorlesen erbaulicher Literatur in den Krankensälen der Soldaten und Offiziere.

Verwundete behandelte er leidlich gut. Jene Patienten aber,

die nicht das Glück gehabt hatten, an der Front durch eine Kugel oder einen Granatsplitter verwundet zu werden, sondern sich die Ruhr, Typhus oder Tuberkulose eingefangen, sich im feuchten Schützengraben Rheumatismus weggeholt oder von der Feldküche ein Magengeschwür bekommen hatten, verachtete der Graf und betrachtete sie als Simulanten.

Der Graf beehrte die Lazarette gern überraschend, wie der Fuchs den Hühnerstall. Das genaue Datum des Besuchs Seiner Exzellenz hatte der Chefarzt des Lazaretts diesmal erst einen Tag vorher erfahren, und auch das nur zufällig. Ein Bekannter, ein Ministerialbeamter, hatte es ihm beim Whist geflüstert.

Die ganze Nacht lärmten in den Fluren Bohnermaschinen und störten den Schlaf der Verwundeten. Noch vor Sonnenaufgang wurden die Schwestern zum Wäschebügeln geschickt. Es gab nicht genug Matratzen. Aus dem Lager wurden alte Säcke geholt, hastig gestopft und mit Stroh gefüllt.

Die Verwundeten, die im Flur lagen, mussten in Krankensälen untergebracht werden. Betten wurden verrückt, wobei einige zusammenbrachen. Eilig wurde nach dem Tischler gesucht. Er wurde gefunden, war aber betrunken, denn er hatte am Tag zuvor den Namenstag seiner Frau gefeiert, und zwar zusammen mit drei Freunden, Pflegern aus dem Lazarett, die am Morgen ebenfalls noch nicht nüchtern waren. Zu den üblichen Lazarettgerüchen gesellte sich noch der alkoholischer Ausdünstungen. Aus der Küche roch es nach angebranntem Brei, der Gestank ließ sich durch noch so langes Lüften nicht beseitigen, und Seine Exzellenz hatte eine äußerst empfindliche Nase. Der Chefarzt verlor die Beherrschung, packte den Lagerverwalter am Kragen, schüttelte ihn und brüllte so, dass ihm der Schweiß ausbrach. Dem armen Lagerverwalter fiel nichts anderes ein, als den alten Pförtner in die nächstgelegene Drogerie nach Eau de Cologne zu schicken, um es in allen Räumen zu versprühen. Bald konnte man in den Krankenzimmern und Fluren kaum noch atmen, so penetrant war der Geruch nach allerbilligstem Eau de Cologne.

Sweschnikow stieß auf der Treppe mit seiner Tochter zusammen. Sie rannte mit einem Packen Krankenblätter nach unten, wobei sie nach hinten schaute und der oben stehenden Schwester Arina zurief: »Noch zwei traumatische Neurotiker aus dem Offizierszimmer fünf!«

Der Professor hielt seine Tochter fest. Ihre Wangen glühten, auf ihrer Oberlippe glänzten Schweißperlen.

»Warum rennst du so?«

»Arseni Kirillowitsch hat mit dem Obuchow-Krankenhaus gesprochen, sie nehmen unsere Neurotiker, sie haben freie Betten!«

»Warum rennst du so?«, wiederholte der Professor seine Frage und schüttelte Tanja sanft an der Schulter.

»Aber Seine Exzellenz …«, flüsterte Tanja verwirrt, als erwachte sie gerade.

»Marsch in mein Zimmer! Wasch dich, nimm Baldrian und setz dich zu Ossja.« Sweschnikow nahm ihr die Krankenblätter aus der Hand. »Darum kümmere ich mich. Geh!«

»Aber Papa, das ist mir peinlich, alle rennen, bereiten sich vor. Wie kann ich da rumsitzen?«

»Sie spielen verrückt. Das ist eine Epidemie, Tanja. Akute administrative Psychose. Die Fußböden wischen und die Matratzen wechseln muss man bei Bedarf, nicht aus Anlass gräflicher Visiten.«

»Sie sind nur deshalb so mutig, Michail Wladimirowitsch, weil man Sie nicht an die Front schicken wird«, ertönte neben ihnen die heisere Stimme des Internisten Maslow.

»Wieso? Und ob man das kann. Ich war den ganzen japanischen Krieg an der Front.«

»Ja, damals, aber jetzt – um keinen Preis. Für Sie wird man

sich bald auf allerhöchster Ebene interessieren, Michail Wladimirowitsch, man wird Sie hüten wie eine kostbare Perle. Das ist angenehm, aber auch gefährlich. Erinnern Sie sich, was Doktor Rosen erzählt hat von einer wohlbekannten Person, auf deren Haut Perlen sterben?« Maslow flüsterte nun. »Nachts werden die Perlen einem einfachen Bauernweib umgehängt, damit sie mit gesundem Schweiß getränkt werden.«

»Wovon reden Sie, Valentin Jewgenjewitsch?«, fragte Tanja erstaunt.

»Geh schon, bleib nicht hier stehen!« herrschte der Professor sie leise an.

»Sie würden sowieso nicht verstehen, wovon ich rede, Tanja. Das müssen Sie auch nicht. Aber Ihr Vater hat mich sehr wohl verstanden.« Maslow reichte dem Professor eine zusammengerollte dicke Zeitung und eilte die Treppe hinauf. »Seite fünfzehn, Neues aus der Wissenschaft. Ich habe es für Sie mit Bleistift markiert!«, rief er, über das Treppengeländer gebeugt.

Tanja nahm ihrem Vater die Zeitung aus der Hand. Es war die neueste Ausgabe des »Moskauer Beobachters«. Die mit Bleistift angestrichene Notiz trug die Überschrift: *Ist Verjüngung möglich?* Tanja las sie in hastigem Flüsterton vor, und der Professor hörte mit düsterer Miene zu.

»Der Medizinprofessor M. W. Sweschnikow steht kurz vor der Verwirklichung des uralten Traums der Menschheit von der Wiedererlangung der Jugend und der Verlängerung des Lebens. Endlich befassen sich mit diesem brennenden Problem nicht mehr nur finstere Scharlatane, Hexer und Alchemisten, sondern Vertreter der seriösen akademischen Wissenschaft. Infolge einer besonderen therapeutischen Behandlung wurden einige gebrechliche Versuchstiere wieder jung. Darunter sind vier Ratten, drei Hunde und ein Menschenaffe. Sie alle leben im häuslichen Laboratorium von Professor Sweschnikow, und es geht ihnen, wie Augenzeugen berichten, ausgezeichnet. Seine Methode hält der Professor streng geheim, auf Fragen unseres Korrespondenten verweigerte er die Antwort. Doch aus zuverlässigen Quellen ist bekannt, dass bald Menschenversuche folgen werden.«

Die Unterschrift unter der Notiz lautete: B. Vivarium.

Als Tanja zu Ende gelesen hatte, schaute der Professor nicht mehr düster, sondern lachte leise und sagte: »Morgen erstatte ich Anzeige gegen sie. Dieser Herr B. Vivarium soll mir eine Strafe zahlen, und zwar so viel, wie ein verjüngter Menschenaffe kostet.«

Unten war Getrampel zu hören, mehrere Gendarmerieoffiziere kamen rasch die Treppe herauf. Hektik und Gerenne hatten ihren Höhepunkt erreicht, als bekannt geworden war, dass nicht nur der Graf heute das Lazarett besuchen würde, sondern auch Ihre kaiserliche Majestät samt den Prinzessinnen. Das Personal war angewiesen worden, sich still zu verhalten, seinen üblichen Arbeiten nachzugehen, die Verwundeten zu versorgen, sich nicht in den Gängen zu drängen, nicht zu gaffen, nicht »hurra!« zu schreien und die hochwohlgeborenen Personen nicht mit unsinnigen Bitten zu belästigen.

Der Chefarzt verlas eine Liste derer, die zusammen mit ihm die hohen Gäste am Eingang begrüßen sollten. Die übrigen bat er, in die Krankensäle zu gehen. Ganz oben auf der Liste stand Professor Sweschnikow, dann drei verdiente Ärzte, keiner davon von einem geringeren Dienstgrad als Oberst, und als Vertreterinnen der Krankenschwestern zwei alte Nonnen und Tanja.

»Es dürfen nicht zu viele sein«, erklärte der Chefarzt, »Ihre Majestät mag keine Menschenmengen, zudem würde es sofort heißen, dass unsere Verwundeten ohne Fürsorge seien.«

Diejenigen, denen die Ehre zugefallen war, die hohen Gäste

zu begrüßen, gingen hinaus auf die Vortreppe. Der Morgen war kalt und klar gewesen. Doch gegen Mittag hatte sich der Himmel verdüstert, und ein starker Wind war aufgekommen, der an den Säumen der weißen Kittel zerrte und die Augen tränen ließ. In der frierenden kleinen Menge wurde leise geredet.

»Ihre Majestät sorgt sich mehr als wir um die Verwundeten, sie schläft nachts nicht, weil sie nur an sie denkt.«

»Na, dass sie nachts nicht schläft, hat wohl eher andere Gründe.«

»Hören Sie auf, dass Sie sich nicht schämen!«

»Was habe ich denn Anstößiges gesagt?«

»Was, zum Teufel, will sie hier, verzeih mir Gott!«

Endlich waren Hufgetrappel und das Knattern von Automotoren zu vernehmen. Durch das offene Tor kamen berittene Offiziere der kaiserlichen Kosakenleibgarde. Hinter den Reitern rollte langsam ein riesiges Automobil herein, das aussah wie eine herrschaftliche Kutsche. Der Chauffeur, ganz in braunes Leder gehüllt, sprang heraus und riss den Wagenschlag auf.

Als Erster erschien der Graf, ein rundlicher kleiner Mann im Generalsmantel. Dann kletterten nacheinander zwei junge Mädchen heraus, beide in der Uniform barmherziger Schwestern mit schlichtem Pelzmantel darüber. Die Prinzessinnen Tatjana und Olga wirkten auf Tanja sympathisch und gar nicht majestätisch. Ihre jungen Gesichter mit den dunklen Augenbrauen zeigten einen Ausdruck von Verlegenheit und Erschöpfung, wie stets bei derartigen offiziellen Zeremonien, bei denen alle Augen auf sie gerichtet waren, bei denen man sie musterte und studierte, gleichgültig oder voller Neugier.

Nach ihnen entstieg dem Automobil eine große Dame, ebenfalls in Schwesterntracht.

Die offiziellen Porträts schwindelten ebenso wie die boshaften Karikaturen und schlüpfrigen Bildchen. Selbst die unvoreingenommene Kinochronik schwindelte. Die leibhaftige Zarin Alexandra Fjodorowna hatte nichts gemein mit dem Bild der mystischen Furie, deutschen Spionin und verrückten Geliebten eines schmutzigen Bauern.

Sie hinkte. Sie hatte schmale bläuliche Lippen und kranke, besorgte Augen. Ihr Gesicht war schön und elend zugleich. Es spiegelte klösterliche Demut und Härte ebenso wie Launenhaftigkeit. Es war unangenehm, wie Sirup mit Salz.

»Papa, ist sie es, auf deren Haut Perlen sterben?«, flüsterte Tanja dem Professor fragend ins Ohr.

Er nickte.

Die Zarin verbeugte sich mit einem Lächeln vor jedem Einzelnen. Die Ärzte küssten ihr die Hand, den Schwestern drückte sie die Hand. Sie sprach mit leichtem deutschem Akzent, und das wirkte provozierend. Tanja erinnerte sich plötzlich, wie sich Zeitgenossen von Katharina II. über deren Akzent geäußert hatten – er hatte sie gerührt und entzückt. Ja, sie war Deutsche – aber wie sie sich bemühte, Russin zu sein, wie sie sich um Russland sorgte!

»Professor Michail Wladimirowitsch Sweschnikow. Ich freue mich, Sie zu sehen. Was machen Ihre biologischen Forschungen?« Die Zarin lächelte erneut, und aus der Nähe wirkte ihr Lächeln falsch. Sie zog die Lippen auseinander, aber ihr Blick blieb besorgt. Ihre Augen huschten unruhig umher und wichen denen des Gegenübers aus.

»Majestät, mir steht der Sinn nicht nach Experimenten. Es ist Krieg«, antwortete Sweschnikow.

Die Prozession bewegte sich langsam durch die Flure, in den Krankensälen gingen Ihre Majestät und die Prinzessinnen zu den Verwundeten und sprachen leise und teilnahmsvoll mit ihnen. Tanja bemerkte, dass Schwester Arina gerührt schluchzte, und nicht nur sie, sondern auch die Ärzte und Schwestern, die sich vor ein paar Minuten noch verächtlich über den hohen Besuch geäußert hatten, lauschten nun gebannt auf jedes Wort der Zarin, manch einer schrumpfte sogar, und selbst die Augen der Männer wurden feucht. Nur ihr Vater verhielt sich natürlich und normal. Er sprach mit der Zarin im selben Ton wie mit Ärztekollegen, Verwundeten und Pflegern.

»Michail Wladimirowitsch, es war doch Ihre Idee, die Verwundeten kühl zu halten, nicht wahr?«, fragte die Zarin plötzlich.

»Majestät, dass sich bei niedrigen Temperaturen die Gefäße verengen, Blutungen nachlassen und das Gehirn weniger Sauerstoff braucht, das wussten schon die alten Griechen und Römer und die Volksmedizin.«

Doch die Zarin hörte nicht mehr zu, sie sprach mit Schwester Arina, dann mit dem Grafen. Sie stiegen hinauf in den ersten Stock und gingen auf ein weiteres Krankenzimmer zu, einen kleinen Raum mit nur zwei Betten. Dort lagen zwei Schwerverwundete mit eitrigen Komplikationen. Die Tür war nur angelehnt. Der Chefarzt wollte die Prozession daran vorbeiführen, doch Ihre Majestät blieb stehen, lächelte und legte den Finger auf die Lippen.

Von drinnen drang eine heisere Kinderstimme:

> »Den Flug der Liebe bremst man nicht:
> Die Dame trifft doch keine Schuld!
> So selbstvergessen schwesterlich
> Schenkt sie dem Leutnant ihre Huld.
> Er irrt umher in seiner Wüste –
> Des alten Grafen Nebensohn.

So fängt er an, der grob versüßte,
Der schönen Gräfin Tränenstrom.«

Die Zarin lief voran, öffnete die Tür und ging hinein.

In dem engen Gang zwischen den beiden Betten stand Ossja, das grauhaarige, ausgezehrte Kind. In seinem pergamentenen Gesicht leuchteten riesige braune Augen. Er schwang die gertendünnen Arme im Takt der Verse. Die beiden Verwundeten hingen am Tropf und waren in Verbände gewickelt. Als Ossja die ältere Frau in der bekannten Tracht der barmherzigen Schwester erblickte, nickte er, lächelte und rezitierte noch ausdrucksvoller weiter:

»Voll Raserei wirft sie die Hände,
Zigeunrinhaft, fast wie behext.
Die Trennung. Wild erhitzte Klänge
Aus dem Klavier – dahingehetzt.«

»Wer ist das?«, fragte der Graf in drohendem Flüsterton.

»Das ist Mandelstam«, antwortete Ossja, »ein junger Dichter, noch nicht sehr bekannt, aber in zehn Jahren wird ihn ganz Russland kennen und in fünfzig Jahren die ganze Welt, Sie werden sehen. Wir sind Namensvettern, er heißt auch Ossip. Und er ist auch Jude, genau wie ich. Großartige Verse, nicht wahr?«

Moskau 2006

Sofjas Vater Dmitri Nikolajewitsch Lukjanow erinnerte sich nicht an seine Mutter. Sie war 1942 gefallen, da war er zweieinhalb Jahre alt. Ihr wurde postum der Titel »Held der Sowjetunion« verliehen, nach ihr wurden Straßen, Schulen und Pionierfreundschaften benannt. Dmitri Lukjanow wusste von klein auf, dass er kein x-beliebiger Junge war, sondern der Sohn einer berühmten Partisanenkundschafterin, die eine Heldentat vollbracht, schrecklichen Folterungen standgehalten und niemanden verraten hatte und von den Faschisten aufgehängt worden war.

Ein berühmter Maler hatte ein riesiges Ölgemälde geschaffen – *Veras Hinrichtung*. Ein Birkenhain, ein aus Baumstämmen gezimmerter Galgen. Ein Mädchen in einem zerrissenen Kleid, barfuß, mit langen blonden Haaren, steht auf einer Kiste. Der Henker in Naziuniform wirft ihr die Schlinge um den Hals. Rundherum Faschisten. Das Mädchen sieht den Betrachter direkt an. Von wo man auch schaut, sie blickt einen an.

Veras Gesicht wurde von dem Foto abgemalt, das hinter Glas auf dem Bücherregal stand.

1949, als Sofjas Vater zehn wurde und im Armeemuseum in die Pionierorganisation aufgenommen wurde, sah er das Bild dort zum ersten Mal.

»Seht mal, Kinder, das ist die berühmte Vera Lukjanowa, die Mama von unserem Dmitri«, sagte die Lehrerin.

»Oh, Dima, wie schrecklich! Die Faschisten hängen deine Mama auf!«, rief ein Mädchen.

Dmitri stürzte zu dem Bild, hämmerte mit den Fäusten auf die gemalten Faschisten ein und rief immer wieder: »Mama! Mamotschka! Ihr Schweine! Ihr sollt meine Mama nicht töten!«

Auf dem graugelben Blatt in der roten Ledermappe stand, mit Kopierstift geschrieben:

»Mein lieber, geliebter kleiner Sohn Dimotschka!

Du bist noch ganz klein und wirst das hier nicht so bald lesen. Vergiss mich nie. Werde groß und stark. Lerne fleißig, lies kluge Bücher, bleib immer ein ehrlicher Mensch, hab keine

Angst vor den Schwierigkeiten im Leben. Alles lässt sich korrigieren, bis auf Verrat und den Tod. Liebe unsere große sowjetische Heimat und denke daran, dass deine Mama für diese Freiheit gestorben ist, für deine Zukunft, mein Sohn. Ich liebe dich so sehr, mein Kleiner, dass ich auch, wenn ich nicht mehr bin, immer bei dir sein werde. Ich fühle keinen Schmerz und keine Angst mehr. Es wird hell. Ich küsse dich, Dimotschka, deine Augen, deine Stirn.

Deine Mama.«

Dieser Brief war wie durch ein Wunder erhalten geblieben und hatte seinen Adressaten erreicht, den kleinen Jungen, der im August 1941 mit seiner Großmutter von Moskau nach Tomsk gezogen war.

Als der Krieg ausbrach, studierte Vera im fünften Studienjahr an der philologischen Fakultät. Sie konnte gut Deutsch, ging an eine Schule für Aufklärer und wurde mit dem Fallschirm im feindlichen Hinterland abgesetzt, in Weißrussland. Zunächst kämpfte sie in einer Partisaneneinheit, dann wurde sie Stenotypistin in der deutschen Kommandantur in Grodno. Als die Faschisten wieder einmal einen Verbindungsmann festnahmen, wurde Vera verraten.

Den Brief hatte ein Mädchen aufbewahrt, das mit Vera in einer Zelle gesessen hatte. Das Mädchen stammte aus dem Ort, ihre Mutter konnte sie mit zwei Flaschen Selbstgebranntem und einer Speckseite von dem Polizisten loskaufen, der sie bewachte. Nach dem Krieg machte das Mädchen Veras Angehörige ausfindig, ihre Mutter und ihren Sohn.

In den schwersten Augenblicken seines Lebens hatte Sofjas Vater immer den Brief hervorgeholt und gelesen. Nein, nicht gelesen, er hatte ihn in der Hand gehalten und den Text vor sich hin gesprochen. Sofja erinnerte sich plötzlich, dass sie ihn am Tag nach seiner Rückkehr aus Deutschland wieder mit dem Brief in der Hand gesehen hatte.

»Sofie, wir müssen in zwanzig Minuten los. Ich dachte, du wärst eingeschlafen.« Nolik trat von hinten zu ihr und betrachtete über ihre Schulter hinweg die Fotos. »Sag mal, der hier, ist das dein Großvater? Lukjanow? Was war er übrigens?«

»Ich weiß nicht. Irgendein Pilot. Sie haben nicht einmal mehr heiraten können, er ist noch vor dem Krieg in einem Flugzeug verbrannt. Lukjanow ist der Familienname meiner Großmutter, nicht seiner.«

»Also ist er es nun oder nicht?«

Sofja schüttelte den Kopf, blätterte in dem Fotoalbum und zeigte auf das Foto eines etwa zwanzigjährigen jungen Mannes mit rundem Gesicht und Stupsnase.

»Das ist er. Sie wohnten in einer Gemeinschaftswohnung in der Sretenka. Er ist umgekommen, als sie schwanger war, er hat nicht einmal mehr erfahren, dass er einen Sohn hat.«

»Moment mal.« Nolik zwinkerte heftig. »Wer ist dann der mit den Segelohren und dem Kind auf dem Arm?«

»Keine Ahnung.«

Nolik entdeckte in einem Bleistiftbehälter auf dem Tisch eine kleine Lupe, nahm Sofja das Foto aus der Hand und murmelte: »Eine merkwürdige Uniform hat er an.«

Nolik interessierte sich seit seiner Kindheit für Militärgeschichte, sammelte Spielzeugsoldaten, hatte eine Unmenge Memoiren und wissenschaftliche Forschungen gelesen und wusste alles über Waffen, Banner, Orden und Rangabzeichen.

Er betrachtete das Foto eine Weile und flüsterte plötzlich: »Er trägt eine deutsche Uniform. Sofie, der Kerl ist Leutnant der SS.«

Moskau 1916

»Was fehlt diesem Kind?«, fragte die Zarin.

Sie hatte sich an Professor Sweschnikow gewandt, doch der kam gar nicht zum Antworten. Ossja war schneller als er.

»Das Kind ist vor Schreck gealtert, auf einer Ballonfahrt über den Atlantik. Die Trinkwasservorräte gingen zur Neige. Fette Möwen umkreisten mich, stahlen meinen Zwieback und mein Dörrfleisch. Nachdem sie sich an meinem Proviant gütlich getan hatten, wollten sie mich zum Dessert verspeisen. Ich versuchte ihnen zu erklären, dass ich dürr sei und nicht schmecke, aber das half nichts. Ich musste meinen Revolver gegen sie entleeren, obwohl ich gegen das Töten bin. Der Wind wehte vom Meer her so heftig, dass mein Ballon immer höher stieg, am Tag verbrannte die Sonne meine Haut, und sie wurde ganz faltig. Nachts färbte das Mondlicht mein Haar silbern, und es wurde grau. Meine Zähne schliffen sich ab, als ich meine Lederschuhe essen musste, um nicht hungers zu sterben. Dann wurde mein Herz krank. Es sprang mir in die Kehle, und ich hätte es beinahe ausgespuckt wie einen Kirschkern, besann mich aber rechtzeitig und schluckte es wieder herunter. Das geschah, als direkt vor mir ein österreichisches Aufklärungsflugzeug auftauchte. Es kam zum Kampf. Ich schleuderte Sandsäcke, der Pilot beschoss mich mit einem Maschinengewehr.«

»Er hat das Steuer losgelassen?«, fragte Prinzessin Olga.

»Eine gute Frage.« Ossja nickte beifällig. »Sie waren zu zweit in der Kabine, ein Pilot und ein Schütze. Wer weiß, wie der ungleiche Kampf ausgegangen wäre, wären meine Säcke nicht in der Luft geplatzt. Der Sand flog den Österreichern in die Augen, der Aeroplan geriet außer Kontrolle und stürzte ab. Aber mein Ballon war an mehreren Stellen durchlöchert. Unter mir lag die endlose glatte Fläche des Meeres, und sie kam rasch näher. Durch das Wasser hindurch sah ich Quallen, Fische, riesige Walfische und hübsche kleine Seepferdchen. Die Welt war wunderschön, und traurig nahm ich von ihr Abschied. Als der Boden meiner Gondel das Wasser berührte, verlor ich das Bewusstsein.«

»Ein lieber Junge«, sagte die Zarin.

Ossjas Geschwätz langweilte sie sichtlich. Aber die Prinzessinnen wollten noch nicht gehen.

»Und wieso sind Sie nicht ertrunken?«, fragte Prinzessin Tatjana.

»Ein Delphin nahm mich auf den Rücken und brachte mich ans Ufer. Aber es war eine unbewohnte Insel. Das heißt, dort lebten Menschen, aber es waren Nachkommen der alten Azteken, und sie praktizierten Menschenopfer.«

»Davon erzählst du uns später, mein Kind, jetzt müssen wir gehen«, sagte die Zarin.

»Nein, warten Sie, das Interessanteste kommt doch noch, wie ich gegen den obersten Aztekenpriester gekämpft habe. Er war ein Zauberer.«

»Ossja, hör auf«, flüsterte Tanja ihm ins Ohr, »das kannst du später erzählen, nicht jetzt.«

»Wie denn? Später kann ich nichts mehr erzählen. Bald kommt der Graf, der Lazarettinspektor, und dann muss ich mich verstecken, denn Seine Exzellenz ist Antisemit. Nicht ausgeschlossen, dass die Zarin ihn begleitet, und sie mag auch keine Juden.«

Im Zimmer wurde es schrecklich still. Die Zarin erblasste. Alle schauten abwechselnd zu ihr und zu Ossja. Man hörte das heftige, empörte Schnaufen des Grafen. Niemand wagte ein Wort zu sagen. In die angespannte Stille hinein sagte eine leise, gepresste Stimme: »Majestät, nehmen Sie es ihm nicht übel, verzeihen Sie dem Jungen.«

Das war einer der Verwundeten.

»Oh«, quiekte Ossja erschrocken und versteckte sich hinter Tanja.

»Ein lieber Junge«, wiederholte die Zarin, als die Prozession den Raum verlassen hatte und weiterging, »aber was hat er denn eigentlich?«

»Progerie, Majestät«, antwortete Sweschnikow, »eine äußerst seltene Krankheit, bei der ein Kind altert, bevor es erwachsen wird, und mit elf, zwölf Jahren an Altersschwäche stirbt.«

»Kann man ihm helfen?«

»Ich fürchte, nein, Majestät.«

»Wo sind seine Eltern?«

»Er ist Waise.«

»Wir könnten für ihn beten, es ist alles Gottes Wille.« Die Zarin richtete den Blick an die Decke. »Er ist wie ein Symbol für sein unglückliches Volk. Er sollte getauft werden.«

Viertes Kapitel

Nach jener wilden Silvesternacht in Courchevel hatte sich Pjotr Colt stark verändert. Er schaute jetzt aufmerksamer in den Spiegel. Falten, Tränensäcke, Altersflecke, die aussahen wie Rost – das alles hatte er früher nicht bemerkt, nun aber sah er es wie unter einer Lupe.

Manchmal verharrte sein Blick lange auf den Platinzeigern seiner Armbanduhr. Es war eine sehr gute Uhr, sie hatte siebentausend Euro gekostet und ging absolut genau. Doch Colt hatte das Gefühl, dass sie zu schnell ging. Die Zeiger bewegten sich allzu rasch. Die Zeit schmolz dahin, als stehle sie jemand, etwa so, wie jemand durch illegales Anzapfen einer Leitung Erdöl stiehlt.

Er ertappte sich plötzlich dabei, dass er andere genauer betrachtete, Menschen in seinem Alter und ältere. Dabei fielen ihm diverse interessante Details auf.

Der Bankier A. färbte sich Haare und Augenbrauen. Der Politiker B., Chef einer Parlamentsfraktion, hatte vor den Wahlen etwas mit seinem Gesicht gemacht, sich Ödeme entfernen und sich liften lassen. Der Chef eines großen Konzerns, krankhaft fett und vollkommen kahlköpfig, kehrte von einer Reise dünn und straff zurück. Und mit echten Haaren auf dem Kopf.

Doch nach einiger Zeit – ein paar Monaten, einem Jahr – war das Gesicht des Politikers B. wieder aufgedunsen und faltig und der Konzernchef wieder dick und kahlköpfig.

Bankier A. starb an einer Thrombose. Er war in Colts Alter. Er hatte nicht geraucht, keinen Alkohol getrunken und nicht gekifft. An freien Tagen war er auf dem Tennisplatz herumgesprungen, im Winter in Eislöcher getaucht. Nach der Beerdigung saß Colt beim Totenschmaus neben einem alten Freund, dem Minister W. Der Minister war acht Jahre älter als er.

»Na, Wowa, was hältst du davon?«, fragte Colt ihn nach dem dritten Glas leise.

»Unsinn, Petja, hör auf, das ist Quatsch! Es sei denn …« Der Minister runzelte die Stirn, schüttelte den Kopf, flüsterte nur mit den Lippen ein paar Namen und sah Colt fragend an.

»Das habe ich nicht gemeint.« Colt lächelte traurig. »Natürlich hat da keiner nachgeholfen. Es war wirklich ein Blutgerinnsel. Aber macht das denn einen Unterschied?«

»Was? Und ob, einen großen sogar!«

»Ja, vielleicht. Aber es läuft doch auf dasselbe hinaus, Wowa. Noch zehn Jahre, vielleicht zwanzig. Und dann? Thrombose, Krebs, Herzinfarkt, und das wäre noch halb so schlimm, das geht schnell. Aber ein Schlaganfall, Demenz, Lähmung?«

»Was ist los, Pjotr, hast du Depressionen?« Der Minister sah ihn mitfühlend an. »Pass lieber auf, so was bleibt nicht ohne Folgen, besonders in unserem Alter. Alle Krankheiten kommen von Niedergeschlagenheit und Stress, man muss sich überwinden und Optimist bleiben.«

»Ja, du hast recht, Wowa. Man muss Optimist bleiben und sich noch lächelnd in den Sarg legen.«

»Na, na, nun hör aber auf.« Der Minister klopfte ihm auf die Schulter. »Kein Trübsal blasen! Klar enden wir alle so, ob mit Lächeln oder ohne, aber doch nicht gleich morgen.«

»Hm.« Colt griff nach einem Glas Wasser und leerte es in einem Zug. »Ich weiß, Wowa, ich sollte nicht Trübsal blasen. Aber ich spüre auf einmal die Zeit sehr stark. Ich erinnere mich genau, was vor zehn, vor zwanzig Jahren war, wie ich da war, du, wir alle. Die Zeit ist verflogen wie ein Augenblick. Und verfliegt immer schneller. Zehn, zwanzig Jahre – das ist praktisch morgen.«

»Na, lieber zwanzig als zehn.« Der Minister lachte nervös. »Ich verstehe dich, Pjotr. Das kenne ich auch. Plötzlich überkommt einen so eine Wehmut, alles scheint einem sinnlos. Aber dann sehe ich mir meinen Sohn an, meine Enkelinnen. Ich will wissen, wie sie aufwachsen, in ihnen fließt mein Blut, sie sind meine Fortsetzung. Das tröstet und vertreibt die dummen Gedanken. Du solltest heiraten, Pjotr. Wenn man Familie hat, ist es irgendwie leichter.«

»Ja, wahrscheinlich.« Colt nickte zerstreut und schaute zu der fünfundzwanzigjährigen Witwe des Bankiers. »Er hat geheiratet, und für ihn war es leichter.«

Die Witwe, ein Model von europäischem Rang, das Gesicht einer bekannten Kosmetikmarke, saß einen Tisch weiter neben einem jungen Fernsehproduzenten. Sie plauderten leise und angeregt miteinander. Der Arm des Produzenten lag auf ihrer

Stuhllehne. Der Produzent flüsterte ihr etwas ins Ohr. Die Witwe kicherte vorsichtig und lautlos. Als sie Colts durchdringenden Blick spürte, rückte sie ein wenig ab von ihrem Gesprächspartner und setzte eine Trauermiene auf.

»Nein, nein, natürlich nicht so.« Der Minister lachte leise. »Du weißt doch, sie war seine fünfte oder siebte, darum steht's auch mit den Kindern nicht gerade rosig. Der älteste Sohn hängt an der Nadel, er ist nicht hier. Der jüngste sitzt da drüben.«

Colt folgte dem Blick des Ministers und entdeckte ein alters- und geschlechtsloses Geschöpf. Schulterlange gelbe Locken, sorgfältig ausgezupfte, erstaunt hochgezogene Augenbrauen, riesige hervorquellende, tragische schwarze Augen.

»Man möchte denken, dass er um seinen Vater trauert. Womöglich ist er der Einzige hier, der wirklich leidet«, flüsterte der Minister. »Doch ich habe gehört, er ist vor einer Woche von seinem Liebhaber verlassen worden, einem bekannten Seriendarsteller, und ich fürchte, das ist es. Aber mit Familie ist es trotzdem besser als allein, Pjotr. Und denk einfach nicht an dein Alter. Wozu darüber nachdenken, wenn du es sowieso nicht ändern kannst? Mach Gymnastik, achte auf dein Gewicht und deine Ernährung. Nimm Vitamine. Und es gibt Therapien zur Entschlackung, zur natürlichen Verjüngung. Ich kann dir ein paar ausgezeichnete Kliniken empfehlen, in der Schweiz und in Deutschland. Probier es mal.«

Moskau 1916

Doktor Agapkin wohnte vorübergehend bei den Sweschnikows. Zuvor hatte er sich mit einem Freund eine Mansarde im Dachgeschoss eines Miethauses in der Nähe geteilt. Vor kurzem hatte der Freund geheiratet und war ausgezogen. Allein konnte sich Agapkin die Behausung nicht leisten. Er suchte etwas Billigeres, hatte aber bislang nichts Passendes gefunden.

Er schlief auf einem Sofa in Wolodjas Zimmer, höchstens vier Stunden am Tag. Während der Professor im Lazarett war, öffnete Agapkin die Schädel von Ratten, Kaninchen und Meerschweinchen und führte diverse Manipulationen an der Epiphyse durch. Die Tiere verendeten. Er legte die Kadaver in Postkisten aus Sperrholz und schaffte sie auf den Müll.

Der Ratz Grigori war wohlauf, fraß mit Appetit, war hinter den Weibchen her und zeugte reichlich Nachkommen. In den drei Monaten seit der Operation hatte er sich kein bisschen verändert, er war nicht gealtert, obgleich drei Monate für eine Ratte so viel waren wie zehn, zwölf Menschenjahre. Der Professor untersuchte regelmäßig sein Blut und nahm ihn zweimal mit ins Lazarett, um ihn zu röntgen.

»Warum obduzieren Sie ihn nicht?«, fragte Agapkin.

»Soll er ruhig noch eine Weile leben, wenn er schon mal diese Chance hat.«

Agapkin studierte zigmal die Röntgenbilder und untersuchte das Rattenblut unterm Mikroskop, entdeckte aber nichts Besonderes.

»Wann wollen Sie die Versuche fortsetzen?«

Sweschnikow gähnte, trank Pfefferminztee, rauchte eine Zigarre und antwortete jedes Mal: »Morgen, Fjodor. Morgen ganz bestimmt. Heute bin ich sehr müde.«

Doch trotz der Müdigkeit nach schlaflosen Nächten schloss sich der Professor mitunter lange in seinem Arbeitszimmer ein, las und schrieb etwas in ein dickes lila Heft. Wenn Agapkin fragte, was das sei, antwortete der Professor: »Ach, nichts weiter, Notizen.« Dann gähnte er wieder und klagte über den chronischen Schlafmangel. Sweschnikow über die Schulter zu schauen, wagte Agapkin nicht, das konnte der Professor nicht leiden. Dann runzelte er die Stirn und schlug das Heft zu. Das Einzige, was Agapkin sah, waren die Bücher auf dem Tisch. Es war eine seltsame Auswahl. Zerfledderte alte Folianten auf Deutsch, Englisch und Französisch. Bücher über Taoismus, Alchemie, *Die Lebensgeschichte des Paracelsius*. Daneben ein Stapel moderner medizinischer Almanache und Zeitschriften, Maximows *Grundlagen der Histologie,* Virchows *Cellularpathologie in ihrer Begründung auf physiologische und pathologische Gewebelehre,* die druckfrische Broschüre *Gehirn und Nervensystem* eines gewissen Gerhard, Metschnikows Buch *Etüden über die Natur des Menschen* mit einer Widmung. Sowie zwei alte, auseinanderfallende Heftchen eines gewissen Nikita Koroba: *Bräuche und Kulte der Steppenvölker* und *Aufzeichnungen zu Geschichte und Sitten der wilden Nomaden im Gouvernement Wudu-Schambala.*

»Ich verstehe Sie nicht, Michail Wladimirowitsch, Sie sind doch Wissenschaftler! Lassen Sie das Lazarett sausen, zum Teufel damit! Sie stehen kurz vor einer weltbewegenden Entdeckung, die bringt eine Wende in sämtlichen Naturwissenschaften, in der Philosophie, in der Geschichte, im Leben selbst!«

Der Professor schüttelte den Kopf und versuchte, den Eifer seines Assistenten zu dämpfen.

»Fjodor, wir haben bislang nichts außer seltsamen Zufällen. Die Ratte Grigori hat Glück gehabt, da sollten wir uns nichts vormachen. Sie haben binnen drei Monaten Hunderte Versuchstiere getötet, und alles umsonst.«

»Nur hundert. Aber das ist unwichtig! Sie haben mir ja Ihre Methode nicht erklärt, und ich bin aufs Geratewohl vorgegangen.«

»Es gibt keine Methode. Auch ich bin aufs Geratewohl vorgegangen und habe Ihnen alles berichtet. Möglicherweise enthielt das Blut der Spenderratte oder die Luft zum Zeitpunkt der Operation eine unbekannte Bakterienkultur. Nicht ausgeschlossen, dass auch der Wechsel von Licht und Dunkel eine Rolle gespielt hat. Die Epiphyse ist lichtempfindlich. Womöglich hatten auch die Tränen einen positiven Effekt. Sie liefen mir aus den Augen, weil ich eine Ätherflasche zerbrochen hatte. Aber entscheidend für den Erfolg der Operation war vermutlich die Romanze *Nebliger Morgen,* die ich bei der Manipulation an der Ratte vor mich hin sang.«

Mehrfach ging Agapkin in Sweschnikows Abwesenheit in dessen Arbeitszimmer und suchte nach dem lila Heft. Er wusste, dass es im einzigen abgeschlossenen Schubfach des Schreibtisches lag. Er suchte nach dem Schlüssel, wurde von Klawdija auf frischer Tat ertappt und rechtfertigte sich ausführlich und verworren, was ihn dem redlichen Dienstmädchen noch verdächtiger machte.

Agapkin magerte ab, wurde blass, büßte seinen Schlaf und seinen Appetit ein. Das bemerkte sogar Wolodja, der eigentlich kein besonderes Auge und Gespür für fremdes Leiden hatte.

»Möchten Sie sich nicht ein wenig zerstreuen?«, fragte er ihn eines Tages beim Essen.

Sie saßen zu zweit am Tisch und wurden von Marina bedient. Sonst war niemand im Haus.

»Was meinen Sie damit?« Agapkin fuhr auf und warf ein Stück warmen Kringel, das er eben noch lange und gründlich mit Butter bestrichen hatte, auf den Teller.

»Ich besuche morgen eine bemerkenswerte Dame. Ich könnte Sie mitnehmen.«

»Zu Renata?« Agapkin gähnte qualvoll.

»Wie haben Sie das erraten?«

»In letzter Zeit ist sie für Sie offenbar die bemerkenswerteste Dame in Moskau, womöglich in ganz Russland. Aber, verzeihen

Sie, ich teile Ihre Begeisterung nicht, außerdem bin ich beschäftigt.«

Wolodja trank einen Schluck Kaffee, holte eine Papirossa hervor, steckte sie in eine Bernsteinspitze, sah Agapkin spöttisch an und fragte: »Womit genau sind Sie denn so beschäftigt, dass Sie nicht schlafen, nicht essen und nicht an die frische Luft gehen?«

Er riss ein Streichholz an, die angezündete Papirossa roch appetitlich. Agapkin gähnte erneut, diesmal gespielt, zog eine silberne Taschenuhr heraus, stand auf und schob geräuschvoll den Stuhl zurück.

»Entschuldigen Sie, Wolodja, ich muss ins Labor. Ich wünsche Ihnen guten Appetit und einen amüsanten Abend bei Renata!«

»Und Sie werden doch mitkommen, Fjodor Fjodorowitsch«, sagte Wolodja sehr leise in seinem Rücken.

»Was?« Agapkin drehte sich zu abrupt um, stöhnte auf und griff sich an den Hals.

»Verrenkt?«, fragte Wolodja mitfühlend. »Das tut weh, ich weiß. Da helfen Massagen und ein warmer Umschlag. Sie werden schon deshalb mitkommen, Fjodor Fjodorowitsch, weil mein Vater es nicht schätzt, wenn in seiner Abwesenheit jemand in sein Arbeitszimmer geht und in seinen Papieren wühlt.«

»Reden Sie keinen Unsinn.« Agapkin, das Gesicht verzogen und sich den Hals reibend, kehrte an den Tisch zurück. »Michail Wladimirowitsch schließt sein Arbeitszimmer nicht ab und verbietet mir nicht, hineinzugehen. Ich habe ein Buch gesucht.«

»Die Bücher stehen im Regal. Nicht im abgeschlossenen Schreibtischfach. Aber dort liegt das lila Heft.«

»Woher wissen Sie das?«

»Ich wohne hier.« Wolodja nahm einen tiefen Zug, spitzte die Lippen und blies akkurate Rauchkringel zur Decke. »Würde Vater erfahren, dass ich die Schublade geöffnet habe, würde er wütend werden und streng mit mir reden, mir aber bald verzeihen. Erstens bin ich sein Sohn, und er liebt seine Kinder sehr. Zweitens weiß er, dass ich keine Ahnung von Medizin habe und also kein Wort verstehen würde, selbst wenn ich es gelesen hätte. Bei Ihnen aber, Fjodor Fjodorowitsch, sieht die Sache anders aus.«

»Was schlagen Sie vor?«, fragte Agapkin, das Gesicht noch immer leidend verzogen.

»Nicht, was Sie denken. Wir werden nicht zusammen das Schubfach aufbrechen und das Heft lesen. Vorerst schlage ich Ihnen vor, mich zu begleiten. Nein, seien Sie nicht beleidigt. Sagen Sie ja, wenigstens aus bloßer Höflichkeit. Immerhin schlafen Sie in meinem Zimmer und essen mit mir an einem Tisch.«

»Ihre Renata interessiert sich für Verjüngung?«, fragte Agapkin leise.

»Nein.« Wolodja lächelte sanft und drückte seine Papirossa aus. »Sie ist auch so jung und schön. Sie möchte einfach ein paar unschuldigen Geschöpfen, die Sie morgen Abend aufschneiden wollen, das Leben retten.«

Moskau 2006

Sofja fuhr sehr vorsichtig. Ihr war schwindlig. Sie musste mehrmals am Straßenrand halten und eine Weile mit geschlossenen Augen sitzen bleiben.

»Nolik, mein Lieber, warum hast du noch immer keinen Führerschein? Eine Schande für einen Mann in deinem Alter«, murrte sie. »Du könntest jetzt am Steuer sitzen, und ich würde auf der Rückbank friedlich schlafen.«

Nolik hörte sie gar nicht. Er redete von den sowjetisch-deutschen Beziehungen kurz vor dem Zweiten Weltkrieg. Der segelohrige junge Mann in der Uniform eines SS-Leutnants neben Sofjas Großmutter und mit einem Säugling auf dem Arm, der womöglich Sofjas Vater war, ließ ihm keine Ruhe.

»Im Grunde kam es nicht nur durch den bösen Willen Hitlers und Stalins zum Krieg. Alle waren schuld, auch die Franzosen und Engländer und die Amerikaner. 1938 grassierte eine wahre Epidemie unglaublicher Lügen und allgemeinen Verrats auf höchster Ebene.«

»Diplomaten haben immer gelogen, zu allen Zeiten«, sagte Sofja matt und wechselte auf die weniger belebte Nebenspur.

»Ja, das stimmt. Aber was vor diesem Krieg los war, das war etwas Besonderes. Keine einzige Absprache funktionierte. Eben unterschriebene Abkommen wurden am nächsten Tag ohne jede Vorwarnung gebrochen. Stalin traute den Engländern nicht, konnte Chamberlain nicht ausstehen und rechnete mit einem Überfall Hitlers auf Großbritannien. Chamberlain und Daladier hofften, dass sich die beiden Menschenfresser, der rote und der braune, gegenseitig die Kehle durchbeißen würden. Es war ihnen scheißegal, dass dabei Millionen Menschen in Russland und Deutschland umkommen würden, gemein und rücksichtslos verrieten sie die Tschechoslowakei und überließen Polen den beiden Menschenfressern.«

»Woher weißt du das alles?«, fragte Sofja erstaunt.

»Du weißt doch, ich interessiere mich seit meiner Kindheit für Militärgeschichte. Über den Zweiten Weltkrieg könnte ich wahrscheinlich eine Doktorarbeit schreiben, Dokumentarfilmer beraten und Vorlesungen halten. Aber mich fragt ja keiner, und keiner hört mir zu. Interessiert dich das?«

»Ja, sehr.«

»Nachdem Molotow und Ribbentrop den berühmten Pakt unterzeichnet hatten, entwickelten sich zwischen der UdSSR und

Deutschland nicht nur Handelsbeziehungen, sondern auch militärische Kontakte. Eine Gruppe von Piloten der Luftwaffe wurde beispielsweise auf einem Militärflugplatz in Moskau ausgebildet.«

»Und was hat Oma Vera damit zu tun?«

»Vielleicht war sie dort Dolmetscherin, sie konnte doch sehr gut Deutsch.«

»Na und? Angenommen, sie war dort Dolmetscherin, hat einen jungen SS-Leutnant kennengelernt und sich mit ihm fotografieren lassen. Was folgt daraus?«

»Nichts.« Nolik seufzte. »Sie haben sich kennengelernt, sich fotografieren lassen, erst zu zweit, dann zu dritt, mit einem Säugling. Der Säugling ist dein Vater. Er wurde erwachsen, und sechzig Jahre später fährt er nach Deutschland, bringt von dort Fotos mit, die er vor dir versteckt, und kurz darauf stirbt er.«

»Halt, Schluss!«, rief Sofja. »Erzähl lieber weiter von Stalin und Hitler!«

»Gut«, sagte Nolik, »aber darum musst du nicht gleich so schreien.«

»Entschuldige.«

»Ich entschuldige nicht!«

Eine Weile schwiegen sie beide. Sofja fuhr an den Straßenrand, hielt an, lehnte sich im Sitz zurück und schloss die Augen.

»Ist dir nicht gut, Sofie?«, fragte Nolik besorgt.

»Weißt du, Papa war sein Leben lang überzeugter Kommunist«, murmelte Sofja kaum hörbar mit geschlossenen Augen. »Lenin war für ihn ein Heiliger. Er hat immer gesagt, die stalinschen Repressalien ließen sich mit dem gewaltigen ökonomischen Sprung, der Industrialisierung und schließlich mit dem Sieg im Krieg rechtfertigen. Ich habe ihm nicht widersprochen. Mama ja, sie hat mit ihm gestritten, hat ihn angeschrien, bis sie heiser war.«

»Recht so«, knurrte Nolik.

»Ich weiß nicht. Sie konnte ihn doch nicht überzeugen.«

»Ja, das hätte wohl niemand gekonnt. Für deinen Vater war jeder noch so unschuldige antisowjetische Witz eine indirekte Beleidigung der Erinnerung an die junge Kundschafterin Vera.« Nolik seufzte traurig. »Trotzdem schade, dass du ohne Großmutter aufgewachsen bist. Aber an deine Urgroßmutter kann sogar ich mich noch erinnern, wenn auch nur vage. Sie ist 1982 gestorben, nicht?«

»1983. Da war ich sieben. Unter ihrem Bett lag immer ein gepacktes Bündel. Dörrbrot, Zahnbürste, ein Stück Kernseife, Flanellunterhosen, ein Gummigürtel, grässliche braune Strümpfe. Und ein Leninbild, emailliert und im Silberrahmen, wie eine Ikone. Bis ins hohe Alter ist sie durch ganz Russland gereist, hat Pionieren von ihrer heldenmütigen Tochter erzählt und dabei geweint. Jedes Mal hat sie aufrichtig geheult, aber das Bündel hatte sie immer bei sich.«

»Warum?«

»Ach, du Historiker! Falls man sie verhaftete.«

»Ein Bild ihrer Tochter war nicht in dem Bündel?«

»Nein. Nur eins von Lenin. Verstehst du, es kann doch sein, dass Papa wegen dieser Fotos gestorben ist. Er erfährt plötzlich, dass das Leben seiner Mutter ganz anders aussah als die Vorzeigelegende einer sowjetischen Heiligen. Ein Schock, der so schlimm ist, dass er einen Herzanfall auslöst. Vielleicht sollte ich die Fotos verbrennen?«

»Er hat es nicht getan.«

»Ja, stimmt, du hast recht.« Sofja sah auf die Uhr, schniefte kläglich und fuhr los. »Schön, erzähl weiter von den beiden Menschenfressern.«

»Gern. Ist ja selten, dass du mal mir zuhörst und nicht ich dir. Also. Sie hatten Polen unter sich aufgeteilt, dann erhielt

Hitler interessante Informationen über den wahren Zustand der Roten Armee. Bis dahin hatte er der stalinschen Wochenschau im Kino geglaubt, er hatte die prunkvollen Paraden auf dem Roten Platz gesehen und befürchtet, gegen eine solche militärische Macht nicht anzukommen. Übrigens standen sie zu dieser Zeit in durchaus friedlichem Kontakt miteinander, schrieben sich sogar. Möglicherweise haben sie sich im Oktober 1940 heimlich in Lwow getroffen.«

»Stop! Das glaube ich nicht!« Sofja war plötzlich hellwach und endlich abgelenkt von den Gedanken an ihren Vater. Sie hörte aufmerksamer zu und ging im Kopf den Geschichtsunterricht an der Uni durch.

»Ja«, stimmte Nolik ihr zu, »solche Hypothesen werden immer eine Frage von Glauben oder Nichtglauben bleiben. Es gibt keine exakten Beweise. Klar, falls diese Begegnung wirklich stattgefunden hat, haben beide Teilnehmer anschließend dafür gesorgt, dass weder Dokumente noch Zeugen zurückblieben.«

»Um Stalin und Hitler ranken sich überhaupt viele Mythen«, bemerkte Sofja. »Ich habe zum Beispiel bei einem renommierten Historiker gelesen, dass sich Stalin 1938 einer Verjüngungskur unterzogen habe, dass ihm im Botkin-Krankenhaus Drüsen implantiert worden seien. Das ist natürlich kompletter Unsinn. Niemand hätte gewagt, Stalin fremde Drüsen einzusetzen, denn zu der Zeit wusste man noch nicht, wie man die Gewebeabstoßung, die Immunreaktion verhindern kann.«

Nolik antwortete nicht. Er schwieg mit gerunzelter Stirn und holte eine Zigarette heraus.

»Untersteh dich, jetzt zu rauchen«, warnte Sofja, »es ist zu kalt, um das Fenster aufzumachen, und auf dem Rückweg sitzt Mama im Auto, wenn sie den Zigarettenqualm riecht, nervt sie mich zu Tode.«

»Sofie, auf den Fotos war doch auch Professor Sweschnikow«, murmelte Nolik und steckte die Zigarette brav wieder in die Schachtel. »Als du eben die Verjüngungskur erwähnt hast, ist mir das wieder eingefallen. Stalin hat sich sehr dafür interessiert. Vielleicht wurden ihm ja keine fremden Drüsen implantiert, aber das Institut für experimentelle Medizin hat sich jedenfalls ernsthaft mit Fragen der Lebensverlängerung befasst. Ich habe kürzlich im Fernsehen einen Dokumentarfilm gesehen, da ging es genau darum. Darin hieß es, es werde behauptet, Sweschnikow habe ein geheimes Labor geleitet und für Stalin persönlich an Methoden zur Verjüngung gearbeitet.«

Sofja stieß einen leisen Pfiff aus und nahm sogar eine Hand vom Lenkrad, um sich an die Stirn zu tippen.

»Michail Sweschnikow ist im Februar 1922 aus Sowjetrussland nach Finnland abgehauen. Zusammen mit seiner Tochter Tanja, seinem Sohn Andrej und seinem Enkel Mischa ist er über den Finnischen Meerbusen geflohen. Höchstwahrscheinlich ist Professor Sweschnikow nach dieser Reise an einer Lungenentzündung gestorben. Der Frost, der Wind. Sie hatten nur einen Schafpelz und eine Wolldecke, Sweschnikow hat Tochter und Enkel in die Decke gehüllt und den Schafpelz seinem Sohn gegeben, er selbst trug nur einen Pullover und eine dünne Jacke.«

»Wo hast du das gelesen?«

»Nirgends. Das hat mir Fjodor Agapkin erzählt. Er war Sweschnikows Assistent, noch vor der Revolution.«

»Wer?« Nolik zuckte zusammen, hüpfte beinahe vom Sitz. Hätte er sich nicht angeschnallt, wäre er wohl mit der Stirn gegen die Windschutzscheibe geprallt. »Ist dir klar, was du da sagst, Sofie? Das hat dir Agapkin erzählt, Sweschnikows Assistent! Wann ist der denn geboren?«

Sofja runzelte die Stirn und versuchte sich zu erinnern, dann sagte sie verwirrt: »1916 war er sechsundzwanzig, glaube ich. Als ich Aspirantin war, hat Bim mich zum ersten Mal mitgenommen zu Agapkin. Er wohnt irgendwo im Zentrum, in der Brestskaja. Er kannte Pawlow und Bogomolez. Er ist in Russland geblieben und hat an eben jenem Institut für experimentelle Medizin gearbeitet.«

»Moment mal, bringst du da auch nichts durcheinander? Ist er wirklich fast hundertzwanzig Jahre alt?«

Sofja schwieg eine Weile. Sie waren auf dem Parkplatz am Flughafen angekommen und stiegen aus. Nolik zündete sich sofort eine Zigarette an. Sofja, in ihren Turnschuhen durch den Schneematsch hüpfend, erklärte plötzlich mit nervöser Heiterkeit: »Stimmt, Agapkin ist 1890 geboren. Er ist alt und verschrumpelt wie eine Mumie, aber kein bisschen senil. Er ist voll da. Übrigens behauptet er, ich sähe Sweschnikows Tochter Tanja sehr ähnlich. Wenn ich mir die Haare wachsen ließe, würde ich aussehen wie sie. Aber das ist natürlich Unsinn. Sweschnikows Tochter war eine Schönheit. Der Alte sieht einfach nicht mehr gut. Bim und ich haben ihn ein paarmal besucht.«

Moskau 1916

Die Laternen brannten trübe, in den Seitengassen war es völlig dunkel. Wolodja fasste Agapkin unter.

»Haben Sie Angst, dass ich weglaufe?«, fragte Agapkin.

»Nein, aber es ist sehr glatt.«

Agapkin machte sich los.

»Ich kann es nicht leiden, mit einem Mann untergehakt zu laufen.«

»Weil die Leute, Gott behüte, etwas Falsches denken könnten?« Wolodja lächelte, seine weißen Zähne leuchteten im Dunkeln. »Unsinn, hier ist niemand. Die Straßen sind leer und düster, als wäre alles bereits geschehen.«

»Was – alles?«

»Die Revolution, die Apokalypse, das blutige Chaos, nennen Sie es, wie Sie wollen. In den verschiedensten Bevölkerungsschichten ist davon die Rede, doch niemand begreift Sinn und Ziel der bevorstehenden Ereignisse.« Wolodja sprach dumpf und heiser, als bereitete die Erwähnung des »blutigen Chaos« ihm sinnlichen Genuss. Er atmete sogar rascher.

»Aber Sie verstehen es?«, fragte Agapkin spöttisch.

Wolodja antwortete nicht. Er lief schneller, überholte Agapkin, bog in einen Torweg ein und war verschwunden.

»Kommen Sie, das ist eine Abkürzung«, vernahm Agapkin seine Stimme aus der Finsternis und dachte, dass der Sohn des Professors offenbar im Dunkeln sehen konnte wie eine Katze.

Der Durchgangshof wurde vom Licht aus einigen Souterrainfenstern trübe beleuchtet. Die Häuser waren niedrige Holzbauten. Der typische Geruch der Moskauer Elendsviertel schlug ihnen entgegen. Alkoholdunst, fauliger Kohl, Urin. Agapkin kannte dieses Bukett seit seiner frühen Kindheit, er war in einem solchen schmutzigen Hof aufgewachsen, im Bezirk Samoskworetschje.

»Vorsicht, hier ist eine Grube«, warnte ihn Wolodja und nahm erneut seinen Arm.

Moskau 2006

Auf dem Weg vom Parkplatz zum Flughafengebäude hatten sich Sofjas Turnschuhe mit Wasser vollgesogen. Nun waren sie ganz hart und fühlten sich an wie eisige Leisten. In der Ankunftshalle fand Nolik einen freien Tisch in einem Café, bugsierte Sofja dorthin und ging zum Auskunftsschalter, weil der Flug aus Sydney noch nicht auf der Anzeigetafel stand.

Sofja bestellte Tee und belegte Brote. Auf dem Stuhl neben ihr lag ein dünnes Hochglanzmagazin. Sofja blätterte darin und stieß sofort auf eine fette Reklameüberschrift: »Verjüngung! Modernste bioelektronische Technologien. Flexible Rabatte. Schnell, schmerzlos, preiswert. Drei Jahre Garantie.«

Dann folgte ein kurzer, pseudowissenschaftlicher Text über konservierte Embryonen, einen Extrakt aus den Geschlechtsdrüsen des Orang-Utan, sofortige Faltenglättung und totale Erneuerung der Kopfbehaarung. Unter dem Text – zwei strahlend lächelnde schöne Frauen.

Nolik kam aufgeregt angelaufen und sagte, das Flugzeug aus Sydney sei vor zwanzig Minuten gelandet. Im selben Augenblick klingelte Sofjas Mobiltelefon.

»Keine Aufregung, ich warte noch auf mein Gepäck. Wenn du im Café sitzt, iss und trink in Ruhe, was du bestellt hast«, sagte die ruhige, tiefe Stimme ihrer Mutter.

Sofjas Augen begannen zu brennen, ihre Lippen zitterten. Plötzlich fühlte sie sich wie das kleine Mädchen, das im Sommerlager des Kindergartens am Zaun steht, das Gesicht zwischen die Bretter gepresst, und seine Eltern noch nicht sieht, aber schon genau weiß, dass sie gekommen sind, um es nach Hause zu holen.

»Mama, liebe Mamotschka, du hast mir so gefehlt!«

»Oho, habe ich richtig gehört?« Ihre Mutter lachte. »Bist du das, Sofie, meine gestrenge, gelehrte Tochter?«

Vera Alexejewna war schlanker geworden und sah blendend aus. Nicht einmal der vielstündige Flug hatte ihr etwas anhaben können. Sie roch nach einem neuen Parfüm mit einem Hauch Wermut. Der hohe Kragen ihres blauen Pullovers betonte ihre schmalen blauen Augen, die stets wirkten, als würde sie lächeln.

»Ich habe mich im Flugzeug ausgeschlafen, aber essen konnte ich nichts, die Küche der australischen Fluggesellschaft ist nämlich schrecklich, ich sterbe vor Hunger. Dein Kühlschrank ist natürlich leer. Ich schlage also vor, wir gehen irgendwo etwas essen.«

»Mama, es ist Nacht«, wandte Sofja ein.

»Das macht nichts, in Moskau findet man zu jeder Tages- und Nachtzeit ein geöffnetes Restaurant.«

»Wieso ist der Kühlschrank leer?«, mischte sich Nolik gekränkt ein. »Ich habe Sofie in den Supermarkt geschleppt, und wir haben extra für Ihre Ankunft eingekauft.«

»Mein kluger Junge, du!« Vera Alexejewna küsste Nolik auf die Wange. »Wenn du noch darauf geachtet hättest, dass Sofie keine Turnschuhe anzieht, sondern Stiefel, wärst du Gold wert.«

»Vera Alexejewna, sie hat keine Stiefel, und auch keinen Pelzmantel. Es ist nicht meine Schuld, dass sie so ist.«

»Sondern meine, ja? Schön, morgen gehen wir einkaufen und kleiden mein Mädchen ein.« Sie wühlte in Sofjas Haar. »Sag mal, mit was für einem Dreck wäschst du dir die Haare? Und was ist das für eine seltsame Frisur?«

»Mama, du weißt doch, dass meine Haare immer nach allen Seiten abstehen wie bei einem Stachelschwein.«

»Du solltest dich einfach ab und zu mal kämmen. Und sag jetzt nicht, dass du keine Zeit hast oder es dir egal ist.«

»Ich sage lieber gar nichts.« Sofja seufzte.

Sie ging allein auf den Parkplatz, um den Wagen zu holen. Ihre Freude über die Ankunft ihrer Mutter war rasch der üblichen Verdrossenheit gewichen. Die Mutter benahm sich, als wäre nichts geschehen. Kein Wort über den Vater. Das Thema war tabu. Ihre Mutter war immer eine entschiedene Optimistin gewesen und verlangte von den Menschen ihrer Umgebung stetige Munterkeit. Schlechte Stimmung, Krankheit, selbst Müdigkeit betrachtete sie als persönliche Beleidigung. Von Kindheit an hatte Sofja immer wieder zu hören bekommen: »Warum machst du so ein Gesicht? Passt dir etwas nicht?«

»Ja, Mama. Mir passt etwas nicht. Papa ist tot, und ich kann nicht breit lächeln. Entschuldige.«

Das sagte sie natürlich nicht. Als sie im Auto saßen und auf die Straße fuhren, verkündete sie stolz: »Du kannst mir gratulieren. Man hat mir eine interessante Arbeit angeboten. Wahrscheinlich gehe ich demnächst für ein Jahr nach Deutschland.«

»Nach Deutschland?« Die Stimme ihrer Mutter klang irgendwie seltsam. »Wieso ausgerechnet dorthin?«

Sofja erzählte von dem Projekt, von »Biologie morgen«. Hin und wieder gab Nolik Kommentare dazu ab. Ihre Mutter hörte schweigend zu. Sofja konnte ihr Gesicht nicht sehen, sie schaute auf die Straße, spürte aber plötzlich, dass ihre Mutter sehr angespannt war, und weil ihre Anspannung sich verstärkte, verstummte Sofja schließlich.

»Freuen Sie sich denn nicht für Sofie, Vera Alexejewna?«, fragte Nolik erstaunt.

Sofjas Mutter antwortete nicht, sondern schaute schweigend aus dem Fenster. Als ein Shiguli vor ihnen zu heftig bremste, schimpfte sie übertrieben auf die Moskauer Straßen und redete von den Straßen in Sydney, und zwar so lange, bis sie Nolik nach Hause gebracht hatten und zu zweit im Auto saßen. Erst da sagte sie: »Vater hat mich angerufen, nach seiner Rückkehr aus Deutschland. Er hat mich gebeten, so schnell wie möglich zu kommen, er müsse etwas Wichtiges mit mir besprechen, und das ginge weder am Telefon noch per Brief. Ich habe sofort ein Ticket gebucht, für den Flug heute. Früher konnte ich einfach nicht, sonst hätte man mich entlassen. Mein Gott, wenn ich gewusst hätte! Nach deinem Anruf konnte ich das Ticket nicht mehr umtauschen und früher kommen. Während ich mit dir telefonierte, wurde mir schwindlig. Ich bin in meinem Arbeitszimmer gestürzt und habe mir die Schläfe an einer Ecke des Tisches aufgeschlagen. Ich hatte eine leichte Gehirnerschütterung. Und am Kopf habe ich nun eine Narbe. Ich musste mir eine andere Frisur zulegen, aber der Arzt sagt, die Narbe werde bald verschwinden.«

Sie standen an einer Ampel. Im hellen Licht der Straßenlampen sah Sofja die Naht an der Schläfe ihrer Mutter.

»Hässlich, nicht?« Ihre Mutter holte einen Spiegel heraus und legte die Haarsträhne wieder darüber. »Gut, dass es nicht die Nase war, das Auge oder die Wange.«

»Warum hast du denn nichts davon gesagt, am Telefon?«, flüsterte Sofja verzweifelt. »Du hast das Gespräch so schnell beendet, ich dachte, du wärst gerade beschäftigt, und das sei dir wichtiger als Papa.«

»Vielen Dank. Dass du so über mich gedacht hast. Na schön, vergessen wir es. Du hast genug durchgemacht. Wann fliegst du denn nach Deutschland?«

»Das weiß ich nicht. Sie wollen mich anrufen. Aber vielleicht melden sie sich ja gar nicht. Das habe ich auch schon erlebt. Erst laden sie dich ein, machen Versprechungen, und dann rufen sie nie wieder an. Das ist natürlich ärgerlich, aber ich bin daran gewöhnt. Mama, erinnerst du dich vielleicht, als du mit Papa gesprochen hast, hat er da etwas von Herzproblemen gesagt?«

»Herzprobleme? Nein. Er hat versichert, er fühle sich ganz gesund, werde nur schnell müde. Er sagte etwas von Schwäche und Schwindelgefühl. Aber das sei eine Lappalie und werde schnell vergehen. Es ging um etwas ganz anderes. Das uns alle betrifft, vor allem aber dich.«

»Mich?!«

»Ja. Darum habe ich sofort einen Flug gebucht. Hat er dir denn nichts erzählt?«

»Nein. Er wollte es, das hat er mir an jenem letzten Abend versprochen. Aber dazu ist er nicht mehr gekommen.«

Moskau 1916

Wolodja und Agapkin betraten das Treppenhaus eines düsteren Mietshauses in der Chlebny-Gasse und stiegen in den vierten Stock hinauf. Ein mürrisches älteres Dienstmädchen öffnete die Tür, nahm ihnen wortlos die Mäntel ab und verschwand. In der Wohnung roch es so stark nach orientalischen Wohlgerüchen, dass Agapkin schwindlig wurde.

»Sie haben vergessen, die Galoschen auszuziehen«, sagte Wolodja. »Hier liegen überall Teppiche.«

»Ja, entschuldigen Sie.«

Im Salon lag tatsächlich ein weicher lila Teppich mit raffiniertem Muster. Anstelle elektrischer Lampen brannten unzählige Kerzen. Leuchter standen auf Regalen, niedrigen kleinen Tischen, auf dem Kaminsims und auf dem Fußboden. Die Möbel waren alt und aus dunklem Holz. Die Wände waren mit dunkelroter Seide ausgeschlagen, die Decke war in düsterem Blau gestrichen und mit großen Strasssteinen besetzt. Agapkin legte den Kopf in den Nacken und erkannte das Sternbild Schütze und den Großen Wagen. Die Strasse glitzerten und funkelten im flackernden Kerzenlicht.

Auf einem niedrigen breiten Sofa lag in malerischer Pose Renata. Sie trug etwas Rotes aus Tüll, eine Art Tunika. Ihr aschblondes, kleingelocktes Haar wurde von einem roten Band zusammengehalten. Ihre Beine und Füße waren nackt. In einem Sessel daneben schlief zusammengerollt ein schwarzhaariges Fräulein in einem braunen Gymnasiastinnenkleid. Auf der Sessellehne saß ein junger Mann mit einem schütteren hellen Bärtchen, langen Haaren und unangenehmen hervorquellenden Schafsaugen. Er hielt ein dickes, sehr altes Buch in einem abgegriffenen braunen Umschlag in den Händen und las daraus vor, leise und monoton, als spreche er ein Totengebet. Agapkin konnte nicht heraushören, was für eine Sprache das war. Es klang wie Arabisch.

Renata nickte schweigend und legte den Finger auf die Lippen. Das schlafende Mädchen wachte nicht auf, und der Mann las weiter.

Wolodja küsste Renata die Hand und setzte sich neben sie aufs Sofa. Agapkin murmelte verlegen »Guten Abend« und blieb stehen. Renata deutete auf einen Sessel neben einem niedrigen kleinen Tisch. Auf dem Tisch stand außer einem Leuchter mit drei dicken Kerzen eine Messingschale, in der zahlreiche kleine Duftpyramiden rauchten. Der Rauch hüllte alles ein, drang nicht nur in die Lungen, sondern auch in die Haut. Agapkin verspürte keinen Schwindel mehr. Die Stimme des Vorlesers bannte ihn, und er ertappte sich bei dem Wunsch, die Augen zu schließen und sich im Rhythmus des seltsamen Textes zu wiegen. Er schüttelte den Kopf, kniff sich heimlich in die Wade und traf auf Renatas ruhigen, nachdenklichen Blick. Sie hatte ihn die ganze Zeit unverwandt beobachtet. In ihren erweiterten Pupillen spiegelten sich flackernde Kerzenflammen. Agapkin räusperte sich und fragte flüsternd: »Was ist das für eine Sprache?«

»Die älteste der Welt. Die Sprache des Hermes Trismegistos, die Sprache der *Tabula Smaragdina*. Versuchen Sie nicht, etwas zu verstehen, hören Sie es einfach an wie Musik.«

Inzwischen waren lautlos noch zwei Männer hereingekommen. Der eine war klein, schmächtig und weißblond, wie mit Mehl bestäubt, der andere ein großer, breitschultriger Schönling mit einem rassigen, aber unglaublich einfältigen Gesicht. Ein glattes Gesicht mit schwarzem Schnurrbart wie von der Reklame der parfümierten Papirossamarke »Luxus«. Alle außer dem Vorleser und dem schlafenden Mädchen tauschten wortlose Verbeugungen. Die Männer nahmen auf freien Sesseln Platz.

Agapkin kämpfte hartnäckig gegen eine seltsame süße Schläfrigkeit an. Seine Lider waren schwer, sein Körper gehorchte ihm nicht. Er ahnte bereits, dass den Räucherdüften ein beträchtlicher Anteil an Opiaten beigemengt war. Unversehens schlief er ein, sank in Finsternis.

Die Stimme des Vorlesers war längst verstummt, als Agapkin gedämpfte, ruhige Stimmen vernahm. Doch er konnte sich nicht rühren und nicht die Augen öffnen. Sie sprachen Russisch, aber ebenso unverständlich, als redeten sie in der Sprache des Hermes Trismegistos.

»Diejenigen, die das Geheimnis des Urstoffes entdeckt haben, sind längst tot. Die großen Meister haben ihren eigenen Tod inszeniert, um Uneingeweihte nicht in Versuchung zu führen.«

»Sie reden gewiss von einem natürlichen Tod, nicht von einem gewaltsamen? Wenn ich nicht irre, wurde Arnaldus de Villanova 1314 auf dem Feuer der Heiligen Inquisition verbrannt.«

»Sie irren. Dem Autodafé anheimgefallen und verbrannt sind nur seine Werke, und zwar nach seinem Tod, den er selbst inszeniert hatte. Es ist unbekannt, wie viele Werke von Meister Arnaldus erhalten blieben, es sind viele Fälschungen im Umlauf. Das ist das Werk von sogenannten Puffern, Hochstaplern auf dem Gebiet der Alchemie. Sie setzten unter allen möglichen Unsinn den Namen von Meister Arnaldus. Zuverlässig echt ist nur eine kleine Schrift des Meisters, die ein gewisser Poirier im 16. Jahrhundert entdeckt hat. Darin geht es um die Möglichkeit, das Leben auf mehrere hundert Jahre zu verlängern. Aber wie üblich bei den großen Meistern ist die Verjüngungsmethode recht allegorisch beschrieben. Mit ›Blut‹ ist zum Beispiel nicht menschliches Blut gemeint, nicht einmal das von Tieren, sondern die Seele von Metallen. Quecksilber ist keineswegs das, was wir darunter verstehen, was im Thermometer und in Quecksilbersalbe enthalten ist. Und auch Schwefel und Blei sind nur Symbole.«

»Aber Gold ist mit Sicherheit kein Symbol. Raimundus Lullus hat auf alchemistischem Weg für König Eduard III. so viel Gold hergestellt, dass daraus noch lange Dukaten geprägt wurden, die sogenannten Raimundsnobel. Solche Münzen werden bis heute im Britischen Museum und im Louvre aufbewahrt, auch einige private Sammler besitzen welche.«

»Interessant ist, dass Lullus mit dem Goldmachen für den König erst nach dessen Tod angefangen hat.«

»Alchemistengold ist nicht das Ziel, sondern nur ein Mittel, lediglich eine Etappe, wenn auch die letzte. Wenn mit Hilfe einer bestimmten Substanz aus einem einfachen Metall Gold wird, heißt das, der Urstoff ist gefunden und man kann ihn einnehmen. Vor der Einnahme muss man vierzig Tage streng fasten und den Organismus gründlich entschlacken.«

»Mit Hilfe eines Klistiers?«

»Genau. Dann wird das Urstoff-Pulver in homöopathischen Dosen eingenommen. Am Ende fallen dem Meister alle Haare und Zähne aus, die Nägel lösen sich ab, die Haut schuppt sich. Dann tritt ein kurzer lethargischer Schlaf ein, aus dem der Meister jung und gesund erwacht, mit neuen Haaren, Zähnen, Nägeln und neuer Haut. Und das kann über mehrere hundert Jahre gehen.«

»Was ist denn dieser Urstoff?«

»Wie gesagt, das Rezept ist verschlüsselt, und den Schlüssel findet man nur durch langjähriges selbstständiges abgeschiedenes Wirken am *Opus magnum*.«

»Oder man findet ihn nicht.«

»Und vergiftet sich, stirbt oder wird verrückt.«

»Ja, die meisten Experimente endeten so oder wurden durch

bewussten Betrug ersetzt, wie im Fall des Herrn Cagliostro. Er hat nicht übel daran verdient, reichen Tröpfen Quecksilberbäder zu verabreichen. Haare und Zähne fielen aus, und er sagte, das müsse so sein. Die Verjüngten starben, aber es fanden sich immer neue Dummköpfe, die dem Betrüger glaubten.

Wer den Urstoff gefunden hatte, schwieg darüber. Aber nicht immer. Hören Sie zu: ›Endlich hatte ich gefunden, wonach ich suchte, ich erkannte es am ätzenden Geruch. Danach vollbrachte ich mühelos das *Opus magnum,* und da ich die Methode zur Herstellung des Urstoffs gefunden hatte, konnte ich nicht irren, selbst wenn ich es gewollt hätte.‹ Das ist Nicolas Flamel. Ich habe es aus dem Altfranzösischen übersetzt. Das hat Meister Flamel 1382 geschrieben. Er war ein armer Schreiber, lebte sehr bescheiden in Paris. Doch 1382 wurde er plötzlich schnell reich. Es ist verbürgt, dass er keinerlei Erbschaft gemacht und keinen Schatz gefunden hatte. Doch binnen weniger Monate erwarb er mehr als dreißig Häuser und Grundstücke in Paris und finanzierte den Bau dreier Armenkrankenhäuser samt Glockenturm. Er ließ auf seine Kosten die Kirche ›Sainte Geneviève des Ardents‹ restaurieren und spendete große Summen zugunsten des Blindenhospitals ›Quinze-Vingts‹. Das Hospital existiert bis heute, und jedes Jahr wird ein Gedenkfest für Flamel begangen. Es sind noch viele offizielle Dokumente vorhanden, die die uneigennützige Großzügigkeit des Meisters bezeugen. Dabei wohnte er selbst weiterhin in seinem ärmlichen Haus neben dem ›Friedhof der Unschuldigen‹. Natürlich drang das Gerücht über seinen Reichtum bis zu König Karl VI., der daraufhin seinen Steuerinspektor de Cramoisi zu ihm schickte. Bei seiner Rückkehr berichtete der Beamte dem König, die Gerüchte über den Reichtum des Schreibers seien eine Lüge. Flamel und seine Frau äßen von irdenem Geschirr und trügen grobe, einfache Kleider. In Wahrheit hatte der Meister den

Beamten bestochen, ihm sein Geheimnis verraten und den Urstoff mit ihm geteilt. Bald wurde de Cramoisi reich und sah zwanzig Jahre jünger aus. Was später mit ihm geschah, ist unbekannt. Meister Flamel jedenfalls inszenierte einige Jahre darauf den Tod seiner Frau und dann auch seinen eigenen. Auf dem ›Friedhof der Unschuldigen‹ wurden zwei in ihre Kleider gehüllte Holzstämme begraben. Die Flamels trafen sich in der Schweiz wieder, kauften sich falsche Papiere und gingen nach Italien.«

»Warum wollten denn die großen Meister nicht sterben, wenn sie doch wussten, dass es den Tod nicht gibt?«, fragte eine hohe Mädchenstimme.

Endlich konnte Agapkin die Augen öffnen. Im Zimmer herrschte nach wie vor Halbdunkel. Die Gymnasiastin schlief nicht mehr, sie saß auf dem Teppich zu Füßen des weißblonden Herrn. Meist redete er. Die anderen hörten zu und stellten Fragen. Die letzte Frage kam von der Gymnasiastin, doch der Weißblonde antwortete nicht, sondern sah Agapkin an. Seine Augen waren gelblich, das Weiße darin rötlich. Sein Blick war starr, kalt und durchdringend. Den ganzen Abend hatte er kein einziges Mal gelächelt.

»Fjodor Fjodorowitsch, wie geht es Ihnen?«

»Danke, gut.« Agapkin räusperte sich und stellte verwundert fest, dass er sich tatsächlich frisch und ausgeruht fühlte.

»Nach so vielen schlaflosen Nächten und schweren Enttäuschungen brauchen Sie Erholung«, fuhr der Fahle fort, »Ihre Nerven sind zerrüttet. Sie verstehen nicht, warum die Experimente von Professor Sweschnikow erfolgreich enden, Ihre Versuchstiere dagegen sterben. Das kann einem schon den Verstand rauben.«

Der Weißblonde schaute ihm unverwandt in die Augen und sprach sanft und langsam, und Agapkin hatte weder die Kraft noch den Wunsch, zu lügen. Im Gegenteil, er verspürte das Bedürfnis, diesem ruhigen klugen Mann alles mitzuteilen, was ihn seit Monaten so quälte.

Fünftes Kapitel

Pjotr Colt hatte wie gesagt keine Familie. Aus Zeitmangel und Unlust. Er traute den Frauen nicht und hielt die Liebe für nichts als eine Ware, wie Öl, Aluminium oder Erdgas. Er konnte sich jedes Mädchen kaufen, das ihm gefiel, Unnahbarkeit war dabei nur eine Frage des Preises.

In seinen Kreisen hatte es schon zu Sowjetzeiten spezielle Kuppler gegeben, die für sehr reiche Kunden die schönsten Mädchen ausfindig machten, ihnen Dutzende Fotos vorlegten und romantische »Zufallsbekanntschaften« arrangierten. Man konnte beliebige Frauen in beliebiger Menge auswählen. Der Kuppler garantierte für die Qualität der Ware, in medizinischer wie juristischer Hinsicht.

Es waren ausnahmslos redliche, saubere, kultivierte Mädchen, die gern heiraten wollten, aber keinen Schlosser oder Ingenieur, sondern einen repräsentablen Mann. Hin und wieder heiratete ein Repräsentabler tatsächlich ein solches Mädchen, aber das geschah selten, denn meist waren sie schon verheiratet, oder sie wollten gar keine Familie gründen – wie Pjotr Colt.

In der Liebe war Colt genau wie bei seinen Geschäften zielstrebig, großzügig, aber äußerst vorsichtig. Da er die Freundinnen häufig wechselte, achtete er darauf, sie nicht zu schwängern, und wenn ein Schätzchen ihm erzählte, sie erwarte ein Kind von ihm, wusste er genau, dass sie log.

Eines späten Abends lag Colt in völliger Einsamkeit auf dem Sofa in seinem riesigen halbdunklen Wohnzimmer, schaute ins

Kaminfeuer und zappte sich träge durch die Fernsehkanäle. Plötzlich tauchte auf dem riesigen Bildschirm das Gesicht einer dieser Verflossenen auf. Es lief eine nächtliche Talkshow.

»In der Kunst geht es mir vor allem um das Spirituelle«, sagte die Dame, »ich bin ein frommer Mensch.«

Sie trug eine unglaublich protzige Bluse, rosa und durchsichtig wie eine Qualle. Ihre künstlichen Wimpern bebten. Die angemalten Augenbrauen hoben sich in naivem Staunen. Aber so ganz jugendfrisch war sie nicht mehr. Dann sah er sich selbst in zehn Jahren: alt und hilflos. Womöglich senil und gelähmt.

Am nächsten Morgen rief er seinen alten Bekannten an, den Gouverneur des autonomen Wudu-Schambala Bezirks. Er wollte ihn seit langem in seiner fernen Steppe besuchen, nicht nur wegen der Ölbohrtürme und der Gestüte, sondern auch, weil dort in der Einöde ein Mann lebte, der hundertzehn Jahre alt war. Er sah blendend aus, war munter und voller Kraft, ritt, trank Wein, und sein jüngster Sohn war zweieinhalb.

Moskau 1916

»Fräulein, Tatjana Michailowna, Telefon aus dem Lazarett.«

Tanja öffnete mühsam die Augen. Sie war unversehens im Sessel im Salon eingeschlafen. Vor ihr stand das aufgeregte Dienstmädchen Marina.

»Wie? Was ist? Wie spät ist es?«

»Schon nach elf. Sie sagen, es ist dringend. Ich hab gesagt, Michail Wladimirowitsch ist im Theater, und da haben sie gesagt, ich soll Sie rufen. Ich sage, sie schläft, aber sie: Weck sie. Dieser Junge da, der kleine Jude, der stirbt wohl.«

Tanja stürzte ans Telefon.

»Sieht schlecht aus. Es geht zu Ende mit ihm«, teilte der Feldscher Wassiljew düster mit.

»Nein!«, rief Tanja. »Nein, ich bin gleich da.«

Sie rannte aus der Wohnung, in ihrer Hausjacke, mit dem alten Stricktuch der Kinderfrau. Während sie die Treppe hinunterlief, hörte sie ein Telefonklingeln und Marinas laute Stimme: »Sie ist gerade losgerannt. Ohne ein Wort.«

Michail Wladimirowitsch würde frühestens gegen ein Uhr nachts nach Hause kommen. Ljubow Sharskaja hatte ihn zur Premiere ihres Stücks *Colombines Leidenschaft* entführt. Anschließend war ein Abendessen geplant. Das Theater war weit weg, in der Sretenka. Die genaue Adresse wusste Tanja nicht.

Eine Droschke bekam sie erst am Triumfalnaja-Platz. Der schläfrige Klepper schleppte sich unerträglich langsam voran. Tanja, nach ihrer Rennerei wieder abgekühlt, fror nun in der dünnen Jacke. Ihre Zähne klapperten, sie betete und beschwor den Kutscher: »Schneller, bitte, schneller!«

Die Proswirin-Gasse war schmal und dunkel. Das Theatergebäude lag versteckt zwischen Mietshäusern. Tanja konnte das Schild nur mit Mühe erkennen.

»Warten Sie hier, ich bin gleich zurück!«

»Halt! Und wer zahlt?« Der Kutscher sprang gewandt vom Bock und packte sie am Arm. »Solche Leute kennen wir. Bin gleich zurück! Das ist ein Durchgangshof, du rennst weg und haust ab!«

»Lassen Sie mich los! Ich habe kein Geld dabei, mein Vater ist im Theater, er wird Sie bezahlen, warten Sie hier, nur zehn Minuten, höchstens.« Tanja versuchte sich loszureißen, aber der Kutscher hatte einen eisernen Griff.

»Der Vater zahlt! Solche kennen wir! Wieso bist du eingestiegen, wenn du kein Geld dabei hast? Ich bring dich jetzt aufs Revier!«

Die Gasse war menschenleer. Tanja sah das feiste rote Gesicht im trüben Lampenlicht dicht vor sich und wusste: Er würde sie nicht loslassen, und befreien konnte sie sich nicht. Am linken Handgelenk trug sie eine kleine goldene Uhr, die hielt sie dem Kutscher dicht vor die bösen Augen.

»Hier, nehmen Sie die Uhr, als Pfand.«

»Zeig mal her!« Der Kutscher griff nach ihrem linken Arm und betrachtete die Uhr. »Als Pfand, sagst du? Na, meinetwegen.« Mit seinen dicken Fingern löste er rasch das Armband.

Tanja riss sich los und lief zum Theater, rannte in das leere, halbdunkle Foyer, vorbei an dem schlafenden Portier, und stieß am Eingang zum Zuschauersaal auf Ljubow Sharskaja, die an eine Säule gelehnt dastand und rauchte.

»Tanja! Das ist ja eine Überraschung!«

»Ljubow Alexejewna, verzeihen Sie, ich will zu meinem Vater, es ist dringend. Wo sitzt er? In welcher Reihe?«

»Willst du ihn etwa rausholen? Jetzt? Bist du verrückt? Auf keinen Fall! Du versaust mir die Premiere! Da läuft gerade die wichtigste Szene, ich bin rausgegangen, weil ich so schrecklich aufgeregt bin, warte noch! Erklär mir wenigstens, was los ist!«

Doch Tanja schob sie beiseite und schlüpfte in den Saal. Sie musterte die Hinterköpfe der Zuschauer in den vorderen Parkettreihen, aber es war zu dunkel. Sie lief durch den Seitengang weiter nach vorn. Schnell hatte sie den Bühnenrand erreicht. Jemand auf einem Klappsitz berührte ihren Arm und flüsterte leise: »Setzen Sie sich irgendwohin oder gehen Sie!«

Sie holte tief Luft und schrie, das Orchester übertönend, das gerade etwas Bravouröses spielte: »Papa!«

Alle Köpfe im Parkett wandten sich in ihre Richtung, neben ihr wurde empört gezischt. Aus der Mitte der zweiten Reihe erhob sich Sweschnikows hohe Gestalt und lief rasch zu Tanja.

Der Kutscher war weggefahren, offenbar fand er, dass die Uhr mehr wert war, als die Fahrgäste ihm bezahlen würden. Sweschnikow zog Tanja seinen Mantel an, und sie liefen die leere Gasse entlang zur Sretenka, fanden aber erst in der Sadowaja eine Droschke.

»Bete, sei gefasst«, flüsterte Sweschnikow und drückte Tanjas Hand. »Früher oder später wäre das ohnehin passiert, er ist ein mutiger Junge, er hat gekämpft, hat sich nichts anmerken lassen, aber ich weiß, wie schlecht es ihm ging. Und du weißt es auch. Er hat sich mit letzter Kraft am Leben gehalten.«

»Nein. Untersteh dich, so zu reden.« Tanja riss ihre Hand los und wandte sich ab.

Bis zum Lazarett schwiegen sie. In der halbdunklen Halle trafen sie auf Schwester Arina.

»Na, Gott sei Dank, Sie haben es geschafft, nun können Sie wenigstens noch Abschied nehmen. Er ist ohne Bewusstsein, aber er atmet noch, sein Puls ist sehr schwach«, sagte sie. »Ich will in die Apotheke, ein Sauerstoffkissen holen. Vor einer Stunde wollten sie einen Boten schicken, aber er kommt und kommt nicht, und unsere Vorräte waren schon gestern aufgebraucht.«

Ossja lag in dem kleinen Behandlungszimmer. Seine Augen waren halboffen, sein Gesicht war spitz und glatt. Er atmete schwach und röchelnd. Neben ihm standen der Feldscher Wassiljew und der Chirurg Potapenko.

Sweschnikow hob ein Augenlid von Ossja an und fühlte seinen Puls.

»Zweimal ist das Herz stehengeblieben, wir haben eine künstliche Beatmung und eine Herzmassage gemacht«, berichtete der Chirurg.

»Ossja«, rief Tanja leise und strich über den grauhaarigen Kinderkopf. »Ossja, ich bin hier, Papa auch, wir sind bei dir, komm zu uns zurück, bitte.«

Die bläulichen Lider zitterten. Sweschnikow, noch immer das dünne Handgelenk umfassend, presste ein Ohr an Ossjas Brust. Alle verstummten. Er lauschte drei Minuten, dann sprang er auf und befahl nüchtern und rasch: »Adrenalin. Kampfer subkutan. Natriumhydrokarbonat, Kalziumchlorid, Glukose und Insulin. Fenster auf!«

Tanja zog das Kissen unter Ossjas Kopf weg, legte ihm eine Hand unter den Hals, eine auf die Stirn, holte tief Luft und begann mit der Mund-zu-Mund-Beatmung. Sweschnikow presste die zusammengelegten Hände rhythmisch auf Ossjas Brustkorb. Potapenko fühlte den Puls, Wassiljew öffnete das Fenster und ging Spritzen abkochen.

»Es ist genug, Tanja, hör auf, es ist genug. Hörst du mich?«, sagte Sweschnikow nach einer Weile und zog sie gewaltsam von Ossja weg.

»Nein«, rief sie und wollte sich losreißen. »Nein, lass mich!«

»Was – nein? Er atmet wieder. Beruhige dich.« Er bugsierte sie auf einen Stuhl in einer Ecke und hielt ihr ein Glas kalten Tee an den Mund.

Ossja atmete nicht nur, er öffnete die Augen und sah Tanja an. Wassiljew legte ihm einen Tropf. Ossja bewegte die Lippen. Tanja ging zu ihm, beugte sich über ihn und hörte ihn deutlich sagen: »Berberitze.«

»Wovon redest du, Ossja?«

»Du riechst nach Berberitze. Aus dem Mund.«

»Michail Wladimirowitsch, Sie wissen selbst, dass das alles nichts nützt. Eine Herzoperation wäre vonnöten, aber er würde die Narkose nicht überleben«, sagte Doktor Potapenko, als sie zum Rauchen in den Flur gegangen waren.

Tanja hatte sich entschieden geweigert, von Ossjas Seite zu weichen, sie saß an seinem Bett und las ihm Puschkins *Hauptmannstochter* vor.

»Und was schlagen Sie vor?«, fragte Sweschnikow.

»Was kann man da schon vorschlagen?« Potapenko zuckte die Achseln. »Ach ja, das habe ich ganz vergessen, ein Oberst hat nach Ihnen gesucht, Danilow, glaube ich.«

»Danilow? Wann?«

»Vor etwa einer Stunde. Er ist von der Front gekommen, nur für einen Tag, er hat nach Ihnen und nach Tanja gefragt.«

»Und wo ist er?«

»In der Aufnahme. Bestimmt ist er schon weg. Entschuldigen Sie, dass ich es Ihnen nicht gleich gesagt habe, es war mir ganz entfallen.«

In der leeren Aufnahme saß Danilow auf einem Stuhl und schlief. Sweschnikow weckte ihn nicht, er ging zu Tanja.

»Ich gehe nirgendwohin«, sagte sie, als sie ihren Vater sah, »ich bleibe die ganze Nacht hier sitzen.«

»Bitte, ich habe nichts dagegen. Aber jetzt geh bitte in die Aufnahme, nur kurz.«

»Warum?«

»Geh, hab ich gesagt!« Er nahm ihr das Buch aus der Hand. »Ich bleibe hier, keine Sorge.«

Tanja lief rasch die Treppe hinunter. Die Tür zur Aufnahme stand halboffen, sie schaute hinein, sah aber nur die diensthabende Schwester, die am Tisch saß und schlief.

»Was für ein dummer Scherz!«

Sie wollte schon wieder zurückkehren zu Ossja, als sie die Silhouette in der Ecke entdeckte.

Danilow schlief, den Kopf gegen die Wand gelehnt. Der Mantel war ihm von der Schulter gerutscht, die Mütze lag auf seinem Schoß. Er war unrasiert, seine Stiefel waren schmutzig. Seine Igelstoppeln waren ganz weiß geworden. Tanja trat auf Zehenspitzen zu ihm, presste ihre Lippen auf seine Wange und wich sofort zurück. Er öffnete die Augen, blinzelte heftig, sah

Tanja und umarmte sie, so fest und ungeschickt, dass sie beinahe hingefallen wäre.

»Pawel Nikolajewitsch, Sie haben sich gar nicht angemeldet.« Sie hob seine Mütze vom Boden auf. »Sie sind so blass, so erschöpft. Ist etwas passiert?«

»Nein, Tanja, es ist alles in Ordnung. Ich habe nur drei Nächte nicht geschlafen. Ich konnte mich nicht anmelden, ich habe selbst nicht damit gerechnet, dass ich herkommen würde. Ihr Dienstmädchen hat mir gesagt, Sie seien ins Lazarett geeilt und Michail Wladimirowitsch sei im Theater. Ich habe gar nicht mehr gehofft, Sie anzutreffen, aber ich bin hergefahren, ich dachte, vielleicht habe ich Glück. Aber Sie waren nicht hier. Doch ein Chirurg sagte, Sie würden auf jeden Fall herkommen. Mein Zug geht heute früh um sechs. Wie spät ist es jetzt?«

»Schon nach zwei«, meldete sich die diensthabende Schwester.

»Um sechs?« Tanja umfasste ohne jede Scham mit beiden Händen sein Gesicht und küsste ihn auf die Lippen. »Sehen Sie, dafür hasse ich Sie.«

»Wofür, Tanja?«

»Nein. Küssen Sie mich nicht mehr. Mir ist schwindlig.«

»Aber Sie küssen doch mich.«

»Nein. Ich hasse Sie. Ich lasse Sie zu keinem Zug. Sie sind dünn, unrasiert, Ihr Haar ist ganz grau, als wären nicht drei Monate vergangen, sondern drei Jahre. Kommen Sie, ich mache Ihnen wenigstens einen Tee. Nun lassen Sie doch Mantel und Mütze hier, hängen Sie sie dort auf. Wie soll ich Sie denn lieben? Aus der Ferne? Ich warte und warte, nach jenem Brief – kein Wort mehr, keine Nachricht. Nur im Traum sehe ich Sie.«

Sie sprach hastig und leise und führte ihn an der Hand die Treppe hinauf und durch die stillen Flure. Er folgte ihr und lächelte glücklich.

Moskau 2006

Wieder zu Hause, stürzte Sofja sofort in ihr Zimmer.

»Wie schön! Was für herrliche Rosen!«, rief ihre Mutter im Flur. »Warum hast du sie in den Mülleimer gestellt? Und wo bist du hin? Hilf mir den Koffer auspacken, da sind Geschenke für dich drin.«

Die Antwort war ein Poltern. Als die Mutter ins Zimmer kam, saß Sofja auf dem Fußboden, Papiere, Mappen, CDs, zerbrochene Bleistifte und alte Kalender vor sich ausgebreitet. Neben ihr lag ein aus dem Schreibtisch herausgerissenes Schubfach.

»Entschuldige, ich muss mein Adressbuch finden«, sagte Sofja.

»Wieso diese Eile? Wen willst du denn nachts um drei anrufen?«

»Anrufen werde ich morgen. Aber ich muss mich überzeugen, dass ich die Nummer noch habe.«

»Wessen Nummer?«

»Die von Fjodor Agapkin. Ich muss mich unbedingt mit ihm treffen.«

Ihre Mutter fand das Adressbuch. Agapkins Nummern, zu Hause und mobil, standen unter »A«. Sofja fiel ein, dass der alte Mann ihr den Zettel mit den Nummern irgendwie hastig und verstohlen zugesteckt hatte, als Bim auf der Toilette war, und dabei geflüstert hatte: »Verlieren Sie sie nicht, ich bitte Sie! Schreiben Sie sie in Ihr Adressbuch!«

»Ich bin sicher, das ist eine Verwechslung«, sagte die Mutter, »das ist bestimmt ein anderer Agapkin. Er kann unmöglich 116 Jahre alt sein. Dann würde er längst im Guinness-Buch der Rekorde stehen und im Fernsehen gezeigt werden.«

»Das will er nicht. Wie alt er ist, wissen nur wenige Auserwählte. Man darf Uneingeweihte nicht in Versuchung führen. Seine Worte.«

»Vielleicht ist er einfach senil? Oder nicht mehr ganz richtig im Kopf. Was ist sein Fachgebiet?«

»Die Alchemie.«

»Na prächtig, gratuliere! Bim hat dich auf den Arm genommen, und du Dummchen hast ihm geglaubt. Ich kann mir vorstellen, wie er zusammen mit diesem Alten über dich gelacht hat. Hat er dir vielleicht auch Gold gezeigt, das er aus Blei gemacht hat?«

»Er befasst sich mit der Geschichte der Alchemie, er macht nicht selber Gold. Ja, wahrscheinlich haben er und Bim mich auf den Arm genommen. Aber selbst wenn – dieser Alte weiß sehr viel über Professor Sweschnikow, vielleicht kann er mir erklären, woher die Fotos stammen.«

»Welche Fotos?«

Sofja erzählte ihrer Mutter von der Aktentasche, die ihr Vater aus Deutschland mitgebracht hatte, und zeigte ihr die Fotos.

Die Mutter betrachtete sie lange und griff wie Nolik zu einer Lupe.

»Ja, natürlich, das ist deine Großmutter Vera, ohne jeden Zweifel. Und das Kind auf ihrem Arm ist wahrscheinlich dein Vater. Aber ich verstehe nicht, warum der junge Mann in der Uniform eines SS-Leutnants dich so schockiert. Oma Vera hat seit ihrem siebzehnten Lebensjahr für den NKWD gearbeitet. Sie war eine glühende Komsomolzin, Beststudentin, eine Schönheit – ein vielversprechender Kader. Schon im dritten Studienjahr ging sie auf eine Art Kundschafterschule. Der junge Mann auf dem Foto ist vermutlich ein Kommilitone, vielleicht hat er die Uniform einfach nur anprobiert, sie sollten ja Kundschafter werden. Du denkst, dein Großvater, Papas Vater, war keineswegs der Nachbarsjunge, der Komsomolze und Pilot, sondern dieser SS-Mann?«

»Ich denke gar nichts. Erzähl mir von Oma Vera, woran du dich erinnerst.«

»Sofie, woran soll ich mich erinnern? Sie war schon tot, als ich geboren wurde. Ich weiß nicht, was für eine Schwiegermutter sie gewesen wäre. Diese Rolle hat für mich ihre Mutter gespielt, Papas Großmutter. In den wenigen Jahren, in denen wir zusammengelebt haben, durfte ich mir jeden Morgen anhören, Dima habe mich nur geheiratet, weil ich Vera heiße, dieser Name sei ihm heilig, und das sei auch mein einziger Vorzug. Vera war ein roter Engel, die personifizierte Güte, Klugheit und Schönheit. Außer Deutsch sprach sie auch Polnisch. Deine Urgroßmutter war Polin, eine heimliche Katholikin und Adlige, darum hat sie ihr Leben lang gezittert und den ›Engel‹ immer mit dem Adjektiv ›rot‹ versehen, um nicht in den Verdacht zu geraten, sie sei religiös. Sie hat einen Rotarmisten mit kristallklarer proletarischer Abstammung geheiratet. Sag mal, was piept denn da die ganze Zeit?«

»Mein Mobiltelefon. Eine SMS.«

»Na dann lies sie doch. Und stell mal eine vernünftige Melodie ein. Dieses Gezwitscher nervt fürchterlich.«

»Warum nimmst du nicht ab? Jedenfalls herzlichen Glückwunsch! Vielleicht sehen wir uns endlich mal?«, las Sofja.

Diesmal stand keine Unterschrift darunter, aber Sofja wusste, von wem das kam, und schrieb zurück: »Danke. Bin gerührt. Glück und Gesundheit!«

Die Antwort kam kurz darauf.

»Sehen wir uns oder nicht?«

Darauf antwortete Sofja nicht mehr, sie schaltete das Telefon ab.

»Sag mal, wie steht's eigentlich mit deinem Privatleben?«, fragte ihre Mutter. »Wie geht es dem netten Petja?«

»Petja geht es gut. Er hat geheiratet, und seine Frau hat Zwillinge bekommen, zwei Jungen.«

»Läufst du deshalb ungekämmt und mit ungeschminkten Wimpern herum und trägst im Winter Turnschuhe?«

»Nein, Mama, es ist umgekehrt. Eben darum hat er mich nicht geheiratet. Aber jetzt will er sich unbedingt mit mir treffen. Er hat Sehnsucht. Hat wohl sonst nichts zu tun!«

»Sofie, ich wünsche mir Enkel.«

»Meinst du, es hilft, wenn ich mich hübsch frisiere und mir die Wimpern tusche?«

»Jedenfalls würde es nicht schaden. Ich könnte ja noch verstehen, wenn du hoffnungslos hässlich wärst, wenn du irgendwelche sichtbaren Makel hättest. Aber sieh dich doch an: Eine ausgezeichnete Figur, gut gebaut, schlank, blaue Augen, eine hübsche Nase.«

»Ein Kussmund.« Sofja zog vor dem Spiegel eine Grimasse und streckte die Zunge heraus.

»Roter Lippenstift würde dir sehr gut stehen. Außerdem bist du naturblond, und das verpflichtet. Der Marilyn-Monroe-Stil ist natürlich nicht deins, dafür bist du zu streng und ernst. Eher Marlene Dietrich. Roter Lippenstift, die Haare schulterlang, aber natürlich gepflegt, ordentlich frisiert. Hörst du mir zu, Sofie? Hör auf mit den Grimassen!« Die Mutter war drauf und dran, wütend zu werden.

Seit Sofjas sechzehntem Lebensjahr schärfte sie ihr immer wieder ein, eine Frau müsse sich um sich kümmern, ihren eigenen Stil finden und strikt dabei bleiben. Sie wollte nicht akzeptieren, dass man auch mit Maniküre, rotem Lippenstift und farblich aufeinander abgestimmten Schuhen und Handtaschen einsam und kinderlos bleiben konnte.

»Sofie, da war doch noch Grischa, so ein gebildeter, stiller Mann. Hat der etwa auch geheiratet?«

»Nein. Aber von dem willst du bestimmt keine Enkel. Er schnupft Kokain und lebt nur noch im Internet. Doch wir waren bei meinem Urgroßvater, dem Rotarmisten mit kristallklarer proletarischer Abstammung.«

»Warte. Sag mir erst, wer dir diesen prächtigen Blumenstrauß geschickt hat, den du in den Mülleimer gestellt hast, und eine SMS früh um halb vier?«

»Wie kommst du darauf, dass das ein und derselbe war?«

»Etwa nicht?«

»Natürlich nicht.« Sofja seufzte. »Die Rosen sind von der Firma, die mir die Stelle anbietet. Die SMS ist von Petja. Der Arme langweilt sich offenbar mit seiner jungen Frau und den kleinen Zwillingen. Sucht Abwechslung. Mama, wenn ich mir jetzt eine Zigarette anzünde, prophezeist du mir dann bitte nicht gleich einen frühen Tod durch Kehlkopfkrebs?«

»Schon gut, rauch nur. Wieso habt ihr euch denn getrennt, du und Petja? Du mochtest ihn doch, er war ein so guter, kluger Junge.«

»Bitte, Mama, hör auf. Er hat Familie, zwei Kinder. Wenn er gut und klug wäre, würde er mich jetzt in Ruhe lassen. Es ist besser so. Stell dir vor, ich hätte ihn geheiratet, ein Kind gekriegt, und er würde seiner vorigen Liebe zärtliche SMS schreiben.«

»Schon gut. Sei nicht traurig.« Die Mutter stand auf und küsste Sofja auf den Scheitel. »Drück deine stinkende Zigarette aus und schau dir endlich an, was ich dir mitgebracht habe.«

Moskau 1916

Ossja schlief. Tanja lief immer wieder hin und schaute nach ihm. Jedesmal, wenn sie in den winzigen Raum blickte, spürte sie, wie ihr Herz stockte: Wenn der Junge nun nicht mehr atmete? Aber er atmete, schwer und röchelnd.

In Sweschnikows Arbeitszimmer kochte auf einem Spirituskocher der Teekessel. Schwester Arina hatte Gebäck gebracht. Zwei diensthabende Ärzte schauten vorbei, sie wollten mit Oberst Danilow reden. Zwar erzählten die Verwundeten jeden Tag einiges, und die Zeitungen druckten Frontberichte, trotzdem war alles nebulös und widersprüchlich. Sweschnikow versuchte, die Ärzte unter einem Vorwand wegzulocken, damit Tanja und Danilow eine Weile allein sein konnten, sie hatten ja nur noch wenig Zeit. Aber die Ärzte gingen nicht, sie rauchten, tranken Tee und stellten Fragen, einander ins Wort fallend.

»Ist es wahr, dass Österreich-Ungarn einen Separatfrieden will?«

»Wie könnt ihr Militärs, die Elite der Armee, zulassen, dass in Kriegszeiten dieses Ungeheuer Rasputin und seine Clique über Ministerposten verfügt?«

»Sind die Unseren etwa wieder auf dem Rückzug?«

»Ich habe gehört, es wird im Gegenteil einen Angriff geben, darauf besteht angeblich General Brussilow, er bereitet eine großangelegte Operation vor, die den Feind überrumpeln wird.«

Danilow rieb sich immer wieder die Augen, unterdrückte das Gähnen und erzählte.

»Die Soldaten erhalten Uniformen, doch zurück an die Front kommen sie in Lumpen, sie verkaufen und vertrinken unterwegs alles, weil sie wissen, sie kriegen neue Sachen. In den Truppen laufen revolutionäre Agitatoren herum, bezahlt mit deutschem

Geld. Die Autorität der Offiziere und überhaupt jeder Obrigkeit sinkt ständig, die Armee löst sich auf. Wie kann da von Angriff die Rede sein?«

Danilow unterstand General Brussilow, der vor kurzem zum Kommandeur der Südwestfront ernannt worden war. Dass ein Generalangriff vorbereitet wurde, war streng geheim.

Die Operation, die Brussilow plante, sollte den gesamten Verlauf des Krieges verändern. Sie war für Mai vorgesehen, würde aber womöglich überhaupt nicht stattfinden. Das Hauptquartier schwankte, hatte kein Vertrauen in Brussilows Vorhaben. Oberst Danilow wusste, dass er vor dem Herbst nicht mehr zu Tanja nach Moskau kommen konnte. Es tat ihm leid, die kostbare Zeit zu vergeuden. Doch die Ärzte redeten immer weiter.

»Unsere Aufklärung ist schlecht organisiert, wir haben zu wenig Aeroplane.«

»Der Stellungskrieg ist veraltet.«

»Na, und was sagen Sie zu diesen Schwätzern in der Duma?«

»Dieser Krieg wird Russland zugrunde richten.«

»Wir kämpfen viel zu verschwenderisch, ohne Rücksicht auf Verluste, wir verlieren die besten Leute.«

»Die Engländer werden bald eine ganz neue, zerstörerische Waffe einsetzen.«

»Oho, das steht auch in den Zeitungen?« Der Oberst lachte spöttisch. »Die Tests mit der neuen Waffe werden streng geheim gehalten.«

»Das erzählen die Verwundeten«, sagte Tanja, »die Waffe heißt Panzer. Ein riesiges Ding, eine Art eiserne Schildkröte, wenn einem die im Traum erscheint, stirbt man vor Angst. Möchten Sie noch Tee?«

»Nein danke, Tanja. Setzen Sie sich. Bleiben Sie einfach bei mir sitzen.«

»Ja, bleibt ihr sitzen, wir gehen jetzt.« Sweschnikow stand entschlossen auf und nahm alle mit, die hier überflüssig waren.

Endlich waren Tanja und Danilow allein.

Der Deckel des kochenden Teekessels hüpfte und klapperte, die Gardine wehte im Wind vom offenen Oberlicht, draußen vor der Tür schlurfte jemand vorbei und hustete.

»Es heißt, Ihre Majestät mag General Brussilow nicht. Ist das wahr?«, fragte Tanja.

»Ja, vermutlich.« Danilow zuckte die Achseln. »Der General gehört nicht zu den Anhängern Rasputins.«

»Beurteilt sie die Menschen wirklich nur danach?«

»Rasputin hilft ihrem Sohn. Er ist der Einzige, der dessen Blutungen stillen kann. Mehrfach hat er dem Kronprinzen das Leben gerettet, als die Ärzte sagten, es gebe keine Hoffnung mehr. Vielleicht besitzt dieser seltsame Mann wirklich eine besondere magische Gabe.«

»An Hypnose ist nichts Magisches.« Tanja zuckte die Achseln. »Allerdings beherrschen sie nicht viele. Hämophilie ist durch Hypnose natürlich nicht zu heilen. Rasputin versetzt den Kronprinzen in Trance. Die Gefäße verengen sich, es tritt eine kurzzeitige Erleichterung ein. Das ist also nichts Mystisches. Aber die Wirkungsweise der Hypnose ist bislang wenig erforscht. Warum lächeln Sie denn so?«

»Tanja, Sie haben mir noch immer nicht gesagt, ob Sie mich heiraten wollen.«

Sie stand auf, nahm den Teekessel vom Feuer, löschte die Flamme des Spirituskochers, lief durch den Raum, blieb am dunklen Fenster stehen, betrachtete ihr verschwommenes Spiegelbild auf der Scheibe und sagte: »Nein.«

»Michail Wladimirowitsch hat mir schon erklärt, dass Ihr ›Nein‹ ›ja‹ bedeutet.«

»Dann fragen Sie doch ihn, wenn er alles weiß!«

»Es gibt Dinge, die ich nur Sie fragen kann.«

»Ich habe Ihnen geantwortet.« Sie wandte sich zu ihm um. »Nein. Bevor ein Mann einen Heiratsantrag macht, sollte er erst einmal um die Frau werben, na ja, sie oft sehen, mit ihr ins Theater gehen, auf die Eisbahn, Arm in Arm mit ihr über den Twerskoi-Boulevard spazieren.«

»Für die Eisbahn bin ich zu alt. Für Theater und Spaziergänge ist augenblicklich nicht die Zeit. Warten Sie ab, bis der Krieg zu Ende ist.«

»Er wird nie enden!«

»Nicht doch, Tanja.« Er stand auf und trat zu ihr. »Alles geht einmal zu Ende. Es gibt keine endlosen Kriege.«

Sie lehnte die Stirn gegen seine Brust.

»Blut, abgerissene Arme und Beine, ausgebrannte Augen, wozu das alles? Wofür? Man bringt uns verkrüppelte, mit Gas vergiftete, sterbende Menschen. Ich weiß, dass Sie dort sind, von wo sie kommen, ich kann nicht ohne Sie sein, Pawel Nikolajewitsch, und Sie sind dort. Verzeihen Sie mir, ich habe große Angst. Niemandem würde ich je sagen, was ich Ihnen jetzt sage, nicht einmal meinem Vater. Ich spüre, dass dieser Krieg kein Ende nehmen wird. Es wird noch schlimmer werden, noch schrecklicher. Es liegt etwas in der Luft, etwas Gefährliches, Gewalttätiges, etwas ganz und gar Fremdes.«

»Was haben Sie nur, Tanja?« Er streichelte ihren Kopf. »Sie sind einfach erschöpft, Sie schlafen nächtelang nicht, Sie sollten nicht hier arbeiten, es ist für Sie noch zu früh, all das zu sehen, und Sie haben nicht die Kraft dafür.«

»Wer hat denn die Kraft?« Sie schüttelte seine Hand ab und hob das Gesicht. »Sie sind wie Papa, Sie reden den gleichen Unsinn. Küssen Sie mich lieber. Ich kann Sie nicht wieder als Erste küssen, ich bin schließlich eine Frau.«

»Ich traue mich nicht, Tanja.«

Dann hörten sie auf zu reden, sie küssten sich und kamen erst zu sich und lösten sich voneinander, als hartnäckig an die Tür geklopft wurde.

»Ich bitte vielmals um Entschuldigung, Tatjana Michailowna«, sagte der Feldscher Wassiljew, wobei er sich verlegen räusperte und beiseite blickte. »Sie sollten herunterkommen, dort sieht es wieder schlecht aus, Michail Wladimirowitsch hat gesagt, ich soll Sie nicht behelligen, aber ich habe mir gedacht, dass Sie sich sonst sehr grämen würden.«

Sechstes Kapitel

Colts kleines Charterflugzeug landete auf einem Steppenflugplatz. Leibgardisten in weißgoldener Uniform und weichen Stiefeln mit aufwärts gebogener Spitze empfingen ihn. Ein Militärorchester spielte Oginskis Polonaise. Colt mochte diese Musik, und es freute ihn, dass der Gouverneur German Tamerlanow, die leibhaftige Verkörperung des Gottes Yoruba, sich an solche Kleinigkeiten erinnerte.

»Guten Tag, lieber Pfa! Ich freue mich, dich zu sehen!« Yoruba ließ seine weißen Zähne blitzen, öffnete die Arme weit, drückte seine linke Hand gegen die rechte Colts und stieß dann leicht mit der Stirn gegen die von Colt. Das war eine uralte Krieger-Begrüßung, die hier in der Steppe noch immer üblich war.

Tamerlanow sah großartig aus. In dem weiten weißen Anzug, mit den schmalen Augen und dem Hauch von Grau im pechschwarzen Haar wirkte der kleine Mann wie ein japanischer Diplomat und keineswegs wie der Nachkomme eines uralten Fürstengeschlechts von Eroberern.

Sieben halbwüchsige Mädchen in Nationaltracht erfreuten

den lieben Gast noch auf dem Flugplatz mit einem alten Volkstanz.

Der Frühling ging zu Ende. Im Sommer herrschte in der Steppe unglaubliche Hitze, jetzt aber war es angenehm warm und nicht staubig, der Wind wehte den Duft blühender Gräser heran. Ein blutjunges Mädchen reichte Colt eine lokale Köstlichkeit, einen knusprigen dünnen Fladen mit gedörrtem Pferdefleisch.

»Gefällt sie dir?«, flüsterte der Gouverneur und wies mit einem Kopfnicken auf das Mädchen.

In dem dunklen kleinen Gesicht leuchteten die blauen Augen einer Siamkatze. Das schwere lange Haar schimmerte bläulich wie der Nachthimmel.

In den vierziger Jahren des letzten Jahrhunderts waren Deutsche und Esten in diese Steppe verbannt worden. Mischehen brachten mitunter Kinder von märchenhafter Schönheit hervor. Manchmal brachen die nordischen Gene unversehens in der dritten oder vierten Generation durch. Hier gab es Blondinen mit mongoliden Gesichtszügen, Rothaarige mit schrägen schwarzen Augen und helläugige Brünette.

»Wie alt ist sie?«, fragte Colt.

»Fünfzehn. Keine Angst, bei uns gilt eine Frau mit vierzehn als volljährig. Na, was ist, nimmst du mein Geschenk an?«

Der Gouverneur setzte sich selbst ans Steuer eines riesigen weißen Cabrios. Der Wagen machte einen Satz und raste los. Der Wind schlug Colt so heftig ins Gesicht, dass ihm die Augen tränten. Vor und hinter ihnen jagten Motorradfahrer mit weißgelben Helmen dahin.

»Sie heißt Tina«, schrie Tamerlanow, um Motorengeheul und Wind zu übertönen. »Ihre Mutter ist Lettin, ihr Vater ein Einheimischer. Sie könnte dich aufheitern, ich sehe doch, du hast traurige Augen.«

»Danke, German. Das Mädchen ist eine Pracht, aber für mich ist sie ein Kind, keine Frau.« Auch Colt musste schreien.

»Kein Problem. Wir finden eine Ältere für dich. Wäre achtzehn dir recht?«

»Danke, mein Lieber.« Colt lachte gezwungen. »Wenn du mich so verwöhnst, bleibe ich noch für immer bei dir.«

»Bitte sehr, es wäre mir eine Freude. Du weißt, bei mir gibt es alles, was der Mensch braucht. Schöne Häuser, schnelle Wagen, gutes Essen, zärtliche junge Mädchen. Hier in der Steppe sind sie besonders gut, allerdings nur, solange sie jung sind. Mit dreißig sind sie alte Frauen. Vor gar nicht allzu langer Zeit, vor nur tausend Jahren, wurde einmal im Jahr das schönste Mädchen dem Gott Sonorch geopfert, dem grausamen und launischen Gott der Zeit.«

Tamerlanow genoss es, beim Fahren zu schreien. Seine Stimme klang stark und archaisch. Er bleckte die Zähne und kniff die schmalen Augen ein.

Schließlich drosselte er das Tempo. Die Eskorte hatte das Tor des Gouverneurspalastes erreicht. Colt registrierte, dass die Straße vom Flugplatz zur Hauptstadt besser und die Mauer um den Palast höher geworden war.

Das Tor öffnete sich lautlos. Dahinter lag ein paradiesischer Garten. Apfel- und Kirschbäume blühten, Palmen in Kübeln wedelten mit ihren Blättern, die aussahen wie riesige Krummsäbel. Pfauen und Papageien schrien, Springbrunnen plätscherten. Die Allee zum Palasttor war mit Rosensträuchern gesäumt. Um diese Pracht kümmerte sich eine ganze Armee von Gärtnern. Die Winter in der Steppe waren sehr kalt, deshalb wurden die Pflanzen im Oktober mit speziellen Wärmehüllen versehen.

»Und, hat das den Gott besänftigt?«, fragte Colt, als sie den Empfangssaal betraten.

»Und ob! Die Priester von Sonorch wurden hundertfünfzig bis zweihundert Jahre alt.« Der Hausherr nahm den Gast am Arm und führte ihn durch den Empfangssaal in ein kleines Speisezimmer.

Es war für zwei Personen gedeckt. Kaum hatten sie sich gesetzt, kamen aus den Seitentüren zwei ältere Lakaien in Anzug und mit Fliege herein und stellten rasch und schweigend Vorspeisen auf den Tisch.

»Was willst du trinken?«, fragte der Gastgeber.

»Und du?«

»Ich trinke nur klares Wasser. Aber für dich habe ich alles da, was du möchtest.«

»Einen Kognak bitte.«

Colt trank einen Schluck Kognak auf das Wohl des Gastgebers und schob sich eine Zitronenspalte in den Mund. Essen mochte er nichts. Auch der Hausherr rührte die Vorspeisen nicht an, trank nur in kleinen Schlucken Wasser.

»Was haben denn deine Priester mit den armen Mädchen gemacht?«, fragte Colt.

»Das eigentliche Opferritual ist immer ein Geheimnis geblieben. Die Priester waren ein geschlossener Orden, nicht nur dem einfachen Volk war der Zugang verwehrt, auch dem Adel. Die Priester wählten ein Mädchen zwischen zwölf und vierzehn Jahren aus, brachten es fort, und es verschwand. Niemand wagte dagegen zu protestieren, die Menschen glaubten an die grenzenlose Macht der Priester. Sie konnten tatsächlich jede Krankheit heilen, Dürre und Regen herbeirufen. Mein Urugroßvater war einer von ihnen.«

»Und deine Urugroßmutter war eine der schönen Jungfrauen?«

Tamerlanow lachte fröhlich und zwinkerte Colt zu.

»Richtig. Wie hast du das erraten? Beim Eintritt in den

Orden legten die Priester das Gelübde der Ehelosigkeit ab, aber innerhalb des Ordens hielt sich niemand an diese Formalitäten.«

»Wurden die Kinder der Priester auch bis zu zweihundert Jahre alt?«

»Nicht immer. Je nachdem, welchen Weg sie wählten. Hundertfünfzig oder gar zweihundert Jahre, das ist gar nicht so einfach. Das kann nicht jeder, und vor allem will es nicht jeder.«

»Hat man denn eine Wahl?«, fragte Colt leise.

»Was meinst du denn?« Tamerlanow starrte ihn mit seinen schmalen Augen an. Die Regenbogenhaut war so schwarz, dass sie mit der Pupille verschmolz, und einen Moment lang fühlte sich Colt unbehaglich unter diesem langen, starren Blick. Er hüstelte gezwungen.

»Übrigens, erinnerst du dich, du warst mit mir mal in irgendeinem Dorf, bei einem steinalten Mann? Er müsste jetzt hundertzehn sein. Ist er auch ein Ururenkel dieser Priester?«

»Wer? Von wem redest du?« Tamerlanow hob verwundert die Brauen.

»Na, komm schon! Das kleine Dorf neben dem Bohrturm, nur sieben Jurten. Der Alte kam auf einem Pferd angeritten und ist vor dir auf die Knie gesunken. Er sprach kein Wort Russisch. Hinterher hast du mir erzählt, er sei hundertacht Jahre alt, und mir eine junge Frau mit einem Baby gezeigt – das sei sein Sohn.«

»Und das hast du geglaubt?« Tamerlanow lachte fröhlich. »Na, na, mach nicht so ein Gesicht. Damals habe ich es auch geglaubt. Doch dann hat sich herausgestellt, dass der alte Gauner den Ausweis seines verstorbenen Großvaters benutzt. Ohne die Ölbohrung hätte ich nie von diesen Tricks erfahren. Um keine Steuern zu zahlen und die Jungs vor der Armee zu bewahren, tricksen meine Nomaden, lassen die Neugeborenen nicht registrieren und vererben ihren Ausweis an ihre Kinder. In Wirklichkeit ist der alte Mann erst fünfzig. Die Miliz hat noch ein paar solche Uralte gefunden. He, Pfa, warum so traurig? Ärgere dich nicht. In meiner Steppe gibt es auch ohne den Alten eine Menge Interessantes.«

»Ja, natürlich.« Colt lächelte säuerlich.

Er musste dieses unsinnige Gespräch abbrechen.

Vielleicht werde ich ja verrückt, dachte Colt plötzlich. Warum bin ich hergekommen? Klar, wir sollten das Thema wechseln, ich habe ein paar geschäftliche Anliegen. Wir brauchen hier eine weitere Ölleitung. Die Japaner wollen sich beteiligen. Thornton, der amerikanische Medienmagnat, bittet um zwei, drei Zuchthengste aus dem Gestüt. Und ich muss ganz vorsichtig herausfinden, an wen Tamerlanow sein Gras verkauft. Es gab unangenehme Signale seitens des FSB. Wenn er mit Drogen auffliegt, könnte ich Probleme kriegen. Ich muss mich wenigstens absichern.

Colt trank seinen Kognak aus und redete vom Geschäftlichen, vorerst nur von der Erdölleitung und den Hengsten. Nach zwanzig Minuten waren sich er und der Gouverneur in allen Finanzfragen einig. Colt hatte sich beruhigt und entspannt, aß mit Genuss kaltes Kalbfleisch, köstlichen Stutenmilchkäse mit Weintrauben und Ananasscheiben. Dann trank er Kaffee und rauchte eine Zigarre.

»Ach ja, was ich dir noch erzählen wollte«, besann sich Tamerlanow, »neulich waren Archäologen aus Moskau bei mir. Zweihundert Kilometer von hier gibt es eine alte Tempelruine. Ich dachte, das wäre nur ein Haufen alter Steine, und wollte ihn schon mit Bulldozern wegräumen, um Weideplatz zu schaffen. Aber nun sagen die gelehrten Leute, diese Steine seien mindestens zweitausend Jahre alt. In sie sind Schriftzeichen eingemeißelt, die bisher niemand entziffern kann. Sehen fast so aus wie ägyptische Hieroglyphen. Wollen wir hinfahren und uns das ansehen? Vielleicht haben sie da ja eine unbekannte alte Zivilisation ausgebuddelt? Wieso nicht? Warum soll meine Steppe nicht ein internationales Touristenzentrum werden? Wir bauen zwei, drei Museen, anständige Hotels, bringen die Straßen in Ordnung. Warum nicht?«

Moskau 1916

Ossjas Herz stand seit drei Minuten still. Kampfer, Insulin – alles nutzlos. Schwester Arina ging schluchzend und sich bekreuzigend hinaus. Potapenko schaute unverwandt auf den Sekundenzeiger. Tanja und Sweschnikow setzten wie aufgezogen künstliche Beatmung und Herzmassage fort. Die vierte Minute brach an. Der Professor richtete sich auf und wischte sich mit dem Ärmel die nasse Stirn ab.

»Tanja, hör auf. Er ist tot.«

Aber als hätte sie nichts gehört, presste sie nun selbst die Hände auf Ossjas Brustkorb.

Eine halbe Stunde zuvor war Danilow gegangen. Er musste zum Zug, und Tanja und er hatten sich rasch und linkisch verabschiedet. Sie konnte nur mit Mühe die Tränen zurückhalten und war ganz mit dem sterbenden Kind beschäftigt.

Es wurde hell. Die Verwundeten wachten auf. Sweschnikow versuchte, Tanja mit Gewalt wegzuziehen. Der Feldscher Wassiljew rollte ein sperriges Gerät herein, einen elektrischen Herzstimulator.

»Das ist zwecklos«, sagte Potapenko, »er atmet seit vier Minuten nicht mehr. Das Gehirn ist tot.«

»Reden Sie mir nicht rein!«, schrie Tanja ihn an.

Nach dem dritten Stromstoß war ein schwacher Puls da,

kurz darauf ein heiser geröchelter Seufzer. Tanja sank wie eine Stoffpuppe auf einen Stuhl neben dem Bett. Potapenko und Wassiljew gingen hinaus und schlossen leise die Tür.

»Geh nach Hause, schlafen«, sagte Sweschnikow.

»Ich gehe nirgendwohin.«

»Er liegt im Koma. Das kann dauern. Willst du die ganze Zeit hier sitzen?«

»Ja.«

»Spiel nicht verrückt, Tanja.«

»Mit mir ist alles in Ordnung. Aber du bist verrückt, Papa.«

»Das ist ja ganz was Neues! Ich? Sei so gut und erklär mir bitte, wieso.«

»Du bist Arzt, aber du willst einem Kind nicht das Leben retten. Was ist das, wenn nicht verrückt?«

»Schämst du dich nicht?« Sweschnikow rückte einen Stuhl heran und setzte sich ihr gegenüber. »Sieh mir in die Augen. Schämst du dich nicht?«

Doch Tanja wandte verstockt den Blick ab. Ihre Hand presste Ossjas dürres Handgelenk. Sie war ebenso blass wie er. Ihr Zopf hatte sich längst gelöst, unter ihren Augen lagen dunkle Schatten.

»Hör mich bitte an«, sagte Sweschnikow leise und schob ihr eine Haarsträhne aus dem Gesicht. »Ossja ist keine Ratte und kein Meerschweinchen. Ich weiß noch nichts, verstehe noch nichts, das könnte ihn töten, und dann würde ich mich mein Leben lang als sein Mörder fühlen. Es reicht, Tanja. Lass ihn los. Quäl ihn und dich nicht.«

»Ich? Ihn quälen? Was redest du da, Papa?«

»Ich weiß, was ich sage. Ich habe das schon oft gesehen. Gegen alle Medizin, gegen jeden gesunden Menschenverstand bleibt ein Todgeweihter am Leben, allein aus Liebe, aus Mitleid mit denen, die bei ihm sind. Aber das ist unerträglich schwer und kann nicht endlos dauern. Lass seine Hand los. Fahren wir nach Hause, Tanja.«

»Und du wirst dich nicht als Mörder fühlen, wenn wir jetzt nach Hause fahren und ihn alleinlassen? Du wirst in Ruhe ein Bad nehmen, deinen Pfefferminztee mit Honig trinken und schlafen gehen?«

Sweschnikow sah ihr rasch in die verweinten, übernächtigten Augen.

»Ist dir klar, dass das ein Verstoß gegen die Gesetze ist? Das ist strafbar, Tanja. Ich habe einfach nicht das Recht, Tanja! Ich bin Arzt, kein Scharlatan.«

»Eben weil du Arzt bist, musst du ihm helfen!«

»Ich helfe ihm, wie ich kann.«

Sie schrien beide im Flüsterton, Sweschnikow fühlte immer wieder Ossjas Puls und drückte das Stethoskop auf seine Brust.

»Das wirst du dir nie verzeihen«, beharrte Tanja. »Du hattest eine Chance, sie war vielleicht vage, vielleicht verrückt, vielleicht gesetzwidrig, aber du hattest sie. Und du hast sie nicht genutzt. Und warum? Aus Feigheit, aus Kleinmut. Du scheust die Verantwortung, hast Angst um deinen guten Ruf.«

»Ja, Tanja, ich habe Angst, aber nicht vor dem, was du denkst. Ich habe kein Mittel, Ossja zu helfen. Alles, was ich habe, sind ein paar geglückte Versuche. Niemand darf ein Kind als Versuchsobjekt missbrauchen.«

»Papa, du lügst mir, dir selber und Ossja etwas vor! Papa, mein Lieber, ich flehe dich an, um Christi willen, rette ihn!« Tanja konnte die Tränen nicht mehr zurückhalten, ihre Schultern bebten, sie weinte leise und untröstlich.

Sweschnikow holte ein Fläschchen Baldrian, gab ein paar Tropfen in ein Glas und hielt es Tanja an die Lippen. Sie trank fügsam, ohne das Gesicht zu verziehen. Er wischte ihr die Tränen ab. Sie schien sich ein wenig zu beruhigen.

»Gut, Papa. Machen wir es anders. Du erklärst mir, was getan werden muss, und dann tue ich es selbst. Du musst nicht einmal dabei sein. Du hast doch gesagt, es braucht keine Trepanation, keine komplizierte Operation. Nur eine intravenöse Injektion, ja?«

»Eine Injektion, ja. Aber sie ist aus Sicht der Medizin unzulässig, ja, tödlich.«

»Wie kann sie tödlich sein, wenn die Tiere leben und es ihnen bestens geht?«

»Unterbrich mich bitte nicht. Du flehst mich an, ich soll Ossja retten, aber hör dir erst einmal an, was das für eine Rettung ist. Es ist ein Gehirnparasit.«

»Du meinst, ein ganz gewöhnlicher Wurm?«

»Ich habe ihn den fünf besten Parasitologen in Moskau gezeigt. Niemand weiß, welcher Art dieses Geschöpf zuzuordnen ist. Ein sehr alter Wurm. In der Epiphyse der Spenderratte befanden sich Zysten, Eier des Parasiten. Ich habe sie erst später entdeckt, nach der Operation, bei der histologischen Untersuchung. In der Hirnrinde und im Blut der Spenderratte waren weder Zysten noch Würmer. Nur im Gewebe der Zirbeldrüse. Die Zysten vieler Parasiten können bekanntlich unendlich lange in Anabiose verharren. Die Zysten öffnen sich bei direktem Kontakt mit verschiedenen chemischen Substanzen, zum Beispiel mit Ethanol.«

»Du hast Grigori obduziert?«

»Nein. Ich habe ihn am Leben gelassen, um ihn zu beobachten. Er ist das erste gelungene Exemplar. Aber ich habe andere obduziert, bei denen ich die gleiche Operation vorgenommen hatte. Ich hatte ihnen kein Gewebe der Spenderratte implantiert, sondern ihnen den Parasiten in einer gewöhnlichen physiologischen Glukoselösung eingeführt. Erst unmittelbar in die Epiphyse, dann einfach in die Vene. Der Parasit findet über das Blut rasch den Weg in die Epiphyse, legt dort Eier ab und stirbt.

Sein Lebenszyklus beträgt rund sieben Tage. Vermutlich sondert er eine Substanz ab, die den gesamten Hormonhaushalt und die Zellstruktur des Organismus verändert. Alle Versuchstiere hatten sieben Tage lang hohes Fieber, und danach gab es diesen seltsamen Verjüngungseffekt.«

»Was geschieht dann mit den Zysten? Wann erscheinen die Nachkommen?«, fragte Tanja heiser.

»Bislang habe ich keine Nachkommen gesehen. Die Zysten schließen sich in eine Kalziumkapsel ein und fallen in Anabiose. Aber sie können jederzeit aufwachen.« Der Professor verstummte und sah Tanja an.

Sie saß nach wie vor neben Ossja und hielt seine Hand. Sweschnikow kam es vor, als wäre seine Tochter in dieser Nacht um zehn Jahre gealtert. Ihre Wangen waren eingefallen, die Nase spitz geworden, ihr Blick härter, die Lippen trockener.

»Parasiten töten ihren Wirt nicht. Warum sollten sie ihr eigenes Haus zerstören? Du selbst hast mir von der Symbiose erzählt«, sagte sie mit matter, fremder Stimme.

»Ja, manchmal kann der Organismus des Wirts die Vermehrung des Parasiten regulieren. Aber nur ein gesunder, starker Organismus. Eine Symbiose ist ein sehr fragiles Gleichgewicht. Was, wenn der Parasit sich in großer Menge vermehrt und den Wirt tötet?«

»Aber er lebt doch nur in der Epiphyse. Nicht im Blut und auch nicht in der Hirnrinde. Das hast du doch gesagt, oder?«

»Ja. Aber ich bin nicht sicher.«

Eine Weile schwiegen sie, ohne einander anzusehen. Sweschnikow zermalmte eine Papirossa. Tanja stand auf, trat hinter ihn, schlang ihre Arme um seine Schultern und küsste ihn auf den Kopf.

»Ich verstehe dich, Papa. Ich könnte sagen: Lass uns noch einen Monat warten, ein halbes Jahr, ein Jahr. Bis du noch viele Versuche gemacht, beobachtet und studiert hast. Aber du weißt, wir haben nicht einmal mehr Tage. Höchstens Stunden. Wo ist dein Präparat? Zu Hause, im Labor? Ich hole es und tue es selbst.«

»Allein findest du es nicht.« Sweschnikow erhob sich schwerfällig vom Stuhl. »Bleib hier sitzen. Warte. Ich beeile mich. Achte auf seinen Puls.«

Zu den Ruinen fuhren sie nicht im Cabrio, sondern in einem geschlossenen kleinen Jeep. Tamerlanow trug statt des weißen Anzugs Jeans und ein Hawaiihemd. Auch Colt hatte sich umgezogen und fühlte sich nun ganz frei.

Die Straße war wesentlich schlechter als die vom Flugplatz. Mehrmals hüpfte der Jeep in Schlaglöchern so heftig, dass sich Colt beinahe die Zungenspitze abbiss. Diesmal wurden sie nicht von Motorrädern begleitet. Der Gouverneur fuhr seelenruhig allein durch seine Besitztümer.

Sie hatten die Hauptstadt hinter sich gelassen, eine öde staubige Stadt voller grauer Steinkästen, geschmückt mit Büsten, Skulpturen und riesigen Porträts des Gouverneurs.

Ringsum lag eine endlose Ebene, nichts, woran sich der Blick festhalten konnte. Bunte Flecke früher Steppenblumen flogen vorbei, hin und wieder jagten in der Ferne mit bedrohlichem Getrappel Pferdeherden dahin. Kein einziges Auto begegnete ihnen.

Am Horizont tauchte etwas Weißes auf, wie ein Haufen Zuckerbrocken.

»Da sind sie, die Ruinen«, sagte der Gouverneur.

Als sie näher kamen, entdeckte Colt drei Zelte, einen kleinen Generator und einen Laster mit einem Wassertank. In dem weißen Steinhaufen bewegten sich Menschen. Der Jeep hielt. Aus einem Zelt trat eine große schlanke Frau um die vierzig in einer bis an die Knie aufgekrempelten weiten hellen Hose und einem Männerhemd. Die dunklen, graumelierten Haare hatte sie zurückgekämmt und zu einem Pferdeschwanz gebunden. Sie lächelte den Gouverneur an, er drückte ihr die Hand und stellte ihr Colt vor.

Die Frau hieß Jelena Alexejewna Orlik.

»Doktor habil«, flüsterte der Gouverneur Colt zu, »die beste Spezialistin für alte Kulturen in ganz Russland.«

Ihr Telefon klingelte. Sie entschuldigte sich und antwortete lebhaft auf Französisch. Colt registrierte, dass sie ein Satellitentelefon hatte, und bedauerte, dass er nur ein normales Mobiltelefon mitgenommen hatte. Hier war kein Netz.

»Na, was habt ihr ausgebuddelt, ihr gelehrten Leute?«, fragte Tamerlanow, als sie aufgelegt hatte. »Erzählen Sie uns bitte davon, zeigen Sie es uns, führen Sie uns herum.«

»Herumführen – ich weiß nicht. Davon rate ich Ihnen ab. Wir müssten tief hinunter, das Interessanteste ist dort. Aber das ist gefährlich, wir haben nur Strickleitern, die sind unsicher, jederzeit könnte sich ein Stein lösen und jemandem auf den Kopf fallen. Außerdem ist es kein sehr schöner Anblick. Das ist eine Begräbnisstätte. Schädel, Knochen, sehr viele Maden.«

»Was für Maden?«

»Grabwürmer. Sie sind vollkommen harmlos, aber riesengroß und ziemlich eklig. Und wissen Sie, was interessant ist? Die Gebeine stammen ausschließlich von Frauen und Kindern, obwohl hier zweifellos auch Männer gelebt haben, nämlich jene Priester des Sonorch, für die Sie sich so interessieren, German Jefremowitsch. Unerklärlich, wo sie geblieben sind. Hier gab es eine hochentwickelte Infrastruktur. Artesische Brunnen, Wasserleitungen, Kanalisation.«

»Das haben alles die Priester gebaut?«, fragte Colt.

»Na, sie haben natürlich nicht selber Steine geschleppt und in der Erde gebuddelt. Sie waren hochgebildet, Kenner der

Mathematik, der Astronomie und der Medizin. Viele Schädel zeigen Spuren einer Trepanation. Wir haben chirurgische Instrumente aus einem unbekannten Metall gefunden. Aber am meisten interessierten sie sich für die Alchemie. Tief unter der Erde sind noch drei Laboratorien erhalten.«

»Was denn, sie haben Frauen und Kinder für sich arbeiten lassen?«, fragte der Gouverneur.

Dr. Orlik lächelte. Das Lächeln machte ihr kluges, wenig attraktives Gesicht weich, sogar irgendwie kindlich.

»Gehen wir ins Zelt. Ich koche Ihnen einen Tee aus hiesigen Kräutern mit Honig. Aber ziehen Sie bitte die Schuhe aus.«

Im Zelt war es sauber und gemütlich. Auf einem Klapptisch stand ein teures Notebook, in einer Ecke ein weiterer, kleiner Generator. Auf dem Zeltplanenboden dienten zwei zusammengerollte dicke Plaids als eine Art Sofa. Dr. Orlik holte eine große Thermoskanne, ein Glas Honig, Messingbecher und Löffel.

Der Tee schmeckte herb nach Minze und war brühheiß.

»German Jefremowitsch, Sie kennen sich doch in der hiesigen Mythologie ganz gut aus«, sagte Orlik. »Erinnern Sie sich an die Kochoby, die erwachsenen Kinder? Das waren gesunde, starke Männer, die in großen Gruppen zu den Nomaden kamen und nichts über sich sagen konnten. Wahrscheinlich haben die Priester sie für sich arbeiten lassen und dann auf irgendeine Weise ihr Gedächtnis gelöscht. Aber das ist vorerst nur meine Vermutung. Außerdem glaube ich, dass die Sonorch-Priester aus Tibet in diese Steppe gekommen sind. Das vermutete übrigens auch Doktor Bartschenko, ein Mystiker, Esoteriker und Mitarbeiter der geheimsten Abteilung des NKWD. Leiter der Abteilung war Gleb Iwanowitsch Bokia, ein Berufsrevolutionär, Tschekist und enger Mitstreiter Lenins. 1929 kam eine Expedition unter Bartschenkos Leitung her, aber ihnen fehlten die technischen Mittel, um tief unter die Erde vorzudringen. Bartschenko und Bokia wurden 1937 erschossen, sollte es noch irgendwelche Dokumente geben, sind sie bis heute unter Verschluss. Bokias Abteilung beschäftigte sich mit alten esoterischen Lehren. Sie interessierte sich für Techniken psychischer Beeinflussung und Gedankenlesen. Und für Methoden zur Bewahrung der Jugend, zur Lebensverlängerung bis hin zur physischen Unsterblichkeit.«

»Kannten die alten Mystiker denn solche Methoden?«, fragte Colt und schluckte krampfhaft. Er hatte einen trockenen Mund, und seine Stimme zitterte verräterisch.

Bevor Dr. Orlik antwortete, schlug sie die Zeltwand hoch, zündete sich eine Zigarette an und setzte sich so, dass der Rauch nach draußen zog.

»Die Suche danach, Versuche und Forschungen sind in allen Zivilisationen belegt, in der gesamten Menschheitsgeschichte. Im alten Ägypten, in China, in Indien. Auch in Westeuropa, im frühen und späten Mittelalter, in der Renaissance, im achtzehnten Jahrhundert – die Freimaurer, der berühmte Graf von Saint Germain. Übrigens, Pjotr Borissowitsch, auf Ihrem T-Shirt steht *plus ultra*. Das ist Latein. Wissen Sie, was das heißt?«

»Na, so was wie ewige Bewegung«, antwortete Colt unsicher, drückte das Kinn auf die Brust und zog das T-Shirt nach vorn, um die farbigen gotischen Schriftzüge auf seinem Bauch zu betrachten.

»Ja, ungefähr«, bestätigte Dr. Orlik, »›immer vorwärts‹. Ein altes alchemistisches Prinzip. Ewiges Wirken an der Ewigkeit für den eigenen Leib.«

»Die Alchemisten suchten nach dem Stein der Weisen«, mischte sich der Gouverneur ein, der bis dahin geschwiegen hatte. »Haben sie ihn eigentlich gefunden?«

Dr. Orlik blies den Rauch durch die Nase aus und lachte leise.

»Fragen Sie mich noch, wo man ihn kaufen kann und was er kostet?«

»Nein, mir ist klar, dass das ein großes Geheimnis ist, das wird mir niemand beantworten, aber was meinen Sie, Jelena Alexejewna?«

»Ich denke, wir werden die vieltausendjährigen Schichten von Mythen nie durchdringen können. Wer es weiß, schweigt, und wer davon redet, weiß nichts. Das heißt, er lügt. In den meisten Fällen haben wir es entweder mit Lügen zu tun oder mit Allegorien, die nur der Wissende entschlüsseln kann.«

»Doch der Wissende schweigt.« Colt seufzte.

»Genau. Dass die Sonorch-Priester hundertfünfzig, zweihundert und mehr Jahre alt wurden, ist nur eine Legende. Doch in dieser Steppe sind bislang keine Gebeine von ihnen gefunden worden. Es ist bekannt, dass sie sich stark von den hiesigen Bewohnern unterschieden, allein deshalb, weil sie nicht der mongoliden Rasse angehörten, sondern der europäischen. Woher sie vor zweitausend Jahren kamen und warum und weshalb und wohin sie im fünften Jahrhundert unserer Zeitrechnung verschwunden sind, weiß niemand. Ihre Sprache ähnelte dem Arabischen. Aus späteren Quellen geht hervor, dass sie Latein konnten. Doch auch die hiesigen Sprachen beherrschten sie perfekt. Wir können nur raten, glauben oder nicht glauben.«

»Hundertfünfzig, zweihundert, dreihundert Jahre«, murmelte Colt, »aber auch die enden doch irgendwann.«

»Alles endet irgendwann.« Dr. Orlik lächelte sanft und beinahe schuldbewusst. »Jedes Leben hat seine Zeit. Der alttestamentarische Methusalem lebte laut Genesis neunhundertneunundsechzig Jahre. Er war ein direkter Nachfahre von Adams und Evas Sohn Seth und der Großvater von Noah.«

»Nun, das sind Mythen, Legenden«, bemerkte der Gouverneur. »Aber gibt es auch irgendetwas Reales?«

»Reales? Ich weiß nicht. In den Gräbern einiger mittelalterlicher Alchemisten in Frankreich und Deutschland wurden keine Gebeine gefunden, in den Särgen lagen nur Baumstämme in den Kleidern der Toten. Bis heute kann niemand genau sagen, wann der Graf von Saint Germain geboren und gestorben ist, sein Grab ist unauffindbar. Die Archäologie sagt uns, dass die durchschnittliche Lebenserwartung im alten Ägypten sehr gering war: dreißig, vierzig Jahre. Das beurteilen wir anhand von Grabstätten. Nur über die Toten können wir etwas sagen. Die Lebenden hinterlassen keine Spuren in der Erde oder im Stein. Die Alchemisten glaubten, der Tod sei eine Folge der Unvollkommenheit der menschlichen Natur, und versuchten, durch komplizierte chemische Umwandlungen eine gewisse besondere Substanz zu erzeugen, die dem lebendigen Organismus fehlt, um unsterblich zu werden. Etwa das Gleiche beschäftigt auch heutige Biologen, wenn auch inzwischen auf einem anderen Niveau.«

»Aber man könnte doch mit Hilfe der geballten Macht der modernen Wissenschaft herausfinden, ob ja oder nein?«, rief Colt unversehens laut und biss sich auf die Lippen.

Seine Gesprächspartner starrten ihn schweigend an. Die schmalen Augen des Gouverneurs funkelten belustigt. Die grauen Augen von Dr. Jelena Orlik spiegelten ruhige Traurigkeit und Mitleid. Sie sprach als Erste.

»Die Wissenschaft kann natürlich vieles. Durch Spektralanalysen eines Hunderte von Lichtjahren entfernten Sterns lässt sich dessen chemische Zusammensetzung exakt bestimmen. Doch nach welcher Technologie die ägyptischen Pyramiden errichtet wurden, ist bis heute unbekannt. Die Gebeine der Frauen und Kinder hier in diesem Boden schweigen. Vielleicht wird irgendwer die Hieroglyphen auf diesen Steinen entziffern und in eine moderne Sprache übersetzen können. Doch der

Sinn des Geschriebenen wird ein Rätsel bleiben. In der europäischen Mythologie sind Vampire unsterblich, in der russischen das Ungeheuer Kaschtschej. Im Bewusstsein des Volkes ist die Unsterblichkeit des Leibes ein Fluch, erkauft durch grausame Untaten. Der Leib kann nur unsterblich werden, wenn man die Seele tötet, indem man sie verkauft. Das ist der Preis. König Salomo hat auf das ewige Leben verzichtet. Das war seine Entscheidung. Er wollte nicht jene begraben, die er liebte. Aber auch das ist nur ein weiterer schöner Mythos. Salomo hatte siebenhundert Frauen und dreihundert Geliebte. So stark lieben, um wegen dieser Liebe auf die Unsterblichkeit zu verzichten, kann man nur einen einzigen Menschen.«

»Sulamith. Das Hohelied«, murmelte Colt leise.

In Jelenas Tasche klingelte das Telefon, sie entschuldigte sich und verließ das Zelt. Diesmal sprach sie Englisch. Der Gouverneur sah auf die Uhr, dann zu Colt.

»Das ist alles sehr interessant, aber wir müssen jetzt los. Ich habe im Gestüt noch etwas zu erledigen.«

Einige Kilometer fuhren sie schweigend. Sie bogen in die Straße zum Gestüt ein. Am Horizont erschien ein schwarzer Punkt, der rasch größer wurde, und Colt erkannte, dass ein Reiter ihnen entgegenkam.

»Eines habe ich nicht verstanden – diese Frau, die Archäologin, hält sie Lebensverlängerung und Unsterblichkeit prinzipiell für möglich oder nicht?«, fragte Colt.

»Würdest du das wollen?« Der Gouverneur sah ihn mit einem Auge spöttisch von der Seite an.

»Und du?«

»Was? Zweihundert Jahre leben? Überhaupt nie sterben?« Tamerlanow lachte. »Ich weiß nicht. Hättest du mich das vor einem Jahr gefragt, hätte ich ja gesagt. Aber jetzt weiß ich es nicht.«

»Warum?«

Tamerlanow antwortete nicht, er schaute nach vorn, zu dem Reiter. Als sich die Staubwolke gelegt hatte, erkannte Colt ein junges braunes Rennpferd und eine schlanke menschliche Silhouette darauf – in schwarzer Reißverschlussjacke und schwarzen Jeans, die in hohen Stiefeln steckten. Die Jockeymütze war tief in die Stirn gezogen. Als sie auf gleicher Höhe waren, bremste Tamerlanow scharf. Der Reiter stoppte ebenfalls, sprang vom Pferd und nahm die Mütze ab. Dunkelblondes Haar fiel auf die Schultern. Das Gesicht war staubbedeckt, darin blitzten weiße Zähne und schwarze Augen. Es war eine zierliche Frau mit knabenhafter Figur. Tamerlanow stieg aus dem Auto und umarmte sie. Die beiden flüsterten eine Weile miteinander und küssten sich. Tamerlanow wischte ihr mit einem Taschentuch den Staub vom Gesicht.

»Macht euch bekannt – Pjotr Borissowitsch, das ist meine Mascha.« Der Gouverneur strahlte, zerfloss in einem glücklichen Lächeln.

Colt konnte sie nun genauer betrachten. Nichts Besonderes, kein Model, keine Sexbombe. Um die dreißig, wenn nicht älter. Ein einfaches, rundes Gesicht, weißblonde Augenbrauen und Wimpern, die Nase ein wenig zu groß, nicht die geringste Andeutung einer Brust unter der Jacke. Aber sie wirkte durchaus sympathisch, war offensichtlich nicht dumm und kein Luder.

»Sehr angenehm.« Colt drückte die feste kleine Hand.

Mascha sprang in den Sattel, Tamerlanow setzte sich ans Steuer. Er fuhr nun langsam. Sie ritt mal ein Stück voraus, mal neben, mal hinter ihnen.

»Und was ist mit deinem tollen Harem aus lauter Models?«, fragte Colt, als Mascha weit vorausgeritten war.

»Der Harem? Die habe ich alle weggeschickt. Ich habe genug von diesen Spielchen. Ich bin satt. Ich brauche niemanden mehr außer ihr.«

Moskau 1916

Agapkin hörte Schritte im Labor und sprang auf. Es war acht Uhr morgens. Wolodja und er waren um halb fünf gekommen. Das Dienstmädchen hatte ihnen verschlafen und mürrisch geöffnet und mitgeteilt, dass weder Tanja noch Michail Wladimirowitsch zu Hause seien.

»Feiern sie etwa noch immer die Premiere?«, wunderte sich Wolodja träge.

»Sie sind im Lazarett. Von dort wurde telefoniert, wegen dieses Jungen, des kleinen Juden, dass er stirbt. Das Fräulein ist ins Theater gelaufen, Michail Wladimirowitsch holen, und sie sind bis jetzt nicht zurück.«

Wolodja sank, ohne sich zu waschen, ins Bett und begann sofort zu schnarchen. Agapkin wälzte sich lange herum, bis er in schweres, düsteres Vergessen fiel. Sein Schlaf war leicht, seine Nerven waren erschöpft. Die Schritte im Labor klangen wie Schüsse direkt neben seinem Ohr, obwohl derjenige sich leise bewegte, auf Zehenspitzen. Agapkin zwinkerte eine Weile erschrocken und rieb sich die Augen. Die Schritte waren verstummt. Draußen ertönte deutlich die Stimme von Andrej.

»Papa! Wo warst du die ganze Nacht? Wo ist Tanja?«

»Warum bist du schon auf, Andrej? Schlaf weiter, es ist Sonntag, du musst heute nicht ins Gymnasium«, erwiderte der Professor. »Tanja ist im Lazarett, ich fahre auch dorthin zurück, die Droschke wartet.«

»Warte, Papa, was ist denn passiert?«

Agapkin stand auf und blickte vorsichtig in den Flur. Die Zimmer von Andrej und Wolodja lagen nebeneinander. Vor der offenen Tür des Nachbarzimmers stand Sweschnikow, in Hut und Mantel. In der Hand hielt er seine Arzttasche.

»Andrej, leg dich wieder hin, steh hier nicht barfuß herum.

Schlaf noch eine Stunde, ich sehe doch, dass du nicht ausgeschlafen hast. Tanja und ich sind bald wieder da.« Sweschnikow ging ins Zimmer, ohne Agapkin zu bemerken.

»Ihr beide habt wohl vergessen, dass ihr einen kleinen Bruder und Sohn habt, ich habe sehr schlecht geträumt, da bin ich zu Tanja gegangen, aber sie war nicht da. Dann war ich bei dir, und du warst auch nicht da«, beklagte sich der Junge leise und traurig.

»Leg dich hin. So ist's gut. Ist dir auch nicht kalt? Soll ich dir noch eine Decke drüberlegen? Gut, schlaf jetzt, wenn du aufwachst, sind Tanja und ich schon zu Hause.« Der Professor verließ das Zimmer.

Agapkin schloss leise die Tür und presste sich an die Wand. Sein Herz schlug dumpf und schwer. Er zog sich lautlos an und schlüpfte hinaus in den Flur. Wolodja hatte nichts gehört, er schnarchte noch immer.

Droschken waren wie zum Trotz keine da, auch keine Straßenbahn. Agapkin konnte nicht auf der Stelle stehen, die Beine trugen ihn wie von selbst rasch vorwärts. In einer halben Stunde war er im Lazarett. Auf der Treppe stieß er auf den Chirurgen Potapenko; er war im Mantel und in Galoschen.

»Wo wollen Sie hin?«, fragte der keuchende Agapkin erstaunt.

Er hatte nicht daran gezweifelt, dass der Professor, sollte er sich entschließen, Ossja zu operieren, eine Trepanation vorzunehmen, nur ihn, Agapkin, als Assistenten holen würde. Doch offenbar hatte der Professor anders entschieden und Potapenko hinzugezogen. Nicht ohne Grund hatte er in einem kürzlichen Gespräch gesagt, er halte Potapenko für den besten Chirurgen im Lazarett.

Wie konnte er nur? Hat er ihm etwa alles erzählt? Vertraut er ihm etwa mehr als mir?, dachte Agapkin. Die Operation ist, gelinde gesagt, zweifelhaft, und wenn es nicht gelingt, den Jungen zu retten, könnte das äußerst unangenehme Nachforschungen zur Folge haben.

»Ich gehe nach Hause, schlafen.« Potapenko gähnte. »Es war eine schwere Nacht. Ich kann mich kaum noch auf den Beinen halten.«

»Wo ist Michail Wladimirowitsch?«

»Im dritten Stock, im Behandlungsraum 17, mit Ossja.«

»Wie geht es dem Jungen?«

»Sehr schlecht. In der Nacht ist sein Herz dreimal stehengeblieben. Dass er noch lebt, ist mir ein Rätsel, wahrscheinlich nur durch Tanjas Gebete.«

Ohne weitere Fragen zu stellen, rannte Agapkin die Treppe hinauf.

Also hat er nicht operiert. Natürlich, das wäre unmöglich so schnell. Ich bin ein Dummkopf. Er hat eine andere Methode gefunden, einfacher und gefahrloser.

Agapkin erreichte den Behandlungsraum, vergaß vor Aufregung, dass die Tür sich nach außen öffnete, und stieß mehrmals dagegen.

Plötzlich ging die Tür auf und prallte gegen seine Stirn. Auf der Schwelle stand Sweschnikow, im weißen Kittel und mit weißer Arztmütze.

»Oh, Fjodor, Verzeihung. Hat's wehgetan? Zeigen Sie mal her. Oje, das wird eine Beule, das muss schnell gekühlt werden. Nun, was ist? Kommen Sie.«

Der Professor umfasste seine Schultern und führte ihn den Flur entlang, nachdem er die Tür zu dem Zimmer, in dem Ossja lag und Tanjas Silhouette am Fenster zu erkennen war, sorgfältig geschlossen hatte.

Agapkin folgte dem Professor ergeben, taumelnd und schwer atmend. Sein Mund war trocken, die Zunge klebte am Gaumen. Bevor er Fragen stellte, musste er sein seltsames Verhalten irgendwie erklären. In Renatas halbdunkler Wohnung mit dem weißblonden Hexer listige Pläne zu schmieden war leicht gewesen. Doch nun, Auge in Auge mit dem Professor, empfand Agapkin Abscheu gegen sich selbst.

Früher hätte ich ohne weiteres offen fragen können, aber jetzt fühle ich mich wie ein Spion und Verräter, dachte er, wurde rot und stammelte: »Ich habe gehört, dass es Ossja sehr schlecht geht. Brauchen Sie vielleicht meine Hilfe?«

»Danke. Im Lazarett gibt es genug Ärzte. Sie hätten sich nicht so abhetzen müssen.«

Der Professor sah ihn mitfühlend und freundlich an, doch Agapkin glaubte Spott wahrzunehmen.

»Andrej ist aufgewacht, er ist durch den Flur gelaufen und hat Sie und Tanja gesucht. Er hat schlecht geträumt. Ich habe mir Sorgen gemacht. Ich habe gehört, dass Sie nach Hause gekommen und gleich wieder gegangen sind.« Agapkin sprach abgehackt und heiser, noch immer keuchend. Die Stirn tat unerträglich weh.

»Andrej habe ich beruhigt, er ist wieder eingeschlafen. Ich brauchte Magnesiumsulfat, in der Lazarettapotheke gab es keins mehr.«

Der große Behandlungsraum war voll. Verwundeten wurden die Verbände gewechselt, Spritzen wurden abgekocht. Sweschnikow übergab Agapkin einer älteren Schwester, die gerade ihren Dienst angetreten hatte, und ging.

»Was haben Sie denn da nur gemacht, Fjodor Fjodorowitsch?« Die Schwester schüttelte den Kopf und drehte Agapkin mit dem Gesicht zum Licht. »Die Haut ist aufgeplatzt, es blutet sogar. Na, dann sitzen Sie mal schön still, ich kümmere mich darum.«

Doch Agapkin stieß ihre Hand weg, sprang auf und rannte hinaus.

»Völlig durchgedreht. Wohl zu viel Kokain geschnupft«, knurrte die Schwester ihm hinterher.

Diesmal stand die Tür zu Ossjas Zimmer offen. Außer Ossja und Tanja war niemand im Raum. Ossja hing am Tropf, Tanja lag angezogen, mit einem Wolltuch zugedeckt, auf einem Klappbett und schlief. Es roch schwach nach Ethanol. So roch es in allen Behandlungsräumen. Ethanol wurde zum Desinfizieren von Wunden benutzt. Agapkin schlich sich auf Zehenspitzen hinein und sah den Spirituskocher und eine Schale mit Spritzen. Ohne nachzudenken, schloss er die Tür und drehte den Schlüssel um.

Sein Blick blieb an der abgewetzten Arzttasche haften, die auf einem Stuhl stand. Langsam, wie unter Hypnose, machte er ein paar Schritte darauf zu. Die Tasche war offen. Sie enthielt die üblichen, ordentlich sortierten Instrumente, Medizinfläschchen und Medikamentenschachteln.

Vor Schmerzen und Schlafmangel tränten Agapkin die Augen. Durchs Fenster drang nebliges Morgenlicht herein.

Ich hätte erst ins Labor gehen sollen, da kenne ich mich aus, ich hätte gesehen, was fehlt, und Bescheid gewusst.

Noch ein Schritt, und er konnte die dunklen Fläschchen und die Etiketten darauf erkennen.

Ein leises Stöhnen ließ ihn zusammenzucken und die Hand von der Tasche wegziehen. Tanja hatte die Augen geöffnet und starrte ihn an. Im ersten Moment erkannte sie ihn nicht, dann setzte sie sich abrupt auf und rieb sich die Augen.

»Sie? Was machen Sie hier?«

»Guten Morgen, Tanja.« Er räusperte sich heiser und presste die eiskalten Finger auf die heiße Beule auf der Stirn. »Wie geht es Ossja? Ich habe mir Sorgen gemacht, Sie waren die ganze Nacht hier. Soll ich Sie ablösen?«

Draußen wurde heftig an der Tür gerüttelt. Dann klopfte es.

»Sie haben abgeschlossen? Warum?«, fragte Tanja erstaunt.

»Verzeihen Sie. Reine Gewohnheit.« Er ging zur Tür und schloss auf.

Sweschnikow kam herein, warf einen raschen Blick auf seinen Assistenten, auf Tanja, ging wortlos zu Ossja, schlug die Decke zurück, drückte das Stethoskop auf seine Brust und hörte ihn ab. Er runzelte die Stirn und bewegte konzentriert die Lippen. Agapkin verzog sich rückwärts in eine Ecke und ließ sich auf einem Hocker nieder.

»Nun ja, nicht schlecht«, sagte der Professor schließlich. »Tanja, geh jetzt nach Hause, schlafen. Die Droschke wartet unten. Ich habe mit einer Pflegerin gesprochen, sie kommt gleich und bleibt bis zum Abend hier, dann löst Schwester Arina sie ab.«

»Und du?«, fragte Tanja.

»Ich habe in zwanzig Minuten Visite.«

»Bist du sicher, dass wir Ossja einer Pflegerin anvertrauen können?«

»Ja. Er liegt nicht mehr im Koma. Er schläft. Beruhige dich endlich.« Der Professor nahm ein kleines Fläschchen mit Glasstöpsel und ohne Etikett vom Tisch.

Agapkin starrte wie gebannt darauf und verstand nicht, wieso er es nicht früher bemerkt hatte. Der Professor fing seinen Blick auf, seufzte, schüttelte den Kopf, wickelte das Fläschchen sorgfältig in Mull und packte es in seine Tasche.

»Fjodor, Sie sind aus dem Behandlungszimmer weggelaufen und haben der Schwester einen Schreck eingejagt. Auf Ihrer Stirn prangt eine gewaltige Beule, das Blut ist geronnen. Was war los? Seien Sie so gut, erklären Sie es mir.«

»Ach, nichts, ich dachte plötzlich: Progerie, Alterung, das ist genau der Fall …«, murmelte Agapkin erschrocken. »Verzeihen Sie, ich habe nicht ausgeschlafen, ich war irgendwie schrecklich aufgeregt. Ich wüsste gern: Gibt es Hoffnung?«

Stille trat ein. Der Professor schloss seine Tasche und reichte sie Tanja. Bevor sie hinausging, küsste sie den schlafenden Ossja, zupfte ihm die Decke zurecht, stellte sich auf Zehenspitzen und küsste ihren Vater auf die Wange, dann sah sie Agapkin an und sagte: »Fjodor Fjodorowitsch, Ihre Nerven sind sehr angegriffen. Schonen Sie sich. Sie müssen sich mal ausruhen, Sie brauchen frische Luft und gesunden Schlaf.«

Siebtes Kapitel

»Hast du keine Angst, dass deine Mascha dir in ein, zwei Jahren über wird?«, fragte Colt leise, als er sich auf dem Flugplatz von Tamerlanow verabschiedete.

Das Gesicht des Gouverneurs wurde starr, eine ungute Blässe trat unter seiner Bräune hervor, und seine Augen funkelten so, dass Colt seine Worte gern ungesagt gemacht hätte.

»Entschuldige, German, ich wollte dich nicht kränken.«

Tamerlanow schwieg, bewegte malmend den Unterkiefer und lächelte nicht einmal als Antwort auf die Entschuldigung.

Eine Stunde zuvor hatten sie das Thema Rauschgift besprochen, Colt hatte das schwierige Gespräch glänzend gemeistert und den Gouverneur überzeugt, den Moskauer Behörden zwei große lokale Drogenbarone zu liefern und sich auf diese Weise freizukaufen. Er hatte für Tamerlanow eine elegante Verteidigungsstrategie entworfen, für den Fall, dass die Barone versuchten, seinen ehrlichen Namen in den Dreck zu ziehen. Während der ganzen Unterhaltung hatten sich in Tamerlanows Augen weder Kränkung noch Zorn geregt. Doch nach Colts Worten über Mascha schien er seinen lieben Gast am liebsten umbringen zu wollen. Mit einer solchen Reaktion hatte Colt nicht gerechnet, er war verwirrt, fürchtete, das Schweigen könne anhalten, wusste aber nicht, was er sagen sollte.

Doch plötzlich kam ein Offizier der Leibwache des Gouverneurs angelaufen und murmelte hastig etwas in der Sprache der Einheimischen. Der Gouverneur hörte ihn mürrisch an und fragte auf Russisch: »Wieso die Eile? Warum kann sie nicht bis morgen früh warten?«

Auch der Offizier wechselte zum Russischen und erklärte Tamerlanow mit einem verlegenen Seitenblick zu Colt: »Ihre Tochter entbindet, ich habe ihr erklärt, dass der erste Flug nach Moskau um sechs Uhr dreißig geht, aber sie will nicht hören, sie will unbedingt aufs Flugfeld kommen und tobt.«

»Entschuldige, German, um wen geht es?«, mischte sich Colt vorsichtig ein.

»Die Archäologin.«

»Jelena Orlik? Sie muss nach Moskau? Ich kann sie in meinem Flugzeug mitnehmen.« Colt lächelte breit und freudig.

»Ja, danke.« Der Gouverneur nickte kühl. »Hat mich gefreut, dich zu sehen, Pjotr.« Er sah den Offizier an und blaffte leise: »Du bist noch hier?«

Der Offizier verschwand augenblicklich und kehrte kurz darauf mit der Archäologin zurück. Sie telefonierte im Laufen, laut und nervös, diesmal auf Russisch.

»Schrei nicht so. Ich bin schon unterwegs. Geh und mach die Tür auf. Ich höre doch, dass es klingelt. Du kannst. Halb so schlimm. Nun, sind sie es? Gib dem Arzt den Hörer. Ja, guten Tag. Sie hat Blutgruppe AB, Rhesus positiv. Ich weiß nicht, wie weit! Wohin bringen Sie sie? Danke, ich habe verstanden …«

Sie lächelte und nickte Colt zu, während sie die kleine Gangway zu seinem Flugzeug hochstieg, redete weiter und schaltete das Telefon erst beim Start auf Bitte des Piloten ab.

»Wie alt ist Ihre Tochter?«, fragte Colt.

»Einundzwanzig.«

»Na, halb so schlimm, machen Sie sich keine Sorgen.«

Jelena lehnte sich im Sitz zurück, schloss die Augen und murmelte zwischen den Zähnen: »Ein dummes, schlampiges Gör, eine Sitzenbleiberin und Herumtreiberin.«

Colt sah, dass ihr Tränen über die Wangen rannen. Ihre schlanken weißen Finger waren in die Armlehne gekrallt, ihre Lippen zitterten.

»Nicht doch, Jelena Alexejewna. Alles wird gut«, stammelte Colt. »Möchten Sie etwas trinken? Es gibt Wodka, Kognak, was immer Sie wollen.«

»Danke, ich trinke nicht. Entschuldigen Sie. Das Ganze kommt einfach zu überraschend.« Sie öffnete die Augen und schnäuzte sich in ein Papiertaschentuch.

Colt hustete dumpf.

»Wissen Sie schon, was es wird? Junge oder Mädchen?«

»Ach was! Ich habe von ihrer Schwangerschaft erst vor zwei Stunden erfahren, und sie selber, wie es aussieht, auch. Ich habe sie zum Studium nach England geschickt, wir haben uns ein halbes Jahr nicht gesehen. Ich bin Mitte April hierhergeflogen, sie ist nach Moskau zurückgekehrt, in England sind im Mai Ferien. Wir haben öfter miteinander telefoniert, alles war in Ordnung. Und heute sagt sie plötzlich: Mama, ich habe Bauchschmerzen. Und heult ins Telefon. Ich dachte zuerst: der Blinddarm, dann erklärt sie: Weißt du, mit mir stimmt schon eine ganze Weile was nicht. Ich habe fünf Kilo zugenommen, und meine Regel hatte ich fast ein Jahr nicht mehr.«

»Hören Sie, wie kann das sein?«, fragte Colt erstaunt. »Sie ist einundzwanzig, nicht fünfzehn, eine erwachsene Frau. Wer ist denn der Vater?«

»Ein Engländer. Sie hat sich mit ihm zerstritten. Sie sagt, er ist ihr zu korrekt, zu aufgeblasen und langweilig. Dafür ist sie alles andere als langweilig. Natürlich bin ich selber schuld. Ich habe mich von ihrem Vater scheiden lassen, als sie zehn war, und mich kaum um sie gekümmert. Sie ist bei ihrer Oma aufgewachsen, meiner Mutter, und ich war ständig auf Expeditionen. Wissen Sie, ich hatte so ein Gefühl, dass ich nicht hierherkommen sollte. Ich hätte in Moskau bleiben, auf Olja warten und sie in Empfang nehmen sollen, dann wäre die Situation jetzt nicht so aberwitzig. Aber die Sonorch-Priester, die haben nicht nur mir den Kopf verdreht. Ihr Zeichen, der dreiäugige Garuda, wurde auf verschiedenen Kontinenten entdeckt, auf Denkmälern verschiedener Epochen. China, Indien, Ägypten. Der Potala-Palast in Tibet. Die australischen Ureinwohner malen ihn auf Bumerangs und fertigen rituelle Garuda-Masken.«

»Was ist der Garuda?«

»Ein mythisches Geschöpf, ein Vogel mit Menschenkopf und Adlerflügeln. Seine Verwandten in Zeit und Raum sind der Samurg, der Feuervogel und Phönix. Sie alle sind Feuergeborene, erstehen aus Asche wieder auf und beherrschen das Geheimnis der physischen Unsterblichkeit. Doch nur der Garuda der Sonorchen hat ein drittes Auge, es ist rhombenförmig, wie ein Schlangenauge, und sitzt nicht auf der Stirn, sondern auf dem Scheitel. Seine Form und Lage erinnern an die Fontanelle bei Neugeborenen. Vielleicht ist es ja der Schlüssel zum Geheimnis.« Sie lachte nervös, öffnete ihre Tasche, zog eine Zigarette aus einer Schachtel, steckte sie aber gleich wieder zurück.

»Rauchen Sie nur, wenn Sie möchten«, sagte Colt und ließ ein Feuerzeug schnappen. »Sie haben gesagt, das dritte Auge sei der Schlüssel zum Geheimnis. Was meinten Sie damit?«

»Überall, wo die Sonorchen ihre Spuren hinterlassen haben, werden bei Ausgrabungen Schädel mit Spuren einer Trepanation gefunden. Der rhombische Schnitt auf dem Kopf ist professionell ausgeführt, die Patienten überlebten die Operation.

Einige Experten glauben, Ziel der Operation sei eine Manipulation an der Epiphyse, der Zirbeldrüse, gewesen. In den meisten antiken Mythologien gilt die Zirbeldrüse als drittes Auge. Heute vermuten die Biologen, dass namentlich die Zirbeldrüse für das Altern und den Tod des Körpers verantwortlich ist. Das hat ein großartiger russischer Arzt übrigens schon zu Beginn des zwanzigsten Jahrhunderts begriffen. Womöglich habe ich es ihm zu verdanken, dass ich jetzt mit Ihnen fliege.«

Colt stand auf. Sofort erhob sich auch die blutjunge Stewardess von ihrem Platz.

»Kann ich Ihnen behilflich sein?«

»Danke, nicht nötig. Schlafen Sie weiter«, sagte er und schob das Mädchen beiseite.

»Aber Sie sollten lieber nicht herumlaufen, wir kommen gleich in ein Gebiet mit Turbulenzen.«

»In Ordnung. Schenken Sie mir bitte einen Kognak ein.«

Das Mädchen brachte ihm ein Kristallglas auf einem Tablett.

Colt leerte das Glas in einem Zug. Etwas Kognak geriet in seine Luftröhre, und er hustete lange und qualvoll, wurde krebsrot, und seine Augen tränten. Jelena klopfte ihm erschrocken auf den Rücken. Die Stewardess bot ihm Wasser und Tabletten an. Das Flugzeug wurde durchgerüttelt. Colt stürzte zur Toilette, der Husten war in Brechreiz übergegangen.

»Und?«, fragte Jelena besorgt, als er sich endlich in den Sitz ihr gegenüber fallenließ.

»Alles in Ordnung. Achten Sie nicht darauf. Weiter, bitte.«

»Was?«

»Der russische Doktor, dem Sie es verdanken ...« Colt schluckte krampfhaft, »dessentwegen Sie in die Steppe gefahren sind.«

»Nun ja, im Grunde ist das alles sehr vage, nur Vermutungen von mir, mehr nicht. Der Doktor interessierte sich für die Funktionen der Epiphyse, und die Legende behauptet, einige seiner Versuche seien erfolgreich gewesen. Doch dann – Revolution, Bürgerkrieg, der Doktor ist in diesem blutigen Chaos verschwunden. Einer Hypothese zufolge wurde er beim Versuch, die russisch-finnische Grenze zu überschreiten, von Tschekisten festgenommen und arbeitete dann in einem geheimen Laboratorium unter der Schirmherrschaft von Gleb Bokia, zusammen mit Bartschenko. Vor kurzem bin ich in einem Privatarchiv auf den Entwurf eines Briefes von Bartschenko gestoßen, in dem er seinen Vorgesetzten die Notwendigkeit einer wissenschaftlichen Expedition in die Republik Wudu-Schambala darlegt. Der Text ist undeutlich, voller Verschleierungen und Abkürzungen. Weder der Name des Doktors noch das Wort ›Sonorchen‹ kommen darin vor. Nur ein Hinweis auf ein lokales Epos über einen Orden von Unsterblichen. Sie hätten das dritte Auge geöffnet. Ihre uralte vergessene Methode decke sich mit der Hauptrichtung der Forschungen des Laboratoriums für spezielle Psychophysiologie.«

»Schnallen Sie sich bitte an, wir landen«, sagte die Stewardess.

»O mein Gott, jetzt ist schon alles passiert. Und ich schwatze und schwatze. Das Telefon darf ich natürlich noch nicht einschalten?«

»Nein. Auf keinen Fall.« Die Stewardess lächelte liebenswürdig. »Haben Sie noch etwas Geduld.«

»Ja, natürlich.«

Colt schaute Jelena an, und plötzlich versengte ihn ein seltsames, heftiges Gefühl, eine Mischung aus Sehnsucht und Neid. Er wünschte, er könnte sich ebensolche Sorgen machen, warten, vergehen vor Angst, Glück und Ungeduld.

Das Flugzeug landete in Tuschino. Jelena schaltete ihr Telefon ein, und es klingelte sofort. Sie schwieg einen Augenblick, hörte mit fest zusammengekniffenen Augen zu, dann öffnete sie die Augen wieder, bekreuzigte sich und atmete fast unhörbar aus.

»Ein Junge. Dreitausendzweihundert Gramm.«

Colt bot an, sie zur Entbindungsklinik zu fahren.

»Nein, danke, Sie haben mir schon so sehr geholfen. Hier gibt es massenhaft Taxis. Sie sind ein guter Mensch, wirklich, ich danke Ihnen.« Sie küsste ihn auf die Wange und rannte zum Taxistand.

»Warten Sie!«, rief Colt.

Er wollte sie nach ihrer Telefonnummer fragen und nach dem Namen jenes Doktors. Aber sie war bereits in einen Wagen gesprungen und hörte ihn nicht mehr.

Moskau 1916

Eine Woche lang sank Ossjas Temperatur nicht unter achtunddreißig Grad. Potapenko und andere Ärzte befürchteten Typhus, doch der typische Ausschlag fehlte. Sie vermuteten eine Lungenentzündung, doch die Lungen waren sauber. Der Junge war schwach, schwitzte heftig, wollte viel trinken, murmelte Gedichte, phantasierte aber nicht und verlor nicht das Bewusstsein. Er aß wenig, nur dünnen Brei und Moosbeerengrütze. Er schlief fest, zwölf Stunden am Tag.

Am achten Tag wurde er, eingehüllt in Sweschnikows Biberpelz und mit Wolltüchern umwickelt, in einem geschlossenen Lazarettwagen in die Wohnung des Professors gebracht.

Der April ging zu Ende, es war der frühe Abend des Ostersonntags, die untergehende Sonne schien in das quadratische Fenster des Krankenwagens, Glocken läuteten. Ossja, schwach und schweißfeucht, hielt einen runden Arztspiegel in der Hand und ließ Lichtreflexe tanzen.

In Tanjas kleinem Arbeitszimmer neben ihrem Schlafzimmer waren die Möbel umgestellt worden. Der alte Sekretär, noch von ihrer Großmutter, war ins Schlafzimmer gezogen, an seiner Stelle stand nun ein Bett, und am Fenster hingen neue, helle Vorhänge.

Als Andrej von der bevorstehenden Veränderung erfahren hatte, reagierte er zunächst beleidigt, aber Tanja ging mit ihm ins Lazarett und machte ihn mit Ossja bekannt. Danach brachte er seine Eisenbahn in Ossjas Zimmer, baute sie auf dem Fußboden auf und setzte einen alten Plüschteddy aufs Bett.

Der Feldscher Wassiljew trug Ossja ins Haus. Die paar Schritte vom Fahrstuhl bis zur Wohnungstür lief Ossja selbst. Die Dienstmädchen Marina und Klawdija stöhnten bei seinem Anblick im Chor, flüsterten dann lange miteinander und schüttelten den Kopf. Die Kinderfrau wehklagte, nannte Ossja eine arme Waise und küsste ihn auf die Stirn.

Andrej war ein wenig enttäuscht, als Ossja, statt sich die Eisenbahn richtig anzusehen und begeistert zu sein, augenblicklich in seinem neuen Bett einschlief.

Sweschnikow begann, sich um die Vormundschaft zu kümmern. Zusammen mit den offiziellen Bescheinigungen des Todes der Kindeseltern bei einem Brand in Charkow kam ein weiterer Brief von Professor Ljamport. Er berichtete, er habe vor kurzem in einem privaten Gespräch mit einem Gendarmerieoffizier, dem Vater einer kleinen Patientin, Einzelheiten über den Brand und das Verschwinden der Odessaer Schwester und ihres Mannes erfahren.

»Die Nachforschungen werden fortgesetzt, neben der Kriminalpolizei nun auch von der Geheimpolizei. Ossjas Schwester Ada und ihr Mann Mark Rosenblatt sind aktive Mitglieder einer terroristischen Organisation, die den Bolschewiki nahesteht. Es gab da eine dunkle Geschichte um den Selbstmord des Sohnes eines großen Odessaer Bankiers, um falsche Wechsel und Börsenmanipulationen. Ich will Sie nicht mit Einzelheiten langweilen, ich kenne sie auch nicht gut genug. Einiges stand in den Zeitungen, das meiste ist eher Phantasie als Wahrheit. Die Wahrheit ruht in den Akten von Kriminalpolizei und Geheimpolizei, aber vermutlich nicht die ganze. Eine Version lautet, Rosenblatt habe seinen Genossen eine gewaltige Geldsumme gestohlen und sie in der Nähe von Charkow versteckt, im Sommerhaus seiner Schwiegereltern. Die Genossen hätten eines Nachts dort vorbeigeschaut und alles durchsucht. Ob sie das Geld gefunden haben, ist nicht bekannt. Der Brand sei gelegt worden, um die Ermordung der Zeugen, Ossjas ganzer Familie, zu vertuschen. Vermutlich war das Verhör allzu leidenschaftlich ausgefallen.

Rosenblatt und Ada haben sich mit Hilfe von Odessaer Schmugglern illegal in die Türkei abgesetzt, von wo sie überallhin gegangen sein können. Sie werden von den Behörden gesucht und von ihren Genossen gejagt. Es ist nicht auszuschließen, dass die Genossen schneller waren und das Ehepaar Rosenblatt nicht mehr lebt.«

Ossja fielen die Haare, Augenbrauen und Wimpern aus, seine Haut schuppte sich. Zeitweise hatte er starkes Herzrasen. Sweschnikow untersuchte ihn morgens und abends, manchmal begleitete ihn Agapkin und stand die ganze Zeit schweigend daneben.

Agapkin hatte noch immer keine passende Wohnung gefunden, lebte nach wie vor in Wolodjas Zimmer und verbrachte viel Zeit im Labor.

Nach jener Nacht im Lazarett hatten der Professor und sein Assistent eine lange Unterredung. Nun gab es zwischen ihnen keine Unklarheiten mehr.

»Du hast ihm alles erzählt?«, fragte Tanja.

»Ja und nein. Verstehst du, ich brauche einen Assistenten, Fjodor arbeitet seit fünf Jahren mit mir zusammen. Bis zu der Geschichte mit Grigori III. war sein Verhalten vollkommen normal. Aber die hätte wohl kaum jemanden kaltgelassen. Inzwischen hat er sich beruhigt, ich habe ihm erklärt, dass es bis zu ernsthaften, zuverlässigen Ergebnissen noch ein weiter Weg ist. Es ist ein Experiment, und wir stehen erst am Anfang.«

»Papa, das sind Gemeinplätze«, empörte sich Tanja, »hast du ihm von Ossja erzählt oder nicht?«

»Das mit Ossja hat er selbst begriffen. Leugnen wäre dumm gewesen.«

»Du bist verrückt geworden. Er wird das Präparat stehlen.«

»Schämst du dich nicht? Fjodor ist kein Dieb. Außerdem gibt es nichts zu stehlen. Warum kannst du ihn nicht leiden? Aber sag jetzt nicht zum zehnten Mal: Er ist mir unangenehm, jag ihn fort. Was ist das Problem, Tanja? Dass Fjodor aus dem einfachen Volk stammt? Dass seine Mutter Wäscherin war?«

»Wie kannst du so etwas sagen, Papa! Wofür hältst du mich?«, rief Tanja.

»Entschuldige. Hast du andere Argumente? Wenn nicht, dann untersteh dich, in meiner Gegenwart schlecht über ihn zu reden, und lass mich tun, was ich für richtig halte.«

Jeden Tag hüllte Tanja Ossja in eine Decke und Wolltücher und setzte ihn ans offene Fenster. Als sie eines Tages wieder ins Zimmer kam, war er vom Sessel gerutscht und saß auf dem Boden, den Kopf zwischen den Schultern.

»Leise, geh nicht ans Fenster«, flüsterte er.

»Was ist los?« Tanja ließ sich neben ihm auf den Boden nieder.

Sie glaubte, er spiele, und wollte mitspielen.

Ossja konnte sich nicht viel bewegen, das Laufen fiel ihm schwer, er ermüdete rasch. Wenn er spielte, saß er im Sessel, schwenkte die Arme, zog Grimassen und kommentierte die ausgedachten Ereignisse mit hastigem, pfeifendem Flüstern.

»Was ist los?«, fragte Tanja noch einmal und legte den Arm um ihn.

»Jemand beobachtet mich.«

»Wer ist er, und was will er?«, fragte Tanja in leisem, drohendem Bass.

»Ich spiele nicht. Ich habe wirklich Angst.«

Sie fühlte, dass er zitterte, stand auf und sah aus dem Fenster. Auf dem Hof ging das Dienstmädchen des Spiritisten Bublikow mit der Bulldogge spazieren und unterhielt sich mit der Köchin der Hausbesitzerin Madame Cottie.

»Dort ist niemand, nur Dienstpersonal und eine Bulldogge«, sagte Tanja.

»Aus dem Haus da drüben schaut jemand vom Dachbodenfenster aus durch ein Fernglas. Gestern war er auch da.«

Das alte zweistöckige Gebäude stand mit der Rückfront zum Hof und mit der Fassade zur Parallelstraße. Im Erdgeschoss befand sich eine Hutmacherwerkstatt. Oben war die Wohnung der Besitzerin, einer Französin. Der Dachboden war unbewohnt. Das Fenster unterm Dach lag genau gegenüber von Tanjas Arbeitszimmer.

»Das ist weit, mindestens vierzig Meter«, sagte Tanja, »da kann man kaum etwas erkennen.«

»Er hat ein Fernglas«, wiederholte Ossja, »das Fenster wurde geöffnet, jetzt ist es bestimmt zu.«

Tanja sah das halbrunde Fenster jeden Tag und hatte es nie besonders beachtet. Doch als sie genauer hinschaute, bemerkte sie: Etwas hatte sich verändert. Die Scheibe glänzte, früher war sie trübe und staubig gewesen.

Am Abend fragte Tanja das allwissende Dienstmädchen, ob auf dem Dachboden im Haus gegenüber jemand wohne.

»Ja, Madame vermietet ihn seit einer Woche an einen Maler«, antwortete Marina. »Ein stattlicher Mann, mit Schnurrbart und Lackstiefeletten.«

Vor dem Schlafengehen badete Tanja Ossja und entdeckte, dass auf dem kahlen Kopf dunkler Flaum wuchs. Am Morgen spuckte Ossja zwei Zähne aus.

»Das sind Milchzähne«, sagte Sweschnikow.

Als drei weitere Zähne ausgefallen waren, ging der Professor mit Ossja zum Zahnarzt.

»Meine Milchzähne sind schon ausgefallen, das hier sind die neuen, aber sie sind sehr schnell verfault, obwohl ich sie immer ordentlich mit Zahnpulver geputzt habe, morgens und abends«, versicherte Ossja.

»Erzähl keinen Unsinn«, sagte der Zahnarzt, »der Mensch bekommt nur einmal im Leben neue Zähne. Dir fallen die Milchzähne aus, die neuen brechen schon durch. Etwas spät, aber das kommt vor.«

»Haben Sie bemerkt, dass hier niemand vor mir erschrocken ist?«, fragte Ossja flüsternd, als sie hinausgegangen und in eine Droschke gestiegen waren.

Tatsächlich hatten der Zahnarzt, sein Assistent, die Schwestern und die anderen Patienten Ossja wie ein normales Kind behandelt. Abgemagert und kahlgeschoren war er wohl, so mochten sie vermuten, weil er Typhus gehabt hatte.

Die Droschke hielt vorm Haus. Sweschnikow wollte Ossja tragen.

»Ich will selber!«, sagte Ossja.

Ein junger Mann versperrte ihnen den Weg, dick und rotwangig, mit einem durchscheinenden roten Bärtchen, in einem leichten hellen Mantel und mit einem weichen Hut. Wie aus dem Erdboden gestampft, stand er plötzlich da.

»Professor, nur ein paar Worte, ich flehe Sie an! Sie haben ein

Jugendelixier erfunden. Warum wollen Sie ihre geniale Entdeckung nicht öffentlich machen? Ist das der Junge mit der seltenen Krankheit? Progerie, Frühvergreisung. Wie Sie sehen, kenne ich mich ein wenig aus in der Medizin.«

»Lassen Sie mich vorbei«, sagte der Professor.

Der schnurrbärtige alte Portier öffnete ihnen die Tür, verbeugte sich vor Sweschnikow und lächelte und zwinkerte Ossja zu.

»Haben Sie Ihre Medizin an ihm ausprobiert? Er sieht ausgezeichnet aus. Wie geht es dir, Junge?«, konnte der Dicke noch schreien, bevor der Portier ihn mit der Schulter wegdrängte und ihm die Tür vor der Nase zuschlug.

Moskau 2006

Sofja erwachte und roch Kaffee, Toast und das Parfüm ihrer Mutter. Gerade hatte sie geträumt, dass ihre Eltern in der Küche frühstücken, als wäre die Mutter nie weggegangen und der Vater nicht gestorben. Im Traum konnte man alles zurückdrehen, Fehler korrigieren, mit einem magischen Radiergummi alles Böse, Kränkende, nicht Wiedergutzumachende auslöschen.

»Steh auf, in einer Stunde kommt ein Kurier von Subow«, sagte die Mutter, »er bringt einen Fragebogen, den du gleich ausfüllen sollst. Hast du Fotos für einen Reisepass?«

»Nein. Habe ich noch nicht geschafft.«

»Ach, du mein Unglück! Schnell unter die Dusche und dann ab zum Fotografieren. Subows Sekretärin hat gesagt, Pass und Visum sind in zwei Tagen fertig. Das Ticket ist schon gebucht. Nun steh endlich auf!«

»Mama, vielleicht lass ich es einfach sausen, dieses Deutschland?«, murmelte Sofja und schloss die Augen wieder.

»Red keinen Quatsch. Steh auf.« Die Mutter riss ihr die Decke weg, wie in Sofjas Kindheit, wenn sie nicht um sieben aufstehen und in die Schule gehen wollte. »Wenn du wiederkommst, gibt's Frühstück. Der Fotograf ist gleich gegenüber, auf der anderen Straßenseite. Sie machen bestimmt auch Sofortbilder.«

Sofja stand folgsam auf und ging duschen. Sie war unausgeschlafen. Ihr Spiegelbild missfiel ihr. Plötzlich verspürte sie eine heftige Unlust, nach Deutschland zu fliegen, ein neues Leben anzufangen. Sich in eine Ecke verkriechen und alles lassen, wie es ist – das war ihre übliche Haltung.

Das Labor im Institut, das Sofa zu Hause, Schreibtisch, Computer, Bücherregale – das hatte ihr immer genügt. Ihr Umgang beschränkte sich auf einige Arbeitskollegen, seltene, kurze Affären und den treuen Freund Nolik. Sie war noch nie im Ausland gewesen und am Meer nur zwei- oder dreimal als kleines Kind, mit ihren Eltern. Ihren Urlaub verbrachte sie zu Hause, auf dem nämlichen Sofa. Sie las und schlief, schrieb diesen oder jenen Artikel, zum Beispiel über die Bildung von Amiloid-Glykoproteinen im Gehirn bei Alzheimer-Erkrankung oder über die mitotische Strahlung zerfallender Eier von Seeigeln, Amphibien und Zellen bösartiger Geschwulste bei Kleinsäugern.

Nützliche Leute kennenlernen, anrufen, um etwas bitten, lächeln, wenn ihr nicht danach war, sinnloser Smalltalk – das alles fand sie ebenso anstrengend und sinnlos wie einen Waggon mit Ziegeln zu entladen oder hundert Klimmzüge zu machen. Auf eine Party unter Kollegen zu gehen, zu einem Geburtstagsbankett in einem Restaurant, einfach ins Kino oder zu Besuch – das alles empfand sie wenn nicht als Qual, so doch als unangenehm. Zuerst erhob sich die Frage: Was anziehen? Und dann: Wozu das Ganze?

Ich verpasse bestimmt meinen Flug, verliere Pass oder Ticket, bringe irgendwas durcheinander, sage im entscheidenden Moment etwas Dummes, missfalle irgendeiner wichtigen Person, dachte sie, während sie sich die Zähne putzte und das Haar mit dem Shampoo ihrer Mutter wusch – was will ich überhaupt in Deutschland? Es kommt sowieso nichts dabei heraus. Ich bin nun mal ein geborener Pechvogel. Die Geschichte mit Petja ist der beste Beweis.

Als sie aus der Dusche kam, schaute sie auf ihr Mobiltelefon. Am Abend hatte sie das Tonsignal abgeschaltet, das ihre Mutter so nervte.

»Sofie, warum antwortest du nicht? Wir müssen uns treffen!«, las sie und schrieb sofort zurück: »Hör auf, lass mich in Ruhe! Ich fliege für ein Jahr nach Deutschland.«

Petja antwortete nicht sofort, und sie meinte, damit sei alles vorbei. Doch als sie im Fotoatelier ihre Passbilder in Empfang nahm, klingelte das Telefon erneut.

»In welche Stadt? Ich bin oft in Deutschland.«

»Weiß ich nicht genau. Ich glaube, Hamburg.«

»Zieh dich warm an. Dort ist es jetzt kalt und feucht.«

Als Sofja über die Straße lief, wäre sie beinahe unter ein Auto geraten. Ein schmutziger Shiguli stoppte mit kreischenden Bremsen, der Fahrer beschimpfte Sofja laut und derb, aber sie bemerkte es gar nicht.

Zu Hause stolperte sie im Flur über eine große Tüte aus schönem Hochglanzpapier. Darin war ein Schuhkarton.

»Ich bin schon ein Weilchen hier, und du hast dir noch nicht einmal die Mühe gemacht, dir anzusehen, was ich dir mitgebracht habe«, sagte ihre Mutter.

»Donnerwetter!« Sofja schüttelte erstaunt den Kopf, als sie ein Paar wunderbarer Stiefel erblickte.

Weiches dunkelbraunes Leder, bequeme Plateausohle. Die Stiefel passten wie angegossen. Noch nie hatte Sofja so schönes

Schuhwerk getragen, und sie hätte nie gedacht, dass etwas so Alltägliches wie ein Paar Stiefel in ihr derartige Gefühle auslösen konnte.

Ihre Mutter hockte vor ihr auf dem Boden.

»Na, drücken sie auch nicht? Werden sie nicht scheuern? Ich habe sie anprobiert und eine Nummer größer gekauft.«

»Mama, du bist ein Genie!«

»Natürlich! Hast du daran gezweifelt?«

»Nein, aber woher wusstest du, dass ich dringend Stiefel brauche?«

»Sofie, wir beide kennen uns nicht erst seit gestern. Die Stiefel sind von einer renommierten italienischen Firma.«

»Wahrscheinlich schrecklich teuer?«

»Das spielt keine Rolle. Ich verdiene genug, ich kann mir erlauben, meiner Tochter die Schuhe zu kaufen, die mir gefallen. Natürlich bekommt man inzwischen auch in Moskau alles, aber ich kenne dich doch, du gehst in keine Läden, du trägst dein altes Zeug auf.«

Die Mutter ging in die Küche, Frühstück machen. Sofja drehte sich noch eine Weile vor dem großen Spiegel und betrachtete sich von allen Seiten mit neuen, fremden Augen.

Die weichen Lederwunder passten wie angegossen, aber sie kamen von einem anderen Planeten, aus einer anderen Wirklichkeit. Sie besaß nichts, das sie zu diesen Stiefeln tragen konnte. Mehr noch, sie verlangten nach einem ganz anderen Körper, einem anderen Gesicht, einer anderen Frisur.

Sofja griff nach der Haarbürste und kämmte sich. Ihr Haar war widerspenstig und stand nach allen Seiten ab. Sie sah keineswegs aus wie Marlene Dietrich, eher wie ein zerzaustes Küken.

»Willst du darin frühstücken?«, fragte ihre Mutter, die aus der Küche herausschaute.

»Ich will darin leben«, antwortete Sofja. »Mama, du hast gesagt, roter Lippenstift würde mir stehen?«

»Ja, natürlich. Rouge, Wimperntusche und Puder wären auch nicht verkehrt. Willst du dich doch mit Petja treffen?«

»Nein. Auf keinen Fall.«

Der Kurier von Subow war eine gestrenge ältere Dame, die wie eine Gymnasiallehrerin aussah. Sie setzte sich an den Tisch und füllte den Fragebogen selbst aus, stellte im Ton eines Examinators Fragen, rügte Sofja dafür, dass sie keine Kopie von ihrem Ausweis, ihrem Diplom usw. gemacht hatte, nahm die Dokumente an sich, erklärte, sie werde das erledigen und morgen alles wiederbringen.

»Sag mal, das Institut, von dem die Einladung kommt, befasst sich das mit Verjüngung?«, fragte die Mutter, als die Kurierin gegangen war.

»Mama«, – Sofja verzog das Gesicht –, »du bist doch ein vernünftiger, gebildeter Mensch. Verjüngung, was soll das sein? Ich meine, nicht die Glättung von Falten oder das Färben grauer Haare, sondern Verjüngung auf der Ebene jeder Zelle und des ganzen Organismus als System, und zwar als lebendiges System, das sich in ständiger Entwicklung und Bewegung befindet?«

Die Mutter sah Sofja erstaunt an. Sie war sichtlich ratlos.

»Aber darüber wird in letzter Zeit doch so viel geschrieben!«

»Mama, welches Jahrtausend haben wir? Schon das dritte seit Christi Geburt. Ja, Mama, in letzter Zeit, seit etwa sechs Jahrhunderten, wird darüber geschrieben, geredet und nachgedacht.«

»Und du meinst, das ist prinzipiell unmöglich?«

»Ich weiß es nicht.« Sofja zog einen Stiefel aus und betrachtete ihn. »Ich meine, dass eine Frau, die solche Stiefel trägt, sofort zehn Jahre jünger wird, ganz ohne komplizierte Biotechnologien.«

»Du wolltest doch den seltsamen Greis Agapkin anrufen. Hast du das vergessen?«, fragte die Mutter nach einer langen Pause.

»Nein, das habe ich nicht. Ich habe nur Angst. Ich weiß selbst nicht, warum.« Sofja dehnte die Schultern und drehte den Kopf hin und her. »Mein Hals ist ganz steif. Mama, du meckerst doch nicht, wenn ich jetzt eine Zigarette rauche? Ich rauche schnell eine, dann rufe ich an.«

»Klar werde ich meckern, aber nur im Stillen. Vielleicht sollten wir erst Bim anrufen?«

Sofja stand auf, öffnete das Fenster ein Stück, blies den Rauch hinaus und drehte erneut den Kopf, wobei sie leise ächzte.

»Ach, Mama, Bim tut in letzter Zeit nichts anderes, als im Radio und im Fernsehen aller Welt zu verkünden, dass er bald jeden, der es möchte, verjüngen und das Leben auf hundertfünfzig oder zweihundert Jahre verlängern wird.«

»Vielleicht ist dieser Agapkin ja sein erster Patient?« Die Mutter lachte nervös. »Oder im Gegenteil sein Lehrer? Ach, es wäre schon nicht schlecht, zehn, fünfzehn Jahre abzuwerfen.«

»Du siehst auch so sehr jung aus, und das ohne jede Mühe.«

»Na, ohne jede Mühe – das ist leicht untertrieben.« Die Mutter strahlte bescheiden, und Sofja dachte, dass sie ihr schon früher hin und wieder ein Kompliment hätte machen sollen. Das brauchte jeder, selbst ihre so vernünftige und optimistische Mutter.

»Hör auf, Mama, du hast dich nicht liften, dir kein Silikon implantieren und kein Botox unter die Haut spritzen lassen.«

»Nein, um Gottes willen. Aber ich kümmere mich richtig um mich, ich jogge jeden Morgen, gehe ins Fitnessstudio und faste regelmäßig. Meine vierundfünfzig sieht mir natürlich keiner an. Höchstens vierzig. Aber ich weiß ja, wie alt ich wirklich bin.«

»Genau das ist es. Das weiß man immer, egal, was man mit sich anstellt und wie man sich jünger macht. Und auch der

Körper weiß das, jede Drüse, jede Zelle spürt es. Ihn kann man nun mal nicht betrügen.«

Sofja drückte die Zigarette aus, griff zum Mobiltelefon und wählte Bims Nummer.

»Wie geht es dir, Sofja? Kira und ich wollten dich besuchen kommen, aber du bist nicht ans Telefon gegangen. Wir haben uns große Sorgen gemacht. Was war mit dir los?«

»Nichts Besonderes. Ich hatte Halsschmerzen. Angina und Mittelohrentzündung.«

»Du Ärmste! Das tut furchtbar weh. Was hast du dagegen gemacht? Ich habe ein ausgezeichnetes Medikament, es stärkt die Immunkraft. Wenn du willst, komme ich noch heute vorbei und bringe es dir.«

»Danke, nicht nötig, es ist schon alles vorbei.«

»Ja? Na, wie du meinst. Pass auf, dass du dich nicht gleich wieder erkältest, das Wetter ist scheußlich. Ist deine Mutter schon da?«

»Ja. Sie ist hier bei mir.«

»Richte ihr einen herzlichen Gruß aus, wir erwarten euch beide bei uns, gleich morgen.«

»Danke, wir werden es versuchen. Boris Iwanowitsch, sagen Sie, ist Agapkin wirklich schon hundertsechzehn Jahre alt?«

»Agapkin?« Bim verstummte und schnaufte in den Hörer. »Wie kommst du plötzlich auf ihn?«

»Unwichtig. Also, ist er wirklich hundertsechzehn?«

»Noch nicht, aber demnächst.«

»Das ist kein Scherz? Kein Spaß?«

»Von meiner Seite ganz bestimmt nicht. Agapkin hat mir sein Alter wie ein großes Geheimnis verraten und dann eingewilligt, meine beste Schülerin kennenzulernen, also dich. Übrigens, Sofja, warum erfahre ich alles als Letzter, und das nicht einmal von dir, sondern von Fremden? In der Kaderabteilung hat man mir gesagt, du gehst für ein Jahr nach Deutschland. Wie hast du das geschafft, du stilles Wasser?«

»Ich wollte Sie nicht enttäuschen, Boris Iwanowitsch.«

»Mich nicht enttäuschen!«, äffte Bim sie mit Piepsstimme nach. »Wofür hältst du mich, Sofja? Ich freue mich für dich! Es ist doch toll, dass du es so weit gebracht hast. Wer hätte das gedacht? In welche Stadt gehst du denn?«

»Nach Hamburg.«

»Wohin?« Er hustete heiser. »Wie, direkt nach Hamburg? Und was wirst du dort machen?«

Sofja erzählte ihm ausführlich, wer sie eingeladen hatte und warum. Bim hörte schweigend zu, hustete nur ab und zu und trank einen Schluck.

Er ist offenbar auch erkältet, dachte Sofja und fragte: »Boris Iwanowitsch, sind Sie mir wirklich nicht böse?«

»Hör auf. Wir haben darüber gesprochen, und damit gut. Aber jetzt sag mir, wieso du plötzlich auf Agapkin kommst. Hast du etwa Sehnsucht nach dem Alten?«

»Ja, wahrscheinlich. Er hat sehr interessant von Sweschnikow erzählt.«

»Du willst dich wieder mit diesem vergessenen Genie beschäftigen?«

Bims Stimme klang immer angespannter. Er war schrecklich eifersüchtig auf Sweschnikow, jede Erwähnung des Namens ärgerte ihn, doch er selbst sprach ständig von ihm, so hitzig und böse, als wäre der Professor noch am Leben und ein ernsthafter Konkurrent für Bim.

»Nein, nein, es geht nicht um Sweschnikow«, beruhigte ihn Sofja. »Ich habe bloß Mama und Nolik von Agapkin erzählt, und sie haben mich ausgelacht, als ich sagte, wie alt er ist.«

»Das hättest du nicht tun sollen. Du weißt doch, dass das ein Geheimnis ist.« Bim lachte heiser.

Sofja stellte sich sein Gesicht vor und begriff, dass das Lachen falsch war. Der arme Bim ist mit den Nerven völlig runter, dachte sie mitleidig und sagte: »Boris Iwanowitsch, ich fliege schon bald, aber vorher kommen Mama und ich Sie auf jeden Fall besuchen. Oder kommen Sie doch zu uns.«

»In unserer Gefriertruhe liegen seit dem Sommer Pfifferlinge, euer Besuch ist ein Anlass, sie endlich zu braten und zu essen. Wir erwarten euch beide morgen gegen sieben. Abgemacht?«

Sofja bedankte sich und versprach zu kommen. Bevor sie Agapkins Nummer wählte, bekreuzigte sie sich plötzlich, ohne recht zu wissen, warum.

Lange nahm niemand ab. Dann schaltete sich ein Anrufbeantworter ein. Eine dumpfe Greisenstimme sagte deutlich und ärgerlich: »Guten Tag. Leider kann ich im Augenblick nicht rangehen. Bitte hinterlassen Sie nach dem Signal eine Nachricht.«

»Fjodor Fjodorowitsch, guten Tag, hier ist Sofja Lukjanowa. Ich weiß nicht, ob Sie sich an mich erinnern, ich war vor rund einem Jahr einmal bei Ihnen.«

»Ja!«, tönte es heiser aus dem Hörer. »Ich erinnere mich sehr gut an Sie. Was wünschen Sie?«

Sofja war aufgeregt und begann verworren zu erklären, sie habe alte Fotos in die Hand bekommen, auf denen sie Michail Sweschnikow erkannt habe. Ob Fjodor Fjodorowitsch sich die Mühe machen würde, einen Blick darauf zu werden, denn sie glaube, nur er könne ihr sagen, wer außer Sweschnikow noch darauf sei.

»Wie sind Sie zu den Fotos gekommen?«, unterbrach sie Agapkin.

»Das würde ich Ihnen gern erzählen, wenn wir uns sehen.«

Agapkin schwieg lange. Sofja befürchtete schon, er sei vielleicht eingeschlafen, mit der Pfeife in der Hand. Sie hörte

Schnaufen, das Geräusch laufenden Wassers, dumpfes Klopfen und Klacken und Musik, vermutlich eine italienische Oper.

Zwischen all den Geräuschen glaubte Sofja eine tiefe Männerstimme auszumachen, die dicht neben dem alten Mann sagte: »Na, na, schon gut, beruhigen Sie sich«, worauf der Greis heiser klagend antwortete.

»Fjodor Fjodorowitsch«, fragte Sofja schließlich, »hören Sie mich?«

Der Greis hustete heftig und sagte dann: »Wissen Sie die Adresse noch? Nein. Schreiben Sie. Sie können kommen, wann Sie wollen. Ich freue mich immer über Sie. Aber kommen Sie bitte allein.«

Moskau 1916

Am Morgen stieß Tanja auf dem Weg ins Gymnasium mit einem schnurrbärtigen jungen Mann in Lackstiefeletten zusammen. Er lüftete respektvoll den Hut.

»Sind Sie der Mann, der auf dem Dachboden von Madame Cottie wohnt?«, fragte Tanja.

»Ja, Mademoiselle. Gestatten Sie, dass ich mich vorstelle: Konstantin Afanassjewitsch Nikiforow. Und Sie sind Tatjana Michailowna Sweschnikowa? Sehr angenehm.« Er wollte Tanja die Hand küssen, doch sie entzog sie ihm und sagte: »Sie haben durch ein Fernglas in unsere Fenster geschaut. Würden Sie mir bitte erklären, warum?«

»Oh, verzeihen Sie, das war rein zufällig. Ich habe meine Sachen ausgepackt, und in einer meiner Truhen fand ich ein altes Seemannsfernglas und wollte überprüfen, ob die Optik noch intakt ist.«

»Wenn Sie das noch einmal machen, müssen wir uns an die

Polizei wenden. Es ist Krieg, und mein Vater ist General, Militärarzt. Vielleicht sind Sie ja ein deutscher Spion?«

»Sie sind lobenswert wachsam für ein schönes junges Fräulein. Möchten Sie mir in Ihrer Freizeit nicht Modell sitzen? Sie haben ein wunderbares Gesicht. Die schönsten Damen von Moskau und Petersburg geben bei mir Porträts in Auftrag, doch Sie würde ich unentgeltlich malen.«

»Ich möchte nicht.«

»Schade. Aber wie Sie wollen. Meine Verehrung. Sollten Sie es sich anders überlegen – stets zu Diensten.«

Diese Begegnung hinterließ bei Tanja einen unangenehmen Nachgeschmack.

»Unsinn«, sagte Sweschnikow, »er kann mit seinem Fernglas sowieso nichts Besonderes sehen. Vergiss ihn.«

Im Mai holte Ossja eifrig den Schulstoff des Gymnasiums auf. Es war entschieden, dass er ab September die Quarta besuchen sollte. Russisch, Französisch und Latein übte Tanja mit ihm. Für Mathematik und Physik war ein Lehrer engagiert worden, ein Freund von Wolodja. Der kleine Mann um die vierzig mit dem weißblonden, wie mit Mehl bestäubten Haar kam zweimal in der Woche ins Haus und verlangte nicht zu viel für seine Dienste. Er hieß Georgi Tichonowitsch Chudolej. Manchmal saß er nach dem Unterricht noch eine Weile im Wohnzimmer, trank Kaffee und sprach mit leiser, einschmeichelnder Stimme über Magnetfelder und Magnetismus, über organische Elektrizität und Zahlensymbolik. Er wusste viel. Er lächelte nie und sah seinem Gegenüber durchdringend und ohne zu blinzeln in die Augen. Ossja war hingerissen von ihm, erfüllte mit Freuden alle seine Aufgaben und las sogar vorm Einschlafen noch im Mathematikbuch. Doch Tanja wurde das vage Gefühl nicht los, dass sie dieses weiße Gesicht mit den gelben Augen vor sehr langer Zeit schon einmal gesehen hatte.

»Mademoiselle, Sie wären ein gutes Medium«, sagte Chudolej eines Tages zu Tanja.

»Verzeihen Sie – ich wäre was?«

»Nichts weiter«, mischte sich Wolodja ein, »achte nicht darauf, das sagt Georgi zu allen hübschen Mädchen.«

»Also hübsch, das mag für andere gelten, aber keinesfalls für Tatjana Michailowna.« Chudolej sah Tanja mit seinen gelben Augen an. »Sie ist eine Schönheit, eine antike Schönheit. Sie sehen Ihre Schwester jeden Tag, Wolodja, Ihnen fällt das nicht auf. Aber Fjodor Fjodorowitsch ist ganz meiner Meinung. Nicht wahr, Doktor?«

»Hmhm«, brummte Agapkin und quetschte eine Papirossa in der Hand.

»Hören Sie auf.« Tanja verzog das Gesicht. »Ich bin kein Bild und keine Statue, dass Sie meine ästhetischen Vorzüge erörtern.«

»Schön«, Wolodja lachte, »reden wir über deine seelischen Eigenschaften, über deine christliche Demut, deine Barmherzigkeit, über deinen Patriotismus. Ist das erlaubt?«

Tanja stand auf.

»So viel ihr wollt. Aber ohne mich.«

»Warten Sie, Tatjana Michailowna, wenn ich richtig verstanden habe, sind Sie Christin?« Chudolej griff nach ihrer Hand und hielt sie fest. »Setzen Sie sich, bitte, erzählen Sie, Sie gehen also in die Kirche, zur Beichte, empfangen das Abendmahl, Leib und Blut?«

Tanja entzog ihm ihre Hand.

»Ja, stellen Sie sich vor. Was wundert Sie daran so?«

»Oh, nichts, gar nichts, ich möchte Sie nicht kränken, auf keinen Fall. Im Gegenteil, für Rituale hege ich großen Respekt. Christus ist einer der großen Eingeweihten, ebenso wie Hermes Trismegistos, Konfuzius, König Salomo, Moses, Buddha und der Prophet Mohammed. Warum haben Sie sich für Christus entschieden?«

Chudolej schaute sie von unten herauf an, ohne zu blinzeln. Seine gelben Augen hielten sie fest, sie konnte den Blick nicht abwenden und sich nicht rühren. Sie verspürte Schwäche und Übelkeit wie von einer leichten Rauchvergiftung.

Im Flur klingelte es, die Schritte des Dienstmädchens waren zu hören. Tanja seufzte tief, kniff die Augen ein und sagte ganz langsam, mit tiefer Stimme: »Georgi Tichonowitsch, Ihr rechtes Augenlid ist geschwollen, das ist bestimmt ein Gerstenkorn.«

Die gelben Augen erloschen, die kurzen weißen Wimpern zuckten kurz, Chudolej wollte etwas sagen, doch da kam Marina aufgeregt hereingelaufen.

»Wladimir Michailowitsch, da ist wieder dieser Mann von der Zeitung und ein Fotograf mit einem Fotokasten. Ich hab gesagt, ich darf sie nicht hereinlassen, aber sie stehen da und gehen nicht weg.«

»Wo stehen sie?«, fragte Agapkin.

»Auf dem Treppenabsatz. Sie haben dem Portier Geld gegeben, da hat er sie reingelassen.«

Tanja ging rasch durchs Wohnzimmer in den Flur.

»Wo willst du hin?«, rief Wolodja ihr nach.

»Auf dem Revier anrufen.«

»Warte!« Wolodja holte sie ein und packte sie an der Schulter. »Das ist nicht nötig. Und zwecklos. Wir kümmern uns selber darum. Bleib hier sitzen.«

Er und Agapkin gingen in den Flur. Tanja hörte, wie das Schloss klackte und die Wohnungstür geöffnet wurde. Die lauten Stimmen drangen kaum bis zum Wohnzimmer, die Worte waren nicht zu verstehen.

Der Reporter, der unter dem Pseudonym Vivarium für mehrere Boulevardzeitungen schrieb, gab schon die zweite Woche keine Ruhe. Allein oder mit einem Fotografen versuchte er, ins Lazarett vorzudringen, oder belagerte ihr Haus. Einmal hatte er Tanja vor dem Gymnasium abgefangen.

»Waren Sie an der Operation beteiligt, die Ihr Vater an einem an Progerie leidenden Kind vorgenommen hat? Wissen Sie, worin Sweschnikows Methode besteht? Ist es ein Allheilmittel, ein Elixier der Jugend und des ewigen Lebens?«

Zum Glück kamen gerade zwei Schutzleute vorbei, Tanja rief sie zu Hilfe und erklärte, dieser Mann sei verrückt und verfolge sie. Sie nahmen den Reporter mit, doch am nächsten Tag saß er, als wäre nichts geschehen, auf einer Bank auf dem Hof. Zwei Zeitungen hatten seine Artikel gedruckt, in denen er behauptete, Professor Sweschnikow habe sein geheimnisvolles Präparat nach einer Reihe von Tierversuchen an einem Kind ausprobiert.

Im Lazarett erschien ein hochgewachsener Beamter aus dem Departement und fragte Sweschnikow unter verlegenem Hüsteln, woher diese seltsamen Gerüchte kämen.

»Sehen Sie, Progerie ist eine äußerst seltene Krankheit, vollkommen unerforscht«, erklärte der Professor. »Die Medizin kennt Fälle von Selbstheilung bei den schwersten und hoffnungslosesten Leiden. Es kommt vor, dass Krebsgeschwüre verschwinden, sich die Herztätigkeit nach einem Infarkt wieder normalisiert. Bei Kopfschüssen, bei denen wichtige Hirnareale verletzt wurden, scheint der Mensch dem Tode geweiht, doch manch einer lebt vollwertig weiter, die Funktionen der abgetöteten Zellen werden von anderen Zellen übernommen. Das Kind hat drei Herzstillstände in einer Nacht überlebt, es lag vierzig Minuten im Koma. Möglicherweise haben diese Erschütterungen verborgene innere Reserven des Organismus mobilisiert, und der Stoffwechsel hat sich verändert.«

Der Beamte drückte zurückhaltend seine Freude über die wunderbare Heilung des jüdischen Waisenjungen aus und versprach, sich persönlich darum zu kümmern, dass die Vormundschaft rasch geregelt wurde.

»Und die Tierversuche«, fragte er, »ist es wahr, dass es Ihnen gelungen ist, mehrere Ratten und Meerschweinchen zu verjüngen?«

»Ich befasse mich nicht mit Verjüngung.« Der Professor lächelte liebenswürdig. »Ich interessiere mich für die Funktion von Drüsen, die Rolle des Knochenmarks im Blutkreislauf und für das Eiweiß, welches das Wachstum von Kapillaren auslöst. Manchmal zeitigen die Versuche überraschende Ergebnisse, aber mit einem Jugendelixier hat das nichts zu tun. Reden Sie mit den Herren Spiritisten und Medien, in Moskau und Petersburg gibt es mehrere Alchemisten. Glauben Sie mir, die können Ihnen weit mehr über Jugendelixiere erzählen als ich. Meine Kenntnisse auf diesem geheimnisvollen Gebiet sind äußerst bescheiden.«

Mit dem Beamten war das Problem geklärt. Doch die Hutmacherinnen aus der Werkstatt von Madame Cottie, die Köchinnen und Dienstmädchen, Hauswarte und Zeitungsburschen flüsterten, glotzten, belagerten den Hauseingang und zeigten mit Fingern auf Ossja und Professor Sweschnikow.

Eines Tages tauchte in der Wohnungstür das blasse, lange Gesicht des oberen Nachbarn, des Spiritisten Bublikow, auf. Sweschnikow lud ihn zu einer Tasse Tee ein.

»Arkadi Apollinarjewitsch, Sie, ein Mann, der mit den subtilsten infernalen Substanzen vertraut ist, Sie glauben doch nicht im Ernst, ich, ein Uneingeweihter, ein bescheidener Militärarzt, könnte in das uralte und bestgehütete Geheimnis der höheren Sphären eingedrungen sein?«

Schwer zu sagen, ob diese Unterhaltung Bublikow beruhigt hatte, jedenfalls behelligte er den Professor nicht mehr. Der Reporter Vivarium war weit hartnäckiger.

»Keine Sorge, Tatjana Michailowna«, sagte Chudolej, als er bemerkte, wie Tanja bei einem Lärmschwall aus dem Flur zusammenzuckte, »Ihr Bruder und Herr Agapkin werden den Unverschämten so in die Schranken weisen, dass er den Weg hierher vergisst.«

»Mein Vater kommt bald zurück. Er hat heute zwei schwere Operationen«, sagte Tanja, »dieser Vivarium fehlt ihm gerade noch.«

»Ihr Vater ist ein erstaunlicher Mann. Er hat schon so viele Leben gerettet und wird noch so viele retten. Sagen Sie, ist er auch orthodoxer Christ?«

»Ja. Ich hoffe, Sie haben nicht die Absicht, ihn zu hypnotisieren?«

»Nicht doch, Tatjana Michailowna, warum sagen Sie das?« Chudolej runzelte die Stirn. »Ich habe Sie einfach bewundernd angeschaut, das war keine Hypnose. Haben Sie etwa etwas Ungewöhnliches gefühlt, als ich Sie ansah?«

»Nein. Es war nur ein wenig seltsam.«

Erneut klappte die Tür, es polterte, dann war es still. Kurz darauf kamen Wolodja und Agapkin ins Zimmer. Wolodja ließ sich schwer in einen Sessel fallen, legte die Beine auf einen niedrigen Tisch und zündete sich eine Zigarette an.

»Tanja, ich verspreche Ihnen, dieser Mann wird weder Sie noch Michail Wladimirowitsch je wieder belästigen.«

Achtes Kapitel

Colt fuhr direkt vom Bankett ins Hotel, er war sehr erschöpft, doch nicht von den Sitzungen. Sie waren nicht lang und keineswegs anstrengend gewesen. Erschöpft war er von sich selbst, von seiner Wehmut, vom erbarmungslosen Lauf der Zeit. Gerade war das Jahr zweitausend angebrochen, und nun ging schon der Mai 2004 zu Ende. Seit jener denkwürdigen Nacht in Courchevel waren dreieinhalb Jahre vergangen. Immer häufiger hatte Colt Herzschmerzen, er litt unter Kurzatmigkeit, seine Gelenke schmerzten. Erfolgreiche Geschäfte, gewaltige Profite und großartige Investitionsvorhaben freuten ihn nicht mehr. Hin und wieder sah er das Gesicht der Archäologin Jelena Orlik vor sich – besorgt, erschrocken, glücklich. Er überlegte sogar, ob er sie ausfindig machen sollte. Er musste nur Tamerlanow anrufen, aber sofort fragte er sich: Wozu?

Ein Portier mit dem Gesicht eines Professors reichte Colt den Zimmerschlüssel. Der lautlose Lift mit den Spiegelwänden trug ihn hinauf in die siebte Etage. Vom Balkon der Präsidentensuite des alten Fünfsternehotels hatte man einen herrlichen Blick auf die nächtliche Stadt. Colt stand auf dem Balkon, schlenderte ziellos durch die riesige Suite, schaltete den Fernseher mehrmals ein und wieder aus, raschelte mit Zeitungen und legte sich in den Whirlpool. Ein hartnäckiger, wehmütiger Gedanke ließ ihm keine Ruhe, er ging ihm pausenlos durch den Kopf, wie eine Platte mit einem Sprung.

Um halb drei nahm er ein leichtes Schlafmittel.

Um sieben erwachte er in kaltem Schweiß, stand lange unter der Dusche, bestellte ein Frühstück aufs Zimmer und schaltete sein Telefon ein. Er wollte den Kuppler Goscha anrufen – er sollte ihm sofort eine neue Freundin herschicken, direkt nach Bern. Wenigstens das, wenn er schon nichts anderes haben konnte. Wenigstens das.

Es klopfte an der Tür. Ein Zimmermädchen rollte einen Servierwagen mit einer weißen Serviette darauf herein und entfernte sich lautlos. Colt trank einen Schluck eiskalten Orangensaft.

Das Telefon klingelte. Er schaltete es ab, warf es auf den Teppich und bestrich ein warmes Brötchen mit Butter.

Goscha mochte er plötzlich nicht mehr anrufen. Stattdessen rief er den Portier an und bat ihn, die Nummer der berühmten Schweizer Klinik herauszusuchen, die ihm der Minister empfohlen hatte.

Moskau 1916

Warum sich manche Tiere nach der Injektion verjüngten, andere dagegen starben, verstand Agapkin nicht. Er suchte nach Gesetzmäßigkeiten, probierte die verschiedensten Kombinationen aus, mitunter ganz absurde Varianten.

Es überlebten anscheinend nur weiße männliche Ratten. Doch kaum wollte er das überprüfen, da starben in der nächsten Versuchsreihe die weißen Männchen, und einem alten grauen Weibchen, halb kahl, mit gelähmten Hinterpfoten, wuchs nach einer Woche Fieber weiches glänzendes Fell, es lief munter herum und bekam Nachwuchs.

»Gedulden Sie sich«, sagte der Professor, »es kann Monate, Jahre dauern, ehe wir etwas begreifen, das braucht Hunderte Versuche. Sehen Sie, Grigori III. altert nun doch.«

»Er muss noch eine Injektion bekommen.«

»Nein. Wir werden ihn weiter beobachten.«

»Wir müssen andere Versuchstiere ausprobieren, Schweine, Hunde, Affen«, beharrte Agapkin.

»Nein. Wir haben bei den Ratten noch nicht alles begriffen«, widersprach der Professor.

»Aber es gab bereits einen Menschenversuch.«

»Das war kein Versuch. Das war ein Akt der Verzweiflung.« Der Professor seufzte. »Zudem ist Ossjas Fall so atypisch, dass wir daraus keinerlei Schlüsse ziehen dürfen. Es handelte sich ja nicht um einen auf natürliche Weise gealterten Erwachsenen, sondern um eine seltene und rätselhafte Krankheit. Ossja wurde nicht verjüngt. Er hat sein wirkliches Alter zurückerlangt.«

In den Straßen von Moskau liefen so viele arme alte Bettler herum, die niemand brauchte! Agapkin bemühte sich, sie nicht anzusehen. Er stellte sich vor, wie er ihnen Injektionen verpasste, sie beobachtete und mit stockendem Herzen wartete.

Wenn Agapkin im Lazarett auf einen Patienten über vierzig traf, dessen Verwundungen keine Hoffnung auf Genesung zuließen, zitterten ihm die Hände. Er schaute den Professor an, doch der schüttelte kaum merklich den Kopf: Nein.

Er sagt mir nicht alles, dachte Agapkin, den Blick auf den über das Mikroskop gebeugten Kopf des Professors gerichtet. Er versteckt sein Heft. Wolodja hat das Schubfach aufgebrochen, aber nichts gefunden.

Dem Ratz Grigori fiel das Fell aus. Er zog die Hinterpfoten nach und interessierte sich nicht mehr für junge Weibchen.

»Er hat fast zweihundert Rattenjahre gelebt«, sagte der Professor, »das reicht vorerst.«

»Wir sollten es mit einer Injektion versuchen«, wiederholte Agapkin.

»Gut, Fjodor. Ich überlege es mir. Aber unternehmen Sie bitte nichts ohne mich. Denken Sie daran, wir verfügen nur über eine begrenzte Menge des Präparats. Wir können den Parasiten nicht dazu bringen, sich zu vermehren, ihn nicht künstlich kultivieren. Er gehorcht uns noch nicht, er macht, was er will.«

Agapkin wartete ergeben im Labor, bis der Professor aus dem Lazarett kam, und schlief unversehens ein. Nach einer Dreiviertelstunde hatte er einen Alptraum.

Ein Seil umschlang seinen Hals, ein sogenanntes Schlepptau. Das lange Ende schleifte hinter ihm auf dem Boden. Über seinen Kopf war eine Kapuze gestülpt wie bei einem Hinrichtungskandidaten. Er hatte keine Hose an, nur eine Unterhose und einen unbequemen langen Kittel. Am rechten Fuß trug er einen Pantoffel, der linke war nackt. Jemand führte ihn an der Hand. Er folgte blind und fürchtete nur eines: dass jemand hinter ihm auf das Ende des Seils trat und die Schlinge sich zuzog.

Verkleidungen, symbolische Begrüßungen, Frage-und-Antwort-Spiel, Hammer, Zirkel, Schürze, ein Kreidekreis auf dem Boden – das alles war ihm vor einem Monat in Renatas halbdunklem Salon zutiefst sinnvoll und bedeutend erschienen. Doch schon nach kurzer Zeit hatten die Alpträume begonnen. In seinem Kopf hallten die Worte des Schwurs:

»Wenn ich je bewusst die Pflichten eines Lehrlings verletze, soll mich die strengste Strafe treffen, dann möge man mir die Kehle durchschneiden, die Zunge mit der Wurzel herausreißen und meinen Körper beim niedrigsten Wasserstand in feuchtem Sand begraben, dort, wo die Flut zweimal am Tag steigt und sinkt.«

An der Grenze zwischen Schlafen und Wachen, im Halbdämmer, erschien ihm die furchtbare Strafe ganz real und bedrohlich, als hätte er die Pflichten eines Lehrlings bereits verletzt und würde unweigerlich auf diese grausige Weise getötet werden. Die Worte des Schwurs hallten unabhängig von seinem Willen in ihm, wie sich mitunter der Text eines albernen Liedchens im Kopf festsetzt. Er hatte das Gefühl, als wäre in dem Moment, da er all das sagte, etwas Wichtiges in ihm gestorben, ein Blutgefäß geplatzt.

Früher hatte er geglaubt, das Aufnahmeritual würde ihm tiefe Geheimnisse enthüllen. Aber das geschah nicht. Chudolej las mit seiner dumpfen Stimme einen Text aus der *Tabula Smaragdina* von Hermes Trismegistos vor.

Agapkin hörte zu und schaute hinüber zu Renata, auf ihre schwere Brust, ihre runden Knie unter der Tunika.

»Das Fleisch ist individuell, markant und verführerisch. Das Fleisch ist grausam und fordernd. Geweihte vergessen, dass sie einen Geist haben. Sie vergessen sogar, dass sie eine Seele haben, die als Mittlerin zwischen Geist und Leib dient.«

Agapkin sah die abgeknabberten Fingernägel der Gymnasiastin Sina vor sich, ihren gerundeten Bauch. Chudolej hatte mit ihr eine mystische Ehe geschlossen, aus der in etwa drei Monaten eine ganz reale Frucht hervorgehen würde. Doch das schien niemanden zu kümmern.

Wo werden sie das Kind lassen? Wer sind Sinas Eltern? Geht sie wirklich aufs Gymnasium, oder trägt sie die Schuluniform nur so?

»In den alten hinduistischen Prophezeiungen ist das Zeitalter, das auf das Kreuz folgt, mit einem roten Stern gezeichnet«, sagte Chudolej, »wir müssen auf einen Zeitenwechsel vorbereitet sein, auf das große Mysterium von Leben und Tod. Heutzutage bezeichnet sich jede Gemeinschaft von Schwätzern in Russland als Loge, jeder Gaukler gibt sich als Medium aus. Dieses Durcheinander ist von Vorteil für uns, denn es vernebelt den Uneingeweihten die Köpfe und schafft einen dichten konspirativen Schatten für uns.«

Ich bin ein Uneingeweihter, dachte Agapkin, in meinem Kopf herrscht auch Nebel. Chudolej sagt immer wieder, wir stünden außerhalb der Politik, ist aber Mitglied der Partei der Bolschewiki. Ihr Oberhaupt ist ein gewisser Uljanow-Lenin. Ein kleiner Glatzkopf mit schnarrendem »R«. Er schreibt viel, verworren und boshaft, propagiert die Gleichheit, hasst die Romanows und die orthodoxe Kirche. Er lebt abwechselnd in der Verbannung und im Ausland. Die Bolschewiki werden von den Deutschen finanziert, weil sie die schädlichste und verheerendste Partei für Russland ist. Chudolej lebt offen und unbehelligt in Moskau, ist nirgendwo angestellt. Die Armee nimmt ihn nicht. Vielleicht bekommt er nicht nur von den Deutschen Geld, sondern auch von der Geheimpolizei. Was hat das mit Hermes Trismegistos zu tun? Wieso hat Wolodja diesen Mann ins Haus gebracht? Und wieso habe ich ihm erlaubt, mir einen Strick um den Hals zu legen und mich von ihm an der Leine führen zu lassen wie ein Stück Vieh zur Schlachtbank?

Mit diesen Gedanken war Agapkin beim Warten auf den Professor eingeschlafen, mit ihnen wachte er auch wieder auf. Im Labor war es dunkel. Im offenen Fenster hing die rosa Mondscheibe. Die Ratten in ihren Käfigen quiekten und wuselten herum. Es war die zweite Nachtstunde, sie müssten schlafen, doch der Vollmond machte sie unruhig. Das Licht brannte nicht, es war wieder einmal Stromsperre. Agapkin fand im Schrank Kerzen und Streichhölzer und ging in den dunklen Flur.

Aus dem Wohnzimmer drangen die Klänge einer Klaviersonate von Liszt. Tanja spielte leise, aber nervös, und verspielte sich oft. Agapkin wusste, dass sie mit diesem Spiel die Sehnsucht nach ihrem Oberst und die Sorge um ihn dämpfen wollte.

Bevor Agapkin ins Wohnzimmer ging, blies er die Kerze aus. Lautlos trat er ein und betrachtete Tanja eine Weile. Das flackernde Licht einer Petroleumlampe beleuchtete ihr Gesicht im Halbdunkel. Ihre Finger flogen über die Tasten. Der Luftzug aus dem offenen Fenster bewegte die hellen Haarsträhnen, die sich aus dem Zopf gelöst hatten. Agapkin stand in der Tür, schaute Tanja an, lauschte der Musik, beruhigte sich und erholte sich von den quälenden Ängsten und Zweifeln. Doch diese Atempause endete zusammen mit dem Klavierspiel. Tanja hatte seinen Blick gespürt und drehte sich auf ihrem Hocker abrupt um.

»Verzeihung«, – Agapkin hustete heiser –, »ich war ganz ins Zuhören versunken.«

»Da gibt es nichts zu hören. Ich spiele grässlich.« Tanja stand auf und gähnte. »Bis zum Morgen wird der Strom bestimmt nicht wieder eingeschaltet. Lesen kann ich mit Petroleumlampe nicht, davon tränen mir die Augen, einschlafen kann ich auch nicht, also klimpere ich ein bisschen herum. Habe ich Sie geweckt?«

»Nein. Ist Michail Wladimirowitsch noch im Lazarett?«

»Er ist längst zu Hause und schlafen gegangen.«

»Was? Ich habe im Labor auf ihn gewartet«, murmelte Agapkin.

»Es ist doch sowieso kein Strom. Gehen Sie schlafen, Fjodor. Gute Nacht.«

Sie schlüpfte an ihm vorbei, ihr Haar streifte flüchtig seine Wange. Ihre Silhouette verschwand im Dunkel, und Agapkin spürte noch einige Augenblicke ihren Duft. Honig und Lavendel. Ihm war ein wenig schwindlig, er trottete ins Zimmer, legte sich auf sein Sofa und schlief unter Wolodjas dumpfem tiefem Schnarchen fest ein.

Die Klinik, die sich Colt ausgesucht hatte, lag in der Nähe eines kleinen Alpendorfs, auf dem Gelände einer Burg aus dem siebzehnten Jahrhundert, in einem kleinen, perfekt restaurierten Schloss. Neueste medizinische Geräte, allerhöchster Komfort, reinste Luft, schöne Landschaft, freundliches Personal – das alles stand Colt zu Diensten, alles lächelte, erfreute die Augen und verhieß absolutes Glück vom ersten bis zum letzten Augenblick des gebuchten Aufenthalts.

Die Untersuchungen dauerten zwei Wochen. Der Chefarzt der Klinik, ein renommierter Schweizer Gerontologe, bat Colt in sein Büro. Als Dolmetscher diente Colt der Chef seines Sicherheitsdienstes, Iwan Anatoljewitsch Subow, ein FSB-Oberst im Ruhestand. Er sprach perfekt Deutsch und Englisch.

»Bluthochdruck, Arteriosklerose, Herzschwäche«, zählte der Professor auf, »noch geht es Ihnen recht gut, alle Ihre Leiden sind chronisch, sie verlaufen schleichend und im Verborgenen. Aber es sind Zeitbomben. Sie können jeden Moment einen Schlaganfall oder einen Herzinfarkt erleiden. Das Herz ist verschlissen, die Gefäße sind mit Cholesterin verstopft, Sie haben Gallen- und Nierensteine. Sie müssen Ihre Lebensweise ändern. Zu üppiges Essen und andere Ausschweifungen, nervliche Belastungen – das alles ist in Ihrem Alter unzulässig.«

»Und? Wie kann man das alles behandeln?«, fragte Colt ungeduldig.

»Oh, es gibt Dutzende, Hunderte Methoden. Traditionelle, nicht traditionelle, uralte und ganz neue. Aber welche Präparate Sie auch einnehmen, welche Kuren Sie auch machen, das alles hilft nicht, wenn Sie weiterhin so viel essen, so wenig schlafen, sich so oft und so heftig aufregen und sexuelle Stimulanzien einnehmen.«

»Ohne Stimulanzien kann ich nicht«, murmelte Colt verwirrt.

»Ich verstehe.« Der Professor lächelte. »In unserem Alter ist das schwierig. Aber da kann man nichts machen. Strenge Diät, ausreichender Schlaf, gemäßigte körperliche Betätigung an der frischen Luft. Haben Sie wenigstens einmal im Leben Morgengymnastik gemacht? Wenigstens einen Tag lang auf fettes, schweres Essen verzichtet?«

»Mein Gott, ist das alles öde! Sagen Sie, gibt es kein wirksameres Mittel? Eine Operation zum Beispiel? Ich habe irgendwo gelesen, man kann sich etwas transplantieren lassen, und man ist wie neugeboren, ohne jede Diät.«

»Sie meinen Verjüngung durch Stammzellen? Pseudowissenschaftliche Scharlatanerie. Ein unredliches und gefährliches Geschäft, besonders bei Ihnen in Russland. Aber verlieren Sie nicht den Mut, alles hängt ganz von Ihnen ab. Wenn Sie sich ernsthaft um Ihre Gesundheit kümmern, garantiere ich Ihnen noch fünfzehn Jahre, mindestens.« Der Arzt bedachte Colt zum wiederholten Mal mit seinem sympathischen Lächeln.

»Fünfzehn Jahre«, wiederholte Colt, »garantieren Sie. Und danach?«

Ein paar Sekunden lang sah der Professor Colt aufmerksam und traurig an und sagte schließlich: »Danach – das ist keine Frage der Medizin mehr, sondern des Glaubens.«

»Das verstehe ich nicht!« Colt hob gereizt die Stimme. »Was erzählen Sie mir hier für einen Blödsinn! Du bist doch Professor, verdammt, eine internationale Kapazität, verdammt, nicht irgendeine Null! Dann ist doch deine ganze beschissene Medizin für den Arsch!«

Fast fünf Minuten lang brüllte er unflätig. Sein Gesicht war dunkelrot, seine Augen quollen hervor. Er hatte lange nicht so unschön, so beschämend die Beherrschung verloren. Er vertrug keine Niederlagen, er war es gewohnt, zu gewinnen. Bis zu diesem Tag hatte er fest geglaubt, dass es keinen Handel gab, den er nicht abschließen konnte, dass man alles auf der Welt kaufen könne, wenn man es nur wirklich wolle.

Subow übersetzte nicht, entschuldigte sich nur leise bei dem Professor. Der bedeutete ihm mit einer Geste, das sei nicht weiter schlimm. Als Colt endlich verstummt war, sagte der Schweizer: »Wenn ich Sie richtig verstehe, interessieren Sie sich für die Möglichkeit der Lebensverlängerung?«

»Ja.« Colt nickte. »Das interessiert mich, sehr sogar. Entschuldigen Sie, dass ich die Beherrschung verloren habe.«

Der Schweizer lächelte.

»Sie sind nicht originell, Herr Colt. Dieses Thema ist so alt wie das Menschengeschlecht. Ihr großer Landsmann Professor Metschnikow hat einmal gesagt: Der Selbsterhaltungstrieb des Menschen ist ebenso groß wie der eines Tieres, aber der Mensch ist sich bewusst, dass er sterblich ist, das Tier dagegen ahnt das nicht. Ein schrecklicher, unüberwindlicher Widerspruch. Übrigens hat sich namentlich Metschnikow sehr intensiv mit der Gerontologie und dem Problem der Lebensverlängerung beschäftigt. Seine Forschungen haben zu keinerlei praktischen Resultaten geführt, den Nobelpreis bekam er für etwas anderes. Ich könnte Ihnen Dutzende Namen seriöser Wissenschaftler und Scharlatane nennen, vom alten Ägypten bis heute, und Ihnen erzählen, wie sie versuchten, Alter und Tod zu besiegen, doch es ist kein einziger Fall eines wirklichen Erfolgs belegt.«

»Kein einziger?«, fragte Colt besorgt. »Wissen Sie das genau?«

Colts Augen spiegelten echten kindlichen Kummer. Er weinte beinahe.

»Medizin und Biologie kann man kaum als exakte Wissenschaften bezeichnen.« Der Professor zuckte die Achseln und zwinkerte fröhlich. »Schön, damit Sie nicht so traurig sind, erzähle ich Ihnen den Mythos, der mir persönlich am glaubwürdigsten erscheint und am besten gefällt.«

»Ja, ja! Ich höre!« Colt strampelte vor Ungeduld mit den Beinen und reckte den Hals vor, um auch kein Wort zu versäumen.

Der Schweizer seufzte und lehnte sich entspannt im Sessel zurück.

»Der Einzige, der mit Verjüngungsversuchen reale Erfolge erzielt hat, war der russische Professor Michail Sweschnikow, aber niemand weiß, worin seine Methode bestand. Seine gesamten Aufzeichnungen sind während der Revolution und des Bürgerkrieges verschwunden. Auch er selbst ist verschwunden, bis heute ist nicht genau bekannt, wo und wann er gestorben ist und ob er überhaupt tot ist.«

Moskau 1916

Ende Mai kam Sweschnikows jüngere Schwester, Tante Natascha, aus Jalta, verbrachte eine Woche in Moskau und nahm dann Tanja, Andrej und Ossja mit nach Jalta. Ossjas Gesundheit war nicht mehr gefährdet. Er war noch immer mager und schwach, ermüdete rasch und schwitzte nachts stark, doch sein Herz schlug ruhig, und seine Hände zitterten schon lange nicht mehr. Sein Kopf war mit dunklem Babyflaum bedeckt. Die Falten waren weg, Wimpern und Augenbrauen nachgewachsen. Hin und wieder fieberte er am Abend leicht, aber nur, weil wieder ein Zahn durchbrach.

Seine Hausgenossen, die ihn jeden Tag sahen, bemerkten die erstaunlichen Veränderungen kaum. Doch als Tanja ihn vor ihrer Abreise ins Lazarett mitnahm, erkannte Schwester Arina ihn nicht und fragte: »Zu wem gehörst du, Junge?« Und dann fiel sie beinahe in Ohnmacht, bekreuzigte sich, weinte und murmelte: »Ein Wunder, ein Wunder! Gott segne ihn!«

Sogar dem Feldscher Wassiljew kamen die Tränen. Er umarmte Ossja und sagte: »Na, Bruder, jetzt darfst du nicht mehr krank werden, jetzt musst du lange leben und fleißig lernen. Wenn du groß bist, wirst du vielleicht Schriftsteller, so schöne Geschichten, wie du uns immer erzählt hast! Und wenn du ein Buch schreibst, denk dran, schreib auch über mich, von wegen: Da war der Feldscher soundso.«

Der Chirurg Potapenko drehte Ossja herum, befühlte ihn, schaute ihm in den Hals, schlug ihm mit einem Hämmerchen aufs Knie und schüttelte den Kopf. »Ich habe schon einiges gesehen, auch schon selbst Menschen aus dem Jenseits zurückgeholt, selten, aber es kam vor, doch so etwas hätte ich mir nicht vorstellen können. Wir müssen ein Konsilium zusammenrufen, Studenten herholen. Das glaubt doch sonst niemand.«

»O nein!«, sagte Tanja. »Keine Studenten! Nein!«

»War nur ein Scherz, ein Scherz. Nicht böse sein.«

Auf dem Bahnhof hing Ossja an Sweschnikow, umschlang ihn mit Armen und Beinen.

»Du tust ja, als ob du dich für immer von mir verabschiedest«, sagte der Professor und stellte ihn vorsichtig auf den Boden.

Der Erster-Klasse-Wagen versetzte Ossja in gelinde Verblüffung. Er bewunderte und befühlte die Vorhänge, die Samtliegen, die Messingtürknäufe, den Lacktisch, und bekam blanke Augen. Der Zug fuhr los. Ossja hatte zum ersten Mal rote Wangen. Er stand im Gang am Fenster, die Nase an die Scheibe gepresst.

»Hast du bemerkt, er sagt schon seit anderthalb Stunden kein Wort«, flüsterte Andrej Tanja ins Ohr. »Er ist wie ausgewechselt.«

»Mein Bruder ist natürlich ein diagnostisches Genie«, sagte Tante Natascha, »aber diesmal hat er sich geirrt. Als er mir von Ossja geschrieben hat, habe ich extra in einem medizinischen Lexikon über Progerie nachgelesen. Ich denke, Michail hat eine ganz normale Dystrophie dafür gehalten. Obst, Sonne, baden im Meer – das braucht er. Ihr beide übrigens auch. Ihr seid alle beide blass und dünn. Tanja, ich hoffe, du verzehrst dich nicht nach einem schnurrbärtigen Leutnant?«

»Nein, Tante«, sagte Tanja.

Andrej prustete vielsagend.

»Was?« Die Tante sah ihn an. »Na los, erzähl schon!«

Andrej wurde rot und schielte zu Tanja. Sie runzelte die Stirn, schüttelte den Kopf und wandte sich ab.

»Wenn ihr nicht reden wollt, dann eben nicht.« Die Tante seufzte. »Ihr habt mich nicht lieb, ihr habt mich vollkommen vergessen, in einem ganzen Jahr kein einziger Brief, keine einzige Postkarte.«

»Wir haben dich sehr lieb, wir haben dich nicht vergessen!«
Tanja setzte sich neben sie, umarmte und küsste sie.

»Warum erzählst du mir dann nichts, als wäre ich eine Fremde?«, fragte die Tante.

»Pah, du kennst doch Tanja!«, sagte Andrej. »Sie war schon als Kind verschlossen. Aber mach dir keine Sorgen, Tante Natascha. Sie verzehrt sich nach niemandem. Agapkin, der ist in sie verliebt, und noch zwei Freunde von Wolodja, die Namen hab ich vergessen. Aber das ist alles Unfug.«

»Und was ist kein Unfug?«

»Naja«, sagte Andrej gedehnt, »siehst du den Ring an ihrer rechten Hand?«

»Ja. Der ist mir gleich aufgefallen, aber ich habe nicht gewagt, danach zu fragen.«

»Und das war ganz richtig so!«, knurrte Tanja.

»Wer ist er?«, fragte die Tante, wobei sie Tanja ignorierte und nur Andrej ansah. »Ein Militär? Zivilist? Ein junger Arzt aus dem Lazarett?«

»Ein Oberst«, ertönte eine dünne, leise Stimme, »ohne Schnurrbart. Sein Haar ist ganz grau.«

Ossja war unvermittelt in der Abteiltür aufgetaucht und ließ sein spitzbübisches Lächeln erstrahlen.

Tanja schüttelte tadelnd den Kopf. Ossja schielte schuldbewusst zu ihr und zuckte die Achseln.

»Wenn der Krieg vorbei ist, werden sie heiraten und einen Sohn bekommen. Wenn er erwachsen ist, wird er ein großer Spion. Er wird mit Schiffen fahren, mit Aeroplanen fliegen, unter fremden Namen leben, fünf Sprachen sprechen und über Geheimagenten verschlüsselte Nachrichten übermitteln. Er wird die heimtückischsten Bösewichter in Russland und in Deutschland überlisten, niemand wird ihn fangen und entlarven. Das zwanzigste Jahrhundert wird zu Ende gehen, das einundzwanzigste wird anbrechen. Und er wird noch leben, alt, aber stark, klug und einsam wie alle großen Spione.«

Ossja setzte sich neben Tanja auf die Liege, seufzte und legte den Kopf auf ihre Schulter.

»Bist du jetzt traurig?«

»Und ob!« Tanja kniff ihn leicht ins Ohr. »Es gefällt mir nicht, dass mein Sohn Spion wird. Ich mag keine Aeroplane, sie stürzen oft ab. Und wie soll ich weiterleben, wenn meinem Sohn ein einsames Alter bevorsteht? Wird er etwa keine Kinder haben, keine Enkel?«

Ossja schwieg, schniefte, vergrub sein Gesicht an Tanjas Schulter und murmelte: »Entschuldige bitte. Du weißt doch, das denke ich mir alles bloß aus.«

Zusammen mit dem Chef seines Sicherheitsdienstes flog Pjotr Colt von den Schweizer Alpen nach Hause, nach Moskau.

»Bring alles über diesen Sweschnikow in Erfahrung«, sagte Colt, als sie in das kleine Charterflugzeug stiegen.

Subow nickte wortlos.

Das Flugzeug beschleunigte. Colt nahm eine Tablette gegen die Reisekrankheit. Beim Start und bei der Landung fühlte er sich meist unwohl. Während das Flugzeug an Höhe gewann, presste er sich mit geschlossenen Augen in den Sessel. Subow schlief entspannt ein, wurde aber nach zehn Minuten geweckt.

»Warum schweigst du? Sag, was hältst du von dem Ganzen?«

Der Oberst im Ruhestand rieb sich mit den Fäusten die Augen, gähnte, entschuldigte sich und ging auf die Toilette, um seine Gedanken zu sammeln.

Er kehrte erfrischt zurück und sagte mit seinem üblichen unwiderstehlichen Lächeln: »Mit Verjüngung verdient die Pharmafirma ›Avicenna‹ einen Haufen Geld. Auch Eduard Mylkin, er besitzt eine Kosmetiksalonkette in Moskau und Petersburg und macht damit so fünfzehn Millionen Gewinn im Jahr. Allerdings sind nach seinen Injektionen bei vielen Patienten Nebenwirkungen aufgetreten und ernsthafte Komplikationen. Die von ›Avicenna‹ sind vernünftiger. Sie stellen Kosmetika und Präparate zur Nahrungsmittelergänzung her. Der Nutzen ist gleich null, höchstens ein Placebo-Effekt dank der tollen Werbung, aber es entsteht wenigstens kein Schaden. Avicenna läuft gut, und zwar dank der Verjüngungsmittel – aus Stammzellen. Ein Heidengeld machen die damit.«

»Das Geld ist mir scheißegal!«, blaffte Colt. »Darum geht es mir nicht. Wie alt bist du?«

»Neunundfünfzig.«

»Ja?« Colt fasste Subow am Kinn, drehte sein Gesicht zum Fenster und betrachtete es eine Weile im hellen Licht.

»In einem Monat«, korrigierte sich Subow, um während dieser unangenehmen Prozedur nicht zu schweigen.

»Hast du dich liften lassen?«, fragte Colt.

»Nein. Wozu? Ich bin keine Frau.«

»Du lügst, Iwan. Du hast keine Falten, eine ganz junge Haut. Du siehst aus wie vierzig, nein, wie fünfunddreißig. Färbst du dir die Haare?«

»Nicht doch, Pjotr Borissowitsch«, Subow lachte höflich, »sie sind hell, darum sieht man das Grau nicht.«

Colt ließ ihn los und schwieg mürrisch.

»Na, egal«, sagte er, »mir hat der Schweizer noch fünfzehn Jahre gegeben. Dir würde er vielleicht mehr geben – fünfundzwanzig, dreißig. Aber das ist doch nichts, ehe du dich versiehst, sind sie vorbei. Es ist alles eitel. Hast du mal darüber nachgedacht?«

»Wozu darüber nachdenken, wenn man doch nichts machen kann?« Subow hüstelte gezwungen. »Der Schweizer hat recht.

Diät, Gymnastik, frische Luft. Einmal sind wir alle dran, wie es so schön heißt.«

»Ich bin nicht alle«, sagte Colt dumpf und ballte die Fäuste. »Ich will nicht.«

»Tja, keiner will, Pjotr Borissowitsch!«

»Du wirst diesen Sweschnikow für mich finden, Iwan«, sagte Colt leise und hart, »ihn selbst oder das, was er hinterlassen hat. Ich brauche alles: Archive, Dokumente, Aufzeichnungen, Gerüchte, Klatsch, Nachkommen – alles! Und du wirst das in aller Stille erledigen, so, dass niemand außer uns beiden davon erfährt.«

Neuntes Kapitel

Moskau 1916

Professor Sweschnikow interessierte sich nicht für Politik, er verabscheute sie. Jegliches Pathos, ob patriotisch, demokratisch oder liberal, war ihm zuwider.

Diverse öffentliche Räte und Komitees luden den Professor ein, Sitzungen zu besuchen, Aufrufe zu unterschreiben, an Kongressen, Beratungen und Banketten teilzunehmen. Er lehnte stets ab, erklärte, er habe zu viel zu tun und zu wenig Ahnung von politischen Dingen.

Im Sommer 1916 brodelten in ganz Moskau politische Schlachten, sie erreichten Sweschnikow überall: im Lazarett, in der Konditorei bei einer Tasse Kaffee, im Salon seiner Freundin Ljubow Sharskaja.

Nach solchen Diskussionen hatte er stets ein scheußliches Gefühl. Als hätte er an einer Laienaufführung mitgewirkt, bei der alle schauderhaft spielten, das Stück nichts taugte und keine

Zuschauer da waren, nur Schauspieler, die sich auf der Bühne drängten, und er alter Esel mittendrin in der Menge. Bis endlich der Vorhang fiel und man den stickigen Saal verlassen konnte. Doch das Stück ging weiter, auf der Straße, zu Hause, im Lazarett.

In einem Saal erzählte zum Beispiel ein einfacher Soldat im Tonfall eines Bänkelsängers: »Der Kerl hat das ganze Weibervolk am Hof ge … dingsbums, die Zarin und die Prinzessinnen, und Seine Majestät raucht seine Papirossa und sieht nichts. Der Kerl gibt der Zarin ein Rauschkräutlein, die Zarin tut es dem Zaren in den Tee, sagt: trink, lieber Freund, und er nimmt ihn aus den weißen Händen seiner Frau, er fühlt das Gift nicht, und darum ist er nun ohne Verstand.«

Sweschnikow bemühte sich, nicht hinzuhören, nicht zu streiten, nicht nachzudenken, doch er hatte immer wieder ein und dasselbe Bild vor Augen: Den Deutschenpogrom in Moskau 1915. Der damalige Moskauer Generalgouverneur Fürst Jussupow war zu Popularität gelangt, indem er dem Volk seine patriotischen Gefühle demonstrierte, überall Spione witterte und Hass auf die Deutschen generell und die Moskauer Krämer im Besonderen entfachte. Aufgestachelt von Reden und Gerüchten, stürmte die betrunkene Menge los, um jeden zu überfallen und zu töten, der einen deutschen Namen trug.

Der Apotheker Karl Ludwigowitsch Brenner, ein Greis mit Asthma und einem Herzfehler, floh mit seiner dreijährigen Enkelin auf dem Arm vor dem Pogrom die Brestskaja-Straße hinauf. In der Apotheke hatte die Menge nach Morphium und Sprit gesucht. Auf den Greis wurde geschossen, doch er starb bei seiner Flucht an einem akuten Herzinfarkt. Er stürzte und schützte mit seinem Körper das Kind.

Es war früh am Morgen, Sweschnikow kam gerade aus dem Lazarett. Als der Droschkenkutscher die Schüsse hörte, erklärte er, er fahre nicht weiter. Der Professor ging zu Fuß, und als er in die Brestskaja einbog, sah er eine Gruppe von fünf Mann auf sich zukommen. Schwankend und schwer atmend. Er dachte kurz an seinen Revolver, der friedlich zu Hause im abgeschlossenen Schreibtischfach lag. Ein Wunder rettete ihn. Eines der irren, vertierten Gesichter kam ihm bekannt vor. Der Soldat, der nach einer Verwundung demobilisiert worden war, erkannte den Professor, starrte ihn stumpf an, lachte und hauchte ihm Alkoholdunst ins Gesicht.

»Geh nach Hause, Doktor, sonst knallen wir dich aus Versehen ab.«

Als sie vorbei waren, entdeckte Sweschnikow in einem schmalen Häuserdurchgang ein Paar Füße in Hausschuhen und hörte leises Kinderweinen.

Fürst Jussupow wurde von seinem Posten als Generalgouverneur abgelöst. Die Verletzten wurden behandelt, die Toten begraben, einige Pogromanstifter verhaftet. Doch Sweschnikow war seitdem das Gefühl nicht losgeworden, dass das erst der Anfang gewesen war. Zu viele Reden säten Hass.

Sweschnikow besaß von Jugend an eine gut entwickelte Intuition. In seinem Beruf war die unabdingbar. Doch im normalen Leben raubte sie ihm im Sommer 1916 im Zentrum des heißen, staubigen, durchaus ruhigen und satten Moskaus den Verstand. Die beste Medizin dagegen war die Arbeit. Davon gab es genug, im Lazarett wie zu Hause im Labor.

Der Ratz Grigori hatte eine erneute Injektion bekommen, als er kurz vorm Verenden war. Nun schwebte er den fünften Tag zwischen Leben und Tod. Agapkin kümmerte sich um ihn wie um einen Säugling. Der Ratz lebte, wurde aber nicht jünger. Die Hinterpfoten blieben gelähmt, die Augen trübe.

Im August konnten einige Rückschlüsse gezogen werden, wie das Präparat bei Tieren wirkte, die es sehr jung bekommen hatten.

Von sieben Versuchstieren waren zwei sofort gestorben, ein drittes seinem realen Alter entsprechend gealtert. Vier sahen deutlich jünger aus und verhielten sich wie halbwüchsige Ratten.

Eines Abends kam vor dem Lazarettor ein Schatten auf Sweschnikow zugestürzt.

»Doktor, ich flehe Sie an, ich bin zu allem bereit!«

Eine Frau um die vierzig, geschminkt und farbenfroh gekleidet, sank vor ihm auf die Knie und umklammerte sein Hosenbein.

»Ich habe zwei kleine Kinder, meine Mutter ist Diabetikerin! Ich flehe Sie an!«

Sweschnikow hatte Mühe, sie aufzuheben.

»Was wünschen Sie, meine Dame? Beruhigen Sie sich und erklären Sie. Sind Sie krank?«

»Nein! Ich bin gesund, aber ich will nicht altern, ich darf nicht! Das ist mein Brot, mein Beruf! Sie müssen doch Ihr Elixier auch an Menschen erproben? Ich bin freiwillig dazu bereit, gehen wir zum Notar, ich bescheinige Ihnen, dass ich einverstanden bin.«

»Wieso zum Notar? Was für ein Elixier?«

Der Lärm hatte den Nachtwächter geweckt, und er half dem Professor, sich aus der Umklammerung der Bittstellerin zu befreien.

Eine Woche später erschien Soja Wels, eine Freundin von Tanja, unangemeldet in seiner Wohnung.

»Guten Tag, sehr erfreut. Tanja ist in Jalta, kommen Sie Ende des Monats wieder.«

»Ich will nicht zu Tanja. Ich will zu Ihnen, Michail Wladimirowitsch.«

Sie näherte ihr rundes, sommersprossiges Gesicht so unvermittelt dem seinen, dass sie beinahe gegen seine Stirn geprallt wäre.

»Hier, sehen Sie, ich habe Falten in den Augenwinkeln. Und am Mund. Und hier, sehen Sie, ein graues Haar.«

»Soja, Sie sind noch keine zwanzig, was für Falten? Was für graue Haare?«

»Ich zahle jeden Preis, jeden!«, Sie faltete wie zum Gebet die Hände vor der Brust. »Ich schwöre, es bleibt ein Geheimnis!«

Worte halfen nicht. Das junge Mädchen hörte sie nicht, redete von den Millionen ihres Vaters, knöpfte sich die Bluse auf, war bereit, ihre Jungfräulichkeit zu opfern, drohte, sich zu erschießen. Nur mit Hilfe beider Dienstmädchen konnte der Professor sie schließlich in einen Sessel bugsieren und ihr Baldrian einflößen. Als Wolodja kam, brachte er sie mit einer Droschke nach Hause.

Im Lazarett drückte der Internist Maslow, der gern die Boulevardpresse las, Sweschnikow immer wieder Zeitungen mit rot unterstrichenen Notizen in die Hand. Außer Vivarium schrieben auch ein gewisser M. L. und Z. Lotos über »Sweschnikows Elixier«.

»Machen Sie sich keine Gedanken«, sagte Maslow tröstend, »das ist vermutlich auch Vivarium, nur unter anderen Pseudonymen.«

In einigen Notizen tauchte der Name des Grafen von Saint Germain auf. Der Autor behauptete, Professor Sweschnikow sei eine neue Inkarnation des Grafen und nach Moskau gekommen, um seine Versuche auf einem neuen Stand der Wissenschaft fortzusetzen.

»Michail Wladimirowitsch, Sie sollten die Anzeigen lesen, sehen Sie nur, wie viele Konkurrenten Sie haben.« Maslow blies Rauchwolken aus und las mit ernster Miene vor.

»Herr Sekar, Doktor der Biologie, bietet allen Interessenten für einen gemäßigten Preis einen Zyklus von Infusionen eines

Extrakts aus den Samenzellen junger Hunde an. Rabatte für Kriegswitwen.«

»Der Chirurg Nilus führt Verjüngungsoperationen mittels Hypophysentransplantation durch.«

»Doktor Myskin, Neurologe, fertigt Verjüngungspillen aus Schafembryonen.«

Die Kollegen amüsierten sich gutmütig über den Zeitungsrummel um Sweschnikow. Die Scherze darüber belebten den schweren Lazarettalltag hin und wieder ein wenig. Die Ärzte dort, die aus der Tradition der positivistischen Wissenschaft kamen, assoziierten mit dem Wort »Verjüngung« Scharlatanerie, Alchemie und phantastische Romane.

Viele wussten, dass sich Professor Sweschnikow in seiner Freizeit mit der Epiphyse beschäftigte. Im Unterschied zu Hypophyse und Hypothalamus war diese Drüse noch ungenügend erforscht. Möglicherweise hatte sie etwas mit dem Alterungsprozess zu tun. Es war nicht auszuschließen, dass eine Einwirkung darauf bei einigen Ratten und Meerschweinchen einen zeitweisen Verjüngungseffekt auslöste. Doch niemand, der auch nur ein wenig von Medizin verstand, würde daraus weiterreichende Schlüsse ableiten.

»Michail Wladimirowitsch, was ist eigentlich mit Ossja wirklich passiert?«, fragte ihn Potapenko eines Tages nach einer komplizierten Operation.

»Schon Virchow hat festgestellt, dass eine kurzzeitige Asphyxie ein Kapillarwachstum auslösen und den Blutkreislauf stimulieren kann«, antwortete der Professor und spürte, dass er rot wurde. »Während des Herzstillstands haben wir Stromschläge eingesetzt, deren Wirkung noch nicht endgültig erforscht ist. Ossjas Heilung ist ein ebensolches Rätsel wie seine Krankheit.«

»Vor kurzem bin ich im ›Medizinboten‹ des letzten Jahres auf einen kurzen Artikel eines englischen Psychiaters über lethargischen Schlaf gestoßen. Er beschreibt den Fall einer Patientin, die sich elf Jahre in diesem Zustand befand. Alle körperlichen Prozesse hatten sich so verlangsamt, dass die Dame, als sie aufwachte, noch immer aussah wie vierundzwanzig, obgleich sie inzwischen fünfunddreißig war. Als Gegenbeispiel führt er die Progerie an, die beschleunigte Alterung im Kindesalter.«

»Um nicht zu altern, muss man also mehr schlafen.« Der Professor lächelte. »Wenn mich der Herr Vivarium das nächste Mal behelligt, werde ich ihm dieses Rezept verraten.«

»Oh, so einfach ist das Ganze nicht. Nach dem Aufwachen hat jene Dame ihr reales Alter binnen weniger Wochen erreicht und sogar überholt. Man konnte direkt zusehen, wie sie Falten bekam und ergraute. Sie hat noch ein Jahr gelebt und ist an einer Gehirnblutung gestorben. Aber genug von traurigen Dingen. Haben Sie Nachricht aus Jalta? Wie geht es Ossja?«

»Vor drei Tagen kam ein Brief von ihm und Tanja. Es geht ihm ausgezeichnet, er hat zugenommen und schreibt einen Abenteuerroman über Indianer. Er lässt Sie, Wassiljew und Schwester Arina grüßen.«

»Und wie kommen Ihre Versuche voran?«

»Sehr langsam.«

»Schade. Ich hätte nichts dagegen, zehn, fünfzehn Jahre jünger zu werden.«

»Sobald ich irgendwelche zuverlässigen Ergebnisse habe, werden Sie mein erster Patient, Doktor – versprochen.«

Als der Professor am Abend im Labor beobachtete, wie der Ratz Grigori die Hinterpfoten nachzog, sagte er zu Agapkin: »Wissen Sie was, Fjodor, ich habe beschlossen, die Versuche einzustellen.«

Agapkin lachte leise und höflich. Er war sicher, dass der Professor scherzte.

Moskau 2006

Bevor Sofja unten an der Tür des alten Hauses in der Brestskaja-Straße klingelte, setzte sie sich auf eine Bank und rauchte eine Zigarette. Noch konnte sie zurück. Ihr war irgendwie mulmig zumute. Nicht wegen Fjodor Agapkin, nein, er war ein einsamer alter Mann, ein interessanter Gesprächspartner, er erinnerte sich an vieles – wahrscheinlich hätte sie ihn schon längst einmal anrufen und ihn besuchen sollen, einfach so, ohne Anlass. Doch jetzt hatte sie plötzlich das vage Gefühl, dass sie hier etwas erfahren würde, das sie besser nicht wüsste. Nicht ohne Grund hatte ihr Vater die Fotos vor ihr versteckt, sich nicht entschließen können, sie ihr zu zeigen, darüber zu reden.

Nein, ich will nicht, ich kann nicht. Ich gehe nach Hause, rufe den Alten an und sage, ich sei krank geworden, überlegte Sofja, drückte die Zigarette aus, ging zur Haustür und presste einen Finger auf den Klingelknopf.

»Kommen Sie herein!«, antwortete eine grobe Männerstimme aus der Sprechanlage.

In der Wohnung hatte sich nichts verändert. Es war sauber, still und dunkel. Der enge Flur mit der roten Ziegeltapete, solide alte Möbel aus dunklem Holz. Auf einer Kommode im Stil der dreißiger Jahre des vorigen Jahrhunderts eine Heimkinoanlage mit Flachbildschirm. Ein Regal, noch älter als die Kommode, voller DVDs. Bücherschränke über die ganze Wand, abgewetzte Ledersessel. Mitten im Wohnzimmer stand anstelle eines Couchtisches ein alter Thonet-Stuhl mit einem zerschlissenen Spitzendeckchen. Auf dem Fensterbrett eine Reihe Kakteentöpfe. Es roch nach Lavendel und Weihrauch. Schon bei ihrem ersten Besuch war Sofja aufgefallen, dass sich überall winzige Messingschalen befanden, in denen Räucherstäbchen und -kerzen brannten.

Ein schwarzer Pudel kam herbeigehumpelt, wie sein Besitzer alt, kurzatmig, grauhaarig, stellenweise kahl. Er war elegant geschoren, hatte Lockenbäusche auf dem Kopf, an den Pfoten und am Schwanzende. Er begrüßte Sofja mit heiserem Kläffen und mürrischem Blick, doch nach ausgiebigem Beschnüffeln wedelte er mit dem Schwanz und leckte ihr sogar die Hand. Sofja erinnerte sich, dass der Pudel Adam hieß.

Früher hatte eine große stämmige Frau um die vierzig Agapkin versorgt. Diesmal war keine Frau da. Die Tür hatte ein Mann von unangenehmem Äußeren geöffnet, massig wie ein Nilpferd, kahlgeschoren, in einem schmuddeligen T-Shirt und Trainingshose. Im Gegensatz zum Pudel Adam erwiderte er Sofjas Begrüßung nicht. Er nahm Sofja den Pelzmantel ab und hängte ihn auf einen Bügel. Auf seiner mächtigen Schulter prangte eine farbige Tätowierung – archaische Schriftzeichen, die aussahen wie Keilschrift, von einer Schlange umschlungen. In der Mitte des bizarren Bildes erkannte Sofja eine rosa Blüte und ein Kreuz.

Der Kahlgeschorene warf ihr wortlos ein Paar riesige Filzpantoffeln hin. Adam schnappte sich einen und trug ihn fort, wobei er triumphierend den Hintern schwenkte. Der Kahlgeschorene holte ebenso wortlos ein weiteres Paar Pantoffeln hervor, wartete, bis Sofja sie angezogen hatte, begleitete sie ins Wohnzimmer und verschwand umgehend.

»Sie haben sich doch nicht die Haare wachsen lassen«, sagte eine knarrende Greisenstimme, »schade. Frauen mit kurzen Haaren haben etwas Beunruhigendes und Klägliches. Zu meiner Zeit trugen sie sie nur kurz, wenn sie Typhus gehabt hatten, oder aus ideologischen Gründen. Aber Sie, Sofja Dmitrijewna, tun es aus Faulheit und mangelnder Liebe zu sich selbst, aus dummer Gewohnheit.«

Agapkin saß in einem Sessel. Der Pudel legte sich daneben,

die graue Schnauze auf dem Pantoffel. Die Beine des alten Mannes waren mit einem karierten Plaid bedeckt. Auf dem Kopf trug er eine kleine Samtmütze. Sein Gesicht verschwand im Schatten einer ausgeschalteten Stehlampe mit breitem Schirm.

»Wie geht es Ihnen, Fjodor Fjodorowitsch?«, fragte Sofja.

»In einer Woche werde ich hundertsechzehn. Für mein Alter geht es mir gut. Setzen Sie sich.« Er wies mit ausgestreckter Hand auf einen Sessel neben sich.

Seine Hand war bläulich, welk und voller knotiger Venen. Die gelben Fingernägel waren sorgfältig geschnitten, nur der des kleinen Fingers, an dem ein Ring mit einem schwarzen Stein saß, war lang und krumm wie die Klaue eines Raubvogels.

Sofja setzte sich.

»Warum haben Sie mich so lange nicht besucht und nicht angerufen?«, fragte der Greis.

»Ich weiß es nicht«, sagte Sofja erstaunt, »ich wollte es, aber Boris Iwanowitsch hat gesagt, Besuche würden Sie zu sehr anstrengen.«

»Unsinn. Ich tue nichts anderes als mich ausruhen. Niemand strengt mich an«, knurrte Agapkin ärgerlich.

Hinter der Wand waren schwere Schritte zu vernehmen und ein Rascheln. Glas klirrte. Der Greis zuckte zusammen, auch der Pudel zuckte zusammen, stellte die Ohren auf und kläffte kurz. Agapkin griff nach einem kleinen Gerät, einer Art Sprechanlage, drückte auf einen Knopf und sagte laut: »Wenn du Trottel noch eins von meinen böhmischen Gläsern zerschlagen hast, bete zu deinem Kriminellengott, denn dann wird es dir bald leidtun, dass du geboren wurdest. Hörst du mich? Empfang!«

Der Pudel setzte sich auf und kläffte mehrmals, als wiederholte er die Ansprache seines Herrn in Hundesprache. Selbst Intonation und Timbre klangen ähnlich.

»Das war kein Glas, das war eine Schale«, antwortete das Gerät mit schuldbewusster Stimme, »Sie haben um Eis gebeten, ich hab welches in die Schale gefüllt, und da, äh, da ist sie mir aus der Hand gerutscht, aber sie ist nicht aus dem Service.«

»Warum nicht aus dem Service? Wolltest du mir das Eis in einer Hundeschüssel oder in einem Blumentopfuntersetzer servieren? Hörst du mich? Empfang!«

Das Gerät piepste nur. Der Kahlgeschorene erschien im Wohnzimmer.

»Fjodor Fjodorowitsch, Entschuldigung, äh, ich hab eine Schale von dem Geschirr genommen, das Sie zu Ostern vom Veteranenrat geschenkt bekommen haben.«

»Wie oft soll ich es dir noch sagen, ich bin für dich nicht Fjodor Fjodorowitsch, sondern Genosse General. Das Veteranengeschenk kannst du deiner Mutter bringen, in meinem Haus dulde ich keine Keramik. Und lass das »Äh«. Achte auf deine Sprache. Das Eis servierst du mir in Kristall. Klar?«

»Zu Befehl, Genosse General!«

Der Kahlgeschorene entfernte sich rückwärts.

»Sie schicken einem lauter kriminelles Gesindel«, knurrte Agapkin. »Nun, ich bin ganz Ohr, Sofja Dmitrijewna.«

»Sind Sie wirklich General, Fjodor Fjodorowitsch?«, fragte Sofja. »Ich dachte, Sie seien Arzt gewesen und hätten am Institut für experimentelle Medizin gearbeitet, im Labor für spezielle Psychophysiologie.«

»Das eine schließt das andere nicht aus.« Agapkins lila Lippen hörten auf zu mümmeln und verzogen sich zu einem Lächeln. Die blendend weißen Zähne seines künstlichen Gebisses wirkten schaurig.

Das Lächeln einer Mumie, musste Sofja plötzlich denken.

»Bei welcher Truppe waren Sie denn General?« Sie bemühte sich, an ihm vorbeizuschauen, zum Hund, zu den Kakteen.

»Bei der unsichtbaren«, antwortete Agapkin und lachte dumpf.

Das Lachen ging in Husten unter. Der Greis bebte, seine Augen quollen hervor, die Adern auf seiner Stirn schwollen bedrohlich an. Der Hund jaulte, legte die Vorderpfoten schwerfällig auf den Schoß seines Herrn und leckte ihm das Gesicht.

»Soll ich Ihnen ein Glas Wasser bringen?«, fragte Sofja.

Agapkin schüttelte den Kopf, hustete noch ein paarmal und verstummte, als hätte sich ein rostiger quakender Apparat in seinem Inneren abgeschaltet. Der Hund beruhigte sich ebenfalls, seufzte und legte sich vor seinem Herrn nieder. Die Adern des alten Mannes waren wieder abgeschwollen, sein Gesicht war nicht mehr dunkelrot, sondern gelb wie Pergament.

»Mit unsichtbarer Truppe meine ich etwas durchaus Konkretes, Reales«, sagte er, »es hat viele Namen. Tscheka, OGPU, NKWD, KGB, FSB. Mit den letzten drei Buchstaben habe ich allerdings nichts zu tun. Ich bin seit 1980 im Ruhestand. Zeigen Sie mir Ihre Fotos.«

Sofja öffnete die Aktentasche ihres Vaters, entnahm ihr den Umschlag und legte ihn in die zitternde Hand. Der alte Mann kam nicht dazu, die Fotos herauszunehmen. Der Kahlgeschorene rollte einen Glastisch mit Rädern herein. Darauf stand eine langstielige Kristallschale mit drei verschiedenfarbigen Kugeln Eis. Darauf Obststückchen, Nüsse und Schlagsahne. Der Kahlgeschorene stellte den Tisch vor Agapkin und ging wieder.

Der Greis schob den Umschlag unter sein Plaid, ohne ihn zu öffnen, sah Sofja durchdringend an und sagte: »Bedienen Sie sich.«

»Danke, ich darf nicht.«

»Essen Sie!« Agapkin hob die Stimme.

»Aber Sie wollten doch Eis, Fjodor Fjodorowitsch, ich darf wirklich nicht.«

»Bitte, ich bitte Sie, ich habe großen Appetit auf Eis.«

»Nun, dann essen Sie es doch!« Sofja wurde ein wenig ärgerlich.

»Sie verstehen nicht?« Er schüttelte traurig den Kopf. »Schön, dann erkläre ich es Ihnen. Ich darf das schon lange nicht mehr. Ich ernähre mich von lauter Scheußlichkeiten. Haferschleim, nüchterne passierte Suppen, gekochtes Gemüse ohne Salz. Aber ich habe gelernt, Genuss zu empfinden, wenn ich einem anderen beim Essen zuschaue. Nicht jedem natürlich. Wenn zum Beispiel dieses stumpfe Schwein vor meinen Augen Eis fressen würde«, Agapkin senkte die Stimme und nickte in Richtung Küche, »würde ich nichts empfinden als Mitleid mit der guten Speise.«

»Geben Sie es Adam«, schlug Sofja vor, »sehen Sie, er lechzt schon danach.«

Der Hund hatte sie verstanden, er wedelte mit dem Schwanz und legte die Schnauze in ihren Schoß.

»Er darf auch nicht«, sagte sein Herr, »nach Hundezeitrechnung ist er fast so alt wie ich. Strengste Diät. Von Süßem bekommt er eitrige Augen, von Kaltem Husten. Essen Sie das Eis. Und wir beide schauen zu.«

»Fjodor Fjodorowitsch, ich würde wirklich gern, zumal ich Eis liebe, aber ich war ziemlich krank und habe einfach Angst.«

»Was hatten Sie denn?«

»Angina. Und eine Mittelohrentzündung.«

»Aha, verstehe. Tja, also kein Eis. Dann wird es eben niemand essen, soll es schmelzen.« Agapkin bewegte mümmelnd die Lippen. »Nun, was sind das für Fotos?«

Er holte den Umschlag unter dem Plaid hervor, öffnete ihn, sah lange die Fotos durch, breitete sie auf seinem Schoß aus, nahm sie in die Hand, hielt sie sich dicht vor die Augen, roch sogar daran, berührte mit seinem langen Fingernagel ein Gesicht, als wollte er es auskratzen, öffnete und schloss den Mund und leckte sich die Lippen. Sofja hörte ihn hastig und erregt schnaufen. Ihr fiel auf, dass er keine Brille aufgesetzt hatte, keine Lupe benutzte, er hatte nur die Lampe eingeschaltet. Seine Augen waren erstaunlich scharf, er kniff sie nur leicht ein.

Sofja wartete geduldig und beobachtete sein Gesicht. Die dünne Haut spannte sich so straff über Stirn und Wangenknochen, dass der Anblick regelrecht schmerzte: Gleich würde sie reißen und aufplatzen. Unter den Augen, die einmal groß und braun gewesen und nun rot und eingefallen waren, hingen schwere lila Tränensäcke. Wimpern und Augenbrauen hatte Agapkin längst verloren. Ob er noch Haare auf dem Kopf hatte, war nicht auszumachen. Wie damals nahm er auch heute die schwarze Mütze nicht ab.

Das Schweigen, Schnaufen und Mümmeln dauerten endlos. Sofja versuchte, wenigstens den Schatten eines Gefühls in diesem Gesicht zu erhaschen – vergeblich.

»Ich kann mich nicht erinnern«, sagte der Alte schließlich.

»Was?«, fragte sie und erhob sich halb aus dem Sessel.

»Ich kann mich nicht erinnern, dass Tanja je Blusen mit hohem Kragen getragen hat. Sie hatte einen schönen Hals und hat ihn stets entblößt. Sie sehen ihr ähnlich, aber wissen Sie, was der Unterschied ist? Tatjana Michailowna war sich ihrer Reize bewusst, Sie dagegen, Sofja Dmitrijewna, sind sich selbst gegenüber gleichgültig. Aber die äußerliche Ähnlichkeit ist verblüffend. Augen, Nase, Mund, Gesichtsform, sogar Mimik und Stimme. Allerdings kann ich mir Tanja schwer in einem solchen unförmigen Pullover vorstellen, so ungepflegt, mit so krummem Rücken und in so hässlichen Pantoffeln.«

»Also, die Pantoffeln hat mir Ihr ... dieser Kahlgeschorene gegeben«, bemerkte Sofja.

»Sie hätten sich weigern sollen! Selbst in Zeiten des Verfalls und Hungers, von 1918 bis 1922, hat Tanja es fertiggebracht, sich besser zu kleiden und auszusehen als Sie jetzt. Halten Sie sich gerade, Sofja, machen Sie keinen Buckel und schneiden Sie sich die Haare nicht so kurz. Übrigens sind sie etwas heller als die von Tanja.«

»Gut, ich werde mir Mühe geben.« Sofja reckte unwillkürlich die Schultern und strich sich das Haar glatt. »Sie sagten schon letztes Mal, dass ich Sweschnikows Tochter ähnlich sähe. Wahrscheinlich kommt Ihnen das nur so vor. Ich habe keine Bilder von ihr gesehen, aber ich habe gelesen, dass sie eine Schönheit war, und das bin ich keineswegs.«

»Wo haben Sie das gelesen?«

»In den Memoiren von Ljubow Sharskaja.«

»Darin ist vieles gelogen, aber das über Tanja ist wahr. Sie haben Bilder von ihr gesehen, Sie haben sie mir doch selber mitgebracht, und vermutlich schauen Sie doch ab und zu mal in den Spiegel?«

»Wieso in den Spiegel? Und die Fotos ... Ich hatte keine Ahnung, dass sie das ist. Außer Sweschnikow kenne ich niemanden darauf.«

»Na, wissen Sie! Ich sitze hier vor Ihnen, und hier bin ich auf den Fotos. Aber es sind noch mehr Leute darauf, die Sie kennen. Ihre Großmutter väterlicherseits, die Kundschafterin Vera, Heldin der Sowjetunion. Sie ist lange vor Ihrer Geburt gestorben. Ihr Vater, Dmitri Michailowitsch Danilow, als Baby.«

»Das stimmt nicht. Meine Großmutter hieß tatsächlich Vera. Aber mein Vater heißt Dmitri Nikolajewitsch Lukjanow.«

»Ja, natürlich.«

Er hat sich bloß versprochen, entschied Sofja, das letzte Mal hat er mich gründlich nach meinen Eltern und meiner Großmutter ausgefragt. Merkwürdig, alles hat er sich gemerkt, nur Vaters Vaters- und Familiennamen hat er verwechselt.

»Fjodor Fjodorowitsch, wissen Sie vielleicht, wer da meinen Vater auf dem Arm hält? Der junge Mann in der Uniform eines SS-Leutnants, wer ist das?«

Agapkins Kopf fing heftig an zu zittern, und er streckte die Hand aus.

»Bitte nicht schreien. Das ertrage ich nicht.«

»Ich schreie gar nicht«, sagte Sofja erstaunt, »aber wenn Sie es so empfunden haben, entschuldigen Sie bitte.«

»Woher haben Sie die Fotos?«

»Mein Vater hat sie aus Deutschland mitgebracht.«

»Dmitri? Aus Deutschland mitgebracht?« Agapkin bewegte erneut mümmelnd die Lippen. »Warum kommen Sie dann damit zu mir? Fragen Sie ihn.«

»Das kann ich nicht.«

»Warum nicht?«

»Er ist gestorben.«

Agapkins Gesicht geriet in Bewegung, legte sich in Falten, der Mund stand offen, das Kinn zitterte heftig. Seine Augen schienen sich gerötet zu haben und feucht zu schimmern.

»Wann?«, fragte er dumpf.

»Vor elf Tagen.«

»Wie ist es passiert?«

»Er war aus Deutschland zurückgekommen. Er war ein wenig seltsam, düster. Aber er klagte nicht über Herzbeschwerden, er war überhaupt ein gesunder Mann. Die ganze letzte Zeit, vor der Reise und danach, hat er sich oft mit irgendwem getroffen. Am Abend vor seinem Tod war er in ein Restaurant eingeladen worden, er hat mich am späten Abend angerufen, ich sollte ihn mit dem Auto abholen. Er wartete draußen vorm Restaurant auf mich. Am nächsten Morgen wollte er mir etwas Wichtiges erzählen. Doch in der Nacht ist er gestorben. Die Ärzte sprachen von akutem Herzversagen.« Sofja sprach sehr schnell und verstand selbst nicht, warum sie Agapkin das alles erzählte.

Der alte Mann schaute an ihr vorbei, sein Blick war angespannt und erschrocken, als sähe er hinter ihr jemanden stehen. Sein Kinn zitterte noch immer, seine Lippen bewegten sich, murmelten etwas, und plötzlich hörte Sofja ihn deutlich sagen: »Er ist tot. Also haben sie ihn nicht überreden können.«

»Was? Wer konnte wen nicht überreden?« Sofja spürte eine Kälte im Bauch, als hätte sie das unselige Eis doch gegessen, und nicht nur eine Portion, sondern gleich zehn.

Agapkin schwieg. Seine Augen waren nun rot und nass.

»Fjodor Fjodorowitsch, ist Ihnen nicht gut?«

Er antwortete nicht und regte sich nicht. Sie sprach ihn noch einmal an, stand auf und berührte seine Schulter. Er schien aufzuwachen, und sein Blick wirkte wieder klar.

»Gehen Sie. Ich bin erschöpft.« Mit zitternden Händen legte er die Fotos in den Umschlag zurück und reichte ihn ihr.

»Sie müssen es mir erklären. So geht das nicht. Ich kann jetzt nicht gehen, bitte, schweigen Sie nicht!«

Doch er schien sie nicht mehr zu hören, seine Finger nestelten an dem karierten Plaid herum. Der Pudel Adam wachte auf und jaulte leise und klagend.

»Ich kann nicht. Verzeihen Sie mir. Sie werden alles selbst erfahren, in Deutschland. Trauen Sie denen nicht.« Seine Stimme klirrte und schnarrte wie eine Maschine, die jeden Moment kaputtgehen würde. »Die werden Sie bearbeiten, sie bearbeiten Sie jetzt schon. Trauen Sie ihnen nicht! Denken Sie selbst nach. Nur Sie allein können entscheiden, nur Sie.«

»Erklären Sie mir, wovon Sie reden! Wenn Sie mich warnen wollen ...« Sofja verstummte mitten im Wort und drehte sich abrupt um.

Direkt hinter ihr stand der Kahlgeschorene.

»Geh jetzt, geh, du siehst doch, der Opa ist nicht bei sich«, sagte er und fasste Sofja am Arm.

»Nein, warten Sie, wir sind noch nicht fertig.« Sofja riss sich los. »Fjodor Fjodorowitsch, woher wissen Sie, dass ich nach Deutschland fliege? Was wissen Sie über meinen Vater? Wem soll ich nicht trauen?«

Sie war schrecklich nervös, ihr Mund war wie ausgetrocknet, ihr Herz pochte, das Atmen fiel ihr schwer, und sie verspürte ein heftiges Stechen im Ohr. Der Kahlgeschorene zog sie zur Tür. Adam trottete leise jaulend hinterher.

»Verzeihen Sie mir, und richten Sie auch ihm aus, er möge mir verzeihen, seien Sie vorsichtig, ich bitte Sie.« Die Stimme des alten Mannes erreichte sie wie ein Echo, und ihr schien, als wiederholte er mehrmals: Dmitri. Sie wollte zurück zu ihm, doch der Kahlgeschorene hatte die Zimmertür bereits geschlossen und versperrte sie mit seinem mächtigen Rücken.

Weiter hörte Sofja kein Wort, nur der Pudel Adam kläffte noch einmal und leckte ihr das Gesicht, als sie sich bückte, um ihre Stiefel anzuziehen.

Moskau 1916

Sweschnikows Schwester Natascha war mit einem hohen Ministerialbeamten verheiratet, Graf Iwan Jewgenjewitsch Rutter. Vor drei Jahren war ein Unglück geschehen. Ihr einziger Sohn, ein verschlossener, kränklicher Junge, hatte sich erschossen. Er war gerade achtzehn geworden. Er las Nietzsche, schrieb verworrene düstere Gedichte in dekadentem Stil und war verliebt in eine Schauspielerin des Theaters von Jalta, die doppelt so alt war wie er. Eines Abends, zurück von einem ihrer Soloabende, ging er in das Arbeitszimmer seines Vaters, brach die Schublade auf, in der der Revolver lag, kritzelte einen Zettel: »Es gibt keine

Liebe. Alles ist Lüge und Schmutz. Ich schäme mich, an der vulgären Farce mitzuwirken, die ihr Leben nennt!« und schoss sich ins Herz.

Seine Mutter ergraute binnen drei Tagen, bekam einen schweren Nervenzusammenbruch und war erst seit einem halben Jahr mehr oder weniger wiederhergestellt.

Ende Juli schrieb sie ihrem Bruder einen Brief, in dem sie darum bat, Ossja bei sich behalten zu dürfen. Die Seeluft sei heilsam für den Jungen. Was immer ihm früher gefehlt habe, jetzt sei er vollkommen gesund.

»Die Tante möchte Ossja adoptieren«, schrieb Tanja, »und er hat anscheinend auch nichts dagegen, obwohl du ihm natürlich fehlst und er sich nur schwer vorstellen kann, sich von mir und Andrej zu trennen. Aber in der Tante sieht er eine Gefährtin im Unglück, er hat zu mir gesagt: Sie ist ebenso eine Waise wie ich.«

Sogar Graf Rutter, ein harter, wortkarger Mann, äußerst sparsam mit Gefühlsäußerungen, schrieb zu Sweschnikows großer Überraschung einen Brief: Natascha sei aufgelebt und fröhlicher geworden, seit dieses Kind im Haus sei, ihre seelische Wunde verheile nun endlich.

»Es ist, als hätte Gott ihn uns gesandt. Du, Michail, hast drei Kinder. Natascha und ich sind allein. Soviel ich weiß, ist es dir bislang nicht gelungen, die Vormundschaft zu regeln. Ich meinerseits habe bereits alle nötigen Erkundigungen eingeholt. Du weißt, ich habe weitreichende Beziehungen. Natascha und ich würden Ossja gern adoptieren. Ich glaube, auch er hat Zuneigung zu uns gefasst. Sorgen macht ihm nur eines: Wie du darauf reagieren wirst.«

Sweschnikow antwortete, er freue sich sehr.

»Sie haben nicht nur ein Leben gerettet, sondern gleich drei«, sagte Agapkin, als ihm der Professor die Neuigkeit mitteilte.

»Sie haben ein Kind aus dem Jenseits zurückgeholt, und nun ist es ein Trost für Ihre Schwester und deren Mann. Meinen Sie nicht, dass das ein göttliches Zeichen ist? Sie müssen die Versuche einfach fortsetzen. Das ist Ihre Pflicht vor Gott und den Menschen. Ihnen ist eine große Gabe zuteil geworden, und die dürfen Sie nicht verschmähen. Es ist doch offenkundig, dass Ihr Werk Licht und Gutes bringt.«

Sweschnikow ärgerte sich immer mehr über Agapkins pathetischen Stil, er runzelte die Stirn und bat ihn, sich einfacher auszudrücken. Was die Versuche angehe, sei in jedem Fall eine Pause nötig. Das Präparat sei genug Tieren injiziert worden, nun müsse man einfach beobachten.

Der Ratz Grigori hatte sich endgültig aufgerappelt und konnte die Hinterpfoten wieder bewegen. Aber ein radikaler Verjüngungseffekt trat nicht mehr ein. An den kahlen Stellen wuchs kein neues Fell, seine Reflexe waren verlangsamt. Er fraß wenig, interessierte sich nicht für die Weibchen, saß die meiste Zeit in einer Ecke im Käfig und schaute gleichgültig seinen Artgenossen zu. Sie schienen ihn gar nicht zu bemerken, gingen ihm aus dem Weg, traten nicht in Kontakt mit ihm.

Während Sweschnikow beobachtete, wie die Ratten im Käfig Grigori mieden, überlegte er, dass ein Tier, das ein zweites oder gar drittes Leben lebte, von seinen Artgenossen wohl als Gespenst betrachtet wurde.

Einsamkeit, das ist der Preis. Ratten sind sehr kluge und sensible Geschöpfe. In Grigoris bloßer Anwesenheit spüren sie den kalten Hauch des Jenseits.

Eines Abends erschien ein Kriminalpolizist. Er entschuldigte sich respektvoll, setzte sich im Wohnzimmer auf eine Stuhlkante, legte eine dünne Mappe vor sich auf den Tisch und fragte: »Wann haben Sie Herrn Gribko zum letzten Mal gesehen?«

»Wie sagten Sie? Gribko?«, erkundigte sich der Professor verwundert. »Ich habe nicht die Ehre, jemanden dieses Namens zu kennen.«

»Ach ja, natürlich, ich bitte um Verzeihung. Ihnen ist dieser Herr vermutlich nur unter seinem Pseudonym bekannt. Vivarium.«

»Der Boulevardreporter? Das letzte Mal habe ich ihn vor rund einem Monat gesehen. Was ist denn passiert?«

»Vor drei Tagen wurde er in Polikarpows Appartements in der Presnja ermordet aufgefunden.

»Das ist nicht weiter erstaunlich.« Wolodja, der in einem Sessel dabeisaß, lachte nervös. »Dort ist ein Wirtshaus, ein Freudenhaus, ein schmutziger, gefährlicher Ort. Da werden dauernd Leute abgestochen.«

»Woher wissen Sie, dass Gribko erstochen wurde?«, fragte der Polizist rasch und sah Wolodja an.

»Er wurde also erstochen?« Wolodja hob erstaunt die Brauen. »Nein, ich weiß überhaupt nichts. Ich kenne diesen Herrn gar nicht.«

»Ach nein? Zeugen behaupten aber, Sie hätten eine heftige Auseinandersetzung mit ihm gehabt. An dem Vorfall soll auch ein gewisser Doktor Fjodor Fjodorowitsch Agapkin beteiligt gewesen sein.«

»Sehen Sie«, mischte sich der Professor ein, »Herr Gribko hat sich recht unhöflich aufgeführt, er hat versucht, ohne Erlaubnis in diese Wohnung einzudringen, und mein Sohn und mein Assistent haben ihn gebeten, zu gehen. Das war Mitte Mai.«

»Zeugen behaupten, Herr Gribko sei die Treppe hinuntergeworfen worden. Doktor Agapkin habe ihm einen Schlag gegen den Kiefer versetzt und offen gedroht, ihn zu töten.«

Das Gespräch nahm eine immer unangenehmere Wendung. Am nächsten Tag wurde es auf dem Revier fortgesetzt. Es stellte sich heraus, dass Agapkin bereits zweimal vernommen worden war. Erst als der Professor offiziell aussagte, an dem Abend, als der Reporter ermordet wurde, habe sich Agapkin bei ihm im Labor befunden, durfte dieser gehen.

»Ich danke Ihnen. Dafür stehe ich bis an mein Lebensende in Ihrer Schuld«, sagte Agapkin, als sie das Revier verlassen hatten und in einer Konditorei saßen. »Die Polizei hätte mir diesen Mord zu gern angehängt, wahrscheinlich haben sie keinen anderen Verdächtigen, und ich war so bequem zur Hand.«

»Nun, das Lügen war unangenehm.« Der Professor seufzte. »Aber ich kenne Sie ja gut genug. Sie sind nicht imstande, einen Menschen zu erstechen. Doch verraten Sie mir jetzt, wo Sie diesen Abend wirklich verbracht haben?«

»Wir waren im Lichtspieltheater und danach im Restaurant«, antwortete Wolodja für Agapkin.

Sweschnikow sah ihn an, musterte ihn einige Augenblicke und sagte dann kaum hörbar: »Selbstverständlich habt ihr ihn nicht getötet. Weder du noch Fjodor.«

»Papa«, Wolodja schüttelte tadelnd den Kopf, »was redest du denn da? Natürlich nicht.«

»Ich sage ja nur, dass ihr ihn nicht getötet habt.«

»Du sagst das so und mit einem solchen Blick, als würdest du uns verdächtigen. Sag ehrlich, was denkst du gerade? Was beunruhigt dich? Ja, wir haben diesen Flegel die Treppe hinuntergeworfen. Er wollte in unsere Wohnung eindringen. Sein Tod macht uns nicht besonders traurig. Aber dich doch auch nicht. Folgt daraus etwa, dass Fjodor und ich in Polikarpows Appartements eingedrungen sind und dem Kerl die Kehle durchgeschnitten haben?«

»Nein. Natürlich nicht, nein.« Sweschnikow seufzte schwer und rief den Kellner herbei, um die Bestellung aufzugeben.

Ende August kehrten Tanja und Andrej nach Moskau zurück. Andrej kam in die sechste Klasse, für Tanja begann das letzte Schuljahr am Gymnasium, und ihre gesamte Freizeit verbrachte sie erneut im Lazarett.

Im Oktober erhielt Oberst Danilow wegen einer leichten Verwundung Kurzurlaub. Er tauchte wie immer überraschend auf, mit verbundenem Bein und auf Krücken.

»Das Ärgerlichste ist«, erzählte er, »dass das nicht im Gefecht passiert ist; ein betrunkener Deserteur hat auf mich geschossen. Im Übrigen hatte ich Glück, wäre er nüchtern gewesen, hätte er meinen Kopf getroffen. So ist es nur eine Bagatelle, der Knochen ist unverletzt.«

Eine Woche lang sahen er und Tanja sich jeden Tag, zweimal gingen sie ins Theater, fuhren zum Spazierengehen in den Sokolniki-Park. Es war ein goldener Herbst, kalt und windstill. Der Himmel war so tief, dass man meinte, mitten am Tag die Sterne sehen zu können, wenn man lange genug hinaufblickte. Tanja und Danilow konnten stundenlang schweigend schauen, als wollten sie sich den feuerroten Ahorn, die durchscheinend gelben Espen, die mattroten, samtenen Eichen für immer einprägen. Danilow hatte die Krücken gegen einen Stock getauscht und humpelte stark. Tanja, an schnelles Gehen gewöhnt, lief voraus und wartete dann auf ihn, den Kopf in den Nacken gelegt und gegen die durch das Laub scheinende Sonne blinzelnd. Wenn er sie erreicht hatte, küsste sie ihn auf die Wangen, auf das raue Kinn, auf die Mundwinkel und strich langsam mit den Fingern über sein Gesicht, die Augen geschlossen, als wäre sie blind, um das alles auch mit dem Tastsinn aufzunehmen.

Die Zeit flog dahin. Der Abschied am Ende eines Tages fiel ihnen unerträglich schwer. Eines Abends aßen sie in einem Restaurant auf dem Arbat, und als sie hinausgingen, sagte sie: »Wir brauchen keine Droschke. Wir gehen zu Fuß.«

»Tanja, bis zur Zweiten Twerskaja schaffe ich es bestimmt nicht.«

»Wieso bis zur Twerskaja? Die Siwzew ist ganz in der Nähe, über die Straße und einmal um die Ecke. Schaffen Sie das etwa nicht? Warum sehen Sie mich so an? Ich will mit zu Ihnen, ich möchte bis zum Morgen bei Ihnen bleiben. Mit Papa telefoniere ich, damit er sich keine Sorgen macht.«

»Tanja ...«

»Was? Ich bin kein kleines Mädchen mehr. Sie fahren übermorgen an die Front. Zu heiraten schaffen wir sowieso nicht mehr, dazu ist die Zeit zu knapp, außerdem habe ich kein Hochzeitskleid. Sie werden mich bestimmt nicht entehren und dann verlassen.«

Auf dem Hof von Danilows Haus stand ein Automobil, aber sie bemerkten es nicht, gingen hinein und stiegen hinauf in den zweiten Stock. Danilows Bursche öffnete. Im Wohnzimmer saß ein Bote mit einer Depesche vom Oberkommandierenden der Front. Danilow las sie.

»Herr Oberst, der Zug geht in zwei Stunden, das Automobil wartet unten«, sagte der Bote.

Moskau 2006

Gut, dass Sofja mit der Metro zur Brestskaja gefahren war. Sie hätte jetzt kaum Auto fahren können. Sie verließ das Haus schwankend, wie betrunken. Es war schon dunkel. Schnee fiel in großen Flocken. Sie lief die Twerskaja-Jamskaja in Richtung Zentrum.

Wie gern würde sie sich sagen: Der Ärmste ist senil, es ist dumm, seinen Worten Beachtung zu schenken, er phantasiert. Er kann nicht wissen, dass ich nach Deutschland fahre, er hat nur vor sich hin gemurmelt, er ist fast hundertsechzehn Jahre alt. So lange lebt kein Mensch.

Sie ging langsam, ihr war schwindlig. Sie fühlte sich einsam, hilflos und ebenso alt wie Agapkin. Sie hatte auf einmal das Gefühl, schon ungeheuer lange zu leben, nicht dreißig, sondern hundertdreißig Jahre oder dreihundertfünfzig oder weiß der Teufel wie lange, und dass die Fotos in der Aktentasche nicht irgendein fremdes Leben zeigten, sondern ihr eigenes.

Sie hatte ihre Handschuhe nicht gefunden. Die Linke hatte sie zur Faust geballt und in den Ärmel des Lammfellmantels gesteckt, wo sie einigermaßen warm blieb, in der Rechten hielt sie die Aktentasche. Die Hand war ganz taub, die Kälte kroch hoch bis zur Schulter und weiter durch den ganzen Körper.

Ein paar Schritte vor ihr leuchteten die Fenster eines Cafés. Sofja ging hinein, setzte sich an einen Tisch in der Ecke und bestellte einen starken Kaffee und einen Toast.

Es lief Musik, ruhiger alter Jazz. Am Nebentisch saßen zwei Männer, ein junger und ein älterer, unterhielten sich leise, lächelten und runzelten die Stirn. Mitten in einem heiseren Saxophonsolo glaubte Sofja plötzlich den Älteren sagen zu hören: »Er ist tot. Also haben sie ihn nicht überreden können.«

Dann fiel seltsamerweise mehrmals der Name »Danilow«. Natürlich waren das nur akustische Halluzinationen. Das widerfuhr Sofja häufig. Dann hörte sie ihre eigenen Gedanken wie von außen, sie entstanden aus den Geräuschen um sie herum, die sich zu Wörtern und Sätzen formten.

»Nein«, flüsterte Sofja und kniff die Augen zusammen, »nein!«

Sie musste sich davon überzeugen, dass der alte Agapkin senil war und Unsinn redete. Er wusste nichts, erinnerte sich an nichts. Sie hätte ihn nicht anrufen und nicht besuchen sollen. Nun verstand sie noch weniger.

Aber wenn er senil ist, warum habe ich dann nach diesem Gespräch solches Herzklopfen? Es liegt nicht an ihm, sondern an mir. Papa ist tot, und es ist noch zu wenig Zeit vergangen. Agapkin ist klar im Kopf und hat ein gutes Gedächtnis. Er hat gesagt, in Deutschland würde ich alles selbst erfahren, wozu also die Panik. Ich komme sowieso nicht raus aus dem Kreis meiner eigenen Ahnungen, Vermutungen, Ängste und akustischen Halluzinationen.

Wenn sie früher mit Bim bei Agapkin gewesen war, hatte dieser viel Interessantes erzählt. Er erinnerte sich an Professor Sweschnikow und seine drei Kinder Wolodja, Tanja und Andrej und sogar an die uralte Kinderfrau. Doch nie, mit keinem Wort hatte er die Versuche des Professors erwähnt. Wenn Sofja danach fragte, wechselte er sofort das Thema.

»Lass ihn damit in Ruhe«, sagte Bim, »durchaus möglich, dass er das Präparat an sich selbst ausprobiert hat, aber es ist missglückt.«

»Wieso missglückt, wenn er noch immer lebt?«, fragte Sofja erstaunt.

»Ist das etwa ein Leben? Seine Beine sind gelähmt, er ist hilflos wie ein Kleinkind.«

»Aber sein Kopf funktioniert bestens, und sein Gedächtnis ist phänomenal.«

»Demenz oder sogar der Tod wären für ihn eine Wohltat, die Rettung. Ich denke, es ist nicht das Präparat. Ich bin nicht einmal sicher, dass Sweschnikow etwas Wesentliches erfunden hat. Agapkins hohes Alter ist gar nicht so einzigartig. In den Bergen von Abchasien leben Menschen, die hundertfünfzig sind.«

Genau. Der Genotyp. Es liegt am Genom, an den Stammzellen, und Sweschnikow hat die arme Zirbeldrüse traktiert. Fünftausend Jahre lang hat man sie traktiert – die Ägypter, die indischen Yogi, die buddhistischen Lamas. Man muss einen ganz anderen Weg gehen.

Michail Sweschnikow ließ Bim keine Ruhe. Dauernd versuchte er zu beweisen, dass Sweschnikows verlorengegangene Entdeckung nichts als ein Mythos war.

Warum wollte er unbedingt etwas beweisen, woran sowieso niemand zweifelte? Wie konnte man etwas widerlegen, das niemand kannte? Den alten Agapkin hatte Bim ausfindig gemacht, weil er besessen war von allem, was mit Sweschnikow zu tun hatte. Doch der Alte hatte nie etwas über Verjüngungsversuche erzählt. Hatte er es vergessen? Nichts darüber gewusst? Oder nicht reden wollen?

Sofja erinnerte sich deutlich an einen Septemberabend vor über einem Jahr. Sie kam mit Bim von Agapkin. Es nieselte. Sie waren in dasselbe Café gegangen, in dem sie nun saß.

»Warum schreibt Agapkin nicht seine Memoiren?«, fragte Sofja. »Er erinnert sich an so vieles.«

»Achtzig Prozent dessen, woran er sich erinnert, ist noch heute Staatsgeheimnis.«

»Unsinn! Die Archive sind doch inzwischen alle offen.«

»Woher weißt du das? Schön – sag, was ist das für eine Mütze, die er trägt?«

»Keine Ahnung. Einfach eine Mütze, damit er nicht friert am Kopf.«

»Eben nicht. Das ist die rituelle Kopfbedeckung eines Meisters einer Freimaurerloge. Ich weiß nicht, welchen Grad er hat, aber er hat sehr eng mit diesen Dingen zu tun.«

»Ach – er ist Freimaurer?«

»Und ob!« Bim flüsterte jetzt. »Da gibt es nichts zu lächeln. Du kannst dir nicht vorstellen, wie ernst das ist.«

»Ja, klar, schrecklich ernst. Eine weltweite Verschwörung geheimnisvoller Bösewichte hat alle Sphären des Lebens mit einem unsichtbaren Spinnennetz überzogen. Finden Sie nicht, dass das zu bequem ist, um wahr zu sein? Es gibt keine Schurken, Diebe, Irren, Faulenzer und Trinker, es gibt keine Gier, keinen Neid, nein, es gibt nur die Freimaurer, die sind an allem schuld. Kriege, Revolutionen, Umweltkatastrophen – alles ihr Werk. Wobei keiner so recht weiß, wer sie eigentlich sind und was ihnen das alles nützt. Aber ihretwegen stürzen Flugzeuge ab, und ihretwegen sind bei uns im Institut dauernd die Abflüsse verstopft.«

»Ja, die Kanalisation, der Schimmelpilz an den Wänden und die fehlende Ausrüstung sind allzu oft der Grund dafür, dass man versehentlich vergisst, mich zu wichtigen internationalen Konferenzen einzuladen.«

»Aber Boris Iwanowitsch, Sie reisen doch in letzter Zeit recht häufig ins Ausland«, wandte Sofja vorsichtig ein.

»Du willst mir einreden, dass alles bestens ist?« Bim schrie so laut, dass man sich von den Nebentischen zu ihm umdrehte. Er besann sich und flüsterte wieder. »Nein, meine Liebe, es steht schlecht, sehr schlecht, und dahinter stehen ihre Machenschaften. Sie behindern mich ständig, lassen mich nicht groß rauskommen.«

»Aber Sie sind doch kein Schlagerstar, dass Sie groß rauskommen müssen.«

Er hatte sie nicht gehört. Er redete erregt weiter, die Augen huschten hinter seiner Brille hin und her, seine Finger zerfetzten eine Papierserviette.

»Sie lassen mich nicht groß rauskommen, und weißt du, warum? Weil ich will, dass die Lebensverlängerung jedem zugänglich wird, der es möchte. Sie dagegen wollen das nur für sich. Und weil ich Russe bin. Sie haben Russland und die Russen immer gehasst.«

Damals, vor einem Jahr, hatte Sofja glauben wollen, dass Bim scherzte. Aber er scherzte keineswegs. Er hatte lauter populärwissenschaftliche Bücher gelesen und zählte sich zu der ehrenvollen Reihe der Opfer einer bösartigen, weltweiten Verschwörung. Sofja wurde traurig und empfand Mitleid mit Bim. Sie kannte ihn seit ihrer Kindheit, er war ein begabter Wissenschaftler, ein kluger Mann. Über Agapkin hatten sie nicht mehr gesprochen, weder damals noch später. Bim redete in letzter Zeit überhaupt nur noch von sich und von dem Geld, das er brauche, um groß rauszukommen. Und über Professor Sweschnikow.

Sofjas Kaffee und ihr Toast wurden gebracht. Endlich wurde ihr wieder warm, und sie beruhigte sich ein wenig. Ja, wie wollte sie überprüfen, dass die letzten Ereignisse – der plötzliche Tod ihres Vaters und das ebenso plötzliche Angebot einer glänzenden, perspektivreichen Arbeit in Deutschland – nicht irgendwie unheilvoll miteinander zusammenhingen? Und ob der hundertundsechzehn Jahre alte Mann, ein General der »unsichtbaren Truppen« mit der rituellen Freimaurermütze auf dem gelben Schädel, ein Glied dieser seltsamen Kette war?

Ihr Vater war an akutem Herzversagen gestorben. Nach Deutschland flog sie, weil sie überraschend ein hervorragendes Angebot bekommen hatte. Sie war eine passable Biologin, sie arbeitete viel. Was hatte sie denn außer ihrer Arbeit? Keine Familie, keine Kinder, keinerlei Privatleben. Die Trauer um ihren Vater. Verbitterung und Leere nach Petjas Hochzeit. Nichts hielt sie in Moskau. Ihre Mutter würde wieder nach Sydney zurückkehren. Nolik? Der würde es überleben, schließlich war er nicht ihr Mann und nicht ihr Sohn.

Sie würde endlich eine Weile im Ausland leben, in einem komfortablen, sauberen Labor mit ausgezeichneten neuesten Geräten arbeiten und dafür angemessen bezahlt werden. Es war alles richtig. Sie hatte es verdient.

»Sie werden Sie bearbeiten, Sie bearbeiten Sie jetzt schon. Trauen Sie ihnen nicht! Denken Sie selbst nach. Nur Sie allein können entscheiden, nur Sie.«

Zehntes Kapitel

Die gesamten letzten Jahre hatte Bim, Boris Iwanowitsch Melnik, der Suche nach Geld für seine Forschungen widmen müssen.

Früher hatte er sich darum keine Gedanken gemacht. Er war ausgekommen mit seinem Gehalt, erst als Assistent, dann als wissenschaftlicher Mitarbeiter, und sein Gehalt als Laborleiter war ihm anfangs sogar mehr als üppig erschienen.

Er und seine Frau waren ein bescheidenes Leben gewöhnt. Kinder hatten sie keine. Sie reisten nicht in teure Urlaubsorte, machten lieber Kanutouren, fuhren durch Karelien, zum Angeln an den Seliger-See und übernachteten im Zelt. Ein Abendessen am Lagerfeuer im Wald fanden sie weit angenehmer und gesünder als in einem teuren Restaurant.

Alles, was er für seine Arbeit brauchte, stellte ihm der Staat zur Verfügung. Er wäre nie auf die Idee gekommen, nachzurechnen, wie viel eine neue Laborausrüstung kostete, das war Sache der Abteilung für Materialwirtschaft. Wenn in einem Institutsgebäude die Wasserhähne tropften, rief der Verwaltungschef den Klempner. Ging eine Laborantin in Schwangerschaftsurlaub, kümmerte sich die Kaderabteilung um rechtzeitigen Ersatz.

Melnik war zu Recht stolz auf seine Askese im Alltag. Er war ein echter, großer Wissenschaftler, ging ganz in der Forschung auf und setzte sich große Ziele. So große, dass er nicht einmal seinen engsten Freunden und Kollegen davon erzählen konnte. Erstens fürchtete er ihr skeptisches Lächeln, Neid und Konkurrenz. Zweitens wollte er jene kostbare schöpferische Energie, die ihn befähigte, zwölf Stunden am Tag zu arbeiten, mit Enttäuschungen und Misserfolgen fertigzuwerden und seelische Krisen zu überwinden, nicht mit leerem Gerede vergeuden.

Begonnen hatte das Ganze vor sehr langer Zeit, als er gerade sieben war, mit einem phantastischen Kindertraum, mit den Zaubermärchen vom Wasser des Lebens und vom Wasser des Todes, von verjüngenden Äpfeln und siedenden Kesseln, aus denen gebrechliche Greise als Jünglinge herausstiegen.

Mit siebzehn wusste Boris Melnik natürlich bereits, dass das Mythen waren, Märchen. Aber – kein Rauch ohne Feuer. Und dieser Rauch benahm ihm den Atem. Die ganze Geschichte der Menschheit schien mit diesem Rauch durchtränkt zu sein, irgendwo musste sich das geheime Feuer befinden.

Je mehr er erfuhr, desto klarer sah er, wie eng Wissenschaft und Mythos, uraltes Wissen und moderne Entdeckungen miteinander verflochten waren. Ohne Astrologie gäbe es keine Astronomie. Ohne Hexer und Heilkundige wäre die Medizin nicht entstanden.

Die Alchemie, die gemeinhin als Pseudowissenschaft galt, enthielt Wurzeln der Medizin und der Biologie. Die moderne Physik hatte erst vor kurzem die Elementarteilchen entdeckt, hatte gelernt, ein Element in ein anderes umzuwandeln und Stoffe herzustellen, die in der Natur selten vorkamen, zum Beispiel Plutonium. Die Alchemisten hatten in ihren Laboratorien schon vor Jahrhunderten Ähnliches getan und das als Transmutation bezeichnet.

Nie hatte er es laut geäußert, aber er wusste, dass der Stein der Weisen existierte. Aber blubbernde Retorten, Schwefel, Quecksilber und künstliches Gold hatten nichts damit zu tun. Sie waren nur bunte Dekorationen, Ablagerungen der Mythen, hinter denen das uralte Geheimnis sicher verborgen war. Es war kein Stein, sondern etwas ganz anderes, etwas Lebendiges, aus Fleisch, aus Zellen. Nichts war komplizierter und geheimnisvoller als das Leben. Das Geheimnis der Ewigkeit lag im Leben selbst, nicht außerhalb davon.

Selbstverständlich hatte Boris Melnik nicht vor, Alchemist zu werden. Das wäre in seiner Jugend, Ende der fünfziger Jahre, auch unmöglich gewesen. Er absolvierte mit Glanz ein Biologiestudium, verteidigte seine Promotion, dann seine Habilitation.

Er wusste alles über die lebende Zelle: wie sie aufgebaut war, wie sie sich unter verschiedenen Bedingungen verhielt, wie sie auf äußere Einwirkungen reagierte, wie sie entstand und wie sie starb. Dennoch wusste er nichts, denn die wichtigsten Fragen konnte er nicht beantworten: warum sie starb und wie man sie dazu bringen konnte, ewig zu leben.

Als er mit seiner Forschung kurz vor einem realen Ergebnis stand, stellte sich heraus, dass ihm jemand zuvorgekommen war, die Entdeckung war bereits gemacht worden, der Nobelpreis vergeben, andere hatten die Lorbeeren geerntet, das Geld kassiert.

Ende der sechziger Jahre begann er sich für die Epiphyse zu interessieren und entdeckte viele Rätsel um diese von der Wissenschaft anscheinend vergessene kleine Drüse. Ihm wurde klar: Genau dort lag das wichtigste Geheimnis des Lebens verborgen. Tief im Gehirn, direkt in seinem Zentrum, verbarg sich die Feuerquelle des uralten mythologischen Rauches.

Melnik hatte es nicht eilig, die umwerfenden Ergebnisse seiner Forschungen jemandem mitzuteilen.

Mehrere Jahre lang experimentierte er eifrig mit Fröschen, Ratten und Kaninchen, er isolierte und studierte das Hormon

Melatonin und überlegte bereits, in welcher Form er seine große Entdeckung am besten veröffentlichen, wie und wann er das alles den neidischen Kollegen präsentieren sollte.

Doch eines Tages stieß er in einer Zeitschrift auf eine kleine Notiz: In den USA herrsche ein regelrechter Melatonin-Boom. Westliche Wissenschaftler hätten entdeckt, dass das Hormon der Epiphyse eine stark verjüngende Wirkung auf den gesamten Organismus habe. Nun werde es massenhaft produziert und in jeder amerikanischen Apotheke verkauft. Die Notiz stand nicht in einer ausländischen Zeitschrift, nicht in einem Fachmagazin für einen engen Kreis von Spezialisten, sondern in einer populären sowjetischen Zeitschrift mit Millionenauflage, die von Hausfrauen gelesen wurde.

Melnik war lange fassungslos. Diese demütigende Niederlage betäubte ihn wie ein Knüppelhieb auf den Kopf. Bald erfuhr er, dass der Melatonin-Boom sich als Irrtum erwiesen hatte und auch dieses Jugendelixier nichts als Schaden anrichtete. Die Einnahme des Hormons in hohen Dosen zeitigte eine Menge lebensgefährlicher Nebenwirkungen. Das tröstete Melnik ein wenig. Ein Irrtum, ja, aber ein fremder. Nicht seiner. Er hatte recht daran getan, die Menschheit nicht vorschnell zu beglücken.

Ähnliches widerfuhr ihm noch mehrfach. Er arbeitete, suchte, fand, und im letzten Moment stellte sich heraus, dass auch dies bereits entdeckt worden war. So war es mit den Stammzellen und mit dem Programm des Zelltodes im Genom.

Ein anderer an seiner Stelle hätte längst resigniert, Ruhe gegeben, die täglichen acht Stunden in dem miserablen Institut friedlich abgesessen und sich mit der normalen Wissenschaftsroutine begnügt. Er nicht. Melnik konnte nicht auf seinen Kindertraum verzichten, den er tief im Inneren nicht mehr als Traum betrachtete, sondern als seine Bestimmung, seine Mission.

Diese großen Worte hätte er nie ausgesprochen, das war ein Tabu, wie die Namen mächtiger Götter bei den alten Völkern. Doch er zweifelte nie an der Richtigkeit seines Weges.

Die gründliche Erforschung der Epiphyse erwies sich als keineswegs sinnlos. Das Wunder war doch geschehen. Das im Zentrum des Gehirns verborgene »dritte Auge« hatte ihm zugezwinkert, hatte einen Funken des geheimen Feuers aufblitzen lassen.

Unter den Namen der Wissenschaftler, die irgendwie mit der Erforschung der Zirbeldrüse zu tun hatten, war der Name von Professor Sweschnikow aufgetaucht. Melnik hatte ihn sofort herausgefiltert. Überall, wo Sweschnikows kurze Biographie angeführt wurde, stand, er sei 1863 in Moskau geboren. Das Datum seines Todes aber fehlte entweder völlig oder wurde ganz unterschiedlich angegeben, von 1922 bis 1951, mit einem Fragezeichen in Klammern. Auch die genannten Orte waren verschieden und geografisch weit gestreut: Moskau, Leningrad, Wudu-Schambalsk, Helsinki, Workuta, Berlin, Nizza.

Nun verbrachte Melnik seine gesamte Freizeit in Bibliotheken und Archiven. Die Informationen waren dürftig, lückenhaft und widersprüchlich. Den Chirurgen Sweschnikow kannte jeder Medizinstudent. Vom Biologen Sweschnikow hatte kaum jemand gehört. Die medizinische Bibliothek besaß einige zerfledderte vorrevolutionäre Exemplare seiner Lehrbücher zur Histologie und zur Blutbildung, doch die dazugehörigen Karteikarten waren leer. Die Bücher waren viele Jahre nicht ausgeliehen worden.

Melnik ging oft in ein kleines Antiquariat für medizinische Literatur, die Buchhändler dort kannten ihn schon und grüßten ihn freundlich. Eines Tages, als er in staubigen Stapeln alter Zeitschriftenjahrgänge wühlte, hörte er sie miteinander flüstern.

»Vielleicht sollten wir ihm die Telefonnummer von Fjodor Fjodorowitsch geben?«

»Lieber nicht. Wir müssen ihn erst anrufen und um Erlaubnis fragen.«

»Ich bin sicher, er erlaubt es und wird sich freuen.«

Melnik zuckte zusammen, sein Herz machte einen Satz. Er drängte nicht, blieb aber im Laden, bis er einen Zettel mit der Telefonnummer bekommen hatte und die Erklärung, Fjodor Fjodorowitsch sei ein sehr netter, gebildeter alter Herr, Medizinprofessor. Seine Beine seien gelähmt. Hin und wieder werde er mit dem Auto hergebracht, doch meist bestelle er Bücher per Telefon und sein Chauffeur hole sie dann ab.

»Er und Sie sind die Einzigen, die sich für Sweschnikow interessieren«, sagte die Antiquarin, »Sie müssen ihn unbedingt kennenlernen.«

Das war 1998. Viele einst verschlossene Archive waren bereits zugänglich, dann kam das Internet dazu.

Nun gab es genug Informationen. Zum Weitermachen fehlte es Melnik nur an Geld. Er musste sich ein ganz neues, fremdes und ihm, dem großen Wissenschaftler, höchst unangenehmes Betätigungsfeld aneignen: Die Suche nach Sponsoren.

Doch aus dem anfänglichen Widerwillen dagegen wurde bald Routine, und allmählich fand er sogar Geschmack daran. Er war seinem großen Ziel so nahe, dass es ihm den Atem nahm und er kein Mittel verschmähte. Er erniedrigte sich. Er opferte seinen Ruf als Wissenschaftler und seinen guten Namen, weil er fest daran glaubte, dass sich das alles sehr bald rentieren würde.

Sein Studium der Alchemie hatte ihn nicht gelehrt, aus Blei Gold zu machen. Doch die Kunst, seine wahren Absichten zu verbergen, Dummköpfe einzuwickeln, zu lügen und Dinge zu vernebeln, diese Kunst beherrschte Melnik perfekt.

Je mehr er erfuhr, desto abergläubischer hütete er das Geheimnis seiner künftigen Entdeckung. Ja, es war zweifellos seine Entdeckung, denn Sweschnikow war nur ein Zwischenglied gewesen. Das Wunder, das in seinem häuslichen Labor im Winter 1916 geschehen war, hatte sich nur in der Adresse, in Zeit und Raum geirrt, war durch ein böses Missverständnis in fremde Hände geraten und wartete nun auf seinen wahren Entdecker: Boris Iwanowitsch Melnik.

Moskau 1916

Alle Zimmer in Chudolejs Wohnung in der Mjasnizkaja erinnerten an Mönchszellen, nur ohne Ikonen und Kruzifixe. Kahle Wände, schlichte, solide Möbel aus dunklem Holz, keine Teppiche, Sofas und Sessel. Ein paar Thonet-Stühle. Alter, blitzsauberer Parkettboden, Vorhänge aus festem, grobem Leinen. Kein einziger Spiegel, bis auf einen kleinen runden Rasierspiegel mit Vergrößerungsglas über dem Waschbecken im Bad.

Der größte Raum diente als Arbeitszimmer. In der Ecke stand ein hässliches Stehpult. Daran las und schrieb Chudolej. Der einzige Schmuck waren ein Globus und eine Bronzefigur: ein Affe, der einen menschlichen Schädel in der Hand hielt. Die grob gezimmerten Bücherregale vom Boden bis zur Decke waren wie in einem Antiquariat voller Folianten. Bücher auf Französisch, Deutsch, Arabisch und Latein.

Man konnte meinen, der Besitz des Hausherrn sei vor kurzem versteigert worden, um seine Schulden zu tilgen. Doch Chudolej machte nie Schulden. Er spielte nicht, Wein und Essen waren ihm gleichgültig. Er aß nur, um seinen Hunger zu stillen, egal, was. Alkohol trank er nur, wenn er ihn nicht ablehnen konnte. Seine einzige Schwäche waren noch immer die

Frauen, genauer, junge Mädchen. Er klärte sie auf, weihte sie ein, lehrte sie das unermüdliche geistige *Opus magnum* und die Suche nach Wegen zu geheimem uraltem Wissen.

Sina, die schon lange kein Gymnasium mehr besuchte, hatte bei Chudolej die »dreistufige Segnung« durchlaufen. Die durfte eine Frau nur von einem Großmeister empfangen. Dieses magische Ritual war zwar geheim, doch worin es bestand und wie es vor sich ging, war unschwer zu erraten.

In einer eisigen Dezembernacht wurde Fjodor Agapkin die Ehre zuteil, die Wohnung des Meisters in der Mjasnizkaja zu besuchen.

Er hatte einen Vierundzwanzig-Stunden-Dienst im Lazarett gehabt und schlief. Wolodja, nass und zerzaust, weckte ihn.

»Zieh dich an, schnell! Nimm deine Arzttasche mit!«

»Wohin? Wozu? Was ist passiert?«, murmelte Agapkin, sich in den Kleidern verheddernd, die Wolodja ihm aufs Sofa geworfen hatte.

»Erkläre ich dir unterwegs.«

Vor der Haustür wartete eine Droschke. Der Wind heulte und wehte ihnen beißenden Schnee ins Gesicht, die Straßen waren dunkel und menschenleer. Sie stiegen ein, und der Kutscher fuhr sofort los, offenbar kannte er das Ziel.

»Was ist denn passiert?« Agapkin zog sich fröstelnd eine harte, stinkende Decke über die Knie.

Wolodja wollte antworten, konnte aber nicht. Er musste niesen und sich schnäuzen.

»He, du bist erkältet.« Agapkin legte ihm die Hand auf die nasse Stirn. »Du hast Fieber, du gehörst ins Bett. Wohin fahren wir?«

Wolodja nieste an die zwanzig Mal und wurde fast ohnmächtig. Er schnäuzte sich, schnappte gierig nach Luft, wischte sich die Tränen ab und sagte schließlich heiser: »Sina entbindet.«

»Wo?!«

»Bei Chudolej, in der Mjasnizkaja.«

»Aber ich bin doch kein Geburtshelfer.«

»Egal. Das schaffst du schon. Renata wird dir helfen, sie hat Kurse besucht.«

»Warum können wir nicht einen richtigen Geburtshelfer holen?«

»Darum!«, blaffte Wolodja und begann wieder zu niesen.

Agapkin sagte automatisch zum zehnten Mal »Gesundheit«, reichte ihm sein Taschentuch und fragte, nun immer aufgeregter: »Sag mal, was wird mit dem Kind? Wo werden sie es lassen?«

Bis zum Ende der Fahrt bekam er keine einzige klare Antwort. Wolodja hatte Schüttelfrost, seine Stirn glühte, seine Stimme versagte völlig. Als er den Kutscher bezahlte, ließ er Geld fallen, Agapkin musste es im Schnee auf der Straße aufsammeln. Dann schleppte er Wolodja ins Haus. Gut, dass die Wohnung im Erdgeschoss lag und sie keine Treppen steigen mussten.

Die Tür öffnete Syssojew, ein junger Mann mit Hammelaugen, ein Dichter und ehemaliger Diakon. Er war rot im Gesicht und bleckte die Zähne in einem sinnlosen Lächeln. Er roch nach Kognak. Agapkin wunderte sich über die seltsame Einrichtung der Wohnung und die kahlen Wände. Wolodja hielt sich kaum auf den Beinen.

»Geh, leg dich irgendwo hin«, sagte Agapkin zu ihm.

»Bruder, warum hast du Wein getrunken?«, fragte Syssojew und hickste laut.

»Er hat nichts getrunken. Er ist stark erkältet. Er hat Fieber. Legen Sie ihn ins Bett und bringen Sie ihm Tee mit getrockneten Himbeeren. Was ist hier bei Ihnen überhaupt los?«

Syssojew legte den Finger auf die Lippen, schaute düster

drein, schüttelte den Kopf, sagte kein Wort und verschwand mit Wolodja in einem Zimmer. Erst jetzt hörte Agapkin die Gebärende schreien. Vom Ende des Flurs kam Renata, eine karierte Schürze über ihrem festlichen Kleid.

»Vor drei Stunden ist das Fruchtwasser abgegangen, keine Presswehen«, informierte sie Agapkin rasch, »Beckenlage, kein Herzschlag des Fötus zu hören.«

Ich bin verloren, dachte Agapkin.

Der Raum, den er betrat, war das Schlafzimmer des Hausherrn. Eisenbett, Nachtschrank, Nachttischlampe, fest zugezogene Vorhänge. Auf dem Bett lag Sina, ihr Gesicht war schweißnass. Unter dem Laken wölbte sich ein riesiger Bauch. Sie schrie leise und monoton, und bei diesen Schreien wurde es Agapkin kalt in der Magengrube. Er hatte noch nie eine Entbindung vorgenommen, nur dabei zugesehen, während des Medizinstudiums.

Um die Gebärende zu untersuchen, musste er sich die Hände waschen und sie mit Jod desinfizieren. Renata ging mit ihm ins Bad.

»Das ist völliger Irrsinn. Wir müssen einen Sanitätswagen rufen und sie sofort ins Krankenhaus bringen.« Agapkin krempelte sich die Ärmel bis zu den Ellbogen hoch. Er hatte sich ein wenig beruhigt. Beim Geräusch des laufenden Wassers hörte man die Schreie nicht.

»Das ist unmöglich.« Renata reichte ihm eine eingeseifte Bürste.

»Warum?«

»Dann würde es bekannt werden.«

»Scheißegal! Wenn Ihre Diagnose stimmt, schaffen wir es nicht, dann verlieren wir sie und das Kind.«

»Wir müssen alles tun, was möglich ist.« Renata reichte ihm ein Handtuch, dann goss sie ihm Jod über die Hände.

»Aber warum, erklären Sie es mir, warum? Und wo ist Georgi Tichonowitsch?«

»Der Meister ist in seinem Arbeitszimmer«, antwortete Renata kühl und drückte den Gummipfropfen energisch auf das Jodfläschchen. »Ich kann Ihnen nichts erklären. Sie sind Lehrling. Gehen wir zu ihr. Wir verlieren Zeit.«

Agapkin erstarrte mit gespreizten, vom Jod braun gefärbten Fingern. Sein Mund war ausgetrocknet, über seinen Rücken rann eiskalter Schweiß. Renata öffnete ihm die Tür. Er trat in den Flur und vernahm einen schrecklichen Schrei von Sina.

Hier muss doch ein Telefon sein. Der Professor ist im Lazarett. Wir könnten einen Wagen rufen.

Ganz unvermittelt tauchte Chudolej vor ihm auf. Er trug Hausschuhe und eine abgewetzte Samtjacke. Seine gelben Augen starrten Fjodor ohne zu blinzeln an.

»Danke, dass Sie zu Hilfe gekommen sind.« Chudolej legte einen Arm um Agapkins Schultern, drehte ihn herum wie eine Puppe und stieß ihn sanft zur Tür des Zimmers, in dem erneut ein furchtbar kläglicher Schrei ertönte. »Sie werden alles aufs Beste erledigen. Ich bin sicher, Sie schaffen das. Wenn Sie noch zusätzliche Instrumente oder Medikamente brauchen, ich besorge Ihnen alles, was Sie wünschen. Ganz in der Nähe ist eine Nachtapotheke.«

Während er sprach, waren sie zu Sina getreten.

Weg hier! Verschwinden, sofort! So, wie ich bin, im Hemd, ohne Galoschen, hinaus in die Nacht, in den Schneesturm, so weit weg wie möglich, dachte Agapkin und sagte: »Wir brauchen mehr Licht.«

Er packte sein Stethoskop aus, drückte es auf den gewölbten Bauch und versuchte sich zu erinnern, wo man den Herzschlag des Kindes am besten hören konnte. Gluckern, Knurren, Rauschen. Nichts als die üblichen Darmgeräusche.

»Sei still. Halt aus. Du darfst nicht schreien«, sagte Renata monoton immer wieder.

Syssojew kam herein und brachte zwei Lampen. Sina stöhnte gepresst und krümmte sich, ihr Bauch wurde steinhart. Das dauerte höchstens eine Minute. Dann erschlaffte ihr Körper, und Agapkin hörte ein neues Geräusch, ein leises, rasches Pulsieren. Er sah die Seiten aus dem Geburtshilfe-Lehrbuch von Doktor Bumm vor sich. Schreckliche Bilder von Missbildungen, Rissen. Wie man das Kind im Bauch am Bein drehte. Wie man die Zange anlegte. Ein Krankenzimmer der Universitätsklinik, eine Frau auf einem hohen Tisch, das ergebene, hoffnungslose Leiden in ihrem Gesicht, vom Jod braun gefärbte Hände, die ihren gewaltigen Bauch abtasteten. Die ruhige Stimme von Professor Grinberg.

»Jede Hebamme auf dem Land schafft das. Aber sie hat Erfahrung, Sie dagegen, meine Herren, haben nichts außer Faulheit und Ambitionen. Also, das Köpfchen ist hart, rund, die Konsistenz des Beckens hingegen ist unregelmäßig und recht weich. Vor allem darf man oben und unten nicht verwechseln.«

Nach einer weiteren Presswehe tastete Agapkin Sinas Bauch ab. Der Schweiß rann ihm in die Augen, obwohl es im Zimmer kühl war. Wo das Harte, Runde war und wo das Weiche, konnte er nicht feststellen. Seine Hände waren fremd, taub, gefühllos.

»Bei Steißlage ist das Herz des Fötus über dem Bauchnabel deutlich zu hören. Ich wiederhole, davor braucht man keine Angst zu haben. Aber Gott behüte Sie vor einer Querlage mit freihängendem Arm.«

Agapkin hatte in allen Studienfächern die besten Noten gehabt, nur in Geburtshilfe hatte er mittelmäßig abgeschnitten. Sinas Bauch war steinhart, so konnte man nichts ertasten. Sina schrie, Renata gurrte wie ein Täubchen. Wieder eine Presswehe.

Er musste Sina irgendwie anders betten – auf die Seite vielleicht? Der Bauch war wieder weich. Noch einmal abtasten, dann eine innere Untersuchung. Nicht eben wünschenswert, wegen der Infektionsgefahr. Ein guter Arzt kam ohne aus. Aber Agapkin war ein mittelmäßiger oder überhaupt kein Arzt. Gleich würde er die unglückliche Sina samt ihrem Kind umbringen, und dann würde jeder sehen, dass er keineswegs Arzt war. Ein hilfloser Idiot, ein Waschlappen. Nein, schlimmer. Ein Verbrecher. Reif für die Zwangsarbeit.

Da war das Köpfchen, kurz unterhalb des Bauchnabels, ein schwacher kleiner Klumpen unter seiner Hand. Warum waren die Knochen so weich? Eine merkwürdige, unregelmäßige Form. Aber sonst war nichts zu fühlen. Was war oben? Was unten? Gab es einen Fötus ohne Kopf?

»Während der Austreibungsphase ist der Kopf bei der äußeren Untersuchung nicht zu ertasten.«

Agapkin richtete sich auf, drehte sich mit dem ganzen Körper zu Renata um, sah sie von oben bis unten an und brüllte: »Steißlage? Keine Presswehen? Keine Herztöne? Wo haben Sie gelernt, meine Dame? Oder ist Ihr Gehirn vom Kokain schon völlig vernebelt? Was stehen Sie da wie angewurzelt? Wir müssen sie höher lagern, anders betten! Ein zusammengerolltes Kissen unter den Rücken! Heißes Wasser! Saubere Laken! Jod! Hände waschen! Eine sterile Schere, Seidenfaden! Silbernitratlösung! Watte! Mull!«

»Während der Austreibung ist das Risiko für den Fötus erhöht. Die Herztöne müssen alle zehn Minuten abgehört werden.«

Renata rannte wie aufgescheucht herum, lief hinaus, knallte die Tür zu und kam mit einem Armvoll Wäsche wieder. Sina warf den Kopf hin und her und biss sich die Lippen blutig. Syssojew erschien und erklärte, es seien keine Kissen mehr da, den Samowar habe er aufgesetzt, und ob Sina nicht leiser schreien könne, sonst könne man es draußen womöglich hören.

»Scheißegal! Machen Sie das Fenster auf, sie braucht Luft! Sina! Pressen Sie! Atmen Sie durch den Mund, hecheln Sie wie ein Hund in der Sonne!«

Agapkin griff nach dem Stethoskop. Das Herz des Kindes schlug genauso schnell wie sein eigenes, im selben Rhythmus.

»Außer uns beiden sind hier alle verrückt. Ich wasche mir jetzt die Hände und helfe dir, hab keine Angst.« Ohne es zu merken, sprach Agapkin laut mit dem Kind.

Die Leinenvorhänge blähten sich im Wind. Wenn Sinas Schreie verebbten, hörte man den Schneesturm heulen.

»Sina, jetzt nicht pressen! Ruhig atmen, ganz tief, da ist schon das Köpfchen, da ist es, das liebe, gute!«

Unter Agapkins Händen kam eine faltige blaurote Stirn hervor, qualvoll zusammengekniffene geschwollene Lider, eine winzige Nase, ein Kinn. Seine Finger spürten ein rasches Pulsieren. Der Hals des Kindes war mit der straffen, glitschigen Nabelschnur umwickelt.

Sina begann erneut zu pressen, ziemlich heftig. Das Gesicht des Kindes wurde blau. Agapkin spürte dessen Atemnot geradezu. Langsam, als rettete er zusammen mit dem fremden Leben sein eigenes, zog er noch einmal und noch einmal. Die Schlinge lockerte sich, entglitt ihm jedoch.

»Nicht pressen, ich flehe dich an! Du erwürgst dein Kind! Halt aus, atme ganz tief! Renata, tun Sie doch etwas!«

»Renata ist rauchen gegangen«, sagte eine ruhige Stimme. »Vielleicht möchte diese Seele nicht auf die Welt kommen, nicht in den engen Fesseln des Fleisches leben. Vom Standpunkt des Karmas geschieht alles, was geschieht, zum Guten. Übernehmen Sie sich nicht.«

Die Presswehe war vorbei. Einen Augenblick lang war es still.

Agapkin zog hartnäckig an der Schlinge. Chudolej stand neben ihm, und unter seinem Blick brannte Agapkins linke Gesichtshälfte. Im Zimmer heulte der Wind, Sina atmete langsam und tief, und plötzlich sprach sie zum ersten Mal in diesen langen Stunden: »George, Sie sind ein Vieh, ich hasse Sie. Gehen Sie. Fjodor, um Christi willen, retten Sie mein Kind!«

Die Schlinge gab nach und ließ sich mühelos und sanft über das Köpfchen ziehen.

»Sina, pressen! Es ist so weit!«, schrie Agapkin, der nicht bemerkte, dass Chudolej hinausgegangen war und die Tür leise geschlossen hatte.

Es wurde hell. Der Schneesturm hatte sich gelegt, aber der Wind heulte noch, stöhnte und schlug das Fenster auf und zu. Renata kam zurück und fragte gleichmütig: »Schon passiert?«

Agapkin kniete neben dem Bett und hielt ein blaurotes, mit weißer Schmiere bedecktes Geschöpf in den Händen. Die Morgensonne brach durch die Wolken, und ein Strahl schien durchs Fenster herein. Ein Weinen ertönte, leise und unsicher, dann immer kräftiger, und erfüllte zusammen mit dem Sonnenlicht das kalte graue Zimmer. Das neugeborene Mädchen schrie zornig und gekränkt.

Die ersten Straßenbahnen klingelten, Hufe trappelten, Räder bollerten, Zeitungsausträger schrien.

»Die Weltöffentlichkeit ist in Aufregung über den Tod des greisen Kaisers Franz Joseph!«

»Die rumänische Regierung hat in Panik Bukarest verlassen!«

»Eine skandalöse Erklärung des amerikanischen Präsidenten Wilson! Amerika ist zu stolz, um Krieg zu führen!«

»Erneutes rätselhaftes Verschwinden Rasputins!«

Schon wieder, dachte Agapkin mechanisch, zum wievielten

Mal schon, und schloss das Fenster, damit sich der Säugling nicht erkältete. Renata kam mit einem Glas Tee herein.

»Bruder, Sie sind erschöpft, trinken Sie.«

Ohne sie zu beachten, kümmerte sich Agapkin um das neugeborene Mädchen, entfernte mit warmer feuchter Watte die Babyschmiere, hörte die Herztöne ab, band die Nabelschnur ab und durchtrennte sie.

Die gesamte Wäsche war steif gestärkt. Mehr schlecht als recht wickelte er das Kind mit einem Handtuch. Sina lächelte glücklich und hatte nur Augen für ihr kleines Mädchen. Sie richtete sich auf, nahm es Agapkin ab und folgte dem ältesten und zuverlässigsten Instinkt – sie legte es an die Brust. Das Weinen verstummte. Gierig saugte das Kind die Vormilch.

Renata trat zu Agapkin und fragte ihn flüsternd: »Warum haben Sie das getan?«

»Was?«

»Sie hätten ihr das Kind nicht geben sollen, schon gar nicht zulassen, dass sie es stillt. Das ist grausam, verstehen Sie das nicht?«

»Hören Sie, meine Dame, Sie sind hier vollkommen nutzlos, Sie stören nur und reden die ganze Zeit Unsinn.« Agapkin verzog das Gesicht. »Gehen Sie lieber zu Wolodja, schauen Sie nach ihm. Er hatte am Abend hohes Fieber.«

Chudolej erschien in der Tür.

»Ich habe ihn mit einer Droschke nach Hause geschickt. Gehen wir einen Moment hinaus.«

Renata setzte sich auf den Bettrand, wischte Sinas feuchtes Gesicht mit einem nassen Taschentuch ab, streckte sich wie eine Katze und hob und senkte müde die Lider.

»Schwester, sei vernünftig.«

»Lass mich in Ruhe!«, schrie Sina schwach.

Chudolej heftete seinen hypnotischen Blick auf Agapkin.

»Nur auf zwei Worte. Gehen wir hinaus.«

»Ich gehe nirgendwohin. Was haben Sie mit Sinas Kind vor?«

»Nichts. Absolut gar nichts. Ich will nur das Beste. Sina ist sehr jung, sie hat das Leben noch vor sich. Ist Ihnen bekannt, wie man in diesem Land uneheliche Kinder und ihre Mütter behandelt?«

»Sie wollen es in ein Waisenhaus bringen, Fjodor Fjodorowitsch«, sagte Sina, »es weggeben wie ein Findelkind.«

»Das wolltest du selbst, Schwester, oder nicht?« Chudolej ließ von Agapkin ab und wandte sich zum Bett um. »Wir haben das doch besprochen, sei vernünftig.«

»Nein! Niemals!«

»Du hast geschworen, das Geheimnis zu wahren. Du verletzt deinen Schwur, wenn du das Kind behältst. Durch deine Schuld wird das Geheimnis offenbar.«

»Nun, dann töte mich gleich, hier und jetzt.« Sina lief plötzlich tiefrot an, bleckte die Zähne, eine Ader auf ihrer Stirn schwoll an. »Fjodor, es tut weh! Wie eine Wehe!«

Agapkin trat energisch ans Bett und hob Renata derb am Arm hoch.

»Gehen Sie eine rauchen, meine Dame. Und auch Sie, Georgi Tichonowitsch, gehen bitte hinaus. Ich muss die Patientin untersuchen.«

Chudolej sah Renata fragend an. Sie zuckte gleichgültig die Achseln, hielt sich die Hand vor den Mund, gähnte und zog eine goldene Taschenuhr heraus.

»Wahrscheinlich die Nachgeburt. Es ist halb zehn Uhr morgens. Meister, erlauben Sie, dass ich gehe. Ich falle um vor Müdigkeit.«

»Nun gehen Sie doch endlich, Sie stören, alle beide!«, rief Agapkin.

Bevor sich die Tür hinter ihnen schloss, hörte er Renata mit einem unterdrückten Gähnen sagen: »Schön, egal. Wir müssen sowieso die Nacht abwarten.«

Agapkin drückte leicht auf Sinas weichen Bauch, holte die Nachgeburt heraus, untersuchte, ob die Haut intakt und kein Gefäß geplatzt war, wusch Sina mit Manganlösung aus und desinfizierte sie mit Jod. Das brannte sehr, und sie schluchzte leise. Schließlich deckte er sie mit einem sauberen Laken zu, setzte sich auf den Bettrand und hielt ihr das Glas mit dem Tee an den Mund. Sie trank gierig.

»Gehen Sie bitte nicht weg. Ich weiß, Sie sind müde, aber lassen Sie mich hier nicht allein, ich flehe Sie an!«

»Du musst noch einen Tag liegen bleiben. Natürlich gehe ich nicht weg. Wo sind deine Eltern?«

»Hier in Moskau.«

»Sind sie arm?«

»Nein. Sehr reich.«

»Suchen sie dich denn nicht?«

»Sie denken, ich wäre im Kloster, weit weg, in der Nähe von Wologda. Ich habe ihnen vor langer Zeit schon gesagt, dass ich Nonne werden will. Sie haben sich mit meinen Eigenheiten abgefunden. Ich habe alles so arrangiert, als wäre ich als Novizin dorthin gefahren, schon im Sommer, als mein Bauch dicker wurde. Vorher habe ich einige Briefe geschrieben, die hat Syssojew zu seiner Tante gebracht, sie wohnt in Wologda und schickt jede Woche einen nach Moskau.«

»Ausgezeichnet. Und wie weiter?«

»Weiter soll ich laut Plan nach Hause zurückkehren, wenn ich mich von der Entbindung erholt habe.«

»Was passiert, wenn du mit einem Kind zurückkommst?«

»Ich weiß nicht. Das wird schrecklich.«

»Werden deine Eltern dich auf die Straße setzen?«

»Nein. Selbstverständlich nicht. Sie werden mir verzeihen.

Aber das Geheimnis wird offenbar werden. Ich habe doch den Eid geschworen, genau wie Sie. Erinnern Sie sich an die schrecklichen Drohungen?«

»Und deshalb bist du bereit, auf dein Kind zu verzichten?«

»Lieber sterbe ich. Davor hat er am meisten Angst. Wenn ich hier sterbe, in seiner Wohnung, ergeht es ihm schlecht.«

Als Chudolej hereinkam, teilte Agapkin ihm mit, Sina könne Blutungen bekommen. Das sei äußerst gefährlich, und das einzige Mittel, das Unheil abzuwenden, sei, das Kind bei ihr zu lassen, denn damit sich die Gebärmutter normal zurückbilde, müsse Sina stillen.

»Ja? Merkwürdig. Das habe ich noch nie gehört«, sagte Chudolej.

Agapkin bemerkte in den gelben Augen Angst und Verwirrung. Wenn der verehrte Meister jetzt versuchte, mit seiner Hypnose auf ihn oder Sina einzuwirken, würde das kaum gelingen. Agapkin gratulierte sich im Stillen zu seinem ersten zwar kleinen, aber wichtigen Sieg, vielleicht nicht über Chudolej, aber über sich selbst. Seine Stimme klang nun fest und sicher.

»Tja, Georgi Tichonowitsch, Sie selbst haben mich gelehrt: Wir erfahren alles irgendwann zum ersten Mal. Wir brauchen einen Vorrat an frischer Wäsche, viel Mull, Wachstuch, Kindersachen, Windeln, eine Decke, ein Mützchen. Und etwas zu essen, für Sina und mich.«

»Gut. Essen können wir im Restaurant bestellen, per Telefon. Wegen der Besorgungen schicke ich Syssojew, schreiben Sie eine Liste.«

»Er ist betrunken, er wird alles durcheinanderbringen. Haben Sie keine Dienstboten?«

»Eine Zugehfrau, aber ich habe ihr für diese Tage freigegeben.«

»Wenn das so ist, seien Sie so liebenswürdig und bringen Sie bitte die schmutzige Wäsche und das Nachtgeschirr hinaus. Ich hatte Renata darum gebeten, aber sie hat es vergessen. Und ich darf mir die Hände nicht schmutzig machen, wie Sie verstehen werden.«

Der pensionierte FSB-Oberst Iwan Subow kannte seinen Chef recht gut. Doch das Gespräch im Flugzeug auf dem Rückflug aus der Schweiz nach Moskau Anfang Juni 2004 zertrümmerte das Bild, das er von ihm gehabt hatte.

Erst glaubte Subow, sein Chef sei einfach verrückt geworden. So mancher Milliardär drehte ja irgendwann durch.

Doch außer dem Wunsch, wieder jung zu sein und ewig zu leben, zeigte Colt keinerlei Anzeichen von Wahnsinn. Der Wunsch selbst erschien Subow nicht allzu absurd, doch sich etwas zu wünschen war das eine, etwas ganz anderes war es, an die Realisierbarkeit des Wunsches zu glauben.

»Danach – das ist keine Frage der Medizin mehr, sondern des Glaubens«, wiederholte Subow in Gedanken die Worte des Schweizer Professors.

Glauben war etwas Ephemeres, Vages, das konnte man nicht in die Tasche stecken und sich nicht aufs Brot streichen. Der eine glaubte an ein Leben nach dem Tod, an Paradies oder Hölle, der andere an Reinkarnation, Seelenwanderung oder eben an gar nichts. Die meisten Menschen dachten nicht darüber nach. Sie lebten einfach, wie das Gras auf der Wiese. Doch Pjotr Colt war einzigartig, zu Recht hatte er gesagt: »Ich bin nicht alle.«

Bei seinen Geschäften kalkulierte Colt nicht nur die kurzfristigen, sondern auch die langfristigen Perspektiven. Der Schweizer Professor hatte ihm noch fünfzehn Jahre versprochen. Colt dachte stets an seine Zukunft, und das tat er auch jetzt, jedoch auf eine etwas ungewöhnliche Weise – na und? Seine Gedanken waren immer originell gewesen.

Ja, warum eigentlich nicht?, fragte sich der pensionierte Oberst.

Zunächst einmal ging er ins Internet, fand dort Informationen über Professor Sweschnikow und überzeugte sich zumindest, dass er wirklich existiert hatte. Er wurde meist nur am Rande erwähnt, auf speziellen wissenschaftlichen Seiten, in Artikeln und Referaten zu Biologie und Medizin, im Zusammenhang mit der Histologie, der Theorie der Blutbildung und der Militärchirurgie. Kein Wort zu seinen Entdeckungen oder zu seinen Verjüngungsversuchen. Dafür stieß Subow auf einen gewissen Professor Melnik, der hier und heute lebte.

Der habilitierte Biologe Boris Melnik versprach allen Ernstes, er werde die Menschheit alsbald mit einem einfachen, allgemein zugänglichen Mittel zur Verlängerung des durchschnittlichen Lebensalters auf hundertfünfzig, zweihundert Jahre beglücken. Sein Ansatz war, dass das Altern ein besonderes genetisches Programm zur Vervollkommnung der Art sei.

Doktor Melnik argumentierte durchaus logisch. Ein lebendes System verfüge im Gegensatz zum toten Mechanismus über die Fähigkeit zur Selbstreproduktion wie auch zur Selbstzerstörung. Die größte Errungenschaft der heutigen Wissenschaft sei die Entwicklung der Nanotechnologie, mittels derer sich einzelne Atome und Moleküle manipulieren ließen. Namentlich mit Hilfe der Nanotechnologie würden in nächster Zukunft molekulare Roboter geschaffen werden. Diese mikroskopisch kleinen klugen Geschöpfe würden von Sonnenenergie gespeist werden und sich selbst reproduzieren. Sie würden in die Zelle implantiert werden und diese von innen her dahingehend verändern, dass sie nicht krank werden und nicht sterben könne.

Auch das Genom des Menschen sei nichts weiter als ein Programm. Jedes Programm lasse sich verändern, man könne also das Altern abschaffen.

»Wir haben schließlich nicht darauf gewartet, dass die Natur uns Flügel schenkt, sondern das Flugzeug erfunden«, erklärte der Biologe, »und genau so werden wir nicht untätig warten, bis die Evolution uns gütigerweise zusätzliche Jahrzehnte Leben schenkt.«

In einem Forum wurde dem Professor die Frage gestellt, wie das Problem der Überbevölkerung zu lösen sei. Wenn das Verjüngungsprogramm funktioniere, die durchschnittliche Lebenserwartung sich verdopple und die Geburtenrate gleichbleibe, würde das doch unweigerlich zur Überbevölkerung des Planeten führen und damit zu geringerer Lebensqualität, es würde Wirtschaftskrisen geben, Umweltkatastrophen, Kriege, Hunger, Epidemien, das heißt, die Natur würde versuchen, das frühere Gleichgewicht zu ihren Gunsten wiederherzustellen.

»Natürlich«, antwortete darauf der Professor, »die Geburtenrate müsste streng kontrolliert werden, von staatlicher Seite. Jedes Paar dürfte nicht mehr als ein Kind bekommen, und auch das nur nach gründlicher Untersuchung der künftigen Eltern. Möglicherweise müssen Gesetze zu zwangsweisen Schwangerschaftsabbrüchen und Sterilisationen eingeführt werden. Doch psychologisch wird das kaum problematisch sein. Der Fortpflanzungsinstinkt hängt eng mit der Angst vorm Tod zusammen. Die Menschen sind bestrebt, Nachkommen zu hinterlassen, um durch sie wenigstens mittelbar ihre physische Existenz zu verlängern. In ihren Kindern lieben und behüten sie vor allem ihr eigenes Bild, also sich selbst. Der heutige Mensch ist moralisch durchaus bereit, die kurzzeitigen, zweifelhaften Freuden von Mutterschaft und Vaterschaft für die Verlängerung des eigenen Lebens zu opfern. Auch die Natur selbst weist uns klar den Weg. Nur Amöben und Bakterien altern und sterben nicht, also Geschöpfe, die sich nicht geschlechtlich vermehren, sondern durch einfache Teilung. Durch eine Art natürliches Klonen. Vielleicht wird unser nächster Schritt der Verzicht auf die geschlechtliche Fortpflanzung sein.«

»Na, du bist gut, Junge«, murmelte der pensionierte Oberst, der mit müden roten Augen auf den Computermonitor schaute. »Wer bist du eigentlich? Ein ehrlicher Irrer mit Größenwahn oder ein schlauer Scharlatan?«

In Anbetracht der Tatsache, dass das Institut für Histologie, in dem Melnik einen Lehrstuhl leitete, noch immer staatlich finanziert wurde, keinerlei Subventionen erhielt und an akutem Geldmangel litt, war Melnik wohl ein ehrlicher Irrer.

»Meine Forschungen stocken ausschließlich wegen fehlender Mittel«, klagte der Doktor, »die Schwerfälligkeit unseres Systems, die bürokratischen Hürden, die mangelnden wissenschaftlichen Kenntnisse und die Kurzsichtigkeit von Beamten und privaten Kapitalinhabern, der Neid von Kollegen – das alles hindert mich daran, zügig und fruchtbar zu arbeiten. Ich und meine Mitarbeiter müssen mit veraltetem Gerät arbeiten. Das Institutsgebäude ist baufällig, es regnet durch, die sanitären Anlagen sind ständig verstopft, die Wände von Schimmel befallen. Wir bekommen nur Kopeken und leben allein vom Enthusiasmus.«

Subow tat es schon leid um die Zeit, die er mit der Lektüre dieses pseudowissenschaftlichen Unsinns vergeudet hatte. Er gähnte und rieb sich die Augen, doch in einem weiteren Interview mit Melnik stieß er plötzlich auf eine interessante Passage.

»Zu Beginn des zwanzigsten Jahrhunderts gab es über zweihundert Theorien zum Altern. Es wurden Unmengen von Experimenten gemacht, darunter auch in Russland. Neunundneunzig Prozent davon blieben ohne Erfolg. Die Wissenschaft war zwar bereits recht weit entwickelt, aber natürlich nicht zu vergleichen mit dem heutigen Stand. Heute ist der wichtigste, entscheidende Schritt für die Lösung des Problems des Alterns die Biokybernetik, eine neue synthetische Wissenschaft ...«

»Sie sagten, neunundneunzig Prozent«, unterbrach ihn der Interviewer, »das heißt, es gab auch positive Ergebnisse?«

»Nichts entsteht aus dem Nichts. Die Gerontologie wäre keine eigenständige Wissenschaft geworden, hätte es im Laufe ihrer Entwicklung nur Niederlagen gegeben.«

»Es gab also auch Siege?«

»Zweifellos. Vor gar nicht langer Zeit und gar nicht weit weg, nämlich hier in Russland, im zweiten Jahrzehnt des zwanzigsten Jahrhunderts. Aber Sie wissen ja, was das für eine Zeit war. Der Erste Weltkrieg, zwei Revolutionen, Bürgerkrieg. Menschen starben und verschwanden, Dokumente gingen verloren. Hunger, Zerstörung. Es gab einen Wissenschaftler, der erstaunliche Ergebnisse erzielt hat, aber das kann heute unmöglich als wissenschaftliche Tatsache betrachtet werden.«

»Wer war das? Verraten Sie uns wenigstens den Namen? Metschnikow? Pawlow? Bogomolez?«

»Oh, Sie sind gut informiert. Aber Sie liegen daneben. Der Wissenschaftler hieß Michail Wladimirowitsch Sweschnikow. Er war Militärchirurg. Die Biologie war für ihn eine Art Hobby, er betrieb seine Versuche ohne große Ernsthaftigkeit, und als er erstaunliche Ergebnisse erzielte, begriff er vermutlich nicht einmal deren Tragweite. Oder wollte es nicht. Sehen Sie, die Verlängerung des Lebens ist ein Gebiet, wo sich Wissenschaft und Metaphysik berühren, und um sich bewusst damit zu beschäftigen, muss man über einen weiten Horizont verfügen, muss kühn und progressiv denken. Sweschnikow ist bei all seiner Begabung ein recht beschränkter, konservativer Mensch geblieben, er konnte sich nicht über ethische Tabus hinwegsetzen, war ein Sklave der verlogenen christlichen Moral.«

»Warten Sie, was genau hat er denn nun getan? Wen hat er verjüngt und wie?«, hakte der Journalist nach.

»Das spielt heute keine Rolle mehr. Ist es nicht egal, wo ein Weg begann, den niemand gegangen ist? Sweschnikows Weg ist längst mit Unkraut überwuchert. Er ist veraltet. Die moderne Wissenschaft eröffnet andere, neue, wahrhaft zukunftsweisende Wege.«

Dann redete er über Nanotechnologie und molekulare Roboter.

»Setz dich mit ihm in Verbindung. Er weiß etwas über Sweschnikow«, sagte Colt nach Subows Bericht.

»Und er selbst, dieser Melnik, interessiert Sie nicht?«, fragte Subow vorsichtig.

Colt verzog das Gesicht und winkte ab.

»Ein größenwahnsinniger Schwätzer.«

»Aber er ist immerhin Wissenschaftler, habilitierter Biologe. Vielleicht können seine molekularen Roboter ja wirklich Zellen verjüngen?«

»Unsinn. Daran glaube ich nicht. Ich brauche Sweschnikow.«

»Aber warum?«

Gleich darauf bedauerte Subow, diese Frage gestellt zu haben. Sein Chef wurde plötzlich wütend und brüllte: »Denk nach, denk mit dem Kopf, nicht mit dem Hintern! Warum, fragst du? Das will ich dir sagen! Weil der Mensch kein Computer ist! Und dein Internet ist eine Informationsquelle für Trottel! Such nach seriösen Quellen! Wenn du ein Trottel bist, schmeiße ich dich raus!«

Moskau 1916

Wolodja lag mit einer doppelseitigen Lungenentzündung im Bett. Sonst hätte sich Agapkin bestimmt nicht beherrschen können und dem Professor und Tanja erzählt, wie er zum ersten Mal im Leben Geburtshilfe geleistet hatte und was danach geschehen war.

Geschehen war nämlich Folgendes. Syssojew schlief im Wohnzimmer, auf einem Klappbett. Sein betrunkenes Schnarchen dröhnte durch die ganze Wohnung. Chudolej musste das Nachtgeschirr selbst hinausbringen. Er war ratlos, was er mit dem Haufen blutbefleckter Wäsche machen sollte. Agapkin sagte, wenn er es in der Nähe wegwerfe, könne das den Verdacht der Polizei erregen. Es sei vernünftiger, alles in einen Sack zu stecken, zum nächstgelegenen Lazarett zu fahren und es dort im Hof auf den Müll zu werfen. Auf dem Rückweg könne er alles Nötige für Sina und das Kind kaufen.

Chudolej musste ihm wohl oder übel zustimmen. Als er weg war, stellte Agapkin fest, dass die Wohnungstür von außen abgeschlossen war. Er überprüfte auch die Hintertür in der Küche – sie war mit einem Vorhängeschloss versehen. Aber das Telefon funktionierte, Sina diktierte Agapkin die Nummer ihrer verheirateten Schwester Anna, und er rief sie an.

Das Dienstmädchen wollte sie lange nicht ans Telefon holen, veranstaltete ein regelrechtes Verhör, wer er sei und was er wolle. Doch schließlich ging Anna doch ran. Agapkin erklärte der erschrockenen Dame ziemlich verworren, dass Sina in Not sei.

»Kommen Sie so schnell wie möglich in die Mjasnizkaja, zum Haus Nummer zwölf, aber nicht zum Vordereingang, sondern von der Kudrjawy-Gasse, zum ersten Fenster an der Ecke.«

»Wer sind Sie? Was ist los? Meine Schwester ist weit weg von Moskau und kann sich keinesfalls in einem Haus in der Mjasnizkaja befinden. Wenn Sie die Wahrheit sagen, warum holen Sie sie nicht an den Apparat? Ich glaube Ihnen erst, wenn ich ihre Stimme höre.«

»Das Aufstehen fällt ihr schwer, sie hat vor drei Stunden ein Mädchen geboren. Ich bin Arzt, ich habe sie entbunden. Ich weiß, Sie und Ihre Eltern glauben, Sina sei in einem Kloster bei Wologda. Sie wird Ihnen alles selbst erklären. Sie müssen sie abholen, hier ist sie in Gefahr. Bringen Sie warme Kleidung für sie mit und Sachen für ein Neugeborenes. Warten Sie unterm Fenster.«

»Mein Gott, was sagen Sie, sie hat ein Kind bekommen? Vom wem?«

Agapkin hatte nicht bemerkt, das während seines Telefonats das Schnarchen verstummt war. Kurz darauf erschien Syssojew im Flur, verquollen, aber nüchtern und wütend. Er starrte Agapkin mit seinen Hammelaugen an. In der Hand hielt er eine zierliche Damenpistole. Ohne sich von Anna zu verabschieden und ohne eine positive Antwort von ihr erhalten zu haben, legte Agapkin den Hörer auf. Er war nicht sicher, ob Syssojew den letzten Teil des Telefonats gehört hatte, sagte aber leichthin, wobei er ihm ungeniert in die Hammelaugen blickte: »Ich habe im Lazarett angerufen und Bescheid gesagt, dass ich heute nicht komme. Hör mal, Bruder, du könntest einen Ausnüchterungsschluck vertragen oder wenigstens etwas Gurkenlake. He, wieso zielst du mit der Pistole auf mich? Du schießt ja sowieso nicht. Was würde der Meister sagen, wenn in seiner Wohnung eine Leiche liegt? Und womöglich nicht nur eine, sondern gleich zwei. Sinas Zustand ist kritisch. Sie hat Blutungen und Fieber. Ohne meine Hilfe seid ihr geliefert.«

Syssojew schnaubte, blies die Nüstern auf, ließ aber die Pistole sinken. Agapkin schob ihn beiseite, ging zurück zu Sina und schloss die Tür fest.

»Anna kommt ganz bestimmt«, sagte Sina, nachdem er ihr von dem Telefonat berichtet hatte, »aber wissen Sie, das Fenster ist zugenagelt.«

Agapkin untersuchte die Rahmen des Doppelfensters und stieß einen leisen Pfiff aus. Sie waren mit dicken Kupfernägeln fest in der Laibung verankert. Wenn er versuchte, die Nägel mit Hilfe des Skalpells herauszuziehen, würde er dafür einige Stunden brauchen und es vermutlich doch nicht schaffen. Da aber jeden Augenblick Syssojew oder Chudolej hereinkommen konnten, war dieses Unterfangen sinnlos.

Dennoch war ein Skalpell ein nützliches Ding.

Agapkin ging zu Syssojew. Er fand ihn in der Küche. Der ehemalige Diakon stand mit dem Rücken zur Tür und aß mit den Fingern Sauerkraut aus einem kleinen Fass. Seine Hose war ihm zu eng, die Tasche stand deutlich ab. Darin steckte also die Pistole.

Im nächsten Augenblick funkelte die Schneide des Skalpells direkt vor der Nase des erstaunten Dichters und drückte sacht gegen seine Schlagader. Syssojew verschluckte sich und musste husten.

»Keine Bewegung«, warnte ihn Agapkin für alle Fälle, »ich für mein Teil habe nämlich keine Angst vor Leichen.«

Der Dichter hustete krampfhaft. Agapkin zog ihm mit der Linken die Pistole aus der Tasche, steckte sie ein und schlug dem einstigen Diakon kräftig auf den Rücken. Der Husten hörte auf.

»Wo ist der Schlüssel?«

»Weiß ich nicht.«

»Denk nach!«

»Ich schwöre, ich weiß es nicht. Such doch, wenn du willst.«

Dazu war keine Zeit. Agapkin untersuchte das Schloss an der Tür, dann schaute er Syssojew an. Dem quollen die Hammelaugen so weit hervor, dass es aussah, als würden sie gleich herausfallen.

»Geh ins Wohnzimmer und rühr dich nicht vom Fleck. Wenn du mir in die Quere kommst, ist dir der Tod sicher oder die Zwangsarbeit. Ich weiß, dass du dem Reporter Vivarium in Polikarpows Wirtshaus die Kehle durchgeschnitten hast.«

Agapkin bluffte. Tatsächlich hatte ein gedrungener Mörder für fünfundzwanzig Rubel den Reporter ermordet. Niemand von den Brüdern hatte sich die Hände schmutzig gemacht. Doch der schlaue Chudolej hatte die Sache so arrangiert, dass alle mit drinhingen. Er hatte im engen Kreis eine Art Gerichtsprozess inszeniert, bei dem der aufdringliche Reporter verurteilt wurde, weil er hartnäckig versucht hatte, ein der Loge gehörendes Geheimnis der Öffentlichkeit preiszugeben. Anfangs hatte das Ganze ausgesehen wie eines der üblichen Spektakel, pathetisch, aber amüsant. Das Urteil wurde auf Papier mit dem Wappen der Loge verfasst und von allen Anwesenden unterschrieben.

Es wäre übrigens nützlich, dieses Papier zu finden, dachte Agapkin, aber Chudolej hat es bestimmt sicher versteckt.

Er brachte den wie erstarrten Syssojew ins Wohnzimmer, schloss die Tür und ging wieder in die Küche.

Die Eisenhalterungen, an denen das Schloss hing, waren an der Hintertür und der Türfüllung festgeschraubt. Agapkin benutzte das Skalpell als Schraubendreher und löste die Schrauben. Nun genügte ein kräftiger Ruck, und die ganze Konstruktion fiel ab.

Agapkin ging zurück zu Sina. Nun mussten sie nur noch warten, wer zuerst kam, Anna oder Chudolej.

Nach einer halben Stunde hielt eine geschlossene Kutsche

unterm Fenster. Ihr entstieg eine streng und teuer gekleidete junge Dame und schaute sich verwirrt um. Agapkin sprang aufs Fensterbrett, steckte den Kopf durch das Lüftungsfenster und rief leise: »Anna Matwejewna!«

Die Dame hielt ihren Hut fest und legte den Kopf in den Nacken. Sina schleppte sich zum Fenster und drückte das Gesicht gegen die Scheibe. Die Dame trat einen Schritt vor, stellte sich auf Zehenspitzen und versuchte, das Fenster zu berühren, schaffte es aber nicht.

»Sinuschka, mein Gott!«, hörte Agapkin sie sagen.

»Lassen Sie den Kutscher auf den Hof fahren, zum Hintereingang. Warten Sie dort!«, rief Agapkin.

Das Kind wachte auf und fing an zu weinen. Agapkin nahm es auf den Arm. Sina hatte keinerlei Kleider bis auf einen Hauskittel, Hausschuhe und ein Wolltuch. In das Tuch wickelten sie das Mädchen, Sina hüllte Agapkin in seinen Mantel. Das Gehen fiel ihr schwer. Sie hinterließ Blutspuren auf dem Fußboden. Als sie in den Flur traten, hörten sie einen Schlüssel im Schlüsselloch knirschen. Aber das war nun egal. Während Chudolej sich in der Diele auszog, erreichten sie die Küche und gingen auf die Hintertreppe hinaus.

»Fjodor Fjodorowitsch fährt mit uns. Ohne ihn wäre ich gestorben. Wir müssen etwas auf den Sitz legen, ich blute stark. Bitte, Anna, stell keine Fragen, weder ihm noch mir, ich erzähle dir alles später. Sieh nur, wie schön sie ist!«

Sie hielten vor einer zweistöckigen Villa im englischen Stil in der Großen Nikitskaja.

»Holen Sie einen guten Spezialisten für Sina, er soll sie und das Mädchen untersuchen«, sagte Agapkin zum Abschied, »ich bin kein Geburtshelfer, ich bin Militärchirurg. Das war meine erste Entbindung. Meiner Ansicht nach ist alles in Ordnung. Sina, wie wirst du das Mädchen nennen?«

»Ich weiß nicht. Das habe ich noch nicht entschieden. Wieso?«

»Nenn es Tatjana. Und lade mich zur Taufe ein.«

Agapkin war von völlig neuen, heißen Gefühlen erfüllt. Viele Male in seinem sehr langen Leben dachte er später an diese wenigen Stunden, an die Schneesturmnacht und den sonnigen Tag Ende Dezember 1916 zurück. Nie wieder hatte eine Tat ihm das Glück beschert, sich so stark, edel und selbstlos zu fühlen. Weder vorher noch danach war ihm etwas Derartiges passiert.

Wenn Tanja davon erfahren, wenn sie das alles gesehen hätte, wäre sie stolz auf mich gewesen und hätte ihren Oberst vergessen.

Doch er konnte niemandem davon erzählen außer Wolodja.

Wolodja ging es schlecht. Der Husten drohte ihn zu ersticken, das Fieber wollte nicht sinken. Der Anbruch des neuen Jahres 1917 wurde in der Familie Sweschnikow nicht gefeiert. Zum ersten Mal seit vielen Jahren gab es keinen Tannenbaum, keine Geschenke, keinen Champagner.

Anfang Januar redete ganz Moskau über die Ermordung Rasputins. Die Täter waren angeblich Purischkewitsch, Fürst Felix Jussupow und Großfürst Dmitri. Zuerst hätten sie ihn vergiftet, dann angeschossen und noch lebend in die Newa geworfen, unters Eis, doch er sei wieder aufgetaucht, habe das Eis durchbrochen und sei beinahe ans Ufer gekrochen, so dass sie erneut schießen mussten.

»Nichts als Gerüchte«, winkte Sweschnikow ab, »er wurde schon so oft angeblich getötet.«

»Diesmal ist es wahr, Papa«, sagte Tanja, »es steht in den Zeitungen, im Lazarett reden alle darüber. Schon am ersten Januar wurde sein Leichnam aus der Newa gefischt.«

Sweschnikow las selten Zeitung, und jetzt rührte er überhaupt keine mehr an. Die Lazarettgespräche überhörte er. Er lief mit aschgrauem Gesicht herum, versammelte mehrfach Konsilien bei sich zu Hause, die besten Lungenärzte untersuchten Wolodja, verschrieben ihm Medikamente, gaben Ratschläge. Alles vergebens. Es blieb nur die schwache Hoffnung, dass der junge Organismus selbst mit der Krankheit fertigwurde.

Wolodjas Zimmer war zum Hospital geworden. Agapkin war in das kleine Zimmer neben dem Labor umgezogen, verbrachte aber die meiste Zeit, wenn er nicht im Lazarett arbeitete, bei Wolodja. Renata besuchte ihn kein einziges Mal und rief nie an. Auch Chudolej ließ nicht von sich hören.

»Nach deinem Streich ist er wahrscheinlich aus Moskau verschwunden. Vielleicht hat er Renata und Syssojew mitgenommen. Sie sind ja für seine hypnotischen Tricks sehr empfänglich.«

»Das waren wir doch auch«, erinnerte ihn Agapkin, »du hast mich zu ihm gebracht.«

Wolodja lächelte schwach und schüttelte den Kopf.

»Das sind alles alberne Spiele, aber ich fand es ohne sie langweilig.«

»Und Renata?«

»Nichts Ernstes.«

»Er hat noch das Papier mit unseren Unterschriften.«

»Mach dir keine Sorgen. Sehr bald ist das alles vorbei, es wird zusammenbrechen, alle Papiere werden verbrennen, genau wie die Departements, die sich dafür interessieren. Wanka Kain wird kommen und uns allen einen Knüppel über den Kopf ziehen, und zu Recht. Wir haben es verdient. Hör zu. Das musst du wissen. Chudolej war Meister der Loge ›Narzisse‹, das ist eine geheime internationale Loge. Das Hauptquartier ist in Paris. Chudolej hat sich nicht mehr untergeordnet, er wollte hier in Moskau eine eigene Loge gründen, obwohl er dazu nicht bevollmächtigt war. Und das gelang ihm, er ist sehr gebildet, beherrscht die Technik der Hypnose und versteht es, Leuten den Kopf zu verdrehen. Er änderte die Riten, die Worte des Schwurs, nahm Frauen in die Loge auf, was bei den echten Freimaurern verboten ist. Ihm wurde verziehen. Da entschied er, dass man ihm alles verzeihen würde. Er hatte schon lange einen Rochus auf einen Meister der Loge, einen hohen Moskauer Beamten, einen bekannten und einflussreichen Mann. Sina ist seine Tochter.«

»Moment mal, wie kann das sein? Warum hat dieser hohe Beamte nichts bemerkt? Warum hat er nichts gewusst?«

»So etwas wäre ihm nicht in den Sinn gekommen. Er war sicher, dass Sina Nonne werden will. Er hat fünf Kinder. Sina ist die Jüngste. Sie war von klein auf eigen, verschlossen und fanatisch religiös. Warum hätte er sie bespitzeln lassen sollen? Aus welchem Grund? Und Chudolej hat sich mit ihr nie in der Öffentlichkeit gezeigt. Sie haben sich bei Renata getroffen.«

»Worauf hat er spekuliert? Warum dieses Risiko?«

»Oh, du ahnst gar nicht, wie groß das Risiko war! Neben allem anderen schwört ein Meister nämlich, dass er keine fleischlichen Beziehungen zu Mutter, Schwester oder Tochter eines anderen Meisters und Bruders eingehen wird.«

»Umso mehr – wozu?«

»Genau darum hat er die Rache besonders genossen – weil sie so riskant war. Er ist furchtbar hochmütig, er war ganz sicher, dass alles verborgen bleiben würde. Und wenn du nicht gewesen wärst, hätte das vermutlich auch geklappt.«

»Aber Sina wollte das Kind nicht weggeben. Selbst wenn er es geschafft hätte, es ihr wegzunehmen und sie hypnotisiert hätte, sie hätte ihr Mädchen nicht vergessen und früher oder später ihrem Vater davon erzählt.«

»Er glaubte, das würde sie niemals tun. Denn er war überzeugt, dass sie ihm vollkommen ergeben sei, ihn fürchte und anbete. So war es auch, bis zu einem bestimmten Moment. Eines konnte er nicht vorhersehen, weil es außerhalb seiner Weltsicht liegt: Den Mutterinstinkt oder die Mutterliebe, auch wenn ich dieses affektierte Wort nicht ausstehen kann.«

Das lange Sprechen fiel Wolodja schwer, er bekam keine Luft. Agapkin hätte ihm gern noch mehr Fragen gestellt, sagte aber: »Du musst ein bisschen schlafen.«

»Ja. Ich bin erschöpft. Hör mal, meinen Vater wage ich nicht darum zu bitten, das wäre auch sinnlos. Er würde sowieso ablehnen. Aber du wirst es tun.«

»Was?«, fragte Agapkin, und sein Herz klopfte alarmiert.

»Du hast das Röntgenbild gesehen«, sagte Wolodja nach einem erneuten Hustenanfall, »ich habe seit meiner Kindheit schwache Lungen. Ich hätte mich nicht erkälten dürfen. Du bist Arzt und weißt Bescheid. Seit fast drei Wochen bin ich auf Sauerstoffkissen angewiesen. Der Husten und die Schmerzen in der Brust lassen mich nicht schlafen, die Morphiumdosis muss ständig erhöht werden. Spritz mir euer Präparat. Bin ich etwa schlechter als Ossja? Sag meinem Vater nichts davon, frag ihn gar nicht.«

»Ossja hatte keine Chance. Du hast eine. Verzeih, aber das kann ich nicht tun.«

»Als Ossja im Sterben lag, hat Tanja Vater zugeredet, ihn angefleht – und hatte recht damit.«

»Du liegst nicht im Sterben.«

»Vielleicht habe ich noch mehr als ein paar Stunden, vielleicht noch Tage. Was ändert das? Du hast die Aufnahmen gesehen.«

»Ossja hatte kein Fieber. Sein Herz war stehengeblieben. Das ist etwas ganz anderes. Du hast seit drei Wochen über achtunddreißig Grad Fieber. Nach der Injektion würde es auf vierzig Grad steigen. In jedem Fall darf nicht ich diese Entscheidung treffen.«

»Richtig. Nicht du, sondern nur ich selbst. Ich habe sie bereits getroffen, versuch also nicht, sie mir auszureden. Du wirst es so oder so tun. Aber sieh zu, dass es nicht zu spät ist.«

Am nächsten Tag ging es Wolodja besser. Am Morgen fiel seine Temperatur auf siebenunddreißig. Er zog sich an, ging zum Frühstück ins Esszimmer, aß ein Stück Kringel mit Butter und Kaviar und trank ein Glas süßen Tee mit Sahne. Agapkin bemerkte, dass Tanjas Augen feucht wurden, als sie ihren Bruder ansah. Am Tisch saß fast der alte Wolodja, mit seinen düsteren Scherzen und Spötteleien, nur dass er sehr dünn und blass war.

»Sag mal, ist es wahr, dass Doktor Botkin Kakerlaken getrocknet und einen Sud daraus als harntreibendes Mittel benutzt hat?«, fragte er seinen Vater.

»Ja, so hat er die Wassersucht behandelt.«

»Sehr schön. Und ist es wahr, dass dein Freund Metschnikow zweimal versucht hat, sich umzubringen, und dann jedem ein Stück Mastdarm herausschneiden wollte?«

»Ilja Iljitsch ist letzten Sommer in Paris gestorben. Am fünfzehnten Juli. Papa war sehr traurig, dass er nicht zur Beerdigung fahren konnte. Also hör bitte auf«, sagte Tanja.

»Verzeih. Trotzdem, eure Medizin ist etwas ausnehmend Scheußliches.«

Tanja stand plötzlich auf, ging um den Tisch herum und küsste ihn auf den Kopf.

»He, Schwesterchen, das ist eine Verwechslung. Heb dir deine Zärtlichkeiten für Oberst Danilow auf. Oder gib lieber Fjodor einen Kuss. Siehst du, wie er guckt? Er muss gleich zum Nachtdienst, also gib ihm deinen Segen.«

Tanja lächelte, trat zu Agapkin und küsste ihn auf die Wange.

Den ganzen Tag musste Wolodja kaum husten, der Schmerz in der Brust hatte nachgelassen. Am Abend stieg die Temperatur ein wenig, auf 37,5 Grad. Er schlief früh ein, die Nacht verlief ruhig.

Am nächsten Morgen kam Agapkin vom Nachtdienst zurück und sank ins Bett. Um zwei Uhr weckte ihn ein Klopfen an der Tür.

»Fjodor Fjodorowitsch, wachen Sie auf, ein Unglück!«

Er sah die Blutflecke auf der weißen Schürze der Pflegerin, stürzte zu Wolodja und hörte ihn krampfhaft husten. Sweschnikow und Tanja waren im Lazarett. Andrej war noch nicht aus dem Gymnasium zurück.

Wolodja hatte eine Lungenblutung. Agapkin forderte die Pflegerin auf, im Lazarett anzurufen, und machte sich daran, die Blutung mit allen verfügbaren Mitteln zu stoppen.

»Die Leitung ist tot!«, rief die Pflegerin erschrocken aus dem Flur.

»Nehmen Sie eine Droschke, fahren Sie sie holen. Im Flur hängt mein Mantel, in der Innentasche ist mein Portemonnaie. Nehmen Sie sich heraus, was Sie brauchen.«

Wolodja keuchte. Die Blutung wurde nicht schwächer. Seine Fingernägel waren schon blau. Der Puls war kaum noch zu spüren. Als Agapkin eine neue Ampulle anbrach, sagte Wolodja plötzlich klar und deutlich: »Du verlierst Zeit.«

Agapkin warf einen Blick auf die blutbeschmierten Lippen, die eingefallenen Augen, die spitze Nase, ließ die Ampulle fallen und rannte ins Labor.

Er brauchte nur zehn Minuten, um die Lösung herzustellen. Doch als er zurückkam, atmete Wolodja nicht mehr. Der Puls war tot. Agapkin drückte ein paarmal mit beiden Handflächen auf den Brustkorb und versuchte durch ein Taschentuch

Mund-zu-Mund-Beatmung. Dann begriff er, dass das alles vergebens war.

Das Zimmer verschwamm vor seinen Augen. Er schaute verwirrt um sich. Alles drehte sich, als stünde er mitten in einem rasenden Karussell. Nur ein Gegenstand blieb regungslos und fesselte Agapkins Blick. Das dunkle Glasfläschchen auf dem kleinen Tisch neben dem Bett. Langsam, wie ein Schlafwandler, rollte Agapkin seinen linken Ärmel auf, füllte eine Spritze mit der trüben weißlichen Flüssigkeit aus dem Fläschchen, zog mit den Zähnen den Abbindegummi fest und stach sich die Nadel in die geschwollene Vene in der Armbeuge.

Moskau 2006

Sofja tastete auf dem Nachtschrank neben ihrem Bett nach dem Mobiltelefon, öffnete die Augen und las die SMS.

»Guten Morgen! Wie hast du geschlafen? Was hast du geträumt?«

Petja, der glückliche Ehemann und Vater, ließ sie einfach nicht in Ruhe. So hatte er sie früher begrüßt, auf dem Höhepunkt ihrer schönen Romanze. Sie schloss die Augen und wollte noch zehn Minuten schlafen, doch das Telefon klingelte erneut.

»Der Alte A. hat recht. Du siehst T. M. S. ähnlich.«

Die Nachricht war von Nolik. Sofja seufzte, setzte sich auf und schrieb: »Was soll das jetzt?«

»Statt guten Morgen«, antwortete Nolik.

Sie lächelte, wählte seine Nummer und sagte ärgerlich: »Damit du's weißt, ich schlafe noch.«

»Und ich arbeite schon. In einer Viertelstunde muss ich einsprechen. Hör mal, vielleicht solltest du dir wirklich die Haare wachsen lassen?«

»Arnold, warum trinkst du schon am frühen Morgen?«

»Also bitte, Knolle, beleidige mich nicht. Ich bin nüchtern und munter. Ich trinke überhaupt seit einer Woche nur Kaffee, Tee und Wasser. Und du packst wahrscheinlich heute deine Koffer?«

»Nein. Heute muss ich ins Institut, ich hab noch eine Menge zu tun.«

»Ich auch. Man hat mir eine Rolle in einer Reihe von Werbeclips angeboten. Rat mal, was ich machen soll?«

»Eine weiße Bluse mit Ketchup bekleckern?«

»Nein! Schokolade futtern und dahinschmelzen vor Glück. Das wird die Einnahmen des Schokoladenimperiums, das dein lieber, gebildeter Petja geheiratet hat, bestimmt beträchtlich erhöhen.«

»Scher dich zum Teufel!«, blaffte Sofja und wollte die Verbindung abbrechen, als sie hörte: »Warte, Sofie, nicht abschalten! Ich wollte dir eigentlich sagen, dass du sehr schön bist, das aber leider vollkommen ignorierst. Ich werde Petja nie mehr erwähnen. Entschuldige bitte.«

»Schon gut, entschuldige du auch.«

Sofja legte das Telefon beiseite, stand auf, warf sich einen Bademantel über und ging in die Küche. Ihre Mutter kochte Kaffee.

»Du fliegst übermorgen, dein Flug geht am Abend«, sagte ihre Mutter. »Hier sind deine Papiere, sie wurden vor einer halben Stunde gebracht. Ich wollte dich nicht wecken.«

»Ja, danke, Mama.«

»Weißt du, ich habe in den Schrank geschaut, du hast ja keinen anständigen Koffer, aber selbst wenn du einen hättest, du hast absolut nichts zum Einpacken.«

»Hmhm.« Sofja nickte und ging ins Zimmer ihres Vaters.

Sie wählte einige Fotos aus und musterte wohl zum zehnten Mal das Gesicht von Tanja, ging sogar zum Spiegel, betrachtete sich von allen Seiten, konnte aber keine Ähnlichkeit entdecken.

»Was heißt ›hmhm‹?« Ihre Mutter stand auf der Schwelle und sah Sofja drohend an. »Ist dir klar, dass du außer den Stiefeln, die ich dir mitgebracht habe, kein einziges anständiges Kleidungsstück besitzt?«

»Mama, sagt dir der Name Danilow etwas?«, fragte Sofja nachdenklich.

Ihre Mutter runzelte die Stirn und schwieg eine Weile.

»Nein, ich kenne niemanden, der so heißt. Obwohl der Name ja relativ verbreitet ist. Wieso?«

»Dieser seltsame Greis hat Papa Dmitri Michailowitsch Danilow genannt.«

»Wahrscheinlich hat er sich versprochen. Apropos, wie geht es ihm? Du wollest gestern nichts mehr erzählen, bist gleich schlafen gegangen. Ist er wirklich so alt?«

»Ja, wirklich. Aber er ist eine lebende Mumie.«

»Über die Fotos hat er dir natürlich nichts Interessantes mitgeteilt?«

»Nein. Er hat nur gesagt, ich würde dieser jungen Frau sehr ähnlich sehen, Tanja, der Tochter von Sweschnikow.« Sofja reichte ihrer Mutter das Foto.

»Ja, da ist tatsächlich etwas dran. Wenn du dir die Haare wachsen lassen und sie so frisieren würdest.«

»Was habt ihr nur alle mit meinen Haaren? Sieh doch mal hin, sie ist eine Schönheit, und ich?«

»Warum regst du dich so auf? Beruhige dich bitte. Sonst hat dir dieser Alte nichts Interessantes erzählt?«

»Nein. Aber er hat versprochen, ich würde alles selbst erfahren, in Deutschland.«

»Was – alles?«

»Keine Ahnung.« Sofja gähnte. »Ich war nach dem Besuch bei ihm gestern wirklich furchtbar erschöpft.«

»Worüber habt ihr denn so lange geredet?«

»Er hat mich angefleht, Eis zu essen, hat geklagt, er dürfe gar nichts mehr, und seine einzige Freude sei, anderen zuzuschauen, wie sie etwas essen, das er mag.«

»Aber du darfst doch auch kein Eis essen, du warst gerade krank. Ich hoffe, du hast abgelehnt?«

»Natürlich.« Sofja küsste ihre Mutter und ging ins Bad.

Unter der Dusche begann sie plötzlich zu singen *Love me tender, love me sweet* und sang noch immer, als sie in die Küche zurückkam. Ihre Mutter lachte leise und schenkte ihr Kaffee ein. Erst nach der letzten Strophe des alten Elvis-Presley-Schlagers machte sich Sofja über den Joghurt her.

»Nicht übel«, sagte ihre Mutter, »auch wenn die Melodie nicht ganz stimmt. Außerdem krächzt du, das kommt vom Rauchen. Und nun sei so gut und wirf einen Blick auf deine Tickets. Businessclass, wie du siehst. Und hier ist noch Bargeld, tausend Euro. Komisch, sie wollten gar keine Quittung. Aber jetzt sag bitte noch mal – was hat der Alte über Deutschland gesagt? Was sollst du dort erfahren?«

Die Mutter schenkte Sofja Kaffee nach. Sofja begegnete ihrem misstrauischen, beunruhigten Blick und versuchte zu lächeln, brachte aber nur eine gequälte Grimasse zustande.

»Ehrlich gesagt habe ich kein Wort verstanden. Vielleicht hat er einfach phantasiert, vor sich hin geredet. Es ist sehr seltsam dort in seiner Wohnung. Überall brennen Räucherstäbchen. Er hat einen Assistenten oder Leibwächter, ein äußerst unangenehmer Typ, die beiden verständigen sich über eine Art Polizei-Funksprechgerät zwischen Zimmer und Küche. Das ist komisch und auch irgendwie unheimlich. ›Hörst du mich? Empfang!‹ Außerdem hat er einen schwarzen Pudel, der ist beinahe so alt wie er und schon fast kahl. Er heißt Adam und ist der Sympathischste von den dreien.«

Ihre Mutter runzelte plötzlich die Stirn und ging rasch hinaus.

»Mama!«, rief Sofja erstaunt.

Keine Antwort. Sofja trank ihren Kaffee aus und nahm die Tickets aus dem Umschlag. Tatsächlich – Businessclass. Und ein Umschlag mit Geld. Zehn Hundert-Euro-Scheine.

»Mama, haben sie gesagt, ob ich am Flughafen abgeholt werde?«, rief Sofja.

Wieder keine Antwort. Nur das Geräusch laufenden Wassers. Auf der Wanne lag ein Brett, darauf stand eine Schüssel.

»Was machst du da, Mama?«

»Ich wasche. Eure Waschmaschine ist kaputt, und du hast nichts Sauberes mehr.«

»Aber das kann man doch in die Wäscherei oder in die chemische Reinigung geben, Papa hat das immer gemacht.«

»In die Reinigung? Du fliegst übermorgen!«

Die Mutter wusch verbissen weiter, ohne Sofja anzusehen.

Die Schüssel kippte vom Brett in die Wanne. Seifenlauge schwappte über die Mutter, Sofja nahm ein Handtuch, trocknete ihr das Gesicht ab und spürte plötzlich, dass die Schultern ihrer Mutter bebten.

»Ich habe große Angst um dich, Sofie. Dabei ist alles wunderbar, ich sollte mich für dich freuen, trotzdem habe ich Angst.«

»Aber Mama, was hast du?« Sofja küsste sie auf die nassen Augen und Wangen und bemerkte, dass die Narbe auf ihrer Wange gerötet und geschwollen war. »Ich bleibe einfach hier, ja? Und du fliegst nicht nach Sydney, ja? Du suchst dir hier Arbeit, und dein Roger wird ab und zu herkommen.«

Die Mutter wusch sich, richtete sich vorm Spiegel das Haar und legte eine Strähne über die Narbe.

»Red keinen Unsinn. Ich weine gar nicht. Ich habe Seife in

die Augen bekommen. Du fliegst nach Deutschland, das ist deine Chance. Ich finde hier keine Arbeit. Und Roger kann uns nicht besuchen kommen, er hat schwere Arthritis, er ist vollkommen hilflos ohne mich. Und du tu was Nützliches, sieh deine Sachen durch und überlege, was du mitnimmst und was du noch kaufen musst.«

Sofja ging in ihr Zimmer, öffnete den Schrank und sah mechanisch ihre Sachen durch, ließ aber bald davon ab, setzte sich auf den Fußboden, zündete sich eine Zigarette an und betrachtete zerstreut die Bücherregale. Ihr Blick blieb an einem dünnen Buchrücken hängen.

Ljubow Sharskaja. *Begegnungen und Trennungen.*

Diese Erinnerungen einer Dramatikerin, einer Freundin von Sweschnikow, hatte Nolik ihr vor fünf Jahren zum Geburtstag geschenkt. Schon in ihrer Jugend hatte er Sofjas Interesse für Memoiren geweckt; er selbst las neben historischen Büchern über Kriege nichts anderes. »Du interessierst dich doch für Professor Sweschnikow. Hier, diese Sharskaja hat ihn gut gekannt.«

Die Memoiren waren überspannt und affektiert geschrieben. Der Stil nervte, aber das Buch enthielt viele interessante Details. Die Boheme von Moskau, kleine Theater, Dichterabende, die angespannte Atmosphäre des Jahres 1916, schicksalhafte Affären, ein Hang zur Mystik, Verachtung für alles Normale, Alltägliche.

Nolik hatte gesagt, diese Memoiren seien bereits in der Sowjetunion einmal erschienen, aber mit starken Kürzungen von der Zensur. Komplett gestrichen worden sei zum Beispiel das Kapitel über Sweschnikow, obwohl es nichts ideologisch Gefährliches enthielt. Dies sei nun die vollständige, ungekürzte Ausgabe.

Noch bevor Sofja das Buch aufschlug, wusste sie, warum ihr

Agapkins Versprecher beim Namen ihres Vaters keine Ruhe ließ. Die Dramatikerin erwähnte mehrfach einen »älteren Verehrer Tanjas, der blutjungen Tochter des Professors«, einen Oberst Pawel Nikolajewitsch Danilow.

»Niemand verstand, warum die schöne und eigensinnige Tanja so wohlwollend auf das langweilige Werben dieses Danilow reagierte, eines primitiven, ungeschliffenen Militärs. Was fand sie nur an ihm? Fjodor Agapkin war unsterblich in sie verliebt, das sah jeder, doch sie schien es gar nicht zu bemerken und verachtete ihn. Fjodor kam aus einfachen Verhältnissen, seine Mutter war wohl gar Wäscherin, was er verbarg. Ein ehrgeiziger und leicht reizbarer Mann, der alles aus eigener Kraft erreicht hat. Heute denke ich, er ist nur deshalb Freimaurer geworden, weil ihn Tanjas Geringschätzigkeit so verletzte. Vor kurzem habe ich gehört, Fjodor diene in der Tscheka. Das glaube ich nicht.«

Moskau 1917

»Ich habe ihn zu wenig geliebt, zu wenig mit ihm geredet, mich nicht für die Welt interessiert, in der er in letzter Zeit lebte. Vor zwölf Jahren, als ich dich verlor, Lidotschka, dachte ich, nichts könnte schmerzhafter sein. Ohne dich war für mich alles leer und kalt. Es gab Augenblicke, da ich ernsthaft überlegte, welche Medizin mich zuverlässiger von der Trauer um dich befreien würde, Gift oder eine Kugel. Aber ich hielt den neugeborenen Andrej auf dem Arm, die sechsjährige Tanja war bei mir, und Wolodja war gerade elf.

Damals begann die Entfremdung zwischen mir und Wolodja. Tanja war noch klein, für sie existierte der Tod nicht. Sie konnte nicht deshalb nicht an den Sarg treten, weil sie Angst hatte; sie glaubte einfach nicht, dass darin ihre Mama lag. Für sie lebtest du weiter. Ich habe oft gehört, wie sie mit dir sprach. Mit sieben, acht Jahren lernte sie Gedichte von deinen beiden Lieblingsdichtern Fet und Tjutschew auswendig und flüsterte sie vor sich hin, dabei schaute sie zum Himmel und war sicher, dass du sie hörst. Für dich hat sie musiziert, für dich hat sie gespielt. Tanja ist dem grimmigen Schmerz, dem Begreifen des Todes, entronnen.

Aber Wolodja hat ihn mit voller Wucht gespürt. Er suchte nach Schuldigen und fand drei: Mich, den kleinen Andrej und Gott. Genau in der Reihenfolge.

Von mir wandte er sich ab, wich mir aus. Wenn ich ins Kinderzimmer kam, um ihn zur Nacht zu küssen, zog er sich die Decke über den Kopf. Den kleinen Andrej ignorierte er ein ganzes Jahr lang, ging nie zu ihm, schaute ihn nicht an, berührte ihn nicht, nannte ihn nicht beim Namen.

Bei der Totenmesse ist er aus der Kirche gerannt und hat sie seitdem nie wieder betreten. Aus dem Gymnasium kamen Klagen, dass er die Religionsstunden schwänze, und wenn er sie doch einmal besuche, dann verspotte er den alten Priester und mache ihn vor den anderen Schülern lächerlich.

Ich habe viele Male versucht, mit ihm zu reden, ihn zu überzeugen, habe ihn bestraft. Doch nachdem man in seinen Lungen einen Tuberkuloseherd festgestellt hatte, als er zwölf war, konnte von Bestrafungen keine Rede mehr sein.

Etwas habe ich immerhin doch erreicht. Wolodja wurde gesund und kräftiger. Er flog nicht aus dem Gymnasium, er fing an zu studieren. Ich wusste, dass der Herd noch da war. Seine Lungen waren schwach. Ich bat ihn, sich vorzusehen, aber wer denkt mit dreiundzwanzig Jahren gern daran? Immerhin hatte er genug Verstand, um sich von Kokain und Opium fernzuhalten und nicht blind dem in seinem Kreis populären Selbstmordtrend zu folgen, aber die schlaflosen Nächte, die eiskalten esoterischen Leidenschaften, seine ganze Lebensweise und dieser Umgang taten das Ihre.

Von unseren drei Kindern war Wolodja das schwierigste. Ich habe ihn zu wenig geliebt. Ich habe ihn nicht behütet. Verzeih mir.«

Sweschnikow glaubte, das alles laut auszusprechen, er hörte sogar seine eigene Stimme, wie aus der Ferne.

»Papa, bitte schweige nicht, sag etwas«, bat Tanja.

»Ja«, antwortete er und sank wieder in seine dunkle innere Stille, in der niemand außer seiner verstorbenen Frau Lidotschka ihn hören und verstehen konnte.

Wolodja wurde auf dem Friedhof Wagankowo begraben, neben seiner Mutter.

Tanja hatte auf einer Totenmesse bestanden. Nur wenige Menschen waren in der Friedhofskapelle versammelt. Sweschnikow stand dicht neben dem Sarg und konnte die trockenen entzündeten Augen nicht vom Gesicht seines Sohnes wenden. Andrej wurde beinahe ohnmächtig. Tanja konnte ihn gerade noch auffangen und an die Luft bringen.

Schnee fiel in stechenden, kleinen Flocken. An der Kirchentreppe sah Tanja eine kleine Gruppe Menschen stehen. Sie waren gekommen, um Abschied von Wolodja zu nehmen, gingen aber nicht in die Kirche, sondern warteten draußen. Tanja hatte in diesen Tagen so viel geweint, dass ihr die Augen wehtaten. Sie konnte nicht erkennen, wer die Leute waren. Erst später, am Grab, sah sie Renata und Georgi Chudolej eine Handvoll Erde auf Wolodjas Sarg werfen. Sie traten weder zu ihr noch zu Sweschnikow und entfernten sich rasch. Tanja schaute ihnen nach. Auf der Allee kam ihnen ein kleiner älterer Herr in einem teuren Pelzmantel und mit einer Mütze entgegen.

Die Allee war schmal und auf beiden Seiten von Schneewehen gesäumt. Renata und Chudolej blieben stehen. Auch der

Herr blieb stehen. Tanja sah, dass er abrupt den angewinkelten rechten Arm hob. Seine Hand im schwarzen Handschuh war vor dem weißen Schnee gut zu erkennen. Sie vollführte eine seltsame, ruckartige Bewegung nach unten, als zerschneide sie mit abgespreiztem Daumen die Luft. Die Gesichter von Chudolej und Renata konnte Tanja nicht sehen, sie standen mit dem Rücken zu ihr. Das Gesicht des Herrn wurde von der Mütze und dem hohen Kragen seines Pelzmantels verdeckt.

Renata schrie dumpf auf. Chudolej taumelte zur Seite, in eine Schneewehe, verlor das Gleichgewicht, wedelte hilflos mit den Armen und hielt sich an einer Grabeinfriedung fest, als hätte diese plötzliche Begegnung ihn getroffen wie ein Schuss, lautlos und tödlich.

In Tanja flammte eine ungute, rachsüchtige Schadenfreude auf. Sie hatte von Anfang an den Verdacht gehabt, dass Chudolej indirekt etwas mit Wolodjas Tod zu tun hatte. Dieser liebenswürdige, gebildete Herr strahlte Grabeskälte aus. Doch selbst wenn man jegliche Mystik beiseiteließ, blieben die Tatsachen: In einer Schneesturmnacht Ende Dezember war Wolodja schwerkrank, mit hohem Fieber nach Hause gekommen. Tanja hatte ihn in Empfang genommen und ins Bett gebracht, ihm kalte Umschläge gemacht. Es ging ihm so schlecht, dass er, vielleicht zum ersten Mal im Leben, auf Tanjas Frage »Wo warst du?« schlicht und ehrlich antwortete: »Bei Chudolej.« Seitdem war er nicht mehr aus dem Bett aufgestanden. Und einen Monat später war er tot.

Unsinn. Ich darf nicht nach Schuldigen suchen. Davon wird es nicht leichter. Aber ich möchte so gern jemanden verurteilen, anklagen, mich rächen, es ist so schwer, sich abzufinden, dachte Tanja, bemüht, nicht zu der Grube zu blicken, den Aufprall gefrorener Erde nicht zu hören, nicht das monotone Jammern der alten Kinderfrau und nicht das hysterische laute Schluchzen von Soja Wels.

Indessen war auf der Allee nichts Schlimmes passiert.

Renata hielt Chudolej fest, damit er nicht stürzte. Der Herr trat beiseite, ließ die beiden vorbei und eilte zu Wolodjas Grab. Er nahm die Mütze ab und warf eine Handvoll Erde hinein. Von weitem verbeugte er sich respektvoll vor Sweschnikow und Tanja, trat aber nicht zu ihnen und stellte sich nicht vor.

Der Priester beendete das Ritual. Ljubow Sharskaja hielt mit ihrer dramatischen tiefen Stimme eine Rede. Andrej stand neben Tanja, das Gesicht gegen ihre Schulter gepresst. Auch er konnte nicht zusehen und nicht zuhören. Tanja umarmte ihn und spürte, wie er zitterte und schluchzte.

Als das Grab zugeschaufelt war, stellte der Lakai des Herrn im Pelzmantel, der in der Nähe gewartet hatte, einen Korb mit frischen Narzissen auf den Hügel. Später fragte Tanja Wolodjas Studienfreund Potapow, wer der ältere Herr im Pelzmantel gewesen sei. Potapow zuckte nur die Achseln und sagte, er habe ihn noch nie gesehen.

Elftes Kapitel

Eines sonnigen Vormittags Anfang September 2004 hielt vor dem bröckelnden Gebäudes des Instituts, in dem Professor Melnik arbeitete, ein so ungewöhnlicher Wagen, dass selbst der Pförtner zum ersten Mal seit Jahren aufwachte, aus seiner Bude kam und beinahe das Gleichgewicht verlor, als er sich über die Schranke beugte. Es war offenbar ein Mercedes, aber ein ganz besonderer – eiförmig, smaragdgrün, glatt und glänzend.

Als der Mann, der aus dem Auto stieg, direkt auf den Institutseingang zuschritt, fragte der Pförtner ihn nicht einmal, wohin und zu wem er wollte, stand stramm, legte die Hand an die Mütze und erstarrte mit offenem Mund, ein Denkmal seiner selbst.

Das ist phantastisch! Endlich! Ich wusste es, ich wusste es!, wiederholte Melnik im Stillen immer wieder, während der Besucher, der unbequem auf dem Fensterbrett in dem elenden Loch saß, das dem Professor als Büro diente, davon sprach, dass sich ein großer Konzern für Melniks Forschungen interessiere.

»Wir haben uns nie mit Medizin oder Biologie befasst, aber vor kurzem bekamen wir ein Angebot für ein Jointventure. Ein deutsches Pharma-Unternehmen hat uns vorgeschlagen, in ein wissenschaftliches Forschungsprojekt zu investieren. Das Projekt ist vorerst streng geheim, wir können keinen Medienrummel gebrauchen.«

Ausgerechnet gestern ist der letzte anständige Stuhl kaputtgegangen, dachte Melnik, soll ich ihm meinen Sessel anbieten? Es ist mir peinlich, dass er in diesem Anzug auf dem schmutzigen Fensterbrett sitzt.

»In unserem Unternehmen gibt es keine Fachleute auf diesem Gebiet. Die deutsche Seite bietet uns natürlich ihre Experten an, Ärzte, Biologen und Biophysiker, aber das genügt meiner Firmenleitung nicht«, fuhr der Besucher fort. »Es geht um große Summen, und wir möchten ...«

Ob ich ihm einen Kaffee anbiete? Aber ich habe nur löslichen, den billigsten, außerdem ist er überlagert, und die Tassen sind scheußlich.

»Wir haben lange gesucht, Informationen eingeholt und uns schließlich für Sie entschieden.«

Der Besucher lächelte charmant. Er hatte einen angenehm festen Händedruck.

Bereits zwei Tage darauf hielt das smaragdgrüne Ei direkt vorm Eingang des Hauses in Sokolniki, in dem Melnik wohnte. Eine Stunde zuvor waren Melnik, seine Frau Kira und ihre alte Katze Awdotja laut schreiend durch die vollgestellte Wohnung gerannt, und keiner hatte auf den anderen gehört. Melnik rannte mit Wäschebündeln vom Bad ins Schlafzimmer. Kira lief ihrem Mann hinterher und sammelte mal eine kaputte Socke, mal Hosenträger auf. Die Katze Awdotja lief nur zur Gesellschaft zwischen ihren Beinen herum.

Laien einwickeln, ihnen pseudowissenschaftliche Märchen auftischen, seine wahren Absichten unter der Maske einer verlockenden Halbwahrheit verbergen – das war ganz ähnlich wie die Herstellung von Gold aus Blei. Doch die Alchemisten hatten ihre Experimente im stillen Kämmerlein vorgenommen, ohne Hektik und Eile. Melnik aber musste ständig herumrennen, telefonieren, Absprachen treffen, sich den Mund fusselig reden. Das laugte ihn aus, machte ihn nervös und immer reizbarer.

Tumbe Geldleute hörten ihn aufmerksam an, sagten: ja, sehr interessant, wir melden uns auf jeden Fall und bereden das. Und drückten ihm eine Visitenkarte in die Hand. Diese Visitenkarten füllten schon eine ganze Teebüchse. Hin und wieder meldete sich tatsächlich jemand, beredete etwas mit Melnik, machte Versprechungen, rief dann aber nie wieder an und tauchte nie wieder auf.

»Aber diesmal ist das Ganze seriös«, sagte Melnik nach dem Besuch des Herrn in dem smaragdgrünen Ei im Institut.

»Das sagst du immer«, bemerkte Kira.

»Das sage ich immer, aber diesmal spüre ich es. Das ist Schicksal.«

Kira schaute aus dem Fenster, bis das komische grüne Auto, in dem ihr aufgeregter Mann fortfuhr, nicht mehr zu sehen war.

»Was halten Sie von französischer Küche?«, fragte Subow.
»Ich liebe sie!«
»Mögen Sie Hummer?«
»O ja, sehr!«

Dunkles Holz, weiße Tischdecken, Kerzenleuchter aus Messing, Zigarrenduft, Porträts bärtiger Franzosen in breiten Rahmen, an den Tischen Frauen und Männer, die zweifellos ganz oben angekommen waren, Weißwein und rosiger Hummer – das alles ließ Melnik die gestopften Socken und die Büchse mit den Visitenkarten vergessen. Nicht einmal seine angeborene Askese hinderte ihn daran, den Reiz dieses stillen Ortes zu genießen.

Subow war ein angenehmer Gesprächspartner. Er konnte zuhören, unterbrach ihn nicht, er hatte spürbar echtes Interesse an der Biologie und an Melnik persönlich. Über das Projekt sprachen sie nicht, und das war sicher richtig so, denn schließlich war es geheim und durfte nicht gleich beim ersten Gespräch erörtert werden.

Im Übrigen war Melnik das fremde Projekt ziemlich gleichgültig. Er hatte bereits einen klaren Plan im Kopf: Sollten sie ihn erst einmal als wissenschaftlichen Experten, als Berater engagieren, dann würde er die Zusammenarbeit schon in die ihn interessierende Richtung lenken.

Beim Dessert sagte Subow: »Ach, übrigens, das hätte ich beinahe vergessen. Diese westlichen Biologen verweisen ständig auf einen russischen Wissenschaftler, der ähnliche Forschungen angeblich bereits Anfang des vorigen Jahrhunderts betrieben haben soll, während der Revolution und des Bürgerkriegs. Er hieß Swertschkow oder Swetschnikow.«

»Sweschnikow! Erstaunlich, dass Sie ihn kennen. Der Name ist so gut wie vergessen. Was interessiert Sie an ihm?«

»Tja, in der Tat, was?« Subow lächelte. »Schließlich ist die Wissenschaft in neunzig Jahren so weit fortgeschritten, dass alles, was immer Sweschnikow Wichtiges entdeckt haben mag, inzwischen längst veraltet sein dürfte.«

Melnik schob sich ein Stück Ananas in den Mund.

»Ganz richtig. Zudem weiß bis heute niemand genau, was er eigentlich entdeckt hat.«

»Nicht einmal Sie?«

»Nun, ich habe natürlich eine Ahnung, worum es geht, ich verstehe schließlich ein wenig von der Biologie.«

»Die westlichen Wissenschaftler meinen, die Forschungen würden wesentlich schneller und erfolgreicher vorankommen, wenn es gelänge, irgendwelche Aufzeichnungen von Sweschnikow zu finden, seine Methode zu analysieren.«

Die Ananas schmeckte plötzlich sauer. Offenbar hatte Melnik ein schlechtes Stück erwischt. Er verzog das Gesicht und erklärte, es gebe keine Methode Sweschnikows, das sei ein Mythos. Die Geschichte mit den verjüngten Ratten und Meerschweinchen sei natürlich amüsant, aber lediglich von historischem, keinesfalls von praktischem Interesse. Diese westlichen Wissenschaftler sollten ihre Aufmerksamkeit lieber auf das lenken, was heute aktuell sei und morgen noch hundertmal aktueller sein werde. Sie sollten sich um die lebendige Wissenschaft kümmern, um die Perspektiven, statt Märchen über geheimnisvolle Genies der Vergangenheit zu erzählen.

Subow hörte ihm höflich zu. Melnik geriet immer mehr in Fahrt. Nicht zum ersten Mal wurde ihm Sweschnikow unter die Nase gerieben – ja, es stimmte: In Russland wurden nur tote Genies geschätzt, die lebenden übersah man.

Der Kaffee wurde gebracht. Subow zündete sich eine Zigarette an.

»Wenn es ein Mythos ist, sollte man ihn ein für allemal ausräumen, entlarven und vernichten«, sagte er und bedachte Melnik mit seinem charmanten Lächeln, »aber dafür braucht es Fakten, Dokumente, konkrete Informationen. Wäre es nicht schön, diesen westlichen Snobs zu beweisen, dass sie sich irren und aufs falsche Pferd setzen? Sollen sie endlich die Augen aufmachen und die wahren Genies der heutigen russischen Wissenschaft erkennen.«

Melnik missfiel der ironische Ton. Er spürte, wie Subow ihm entglitt, wie seine Augen erloschen, sein Interesse dahinschmolz, und er erschrak: Wenn nun auch dieser tumbe Geldmann einfach verschwand und nicht einmal eine Visitenkarte hinterließ?

Melnik zog die Brauen zusammen, schwieg lange und konzentriert, als erwäge er etwas sehr Wichtiges, und sagte schließlich: »Den Mythos entlarven? Vernichten?« Er zwang sich zu lächeln, ebenso breit und fröhlich wie sein Gegenüber. »Nun denn, versuchen wir es.«

Moskau 1917

Es war vorbei. Wolodja lag unter einem kleinen Hügel. Der Schneefall hatte sich verstärkt, das Schneegestöber begrub Kränze, frische Blumen und solche aus Wachs. Ljubow Sharskaja nahm den Arm der alten Kinderfrau und ging mit ihr zum Tor. Die Übrigen folgten. Tanja übergab den durchgefrorenen, vom Weinen geschwächten Andrej an Potapow. Sweschnikow stand reglos am Grab.

»Komm, Papa.«

Er nickte schweigend. Er trug keine Handschuhe. Sie rieb seine eiskalten Hände, hauchte sie an.

»Papa, mir ist furchtbar kalt, aber ohne dich gehe ich nicht weg.«

»Ich habe ihn zu wenig geliebt. Ich habe ihn nicht behütet. Verzeih mir«, sagte Sweschnikow plötzlich.

»Redest du mit Mama?«, fragte Tanja.

Er antwortete nicht. Er umarmte sie und weinte dumpf und heftig, zum ersten Mal in diesen Tagen. Sie streifte ihm ihren

Muff über und führte ihn zwischen den Schneewehen die Allee entlang zum Ausgang. Einmal blieb er stehen, drehte sich um, hob eine Handvoll Schnee auf, rieb sich damit das Gesicht ab, holte ein Taschentuch hervor, schnäuzte sich und sagte schon mit anderer, beinahe lebendiger Stimme: »Hier, Tanja, nimm deinen Muff, es ist kalt.«

Zum Totenschmaus kamen mehr Menschen als in der Kirche und auf dem Friedhof gewesen waren.

Brjanzew erschien, einige Freunde von Wolodja, der alte Apotheker Kadotschnikow. Tanja blieb eine Weile am Tisch sitzen. Vielleicht sollte sie lieber in das kleine Zimmer neben dem Labor gehen und Agapkin besuchen?

Agapkin war am Tag nach Wolodjas Tod krank geworden. Bis zur letzten Sekunde hatte er versucht, Wolodja zu retten. Als alle üblichen Mittel erschöpft waren, hatte er ihm das Präparat gespritzt, sechs Kubikmillimeter. Aber es war zu spät gewesen.

»Es war Wahnsinn. Ich habe gehandelt wie unter Hypnose. Wolodja hatte mich ein paar Tage zuvor angefleht, es zu tun, heimlich. Ich habe gezögert. Die Geschichte mit Ossja hat mir zwar Hoffnung gemacht, aber die Angst war stärker. Ich kannte die genaue Dosierung nicht und wagte nicht zu fragen. Am Ende habe ich ihm die Spritze gegeben, als er schon in Agonie lag.«

»Der Parasit ist stark, aber nicht so stark, dass er Tote auferstehen lassen kann«, war das Einzige, was Sweschnikow dazu sagte.

»Ich hatte nicht das Recht«, wiederholte Agapkin, »aber er hat mich so darum gebeten. Ich wollte mit Michail Wladimirowitsch reden, doch Wolodja hat mich schwören lassen, dass ich schweige. Jetzt glaube ich, dass die Injektion ihn getötet hat.«

»Quälen Sie sich nicht, Fjodor Fjodorowitsch«, tröstete ihn

Tanja, »vielleicht hätte ich an Ihrer Stelle das Gleiche getan. Als Sie ihm die Spritze gaben, war Wolodja schon tot, er ist an Atemnot und Blutverlust gestorben.«

Agapkin tat ihr leid. Abends stieg das Fieber auf bis zu vierzig Grad. Er hatte Schüttelfrost. Sie ging häufig zu ihm und gab ihm Tee aus Lindenblüten und Himbeeren zu trinken. Auch Sweschnikow besuchte ihn einmal, mit einem Stethoskop, hörte ihn ab und schaute ihm in den Hals, aber ihm zitterten die Hände. Er murmelte: »Nein, ich kann nicht. Verzeihen Sie. Tanja, ruf bitte Lew Borissowitsch.«

Lew Borissowitsch Koschkin war der beste Internist im Lazarett. Er untersuchte Agapkin, sagte, die Lungen seien frei, der Hals zwar gerötet, aber ohne Belag, die Lymphdrüsen leicht vergrößert. Jedenfalls nichts Schlimmes. Eine normale Wintererkältung. Aber da der Organismus geschwächt sei durch nervliche Erschütterung und Überanstrengung, verlaufe sie so schwer. Er brauche Bettruhe, reichlich warme Getränke, Zitrone, Honig, Essigumschläge.

Inzwischen hatte der Rechtsanwalt Brjanzew begonnen, eine Rede darüber zu halten, dass Russland seine besten Söhne nicht nur auf dem Schlachtfeld verliere. In letzter Zeit hatte er sich so daran gewöhnt, an einem Rednerpult zu stehen, dass er in Fahrt geriet und vergaß, wo er sich befand.

Tanja erhob sich nun wirklich und ging hinauf zum kranken Agapkin.

Er lag zusammengerollt da, mit dem Gesicht zur Wand. In dem kleinen Zimmer brannte nur die trübe Nachtlampe. Auf dem Nachtschränkchen neben dem Bett standen Medikamentenfläschchen und ein halbleeres Glas Tee. Tanja glaubte, Agapkin schlafe, und wollte wieder gehen, aber er drehte sich um und öffnete die Augen.

»Bitte bleiben Sie, Tanja, setzen Sie sich ein wenig zu mir.«

Sie setzte sich auf einen Stuhl neben dem Bett.

»Wie geht es Ihnen?«

»Besser. Das Fieber ist gesunken. Aber das freut mich gar nicht.«

»Warum nicht?«

»Dank meiner Krankheit sehe ich Sie öfter, und Sie kümmern sich um mich. Wenn auch nur aus Mitleid und christlicher Nächstenliebe, aber für mich ist auch das Glück.«

»Fjodor Fjodorowitsch, wir haben Wolodja begraben«, sagte Tanja langsam, als hätte sie ihn nicht gehört.

Er griff nach seinem kalten Tee, trank ihn in einem Zug aus und fragte: »Gab es eine Totenmesse?«

»Ja.«

»Wer war da?«

Tanja zählte alle auf, verstummte und ergänzte dann: »Renata ist immerhin gekommen. Mit Chudolej. Aber sie waren nicht in der Kirche, sie haben draußen gewartet.«

Agapkin richtete sich auf.

»Ach ja? Haben Sie mit ihnen gesprochen?«

»Nein. Sie sind schnell wieder gegangen. Sagen Sie, in der Nacht, als Wolodja krank wurde, was ist da passiert? Sie waren auch dort, bei Chudolej. Ich habe im Halbschlaf gehört, wie Wolodja Sie abgeholt hat.«

»Dort wurde dringend medizinische Hilfe gebraucht«, murmelte Agapkin, »verzeihen Sie, das ist ein fremdes Geheimnis. Wie geht es Michail Wladimirowitsch?«

»Besser. Aber er wird sich natürlich nicht so bald erholen.«

»Ach ja, das habe ich ganz vergessen. Aus Jalta ist ein Brief gekommen, von Ossja. Hier, Klawdija war heute bei mir und hat ihn hiergelassen, auf dem Tisch.«

Tanja lächelte schwach und öffnete den Brief.

Ossja schrieb häufig. Er erzählte vom Gymnasium, entwarf

eindrucksvolle literarische Porträts seiner Klassenkameraden und Lehrer, erfand zu jedem eine unglaubliche Geschichte. Manchmal schickte er einige Seiten seines Romans über die amerikanischen Indianer.

Tanja rückte die Lampe zu sich heran, begann zu lesen und vertiefte sich so, dass sie Agapkin vergaß. Er schaute sie an.

»Na, wie geht es Ossja, ist er gesund?«

»Ja. Er schreibt einen Roman. Hat Freunde im Gymnasium. Fjodor Fjodorowitsch, ich möchte Sie etwas fragen. Aber vielleicht ist das ja auch ein fremdes Geheimnis. Bei der Beerdigung ist ein Herr aufgetaucht, den keiner kannte, schon älter, in einem teuren Pelzmantel und mit einem Lakaien. Chudolej und Renata gingen gerade, als er kam. Sie trafen sich auf der schmalen Allee. Der Herr im Pelzmantel machte so«, Tanja wiederholte die abrupte Geste, »und Chudolej ist sehr erschrocken und fast in eine Schneewehe gefallen.«

Agapkins Gesicht lag im Halbdunkel, trotzdem konnte sie sehen, dass er blass geworden war. Auf seiner Stirn glänzten Schweißperlen. Seine Hände nestelten an der Flanelldecke herum und knüllten sie zusammen.

»Und weiter?«, fragte er dumpf.

»Nichts weiter. Sie haben sich friedlich getrennt. Chudolej und Renata sind verschwunden, der Herr im Pelz stand eine Weile am Grab, verbeugte sich vor mir und Papa, und dann stellte sein Lakai einen Korb Narzissen auf das Grab. Wer kann das gewesen sein? Was bedeutet seine Geste? Warum war Chudolej so erschrocken? Und warum ausgerechnet Narzissen? Bei der Kälte erfrieren sie doch sofort.«

»Nein. Ich weiß es nicht«, sagte Agapkin rasch und leckte sich die trockenen Lippen.

»Fjodor Fjodorowitsch, ist Ihnen nicht gut? Sie sind ganz blass geworden.«

»Ich glaube, ich habe erst jetzt begriffen, dass Wolodja nicht mehr lebt.«

An seinem ausweichenden Blick erkannte Tanja, dass er log.

Boris Melnik war aufgeregt und voll glücklicher Erwartung. Sein Zustand war vergleichbar mit dem einer Frau in den letzten Wochen der Schwangerschaft, wenn sie keine Kraft mehr hat zu warten, Angst davor hat, dass es bald, ganz bald so weit ist, und endlich ihr Kind sehen will. Doch eine Schwangerschaft dauert nur neun Monate, Melnik dagegen trug sein geliebtes Kind bereits seit vielen Jahren aus. An all die schlaflosen Nächte, Enttäuschungen und Erniedrigungen mochte er gar nicht zurückdenken.

Nicht zum ersten Mal hatte er vor potentiellen Sponsoren sein Ass aus dem Ärmel gezogen – Fjodor Fjodorowitsch Agapkin. Natürlich hatte er niemandem dessen Telefonnummer und Adresse gegeben. Das hatte Agapkin ihm strikt verboten, und auch Melnik selbst war klar, dass man keine zufälligen, fremden Personen zu dicht an ihn heranlassen durfte.

Erschien ein möglicher Geldgeber Melnik klüger und aussichtsreicher als andere, erwähnte er Agapkin im Gespräch beiläufig, als ein Beispiel für eine rätselhafte Langlebigkeit. Er deutete an, dessen hohes Alter hinge womöglich nicht nur mit Besonderheiten seines Organismus zusammen, sondern auch mit einer bisher unbekannten gewissen äußeren Einwirkung, wobei er immer hinzufügte, dass eigentlich nichts Besonderes daran sei, in den Bergen Abchasiens gebe es sogar Hundertfünfzigjährige. Doch Agapkin lebe immerhin in Moskau, einer verschmutzten Megapolis, und sei trotzdem so alt geworden.

So überprüfte Melnik, ohne etwas Wichtiges preiszugeben, wie ernsthaft die Absichten des potentiellen Sponsors waren und über welche Möglichkeiten er verfügte. Würde er den Alten ausfindig machen wollen? Und können?

Bislang hatte niemand Kontakt zu Agapkin aufgenommen. Ob aus mangelndem Interesse oder Unfähigkeit war zweitrangig.

Melnik hatte schon einige Erfahrung im Umgang mit Geldleuten, staunte aber immer wieder. Sie ähnelten einander wie Brüder. Als wären sie eine neue Unterart der Säugetiere, deren typische Eigenschaften waren: nicht zuhören, nichts hören, nicht zurückrufen, verschwinden. Melnik versuchte seine Emotionen auszuschalten, aber das gelang nur selten. Jedes Mal wartete er, war aufgeregt und nervös.

Überdies war Agapkin schlau und dickköpfig, es kostete große Mühe, ihm tröpfchenweise wertvolle Informationen zu entlocken. Er schwatzte über Nebensächliches. Es fehlte ihm ganz offensichtlich an menschlicher Zuwendung, er wollte seine Erinnerungen gern mitteilen, erinnerte sich aber vor allem an Unwesentliches, alltäglichen Kleinkram.

Vieles musste Melnik selbst herausfinden und ergänzen und dann in Gesprächen mit Agapkin präzisieren, die Spreu vom Weizen trennen. Manches blieb noch immer unklar, aber das Wesentliche wusste Melnik immerhin: Das Präparat existierte. Der einzige Mensch, der wusste, wo es sich befand, war der Enkel des Professors. Außer ihm gab es keine Erben. Der Weg war frei.

Den Namen des Enkels hatte Melnik allein herausgefunden, ohne Agapkins Hilfe, und dem Alten kein Wort davon gesagt. Später hatte er auch ermitteln können, wo der Enkel lebte. Zwar nicht die genaue Adresse, aber das Land und den Ort. Doch der Ort war so klein, dass es kein Problem sein dürfte, den Enkel dort zu finden. Nun musste er nur noch Kontakt zu ihm aufnehmen und ihn dazu bringen, dass er herausgab, was ihm, Professor Melnik, gehörte. Dafür brauchte er Geld, Geld und nochmals Geld.

Erstens würde die Reise einiges kosten. Zweitens könnten neben den gewichtigen Argumenten wie der Pflicht gegenüber dem bedeutenden Großvater und der ganzen Menschheit noch weitere Anreize nötig sein. Drittens, wenn der Enkel einwilligte, wäre eine Menge weiterer Probleme zu lösen: Er brauchte ein modern ausgestattetes Labor, Versuchstiere. Und schließlich freiwillige Versuchspersonen. Ohne die ging es nicht, und das war teuer.

Melnik war auch deshalb nervös, weil wertvolle Zeit verlorenging. Seine Sorge galt nicht dem Präparat, er wusste längst, woraus es bestand, und auch, dass es unbegrenzt haltbar war. Aber der Enkel war alt, es war also Eile geboten.

Kurz bevor Subow aufgetaucht war, hatte Agapkin wieder einmal eine neue Idee. Eines Tages sagte er: »Angenommen, du findest das Präparat und bekommst es. Ist dir klar, dass du noch eine Menge Arbeit vor dir hast?«

»Natürlich.« Melnik nickte. »Ich weiß, das kann Jahre dauern.«

»Allein schaffst du das nicht«, fuhr der Alte in seiner üblichen Art, mit quälenden Pausen, Gemümmel und Schniefen, fort. »Ein Labor und Geld, das ist wunderbar. Aber du brauchst auch Leute.«

»Versuchspersonen?«, fragte Melnik vorsichtig.

»Nein. Das meine ich nicht.« Der Alte verzog das Gesicht und schnäuzte sich umständlich und geräuschvoll. »Für den Anfang tun es auch Ratten. Aber du brauchst ein Team, das meine ich. Eine Gruppe. Verstehst du?«

»Ja, daran habe ich auch schon gedacht.«

»Daran gedacht! Auch daran, dass du nicht gleich mehrere Leute einbeziehen darfst? Das wäre zu gefährlich! Das hieße

Informationslecks, Streit, Konkurrenz. Das Ganze ist zu verlockend.«

»Und was tun?«, fragte Melnik, dem klar war, dass der Alte recht hatte.

Wieder folgte eine Pause. Der Alte saß mit geschlossenen Augen da und kraulte seinen schwarzen Pudel am Ohr. Seine Pflegerin, eine energische Riesin um die vierzig, brachte Tee. Agapkin hob leicht die Augenbrauen und tadelte sie langatmig, es seien nicht die richtigen Tassen und der Honig sei verzuckert. Melnik wartete geduldig. Erst als die Riesin die Tassen ausgewechselt und neuen Honig gebracht hatte, geruhte der Alte zu sprechen.

»In der ersten, wichtigsten Phase brauchst du nur eine Person, einen einzigen Assistenten. Einen absolut treuen, verlässlichen Profi. Hast du so jemanden?«

»Selbstverständlich«, antwortete Melnik, ohne nachzudenken.

»Bring ihn her. Ich möchte ihn mir ansehen.«

Melnik zuckte zusammen. Damit hatte er nicht gerechnet. Er hatte an keine konkrete Person gedacht, es dem alten Mann nur recht machen wollen. Er war ratlos, er hatte nie darüber nachgedacht, dass er einen Assistenten brauchen würde. Bei allem, was mit seinem großen Ziel zu tun hatte, war er bislang ohne Assistenten ausgekommen, hatte immer allein gearbeitet und niemanden eingeweiht.

»Ja, aber dann muss ich demjenigen doch alles erklären«, murmelte er verwirrt, »ich finde, das ist noch zu früh.«

»Bring ihn her«, wiederholte der Alte, »Erklärungen sind nicht unbedingt nötig.«

Melnik überlegte zwei Wochen, und schließlich fiel seine Wahl auf Sofja, die Tochter seines alten Freundes Dmitri Lukjanow.

Sie war eine ganz passable Biologin, seine Doktorandin. Er

kannte sie seit ihrer Kindheit. Ein stilles, fleißiges Mädchen, eine graue Maus mit durchschnittlichen Fähigkeiten und ohne besondere Ambitionen. Genau die Richtige als Assistentin. Nur eines beunruhigte Melnik: ihr Interesse für Sweschnikow.

Nein, von dem Präparat wusste sie nichts, und selbst wenn sie irgendwo auf vage Andeutungen über verjüngte Ratten gestoßen sein sollte, hatte sie die bestimmt nicht ernst genommen. Ein unbedarftes Durchschnittsgehirn konnte solche Dinge nicht verarbeiten. Außerdem sollte sie die Rolle seiner Assistentin nur für den starrsinnigen Alten spielen. Melnik hatte nicht vor, Sofja tatsächlich in seine Arbeit einzubeziehen.

Als er sie einlud, ihn zu Agapkin zu begleiten, erklärte er ihr nichts weiter. Er sagte nur, er habe einen interessanten Greis kennengelernt, 113 Jahre alt. Einen ehemaligen Arzt, unglücklich und einsam, der viel wisse und sich an vieles erinnere, aber niemanden habe, dem er es erzählen könne.

Agapkin reagierte auf Sofjas Auftauchen so heftig, dass Melnik zunächst verwirrt war. Sofja bemerkte natürlich nichts von der Begeisterung des Alten, und auch niemandem sonst wäre die wohl aufgefallen. Ein Außenstehender hätte womöglich sogar meinen können, dass Agapkin sich ganz und gar nicht über den Besuch freute. Doch Melnik kannte ihn inzwischen recht gut und sah sofort, wie seine Augen glänzten und lebhaft wurden. Auf seine pergamentenen welken Wangen trat eine leichte Röte, und seine Stimme klang verändert.

Aber Melnik beruhigte sich rasch. Er begriff, dass der Alte sich einfach über die Gesellschaft einer netten jungen Frau freute. Er sah ja sonst niemanden außer seiner grobschlächtigen Pflegerin. Und Sofja war beinahe hübsch. Nur kannte Melnik sie schon seit so vielen Jahren, dass ihm das nicht mehr auffiel, und auch sie selbst schien sich dessen nicht bewusst zu sein. Sie kleidete sich nachlässig und trug eine hässliche Kurzhaarfrisur.

»Sie sollten sich die Haare wachsen lassen«, sagte Agapkin gleich bei der ersten Begegnung zu ihr, »Sie haben eine verblüffende Ähnlichkeit mit Tanja.«

Melnik zuckte innerlich zusammen. Tanja war die Tochter von Sweschnikow. Melnik vermutete, dass Agapkin in ferner Vergangenheit unglücklich verliebt in sie gewesen war. Er befürchtete, der Alte könnte eine zu große Anhänglichkeit an Sofja entwickeln und sich nicht mit dieser einen Begegnung begnügen.

Damit hatte er recht. Bereits nach einer Woche verlangte Agapkin, sie erneut zu sehen. Melnik erfand immer neue Ausreden, sagte, sie habe viel zu tun, sei verreist oder krank, doch der Alte blieb hartnäckig, und Melnik musste ihm seine Bitte schließlich erfüllen.

Im Übrigen hatte das sogar sein Gutes. Sofjas Gegenwart löste Agapkin die Zunge. Er erging sich in sentimentalen Erinnerungen und verplauderte sich dabei, verriet neue, interessante Einzelheiten. Sofja fiel das natürlich nicht auf, aber Melnik registrierte alles.

Er war ein wenig besorgt, dass Agapkin einfallen könnte, Sofja allein einzuladen, ohne ihn. Aber das war kaum möglich. Sie hatten ihre Telefonnummern nicht ausgetauscht, jedenfalls nicht in seiner Gegenwart, und er hatte die beiden nie allein gelassen.

Nach dem dritten Besuch fand er, dass es genügte, und ging ohne Sofja zu Agapkin. Er erklärte, er habe Sofja mitbringen wollen, aber sie habe abgelehnt, sie habe gerade eine stürmische Affäre und langweile sich natürlich mit ihnen, den beiden alten Männern.

Sofja ihrerseits erkundigte sich mehrfach beiläufig, wie es Agapkin ginge, äußerte aber nicht die Absicht, ihn allein zu besuchen.

Der Kontakt zwischen Agapkin und Sofja war also auf ganz natürliche Weise abgebrochen, und das zur rechten Zeit, denn genau in diesem Moment tauchte Iwan Subow auf. Im Gegensatz zu seinen Vorgängern hatte er den Namen Agapkin nicht überhört. Allein, dass Subow von sich aus auf Sweschnikow zu sprechen kam, sprach für sich. Endlich hatte Melnik echte Sponsoren gefunden. Subow und die Leute, die hinter ihm standen, brauchten nur einige Monate, um Agapkin nicht nur ausfindig zu machen, sondern auch bei ihm zu Hause aufzutauchen.

Melnik wusste: Nun hatte endlich das richtige, ernste Spiel begonnen. Und da waren Außenstehende überflüssig.

Moskau 1917

Die Arbeit war Sweschnikows Rettung. Er übernahm die hoffnungslosesten Fälle. Er rächte sich am Tod, rang mit ihm wie mit einem persönlichen Feind und besiegte ihn, wenn niemand an einen Sieg glaubte. Der Tod war ein heimtückischer und erbarmungsloser Gegner, und Sweschnikow nutzte jede Chance, ihn herauszufordern.

Seinen eigenen Sohn hatte er ihm nicht entreißen können. Er rettete fremde Söhne, Brüder und Väter. Es kam vor, dass ein Verwundeter zum hoffnungslosen Fall erklärt wurde und die einhellige Meinung lautete: nicht operieren. Keiner wollte einen Tod auf dem OP-Tisch, das war eines der unerschütterlichen Gesetze der Chirurgie. Warum seinen guten Ruf riskieren? Dann übernahm Sweschnikow die Verantwortung und operierte. Die Pflegerinnen flüsterten, seine Hände könnten zaubern. Die Verwundeten wollten nur von ihm operiert werden. Das weckte Neid. Keiner seiner Kollegen war so erfolgreich und wurde von den Patienten so geliebt wie Doktor Sweschnikow.

Die Anfang Februar wie eine Epidemie ausbrechende allgemeine Politisierung machte auch um das Lazarett keinen Bogen. Alle, von der Waschfrau bis zum Professor, redeten über Politik, stritten und hielten Kundgebungen ab. Die fieberhafte Erwartung grundlegender Veränderungen erfasste alle und verwandelte zuverlässige Ärzte in Schwätzer und zerstreute Dilettanten, akkurate Krankenschwestern in nutzlose Müßiggängerinnen.

Fußböden wischen, Wäsche waschen, Instrumente sterilisieren, bettlägerigen Patienten das Bettgeschirr wechseln, Wunden versorgen, Medikamente verordnen – das alles schien unwichtig im Angesicht des nahenden Sturms.

Professor Sweschnikow blieb ein weißer Rabe, düster und schweigsam. Dass er sich Komitees und Banketten kategorisch verweigerte, ärgerte viele.

Das Lazarett wurde häufig von Kommissionen gesellschaftlicher Organisationen aufgesucht. Jeder derartige Besuch bedeutete hektisches Herumgerenne und Blankgeputze. Es gab feierliche Rundgänge durch die Krankenzimmer, die Gäste redeten herablassend und säuselnd mit den verwundeten Soldaten, als wären diese schwachsinnige Kinder, die Lazarettleitung lächelte unterwürfig. Den Abschluss bildete stets ein Bankett in einem nahegelegenen französischen Restaurant. Es wurden Reden gehalten, in denen es um das baldige Aufgehen der Sonne der Demokratie über Russland ging, um den langersehnten Sieg über die dunklen Mächte und um die Notwendigkeit, sich zusammenzuschließen im Kampf für ein neues, freies, zivilisiertes Russland.

Auf den Banketten wurde stets reichlich und gut gegessen. Indessen wurden die Engpässe in der Nahrungsmittelversorgung immer spürbarer. In den Schlangen nach Fleisch, Brot und

Graupen brodelte es, Köchinnen hielten Reden, Soldaten schimpften unflätig auf die Zarin. Sie war besonders verhasst, und das nur, weil sie Deutsche war. Daraus wurde kurzerhand geschlossen, dass sie mit dem Feind sympathisierte und ihm über eine spezielle Telegrafenleitung russische Militärgeheimnisse verriet. Dass Alexandra Fjodorowna mehr Engländerin war als Deutsche, war vergessen.

In den ersten Januartagen hatte die Nachricht von der Ermordung Rasputins allgemeinen Jubel ausgelöst, und als publik wurde, dass Großfürst Dmitri an dem Mord beteiligt war, wurden in den Kirchen Kerzen vor der Ikone des heiligen Demetrius aufgestellt. Doch im Februar änderte sich die Stimmung. Rasputin, der Held zahlloser Spottverse und Karikaturen, der üble Wüstling und Trinker, das Oberhaupt einer »Clique«, die Verkörperung der »dunklen Mächte«, avancierte zum edlen Märtyrer, zum Kämpfer für das Recht des Volkes. Nun hieß es, die Feinde des Volkes hätten ihn getötet, weil er ein einfacher sibirischer Bauer war und das Volk gegen den Zaren und die Würdenträger verteidigt habe.

Am 29. Januar begann in Petrograd eine Alliiertenkonferenz. Hohe Vertreter Frankreichs, Englands und Italiens, begleitet von Delegationen aus Militärs und Zivilpersonen, berieten auf höchster Ebene und erarbeiteten ein gemeinsames Programm zur Beschleunigung des Sieges. Die westlichen Diplomaten erörterten eifrig Russlands Innenpolitik und äußerten ihre Prognosen.

Die einen glaubten, die Zarenmonarchie werde bald durch einen Volksaufstand gestürzt und durch eine konstitutionelle demokratische Ordnung ersetzt werden, wie es das Programm der konstitutionellen Demokraten vorsah. Es würde womöglich zu einem unerheblichen Blutvergießen kommen, aber die neue Ordnung würde sich rasch und schmerzlos durchsetzen.

Andere dagegen behaupteten, der Fall des Zarismus würde Russland in die Anarchie stürzen, in Chaos und Untergang. Russland würde sich im eigenen Blut ertränken, von der Großmacht würden nur Ruinen bleiben.

Doch in einem waren sich alle einig: Die Revolution war unausweichlich. Am 23. Februar endete die Konferenz. Am nächsten Tag begann die Revolution.

Den ganzen Winter herrschte grimmiger Frost, bisweilen unter vierzig Grad. Lokomotivschornsteine platzten, Hunderte Lokomotiven wurden unbrauchbar. Die Arbeiter streikten, niemand reparierte die Loks. In der letzten Februarwoche fiel sehr viel Schnee. Es fehlte an Schaufeln und an Händen, um die Bahngleise zu säubern. In Petrograd verwandelten sich die Schlangen vor den Brotläden spontan in Kundgebungen, die Menschen schrien Losungen, sangen die Marseillaise. Sie stürmten Bäckerläden, schwenkten rote Fahnen und riefen »Es lebe die Republik!«. Soldaten und Kosaken verbrüderten sich mit der rebellierenden Menge, verjagten die Polizei und schossen auf die Gendarmen.

Am 28. Februar war Petrograd rot von Fahnen und Bränden, schwarz von der Menge und von Ruß. Polizeireviere brannten, auch die Gebäude von Gericht und Geheimpolizei. Gefängnistore wurden geöffnet, Kriminelle kamen frei, Orchester spielten die Marseillaise.

In Moskau war es vorerst ruhiger.

Am Morgen des 5. März, einem Montag, bereitete Professor Sweschnikow eine Operation vor – dem Feldwebel Jermolajew sollte ein Granatsplitter aus dem Oberarmknochen entfernt werden. Das Konsilium war zu dem Schluss gekommen, dass der Arm nicht zu retten sei und amputiert werden müsse.

»Dann tötet mich lieber! Ich habe fünf Kinder, eine kranke Frau und eine alte Mutter, ich bin der einzige Ernährer, ohne meinen rechten Arm werden sie alle hungers sterben!«, schrie Jermolajew und tobte auf dem OP-Tisch so herum, dass man ihn unmöglich festhalten und narkotisieren konnte.

»Na, na, schon gut. Beruhige dich. Wir werden den Splitter rausholen und den Arm retten«, sagte Sweschnikow.

»Sie machen ihm zu Unrecht Hoffnungen«, flüsterte Potapenko, »Sie sehen doch, die Entzündung ist ins Schultergelenk weitergewandert.«

»Ohne Hoffnung stirbt er unter der Narkose«, entgegnete Agapkin für den Professor.

Agapkin war vollständig von seiner Krankheit genesen. Allerdings sah er ein wenig seltsam aus. Er hatte sich den Kopf kahlgeschoren. Nach den vielen Fiebertagen waren ihm die Haare büschelweise ausgefallen. Seine Haut war gerötet und schuppte sich. Wahrscheinlich, weil er während seiner Krankheit zu viele Zitronen gegessen und sich häufig mit Essigessenz abgerieben hatte.

Sobald Agapkin wieder auf den Beinen war, wich er dem Professor nicht von der Seite, assistierte ihm bei Operationen, untersuchte Patienten, kontrollierte, ob die Verordnungen des Professors strikt eingehalten wurden, und erinnerte diesen daran, dass er etwas essen müsse. Eine Ausnahme waren die Nachtdienste.

Konnte Agapkin früher mühelos die Nacht zum Tag machen und vierundzwanzig Stunden ohne Schlaf auskommen, wurde er nun nach Mitternacht unweigerlich müde, tappte wie ein Schlafwandler in einen dunklen Raum oder löschte das Licht und konnte sogar im Sitzen einschlafen. Gelang es ihm bis zwei Uhr nachts nicht, in die Dunkelheit zu fliehen, wurde er von furchtbaren Kopfschmerzen gepeinigt und fühlte sich anschließend den ganzen Tag krank und zerschlagen.

Zum Glück hatte Agapkin in der Nacht zum 5. März wunderbar geschlafen. Die bevorstehende Operation war langwierig und kompliziert. Alle außer ihm und dem Professor erörterten nebenher die Ereignisse in Petrograd. Genaue Informationen gab es bislang nicht. Die Zeitungen erschienen seit Ende Februar unregelmäßig und mit Verspätung. Die Hauptquelle waren Gerüchte.

Doktor Potapenko ereiferte sich darüber, ob es wahr sei, dass das Wolhynische Regiment sich geweigert habe, auf die aufständischen Arbeiter auf dem Newski-Prospekt zu schießen. Das tat er so hitzig und verbissen, dass er dem Professor anstelle des Skalpells eine Torsionspinzette reichte. Der Narkosearzt Doktor Grunski bemerkte nicht, dass die Wimpern des Patienten bebten und er jeden Moment aufwachen würde.

Agapkin schaffte es gerade so, die Fehler der anderen zu korrigieren, und bewunderte unwillkürlich Sweschnikows exakte, rasche Bewegungen. Außer ihnen beiden schien sich niemand im OP-Saal für den Mann auf dem Tisch zu interessieren. Gegen die große Revolution war der rechte Arm von Feldwebel Jermolajew eine Bagatelle.

Der Splitter wurde entfernt, die Wunde gesäubert und zugenäht. Nun blieb abzuwarten, wie sie verheilte. Jermolajew lag im Krankenzimmer und erwachte allmählich aus der Narkose. Tanja saß bei ihm. Sie hatte Nachtdienst gehabt und kämpfte mit aller Kraft gegen die Müdigkeit an, weigerte sich aber, nach Hause zu gehen, sie blieb bei dem Feldwebel, um seinen Puls zu kontrollieren und rechtzeitig zu reagieren, falls eine Blutung auftreten oder die Temperatur steigen sollte. Das tat sie bei jedem Patienten, den ihr Vater operiert hatte.

Jermolajew regte sich, stöhnte, hob die Lider und krächzte kaum hörbar: »Mein Arm!«

»Dein Arm ist noch dran«, sagte Tanja.

»Ich spüre nichts. Ich glaube es nicht.«

Tanja drückte sanft seine Hand, überprüfte dabei, ob die Finger sich beugen ließen, und fragte: »Spürst du es jetzt?«

Jermolajew atmete heftig und laut, schluchzte auf, schniefte, leckte sich die Lippen und murmelte: »Heilige Gottesmutter, sie haben ihn mir gelassen! Sie haben ihn bewahrt, meinen Arm, meinen Kindern ihr Stück Brot, sie haben nicht zugelassen, dass meine Frau Dunja und meine Mutter Serafima Petrowna hungers sterben, ich werde mein Leben lang für Professor Michail Wladimirowitsch beten.«

Durchs offene Fenster drangen Lärm und Getrappel, einzelne Rufe waren zu hören: »Nieder mit der Regierung! Nieder mit dem Krieg! Nieder mit der Deutschen!«, dann wurde die Marseillaise gesungen.

Das Fenster ging auf die Pretschistenka hinaus. Der zertrampelte Schnee war mit den Schalen von Sonnenblumenkernen übersät. Menschen mit roten Fahnen und Transparenten zogen vorbei. Tanja schloss das Fenster und kehrte zum Feldwebel zurück.

»So, genug geweint. Schlaf jetzt.«

Sein Murmeln wurde immer leiser, immer ruhiger. Tanja schloss nur für einen Moment die Augen, lehnte den Kopf gegen die Wand und schlief sofort ein. Sie träumte von Danilow. Wieder kamen keine Nachrichten von ihm. Es kursierten schreckliche Gerüchte über Aufstände in den Regimentern, darüber, dass Soldaten ihre Offiziere erschossen und aufhängten.

Danilow stand in der Tür, einen weißen Kittel über den Uniformmantel geworfen, die Mütze in der Hand. Er schaute sie an, dann rief er leise, flüsternd: »Tanetschka!«

»Sie schläft, sie ist ganz erschöpft von der Nacht«, sagte eine Stimme neben ihm, »soll ich sie wecken?«

»Nicht nötig, ich warte.«

Tanja öffnete die Augen. Er war tatsächlich hier im Zimmer, lebendig und unversehrt. Neben ihm stand Schwester Arina.

»Geh schon, ich bleibe hier. Aber passt auf da draußen, seid vorsichtig, da laufen wieder diese Leute mit den roten Fahnen rum.«

Im Flur umarmten sie sich.

»Tanja, ich weiß Bescheid über Wolodja. Ich habe versucht, früher zu kommen, aber es ging nicht. Michail Wladimirowitsch ist gerade oben im Offizierszimmer. Ich habe ihn schon gesehen. Er hält sich gut, ist nur schrecklich dünn geworden. Sie übrigens auch. Schlafen Sie denn gar nicht?«

»Wieso? Natürlich schlafe ich. Sie haben mich doch gerade schlafend angetroffen.«

Sie gingen zur Treppe. Plötzlich drehte sich Tanja abrupt um. Im Flur stand Agapkin und schaute sie beide an. Tanja nickte ihm zu, der Oberst verbeugte sich. Agapkin reagierte mit einer höflichen leichten Verbeugung und verschwand hinter der nächsten Tür.

Es gab keine Droschken. Auf der vollgespuckten Fahrbahn bewegte sich erneut eine Demonstration mit Fahnen, Transparenten, roten Schleifen und roten Armbinden. Tanja und Danilow mussten lange warten, bis sie vorbei war.

»Es lebe die Demokratie!«

»Nieder mit dem Krieg!«

»Schutzleute an die Laternenpfähle!«

»Friede den Hütten, Krieg den Palästen!«

Die Stimmen klangen kreischend, es waren meist Frauen. Von dem Geschrei wurden die Ohren taub. Ein junger Arbeiter mit einer Schirmmütze und in einem offensichtlich fremden schwarzen Mantel blieb stehen und starrte Danilow mit verquollenen Augen an. Er spuckte eine an seiner Lippe klebende Zigarettenkippe aus und schrie in übermütigem Falsett: »Offiziere an die Wand!«

Tanja zog den Oberst heftig am Arm.

»Gehen wir durch die Gasse.«

Auf dem Weg zur Brestskaja erzählte Danilow, dass der Zar zugunsten von Großfürst Michail Alexandrowitsch abgedankt habe. In der Nacht vom zweiten auf den 3. März, in Pskow.

»In Petrograd herrschen Chaos und Angst, die Truppen laufen auf die Seite der Aufständischen über. Auch Michail hat abgedankt. Was weiter wird, ist ungewiss.«

»Und Alexandra Fjodorowna und die Kinder?«, fragte Tanja.

»Sie sind in Zarskoje, sie haben die Masern.«

»Haben Sie es Papa schon gesagt?«

»Nein. Bis jetzt nur Ihnen.«

Auf der Twerskaja lief eine weitere Demonstration, die gleichen Fahnen, Schleifen, Ausrufe.

»Nieder mit der Regierung!«

»Nieder mit dem Krieg!«

»Nieder mit der Deutschen!«

Es gab keine Regierung mehr. Niemanden mehr, der den Krieg fortführte. Die Regimenter rebellierten, Tausende Soldaten desertierten, Offiziere wurden erschossen oder totgeschlagen. Die Zarin, hilflos und verloren, wartete in Zarskoje Selo mit den kranken Kindern auf ihren Mann, Oberst Romanow.

Petrograd war voller Blut und Ruß. Die Moskauer Straßen waren bislang nur mit den Schalen von Sonnenblumenkernen übersät. Von den Handelshäusern der Hoflieferanten wurde der doppelköpfige Adler heruntergerissen. Die Sirenen der streikenden Fabriken heulten. Schaufensterscheiben wurden eingeschlagen. Die Städte füllten sich mit Deserteuren und Kriminellen. In der Redaktion des populären Magazins »Niwa« klapperten energisch die Schreibmaschinen.

»Russland ist frei! Uns allen, den russischen Menschen, ist das Los zugefallen, die Schöpfer eines neuen russischen Zeitalters zu werden. In den Frühlingsfluten des Februars wurde im großen Buch des Schicksals unseres Volkes vor unseren Augen die letzte Seite der unwiderruflich vergangenen schändlichen Ordnung umgeblättert!«

Am Abend versammelte der Chefarzt des Lazaretts alle in seinem Büro.

»Herrschaften, der Zar hat abgedankt. Ein Manifest wurde unterzeichnet. Russland ist frei.«

Einige applaudierten, einige drückten dem Nebenmann die Hand. Alle beglückwünschten einander, sogar Champagner tauchte auf. Sweschnikow saß in der Ecke, den Kopf tief gesenkt.

»Professor, was ist mit Ihnen? Freuen Sie sich denn nicht? Wir haben alle so darauf gewartet, jetzt beginnt ein ganz anderes, neues Leben. Die Selbstherrschaft ist vorbei!«

Sweschnikow hob den Kopf, schaute alle an und sagte leise: »Ich bin General des Zaren. Ich habe einen Eid geleistet. Ich habe keinen Grund zur Freude, Herrschaften.«

Am Morgen des 6. März wurden Tanja und Pawel Danilow in der Großen Himmelfahrtskirche getraut.

Zwölftes Kapitel

Pjotr Colt war an wenig Schlaf gewöhnt und verkraftete schlaflose Nächte problemlos. Seine neue Freundin Jeanna war unermüdlich. Zum ersten Mal seit vielen Jahren kam er nun schon die zweite Woche ohne Stimulanzien aus.

Vielleicht brauche ich ja gar nichts weiter, keine biologischen Tricks, dachte Colt, als er sich am Morgen im Whirlpool aalte. »Das Mädchen hat eine Wahnsinnsenergie. Das ist mein Jugendelixier. Kein hoher Blutdruck mehr, keine Herzschmerzen.

Schon lange hatte Colt sich nicht mehr so wohl gefühlt. Tief im Innern war ihm allerdings klar, dass das keineswegs an der prächtigen Jeanna lag. Die Jagd, die in jener Silvesternacht in Courchevel begonnen hatte, dauerte inzwischen sechs Jahre, und nun befand er sich auf der Zielgeraden.

Sein Gefühl hatte ihn nicht getrogen, als er Subow veranlasst hatte, sich mit Professor Melnik in Verbindung zu setzen. Der Professor selbst war eine Null, ein Angeber und Schnorrer, aber über ihn waren sie auf eine unschätzbar wertvolle Person gestoßen, einen realen Zeugen und Teilnehmer der Ereignisse, die Colt so sehr interessierten.

Diese Person wurde demnächst 116 Jahre alt. Mochte der Anblick von Fjodor Agapkin, dieses Wracks mit gelähmten Beinen und zitterndem Unterkiefer, auch Mitleid und Ekel auslösen, so erfüllte allein der Umstand, dass dieses vorrevolutionäre Fossil noch lebte, Colts gepeinigtes Herz mit heißer, heilsamer Hoffnung.

Der pensionierte FSB-Oberst Subow hatte über seine alten Kontakte herausgefunden, dass der ehemalige Assistent von Professor Sweschnikow keine Fiktion war, kein verrückter Hochstapler. Er hatte als einziger Mitarbeiter einer geheimen OGPU-Abteilung die Prozesse der dreißiger und fünfziger Jahre überlebt. Er war der letzte Vertreter der Moskauer Rosenkreuzer-Loge. Es schien, als habe er eigens deshalb so lange gelebt und überlebt, damit Pjotr Colt im November 2005 in seiner mit dem Duft von Räucherstäbchen durchtränkten Wohnung auftauchte und von ihm alles erfuhr, was er erfahren wollte.

Es hatte Colt eine Menge Kraft und Geld gekostet, ein vertrauliches Gespräch mit Agapkin zu arrangieren. Der Tschekisten-Veteran stand unter dem Schutz der Behörde, der er die besten Jahre seines langen Lebens geopfert hatte. Bis auf einige Neffen und Nichten in anderen Städten hatte er keine Angehörigen. Er war General im Ruhestand und wurde offiziell als freier Berater geführt. Sein Kopf funktionierte noch ausgezeichnet. Er wurde als wertvolle Informationsquelle und lebendige Reliquie beschützt und behütet, doch nicht, weil man hoffte, über ihn das Geheimnis von Professor Sweschnikows Methode zu ergründen.

»Ein paar erfolgreiche Versuche sind noch keine Methode«, sagte ein junger Major im Archiv zu seinem ehemaligen Kollegen Oberst Subow, »an diesem Thema arbeiteten unter dem Dach des Instituts für experimentelle Medizin und anderer Forschungseinrichtungen über ein Dutzend Professoren. Bogomolez, Sawarsin, Sawitsch, Tuschnow. Drüsenextrakte, der Urin schwangerer Frauen, dies und jenes aus der fernöstlichen Tradition. Vom heutigen Entwicklungsstand in Biologie und Medizin aus gesehen alles Steinzeitalter.«

Der schlaue Subow ließ sein besonderes Interesse für Sweschnikow in seiner Unterhaltung mit dem Major keineswegs durchblicken. Er hatte sich von Anfang an mit der Legende vorgestellt, sein Chef Pjotr Colt habe nach einem Besuch der Ausgrabungsstätte eines alten Klosters im Wudu-Schambala-Kreis ein Faible für die Geschichte esoterischer Lehren entwickelt, und nun habe er diverse Projekte im Kopf: Den Bau eines Museums, eine Reihe von Dokumentarfilmen.

»Fjodor Fjodorowitsch darf nicht gefilmt werden«, informierte ihn der Major.

»Darum möchte sich mein Chef ja mit ihm unter vier Augen unterhalten.«

Es war nichts Seltsames am neuen Hobby des Oligarchen. Reiche Leute vergnügten sich mit allem Möglichen. Der eine sammelte Antiquitäten, ein anderer kaufte Fußballklubs, der Nächste lebte auf einer Jacht und reiste ständig um den Erdball, um das ganze Jahr über seinen ganz persönlichen Frühling zu erleben. Pjotr Colt hatte sich eben dieses Hobby ausgesucht – alte Kulte, Ausgrabungen und Okkultismus in der Geschichte der Geheimdienste.

Die ersten Begegnungen mit dem alten Mann waren eine Qual. Agapkin konnte stundenlang über Helme zur Gedankenübertragung, über die Entschlüsselung alter Manuskripte und Agentencodes, über Expeditionen ans Weiße Meer und nach Tibet, über Bluttransfusionen und das Kreuzen von Menschen mit Affen reden. Aber sobald der Name Sweschnikow fiel, begann sein Kinn zu zittern, und er murmelte klagend: »Was wollen Sie noch von mir? Ich erinnere mich an nichts.«

So verging ein Monat, ein zweiter. Subow und Colt hatten schon fast die Hoffnung aufgegeben, doch eines Tages murmelte Agapkin gegen Ende eines Gesprächs etwas Seltsames: »Wenn er erfährt, dass das von mir kommt, gibt er es auf keinen Fall heraus. Er will, dass ich mich ewig quäle. Er findet, dass ich auf diese Weise bestraft bin und so die Gerechtigkeit triumphiert.«

Nach diesen Worten fing der Alte bitterlich an zu weinen. Subow war verwirrt, Colt aber tat etwas Überraschendes. Er holte ein Taschentuch heraus, wischte die Tränen von den Pergamentwangen, streichelte dem Alten den Kopf wie einem Kleinkind und sagte: »Na, na, schon gut, beruhige dich. Ich bin bei dir, du wirst dich nicht länger quälen, das Schlimme ist vorbei, vor dir liegt nur Gutes, er wird dir verzeihen und alles herausgeben.«

Subow öffnete erstaunt den Mund und schaffte es gerade noch, das kleine Diktiergerät einzuschalten, das er längst resigniert weggesteckt hatte.

Seitdem hatte Colt die zweistündige Aufnahme so oft gehört, dass er Agapkins Bericht beinahe auswendig kannte. Er wurde das Gefühl nicht los, den wichtigsten Deal seines Lebens gemacht zu haben, und obgleich es bis zum Sieg noch weit war, fühlte er sich bereits zehn Jahre jünger. Er hielt sich aufrecht, jagte in einem nagelneuen silbergrauen Sportwagen durch Moskau, trug statt des strengen Anzugs nun modische sackartige Jeans, statt Krokodillederschuhen orangerote Turnschuhe und hatte als Begleiterin statt des üblichen mageren Models das pralle, wohlgenährte Tierchen Jeanna gewählt.

Die Massagestrahlen kitzelten angenehm seinen Körper. In dem geräumigen Badezimmer stand eine Stereoanlage, Colt hörte dort besonders gern Musik. Doch jetzt klangen nicht Mozart, Tschaikowski oder die Beatles aus den Boxen.

Colt hatte eine CD aufgelegt, die ihm vor zwei Stunden ein Bote von Subow gebracht hatte.

Es war ein Gespräch zwischen einem Mann und einer Frau. Die Stimme des Mannes klang dumpf und undeutlich, und Colt registrierte mechanisch, dass das neue Gebiss des Alten schlecht saß.

Die Frau sprach deutlich und war merklich aufgeregt.

» ... wer da meinen Vater auf dem Arm hält? Der junge Mann in der Uniform eines SS-Leutnants, wer ist das?«

»Bitte nicht schreien. Das ertrage ich nicht.«

»Ich schreie gar nicht, aber wenn Sie es so empfunden haben, entschuldigen Sie bitte.«

»Woher haben Sie die Fotos?«

»Mein Vater hat sie aus Deutschland mitgebracht.«

»Dmitri? Aus Deutschland mitgebracht? Warum kommen Sie dann damit zu mir? Fragen Sie ihn.«

»Das kann ich nicht.«

»Warum nicht?«

»Er ist gestorben.«

»Wann?«, fragte er dumpf.

»Vor elf Tagen.«

»Wie ist es passiert?«

»Er war gerade aus Deutschland zurückgekommen. Er war ein wenig seltsam, düster. Aber er klagte nicht über Herzbeschwerden, er war überhaupt ein gesunder Mann. Die ganze letzte Zeit, vor der Reise und danach, hat er sich mit irgendwem getroffen. Am Abend vor seinem Tod war er in ein Restaurant eingeladen worden, er hat mich am späten Abend angerufen, ich sollte ihn mit dem Auto abholen. Er wartete draußen vorm Restaurant auf mich. Am nächsten Morgen wollte er mir etwas Wichtiges erzählen. Doch in der Nacht ist er gestorben. Die Ärzte sprachen von akutem Herzversagen.«

»Er ist tot. Also haben sie ihn nicht überreden können.«

Colt drehte den Wasserhahn zu, runzelte die Stirn, griff nach der Fernbedienung am Wannenrand und ließ diesen Abschnitt noch einmal laufen.

Moskau 1917

Viele Kollegen konnten Professor Sweschnikow nicht verzeihen, dass er die Freiheitsfeier im Büro des Chefarztes verdorben hatte. Besonders verübelten sie ihm die Erwähnung des Eides. In einem Lazarett hatten die meisten Ärzte einen militärischen Rang. Ob der Imperator nun gut war oder schlecht, sie hatten ihm Treue geschworen, und nun hatten sie seine Abdankung bejubelt und mit Champagner begossen. Nicht jeder kann den hässlichen Nachgeschmack eines Verrats mühelos verdrängen.

Professor Sweschnikow und einige alte Nonnen-Schwestern bildeten eine kleine Lazarettopposition gegen die allgemeine Begeisterung. Als bekannt wurde, dass die kaiserliche Familie verhaftet sei, weinte Schwester Arina, und Sweschnikow lief mit Trauermiene herum. Alle begrüßten die Provisorische Regierung, käuten jede Rede von Kerenski voller Eifer wieder.

Der Petrograder Rat erließ den Befehl Nr. 1, der das Titulieren der Offiziere abschaffte. Nun mussten die niederen Ränge außerhalb des Dienstes keine Befehle von Offizieren mehr befolgen und sie nicht mehr grüßen. Faktisch übernahmen revolutionäre Agitatoren die Führung der Armee. Scharen bewaffneter, von der Agitation angeheizter Deserteure streiften durch Städte und Dörfer und raubten, töteten, vergewaltigten und brandschatzten.

Im Lazarett verlangten die Soldaten, dass die Offiziere in die allgemeinen Krankenzimmer verlegt würden, genesende Verwundete gründeten ein spezielles Komitee »zum Kampf gegen die Konterrevolution und die Offizierprivilegien«, Bevollmächtigte überprüften, ob alle das gleiche Essen bekamen und ob die Ärzte einfache Soldaten auch nicht schlechter behandelten als Offiziere. Wenn einer der niederen Ränge versehentlich, aus alter Gewohnheit, einen Offizier grüßte, wurde er zum Volksfeind erklärt. Mitunter gab es deswegen Schlägereien. Mit Krücken und eingegipsten Armen schlugen die Patienten aufeinander ein. Die Sanitäter verweigerten den Gehorsam. Schwestern und Ärzte mussten die Prügelnden trennen.

Lebensmittelläden schlossen, immer länger wurden die Schlangen nach Brot und Fleisch, immer schmutziger die Straßen. Nur an rotem Fahnentuch und an Blasorchestern gab es keinen Mangel.

Agitatoren, vom Rat der Arbeiter-und-Soldatendeputierten bevollmächtigt und mit Mandaten versehen, versammelten die Menge zu Kundgebungen und Demonstrationen und heizten sie mit Reden, Aufrufen, Versprechungen und Schmeicheleien an. Die Menge hörte beifällig zu und kaute Sonnenblumenkerne.

Sweschnikow ging normalerweise viel zu Fuß durch Moskau, besonders im Frühling. Jetzt aber mied er die Straße nach Möglichkeit. Der Anblick der erregten Menge weckte in ihm Wehmut und Widerwillen. Der Schmerz nach Wolodjas Tod war noch nicht verebbt. Nun kam eine animalische, unbezwingbare Angst um Tanja und Andrej hinzu, um ihre Zukunft, um ihr Leben in einem Land, das immer mehr an einen Saal Tobsüchtiger in einer Irrenanstalt erinnerte.

Er schlief schlecht, obwohl er sich bis zur äußersten Erschöpfung mit Arbeit betäubte. Trotzdem blieb noch immer freie Zeit, und die musste er füllen, um nicht auf die Straße hinauszugehen, nicht mit Menschen reden und keine Zeitungen lesen zu müssen und auch keine Flugblätter und Aufrufe, die aus Fenstern und Autos flatterten, an Hauswänden und Anschlagsäulen klebten und die Stadt immer schmutziger und hässlicher machten.

Der Professor gab Agapkins Drängen nach und schaute häufiger im Labor vorbei.

Agapkin hatte sich bemüht, die Versuche fortzusetzen, wusste aber, dass das ohne den Professor sinnlos war. Zudem fühlte er sich allein zwischen den Glaskäfigen mit Versuchstieren oft unbehaglich. Er hatte das Gefühl, als schaute der Ratz Grigori ihn aufmerksam an und beobachtete jeden seiner Schritte. Der starre Blick der rubinroten Augen hatte eine unangenehme Wirkung auf seine Nerven.

Agapkin war überhaupt in keiner guten Verfassung. Die Nachricht von Tanjas und Danilows Trauung hatte ihm schwer zu schaffen gemacht. Es hatte ihn eine gewaltige Anstrengung gekostet, die Jungvermählten zu beglückwünschen und seinem Rivalen die Hand zu drücken.

Tanja war zu Danilow gezogen. Ohne sie war die Wohnung öde und leer. Agapkin sah sie nur noch im Lazarett. Doch Anfang April musste Danilow wieder an die Front. Er konnte jeden Augenblick getötet werden, nicht nur von Deutschen oder

Österreichern, sondern auch von den eigenen Leuten. Das wärmte Agapkin das Herz.

Tanja kehrte nach Hause zurück, und alles war wie früher, als hätte es keine Trauung gegeben. Sie bereitete sich auf die Abschlussprüfungen am Gymnasium vor, danach wollte sie sich an der medizinischen Fakultät bei Wladimir Guerriers Höheren Frauenkursen bewerben. Der April verging, der Mai. Andrej sollte eigentlich zur Tante nach Jalta geschickt werden, doch die Züge fuhren unregelmäßig, und er blieb in Moskau.

Im Juni beendete Tanja erfolgreich das Gymnasium und bereitete sich auf die Aufnahmeprüfungen vor. Agapkin half ihr in Chemie.

Wenn sie über das Lehrbuch gebeugt nebeneinander saßen und sich ihre Wangen und Knie fast berührten, glaubte er, sein Herz müsste vor Glück platzen. Mit dem Recht des Lehrers legte er seine Hand auf ihre, schob ihr eine Haarsträhne aus dem Gesicht. Sie tat, als bemerkte sie das alles nicht. Nur einmal, als er mit den Lippen beinahe ihren Hals berührte, drehte sie sich abrupt um und sagte: »Fjodor Fjodorowitsch, Sie atmen so schwer, Sie rauchen zu viel.«

Dann begann ein schwüler, staubiger Juli.

An einem klaren Sonntagmorgen kam Tanja in einem leichten Rock und einer Batistbluse zum Frühstück. Die Sonne schien zum offenen Fenster herein, Tanja blieb stehen, um den Vorhang zuzuziehen, und plötzlich entdeckte Agapkin, der sie unverwandt ansah, deutlich den runden kleinen Bauch. Fünfter Monat, dachte er mit kalter Verzweiflung, es kommt im November.

Nach dem Frühstück ging er hinauf ins Labor, und wieder empfing ihn der starre rubinrote Blick. Er musste alles vergessen und die Versuche fortsetzen. Jetzt ging es nicht nur um eine große Entdeckung, die die Welt verändern würde, sondern auch um sein eigenes Leben. Zwischen ihm, Fjodor Agapkin, und den Laborratten in den Gläskäfigen existierte eine geheime Verbindung. Er war genau so ein Versuchsobjekt wie sie. Auch in seinem Gehirn ruhten in winzigen Kalkkapseln Zysten eines noch unerforschten Parasiten.

Nach dem überstandenen Fieber hatte er keine weiteren Symptome gespürt. Ihm waren neue Haare gewachsen, dichter und weicher als früher. Seine Haut war glatter geworden. Die leichte Kurzsichtigkeit war verschwunden. Aber diese Veränderungen waren so geringfügig, dass sie niemandem außer ihm selbst auffielen.

Manchmal überlegte er, ob er das alles vielleicht geträumt hatte. Die Spritze, den Abbindegummi, die Nadel, die in die Vene seiner Armbeuge drang.

In seinen Armen war Wolodja gestorben. Vor Erschütterung, vor Übermüdung nach den vielen schlaflosen Nächten hatte er das Bewusstsein verloren, war in ein kurzes Vergessen gesunken und konnte sich nicht mehr genau erinnern, was geschehen war. Er hätte gern geglaubt, dass er sich das Präparat nicht gespritzt hatte. Dass es ein Traum war, ein Hirngespinst. Aber er schaffte es nicht.

Er ging ins Labor, und unter Grigoris durchdringendem Blick überkam ihn ein Frösteln.

Moskau 2006

Pjotr Colt frühstückte frischen Bauernquark mit Schmand und Honig, trank koffeinfreien Kaffee und nahm seine morgendliche Dosis Multivitamintabletten. Jeanna schlief in seinem Bett, auf der türkisfarbenen Seidenwäsche ausgestreckt. Das Schlafzimmer war voller Blumen, auf einem niedrigen kleinen Tisch mit Löwenklauenfüßen stand eine riesige Schale mit Obst. Das Ganze erinnerte an ein Rubens-Gemälde. Colt küsste Jeanna aufrichtig dankbar auf die runde rosa Wange, zog sich an und brach auf ins Büro.

Sein Kontor befand sich in der obersten, siebenundzwanzigsten Etage eines zylinderförmigen Wolkenkratzers aus Spiegelglas, des Hauptgebäudes eines Bürokomplexes im Südwesten von Moskau. Der gesamte Komplex gehörte Colts Firma. Neben Büros gab es eine Sport- und eine Konzerthalle, eine Schwimmhalle, ein Restaurant, ein kleines Hotel der Luxusklasse und ein riesiges unterirdisches Parkdeck mit eigener Autowerkstatt.

Der gepanzerte Jeep jagte über die Brücken und durch die Tunnel des Dritten Rings. Am Steuer saß ein Chauffeur, Colt saß hinten, schaute Papiere durch und telefonierte. Nach mehreren geschäftlichen Anrufen war Subow am Apparat.

»Wir haben ein Problem«, sagte Colts Sicherheitschef, »der Alte ist nervös, verlangt sein Telefon und seinen Computer.«

»Wozu?«

»Das sagt er nicht, aber ich glaube, er will sich mit Deutschland in Verbindung setzen und die traurige Nachricht mitteilen.«

»Na, soll er doch. Das lässt sich sowieso nicht verbergen. Er wird es erfahren, ob früher oder später, was macht das für einen Unterschied?«

»Einen großen. Er muss es von ihr erfahren, bei der Begegnung mit ihr, keinen Tag und keine Stunde eher.«

Colt lachte kurz auf und schüttelte den Kopf. Subow war normalerweise unglaublich kaltblütig, manchmal kam er Colt vor wie eine Maschine, nicht wie ein lebendiger Mensch. Nun aber war er sichtlich nervös, hob sogar die Stimme.

»Schrei nicht so, Iwan«, rügte Colt ihn sanft, »vorerst ist

doch nichts passiert. An Telefon und Computer darf er nach wie vor nicht ran. Es kann doch nicht so schwer sein, mit einem gelähmten Alten fertig zu werden, oder?«

»Sie haben ihm schon alles weggenommen, aber er will es wiederhaben. Er ist in einen Hungerstreik getreten.«

»Oho! Nun, in seinem Alter ist hungern gesünder, als zu viel zu essen.«

»Wir hätten sie nicht zu ihm lassen dürfen.«

»Du bist hart und herzlos, Iwan. Der Alte hat so wenig Freude im Leben. Sie haben sich sehr interessant unterhalten.«

»Ach, Sie haben sich die Aufnahme schon angehört?«

»Natürlich.«

»Haben Sie denn nicht bemerkt, dass er sie gewarnt hat?«

»Unsinn, sie hat nichts von seinem Gestammel verstanden. Außerdem hast du versprochen, dich um sie zu kümmern.«

Inzwischen hatte der Wagen mehrere Kontrollpunkte passiert und war ins Parkdeck gefahren. Colt fuhr mit dem Lift hinauf in die siebenundzwanzigste Etage und betrat sein Vorzimmer.

Moskau 1917

Die Versuchstiere, die die Injektion als Jungtiere erhalten hatten und nicht sofort starben, verkrafteten die Übergangsphase leichter und schneller als ihre älteren Artgenossen. Zwar bekamen alle erhöhte Temperatur, und alle verloren anschließend ihr Fell, doch den jüngeren Tieren ging es dabei relativ gut. Ihr Appetit war geringer, ihr Durst hingegen größer. Wasser tranken sie dreimal so viel wie normalerweise. Die alten Tiere wurden schwach, konnten nicht mehr selbstständig essen und trinken und bewegten sich nicht. Sie mussten mittels einer Pipette gefüttert und getränkt werden.

Die Genesung verlief nach dem gleichen Muster, nur mit dem Unterschied, dass die alten Tiere wieder jung wurden, die jungen sich dagegen faktisch nicht veränderten.

Inzwischen waren anderthalb Jahre seit Beginn des Experiments vergangen. Die maximale Lebenserwartung einer Ratte beträgt dreißig Monate. Vier Tiere, die die Injektion im Alter von zwei, drei Monaten erhalten hatten, sahen aus und verhielten sich wie reife, gesunde, äußerst aktive Ratten. Sie zeigten keinerlei Anzeichen von Alterung.

Der Ratz Grigori hatte bislang als Einziger nicht nur eine Injektion erhalten, sondern zwei. Er lebte noch immer. Er war wieder zu Kräften gekommen, seine Augen waren klar. Er war alt, aber nicht altersschwach. Langsam und ruhig, aber nicht träge. Seine Reflexe waren lebhaft und alle Instinkte normal, bis auf den Geschlechtstrieb.

Eine graue Ratte, deren Hinterpfoten gelähmt gewesen waren, gebar gesunde junge Ratten. Doch ihr war das Präparat später gespritzt worden als Grigori. Sie lebte erst ein zweites Leben, er bereits das dritte.

»Ein viertes ist kaum möglich«, sagte Professor Sweschnikow, »außerdem ist nur noch wenig von dem Präparat da.«

»Wir könnten die Epiphysen der Tiere benutzen, die die Injektion bekommen haben«, sagte Agapkin.

»Das sind auch nicht sehr viele.«

»Ich verstehe Sie nicht – warum versuchen Sie nicht, die Quelle ausfindig zu machen, die Herkunft des Parasiten zu ergründen?«

»Das ist unmöglich.«

»Warum?«

»Weil die Hüte von Madame Cottie zu beliebt sind.«

Agapkin erstarrte mit offenem Mund. Der Professor lächelte und schüttelte den Kopf.

»Fjodor, für einen Wissenschaftler sind Sie zu nervös, zu ernst und zu ungeduldig. Ich habe Ihnen ein Rätsel aufgegeben, versuchen Sie es zu lösen.«

»Madame Cottie«, murmelte Agapkin, »das Haus gegenüber.«

»Gut.« Der Professor nickte beifällig.

»Und welche Rolle spielt die Beliebtheit ihrer Hüte?« Agapkin verzog das Gesicht. »Michail Wladimirowitsch, ich bitte Sie, ich bin kein kleiner Junge, ich mag keine Rätsel.«

»Ich gebe Ihnen noch einen Hinweis. Ein Wort, genauer, einen Namen. Hassan. Also wirklich, was haben Sie nur? Sie schauen ja genauso wehmütig drein wie Grigori. Na schön, ich will Sie nicht länger quälen. Hassan ist ein Junge, der Sohn des Hauswarts. Er bringt mir manchmal Ratten, ich zahle ihm fünf Kopeken pro Stück. Früher habe ich mich nicht dafür interessiert, woher er sie nahm. Nach der Geschichte mit Grigori habe ich ihn danach gefragt und Folgendes erfahren: Die Ratten sind aus dem Keller des Hauses gegenüber. Die Spenderratte, der ich die Epiphyse entnommen habe, stammte von dort. Ich habe mir die Mühe gemacht und bin mit Hassan zusammen in den Keller gegangen. Aber dort waren keine Ratten mehr. Der Keller war leer und sauber. Säcke mit Kalk und Fässer mit Farbe standen herum. Madame Cottie hatte beschlossen, ihr Atelier um den Keller zu erweitern. Sie hatte die Ratten vergiftet, das Gerümpel hinausgeschafft und eine Renovierung in Angriff genommen. Die ist nun beendet. Im Keller arbeiten jetzt Hutmacherinnen.«

»Und die Spenderratte war die einzige, die Parasitenzysten in der Epiphyse hatte?«, fragte Agapkin rasch und leckte sich die ausgetrockneten Lippen.

»Nein. Insgesamt waren sieben Tiere Träger des Parasiten. Und sie alle stammten von dort, aus diesem Keller.«

»Wir müssen andere suchen.«

»Oh, dafür müssten wir alle Ratten in Moskau fangen und bei jeder eine Schädeltrepanation vornehmen. Ein nobles Vorhaben, aber wohl kaum zu bewältigen. Uns fehlt die Flöte des Rattenfängers.«

»Und was nun?«

»Wir müssen sorgsam hüten, was wir haben. Beobachten. Nachdenken. Die Parasitologen, denen ich unser Prachtexemplar gezeigt habe, versichern, dass er am ehesten an einen Bandwurm erinnert. Bekannt sind über zwölftausend Arten von Bandwürmern, aber es existieren viel mehr. Entstanden sind sie im Proterozoikum, also vor über einhundert Millionen Jahren. Sie lebten in den Därmen und Mägen von Dinosauriern, Mammuts und Urzeitechsen und haben die Eiszeit glücklich überstanden. Einige Arten haben sich im Laufe der Evolution verändert, sich an neue Arten von Wirbel- und Säugetieren angepasst. Andere hingegen blieben unverändert. Sie können unglaublich lange im Zystenstadium verharren, als würden sie abwarten, bis ein neuer Abschnitt der Evolution ihnen einen neuen, noch perfekteren Wirt beschert. Lebensfähige Eier dieser Parasiten wurden in versteinerten Skeletten von Urzeittieren gefunden, in alten Grabstätten, in Mumien. Ihr Lebenszyklus ist unendlich vielfältig und rätselhaft. Doch die Forscher scheinen sich nicht sonderlich viele Fragen zu stellen. Wie findet der Parasit den Weg über Blutbahn und Gewebe des Wirts genau zu dem Organ, in dem er sich niederlassen möchte? Wie schaffen es die mikroskopisch kleinen Zysten, die Reflexe und das Verhalten ihres Zwischenwirts zu verändern? Fische schwimmen an die Oberfläche, um möglichst rasch von einem Säugetier gefressen zu werden. Mäuse verlieren die Angst und laufen direkt in die Pfoten einer Katze. Wider den Selbsterhaltungstrieb strebt das infizierte Tier seinem Tod entgegen, ähnlich wie gegenwärtig die roten Proletarier mit ihrer Marseillaise. Hören Sie, sie singen die ganze Zeit grauenhaft falsch.«

Der Professor stand auf und schloss das Fenster. Es ging zum Hof hinaus, die Demonstration lief die Parallelstraße entlang und sang sehr laut. Hin und wieder drangen einzelne Ausrufe herüber, immer die gleichen Losungen: »Nieder mit der Regierung!«, »Friede den Hütten, Krieg den Palästen!« Aber es gab auch einige neue: »Proletarier aller Länder, vereinigt euch!«, »Alle Macht den Sowjets!«

Agapkin schaute durch das dicke Glas mit den Löchern auf Grigori. Schon seit zehn Minuten saß der Ratz reglos da, nur seine Ohren zitterten ein wenig. Die rubinroten Augen folgten Agapkin unablässig. Als er sich absichtlich auf einen anderen Stuhl setzte, wechselte Grigori die Position und drehte sich zu ihm um.

»Das sind ja auch keine professionellen Sänger«, antwortete er dem Professor mechanisch, »viele haben ein ziemlich schlechtes Gehör.«

»Nicht nur ihr Gehör ist schlecht, auch ihre Augen und ihr Geruchssinn. Merken sie denn nicht, wie scheußlich es seit dem Sieg über den Zarismus in der Stadt riecht? Sie sind so beschäftigt mit ihren Märschen und Gesängen, dass sie ihre Notdurft unterwegs verrichten, in Torbögen und Hauseingängen. Dauernd spucken und schnauben sie auf die Straßen. Sehen sie etwa nicht, wie schmutzig alles geworden ist? Können Sie mir sagen, woher die vielen Sonnenblumenkerne kommen? Die ganze Straße ist voller Schalen.«

»Schwierigkeiten der Übergangsphase. Kinderkrankheiten des neugeborenen freien Russlands.« Agapkin versuchte zu lächeln, was aber misslang.

»Was sind Kinderkrankheiten? Mord? Raub? Chaos und Schmutz?«

»Nein. Ich rede nur von den Sonnenblumenkernen«, murmele Agapkin hastig und erschrocken.

Er vermied es normalerweise, mit dem Professor über die Vorgänge in Russland zu streiten. Sweschnikow reagierte immer gleich nervös und gereizt.

»Ich bitte Sie, beten Sie nicht diesen Kundgebungsquatsch nach, von wegen Russland sei neugeboren. Es existiert seit Hunderten von Jahren. Ein riesiges, kompliziertes, wunderbares Land. Unser beider Heimat, mit eigener Geschichte, Kultur, Wissenschaft, Armee und eigenem Staatssystem. Und diese ganze jahrhundertealte Größe wurde nun vernichtet, vor unseren Augen, mit unserer Duldung. Nicht von Mongolen, nicht von Napoleon, nicht von Deutschen und Österreichern, nein, von den eigenen Leuten. Von neuen Pugatschows mit Universitätsdiplom, von eitlen Schwätzern, kleinen Hochstaplern, von größenwahnsinnigen Psychopathen.«

»Es wird wieder Ordnung einziehen. Wir haben eine Regierung«, entgegnete Agapkin leise und zog den Kopf zwischen die Schultern.

»Wen? Diese Leute?« Der Professor mimte ein schüchternes, zuckersüßes Lächeln und verbeugte sich mehrmals clownesk.

Damit sah er Kerenski so ähnlich, dass Agapkin unwillkürlich lachen musste. Aber Sweschnikow verzog das Gesicht und schüttelte den Kopf.

»Das ist doch keine Regierung! Diese Usurpatoren, sie wissen ja nicht, was sie tun. Die Armee zerschlagen und gleichzeitig Krieg führen – das bedeutet, die Streitkräfte in die Vernichtung des eigenen Landes treiben. Aber genug davon. Das ist zu schmerzlich.«

»Verzeihen Sie, Michail Wladimirowitsch, ich wollte das Thema nicht anschneiden.« Agapkin hüstelte dumpf.

»Ja, lassen wir das. Kehren wir lieber zu unserem rätselhaften Geschöpf zurück.«

»Natürlich. Was ich Sie schon lange fragen wollte – als Sie wegen des Parasiten bei den Spezialisten waren, was haben Sie ihnen gezeigt, eine Zyste oder den Wurm?«

»Beides.«

»Ach ja? Sie besaßen einen lebenden Parasiten? Es ist Ihnen also gelungen, ihn *in vitro* zu züchten?«

»Nein. Keineswegs. Wenn Sie sich erinnern, sind die Meerschweinchen und das Kaninchen gestorben, aber nicht sofort. Anfangs verlief alles gut. Das Fieber verkrafteten sie ohne Probleme, sie verloren kaum Fell und hatten einen normalen Appetit. Doch drei, vier Monate nach der Injektion erlitten sie eine Gehirnblutung. Erstaunlicherweise fand ich bei der Obduktion eines Kaninchens und zweier Meerschweinchen in der Epiphyse einen lebenden Wurm. Allerdings sind diese drei Exemplare am zweiten Tag in der Nährlösung verendet.«

»Das heißt, Meerschweinchen, Kaninchen und Ratte sind Zwischenwirte unseres Parasiten und der Mensch sein Endwirt?«, fragte Agapkin und wechselte noch einmal den Stuhl, um den Glaskäfig nicht sehen zu müssen.

»Eine gute Frage.« Der Professor nickte. »Von der Antwort darauf hängt im Grunde Ossjas Leben ab.«

»Meins auch!«, hätte Agapkin beinahe ausgerufen, schwieg aber.

Dreizehntes Kapitel

Moskau 2006

Der Flug nach Hamburg ging am Abend. Die letzten beiden Tage verbrachte Sofja in Hektik und mit Laufereien. Einen Koffer und Kleider kaufen, eine Vollmacht für den Wagen auf ihre Mutter ausstellen, Telefonate mit Kulik und mit Bim. Auch ins Institut musste sie noch einmal, etwas unterschreiben, etwas abgeben und etwas in Empfang nehmen.

Am Tag des Abflugs erschien Nolik. Er war glattrasiert, sein Haar kurzgeschnitten, er trug neue, gutsitzende Jeans und einen dunkelblauen Pullover.

»Du siehst besser aus, als hättest du in den letzten Tagen abgenommen«, sagte Sofjas Mutter.

»Er hat bloß nicht getrunken, darum ist sein Gesicht nicht mehr so verquollen.« Sofja küsste ihn beiläufig auf die Wange. »Oho, er hat sich sogar mit einem Duftwasser besprüht.«

Nolik holte mehrere Bücher aus seiner Tasche.

»Sind die für mich?«, fragte Sofja.

»Gib mir die Fotos, ich muss mir etwas ansehen«, erwiderte Nolik.

»Nimm sie dir. Sie liegen in meinem Schreibtisch, in der obersten Schublade.«

Die letzten beiden Stunden saß Nolik still in Sofjas Zimmer, blätterte in den Büchern und betrachtete durch eine Lupe die Fotos. Sofja war nervös und hektisch. Als sie wieder einmal ins Zimmer gelaufen kam, legte Nolik die Lupe beiseite und fragte: »Interessiert dich das alles nicht mehr?«

»Wieso? Es interessiert mich sogar sehr. Aber ich habe den Kopf voll mit anderen Dingen. Ich gehe schließlich für ziemlich lange weg und fliege zum ersten Mal ins Ausland.«

»Das ist es ja«, murmelte Nolik und seufzte tief.

»Was ist los?«, fragte Sofja erstaunt. »Du scheinst dich gar nicht für mich zu freuen. Dabei hast du das Ganze doch selber initiiert, hast mir Kuliks Visitenkarte gebracht und mich gezwungen, ihn anzurufen.«

»Ich habe nicht gedacht ...«

»Was?«

»Dass sie dich so weit wegholen würden und für so lange. Du erzählst mir überhaupt nichts. Wie war die Begegnung mit dem alten Agapkin? Hat er etwas Interessantes über die Fotos gesagt?«

»Nein. Es gibt nichts zu erzählen.«

»Setz dich doch wenigstens fünf Minuten zu mir.«

»Entschuldige, jetzt nicht, später!«

»Nie hast du für mich Zeit, nie«, murrte Nolik klagend.

»Arnold, nun sei nicht so beleidigt!« Sofja küsste ihn rasch auf die Wange und lief hinaus. Aus der Küche rief ihre Mutter nach ihr.

Als sie endlich im Auto saßen, um zum Flughafen zu fahren, fragte Nolik plötzlich: »Du hast von Agapkin also absolut nichts Neues erfahren?«

»Wie oft soll ich das noch sagen? Nein!«

»Trotzdem, erzähl mir doch bitte genau, worüber ihr geredet habt.«

»Ich schreibe es dir später, ganz ausführlich, mit allen Details. Jetzt platzt mir einfach der Kopf.«

Ihre Mutter saß am Steuer, Sofja neben ihr, Nolik hinten. Vera Sergejewna hatte einige Mühe, den engen, mit Autos vollgeparkten Hof zu verlassen, ohne irgendetwas zu rammen.

»Nolik, mein Lieber, lenk mich bitte nicht ab, ich bin seit hundert Jahren nicht in Moskau Auto gefahren«, sagte sie.

»Mama, ich habe gesagt, wir nehmen ein Taxi. Oder lass mich fahren.«

»Ein Taxi nach Scheremetjewo ist furchtbar teuer. So, und jetzt Schluss. Seid still, alle beide. Ihr stört mich beim Fahren.«

Als sie auf die Leningrader Chaussee eingebogen waren und in einem kleinen Stau standen, bekam Sofja erneut eine SMS von Petja.

»Melde dich! Ich habe große Sehnsucht!«

»Schon wieder er?«, fragte Nolik von hinten.

»Ja.« Sofja drehte sich um. »He, warum bist du so traurig?«

»Ich?« Nolik machte eine komische Grimasse, bewegte die Augenbrauen und verzog den Mund zu einem breiten Froschmaul. »Im Gegenteil, ich bin glücklich, ich freue mich für dich, Sofie.«

Die Schlange am Businessclass-Schalter war kurz.

»So, nun geh«, sagte Sofjas Mutter.

Der Aufruf zum Einchecken war längst erfolgt. Sie hatten sich schon zehnmal umarmt und geküsst. Nolik stand daneben und blickte sich teilnahmslos um. Sofja legte ihm die Hand auf die Schulter und küsste ihn auf die Nase.

»Sei nicht traurig. Und trink bitte nicht. Ich werde dir ganz oft schreiben, denk daran, deine E-Mails abzurufen.«

Einen Augenblick war er wie versteinert, dann schlang er plötzlich die Arme um sie, presste sie heftig an sich und flüsterte ihr hastig und undeutlich ins Ohr: »Pass auf dich auf, Sofie, ich liebe dich, ich kann ohne dich nicht leben, Sofie.«

Seit ihrer Kindheit hatten sie und Nolik sich umarmt, geprügelt, herumgealbert, er hatte sie an den Haaren und an den Ohren gezogen und sie aufgefangen, wenn sie auf einen hohen Zaun oder einen Baum geklettert war. Doch nun waren seine Arme, sein Atem, sein Geruch auf einmal ganz anders. Er drückte sie an sich und berührte mit den Lippen ihr Ohr wie ein Mann. Noch nie hatte es etwas Derartiges zwischen ihnen gegeben, das war einfach ausgeschlossen.

»Nolik, ich liebe dich auch.« Sofja löste sich sanft von ihm und spürte, dass sie rot wurde. »Du wirst mir fehlen.«

Sofort sackte er in sich zusammen und ließ die Arme schlaff hängen. Er war wieder der gewohnte Nolik und lächelte kläglich und schuldbewusst.

»Nun geh endlich!«, sagte ihre Mutter.

Ohne sich noch einmal umzudrehen, zog Sofja ihren Rollkoffer rasch zum Abfertigungsschalter.

Moskau 1917

Im Juli fand im Moskauer Bolschoi-Theater ein Kongress gesellschaftlicher Kräfte statt. Professor Sweschnikow bekam eine offizielle Einladung überbracht. Rechtsanwalt Brjanzew hegte noch immer die Hoffnung, auch der Professor würde sich engagieren im Kampf – wofür eigentlich, konnte er allerdings nicht erklären, er wiederholte nur immer wieder: »Das ist deine Pflicht, Michail, gegenüber der Heimat, gegenüber deinen Kindern.«

»Papa, geh wenigstens mal hin, sieh und hör sie dir an«, sagte Andrej, »vielleicht ist das Ganze gar nicht so hoffnungslos, vielleicht können sie sich ja auf etwas einigen?«

»Aber zieh nicht deine Generalsuniform an, dieser Regierung hast du schließlich keinen Eid geleistet«, sagte Tanja.

Sweschnikow kapitulierte. Brjanzew holte ihn in einem schicken offenen Wagen mit Chauffeur ab und sprach unterwegs aufgeregt von den bevorstehenden Reformen und dem baldigen und unumgänglichen Sieg über alle zeitweisen Schwierigkeiten.

Vor dem Bolschoi-Theater war eine Menschenmenge versammelt. Es gab kein Durchkommen. Kornilow wurde erwartet, der neue Oberkommandierende. Brjanzew führte den Professor zum Bühneneingang. Als sie das Theater betraten, hörten sie Rufe und Applaus.

»Er ist da!«, sagte Brjanzew. »Wird empfangen wie ein Zar. Komm, wir sehen uns das an. Warte, ich bin gleich wieder bei dir.«

Er lief hinunter und kam kurz darauf mit einem Opernglas zurück.

Das offene Fenster ging auf den Platz hinaus. Aus einem Wagen stieg ein dünner kleiner Mann in Militäruniform und lief ein paar Schritte über das Trottoir. Brjanzew reichte dem Professor das Opernglas. Sweschnikow sah ein schmales Gesicht mit dunklem Teint, abstehende kleine Ohren, einen hochgezwirbelten Schnauzer, einen spitzen Kinnbart und ein glückliches Lausbubenlächeln.

Am Nebenfenster stand ein alter Mann in Generalsuniform, nicht sehr groß, hager und aufrecht.

»Alexej Alexejewitsch, meine Verehrung«, sagte Brjanzew mit einer Verbeugung, »gestatten Sie vorzustellen: Professor Sweschnikow, Michail Wladimirowitsch.«

»Brussilow. Freut mich sehr.« Der alte General hatte einen kräftigen Händedruck. »Mit Ihrer Tochter Tatjana Michailowna ist also Oberst Danilow verheiratet?«

»Ja. Pawel Nikolajewitsch ist mein Schwiegersohn.«

»Nicht eben die beste Zeit zum Heiraten«, knurrte der General, »ich gestehe, ich habe ihm abgeraten. Im Fall eines bolschewistischen Aufstandes wird kaum jemand von uns überleben. Und der ist unausweichlich, meine Herren. Wir müssen mit der Waffe in der Hand auf die Straße gehen, eine Volkswehr aufstellen. Wir dürfen nicht länger zögern und auf das alte russische ›wird schon‹ hoffen.«

Eine neue Welle von Rufen und Ovationen auf dem Platz

unterbrach das Gespräch. Brussilow bat um das Opernglas und betrachtete das Ganze eine Weile schweigend.

Inzwischen füllte sich das Foyer. Fotografen stellten ihre Dreibeine auf, Magnesiumblitze zuckten, Delegierte posierten gruppenweise und lächelten in Objektive.

Sweschnikow hatte einen Platz im ersten Rang. Brjanzew brachte ihn hin, dann ging er zum Präsidium. Der Saal kam lange nicht zur Ruhe. Die Erregung war künstlich, ungesund. Jeder Redner wurde mit Ausrufen und Beifall begrüßt, während der Reden unterhielt sich das Publikum laut. Am stürmischsten war die Reaktion auf Kornilow.

»Die Regierung muss begreifen, dass der Sieg im Krieg für Russland ungleich wichtiger ist als der Schutz der sogenannten Errungenschaften der Revolution. In dem halben Jahr seit dem Machtwechsel hat die Disziplin in der Armee katastrophal nachgelassen. An allen Fronten verbrüdern sich die Soldaten mit dem Feind. Wir geben eine Position nach der anderen auf. Die Truppen sind nicht nur handlungsunfähig geworden, sondern eine Gefahr für das eigene Volk.«

Dann verlas der Oberkommandierende eine lange Liste mit Namen von Offizieren, die von ihren Soldaten getötet worden waren. Er sprach lange, leidenschaftlich und überzeugend. Der rechte Flügel, die Kadetten, Kosaken und die Delegierten vom Offiziersbund applaudierten stehend. Die Linken blieben sitzen und schwiegen.

Gleich nach Kornilow trat Kerenski ans Rednerpult. Sein Gang und das Zucken seines Gesichts, als er in den Saal schaute, verrieten, dass der Kriegsminister kurz vor einem schweren Nervenzusammenbruch stand.

»Möge das Herz zu Stein werden, mögen alle Saiten des Glaubens an den Menschen verstummen, mögen alle Blumen und Träume vom Menschen verdorren, über die hier von diesem Platz aus so verächtlich gesprochen und auf denen so herumgetrampelt wurde!«, ertönte sein angenehmer, beinahe bühnenreifer Bariton.

»Nicht doch!«, rief jemand aus dem Parkett.

»Ich werde sie selbst zertrampeln! Nieder damit!«, entgegnete der Redner.

»Übernehmen Sie sich nicht! Da macht Ihr Herz nicht mit!«, widersprach ein hoher Tenor vom ersten Rang.

»Ich werde den Schlüssel zu meinem Herzen, das die Menschen liebt, weit fortschleudern, ich werde nur an den Staat denken!«, versprach Kerenski.

Diese Worte begleitete er mit einer energischen Geste, als risse er sich etwas aus der Brust und schleuderte es weit von sich, und das so heftig, dass er das Gleichgewicht verlor und beinahe gestürzt wäre.

»Es lebe die Provisorische Regierung!«, rief jemand im linken Flügel.

»Gleich bekommt er einen Anfall«, flüsterte Sweschnikows Nachbar ihm ins Ohr. »Das ist keine Politik, das ist Hysterie.«

Sweschnikow hörte zu und dachte: Seltsam. Russland geht unter. Es geschieht eine Tragödie unfassbaren Ausmaßes, aber ihre Akteure sind keineswegs Giganten, keine Genies des Bösen, sondern hektische kleine Dämonen, vollkommen nichtige Persönlichkeiten. Gespenster.

Der Kongress endete mit einem totalen Fiasko, es wurde kein einziger Beschluss gefasst. Nun war endgültig klar, dass Russland keine handlungsfähige Regierung hatte und die Spaltung der Gesellschaft unüberwindbar war. Sweschnikow spürte beinahe physisch, wie die Erde unter seinen Füßen bebte.

Anfang August kehrte Oberst Danilow nach Moskau zurück. Er erzählte schreckliche Dinge. An allen Fronten töteten Soldaten ungestraft Offiziere. Vor kurzem hätten sie mit Bajonetten einen alten General erstochen, dem nach einer Verwundung beide Arme amputiert worden waren. Derartige Fälle in der Presse zu erwähnen sei nicht erwünscht. Der einzige Ausweg aus der blutigen Sackgasse sei die Liquidierung der Partei der Bolschewiki. Sie ruinierten die Armee, machten die Soldaten zu wilden Tieren, traktierten sie mit Agitation und Schnaps, tilgten die letzten Reste von Scham und Gewissen in den Menschen. Züge würden überfallen, in ganz Russland brannten die Dörfer, rasende Soldatenhorden fegten alles auf ihrem Weg hinweg, töteten und vergewaltigten. Unvorstellbar, dass dies Russen seien, dass sie so in ihrem eigenen Land hausten.

Tanja zog wieder zu Danilow. Sie hatte die Aufnahmeprüfungen erfolgreich bestanden, aber keiner wusste, ob an den Hochschulen des Landes in diesem Herbst wie immer ein neues Studienjahr beginnen würde.

Danilow besaß ein kleines Erbgut bei Samara. Er wollte den Dienst quittieren und mit Tanja dorthin ziehen. Sie weigerte sich – sie könne ihren Vater und ihren Bruder nicht verlassen, die Kurse nicht aufgeben. Sie stritten lange und recht heftig, bis der ehemalige Verwalter die Nachricht schickte, das Gut sei geplündert, das Haus abgebrannt.

Andrej zeichnete eifrig alles, was er auf den Straßen Moskaus sah: Demonstrationen, rote Fahnen, Schlangen vor Lebensmittelläden. Die roten und schwarzen Stifte gingen schnell zu Ende, Farben gab es nicht zu kaufen. Sweschnikow nahm seinen Sohn nun oft mit ins Lazarett. Er hatte Angst, ihn allein zu Hause zu lassen, er wollte ihn in seiner Nähe wissen.

Eines Tages gingen sie zu Fuß nach Hause, die Twerskaja entlang, vorbei an zerschlagenen Schaufenstern. Glassplitter knirschten unter ihren Füßen. Es war noch nicht dunkel, doch die Straßen waren menschenleer. Die Schutzleute waren verschwunden, es gab kaum noch Droschken, abends streiften bewaffnete Wahnsinnige umher. Es war schmutzig und seltsam still. Der Nieselregen war schon herbstlich. Als sie den Triumfalnaja-Platz passierten, hörten sie hinter sich die Schritte schwerer Soldatenstiefel, Flüche und betrunkenes Lachen. Ohne sich umzudrehen, drückte Sweschnikow die Hand seines Sohnes und lief schneller.

»Ein Vornehmer«, sagte eine heisere Stimme, »eindeutig ein Vornehmer. Bourgeoises Pack.«

»Ein gutes Jackett hat er an«, fiel eine andere Stimme ein.

»Und die Stiefeletten, ich glaube, die würden mir genau passen. O ja, schöne Stiefeletten. He, du, Wohl'born, haste was zu rauchen?«

Sweschnikow drehte sich abrupt um, stellte sich schützend vor Andrej und umklammerte den kleinen Revolver in seiner Tasche.

Sie waren zu dritt, hatten Gewehre, trugen Soldatenhemden lose über der Hose, ohne Gürtel, ohne Schulterstücke. Die Schirmmützen hatten sie in den Nacken geschoben, die Kokarden waren aus rotem Satin. Rote, verschwitzte Gesichter, irre glänzende Augen. Der Jüngste hatte einen lila Fleck unterm Auge. Eine alte Frau trippelte vorbei, schaute erschrocken, bekreuzigte sich und eilte davon.

»Oh, Wohl'born kuckt aber böse, oh, da krieg ich ja Angst«, blökte der mit dem blauen Auge.

»He, Burshui, wir ham dich was gefragt. Und du sagst nix. Also, haste Papirossy?« Ein älterer, glattrasierter und fetter Deserteur bleckte spöttisch sein lückenhaftes Gebiss.

»Papirossy?« Der Professor tastete nach dem Abzug. »Erlauben Sie, meine Herren. Ich biete Ihnen gern etwas an.«

»Papa!«, flüsterte Andrej erschrocken.

Plötzlich schien der Dritte, der bislang geschwiegen hatte, gleichsam aufzuwachen, er öffnete die vom Wodka verquollenen Augen, rülpste laut, schniefte und sagte: »Der Doktor? Michail Wladimirowitsch?«

»Ja. Der bin ich.«

»Erkennen Sie mich nicht?« Der Deserteur lachte kläglich. »Ich sehe, Sie erkennen mich nicht. Jermolajew heiß ich. Ehemaliger Feldwebel. Sie haben mir den rechten Arm gerettet. Na? Erinnern Sie sich?«

»Ich erkenne Sie. Ich erinnere mich. Sie wollten doch nach Hause zurückkehren, zu Ihrer Frau, zu Ihren Kindern, zu Ihrer alten Mutter. Warum sind Sie hier, Jermolajew?«

Sweschnikow hielt den Revolver in der Tasche noch immer fest. Jermolajews Kameraden schwiegen und schauten mit dumpfer Neugier zu. Jermolajew schniefte, seine Augen huschten schuldbewusst hin und her.

»Tja, irgendwie ... Nach der Entlassung bin ich gleich auf den Bahnhof. Züge fuhren keine, überall ein Haufen Leute, ich hab da gesessen und gewartet, dann hatte ich's satt. Aus Langeweile bin ich zu Kundgebungen, und da haben sie gesagt, wenn wir erst den Gutsbesitzern den Boden weggenommen haben und die Burshuis geschlagen, dann werden wir leben wie im Paradies, na ja, und so.« Plötzlich näherte Jermolajew sein verquollenes rotes Gesicht dem des Professors. »Michail Wladimirowitsch, gehen Sie ins Ausland, hierbleiben ist gefährlich für Sie.«

»Und für Sie?«

»Für mich? Ich hab nichts mehr zu verlieren. Ich bin schon verloren.«

Jermolajew zwinkerte heftig, schluchzte auf und wischte sich mit dem Hemdärmel übers Gesicht. Der Professor drehte sich um, nahm Andrej an die Hand, und sie gingen nach Hause.

»Mein Mütterlein ist bestimmt schon tot«, sagte der betrunkene Jermolajew in ihrem Rücken. »Ach, ich bin ein Vieh, der allerletzte Dreck bin ich.«

Den restlichen Weg bis nach Hause legten Sweschnikow und Andrej schweigend zurück. Erst als sie schon in der Wohnung waren, fragte Andrej: »Papa, hättest du auf sie schießen können?«

»Natürlich nicht.«

»Aber du hattest die Hand in der Tasche, und wenn dieser Jermolajew dich nicht erkannt hätte, hätten wir uns verteidigen müssen. Sie hatten Gewehre mit Bajonetten, und du nur einen Revolver.«

»Sie waren betrunken, außerdem ist nicht gesagt, dass ihre Gewehre geladen waren.«

»Das waren sie bestimmt. An solche wie die verteilen die Bolschewiki Waffen und Munition.«

»Woher weißt du das?«

»Papa, das weiß jeder. Die Bolschewiki bewaffnen Deserteure, Arbeiter und Lumpenproletarier, sie bereiten einen Aufstand vor. Wenn sie an die Macht kommen, ist es aus mit uns Burshui-Pack.«

»Wo hast du diesen Unsinn gehört, Andrej?«

»Heute bei dir im Lazarett.«

»Das Geschwätz der Verwundeten? Und du spitzt die Ohren?«

»Sie haben eine Kundgebung abgehalten. Ein Kommissar von den Sowjets war da, er hat gesagt, dass bald schon die Arbeiter die Macht übernehmen und dass jede Köchin den Staat regieren kann. Alle haben ihm Beifall geklatscht.«

»Unsinn. Das wird nie geschehen. Kannst du dir unseren Kantinenwirt Stepan als Minister vorstellen?«

Andrej runzelte die Stirn, dann lachte er und schüttelte den Kopf.

»Vergiss diesen Unsinn«, sagte Sweschnikow, »und hör nicht mehr auf Kundgebungsgeschwätz.«

Andrej schlief nur mit Mühe ein, schrie im Schlaf mehrfach, wälzte sich herum und warf die Decke ab. Sweschnikow setzte sich zu ihm, wollte ihm wie früher Puschkin und Gogol vorlesen. Doch das beruhigte Andrej nicht. Er unterbrach den Vater ständig mit Fragen.

»Papa, gehe ich im September bestimmt wieder ins Gymnasium?«

»Natürlich. Im September ist dieses Durcheinander vorbei.«

»Versprichst du mir das?«

»Ich hoffe es.«

Als Sweschnikow sich überzeugt hatte, dass sein Sohn schlief, ging er hinunter ins Esszimmer, um mit Agapkin Tee zu trinken. Das Dienstmädchen Klawdija teilte ihm mürrisch mit, es sei kein Zucker da, die Geschäfte seien schon die zweite Woche geschlossen.

Die Kinderfrau döste wie immer im Sessel über ihrer Strickerei.

»Awdotja, bring uns bitte Konfitüre«, bat Sweschnikow.

Er musste die Bitte mehrmals wiederholen, die Alte stellte sich vollkommen taub. Schließlich schüttelte sie ärgerlich den Kopf und sagte: »Es ist keine Konfitüre da. Sie ist alle.«

Dann brachte sie doch ein kleines Glas, stellte es vor Sweschnikow hin und knurrte dabei laut: Das Süße müsse aufgehoben werden für Andrej und für Tanja, in diesen Zeiten, die jetzt angebrochen seien, für Michail allein wäre es ihr ja nicht zu schade, er nehme ja nur einen Klecks und gut, aber andere, die kennen kein Maß, schaufelten mit einem großen Löffel.

Dabei schielte sie zu Agapkin.

»Na, nun hör auf zu schimpfen«, sagte Sweschnikow, »gib uns lieber noch von deinem Roggenzwieback.«

»Nein«, erklärte die Kinderfrau fest, »den Zwieback habe ich

Tanja gebracht. Sie haben ja an Personal nur den Burschen, und der ist ein Dummkopf.«

»Für dich sind alle Militärs Dummköpfe, Awdotja, vom einfachen Soldaten bis zum General«, sagte der Professor.

»Ein kluger Mensch würde nicht mit einem Gewehr auf einen lebendigen Menschen schießen«, knurrte die Kinderfrau ärgerlich und klapperte mit ihren Stricknadeln.

»Aber wenn Krieg ist, was dann – ohne Militärs?«, fragte Sweschnikow.

»Den haben sie sich doch selber ausgedacht, den Krieg, damit sie nicht untätig rumsitzen müssen. Sie können ja nichts anderes.«

»Sie sind ja eine Pazifistin, Awdotja Borissowna«, bemerkte Agapkin lächelnd.

Die Kinderfrau warf einen mürrischen Blick auf ihn, erwiderte nichts und fuhr fort, nur an Sweschnikow gewandt: »Also dieser Bursche von Danilow, der hat mich vor drei Tagen in die Küche eingeladen, zum Teetrinken. Aber der Tee war alt, da war schon Schimmel drauf. Ich frage: Sag bloß, du kochst diesen Tee auch für den Herrn und die Herrin? Er kneift die frechen Augen zusammen und antwortet: Der Tee ist gut, ist chinesischer. Ich sage: Ach, du Gauner! Diesen Tee musst du wegwerfen und neuen kaufen. Aber er schüttelt nur den Kopf – nein. Neuen kaufen hat keinen Sinn. Sollen sie noch den trinken. Seine Wohlgeboren muss sowieso bald weg, nach Mogiljow, ins Hauptquartier.«

Sweschnikow erstarrte mit dem Löffel vorm Mund.

»Moment, was sagst du da? Wiederhol das bitte noch einmal.«

»Ja, ja, nie hörst du mir zu. Ich hab gesagt, Pawel Nikolajewitsch muss fort. Er hat eine geheime Depesche bekommen, vom Oberkommandierenden, von General Kornilow.«

Moskau 2006

Kira Melnik schmerzte es, zu sehen, wie sehr ihr Mann unter dem Tod seines alten Freundes Dmitri Lukjanow litt. Auch sie selbst konnte sich nicht daran gewöhnen, dass er nicht mehr lebte. Was für ein überraschender, unsinniger Tod!

Ihre Familien waren seit vielen Jahren befreundet. Boris hatte nur wenige Freunde. Er war immer ganz von seiner Arbeit in Anspruch genommen, von seinen Forschungen, für Freunde blieb da einfach keine Zeit, viele alte Kontakte waren abgerissen. Zumal Boris im Alter immer reizbarer wurde, manchmal sogar grob, und das nicht nur gegen sie, seine Frau, sondern auch gegen Fremde. Sie war es gewöhnt, ihm alles zu verzeihen, andere aber verziehen ihm nicht, waren gekränkt, riefen nicht mehr an, kamen nicht mehr zu Besuch.

Im Grunde war ihnen außer den Lukjanows niemand mehr geblieben. Bald war Silvester – mit wem sollten sie diesmal feiern? Und ihre Geburtstage. Hätten sie und Boris Kinder, sähe es anders aus. Aber das hatte nicht geklappt. Erst hatten sie es immer aufgeschoben, dann war es zu spät gewesen.

Nach Lukjanows Tod hatte sich Boris völlig abgekapselt, war immer düsterer und reizbarer geworden, obgleich das kaum möglich schien, denn auch so waren in den letzten Monaten die Fetzen geflogen.

Kira versuchte dauernd, mit ihrem Mann zu reden, ob er nicht Urlaub nehmen wolle, wenigstens eine Woche. Sie könnten ein Zimmer in einem preiswerten Ferienheim bei Moskau nehmen, spazieren gehen, im winterlichen Wald Ski laufen, die Stille genießen. Aber Boris hörte ihr nicht zu, gab unpassende Antworten und winkte ab – später, wir sprechen später darüber.

Er wurde von Schlaflosigkeit gepeinigt. Nächtelang tigerte er durch die Wohnung. Kira bemühte sich, so zu tun, als merkte sie nicht, wenn Boris unter der Decke hervorschlüpfte, in sein Arbeitszimmer ging, den Computer einschaltete oder einfach im Dunkeln am Schreibtisch saß, den Kopf auf die Arme gelegt.

Natürlich ahnte Kira, dass Lukjanow nicht der einzige Grund dafür war. Zu diesem Kummer kam noch etwas anderes.

Der Geldmann, der Besitzer des schicken Wagens, der aussah wie ein Malachit-Ei, war ebenso verschwunden wie alle seine Vorgänger.

Man sollte denken, dass sich Melnik inzwischen daran gewöhnt hätte, aber das konnte er nicht. Seine Empfindlichkeit gegen Kränkungen und Enttäuschungen ließ im Alter nicht nach wie bei vielen anderen, sondern wuchs extrem. Jeden Misserfolg nahm er sich so zu Herzen, als bedeutete er das Ende von allem.

Neben der hartnäckigen Suche nach einem Verjüngungsmittel arbeitete Melnik an der Entwicklung und Vervollkommnung von Biopräparaten zur Linderung altersspezifischer Leiden. Dabei hatte er originelle Ideen. Er nutzte nicht nur die von alters her bekannten Heilkräuter, sondern auch ganz überraschende, exotische Stoffe wie die Hämolymphe des Kartoffelkäfers, die Verdauungssäfte der Larve des afrikanischen Pfeilgiftkäfers und die Speicheldrüsen der Seegurke.

Seine letzte Entdeckung hieß Rofexid-6, ein Mittel gegen Arthritis. Er hatte eine neuartige Kombination aus pflanzlichen und tierischen Komponenten hergestellt, Versuche gemacht, Artikel darüber verfasst und Vorträge gehalten, doch im Verlauf der Versuche zeigte sich, dass das Präparat zu starke Nebenwirkungen hatte, und so sehr sich Melnik im Labor auch abmühte, herauszufinden, wie man diese beseitigen könne, musste er auf das Rofexid-6 verzichten. Das Präparat heilte nicht, es tötete.

Diese schwere Enttäuschung konnte er nur verwinden, weil dieser neue Geldmann aufgetaucht war, Iwan Subow in seinem smaragdgrünen Ei, mit Abendessen in teuren Restaurants und der Verheißung phantastischer Perspektiven.

Doch auch das hatte sich zerschlagen. Subow war verschwunden, rief nicht mehr an und kam nicht mehr. Inzwischen war eigentlich genügend Zeit vergangen, um sich zu beruhigen und nicht mehr zu warten. Aber Melnik wartete dennoch und stürzte bei jedem Klingeln wie ein Raubtier ans Telefon. Doch es riefen immer die Falschen an, und nach dem Gespräch schleuderte er das Telefon jedesmal gereizt beiseite.

Als wieder einmal ein Apparat auf dem Fliesenboden der Küche gelandet war, konnte Kira nicht mehr an sich halten.

»Boris, das ist das dritte Telefon, das du diesen Monat kaputtgemacht hast. Vielleicht reicht das nun?«

Sie rechnete damit, dass er sie anbrüllen würde, wie so oft in letzter Zeit, aber er hob das Telefon vom Boden auf, schaute es an und sagte friedfertig: »Diesmal ist es nicht kaputt. Entschuldige. Du hast ja recht.«

»Was ich dich noch fragen wollte – kommen uns denn Sofja und Vera besuchen?«

»Ja. Auf jeden Fall«, antwortete er, verließ die Küche und ging ins Zimmer. Kira folgte ihm.

»Heute? Ich muss das wissen. Du wolltest die Pfifferlinge braten, die müssen vorher aufgetaut werden.«

»Ja, ja«, antwortete er so zerstreut, als hätte er gar nicht hingehört, und öffnete den Kleiderschrank.

»Was suchst du denn, Boris?«

»Ich hab's schon gefunden.« Er zog eine kleine Reisetasche heraus.

»Also, ich habe immer noch nicht verstanden – wann kommen sie denn?«

»Sie haben es versprochen, also kommen sie auch.« Er nahm eine Hose vom Bügel und legte sie in die Tasche.

»Was machst du da?«, fragte Kira erstaunt.

»Ich packe.« Er legte zwei Hemden und einen Pullover dazu.

»Du verreist?«

»Ja, nach Kopenhagen, zu einer Konferenz.«

Kira sprang aus dem Sessel und schlug die Hände zusammen.

»Sie haben angerufen, Boris? Sind sie endlich wieder aufgetaucht? Warum hast du geschwiegen? Warum hast du mir nichts davon gesagt?«

»Ich wollte es nicht beschreien.«

»Wann fliegst du denn?«

»Übermorgen, ganz früh. Um sieben Uhr zwanzig.«

»Ach, du hast schon Tickets?«

»Natürlich.« Er öffnete das Wäschefach und packte Socken, Unterhosen und Shirts in eine Plastiktüte.

»Und das Visum?«

»Ich habe doch ein Jahresvisum, das ist noch nicht abgelaufen.« Er zog einen Schuhkarton vom Schrankboden hervor, kippte ein Paar neue Schuhe auf den Teppich und brüllte plötzlich los: »Wo sind die Schnürsenkel? Warum fehlen immer die Schnürsenkel?«

»Du hast sie selbst rausgenommen und in die braunen Wildlederschuhe gezogen.«

»Dann hätten neue gekauft werden müssen! Es kann doch nicht so schwierig sein, neue Schnürsenkel zu kaufen!«

»Warum hast du es dann nicht getan?«

Kaum war der übliche laute Streit ausgebrochen, da erwachte die Katze. Sie lief ihnen vor den Füßen herum, miaute, sprang vom Sofa in die Reisetasche. Melnik regte sich so auf, dass er ganz rot und schweißnass wurde.

Auch Kira konnte sich nicht mehr beherrschen. Wieder fehlten Socken und Knöpfe an Hemden. Die Tasche seiner einzigen anständigen Jacke hatte ein Loch. Die neue Zahnbürste war verschwunden, die Zahnpasta alle.

»Was brüllst du so, Boris? Es ist noch genug Zeit, alles zu kaufen!«

»Lass mich in Ruhe! Wo ist mein Rasierzeug? Gibt es in diesem Haus wenigstens einen einzigen Kamm?«

Als er wieder einmal im Bad auf seine Frau stieß, schlug er ihr ein Pillendöschen aus der Hand und schrie: »Was willst du da schlucken?«

Gelbe Gelatinekapseln rollten über den Boden. Kira starrte ihren Mann erschrocken an.

»Ich brauche was. Für die Nerven.«

»Hier!« Melnik öffnete den Arzneischrank und nahm eine Flasche mit Herzgespann-Tropfen heraus. »Da! Nimm das!«

»Und warum nicht die hier?«, fragte Kira erstaunt, hockte sich hin und sammelte die verstreuten Pillen ein. »Du hast gesagt, das sei eine gute Medizin, du hast sie mir für Sofja gegeben, bei der Trauerfeier. Erinnerst du dich?«

»Sofja ist dreißig, und du bist sechzig!«, blaffte er so laut, dass die Katze sich im Schlafzimmer unterm Bett verkroch. »Geh, nimm die Tropfen! Ich sammle alles auf.«

Kira ging in die Küche, den Kopf eingezogen, und knurrte gekränkt vor sich hin: »Nicht sechzig, sondern achtundfünfzig, und überhaupt, was spielt das für eine Rolle? Beruhigungsmittel ist Beruhigungsmittel. Warum brüllt er da so?«

Aber sie war an die ungerechten Ausbrüche ihres Mannes gewöhnt, nahm ihm nichts übel und half ihm ohne weitere Fragen beim Packen.

»Nimm einen Schirm mit, in Kopenhagen regnet es immer.«
»Weiß ich selber!«

»Ach ja, du wolltest mit mir noch einen Pelzmantel kaufen gehen, ich habe endlich gefunden, was ich suche, und da gibt es jetzt sehr schöne Preisnachlässe.«

Melnik hielt plötzlich inne, drehte sich abrupt um, sah seine Frau an, schwieg eine Weile und sagte dann sanft und schuldbewusst: »Kirotschka, verzeih mir, mit dem Pelzmantel musst du noch warten.«

»Aber Boris! Was soll das heißen?«, fragte sie erschrocken. »Noch warten? Es ist schon Winter, und ich habe nichts anzuziehen. Mein Lammfellmantel ist ganz speckig und abgewetzt, darin kann ich nur noch den Müll rausbringen. Wir haben doch zwei Jahre gespart.«

»Verzeih mir«, wiederholte er, »aber ich musste das Geld nehmen. Es ist nämlich so, ich muss diese Reise selbst bezahlen. Die Tickets, das Hotel. Aber sei bitte nicht traurig, ich bekomme alles erstattet, und wenn ich zurück bin, kaufen wir dir einen Pelzmantel, hundertmal schöner und ohne Preisnachlass.«

Kira traute ihren Ohren nicht, rannte in die Küche, stieg auf einen Hocker und langte nach einer großen Blechbüchse. Dort müsste, unter Buchweizen verborgen, das kostbare Bündel Scheine liegen. Aber Kira fand nichts als Buchweizen, ließ die Büchse fallen und wäre fast vom Hocker gestürzt. Boris hielt sie fest, half ihr herunterzusteigen, griff wortlos zum Besen und fegte den Buchweizen auf.

Sie hätte am liebsten geweint. Aber er trat zu ihr, umarmte und küsste sie und streichelte ihr zärtlich den Rücken. Das war in den letzten Jahren so selten vorgekommen, dass sie sich vor Verblüffung sofort beruhigte.

Moskau 1917

Richtiger Hunger herrschte noch nicht, doch die Lebensmittelversorgung in Moskau und in ganz Russland wurde von Tag zu Tag schlechter. Die Preise stiegen ins Unermessliche. Die Geldscheine, so groß wie Zeitungsseiten, die sogenannten »Kerenki«, waren nichts wert.

Ende August hatten die Ereignisse eine so stürmische Entwicklung genommen, dass man kaum mitkam. Zeitungen erschienen unregelmäßig. Die Informationen darin waren widersprüchlich, die gesamte Tätigkeit der Regierung schien absurd, wie in einem Alptraum. Ministerposten flogen hin und her wie Fußbälle, und Spielfeld war ganz Russland.

Sweschnikow erfuhr die Neuigkeiten regelmäßig von Rechtsanwalt Brjanzew, der inzwischen Mitglied der Moskauer Duma war, und von Ljubow Sharskaja, die ein Unterkomitee »kreativer Frauen« in irgendeinem Bund oder einem Block leitete.

»Die Provisorische Regierung hat sich überlebt«, sagte Brjanzew, »sie muss weg von der politischen Bühne. Man muss sie von diesen verwegenen Bolschewiki stürzen lassen.«

»Damit sie die Macht übernehmen?«, fragte der Professor.

»Aber Michail«, Brjanzew lachte, »die werden sich keinen Tag halten können. Eine Handvoll verrückter Fanatiker und Banditen kann Russland nicht regieren. Wie kommst du mit deinem Professorenkopf nur auf so aberwitzige Ideen?«

»Versteh doch, Michail, sie sind nur ein Werkzeug, ein deutscher Knüppel«, unterstützte Ljubow Sharskaja den ehemaligen Anwalt. »In klugen Händen wird er den Weg freiräumen für diejenigen, die tatsächlich fähig sind, in Russland für Ordnung zu sorgen.«

»Einstweilen zertrümmert dieser deutsche Knüppel mit Erfolg die russische Armee und die Reste des Staates und macht aus unseren Soldaten blutrünstige Monster«, entgegnete Sweschnikow. »Wer bitte ist denn fähig, für Ordnung zu sorgen? Wer kann sich gegen dieses Tier behaupten?«

Brjanzew und Sharskaja überschütteten ihn um die Wette mit schönen Worten und Sprüchen wie »es ist noch nicht alles Pulver verschossen«, nannten aber keinen einzigen konkreten Namen.

Wenn die Gäste fort waren, setzte sich Sweschnikow ins Kinderzimmer zu Andrej und las ihm Puschkin-Erzählungen vor. Dann ging er zu Tanja.

Der Oberst war nach Mogiljow abgereist. Tanja wohnte wieder bei ihrem Vater. Sweschnikow verurteilte seinen Schwiegersohn nicht, er hielt dessen Entscheidung für richtig. Danilow konnte nicht den Dienst quittieren, die Hände in den Schoß legen und zusehen, wie Russland zugrunde ging. Aber Sweschnikow tat es weh, Tanjas hohlwangiges Gesicht zu sehen. Sie lernte fleißig Anatomie, büffelte die lateinischen Namen von Knochen und Gelenken.

»Weißt du was, Soja Wels ist in die Fahnenjunkerschule aufgenommen worden. Sie nehmen jetzt auch junge Mädchen. Soja absolviert gerade militärische Schnellkurse, wenn sie fertig ist, wird sie Fähnrich«, sagte sie eines Tages.

»Wozu?«, fragte der Professor erstaunt.

»Papa, die Frage ist so dumm, dass ich es nicht für nötig halte, darauf zu antworten.«

»Aber dir ist doch so etwas nicht in den Sinn gekommen?«

»Doch, ich wollte auch. Sie haben mich nicht genommen.« Tanja strich sich über den Bauch. »Man sieht es schon zu deutlich.«

Sweschnikow bekam einen ganz trockenen Mund, seine Augen wurden heiß.

»Aber Tanja, das wolltest du wirklich? Du wolltest dir genau wie diese Fräuleins die Haare kurz schneiden, eine Uniform anziehen und eine Waffe in die Hand nehmen? Denkst du denn gar nicht an ihn? Er ist noch so klein, so hilflos, er ist vollkommen abhängig von dir.«

»Gerade an ihn denke ich. An sein Leben, an seine Zukunft. Mein Kind soll in einem normalen Land aufwachsen, nicht in einem Schweinestall.«

Ihre Stimme klang leise und hart. Sie wollte noch etwas sagen, hob aber nur den Kopf und verstummte. Sweschnikow saß vor ihr, bläulich-blass. Seine Lippen bebten. Tanja stand auf und umarmte ihn.

»Papa, beruhige dich. Sie haben mich ja nicht genommen, ich bin zu Hause, unter deinen Fittichen, und büffle Anatomie. Na, nun setz nicht so eine Leidensmiene auf.«

Er konnte nichts dagegen tun. Er litt tatsächlich unter schrecklichen Vorahnungen, unter seinem ohnmächtigen Zorn. Nur eines tröstete ihn: der gleichmäßige Herzschlag, den er vernahm, wenn er das Stethoskop auf Tanjas Bauch setzte. Er versuchte zu erraten, wer darin saß – ein Enkel oder eine Enkelin? Manchmal fühlte er einen agilen kleinen Fuß oder ein Knie, und die Furcht wich, verblich im hellen Licht dieses neuen, geheimnisvollen, noch unsichtbaren Lebens.

»Wenn es ein Mädchen wird, nenne ich es Lidija, wie Mama«, sagte Tanja.

»Und wenn es ein Junge wird?«, fragte Sweschnikow.

»Ein Junge? Natürlich Michail!«

Eines späten Abends klopfte der erschrockene Agapkin an die Tür.

»Michail Wladimirowitsch, das graue Weibchen verhält sich sehr seltsam.«

Die Ratte quiekte und lief im Käfig hin und her, rannte gegen die Wände, versuchte hochzuklettern, den Deckel aufzumachen. Nur mit Mühe ließ sie sich einfangen. Sie wand sich in Krämpfen, schnappte mit offener Schnauze gierig nach Luft.

»Fieber«, sagte der Professor, »heftiges Herzrasen.«

»Was kann das sein?«, flüsterte Agapkin.

»Wir haben zwei Möglichkeiten. Warten und beobachten oder gleich aufmachen.«

»Aber weder bei Grigori noch bei den anderen ist so etwas passiert.«

»Woher wollen Sie das wissen? Wir beide sind ja nicht ständig hier. Vielleicht hat er ja in jener Nacht letztes Jahr im Januar genau so einen Anfall überlebt.«

»Überlebt?«

»Wie Sie sehen.« Der Professor nickte zu dem Käfig hinüber, in dem der ruhige, vollkommen gesunde Grigori saß, dann schaute er zu Agapkin. »Fjodor, Sie sind ja ganz weiß, und Ihre Lippen sind blau. Ist Ihnen nicht gut?«

»Doch. Mit mir ist alles in Ordnung.«

»Na wunderbar. Ich brauche Sie jetzt. Bereiten Sie unsere Schöne für die Operation vor.«

Agapkin leerte in einem Zug ein Glas Wasser. Er ballte die Fäuste, um das Zittern der Hände zu unterbinden.

Nach einer Viertelstunde war der Kopf des betäubten, erschlafften Tieres rasiert. Sweschnikows vom Jod braun verfärbte Hände hantierten geschickt mit winzigen Bohrern und einer Säge. Agapkin klemmte mit Pinzetten die blutenden Gefäße der Ratte ab.

Das Operationsbesteck für kleine Labortiere war das gleiche wie das für Menschen, nur eben *en miniature,* wie Juwelierwerkzeuge. Für die filigransten Manipulationen brauchte man eine Lupe. Die hielt Agapkin; seine Hände zitterten nun nicht mehr.

Sie legten das Innere des Rattengehirns unter der rosiggrauen

Haut frei. Die Zirbeldrüse glich einem Reiskorn. Unterm Mikroskop wurde sichtbar, dass dieses Reiskorn aus einer Vielzahl weißer Kristalle bestand. Der Professor schaute genauer hin und erstarrte. Agapkin stand neben ihm, atmete schwer und biss sich auf die Lippen. Sein Finger lag auf der Halsschlagader des Tieres. Es hatte schon lange keinen Puls mehr. Das Herz des grauen Weibchens war stehengeblieben, aber das bemerkte Sweschnikow nicht.

»Schauen Sie«, sagte der Professor und ließ Agapkin ans Mikroskop.

Die Zysten platzten auf. Aus ihnen kamen sehr langsam weißliche Geschöpfe gekrochen. Unter starker Vergrößerung waren rundliche, im Verhältnis zum Körper relativ große Köpfe zu erkennen. Agapkin erkannte das abgeplattete Vorderteil, das aussah wie ein hässliches, nasenloses Gesicht mit dunklen Augenhöhlen und einem horizontalen beweglichen Auswuchs, einer Art Mund.

Es waren höchstens ein Dutzend Geschöpfe. Fünf waren tot. Sie waren vor der Operation geschlüpft. Vier weitere schlüpften vor ihren Augen. Anfangs bewegten sie sich recht flott, dann wurden sie still. Übrig blieben drei. Sie waren größer und aktiver als die anderen. Sie wanden sich geschmeidig, richteten sich vertikal auf, schlangen sich umeinander und trennten sich wieder – es sah aus wie eine Art unheimlicher ritueller Tanz.

Der Professor berührte Agapkins Schulter und schob ihn vom Mikroskop. Agapkin konnte nur mit Mühe das Gleichgewicht halten. Er fühlte sich, als hätte er vierzig Grad Fieber. Sein Herz hämmerte schmerzhaft, brennender Schweiß rann ihm in die Augen.

»Sie verenden«, hörte er den Professor sagen, »wir entnehmen sofort die Drüse. Nährlösung! Objektträger! Sind Sie eingeschlafen? Fjodor, was ist los mit Ihnen?«

»Nichts. Alles in Ordnung. Vermutlich eine kleine Erkältung. Es hat geregnet, ich habe mir nasse Füße geholt. Und dann der Anblick des Wurms ... Ich habe mir plötzlich vorgestellt, dass das alles womöglich ... Nein, lieber nicht daran denken.«

Das hatte Agapkin hastig und heiser gemurmelt. Der Professor legte ihm die Hand auf die Stirn.

»Fieber haben Sie nicht. Sie sind neuerdings empfindlich wie ein Fräulein. Das Geschöpf sieht in der Tat abscheulich aus, doch ich habe es schon einmal gesehen und mich fast daran gewöhnt, aber für Sie ist es ja das erste Mal. Ist Ihnen schlecht geworden, weil Sie Angst um Ossja bekommen haben?«

»Ja«, hauchte Agapkin, »ich habe mir vorgestellt, dass das alles jeden Augenblick in seinem Gehirn passieren kann.«

»Ich denke auch ständig an ihn. Aber glauben Sie mir, mit Ossja ist alles in Ordnung. Wenn ihm etwas passiert wäre, hätte Natascha mir sofort telegrafiert. Vorsichtig, Sie lassen das Glas gleich fallen. Stellen Sie es hierher und legen Sie die Spritzen bereit. Wir können noch drei Ratten eine Injektion geben. Holen Sie zwei alte und ein junges Exemplar.«

Unten im Esszimmer schlug die Uhr ein Uhr nachts. Es klingelte an der Tür.

»Bringen Sie es allein zu Ende. Ich bin gleich wieder da.« Sweschnikow verließ das Labor, lief so schnell den Flur entlang, dass er beinahe gestürzt wäre, und erreichte die Tür gleichzeitig mit dem verschlafenen Dienstmädchen Klawdija.

Auf der Schwelle stand Brjanzew.

»Entschuldige, dass ich dich geweckt habe. Ich komme gerade von der Sitzung, ich musste einfach bei dir vorbeischauen. Es gibt sehr wichtige Neuigkeiten. Das musst du wissen. Gehen wir ins Wohnzimmer, ich brauche unbedingt einen Tee.«

Unwillig knurrend nahm das Dienstmädchen Brjanzew Hut und Mantel ab und ging den Samowar aufsetzen.

»Sag vorerst Tanja nichts, wahrscheinlich ist es nur ein Missverständnis, eine Verwechslung, und bald wird sich das Ganze aufklären«, sagte Brjanzew und ließ sich in einen Sessel fallen. »General Kornilow wurde zum Meuterer und Verräter erklärt. Gib mir eine Papirossa.«

Sweschnikow reichte ihm Zigarettenetui und Streichhölzer. Brjanzew zündete sich eine an und stieß ein Rauchwölkchen aus.

»Also, hör zu. Ein gewisser Wladimir Lwow, einer der selbsternannten verrückten Retter des Vaterlands, ist bei Kerenski aufgetaucht und hat erklärt, Kornilow wolle die ganze Macht an sich reißen, militärische wie zivile, und ihn ablösen, wenn nicht gar aufhängen. Kerenski glaubte ihm, bekam einen Schreck, schickte Kornilow ein Telegramm, er sei entlassen, und verlangte, das dritte Reiterkorps unter General Krymow abzuberufen. Aber das war bereits unmöglich. Das Korps rückte auf Petrograd vor, die Verbindung war abgerissen. Kerenski tobte. Er versuchte, statt Kornilow erst General Lukomski zum Oberkommandierenden zu ernennen, dann Klembowski. Beide lehnten ab. Denikin schickte ein Telegramm, er sei vollkommen solidarisch mit Kornilow. Er wurde samt seinem ganzen Stab verhaftet und ins Gefängnis geworfen, der Willkür der Soldaten ausgeliefert. Kerenski ernannte sich selbst zum Oberkommandierenden. Da wurden auch noch die Bolschewiki unruhig. Sie schickten ihre Agitatoren in die Truppen, um zu verkünden, Kornilows Auftritt sei schändliche Konterrevolution, die Generale wollten den Zaren wieder auf den Thron setzen, die Leibeigenschaft wiederherstellen und alle Ungehorsamen aufhängen. Du kannst dir ja vorstellen, was da losbrach.«

»Was denn?«, fragte Tanja mit ruhiger Stimme. Sie stand in der Tür, in ein Wolltuch gehüllt. Ihre Augen hatten einen erschreckenden trockenen Glanz.

»Tanja, warum schläfst du nicht?«, fragte Brjanzew heftig zwinkernd. »Es ist schon spät. In deinem Zustand brauchst du Ruhe, das müsstest du doch wissen, du bist schließlich die Tochter eines Professors und willst selber Ärztin werden.«

»Roman Ignatjewitsch, ich muss wissen, was im dritten Reiterkorps vor sich geht. Mein Mann ist dort.«

»Wie kommst du darauf, dass er dort ist? Keineswegs. Kornilow hat Pawel Nikolajewitsch bei sich in Mogiljow behalten.«

»Sie wurden verhaftet? Wurden sie auch ins Gefängnis geworfen zu den Soldaten, wie General Denikin?«

»Aber wie kommst du denn darauf? Um die Verhafteten kümmert sich General Alexejew, das ist ein vernünftiger, anständiger Mann.«

»Warum kommen dann keine Briefe, überhaupt keine Nachricht?«

»Warte ab. Dein Danilow wird zurückkommen, gesund und munter.«

Vierzehntes Kapitel

Moskau 2006

Beim Einchecken hatte die Frau am Schalter Sofja eine kleine Karte gegeben und gesagt, sie könne in die Lounge gehen.

»Was ist das?«, hatte sie gefragt.

»Der Wartebereich für Fluggäste der Businessclass. Aber Sie haben sowieso keine Zeit mehr. Das Einsteigen hat schon begonnen.«

Nach der langen Schlange an der Passkontrolle stand Sofja in einem engen Gang vor einem jungen Mädchen in Uniform und geriet plötzlich in Panik. Das Mädchen blätterte lange in Sofjas nagelneuem Pass und betrachtete sie lange.

Das ging viel zu schnell mit dem Pass und dem Visum, dachte Sofja, gleich wird sich herausstellen, dass alles gefälscht ist. Mama hat sich noch gewundert, dass sie mir gleich ein Jahresvisum ausgestellt haben, ohne jede Befragung. Das gibt es doch gar nicht. Kulik ist ein Hochstapler, Subow ein Gauner, und ich bin eine Idiotin, ich will nach Hause, auf mein Sofa!

»Zweck der Reise?«, fragte das Mädchen.

»Ich wurde eingeladen, an Forschungen zur Apoptose teilzunehmen.«

»Zur was?« Das Mädchen hob verständnislos die Brauen.

»Apoptose ist der programmierte Zelltod«, murmelte Sofja, schwitzend und voller Hass auf sich selbst.

»Zweck der Reise geschäftlich.« Das Mädchen klatschte einen Stempel in den Pass und schob ihn Sofja hin. »Gute Reise.«

Es ist alles in Ordnung. Ich fliege bloß zum ersten Mal ins Ausland und bin aufgeregt. Das ist ganz normal. O Gott, wo habe ich meinen Pass und meine Bordkarte hingesteckt?

An ihrer Schulter hing die Aktentasche ihres Vaters, kurz vor ihrer Abreise hatte sie einen Lederriemen gefunden und ihn daran befestigt. Er war etwas zu lang und rutschte zudem dauernd herunter und verhedderte sich in den Enden des Schals. Der Schal war neu, ebenso ihre Jacke, die Jeans und der Pullover. Das alles hatten sie und ihre Mutter vor ihrer Abreise gekauft, und es gefiel Sofja nun nicht mehr, obgleich sie es gestern schön und bequem gefunden hatte.

In der Aktentasche lag außer ihrem Notebook ein Haufen anderer Dinge. Ihre Mutter hatte ihr eine lederne Kosmetiktasche gekauft und eine ganz spezielle Haarbürste und sie zudem genötigt, eine Extratasche mit Medikamenten mitzunehmen, für den Fall, dass sie im Flugzeug plötzlich Kopf-, Bauch-, Hals- oder Ohrenschmerzen, Schnupfen oder Husten bekam.

Pass und Bordkarte steckten in der Außentasche.

Mach dich nicht verrückt!, befahl sich Sofja.

»Beeilen Sie sich bitte, das Einsteigen ist gleich beendet.«

»Junge Frau, ziehen Sie bitte die Stiefel aus. Sie müssen nicht auf Strümpfen laufen, hier sind Überzieher. Ist da ein Computer drin? Nehmen Sie ihn bitte heraus und schalten Sie ihn ein.«

Alles tadellos höflich und ein wenig demütigend. Während Sofja den Computer ein- und wieder ausschaltete, fuhr ihre Aktentasche auf dem Transportband weiter, wurde von einer Kiste mit einem Pelzmantel angestoßen und fiel herunter. Der Inhalt verteilte sich auf dem Band und dem Boden.

»Beeilen Sie sich bitte.«

»Gleich, entschuldigen Sie.«

Um alles einzusammeln, musste sie den Computer ablegen. Auf dem Band erschien die Kiste mit ihren Stiefeln.

»Junge Frau, Sie halten alle auf!«

Fremde Hände halfen ihr, die Sachen wieder in die Aktentasche zu räumen, und hoben das Buch auf, das sie im Flugzeug lesen wollte.

»*Das RIEM in Erinnerungen und Dokumenten*«, sagte eine weiche Männerstimme an ihrem Ohr. »Was ist das RIEM?«

»Das Russische Institut für experimentelle Medizin«, antwortete Sofja, packte den Computer in die Tasche, setzte sich hin, um die Stiefel anzuziehen, und sah auf.

»Vielen Dank!«

»Gern geschehen. Geben Sie mir Ihre Jacke, ich halte sie solange.«

Vor ihr stand Iwan Anatoljewitsch Subow höchstpersönlich.

»Wir können noch eine letzte Zigarette rauchen«, sagte er,

zwinkerte Sofja zu und reichte ihr das Päckchen, das er gerade vom Boden aufgehoben hatte.

Während sie durch den gläsernen Gang liefen und rauchten, schaute er sie an und lächelte.

»Ich hätte eigentlich später fliegen sollen, aber im letzten Moment haben meine Chefs es sich anders überlegt, und jetzt fliege ich mit Ihnen. Ich hätte beinahe den Flug verpasst, ich hatte kaum Zeit zum Packen.«

»Iwan Anatoljewitsch, was ich Sie fragen wollte – gehören noch andere russische Biologen zur Gruppe?«

»Wohl noch zwei oder drei, aber die Kandidaturen sind noch nicht bestätigt. Sie sind die Erste.«

»Warum haben Sie Boris Iwanowitsch nicht einbezogen?«

»Tja, das Projekt ist geheim, und Sie wissen ja, Boris Iwanowitsch ist eine öffentliche Person, er tritt häufig im Fernsehen auf, im Radio, gibt Interviews und hat sich nicht immer unter Kontrolle.«

Das stimmte. Sofja war ein wenig gekränkt für Bim, konnte aber nicht widersprechen und fragte: »Muss ich eine Geheimhaltungsverpflichtung unterschreiben?«

Subow schenkte ihr ein bezauberndes Lächeln.

»Sofja Dmitrijewna, ich rede auf Reisen ungern über die Arbeit. Wissen Sie, manchmal sind Flughäfen und Flugzeuge die einzigen Orte, wo man mal abschalten und sich entspannen kann. Gedulden Sie sich. Sie werden es bald erfahren. Aber jetzt müssen wir.«

Die Stewardess führte sie zu ihren Plätzen im vorderen Kabinenteil, nahm ihnen Jacke und Mantel ab und hängte sie auf Bügeln in einen speziellen Schrank.

»Möchten Sie am Fenster sitzen?«, fragte Subow.

»Danke, gern.«

Sofja setzte sich und streckte die Beine aus.

Nun konnte sie sich entspannen. In den nächsten drei Stunden würde sie garantiert nichts verlieren und sich nicht verirren. Wahrscheinlich hatte Subow recht. Auf Reisen sollte man nicht über die Arbeit reden oder daran denken.

Er setzte sich neben sie, schnallte sich an, griff zu dem Hochglanzmagazin der Aeroflot und blätterte darin.

In Sofjas Aktentasche zwitscherte das Telefon. Sie kramte lange herum, bis sie es endlich fand.

»Sofie! Sofie!! Sofie!!!«

Diese SMS kam nicht von Schokoladen-Petja. Sie kam von Nolik.

»Denken Sie bitte daran, sich anzuschnallen und das Telefon auszuschalten«, sagte die Stewardess.

»Ja, natürlich.«

»Nolik, ich habe dich wirklich auch sehr gern! Nicht traurig sein.«

Das Telefon piepste und schaltete sich aus.

Was auf dem Flughafen geschehen war, als Nolik sie umarmte, und dieses verzweifelte dreimalige »Sofie!« mit sechs Ausrufungszeichen war für sie keine Überraschung. Sie wusste, dass Nolik sie seit vielen Jahren liebte, still litt und wartete. Aber sie kannte ihn zu gut. Sich in Nolik zu verlieben wäre seltsam, ja, irgendwie unanständig – als verliebte sie sich in einen nahen Verwandten.

Jedesmal, wenn Sofja eine Affäre begann, hörte Nolik auf zu trinken, ließ sich die Haare schneiden, rasierte sich, nahm ab, einmal hatte er sich sogar eine Porzellankrone auf einen desolaten Vorderzahn setzen lassen. Während ihrer ernsthaftesten Beziehung mit dem lieben Petja, den sie beinahe geheiratet hätte, hatte Nolik seinerseits Hals über Kopf geheiratet, die Erstbeste, wie er selbst hinterher sagte. Seine Frau war ein stilles, friedliches, geduldiges Geschöpf, bereit, Nolik treu zu dienen. Sie hätte ihn nie verlassen. Er ließ sich von ihr scheiden, sobald er erfahren hatte, dass die Sache bei Sofja schiefgegangen war, dass der liebe Petja die Schokolade heiratete.

Das Flugzeug bog auf die Startbahn ein und beschleunigte.

»Nolik, Nolik«, murmelte Sofja, »nein, das ist unmöglich.«

»Wie bitte?«, fragte Subow erstaunt.

»Nichts.«

Sofja wurde rot. Sie hatte unversehens laut gesprochen. Sie nahm ihr Buch heraus und schlug es dort auf, wo ihr Lesezeichen lag.

»Das Problem der Lebensverlängerung interessierte die Leitung des stalinschen ZK außerordentlich. Für die Forschung daran wurden keine Mittel gescheut. Wir verfügen nur über lückenhafte, zufällige Informationen über den Inhalt dieser Forschungen. Auch die Ergebnisse der Expedition in die Bergregionen von Abchasien 1932–35 unter Leitung von Professor Bogomolzew, Professorin Petrowa und Akademiemitglied Krutilin wurden nie veröffentlicht. Material darüber wurde bis heute nicht gefunden. Bekannt ist jedoch, dass die Expedition das Phänomen der abchasischen Hundertjährigen erforschen sollte.

Die erste Welle der Ärzteprozesse 1936/37 fällt in der gigantischen Masse der politischen Repressalien jener Jahre nicht sonderlich auf. Doch ein Grund für die meisten Verhaftungen von Medizinern und Biologen waren enttäuschte Hoffnungen. Die alternden Mitglieder der Regierung, auch Stalin selbst, erwarteten von den Wissenschaftlern in nächster Zukunft ein Elixier der ewigen Jugend. Neue Methoden wurden entwickelt, zahlreiche Versuche durchgeführt, nicht nur an Tieren.

Das Laboratorium bekam Dutzende, Hunderte zur Erschießung verurteilte Männer, Frauen und Jugendliche geliefert.«

Zwischen den Rückenlehnen der Sitze vor ihnen tauchte ein schokoladebeschmiertes Kindergesicht auf. Ein etwa fünfjähriges Mädchen zeigte Sofja seine braune Zunge, kicherte und versteckte sich.

»1936 beging der Leiter des geheimen Laboratoriums für Zelltherapie A. L. Nikonow Selbstmord. Er stürzte sich aus dem Fenster seines Büros, ohne einen Abschiedsbrief zu hinterlassen.«

»Katja, hör auf rumzuhampeln«, sagte eine strenge Stimme, »sitz still und schau aus dem Fenster.«

Doch das Mädchen blickte wieder Sofja an.

»Ich kann meine Zunge zusammenrollen. Kuck mal!«

»Toll!«, sagte Sofja. »Das kann ich nicht.«

»Versuch's doch mal. Soll ich's dir beibringen? Wenn deine Zunge dafür geeignet ist. Zeig her!«

»Katja, lass die Tante in Ruhe!« Eine ältere Dame schaute zwischen den Sitzen hervor zu Sofja. »Entschuldigen Sie bitte.«

»Nicht doch, alles in Ordnung.« Sofja lächelte.

»Was liest du denn da?«, fragte das Mädchen.

»Katja!«, rief die Dame drohend, und das Kind zog sich zurück.

»Das Laboratorium wurde von GPU-Major F. F. Agapkin betreut, er hatte Medizin studiert und vor der Revolution als Assistent bei Professor M. W. Sweschnikow gearbeitet. Nach Nikonows Selbstmord wurde ein Mitarbeiter des Laboratoriums nach dem anderen verhaftet. 1938 wurden sie alle erschossen, vom habilitierten Doktor bis zum letzten Laboranten. Es sind keinerlei Dokumente erhalten. Major Agapkin wurde versetzt, über sein weiteres Schicksal ist nichts bekannt.«

Das Flugzeug hob weich vom Boden ab. Sofja schlug das Buch zu und sah, wie sich Moskau unter ihr entfernte, im Schnee und in den nächtlichen Lichtern verschwand. Irgendwo dort zwischen den schnurgeraden Lichterketten fuhr ihr alter blauer VW die Straße entlang, am Steuer ihre Mutter, daneben Nolik. Dann kamen dunkle Flecke – Felder und Wälder des Moskauer Umlands, dort, auf dem Dolgoprudnenski-Friedhof, befand sich das frische Grab ihres Vaters. Aber wo war er selbst?

Ein Grab ist etwas Offensichtliches. Ein Hügel, ein Stab mit einem Blechschild; in einem Jahr, wenn sich die Erde gesetzt hatte, konnte man einen Grabstein setzen, eine Marmortafel anbringen.

»Ich glaube nicht, dass das menschliche Leben in den physiologischen Grenzen der Funktionen des Organismus beginnt und endet. Ich weiß, dass es keinen Tod gibt. Ich habe nicht vor, das irgendwem zu beweisen, und niemand wird mir das Gegenteil beweisen.«

Die Lichter waren verschwunden. Das Flugzeug war in eine dichte Wolkendecke eingedrungen, und Sofja spürte einen Druck in den Ohren. Sie schloss die Augen, sie wollte das Gesicht ihres Vaters sehen und seine Stimme hören, so deutlich wie in den ersten Tagen nach der Beerdigung. Aber da war nichts, trübes Licht drang durch ihre Lider, und ein fester Klumpen Trauer drückte ihr die Kehle ab.

Es gab keinen Tod, aber es gab Offenkundiges wie ein Grab und den unerträglichen Schmerz des Verlusts, tiefes, dunkles Leid. Es gab keinen Tod, aber daran zu glauben war schwer, fast unmöglich. Die Suche nach Wegen zur physischen Unsterblichkeit war der uralte heimliche Kern aller Naturwissenschaften, der Chemie, der Biologie, der Medizin.

Im Frühjahr 1916 hatte Professor Michail Sweschnikow einen Jungen aus dem Jenseits zurückgeholt, der an einer seltenen unheilbaren Krankheit litt, der Progerie. Bim meint, Sweschnikow könne Stammzellen verwendet haben. Deren Eigenschaften waren damals schon bekannt. Der russische Biologe Alexander Maximow hatte sie bereits 1908 beschrieben. Sweschnikow kannte Maximow gut, in ihrer Jugend hatten sie zusammen in Deutschland gearbeitet, bei dem berühmten Pathologen Ernst Ziegler an der Universität Freiburg.

Eine andere Hypothese besagt, Sweschnikow habe die Epiphyse manipuliert. Doch er kann unmöglich eine so komplizierte, äußerst riskante Hirnoperation vorgenommen haben, ohne dass jemand davon wusste. Wo war dieser Junge? Was war aus ihm geworden? Warum lebte Agapkin so lange? Was hatten sie, Sofja, und ihr Vater damit zu tun? All diese Fragen raubten ihr fast den Verstand.

Das Flugzeug gewann allmählich an Höhe. Zwischen den Rücklehnen vor Sofja tauchte erneut das Kindergesicht auf.

»Nicht schlafen!«, sagte das Mädchen. »Gleich sieht man den Himmel und die Sterne! Schau aus dem Fenster!«

»Gut, ich schlafe nicht, ich werde rausschauen«, sagte Sofja.

»Schau raus!«, wiederholte das Mädchen streng.

Moskau 1917

Bereits im Januar, am 25., war Fjodor Agapkin Gast bei der Taufe des Kindes gewesen, das Sina geboren hatte. Es hieß Tatjana, sie hatte seine Bitte nicht vergessen. Die Taufe fand nicht in der Kirche statt, sondern in Sinas Elternhaus, einer luxuriösen Villa in der Großen Nikitskaja-Straße. Agapkin hatte sich noch nicht ganz von der schweren Krankheit nach der Injektion erholt und erinnerte sich nur verschwommen an die Zeremonie.

Das Mädchen war knapp einen Monat alt, hatte gut zugenommen und konnte schon allein sein Köpfchen halten.

Sina umarmte und küsste Agapkin.

»Ich stille selbst, wie Sie es mir geraten haben. Milch habe ich genug, ich brauche keine Amme. Haben Sie bemerkt, wie meine Tanetschka Sie ansieht? Sie hat sich ganz ruhig von Ihnen auf den Arm nehmen lassen. Sie hat Sie erkannt, sie erinnert sich und spürt alles genau.«

Anna lächelte ihn freundlich an, wie einen alten Bekannten, und stellte ihn ihrem Mann und ihren Geschwistern vor. Ihre Mutter, eine noch nicht sehr alte, hochgewachsene, sympathische füllige Dame, berührte mit den Lippen zärtlich seinen Kopf, als er sich zu einem Handkuss herunterbeugte, und als Sina und Anna beim Festessen lebhaft noch einmal von dem Ereignis erzählten, tupfte sie sich mehrmals mit einem Batisttuch die Augen ab.

Nach dem Essen bat das Familienoberhaupt Matwej Leonidowitsch Belkin Agapkin in sein Arbeitszimmer. Dort roch es nach guten Zigarren, teurem Leder, in den Regalen standen kunstvolle Modelle alter Segelschiffe, auf dem geräumigen Schreibtisch ein Globus und eine Schreibgarnitur aus Malachit mit Bronzeintarsien. Alles war teuer, gediegen und bequem. Der Hausherr und sein Gast setzten sich in weiche Sessel, ein Dienstmädchen servierte Kaffee in durchscheinendem japanischem Porzellan.

Von der starken Zigarre wurde Agapkin schwindelig, und er verspürte ein Kratzen im Hals.

»Ziehen Sie lieber nicht noch einmal«, sagte der Gastgeber, »machen Sie die Zigarre aus und nehmen Sie sich eine Papirossa.«

Auf Belkin passte die Beschreibung des Herrn im Pelzmantel und mit den Narzissen, den Tanja bei Wolodjas Beerdigung gesehen hatte. Agapkin hätte ihn gern gefragt, konnte sich aber nicht dazu entschließen. Doch Belkin erzählte von sich aus, dass er auf der Beerdigung gewesen sei.

»Der arme Junge, er war total verwirrt. Sie wissen, wer daran schuld ist, Sie wären beinahe selbst ein Opfer dieses Betrügers geworden.« Belkin nannte keinen Namen, er sah Agapkin nur rasch und durchdringend in die Augen.

»Aber mit seiner letzten Tat hat Wolodja seine vorherigen Fehler vollkommen gebüßt. Sie ahnen, wovon ich rede?«

»Nicht ganz«, bekannte Agapkin.

»In einer schwierigen und heiklen Situation hat er sich bewusst an Sie gewandt. Aus welchem Motiv auch immer. Wichtig ist das Resultat. Sie haben meiner Tochter und meiner Enkelin das Leben gerettet. Ich denke, Sie verstehen auch ohne weitere Worte, wie dankbar ich Ihnen bin. Ich weiß, dass Sie in Geldnot sind. Nennen Sie eine beliebige Summe.«

Agapkin wurde rot und begann zu schwitzen. Finanziell ging es ihm wirklich schlecht. Das Lazarettgehalt reichte gerade so zum Leben, und die Preise stiegen täglich. Neue Stiefeletten, Hosen, ein warmer Mantel, anständige Hemden, Unterwäsche, eine goldene Armbanduhr für Tanja, die ja auch Namenstag hatte – Agapkin stellte sich lebhaft vor, wie er das alles gleich heute kaufen würde, ganz in der Nähe, auf dem Arbat. Doch plötzlich sagte er zu seiner eigenen Überraschung: »Ich danke Ihnen, Matwej Leonidowitsch. Sie sind mir nichts schuldig.«

Belkins Brauen zuckten leicht.

»Brauchen Sie etwa kein Geld? Genieren Sie sich nicht, Sie haben sich Ihr Honorar redlich verdient.«

»Es stimmt«, sagte Agapkin, »ich bin nicht reich. Aber Ärzte sind abergläubisch. Geld für eine Entbindung zu nehmen ist ein schlechtes Omen.«

Belkin musterte ihn einige Sekunden schweigend und lächelte schließlich, nun ganz anders, ohne die geringste Herablassung, wie von gleich zu gleich, selbst seine Haltung wirkte nun ungezwungener, entspannter.

»Eine ehrenhafte Antwort. Äußerst ehrenhaft. Etwas anderes hatte ich auch nicht erwartet. Wie kommen Michail Wladimirowitschs Versuche voran?«

»Sehr langsam.«

»Sind Sie daran beteiligt?«

»Ja. Aber ich bin nur sein Assistent. Ich weiß längst nicht alles, vieles davon verstehe ich nicht.«

»Das ist auch nicht nötig.« Belkin lächelte milde. »Ihre Mission ist eine andere: Sie sollen stets an seiner Seite sein, ihn so gut wie möglich gegen die Unbill des Lebens und gegen die aufdringliche Neugier Uneingeweihter abschirmen. Es kommen schwere Zeiten, und Menschen wie Professor Sweschnikow sind für uns von unschätzbarem Wert.«

Wen er mit »uns« meinte, erläuterte Belkin nicht. Aber Agapkin begriff es auch so.

Seitdem trafen sie sich häufig. Agapkin erfuhr, dass Wolodja seit seinem achtzehnten Lebensjahr auf die Aufnahme in die Loge »Narzisse« vorbereitet worden war. Doch er hätte noch mindestens drei Jahre warten müssen, um wenigstens Lehrling zu werden. Aber er habe mehr gewollt, sofort. Ungeduld und krankhafter Ehrgeiz hätten ihn in die Arme des abtrünnigen Chudolej getrieben.

»Meine Aufnahme ist also ungültig?«, fragte Agapkin.

»Ja. Sie müssen noch einmal ganz von vorn anfangen, natürlich nur, wenn Sie wollen.«

Agapkin wusste nicht, ob er das demütigende Ritual noch einmal durchlaufen, noch einmal den schrecklichen Schwur sprechen wollte. Belkin drängte ihn nicht, gab ihm aber zu verstehen, dass eine Ablehnung ein unverzeihlicher Fehler wäre.

Agapkin spürte, dass er bereits zu weit vorgedrungen, dass er in Geheimnisse eingeweiht war, die ein Außenstehender nicht kennen durfte. Außerdem drängte es ihn, ein Auserwählter zu werden, in einen Kreis starker, einflussreicher Leute aufgenommen und von ihnen gefördert zu werden. Zu ihnen zu gehören war vernünftiger, als in der Schwebe zu verharren, in der zweideutigen Rolle eines Einzelgängers, besonders jetzt, da alles ringsum zusammenbrach und sich niemand für ein gesichertes Morgen verbürgen konnte.

Nach einigen Monaten konnte er sich sein Leben ohne die regelmäßigen Gespräche mit Belkin nicht mehr vorstellen.

Agapkin war nie besondere Aufmerksamkeit zuteil geworden. Seine Mutter war Wäscherin gewesen, die Arbeit hatte sie bis aufs Letzte ausgepresst, und sie hatte sich mit Wodka betäubt. Die Mitschüler im Gymnasium hatten ihn von oben herab behandelt, alle wussten, dass er nur dank der Unterstützung durch einen Wohltätigkeitsfonds aufgenommen worden war. Seine Mutter und er hatten in einem ärmlichen Kellerraum ohne Strom gewohnt, der im Winter bitterkalt war, die Toilette war eine stinkende Grube auf dem Hof. Seine Hausaufgaben hatte er im Schein eines Talglichts machen müssen, unter dem betrunkenen Geschrei seiner Mutter hinter dem Kattunvorhang. Trotzdem hatte er das Gymnasium mit einer Goldmedaille abgeschlossen und sich damit das Recht auf ein kostenloses Universitätsstudium erworben. Er hatte sich Geld mit Privatstunden verdient, wenig geschlafen, gehungert und gefroren und war in Lumpen herumgelaufen.

Professor Sweschnikow, der an der Universität Militärchirurgie unterrichtete, war der Erste gewesen, der Agapkin bemerkte und seine professionellen Fähigkeiten zu schätzen wusste. Agapkin war ihm dankbar und hing sehr an ihm, spürte aber voller Pein ständig die Distanz zwischen ihm und sich. Sie alle – der

Professor, Wolodja, Tanja und Andrej waren aus ganz anderem Holz als er. Sie bewegten sich anders, sprachen und lachten anders. Sie gaben ihm nie zu verstehen, dass er ein Fremder war, aber das empfand er als besonders subtile Demütigung.

Niemand auf der Welt interessierte sich für seine Gedanken und Gefühle. Die Liebe zu Tanja schnürte ihm die Luft ab. Er versuchte, sich anderen Mädchen zuzuwenden, doch das wurde ihm bald langweilig und zuwider. Es zog ihn zu Tanja. Er redete sich ein, das sei eine Krankheit, die irgendwann vergehen werde, tröstete sich mit dummen Phantasien – dass Tanja seine Frau sei – oder fiel in tiefe Schwermut.

Belkin hörte ihm aufmerksam und teilnahmsvoll zu, gab ihm kluge Ratschläge, ermutigte ihn, machte ihm Hoffnung und verlangte keinerlei Gegenleistung. Seine Anteilnahme schien ganz aufrichtig und uneigennützig.

Im August wurde Agapkin als Lehrling in die Loge aufgenommen. Er bekam einen Ordensnamen verliehen – Disciple, das hieß auf Französisch Anhänger. Das Ritual war fast identisch mit dem, das er bei Chudolej hatte durchlaufen müssen, aber diesmal fühlte er sich nicht mehr hilflos ausgeliefert. Er wusste genau, was er tat und warum.

Er konnte nicht länger einsam bleiben, er wollte in der nahenden Katastrophe überleben. Die Loge war für ihn eine Art Arche Noah. Alles ringsum brach zusammen, bald würde die große Sintflut kommen, aber nicht mit Strömen von Wasser, sondern mit Strömen von Blut. So sprach der Meister, und Agapkin glaubte ihm unbesehen.

Doch vorerst, allen Prophezeiungen zum Trotz, trotz Chaos und Durcheinander, begann im September wie gewohnt das neue Schuljahr. Andrej ging ins Gymnasium, Tanja besuchte die Höheren Kurse, die per Verordnung zur Frauenuniversität geworden waren.

Gleich zu Beginn des Studiums musste Tanja Stunden im anatomischen Theater besuchen, aber das machte ihr wenig aus. Sie hatte fast ein Jahr im Lazarett gearbeitet und dort den Tod schon gesehen, war mehrfach auch in der Totenkammer gewesen. Doch eines Tages kam sie ganz blass und mit erschrockenem Blick von den Anatomiestunden nach Hause. Als sie beim Tee saßen, bemerkte ihr Vater plötzlich, dass ihre Hand zitterte und ihre Zähne klappernd gegen die Tasse schlugen.

»Papa, hast du vielleicht noch die Telefonnummer von Chudolej?«

»Irgendwo hatte ich sie. Ich müsste suchen.«

»Nein, nein. Nicht nötig.«

»Was ist passiert? Nun erzähl schon.«

»Ach, nichts, Unsinn. Wahrscheinlich nur ein Irrtum.«

»Ich habe seine Nummer«, mischte sich Agapkin ein, »möchten Sie ihn anrufen?«

»Ich habe nein gesagt. Jedenfalls hätte das keinen Sinn.«

»Vielleicht solltest du etwas Baldrian nehmen?«, fragte Sweschnikow vorsichtig.

»Warum?«

»Weil du am ganzen Leib zitterst und sehr blass bist, sogar deine Fingernägel sind blau.«

»Ach ja?« Tanja stellte ihre Tasse ab und betrachtete ihre Fingernägel. »Sie sind völlig normal.«

»Schluss jetzt.« Der Professor runzelte die Stirn. »Nun erzähl schon, was ist passiert?«

»Ich weiß es nicht. Ich glaube, ich habe mich schrecklich verhalten. Wenn er es war. Und jetzt bin ich sicher, dass er es war. Also habe ich den Untersuchungsführer angelogen.« Tanja griff nach der silbernen Zuckerzange und klappte sie auf, als wollte sie sie geradebiegen.

»Wer – er? Drück dich bitte klar aus und lass die Zuckerzange in Ruhe.«

»Der Leichnam. Ich ging den Flur entlang, da standen zwei Sanitäter neben einer Trage und rauchten. Der Körper war nicht zugedeckt. Eine grässliche Wunde, so etwas habe ich noch nie gesehen. Ein vertikaler Schnitt von der Kehle bis zum Bauch, als wäre er so aufgeschnitten worden.« Tanja hob die Hand und wiederholte die schreckliche rituelle Geste.

»Und Sie glauben, das war Chudolej?«, fragte Agapkin mit etwas heiserer, aber ruhiger Stimme.

»Er hatte dunkles Haar und einen Spitzbart, ebenfalls dunkel. Außerdem war sein Gesicht stark verändert, wie oft nach dem Tod. Die Zähne gebleckt, die Nase ganz spitz.«

»Chudolej ist hellblond und trägt keinen Bart«, bemerkte der Professor, »an seine Nase erinnere ich mich nicht genau, aber ich glaube, es war eine Knollennase.«

»Das Muttermal auf der Wange, und die Augen. Sie waren offen. Sie schienen mich anzusehen, als wollten sie mich hypnotisieren. Ich konnte mich nicht rühren. Dann kam ein Herr in einer grauen Jacke und fragte, warum ich den Körper so eingehend betrachtete. Ob ich den Mann vielleicht kenne. Ich habe gesagt, ich sähe ihn zum ersten Mal. Er fragte noch ein paarmal, ob ich sicher sei, dass ich ihn noch nie gesehen hätte. Das sei sehr wichtig. Er sei brutal getötet worden, habe keine Papiere bei sich gehabt und müsse identifiziert werden.«

»Erstaunlich« – Agapkin lächelte bemüht –, »ich hätte nicht gedacht, dass heutzutage noch jemand Morde untersucht. Sie geschehen doch zu Dutzenden, zu Hunderten, jeden Tag, in ganz Russland, und das vollkommen ungestraft.«

Tanja verzog das Gesicht wie vor Schmerzen und biss sich auf die Lippe.

»Dann habe ich gehört, wie der Gerichtsmediziner sagte,

Haare und Bart seien gefärbt. In Wirklichkeit sei der Tote ganz hellblond gewesen, fast ein Albino.«

»Mal angenommen, es war wirklich Chudolej«, sagte der Professor langsam und knetete seine Papirossa, »was wäre dann zu tun?«

»Nichts.« Agapkin zündete ein Streichholz an und gab dem Professor Feuer. »Und wenn jemand etwas tun muss, dann ganz bestimmt nicht Tanja.«

»Aber wenn er nun überhaupt nicht identifiziert wird?« Tanja griff wieder nach der Zuckerzange. »Der Herr mit den Narzissen, erinnert ihr euch, von dem ich erzählt habe?«

»Welcher Herr?« Sweschnikow sah erstaunt erst sie, dann Agapkin an.

»Ich glaube, gleich verheddern wir uns endgültig. Jetzt fehlt uns Ossja mit seiner detektivischen Phantasie.«

»Apropos«, flüsterte Tanja erschrocken, »erinnert ihr euch an den unangenehmen Lackaffen mit dem Schnurrbart? Nikiforow hieß er, glaube ich. Er hat sich als Künstler vorgestellt, er hatte den Dachboden bei Madame Cottie gemietet und durch ein Fernglas unsere Fenster beobachtet.«

»Er ist längst ausgezogen. Wie kommst du plötzlich auf ihn?«, fragte Sweschnikow.

»Ossja hat in seinem letzten Brief geschrieben, dass er ihn in Jalta gesehen hat.«

»Durchaus möglich. Na und?«

»Ich weiß nicht.« Tanja runzelte die Stirn. »Er hatte doch auch irgendwie mit Chudolej zu tun.«

»Wenn diese Geschichte Sie so sehr beunruhigt, Tanja, dann erlauben Sie, dass ich Erkundigungen einziehe, ich werde ins Leichenschauhaus gehen und zur Polizei. Schließlich kannte ich Georgi Tichonowitsch besser als Sie. Und Sie sollten diese unangenehme Episode einfach vergessen.«

Agapkin sprach ruhig und sicher. Sweschnikow schaute ihn dankbar an und sagte, er habe völlig recht, und sie sollten nicht mehr auf das Thema zurückkommen.

Aber drei Tage später fragte Tanja Agapkin, ob er sich erkundigt habe, ob er bei der Polizei gewesen sei. Er sah ihr offen in die Augen und antwortete, er habe nun Gewissheit: Georgi Chudolej sei bereits im Februar in seine Heimat zurückgekehrt, nach Tomsk. Der Leichnam mit der aufgeschlitzten Brust und den gefärbten Haaren sei als unbekannter Toter in einem Massengrab beerdigt worden.

»Wenn Sie noch immer Zweifel plagen, besorge ich die Adresse, dann können Sie nach Tomsk schreiben – allerdings funktioniert die Post zur Zeit miserabel.«

»Nein, danke, nicht nötig.«

Sehr bald war die Geschichte vergessen. Der Professor bekam eine Angina. Eine Woche lang hatte er hohes Fieber. Er ließ Tanja nicht an sich heran – er hatte Angst, sie könnte sich anstecken. Agapkin pflegte ihn. Die Kinderfrau Awdotja besorgte wie durch ein Wunder frische Milch, holte ein Glas Lindenblütenhonig aus ihren gut gehüteten geheimen Vorräten und kochte Tee aus Kamillenblüten und getrockneten Himbeeren.

Der Professor lag in seinem Arbeitszimmer auf dem Sofa, schlief viel und las. Agapkin hörte mehrmals am Tag seine Lungen ab, ließ ihn gurgeln, flößte ihm löffelweise Mixturen ein und gab ihm diverse Pülverchen.

Agapkin hätte inzwischen längst eine Wohnung für sich finden können, zögerte seinen Auszug jedoch hinaus. Im Hause der Sweschnikows hatten sich alle an ihn gewöhnt, selbst die alte Kinderfrau knurrte ihn nicht mehr an. Er machte sich stets nützlich und wurde gebraucht. Seine Anwesenheit war keine Last, sondern eine Erleichterung. Er schaffte es immer, frische Lebensmittel zu besorgen, Eier, Butter, Wurst, und er kümmerte sich um den Kontakt zum Hauskomitee, das der Hauswart Sulejman leitete, und dafür war ihm Sweschnikow besonders dankbar.

Wenn sie zusammen im Wohn- oder im Esszimmer saßen, fühlte er sich als vollwertiges Familienmitglied, als Tanjas Ehemann. Sie liebte ihn und trug sein Kind aus. Gleich würde sie zu ihm treten, ihn umarmen, ihre Wange an seine legen. Es gab keinen Danilow, er war dort geblieben, in dem bösen Traum, verschwunden im Pulverqualm, unter den Bajonetten und Stiefeln der vom Blut berauschten Soldaten.

»Disciple, Sie dürfen nicht aufgeben. In dieser schweren Zeit ist er weit weg, Sie dagegen sind an ihrer Seite. Sie sieht sie jeden Tag, nimmt nolens volens Ihre Hilfe an, spürt Ihre Wärme und Anteilnahme.«

Das sagte der Meister. Und er irrte sich nie.

Der aufständische General Kornilow saß in Stary Bychow unweit von Mogiljow in Haft, im Gebäude des Mädchengymnasiums, das zum Gefängnis umfunktioniert worden war. Zusammen mit einer kleinen Gruppe ihm treu ergebener Offiziere, darunter auch Oberst Danilow.

Pawel Danilow hatte für sich von Anfang an keine andere Alternative gesehen. Mitte August, vor der Reise ins Hauptquartier, hatte er ein unangenehmes Gespräch mit General Brussilow gehabt. Der Alte hielt Kornilow für einen Abenteurer, der weder sein eigenes Leben schonte noch das anderer.

»Sie haben eine junge Frau. Soviel ich weiß, erwartet sie ein Kind? Reichen Sie Ihren Abschied ein. Die Katastrophe kann jeden Moment hereinbrechen. Russland werden Sie kaum retten, aber Ihre Familie können und müssen Sie schützen«, hatte der General Danilow geraten.

Danilow hatte zwar das bedrückende Gefühl, dass der alte

General recht hatte, aber er wusste: Wenn er das täte, wenn er diese letzte Chance nicht nutzte, würde er sich das nicht verzeihen, solange er lebte.

Kornilow, der nach Brussilow Oberkommandierender geworden war, hatte in kurzer Zeit vieles erreicht. Ja, seine Methoden waren hart, aber es waren die einzig wirksamen. Kornilow reiste nicht wie sein Vorgänger durch die aufständischen Regimenter, um mit den Soldaten zu reden, sie zu überzeugen, zu überreden. Er führte für Mord, Raub und Vergewaltigung in der Armee die Todesstrafe ein. Die Täter wurden öffentlich aufgehängt und blieben mehrere Tage hängen. Das hatte eine starke Wirkung. Ende Juli verbesserte sich die Disziplin. Doch auch die Aktivität der Sowjets nahm zu. Die Bolschewiki strebten an die Macht und fegten dreist und brutal alles beiseite. Die Rechten waren verwirrt, bekämpften sich gegenseitig, suchten nach Schuldigen.

Der Abschied von Tanja fiel Danilow unerträglich schwer. Sie versuchte nicht, ihn zurückzuhalten, er hörte von ihr nicht ein Wort des Vorwurfs.

»Im November ist alles vorbei. Ich bin wieder zurück, wenn du entbindest.«

»Natürlich.« Sie küsste und bekreuzigte ihn. »Ich werde einfach nicht entbinden, ehe du wieder da bist.«

Nach der Niederschlagung von Kornilows Putschversuch und der Verhaftung der militärischen Elite traten sämtliche Minister der Provisorischen Regierung zurück.

»Er erfüllt einen Auftrag der Loge«, sagte Ljubow Sharskaja über Kerenski, »das ist Teil einer weltweiten Verschwörung dunkler Mächte. Die Bolschewiki sind Dämonen. Er macht den Weg für sie frei. Wir müssen Russland bei der ersten Gelegenheit verlassen. Mit diesem Land ist es aus.«

Sweschnikow trank mit Genuss den frischen echten Kaffee,

den Ljubow mitgebracht hatte. Die hübsche Blechdose mit den brasilianischen Bohnen war ein königliches Geschenk zu seiner Genesung. Aus diesem Anlass hatte Awdotja sogar ihre eiserne Zuckerreserve aus der Truhe geholt.

Der starke süße Kaffee war so gut, dass Sweschnikow ihn nicht mit dummen Reden verderben mochte. Aber Ljubow lechzte nach Polemik und war beleidigt, wenn er schwieg. Also musste er reden.

»Kerenski hat keinen speziellen Auftrag. Eitelkeit, Hysterie und Ambitionen – das sind seine dunklen Mächte. Aber das ist keine weltweite Verschwörung, das ist in ihm selbst, in seinem kranken kleinen Kopf. Wie jeder Übergangsherrscher und Usurpator berauscht er sich an der Macht. Er ist ein Nichts, das unvermittelt in unglaubliche Höhen gelangt ist. Und nichts fürchtet er mehr, als zu stürzen, er braucht Unterstützung. Die Angst raubt ihm den Verstand. Er spürt, welch gewaltigen Einfluss diese verfluchten Sowjets im Moment auf die Massen haben, und will es ihnen recht machen.«

»Aber du wirst doch wohl nicht leugnen, Michail, dass er ein Freimaurer ist, wie sie alle – Nekrassow, Fürst Lwow.«

»Na und? Die Zugehörigkeit zur Loge macht keinen Menschen klüger, gebildeter, mächtiger. Ganz im Gegenteil, die geheimen Rituale erschüttern die Nerven, wecken die Illusion von Allwissenheit und führen zu ausgeprägtem missionarischem Wahn. Alle diese ›Eingeweihten‹, ›Initiierten‹ wären auf ihren Ministerposten wohl kaum so jämmerlich und hilflos, wenn sie tatsächlich im Namen einer weltweiten Verschwörung handelten.«

»Aber das ist doch der Sinn ihres geheimen Auftrags – alles zu erschüttern und zu zerstören, die Volksmassen in die völlige Vertierung zu treiben und dem Bösen Tür und Tor zu öffnen. Dann wird sein Reich anbrechen. Die Sonne wird schwarz, und vom einstigen Russland bleibt nur ein blutiger Fleck auf der Landkarte.«

»Ist das ein Monolog aus deinem neuen Stück?«

»Nein, Michail. Das ist die Realität, und die musst du zur Kenntnis nehmen. Deine Tochter erwartet ein Kind. Dein Schwiegersohn sitzt in Bychow im Gefängnis. Und du hast noch Andrej.«

»Ljubow, das verstehe ich alles. Aber was soll ich denn tun?«

»Von hier fliehen.«

»Wohin?«

»Von mir aus ans Ende der Welt, solange es nicht zu spät ist. Sag, hast du Tanja wirklich allein nach Bychow fahren lassen?«

»Sie ist gestern aufgebrochen. Ich wollte sie natürlich nicht weglassen. Aber meinst du, ich könnte sie zurückhalten? Zum Glück reist sie nicht allein, sondern mit zwei anderen Offiziersfrauen.«

»Trotzdem, das ist Wahnsinn, in ihrem Zustand. Michail, dein Leichtsinn bringt mich einfach um. Das sage ich dir als jemand, der dich seit vielen Jahren kennt und liebt. Du bist wie taub und blind.« Sie verstummte abrupt, errötete heftig und sah zu Agapkin.

Er hatte die ganze Zeit schweigend in der Ecke am Fenster gesessen, Kaffee geschlürft, geraucht und taktvoll mit einer Zeitung geraschelt.

Fünfzehntes Kapitel

Moskau 2006

Colt öffnete die Tür der Wohnung in der Brestskaja mit seinem eigenen Schlüssel. Er trat so leise ein, dass selbst der Pudel Adam ihn nicht gleich hörte und erst in den Flur gehumpelt kam, als Colt schon die Jacke ausgezogen hatte.

Hinter ihm tauchte der Leibwächter und Pfleger auf, ein pensionierter Major der Sondertruppen mit dem Spitznamen Buton. Im Halbdunkel sah Colt die von der Tür aus auf ihn gerichtete Mündung.

»Beruhige dich, Buton, ich bin's.«

»Entschuldigen Sie, Pjotr Borissowitsch, ich habe Sie nicht erkannt.« Der Major schaltete das Licht ein und senkte die Waffe. »So spät habe ich nicht mit Ihnen gerechnet. Ich bin eingeschlafen. Entschuldigen Sie.«

Er sah verschlafen aus, sein Gesicht war verquollen, auf seiner eingedrückten Wange prangte ein Abdruck einer Kopfkissenfalte.

»Na, wie steht's?«, fragte Colt.

»Geht so. Essen verweigert er, er trinkt nur Wasser. Noch einen Tag, und er muss zwangsernährt werden.«

Colt ging ins Zimmer. Der Alte lag im Bett, bis zum Hals zugedeckt. Auf dem Nachtschrank neben ihm lag seine Kappe. In einem Glaskästchen mit einer bläulichen Flüssigkeit ruhte sein künstliches Gebiss. Colt setzte sich auf die Bettkante. Agapkin stöhnte und öffnete die Augen.

»Fjodor, was machst du denn für ein Theater? Wir haben doch alles besprochen und waren uns einig.«

Der Alte stöhnte noch lauter und bewegte ruckartig den Kopf.

»Komm, ich helfe dir auf, du setzt dir die Zähne rein, und dann reden wir.«

Colt deckte den alten Mann auf. Er war fest in weißen Stoff gewickelt wie ein Neugeborenes.

»He, Buton, bist du bescheuert? Hast du ihm eine Zwangsjacke angezogen?«, rief Colt, drehte Agapkin vorsichtig auf die Seite und begann, ihn aufzuschnüren.

»Ich habe mich an die Anweisung gehalten, Pjotr Borissowitsch, das ist nur zur Nacht.«

Der Knoten ließ sich nicht lösen. Der alte Mann brummte, schmatzte und bewegte die Arme.

»Steh nicht rum wie eine Salzsäule! Hilf mir, hol eine Schere, dann schneiden wir den Scheiß auf.«

»Warum denn? Ich kann das aufknoten. Wissen Sie, wenn er will, kriecht er durch die ganze Wohnung, sehr gewandt und schnell. Er hat starke Arme.«

Kurz darauf war Agapkin befreit. Colt zog ihm das weiße Hemd mit den überlangen Ärmeln über den Kopf. Buton brachte einen Flanellschlafanzug.

Sie rieben den Alten mit einem feuchten Schwamm ab, zogen ihn um und setzten ihm das Gebiss ein. Colt assistierte Buton geschickt und schnell wie eine geübte Krankenpflegerin. Vor zehn Jahren hatte er seine todkranke gelähmte Mutter gepflegt.

»Wer hat dir diese Anweisung gegeben? Hast du keinen eigenen Kopf? Kein Gewissen?«, knurrte Colt nervös, während sie den Greis in einen Sessel hievten.

»Subow, dein Wachhund, der Tschekist«, antwortete Agapkin für Buton, »der hat das angeordnet. Und der hier führt es aus. Gib mir das Telefon.«

»Da hören Sie es, Pjotr Borissowitsch«, sagte Buton, »was sollte ich da tun?«

»Geh in die Küche und koch Kaffee. Für ihn mit Sahne, für mich schwarz und stark. Geh schon!«

Buton entfernte sich. Colt rückte seinen Sessel näher zu Agapkin.

»Du willst in Deutschland anrufen?«

»Wo sonst?« Der Greis bewegte den Mund, um sein Gebiss richtig zu platzieren.

»Wozu, Fjodor?«

»Er muss es von mir erfahren.«

»Überbringst du gern solche Nachrichten?«

»Was spielt das für eine Rolle? Es ist meine Pflicht. Ich habe ihn immer auf dem Laufenden gehalten, ich war seine wichtigste und einzige Informationsquelle.«

»Beruhige dich. Du bist längst in Rente, und er auch.«

»Was tut das zur Sache? Was redest du, Pjotr?«

»Stimmt, das tut wirklich nichts zur Sache.« Colt seufzte. »Hast du was dagegen, wenn ich eine rauche?«

»Rauch nur. Dein Tschekist qualmt, ohne mich zu fragen.«

Colt erstarrte mit der Zigarette im Mund und dem Feuerzeug in der Hand.

»Du meinst, er war ohne mich hier? Wann?«

»Vorgestern. Hat er dir das etwa nicht berichtet?« Der alte Mann verzog spöttisch die Lippen. »Tja, da hab ich dich wohl überrascht, Pjotr. Gib mir das Telefon.«

»Lass uns bis morgen früh warten. Es ist halb zwei in der Nacht, dort ist es also halb zwölf. Er schläft.«

»Gib mir den Computer, ich schicke ihm eine E-Mail.«

»Hast du eine Ahnung, was passieren kann, wenn er so eine Nachricht liest?«

»Na schön, warten wir«, willigte der Greis ein.

Buton rollte den Servierwagen herein. Colt kippte den Kaffee aus der kleinen Tasse hinunter und zündete sich die Zigarette an. Der Greis trank langsam, schlürfte und schmatzte bei jedem Schluck.

Colt stand auf, öffnete das Fenster und blies den Rauch auf die Straße hinaus. Eine Tasse klirrte, Agapkin leckte sich die Lippen und sagte: »Wenn dein Tschekist Tanja umbringt, wirst du dafür in der Hölle schmoren.«

»Entschuldige, was hast du gesagt?« Colt drückte die Zigarette aus und setzte sich wieder in seinen Sessel.

»Du hast mich genau gehört, Pjotr.«

»Gehört schon, aber nicht verstanden. Tanja ist 1976 gestorben, in Nizza. Du hast mir selber erzählt, dass du ihr Grab dort auf dem russischen Friedhof besucht hast.«

»Entschuldige. Ich habe mich versprochen. Aber du weißt, wen ich meine. Tanja ist in Nizza gestorben, und zwei Monate später wurde Sofja in Moskau geboren. Das ist dreißig Jahre her, und nun hat dein Wachhund ihren Vater getötet.«

»Halt, stop!« Colt stand abrupt auf und lief durchs Zimmer. »Ich verstehe, dass du meinen Subow nicht magst. Aber daraus folgt nicht, dass er ein Mörder ist. Wie kommst du überhaupt auf solchen Blödsinn? Dmitri Lukjanow ist an Herzversagen gestorben.«

»Nachdem er mit deinem Tschekisten im Restaurant gesessen hat. Das war ihr letztes Gespräch. Der Tschekist hat begriffen, dass alles nutzlos ist, dass er endgültig verloren hat, dass das eine Sackgasse ist.«

»Dmitri Lukjanow ist eines natürlichen Todes gestorben. Das hat dir seine Tochter Sofja doch erzählt, Fjodor«, sagte Colt langsam und heiser.

»Ach, du hast den Mitschnitt schon gehört?« Der Greis lachte spöttisch. »Und nichts verstanden? Oder nichts verstehen wollen? Dass ihr Vater ein gesundes Herz hatte?«

»Nun, vielleicht hat er ihr bloß nichts von seinen Weh-

wehchen erzählt«, wandte Colt unsicher ein, »und wenn man sein Alter bedenkt und die Erschütterung, die er erlebt hat ...«

»Ja. Die Erschütterung.« Der Greis bewegte mümmelnd die Lippen. »Man hätte ihm Zeit lassen müssen, zu sich zu kommen, alles zu bedenken. Aber dein Wachhund ist einfach drauflos marschiert.«

»Das ist nicht wahr. Er ist ruhig und besonnen vorgegangen. Sie hatten ein normales, vertrauensvolles Verhältnis«, widersprach Colt leise.

»Das hat er dir so erzählt.«

»Er hat jedes Gespräch mitgeschnitten. Ich habe mir die Aufzeichnungen angehört. Ich habe keine Fehler bemerkt.«

»Du bist ein kluger Mann, Colt. Ich bin froh, dass ich dich kennengelernt habe. Aber du bist genauso ein Sklave und Uneingeweihter wie die anderen. Du kannst dich nicht von der Illusion trennen, dass alles auf der Welt für Geld zu haben ist. Das ist dein Unglück. Wie viel hast du mir gezahlt, um zu erfahren, was du wissen wolltest?«

»Dir – gar nichts«, murmelte Colt verwirrt.

»Kluger Junge.« Der Greis verzog das Gesicht zu einem Lächeln. »Du hast eine Menge investiert, um an mich ranzukommen. Aber dann hat etwas anderes gezählt, eine andere Währung.«

»Was willst du damit sagen?«

»Nichts. Denk nach. Finde den Fehler.«

»Wessen Fehler?«

»Deinen, du Dummkopf, deinen. Nicht seinen. Er ist bloß ein Tschekist.«

»Das verstehe ich nicht.« Colt runzelte die Stirn und schüttelte den Kopf. »Erklär es mir vernünftig.«

Der Greis griff nach seiner Tasse, trank den letzten Schluck

Kaffee, leckte sich die Lippen, schmatzte und knurrte so leise, dass Colt näher heranrücken musste.

»Ich hab dich gewarnt, dass ihr Dmitri nicht mit Geld kommen sollt. Dass er nicht käuflich ist. Er ist aus anderem Holz. Ein anderer Genotyp. Hast du alle Mitschnitte gehört?«

»Ja.«

»Auch den vom letzten Gespräch?«

»Nein. Das letzte Gespräch konnte nicht mitgeschnitten werden.«

»Der Akku war leer?« Der Greis lachte unschön.

»Ja, stell dir vor.«

»Erstaunlich. Dein Wachhund ist immer so ordentlich, so akkurat, und plötzlich vergisst er vor dem wichtigsten Treffen, sein kleines Gerät aufzuladen. Na ja, sowas kommt vor.«

»Schluss, es reicht!« Colt wurde wütend. »Ich höre mir deine Andeutungen nicht an. Ich soll Iwan verdächtigen? Nein, das werde ich nicht. Dafür sehe ich keinen Grund und kein Motiv. Warum sollte er so ein Risiko eingehen? Er ist ein vernünftiger und besonnener Mann. Meinst du, er hat Lukjanow im Restaurant Gift gegeben? Es ihm ins Essen oder ins Glas getan? Wie stellst du dir das vor? Das ist doch lächerlich, wirklich!«

Der Greis schloss die Augen und bewegte die Lippen. Colt beruhigte sich allmählich, trat zu ihm, zog die heruntergerutschte Decke wieder hoch, kraulte Adam hinterm Ohr und sah Agapkin ins Gesicht.

»Na? Du schweigst? Keine Argumente mehr?«

»Genug, Pjotr. Geh jetzt«, murmelte der Greis mit geschlossenen Augen, »geh nach Hause. Ich möchte schlafen. Sag diesem Trottel, er soll mich ins Bett bringen und mir morgen früh das Telefon und den Computer geben.«

Colt bekam kein Wort mehr aus Agapkin heraus. Er brachte

ihn ins Bett und wies Buton im Flur leise an, Agapkin das Telefon unter keinen Umständen zu geben. Den Computer könne er haben, aber ohne Internetzugang.

Moskau 1917

Tanja kehrte aus Stary Bychow ruhig und beinahe glücklich zurück. Ihr Mann war gesund. Die Bedingungen im Gefängnis waren recht erträglich, die Verpflegung nicht schlecht, und alles, was sie mitgebracht hatte – Zwieback, Eier, Schinken, die Konfitüre der Kinderfrau – hatte sie auf Danilows Drängen in seinem Beisein selbst essen müssen. Er hatte gesagt, sie sei schrecklich dünn geworden und sehe mit ihrem riesigen Bauch aus wie ein rachitisches Kind.

»Er hat mir zu essen gegeben und gejammert, als säße nicht er im Gefängnis, sondern ich. Er ist dort in guter Gesellschaft. Die besten Generale wurden zu ihnen verlegt, Denikin, Erdeli, Lukomski, Markow und Orlow. Sie bekommen ständig Besuch, Freunde, Angehörige, Delegationen vom Kosaken- und vom Offiziersverband. Sie werden von vielen unterstützt, im Grunde ist das gesamte russische Offizierskorps auf ihrer Seite. Die interne Bewachung stellen Tekinzen, sie sind Kornilow treu ergeben. In der Stadt stehen polnische Truppen. Die Bahnstation passieren ständig Soldatentransporte, manchmal halten sie an, versuchen das Gefängnis zu stürmen, mit der Konterrevolution abzurechnen, aber dann bringen die Polen ihre Maschinengewehre in Stellung, einige Male haben sie sogar das Feuer eröffnet.«

Im Wohnzimmer saßen Brjanzew und Ljubow Sharskaja, die gekommen waren, um Tanjas Bericht zu hören.

»Das Tekinzenregiment, das ist natürlich wunderbar, und die Polen sind Prachtkerle«, sagte Brjanzew.

»Tanja, sag mal, wie denken sie dort über die Zukunft? Was haben sie für Pläne? Ich habe gelesen, sie bereiteten die Flucht vor«, sagte Brjanzew.

»O nein, den Gefallen werden sie Kerenski nicht tun. Nein, niemand hat vor zu fliehen. Sie warten auf einen öffentlichen Prozess gegen Kornilow und seinen Freispruch.«

»Ja, das wäre für die Armee und für ganz Russland die beste Variante«, sagte Brjanzew. »Sie alle müssen selbstverständlich freigesprochen werden. Tanja, wann ist es bei dir eigentlich so weit?«

»Wir rechnen mit Mitte November«, antwortete Sweschnikow für sie.

»Nun, ich denke, Ihr Danilow wird eher heimkehren«, sagte Ljubow überzeugt.

Noch eine ganze Woche lang musste Tanja ihren Bericht über die Reise nach Bychow wiederholen. Alle interessierten sich für das Schicksal der Gefangenen – die Medizinstudentinnen, Andrejs Mitschüler vom Gymnasium, Soja Wels, die nun Reithosen, Stiefel und einen gutgeschnittenen Militärmantel trug, ja, selbst die jungen Hutmacherinnen aus dem Atelier von Madame Cottie, denen Tanja morgens vorm Haus begegnete.

Über die Generale und Offiziere in Bychow berichteten sämtliche Zeitungen.

Nicht nur Kornilow wartete auf einen öffentlichen Prozess. Ganz Russland wartete darauf. Aber es gab keinen. Kerenski stellte die Dritte Koalitionsregierung zusammen, erklärte Russland zur föderativen Republik und entließ Trotzki und andere Bolschewiki aus dem Gefängnis.

Betriebe wurden bestreikt und geschlossen, die Eisenbahn stand still. Lenin verkündete, es sei an der Zeit, die Macht zu übernehmen.

Im Oktober hatte Tanja nichts mehr anzuziehen. Auch ihre weitesten Röcke und Kleider ließen sich nicht mehr zuknöpfen, die Konfektionsgeschäfte in Moskau waren geschlossen, private Schneider gab es kaum noch, die wenigen verbliebenen verlangten unglaubliche Preise. Die Kinderfrau Awdotja holte aus ihren Truhen Kleider, die Tanjas Mutter in den letzten Monaten ihrer Schwangerschaft mit Andrej getragen hatte.

»Hat Mama mit mir im Bauch genauso ausgesehen?«, fragte Andrej und betrachtete seine Schwester aufmerksam.

»Nein. Anders. Sie war fünfzehn Jahre älter«, murmelte Sweschnikow mürrisch, »und überhaupt gefällt mir das nicht. Geht es wirklich nicht irgendwie anders?«

»Papa, hör auf.« Tanja verzog das Gesicht. »Du warst doch nie abergläubisch.«

Sweschnikow drehte sich um und antwortete nicht. Ihm ging eine beiläufige Bemerkung des Chirurgen Potapenko nicht aus dem Kopf.

»Ich bewundere Ihre Tanja. Eine erstaunlich mutige junge Frau. Geht schwanger zur Uni, sogar zu den Stunden im anatomischen Theater, und will am letzten Tag von Pompeji ein Kind zur Welt bringen.«

Hamburg 2006

Das Flugzeug setzte zum Landeanflug an. Subow, der bis dahin ruhig gedöst hatte, beugte sich zu Sofja und flüsterte: »Entschuldigen Sie, es ist mir sehr peinlich, aber darf ich Ihre Hand halten, bis wir gelandet sind?«

»Bitte, wenn Sie Angst haben.« Sofja war ein wenig erstaunt, überließ ihm aber ihre Hand.

»Ich habe eine Phobie«, erklärte er und drückte sanft ihre Hand. »Ich saß einmal in einem Flugzeug, das beinahe abgestürzt wäre, und zwar bei der Landung. Die Maschine wurde von Turbulenzen geschüttelt, die Stewardessen wiesen die Fluggäste an, die Sauerstoffmasken aufzusetzen. Ich hatte wirklich das Gefühl, wir würden jeden Moment abstürzen. Ihre Hände sind ganz kalt. Frieren Sie?«

»Nein. Ich habe nur ein bisschen Schüttelfrost. Ich war vor kurzem krank. Eine Mittelohrentzündung.«

»Oh, ich wusste zwar, dass Sie krank waren, aber nicht, dass es so ernst war. Ich hatte als Kind zweimal Mittelohrentzündung, so mit zehn. Erst habe ich mich gefreut, dass ich nicht in die Schule musste, und dann habe ich alles auf der Welt verflucht. Das waren fürchterliche Schmerzen. Sind Ihre Ohren jetzt taub?«

Sie flüsterten. Die Kabinenbeleuchtung war erloschen, nur die kleinen Lampen brannten. Subow drückte noch immer Sofjas Hand.

»Ja, ein bisschen.«

»Haben Sie keine Angst?«, fragte Subow.

»Beim Start hatte ich Angst, mir haben sogar die Knie gezittert. Aber das war schnell vorbei, dann fand ich es interessant. Ein ganz neues Gefühl. Ich kann mich gar nicht erinnern, wann ich das letzte Mal geflogen bin.«

»Ich fliege dauernd. Und jedes Mal habe ich furchtbare Angst und fühle mich entsetzlich. Mein Gleichgewichtsapparat taugt nichts. Aber was soll man machen. Wissen Sie, ich freue mich sehr, dass meine Chefs von den vielen Bewerbern gerade Sie ausgewählt haben.«

»Danke. Übrigens wollte ich Sie schon lange fragen – wieso eigentlich?«

»Sie sind eine begabte Biologin. Sie sind tüchtig, anständig, nicht eitel.« Subow drückte ihre Hand noch einmal leicht und ließ sie los. »Ich persönlich habe mich für Ihre Kandidatur eingesetzt. Neben allem anderen sind Sie mir menschlich äußerst sympathisch.«

»Aber Sie haben mich doch erst einmal gesehen, damals im Restaurant.«

»Oh, das glauben Sie.« Er lächelte und zwinkerte ihr zu. »Ich habe mich eingehend mit Ihnen beschäftigt, fast ein Jahr lang. Das ist mein Job.«

»Schrecklich! So gründlich wurde ich überprüft? Davon habe ich überhaupt nichts gemerkt.«

»Hinter dem Projekt steht sehr viel Geld. Meine Chefs brauchen absolut zuverlässige Experten, nicht nur erstklassige Spezialisten, sondern Leute, denen man vollkommen vertrauen kann, die sich nicht von anderen kaufen lassen.«

Draußen strahlten Lichter. Ein endloses Lichtermeer. Das nächtliche Hamburg. Auf dem Sitz vor ihr sagte eine strenge Stimme zum wiederholten Mal: »Katja, hör auf mit der Zappelei. Warum öffnest du den Gurt?«

»Mir tun die Ohren weh, Oma.«

»Hab noch ein bisschen Geduld, wir landen gleich. Dann geht das vorbei.«

Hinter Sofja unterhielten sich zwei Männer, sie verstand nicht, was sie sagten, glaubte aber immer wieder zu hören: »Seien Sie vorsichtig, ich bitte Sie!«

Augenblicklich kam ihr das ganze lange Gespräch mit Agapkin in den Sinn. Sie erinnerte sich plötzlich deutlich, dass er ihren Vater einmal einfach Dmitri genannt hatte, als wäre er ein alter Bekannter, und dass er geweint hatte, als er von seinem Tod erfuhr. Damals hatte sie das nicht verstanden, das Ganze war zu seltsam und überraschend gewesen. Nun aber war ihr klar: Er hatte ihren Vater gekannt, ihr Vater ihn jedoch nicht. Was hatte das zu bedeuten?

Das Flugzeug war gelandet. Subow half Sofja in ihre Jacke.

»Vergessen Sie Ihren Schal nicht. Hier ist es zwar etwas wärmer als in Moskau, aber feucht und windig.«

Während sie in der Schlange vor der Passkontrolle standen, erzählte er ihr, dass sie jetzt in Hamburg in einem Hotel übernachten und am Morgen nach Sylt fahren würden. Das sei eine kleine Nordseeinsel.

»Nach Sylt?«

»Dort ist das Laboratorium, in dem Sie arbeiten werden. Es ist schön dort. Seeluft, Ruhe. Ein wenig langweilig, aber Sie werden ja freie Tage haben, dann können Sie reisen, wohin Sie wollen.«

»Warum gerade Sylt?«

»Unsere Chefs haben nach einem ruhigen, ökologisch sauberen Ort gesucht, der zugleich komfortabel und zivilisiert ist und möglichst weit weg von neugierigen Journalisten.«

»Sylt«, wiederholte Sofja noch einmal.

Subow lächelte verständnislos und schaute ihr in die Augen.

»Sofja Dmitrijewna, erklären Sie mir, was Sie daran so erstaunt?«

»Nichts weiter. Ich habe von dieser Insel gelesen. Es gibt einen Roman von Siegfried Lenz, *Deutschstunde,* der spielt auf Sylt, während des Zweiten Weltkriegs.«

»Ein gutes Buch?«

»Ein sehr gutes. Werden wir abgeholt?«

»Nein.« Er nahm ihren Koffer vom Gepäckband. »Wozu?«

»Na ja, ich weiß nicht ... Ich bin das erste Mal im Ausland ...«

»Keine Sorge, Sofja Dmitrijewna. Ich werde die ganze Zeit an Ihrer Seite sein. Ich bringe Sie ins Hotel, gehe mit Ihnen essen, dann werde ich Sie nach Sylt begleiten, unter meine Fittiche nehmen und alle Ihre Probleme lösen. Sie haben doch nichts dagegen?«

»Nein, ganz und gar nicht.« Sofja lächelte. »Danke.«

Moskau 1917

Das Lazarett unterstand der Kontrolle durch den Sowjet. Durch die Flure, die Behandlungsräume und Krankenzimmer liefen dreiste, ungepflegte Personen. Sie belauschten Gespräche, schauten in der Küche in die Töpfe, stürmten im Mantel und in schmutzigen Stiefeln in die Operationssäle. Sie suchten überall nach Agenten der Konterrevolution, stahlen Alkohol und Morphium und zerrissen Laken und Verbandsmaterial für Fußlappen.

Doch diejenigen, die versuchten, sich dem Chaos, dem Diebstahl und der Willkür zu widersetzen, wurden immer weniger.

Die verwundeten Offiziere mussten in die Krankensäle der Soldaten gelegt werden, und dort kam es ständig zu Zusammenstößen. Die Atmosphäre im Lazarett war nicht nur gereizt, sie war explosiv. Ein junger Leutnant, der eine komplizierte Operation der Bauchhöhle hinter sich und wie durch ein Wunder überlebt hatte, stieg auf ein Nachtschränkchen und hielt eine Rede zur Verteidigung der konstitutionellen Demokratie. Er schrie so, dass seine Nähte aufplatzten und er Blutungen bekam. Er stürzte und schlug sich an einem eisernen Bettgestell eine Schläfe auf. Am nächsten Tag starb er, ohne noch einmal das Bewusstsein erlangt zu haben.

Einmal stürmte ein genesender Soldat in den OP, stieß zwei Schwestern beiseite, dass sie hinfielen, griff sich ein Skalpell und rannte zurück in den Krankensaal, um sich mit einem politischen Opponenten auseinanderzusetzen.

»So kann man nicht arbeiten«, sagte Sweschnikow, »ich bin kein Psychiater und kein Polizist.«

Agapkin und er kamen erst am frühen Morgen nach Hause. Der Himmel wurde gerade hell, noch waren die Sterne zu sehen. Es hatte Frost gegeben, das vereiste braune Laub knirschte unter ihren Füßen. In ganz Moskau schien es keinen einzigen Hauswart und keinen einzigen Kutscher mehr zu geben. Ab und zu fuhren LKW und Panzerwagen vorbei. In der vormorgendlichen Stille war der Motorenlärm betäubend. Der Professor zuckte davon zusammen. Er war zu leicht gekleidet und fror, er hatte abgenommen und wirkte eingefallen.

»Vielleicht ist es an der Zeit, im Lazarett zu kündigen?«, fragte Agapkin.

»Ich weiß nicht. Ich bin ein guter Chirurg. Ich brauche die Praxis. Und auch das Gehalt.«

»Sie könnten von Honoraren leben.«

»Ich habe seit Semesterbeginn noch keine Kopeke für meine Vorlesungen bekommen. Sie machen immer nur Versprechungen, werden aber wohl kaum zahlen. Die Bank, in der meine Ersparnisse lagen, ist schon im März verschwunden. Ist wohl Pleite gegangen, oder die Besitzer sind ins Ausland abgehauen.«

»Ich dachte immer, Sie wären reich«, bekannte Agapkin.

»Reich sind Kaufleute, Beamte und Bankiers. Ich bin nur Arzt, und das war auch mein Vater. Natürlich haben wir nie Not gelitten, wir mussten uns nie Gedanken um den nächsten Tag machen. Ich habe gut verdient, aber auch viel ausgegeben. Nein. Ich kann nicht kündigen. Ich muss meine Kinder ernähren.«

»Tanja ist verheiratet«, bemerkte Agapkin vorsichtig.

»In ganz Russland leben die Offiziersfamilien in Armut. Kerenski zahlt zwar einigen eine geringe Unterstützung, aber nicht denen, deren Männer mit Kornilow zu tun haben. Pawel Nikolajewitsch hatte ein sehr gutes Offiziersgehalt und ein kleines Einkommen von seinem Landgut, aber das ist abgebrannt und geplündert.«

»Hat auch er denn keinerlei Ersparnisse?«

»Fjodor, Ihre Fragen sind taktlos und absurd.« Der Professor lächelte. »Was für Ersparnisse? In Zarenrubeln? In Kerenski-Rubeln? Im Übrigen verstehe ich von all dem nichts.«

»Ihre Forschungen sind sehr wertvoll«, sagte Agapkin nach einer langen Pause.

Der Professor lachte leise.

»O ja. Früher habe ich für jede Ratte fünf Kopeken gezahlt, jetzt laufen sie kostenlos in unserem Hausflur herum.«

»Sie haben mich falsch verstanden. Ihre Ergebnisse sind viel wert. Ich bin sicher, dass es selbst in unserer verrückten Zeit Menschen gibt, die weitsichtig genug sind, die Bedeutung Ihrer Forschungen richtig einzuschätzen, und stark genug, um Sie mit allem Notwendigen zu versorgen.«

»Fjodor, Sie wissen doch am besten, wie weit wir noch von realen, auch nur halbwegs zuverlässigen Ergebnissen entfernt sind! Außerdem möchte ich mit weitsichtigen starken Leuten lieber nichts zu tun haben. Sie würden sich einmischen, und ich würde mich ihnen verpflichtet und nicht mehr frei fühlen. So könnte ich nur schwer oder gar nicht arbeiten. Sie würden für ihre Gunst ein Wunder erwarten, ewige Jugend, und ich bin nicht sicher, ob eine Entdeckung auf diesem Gebiet überhaupt gut wäre. Das würde sofort eine Menge Fragen aufwerfen, keine wissenschaftlichen, sondern ethische. Ich würde mir niemals das Recht anmaßen, die Antwort darauf zu geben.«

Agapkin lief mit gesenktem Kopf, den Blick zu Boden gerichtet, doch plötzlich blieb er stehen, nahm seinen Schal ab und wickelte ihn dem Professor um den Hals.

»Danke. Und Sie?«, fragte Sweschnikow erstaunt.

»Ich hatte keine Angina. Ich werde den Kragen hochschlagen, es ist ja nicht mehr weit.«

Sie bogen in die Twerskaja-Jamskaja ein. Mehrere Militärfahrzeuge rasten an ihnen vorbei, gefolgt von einem Trupp bewaffneter Soldaten. Stiefel polterten, Gewehre mit aufgepflanztem Bajonett hüpften auf den Schultern auf und ab. Als Motorenlärm und Stiefelgepolter verhallt waren, wurde dumpfes Grollen hörbar, das ganz aus der Nähe kam, vom Roten Platz her.

»Was ist das? Ein Gewitter?«, fragte der Professor. »Ende Oktober? Da ist doch etwas im Gange, oder? Sehen Sie, Panzerwagen, sie fahren alle zum Kreml.«

»Gehen wir schnell nach Hause«, sagte Agapkin und nahm seinen Arm, »ich weiß nicht, was da vorgeht, aber auf der Straße ist es gefährlich.«

Weiter liefen sie schweigend. Im Hausflur war es dunkel und kalt. Der Fahrstuhl funktionierte schon lange nicht mehr.

»Fjodor, haben Sie jemand Konkreten gemeint, als Sie von den weitsichtigen und starken Menschen sprachen?«, fragte der Professor plötzlich. »Hat sich jemand mit einem Angebot an Sie gewandt?«

»An mich?! Nicht doch! Wenn man sich an jemanden wenden würde, dann an Sie.«

Sie betraten die stille und dunkle Wohnung. Es war Stromsperre.

»Ich würde gern einen heißen Tee trinken«, flüsterte der Professor, »aber alle schlafen. Ich möchte niemanden wecken.«

»Ich mache auf dem Spirituskocher Wasser heiß«, schlug Agapkin vor.

»Ich bin nicht sicher, ob noch Spiritus da ist.«

»Doch. Ich habe gestern ein paar Flaschen besorgt. Gehen wir in die Küche, da ist es warm.«

»Ich finde, es ist überall gleich kalt. Und bald ist November, dann beginnen die Fröste. Ob dann wohl geheizt wird? Hören Sie, es donnert schon wieder. Das ist kein Gewitter, das sind Kanonen.«

»Ja, wahrscheinlich. Andrej sollte heute lieber nicht ins Gymnasium gehen und Tanja nicht in die Universität.«

»Nein, lieber nicht«, echote der Professor und zuckte bei einem erneuten Grollen zusammen.

Die Flamme des Spirituskochers brannte fröhlich, und Agapkin nahm Zucker und zwei Roggenfladen aus dem Büfett.

»Michail Wladimirowitsch, was ich Sie noch fragen wollte. Was meinen Sie, warum sind meine drei Ratten gestorben, warum hat nur die vierte überlebt, der Sie das Präparat gespritzt haben? Es war doch die gleiche Lösung, aus derselben Flasche. Was habe ich falsch gemacht?«

»Sie hatten Angst vor dem Wurm.« Der Professor lachte und schüttelte den Kopf. »Oder er hatte Angst vor Ihnen. An mich sind sie gewöhnt, mit Ihnen hatten sie zum ersten Mal zu tun.«

»Merkwürdig.« Agapkin runzelte die Stirn. »Haben Sie keine andere Erklärung?«

»Nein. Vorerst nicht. Auch bei mir haben nicht alle überlebt. Was spielt es für eine Rolle, wer das Präparat spritzt? Alles hängt vom Organismus des Tieres ab. Ob er dem Parasiten gefällt oder nicht. Das ist entscheidend. Passen Sie auf, das Wasser kocht.«

Agapkin brühte frischen Tee auf. Bei einem erneuten Donnerschlag zuckte er zusammen und hätte sich beinahe die Hand verbrüht.

»Ich versuche immer noch, die Geschichte unseres Wurms zu erforschen«, fuhr der Professor fort. »Wissen Sie, das Haus gegenüber ist sehr alt, es wurde Ende des achtzehnten Jahrhunderts gebaut und hat den großen Brand 1812 überstanden. Vor langer Zeit lebte darin ein seltsamer Mann, Nikita Semjonowitsch Korob, Ethnograph, Historiker und Reisender. Er hat zwei ausgedehnte Forschungsreisen an den östlichen Rand von Russland unternommen, in die Wudu-Schambala-Steppen.

Dort leitete er Ausgrabungen auf den Ruinen des Heiligtums des alten Gottes Sonorch. Des Herrn der Zeit. Der Mythos behauptet, die Sonorch-Priester seien zwei- bis dreihundert Jahre alt geworden. Bei seiner zweiten Expedition hat Korob eine alte Grabkammer entdeckt. Aber er hat wohl keine Schätze gefunden, kein Gold und keine Edelsteine. Nur Schädel und Knochen.«

Der Professor sprach, als wollte er mit seinem hastigen pfeifenden Flüstern den Geschützlärm übertönen. Agapkin rutschte auf seinem Stuhl hin und her.

»Das ist es also. Und ich habe mich gefragt, was Sie mit den alten Büchern dieses Nikita Korob wollten.«

»Sie haben sie auf meinem Schreibtisch gesehen?« Der Professor lächelte verschmitzt.

»Ja, ganz zufällig.« Agapkin errötete leicht. »Meinen Sie, er hat etwas nach Moskau mitgebracht?«

»Möglich. Allerdings erwähnt er das in seinen Büchern mit keinem Wort. Bald nach der zweiten Expedition ist Korob gestorben.«

»Das heißt, unter dem Zeug, das Madame Cottie weggeworfen hat, könnten alte Gebeine gewesen sein?«

»Möglich.« Der Professor nickte. »Als ich in Deutschland arbeitete, wurden einige Arbeiter von archäologischen Ausgrabungen in die Universitätsklinik eingeliefert. Sie hatten sich mit einem unbekannten Parasiten infiziert. Das passiert hin und wieder. Ich habe Ihnen ja erzählt, dass man mitunter in den Überresten von Mammuts lebensfähige Zysten findet. Aber ob sich im Keller Korobs alte Schätze befanden oder nicht, ist jetzt ohnehin egal. Madame Cottie hat alles weggeworfen.«

»Und die Priester?«, fragte Agapkin kaum hörbar. »Wo sind die geblieben?«

»Wollen Sie etwa nach ihnen suchen? Meinen Sie nicht, dass wir da in ein metaphysisches Dickicht geraten? Bald lassen wir noch Teller kreisen wie Herr Bublikow.«

Draußen ertönten ganz in der Nähe Rufe und Getrappel. Mehrere Schüsse knallten. Tanja erschien in der Küche.

»Papa, Fjodor Fjodorowitsch, ihr seid zu Hause, was für ein Glück. Ich weiß gar nicht, wie ich in dieser Nacht einschlafen konnte.«

»Setzen Sie sich zu uns, Tanja, ich schenke Ihnen Tee ein«, sagte Agapkin.

»Ja, danke. Am späten Abend, als ihr noch im Lazarett wart, ist Pawel vorbeigekommen, nur für ein paar Minuten.«

»Er ist zurück aus Bychow?«, fragte der Professor.

»Ja doch, ja. In Petrograd haben die Bolschewiki das Telegrafenamt besetzt, die Telefonzentrale, die Bahnhöfe und die Brücken. Sie haben bereits das Winterpalais eingenommen und die Provisorische Regierung gestürzt. Ganz Petrograd ist in den Händen der Bolschewiki. Jetzt haben sie den Kreml besetzt und das Waffenarsenal. Ihr Stab befindet sich auf dem Skobelew-Platz. Die Unseren sitzen in der Alexander-Schule in der Snamenka. Moskau hält sich vorerst noch, Moskau wird verteidigt.«

»Von wem?«, fragte Agapkin leise.

»Von den Fahnenjunkern«, antwortete Tanja.

»Die Fahnenjunker sind Kinder«, sagte Sweschnikow, »wer ist da noch?«

»Eine Abteilung Leutnants und die Absolventinnen der Fahnenjunkerschule, achtzehn junge Frauen. Und Studenten, Gymnasiasten der oberen Klassen, Lehrer, Schauspieler. Erwachsene professionelle Militärs sind nur wenige dabei. Pawel ist dort, sie wollen von der Schule zum Kreml und zum Skobelew-Platz. Wahrscheinlich sind sie schon unterwegs. Hört ihr, es wird geschossen, ganz in der Nähe.«

Sweschnikow stand plötzlich auf, küsste Tanja auf die Stirn und verließ die Küche.

»Papa, wo willst du hin?«

»Michail Wladimirowitsch!«

Beide, Agapkin und Tanja, rannten ihm nach. Er ging in sein Arbeitszimmer und nahm seinen Revolver und eine Schachtel Patronen aus der Schreibtischschublade.

»Papa, nicht, bitte!«

»Michail Wladimirowitsch, ich lasse Sie nicht gehen, Sie können nicht gut schießen, was hat das für einen Sinn? Sie sind ein großer Wissenschaftler, Russland braucht Sie. Sie sind Vater, Sie werden bald Großvater. Ich werde gehen, Sie dürfen nicht Ihr Leben riskieren!«

Aus dem Kinderzimmer kam der erschrockene Andrej im Nachthemd gelaufen. Agapkin hielt Sweschnikows Arm fest. Tanja stand in der Tür.

»Fjodor, lassen Sie mich los. Tanja, lass mich durch. Ich kann nicht zu Hause sitzen. Ich kann nicht mehr. Versteht mich bitte und verzeiht. Tanja, ich bitte dich, geh beiseite.«

Andrej lief wortlos in sein Zimmer und kam kurz darauf zurück, vollständig angezogen, in seiner Gymnasiastenuniform.

»Papa, ich komme mit.«

»Nein. Du bleibst zu Hause, bei Tanja. Fjodor, wenn Sie wollen, können Sie mich begleiten. Haben Sie eine Waffe?«

Die Pistole, die Agapkin vor einiger Zeit dem Dichter Syssojew abgenommen hatte, lag noch immer in seiner Tasche. Bereits im August hatte er sich eine Packung Patronen dafür besorgt und trug sie seit einigen Tagen stets bei sich.

»Ja, Michail Wladimirowitsch. Ich habe eine Waffe. Aber ich gehe allein. Sie sind im Moment viel zu aufgeregt. Ihre paar Revolverschüsse werden die Bolschewiki nicht besiegen, aber Ihre Kinder könnten den Vater verlieren. Es besteht kaum eine

Chance, auch nur bis zur Alexander-Schule zu gelangen. Hören Sie, was da draußen los ist?«

In der Tat wurde nun in unmittelbarer Nähe geschossen, direkt unter ihren Fenstern. Die Wände schienen zu beben.

»Fjodor, holen Sie Ihre Waffe und kommen Sie«, sagte der Professor. »Andrej, du bleibst bei deiner Schwester. Schließt die Tür ab und geht nicht ans Fenster.«

Tanja stand nicht mehr in der Tür. Sie war zurückgewichen und lehnte an der Wand. Sweschnikow küsste und bekreuzigte sie und Andrej und ging rasch, ohne sich noch einmal umzusehen, mit Agapkin hinaus.

Hamburg 2006

»Es ist scheußliches Wetter, Sie sind müde, und ich, ehrlich gesagt, auch. Eine Stadtbesichtigung lohnt heute bestimmt nicht. Wenn Sie wollen, können Sie ja an ihrem nächsten freien Wochenende herkommen. Apropos – wie entspannen Sie sich am liebsten?«

»Zu Hause auf dem Sofa, mit einem Buch.«

Auf der Fahrt vom Flughafen kamen sie an schönen, hellerleuchteten Villen vorbei. Parallel zur Straße verlief ein Fahrradweg. Sofja hatte den Eindruck, dass mehr Fahrräder unterwegs waren als Autos.

»Wie kommt es, dass Sie noch nie im Ausland waren?«

»Ich weiß nicht. Meine Mutter hat mich oft eingeladen, sie in Sydney zu besuchen, aber das ist sehr teuer. Mein Vater wollte mich zu einem Symposium nach Paris mitnehmen, aber da hatte ich eine dringende Arbeit, und außerdem ist auch das ziemlich teuer.«

»Sie können von hier aus für ein paar Tage nach Paris fliegen, wenn Sie möchten. Und hierher, nach Deutschland, wollte Ihr Vater Sie nicht mitnehmen?«

»Nein, natürlich nicht. Das wäre unpassend gewesen, er hat einen ehemaligen Doktoranden besucht.«

Sofja sah aus dem Fenster. Das Villenviertel war zu Ende. Draußen glitten nasse, von Scheinwerfern angeleuchtete Bäume eines Boulevards vorbei, hinter dem die hohen Kräne im Hafen aufragten.

Sie drehte sich zu Subow um und fragte: »Sagen Sie, Iwan Anatoljewitsch, wenn Sie mich fast ein Jahr lang so eingehend überprüft haben, vielleicht wissen Sie ja dann auch, mit wem sich mein Vater am Abend des 27. November im Restaurant ›Temple‹ auf dem Twerskoi-Boulevard getroffen hat?«

Die Scheinwerfer eines entgegenkommenden Autos beleuchteten Subows Gesicht. Er schaute Sofja an. Seine Augen, seine Haare und seine Lippen wirkten gegen den gebräunten Teint fast weiß, wie ein Negativ.

»Sofja Dmitrijewna«, er räusperte sich heiser, »ich glaube, Sie haben mich ein wenig missverstanden. Weder Sie noch Ihr Vater wurden observiert. Und wir haben auch keine Agenten nach Australien geschickt, um Ihre Mutter zu beobachten.«

»Entschuldigen Sie. Ich verstehe. Ich dachte nur, dass Sie es vielleicht zufällig wissen. In der Nacht nach jenem Essen ist mein Vater nämlich gestorben.«

»Ach ja? Und er hat Ihnen nicht erzählt, wer ihn ins Restaurant eingeladen hatte und warum?«

»Nein. Er wollte es mir am nächsten Morgen erzählen. Und er war sehr besorgt und angespannt.«

»Vielleicht ging es ihm einfach nicht gut, weil er müde war und Herzschmerzen hatte.«

»Sein Herz war gesund«, murmelte Sofja leise und drehte sich weg, »er hat sehr auf seine Gesundheit geachtet. Er hat

Gymnastik gemacht, Vitamine genommen und war fast nie krank. Und dann isst er eines Tages mit irgendwem im Restaurant und stirbt anschließend. Ist das nicht merkwürdig?«

»Das heißt, Sie haben den Verdacht, dass Ihr Vater keines natürlichen Todes gestorben ist? Aber aus welchem Grund? Hatte Ihr Vater Kontakte zu Kriminellen? Zur Schattenwirtschaft? Hat er riskante journalistische Recherchen betrieben? Bei der Spionageabwehr gearbeitet? Wenn ich nicht irre, war er fast siebzig?«

Sofja wusste selbst nicht, warum sie dieses seltsame Gespräch begonnen hatte. Womöglich lag es am Anblick der nächtlichen Stadt. Sie erinnerte sich, dass ihr Vater den gleichen Flug genommen hatte, vermutlich war auch er mit dem Taxi hier entlanggefahren, hatte diese Villen, den Park und die Hafenkräne gesehen. Nach der Gästekarte zu urteilen, war er erst am nächsten Tag auf Sylt angekommen. Also hatte er in Hamburg übernachtet. Wo wohl?

»Hotel ›Viktoria‹!«, verkündete der Taxifahrer feierlich und hielt vor einem hellerleuchteten klassizistischen Gebäude.

Über dem Eingang entdeckte Sofja einen leuchtenden Halbkreis aus vier Sternen. Die Hotelhalle erinnerte sie an das Restaurant, in dem sie sich mit Kulik und Subow getroffen hatte. Teppiche, Marmor, Spiegel in vergoldeten Rahmen, frische Blumen, weiche Ledersessel und -sofas, in denen man versank und aus denen man nicht wieder aufstehen mochte. Es roch auch genauso – nach teurem Parfüm, gutem Kaffee und schweren Zigarren. Nur waren die Spiegel hier nicht so erbarmungslos, Sofja wirkte darin nicht wie ein klägliches verschrecktes Aschenputtel, im Gegenteil, ihr Spiegelbild gefiel ihr. Und anstelle eines stiernackigen Wachmanns stand hier ein Portier in einer roten Uniform und mit buschigem grauem Backenbart, der Sofja freundlich begrüßte und anlächelte.

Überhaupt lächelten hier fast alle. Die junge Frau an der Rezeption, der junge schwarze Hoteldiener, der Sofja den Koffer abnahm, die hochgewachsene Dame im Lift mit dem hellblauen Bubikopf.

Sofjas Zimmer lag in der siebten Etage, Subows in der fünften.

»Ich erwarte Sie in einer halben Stunde unten, dann gehen wir essen«, sagte er und schob ihr ein paar Münzen in die Hand. »Hier, für das Trinkgeld – Sie haben bestimmt kein Kleingeld dabei.«

Die Teppiche auf dem Flur machten die Schritte fast geräuschlos. Der Hoteldiener schob die Schlüsselkarte in den Schlitz, schaltete das Licht ein, erstrahlte in einem zauberhaften Lächeln, bedankte sich freudig für das Trinkgeld und ging. Sofja war allein und erstarrte mitten in dem geräumigen Zimmer.

Dunkle Jugendstilmöbel mit geschwungenen Füßen, mit blauem Samt bezogene Sessel, Vorhänge aus dem gleichen Material mit schweren Goldtroddeln und ein ebensolcher Überwurf auf dem Bett. Zwischen den beiden Fenstern ein hübscher kleiner Sekretär mit vielen Schubfächern und ausklappbarer Schreibplatte. Eine weiche, sanfte Stille. Kein Laut, kein Geräusch.

Sofja setzte sich auf die Bettkante, kniff die Augen zu und vernahm plötzlich ruhige, idyllische Musik. Der Fernseher hatte sich selbsttätig eingeschaltet.

»Herzlich willkommen, Frau Lukjanowa! Wir freuen uns, Sie im Hotel Viktoria begrüßen zu dürfen! Wir wünschen Ihnen einen angenehmen Aufenthalt!«, stand auf dem Bildschirm, auf Deutsch und auf Englisch.

»Danke«, sagte Sofja, fand die Fernbedienung und schaltete den Fernseher aus.

Auf dem Kopfkissen lag eine kleine Tafel Schokolade. Auf dem kleinen Tisch stand auf einer schneeweißen Serviette eine Schale mit einem Apfel, einer Birne, dunkelblauen Weintrauben und einem Zettel, der darüber informierte, dies sei »eine kleine Aufmerksamkeit für Sie, lieber Gast«. Über dem Nachtschränkchen neben dem Bett hing eine kunstvoll mit farbigem Garn gestickte Inschrift in drei Sprachen in einem geschnitzten Holzrahmen: »Bitte rauchen Sie nicht im Bett. Die Asche, die wir morgen früh hier finden, könnte Ihre sein!«

»Gut, mache ich nicht«, versprach Sofja.

Im Bad gab es eine geräumige Dusche mit einer Sitzbank und zahlreichen Massagedüsen, einen Haufen Handtücher und einen flauschigen Bademantel. Auf der Marmorablage neben dem Waschbecken entdeckte Sofja eine Batterie Shampoos, Cremes, Lotions und noch eine Menge anderer Dinge, sogar einen Kamm und Zahnseide.

Sie wollte sich am liebsten unter diese wunderbare Dusche stellen, sich dann in den Bademantel hüllen, das kleine Präsent der Direktion verzehren und eine Zigarette rauchen, natürlich nicht im Bett, sondern am Fenster mit dem Blick auf den nassen Park und die Hafenkräne in der Ferne. Sich schließlich in das riesige Bett unter dem herrlich leichten Federbett legen und in Ruhe ausschlafen. Und nicht zum Abendessen mit Subow gehen.

Und am nächsten Morgen, ohne sich zu verabschieden, zum Flughafen fahren. Die tausend Euro, die der Kurier gebracht hatte, reichten für ein Ticket nach Moskau. Das Hotel hatte die Firma bestimmt schon bezahlt. Ob sie das Geld dann wohl zurückzahlen müsste? Egal, sie würde es tun. Aber woher nehmen? Sie kannte niemanden, von dem sie es hätte leihen können.

Das kalte Wasser ließ sie wieder zu sich kommen. Sie wusch

und kämmte sich, zog sich aber nicht um. Sie packte ihr Notebook aus, schaltete es ein und las ihre E-Mails.

»Hallo! Während du im Flugzeug gesessen hast, habe ich, der alte dicke Nolik-Alcoholic, was Interessantes für dich ausgegraben, liebe Knolle.

Auf einigen Fotos steht neben Tanja ein grauhaariger Offizier – ihr Ehemann. Eine hochinteressante Persönlichkeit, einer der Anführer der Weißen Bewegung, Oberst Pawel Nikolajewitsch Danilow. Wenn du willst, erzähle ich dir ausführlicher von ihm. Ich hatte erst Zweifel, ob er es ist, aber dann habe ich in den Memoiren der Sharskaja einen Hinweis gefunden und noch ein paar Bücher mit Weißgardistenmemoiren und Fotos herausgekramt. Er ist es, eindeutig.

Aber das ist noch nicht alles. Der Sohn der beiden, Michail Pawlowitsch Danilow, ist Militärhistoriker, Autor mehrerer profunder Monografien über den Zweiten Weltkrieg, zwei davon sind kürzlich bei uns erschienen, ich habe sie gelesen. Er lebt noch. Er ist neunundachtzig. Und er lebt in Deutschland, auf der Insel Sylt. Das ist nicht weit entfernt von Hamburg.

Ganz liebe Grüße von deiner Mutter. Morgen fahre ich mit ihr auf den Friedhof. Sie schickt dir Küsse, ich auch. Schreib mir bitte bald.

Dein Nolik.«

Moskau 1917

Es war hell geworden, aber nicht wärmer. Der Himmel war von einem weißlichen Schleier verdeckt, der glatt und flach war wie Milchglas. Blass schimmerte die Sonnenscheibe hindurch. Vom Skobelew-Platz drang hin und wieder Geschützdonner herüber, trocken knatterten Maschinengewehre. Die Straße schien menschenleer, doch wenn die Schüsse verklangen, hörte man Laub rascheln, Stimmen, Schritte und schweres Atmen ganz in der Nähe.

Agapkin betrachtete die dunklen Fenster der Häuser und lauschte.

»Lassen Sie uns gleich dorthin gehen, auf den Platz«, sagte der Professor. »Das ist näher als bis zur Snamenka.«

»Nein. Dort herrscht womöglich ein großes Durcheinander. Wir müssen auf jeden Fall erst zu den Patriarchenteichen.«

Agapkin hoffte, dass man den Professor im Stab überzeugen würde, seine normale Arbeit zu tun, also Verwundete zu versorgen, statt im Kugelhagel herumzulaufen.

»Sie müssen an seiner Seite sein, lassen Sie ihn keinen Augenblick allein. Sie tragen die Verantwortung für sein Leben. Halten Sie ihn in der Wohnung fest. Dort ist er sicher. Die Wohnung wird niemand anrühren. Schlimmstenfalls stellen wir eine zusätzliche Wache bereit. Ins Lazarett darf er nicht zurückkehren.«

Diesen Befehl hatte Agapkin am Abend zuvor erhalten. Er hatte versucht, den Professor sofort aus dem Lazarett zu bringen und nicht bis zum Dienstende am Morgen zu warten, aber das war ihm nicht gelungen. Sweschnikow musste zwei Schwerkranke überwachen und wollte sie auf keinen Fall alleinlassen.

Dass sie notgedrungen zu Fuß nach Hause gingen, war schon ein unverantwortliches Risiko und ein Verstoß gegen den Befehl gewesen. Aber wer konnte ahnen, dass der Professor sich in den Kampf stürzen würde? Nicht einmal Agapkin, der ihn recht gut kannte, wäre auf diese Idee gekommen.

Agapkin hatte im Moment keinerlei Kontakt zur Loge. Er konnte nicht um Rat fragen. Hätte er versucht, den Professor zu Hause festzuhalten, hätte er dessen Vertrauen für immer eingebüßt, das war ihm klar. Nun liefen sie über die Twerskaja-Jamskaja. Nur noch ein paar Schritte. Das Trottoir schien ihm aus irgendeinem Grund sicherer als die Fahrbahn. Gleich konnten sie in die Brestskaja einbiegen, dort war ein Durchgangshof.

Bei einem erneuten Geschützdonner hatte Agapkin die Schritte hinter ihnen nicht gleich gehört, und als er sich umdrehte, riss ein Mann in einer Lederjacke bereits das Gewehr von der Schulter. Er war ganz nah, so nah, dass Agapkin das blasse junge Gesicht sah, die schrecklich geweiteten Pupillen, die an der Stirn klebenden nassen Haarsträhnen, die unter der Ledermütze hervorquollen, und die hohen, spiegelblank geputzten Stiefel. Gute Offiziersstiefel. Die hatte er vermutlich jemandem abgenommen, sie waren ihm zu groß und schlappten laut.

Das Krachen der Schüsse ging im Geheul und Geratter der Panzerwagen unter, die die Twerskaja entlangrasten. Agapkin drückte einen Augenblick eher auf den Abzug seiner Pistole. Der Lederne wankte, konnte im Fallen aber noch einen Schuss abgeben. Sweschnikow stieß einen heiseren Schrei aus. Agapkin fing ihn auf.

»Was ist? Wo tut es weh? Reden Sie, sagen Sie etwas!«

Der Professor atmete schwer und keuchend. Ein LKW fuhr ganz dicht vorbei. Die Soldaten riefen etwas und zeigten mit den Fingern auf sie. Agapkin zog den Professor aufs Trottoir und entdeckte auf dem Raureif, der das trockene Laub überzog, einige große Blutstropfen.

»Das Bein«, sagte der Professor, »der rechte Unterschenkel.«

Das Hosenbein sog sich rasch mit Blut voll. Agapkin warf seinen Mantel ab und zog sich sein dickes Leinenhemd über den Kopf. Bis zum Gürtel nackt, versuchte er, das Hemd in Streifen zu reißen. Er hatte nichts Scharfes bei der Hand, und der Stoff wollte nicht nachgeben. Sweschnikow saß auf dem Trottoir, mit dem Rücken an eine Hauswand gelehnt. Unter seinem rechten Bein bildete sich ein Blutfleck.

»Fjodor, ich habe Ihnen immer gesagt, Sie sollten Unterwäsche tragen. In meiner Hosentasche ist ein Taschentuch. Holen Sie es heraus. Ich schaffe es nicht. Und ziehen Sie sich augenblicklich wieder an, Sie werden sich erkälten!«

Das Taschentuch war ziemlich groß und stabil und taugte zum Abbinden. Aber das Blut lief weiter.

»Halb so schlimm. Mein Blut gerinnt schnell. Wenn die Arterie nicht verletzt ist, hört die Blutung bald auf. Ruhen wir uns ein bisschen aus, und dann gehen wir nach Hause.«

Die Stimme des Professors klang ruhig und dumpf. Er atmete schwer und keuchend, seine Lippen waren blau. Trotz der Schmerzen stöhnte und klagte er nicht.

»Michail Wladimirowitsch, Sie können nicht gehen. Und auch nicht ausruhen. Die Blutung ist zu stark. Ich trage Sie.«

»Sind Sie verrückt? Sie haben keine Trage, keinen zweiten Mann als Hilfe. Sie sind kleiner als ich, und ich bin schwer.«

Agapkin versuchte, den Professor auf den Arm zu nehmen wie ein Kind, hob ihn hoch, konnte aber keinen Schritt laufen.

»Spielen Sie nicht den Helden, Fjodor. Sie werden sich einen Bruch heben. Da, nehmen Sie sein Gewehr. Wenn Sie das Bajonett abnehmen, ist es eine brauchbare Krücke.«

Der Lederne atmete noch. Die Kugel hatte ihn in den Bauch getroffen. Er hielt das Gewehr mit blassen Fingern fest umklammert.

»Wasser, Wasser«, sagte er.

Er war höchstens zwanzig. Er konnte durchaus noch ein paar Stunden leben, mit schrecklichen Qualen, und ihm würde kaum jemand zu Hilfe kommen.

Agapkin hatte bedenkenlos geschossen, um das Leben des Professors und sein eigenes zu retten. Aber einen Sterbenden erschießen – das konnte er nicht.

Verstohlen und vorsichtig bog er die eiskalten schwachen

Finger auseinander und nahm das Gewehr, wobei er sich bemühte, nicht in das schmale junge Gesicht zu blicken, in die Augen mit den vom Kokain geweiteten Pupillen, und plötzlich wurde ihm bewusst, dass dies für ihn das erste Mal war.

Er hatte geheilt, gerettet, geliebt, verachtet, beneidet, gehasst. Hin und wieder hatte er auch jemanden töten wollen und hätte es vielleicht sogar gekonnt. Doch nun hatte er es zum ersten Mal getan. Hätte er ihn doch wenigstens ins Herz getroffen, dass er sich nicht quälen musste. Aber nein. Das hatte er nicht geschafft.

Sicherheitshalber nahm er die Patronen aus dem Gewehr und schüttete sie in seine Hosentasche, schraubte das Bajonett ab und ging rasch zurück zu Sweschnikow.

»Was ist mit ihm? Ist er tot?«, fragte der Professor leise.

»Ja.«

Agapkin hob den Professor behutsam an, entdeckte, dass das Hosenbein vollkommen mit Blut getränkt und die Blutlache auf dem Laub noch größer geworden war.

»Stützen Sie sich auf meine Schulter. Vorsichtig. Ja, so. Versuchen wir es, solange nicht geschossen wird und keine Panzerwagen kommen.«

Die Twerskaja-Jamskaja war auf einmal furchtbar breit, der Weg bis zum gegenüberliegenden Trottoir schier endlos. Vom Brester Bahnhof her näherte sich erneut Motorenlärm. Sie standen schutzlos mitten auf der Fahrbahn. Ohne nachzudenken, lud sich Agapkin den Professor auf den Rücken und lief schwankend und schweißüberströmt los. Das Gewehr fiel herunter, er konnte es nicht aufheben. Noch zehn, zwanzig Schritte, die ihm so schwer fielen, als watete er bis zur Hüfte im Sumpf. Wildes Hupen, Schreie von Soldaten auf der Ladefläche.

Gleich drei LKW rasten vorbei und hüllten sie in heißen Benzindunst. Sie hatten nur noch ein kleines Stück zu laufen, es war nur noch ein kleiner Häuserblock bis zur Zweiten Twerskaja. Agapkin fühlte, dass er immer schwächer wurde und der Professor immer schwerer. Er verspürte ein Pochen in den Schläfen, ihm war schwindlig, Schweiß rann ihm in die Augen. Er torkelte wie ein Betrunkener, er fürchtete, er könnte stürzen und den Professor fallen lassen, er bemühte sich, nicht daran zu denken, wie er ihn die Treppe hoch in den dritten Stock tragen sollte, und nicht hinunterzuschauen, zu den Blutspuren am Boden.

Ein nagelneues, lackglänzendes Automobil kam um die Ecke gebogen. Durch den salzigen Schleier sah Agapkin das stupsnasige Profil des Chauffeurs und zwei Personen auf dem Rücksitz: einen älteren Herrn mit Schnurrbart und eine elegante junge Dame. Das Automobil fuhr so langsam und so nah an ihnen vorbei, dass Agapkin den Sandelholzduft des Parfüms der Dame wahrnahm.

»Halt! Zu Hilfe!« Er glaubte zu schreien, aber er flüsterte nur, so leise, dass ihn nur der Professor hörte.

»Nicht, Fjodor. Es ist sinnlos. Lassen Sie mich herunter. Ruhen Sie sich aus, sonst brechen wir alle beide hier zusammen.«

Das Automobil fuhr auf die Twerskaja-Jamskaja in Richtung Brester Bahnhof und verschwand wie ein Gespenst.

Der Bahnhofsplatz ist von einer Abteilung revolutionärer Soldaten umzingelt, Aufständische aus Dwinsk, die aus dem Butyrka-Gefängnis entlassen wurden, dachte Agapkin rachsüchtig. Sie sollten sich nicht so beeilen, Herrschaften, Sie sollten nicht so hochmütig und so gleichgültig gegen fremdes Unglück sein.

Die Wut verlieh ihm neue Kräfte, er trug den Professor bis zum Haus, setzte ihn vor dem Fahrstuhl ab und rannte die Treppen hinauf.

Die Klingel funktionierte nicht, der Strom war abgeschaltet.

Agapkin trommelte ziemlich lange gegen die Tür. Endlich fragte die verschlafene Stimme des Dienstmädchens Marina: »Wer ist da?«

Eine Viertelstunde später hatten sie zu dritt – Agapkin, Marina und Andrej – den Professor in die Wohnung gebracht und auf das Sofa im Wohnzimmer gelegt. Tanja, blass, fast durchscheinend, aber seltsam ruhig, sah Agapkin an und fragte: »Fjodor, Sie selbst sind nicht verletzt? Ihre Hände sind ganz blutig.«

»Nein. Das ist nicht mein Blut. Mit mir ist alles in Ordnung, ich danke Ihnen.«

»Wofür?«

»Dafür, dass Sie mich zum ersten Mal einfach Fjodor genannt haben.«

»Waschen Sie sich, trinken Sie einen Schluck Wasser und ruhen Sie sich ein paar Minuten aus. Ich sehe mir inzwischen die Wunde an.«

Mühsam trottete er ins Bad. Vor seinen Augen tanzten helle bunte Kreise und flammten diamantene Sterne auf. Das Bad hatte kein Fenster. Er fand Streichhölzer und einen Kerzenstummel und wollte den Gasofen anzünden, aber es kam kein Gas. Er setzte sich auf einen Hocker, schloss die Augen, lehnte sich mit dem Rücken an die kalten Fliesen und blieb eine Weile so sitzen. Dann wusch er sich gründlich Hände und Gesicht mit eiskaltem Wasser und ging zurück ins Wohnzimmer.

Tanja hatte mit einer Schere das Hosenbein aufgeschnitten, den Unterschenkel mit einem Gummiband abgeschnürt und sich die Hände mit Jod desinfiziert. Andrej stand neben ihr, bläulichblass, aber ruhig. Marina kochte in der Küche die Instrumente aus. Den Tisch hatten sie ans Fenster gerückt und mit einem frischen Laken bedeckt. Die Kinderfrau versuchte leise schluchzend, dem Professor mit einem Löffel rote Konfitüre einzuflößen.

»Wir müssen die Blutung stoppen und die Kugel entfernen«, sagte Tanja mit ruhiger Stimme, als hätte sie nicht ihren Vater vor sich, sondern einen beliebigen Verwundeten im Lazarett. »Der Knochen ist nicht verletzt, aber die Beinschlagader, deshalb die starke Blutung.«

»Ich kann ihm keine Narkose geben«, sagte Agapkin.

»Natürlich können Sie das nicht. Das ist auch nicht nötig«, sagte der Professor, »ein Glas Sprit genügt. Awdotja, geh weg mit deiner Moosbeere, die kann ich jetzt nicht essen.«

»Michail, mein Lieber, nur einen Löffel, um Christi willen.«

»Verdünne sie mit heißem Wasser, dann trinke ich sie. Was seid ihr alle wie erstarrt? Wo ist Marina? Muss ich selber auf den Tisch klettern oder helft ihr mir vielleicht?«

Die Blutung hörte erst auf, nachdem sie die Arterie und einige große Venen abgeklemmt hatten. Die Torsionspinzetten hingen wie eine Traube aus der offenen Wunde. Der Spalt war ziemlich tief, trotzdem konnte Tanja die Kugel nicht finden. Ihr Bauch war im Weg. Und es war zu dunkel. Von der Kälte wurden die Hände steif.

»Vorsichtig, Fjodor. Hier ist der Peronäusnerv, passen Sie auf, dass Sie ihn nicht verletzen. Papa, wie geht es dir? Andrej, nimm Papas Handgelenk und zähl den Puls, wie ich es dir beigebracht habe. Laut! Marina, hören Sie auf zu heulen, gehen Sie raus und nehmen Sie Awdotja mit. Machen Sie Tee, er muss viel trinken. Jetzt können wir deine Moosbeeren gut gebrauchen, Awdotja.«

»Tanja, hier pulsiert nichts! Papa, kannst du mich hören? Papa!«

»Ist er ohnmächtig?«, flüsterte Agapkin.

»Was fragen Sie? Schauen Sie in die Pupillen, messen Sie den Puls! Wer ist denn hier der Chirurg, ich oder Sie?«

Sweschnikow war kurz ohnmächtig geworden. Agapkin

spritzte ihm subkutan Kampfer und hielt ihm Salmiakgeist unter die Nase. Der Professor öffnete die Augen, leckte sich die trockenen Lippen und fragte heiser: »Wie geht es uns?«

»Ich kann sie sehen! Die Pinzette, schnell!«, rief Tanja. »Wo ist die verdammte Pinzette?! Ah, da ist sie! Das war's! Das Miststück!«

Triumphierend reckte Tanja die Hand mit der Pinzette, in der ein blutiges Stück Blei klemmte.

»Hier, Papa, sieh sie dir an, dieses Drecksstück.«

»Tanja, du fluchst ja wie ein Kutscher«, flüsterte Sweschnikow kaum hörbar.

»Mm-m«, stöhnte sie auf einmal und biss sich die Unterlippe blutig.

»Tanja, was ist los?«, flüsterte Agapkin erschrocken und schaute ihr in die Augen.

Ihre Pupillen waren verengt. Ein paar Blutstropfen zitterten in ihrem Mundwinkel. Sie atmete tief und schnell.

»Nichts weiter.« Sie atmete entspannt ein und lächelte. »Jetzt wird genäht. Andrej, hol noch mehr Kerzen, es ist zu dunkel. Papa, möchtest du das bolschewistische Souvenir aufheben? Oder kann ich es wegwerfen?«

»Behalt es. Wenn du deine Prüfung in Unfallchirurgie machst, zeigst du es vor, dann bekommst du gleich ein Sehr gut.«

»Das glaubt mir doch sowieso niemand, dass ich die Kugel selber entfernt habe.«

Die Schießerei draußen beruhigte sich allmählich. Nur hin und wieder ratterten Maschinengewehre oder knallten einzelne Schüsse.

Sweschnikow schlief im Wohnzimmer, mit zwei Decken zugedeckt. Das verbundene Bein ruhte auf einer Sofarolle. Tanja,

Andrej und Agapkin tranken am kleinen Tisch in der Ecke Tee. Die Kinderfrau saß in ihrem Zimmer und betete.

Die Bolschewiki hatten den Kreml eingenommen. Oberst Rjabzew, der Oberkommandierende des Wehrkreises, verhandelte mit dem Revolutionären Militärkomitee. Er war allein im Kreml geblieben, mitten unter den aufständischen Soldaten. Der Kreml war von Fahnenjunkern umstellt. Die Abteilung unter dem Kommando von Oberst Danilow stand am Troiza-Tor. Von ihm kamen keinerlei Nachrichten. Das Telefon schwieg.

Sechzehntes Kapitel

Moskau 2006

Colt saß am großzügigen Schreibtisch in seinem Büro.

In seinem Kopf hämmerte es wie rasend. Er hatte die ganze Nacht nicht geschlafen. Wieder und wieder hatte er sich das Gespräch mit Agapkin in Erinnerung gerufen und sich eingeredet, dass der alte Mann phantasierte. Colt konnte sich Iwan unmöglich als Giftmörder vorstellen. Subow war ein vernünftiger, nüchterner, äußerst vorsichtiger Mann. Ein Profi. Angenommen, Lukjanow hatte die Zusammenarbeit strikt verweigert. Na und? Sie hatten drüber geredet und waren auseinandergegangen. Warum ihn töten?

Die ganze Nacht hatte sich Colt so unruhig im Bett hin und her gewälzt, dass Jeanna sich ihr Kissen geschnappt hatte und auf das Sofa im Wohnzimmer umgezogen war.

Sie haben drüber geredet und sind auseinandergegangen. Warum ihn töten? Da hätte er sich ja das Gift vorher besorgen und mitnehmen müssen, und zwar nicht irgendeins, sondern ein höchst geheimes, eins von der Sorte, wie sie in den geheimen Labors entwickelt werden, eins, das hinterher im Körper nicht nachweisbar ist und ein perfektes Bild eines natürlichen Todes hinterlässt. Ein verdeckt wirkendes Gift, so heißt das wohl.

Tatsächlich habe ich mir gar nicht alle Gespräche angehört. Dazu hatte ich keine Zeit und keine Lust. Ich bin daran gewöhnt, Iwan absolut zu vertrauen, anders geht es schließlich nicht. Der dumme Alte hat mich mit seiner berufsbedingten Paranoia angesteckt, jetzt platzt mir der Schädel, und die Tabletten helfen nicht.

Wieder zu Hause, legte sich Colt in seinem Arbeitszimmer aufs Sofa und setzte Kopfhörer auf.

»Dmitri Nikolajewitsch, haben Sie Ihrer Tochter etwas erzählt?«

»Nein.«

»Warum nicht?«

»Verstehen Sie, das ist alles sehr kompliziert. Ich bin mir über meine eigenen Gefühle noch nicht im Klaren, ich weiß nicht, wie ich mich diesem Mann gegenüber verhalten soll. Natürlich tut er mir leid, ich bin bereit, zu akzeptieren, dass er mein leiblicher Vater ist, wir sehen uns wirklich sehr ähnlich, aber ich habe ein langes Leben ohne ihn gelebt, und er ohne mich. Wir haben vollkommen unterschiedliche Ansichten und Überzeugungen.«

»Warten Sie, Dmitri Nikolajewitsch, regen Sie sich nicht auf, hören Sie mir ganz in Ruhe zu.«

»Ich höre Ihnen schon zum dritten Mal in Ruhe zu und verstehe nicht – was wollen Sie von mir? Einen Augenblick bitte. Seien Sie so gut, bringen Sie mir noch ein Wasser ohne Kohlensäure. Ich muss meine Vitamine nehmen.«

Eine lange Pause. Man hörte ein Glas klirren und Lukjanow

etwas trinken. Dann redete Iwan. Seine Stimme klang ein wenig erschöpft, aber nicht gereizt.

»Gut. Fangen wir noch einmal ganz von vorn an. Ihr Urgroßvater, Michail Wladimirowitsch Sweschnikow, hat eine große Entdeckung gemacht. Womöglich die größte Entdeckung auf dem Gebiet der Biologie und der Medizin. Alle Informationen darüber befinden sich in der Hand Ihres Vaters, Michail Pawlowitsch Danilow. Und warum auch immer, ob aufgrund seines Alters, seines Charakters oder aus ihm allein einleuchtenden Gründen, möchte er die Entdeckung seines Großvaters nicht an heutige Fachleute weitergeben, er will nicht, dass sie erforscht und in Zukunft zum Wohl der ganzen Menschheit genutzt wird.«

»Sprechen Sie jetzt im Namen der Forschung oder im Namen der ganzen Menschheit, Iwan Anatoljewitsch?«

Eine erneute Pause. Rascheln, entfernte, undeutliche Stimmen, Geschirrklappern. Schließlich Subows Stimme: »Zwei Espresso bitte. Nein, danke, kein Dessert.«

Stille. Ein Feuerzeug klackte.

»Dmitri Nikolajewitsch, Sie selbst sind nicht mehr jung. Wollen Sie denn Ihre künftigen Enkel nicht kennenlernen?«

»Oho, Sie drohen mir?«

»Um Gottes willen! Sie haben mich falsch verstanden. Das Präparat, das Ihr Urgroßvater erfunden hat, kann Leben verlängern, die Jugend zurückgeben und unheilbare Krankheiten kurieren.«

»Das ist doch Unsinn! Wer hat Ihnen das erzählt? Sweschnikow war Chirurg und Biologe, ein seriöser Wissenschaftler, kein Scharlatan und Alchemist.«

»Das ist überhaupt kein Unsinn. Eben weil er ein seriöser Wissenschaftler war und kein Scharlatan. Ich weiß aus sicheren Quellen, dass etliche seiner Versuche erfolgreich verlaufen sind. Auch mit Menschen.«

»Und wo sind sie, diese Menschen?«

»Hat Ihr Vater Ihnen das nicht erzählt?«

»Nein. Wir haben dieses Thema überhaupt nicht berührt.«

»Nein? Ich hatte Sie doch darum gebeten!«

»Verzeihen Sie. Ich kann niemanden aushorchen. Das ist nicht mein Metier.«

»Er hat Ihnen also gar nichts von Sweschnikow erzählt? Von seinem Großvater, Ihrem Urgroßvater?«

»Wieso? Das hat er, sehr viel sogar.«

»Was genau?«

»Ich bitte nochmals um Entschuldigung, aber das geht Sie nichts an.«

Sie verstummten. Der Kellner brachte den Kaffee. Diesmal war die Pause noch länger. Ein leises Rascheln und Klopfen. Dann redete Lukjanow.

»Iwan Anatoljewitsch, hier sind zweitausend Euro. Wenn ich nicht irre, hat meine Reise so viel gekostet.«

»Hören Sie auf, Dmitri Nikolajewitsch! Das geht zu weit! Ich werde dieses Geld nicht nehmen, es gehört gar nicht mir! Warum tun Sie das?«

»Ich möchte niemandem etwas schuldig sein, weder Ihnen noch demjenigen, der hinter Ihnen steht.«

»Dmitri Nikolajewitsch, womit habe ich Sie gekränkt? Ich habe Ihnen geholfen, Ihren leiblichen Vater wiederzusehen. Ja, ich weiß, das alles ist nicht leicht. Sie haben ein ganzes Leben getrennt verbracht, Sie haben unterschiedliche Ansichten, aber spielt das denn eine so große Rolle? Sie haben sich getroffen, das ist die Hauptsache. Besser spät als nie.«

»Sie haben mich von Anfang an belogen. Sie haben gesagt, meine Reise würde von einer Stiftung für Menschen bezahlt, die im Zweiten Weltkrieg ihre Angehörigen verloren haben. Sie haben sich als Mitarbeiter dieser Stiftung ausgegeben. Bitte nehmen Sie das Geld. Und noch das hier – mein Anteil für das Essen.«

Colt hörte, wie ein Stuhl gerückt wurde und es leise polterte. Die letzte Aufzeichnung mit Dmitri Lukjanows Stimme brach ab.

Moskau 1917

Am Abend, als die Schießereien verstummt waren, wagte sich Agapkin aus dem Haus. Er musste in die Bolschaja Nikitskaja.

Die menschenleeren Straßen waren voller Glasscherben und Müll. Die Laternen brannten nicht, hinter den Fenstern flackerte das trübe Licht von Kerzen und Petroleumlampen. Wie schwarze Löcher gähnten die zerschlagenen Schaufensterscheiben. An den Patriarchenteichen saß eine einsame Gestalt auf einer Bank. Genau hier hatte sich Agapkin das letzte Mal mit einem Kurier des Meisters getroffen. Womöglich war er das? Er trat zu ihm, sprach ihn leise an, bekam aber keine Antwort. Agapkin zündete ein Streichholz an.

Es war tatsächlich der Kurier von neulich, ausgezogen bis auf die Unterwäsche und ohne Schuhe. Tot. Auf seinem Schoß lag ein aufgeschlagenes Buch, eine billige Bibelausgabe. Das Papier war durchnässt. Aber es hatte weder geregnet noch geschneit. Die Streichholzflamme fiel auf die Seiten voller dunkler gelber Flecke. Uringeruch traf Agapkins Nase.

Mit raschen Schritten, ohne sich umzudrehen, ging Agapkin davon.

Die Fenster des Hauses in der Nikitskaja waren dunkel. Die Klingel am Hauseingang funktionierte nicht. Agapkin klopfte vorsichtig wie vereinbart, lauschte in die Stille, wartete eine Weile und wollte schon gehen, als die Tür geöffnet wurde. Elektrisches Licht blendete ihn. Jemand griff nach seinem Arm und zog ihn ins Haus, dann schlug die Tür zu.

Im Flur war es hell und warm. An der Garderobe hing eine Traube teurer Pelzmäntel und Offiziersmäntel ohne Schulterstücke. Ein unbekannter junger Mann in einer gegürteten Soldatenbluse, Reithosen und Stiefeln führte Agapkin wortlos ins Wohnzimmer, wies auf einen Sessel und verschwand wieder.

Die dichten Vorhänge ließen die Fenster draußen dunkel erscheinen. Tatsächlich brannte im ganzen Haus Licht, auch die Dampfheizung war in Betrieb. Auf einem kleinen Tisch stand eine Schale mit groben Stücken dunkler Schokolade, Birnen und Äpfeln. In einem Zeitungsständer lagen die neuesten Nummern der bolschewistischen Zeitungen »Iswestija« und »Prawda«.

Der Meister erschien völlig lautlos, er war durch eine Tür hinter Agapkin eingetreten und hatte vermutlich eine Weile schweigend dagestanden und ihn beobachtet. Agapkin spürte seinen Blick und den vertrauten Geruch nach Tabak und Parfüm.

»Disciple, nehmen Sie von dem Obst, genieren Sie sich nicht. Möchten Sie Kaffee?«

Belkin war ruhig und freundlich, als wäre nichts geschehen. Er hörte Agapkins Bericht schweigend an und sah ihm dabei aufmerksam in die Augen.

»Darf ich mir eine Zeitung nehmen?«, fragte Agapkin.

»Ja, natürlich. Hier, das ist die neueste.«

Es war die Ausgabe der Zeitung »Nowaja shisn« vom selben Tag. Agapkin vergaß alles um sich herum und begann gierig zu lesen, aber der Meister unterbrach ihn.

»Sie müssen sich nicht so beeilen. Sie können sie mitnehmen und zu Hause lesen.« Er räusperte sich. »Es besteht also keinerlei Gefahr mehr für das Leben und die Gesundheit des Professors?«

»Ich hoffe nicht. Aber er hat viel Blut verloren, er braucht stärkende Nahrung, Obst. Außerdem benötigen wir frisches Verbandszeug und Jod, die Apotheken sind geschlossen.«

»Machen Sie sich darum keine Sorgen. Das wird alles geliefert.«

»Tee, Zucker, Brot«, zählte Agapkin hastig auf, »Futter für die Ratten, und die Seife geht zu Ende.«

»Ich habe verstanden.« Der Meister nickte.

»Er braucht Morphium. Er hat starke Schmerzen.«

»Nein.«

»Warum nicht?«

»Überlegen Sie selbst, Disciple.«

»Sie haben Angst, er könnte abhängig werden? Sein Gehirn könnte Schaden erleiden? Aber ganz geringe Dosen würden genügen, wenigstens für die ersten Tage, wenigstens für die Nacht, damit er schlafen kann. Bei solchen Verwundungen bekommen alle Morphium, das kann man nicht aushalten.«

»Der Professor hat einen starken Willen. Er wird es aushalten.«

Würden Sie es denn aushalten?, hätte Agapkin beinahe gefragt, sagte aber stattdessen: »Im Haus ist es kalt, es gibt keinen Strom, das Telefon ist abgeschaltet.«

»Bis morgen ist alles in Ordnung.«

Der Meister hatte sich nicht hingesetzt, auch Agapkin war aufgestanden. Kaffee wurde doch nicht gebracht. Die Nachricht von dem toten halbnackten Kurier an den Patriarchenteichen schien Belkin zu überhören.

Äußerlich war der Meister vollkommen ruhig und freundlich, wie immer. Aber Agapkin kannte ihn inzwischen gut genug, um zu wissen: Er war äußerst nervös, hielt sich aber tapfer. Er wollte nichts erklären. Oder konnte er es einfach nicht? Verstand er es selbst nicht?

Irgendwas ist schiefgelaufen, dachte Agapkin, nebenan, im Esszimmer, halten sie eine Sitzung ab, von dort kommen Stimmen und Zigarrenrauch. Haben sie die Kontrolle über die revolutionären Massen verloren? Oder haben sie nicht mit solcher Gegenwehr gerechnet? In Petrograd ist alles fast ruhig über die Bühne gegangen. Moskau leistet Widerstand. Fahnenjunker, junge Männer und Frauen. Die Moskauer Kinder sind die letzte Stütze des alten Lebens. Ich habe nicht das Recht, Erklärungen zu verlangen. So weit reicht mein Seil vorerst noch nicht. Haben sie etwa dieses ganze Grauen angezettelt? Nein, natürlich nicht. Sie sagen immer wieder, sie hätten keine politischen Ziele. Die Loge beschäftige sich ausschließlich mit wissenschaftlichen, geistigen und ethischen Fragen. Aber der Februar, das war ihr Werk. Doch den Oktober haben sie nicht geplant, nicht erwartet, nicht gewollt. Jetzt sind sie in Panik und suchen nach Wegen, sich mit der unbegreiflichen neuen Macht zu arrangieren.

Der junge Mann in der Soldatenbluse kam aus dem Wohnzimmer. Der Meister flüsterte ihm rasch etwas ins Ohr und sah zu Agapkin.

Der Junge führte ihn durch die Küche hinaus. Auf dem Hof, vor dem Dienstboteneingang, stand ein Automobil, zerschrammt und schmutzig. Innen aber war es mit teurem Leder ausgeschlagen. Auf dem Rücksitz standen zwei große Tüten und ein Korb voll Obst. Ein Chauffeur mit einer nagelneuen Ledermütze setzte sich ans Steuer und fuhr los.

»Warten Sie!«, rief Agapkin erschrocken.

»Was ist?«, fragte der Chauffeur, ohne sich umzudrehen.

»Ich muss doch erklären, woher das alles kommt und von wem.«

»Im Korb liegt ein Zettel, ›von dankbaren Patienten‹. Die Einzelheiten denken Sie sich selber aus.«

Hamburg 2006

Im Hotelrestaurant spielte ein junger Pianist einen Blues. Sein langes rotes Haar war zu einem Pferdeschwanz gebunden, der beim Spielen heftig wippte. Am Nebentisch saß ein altes englisches Ehepaar um die achtzig. Sofja hätte das alte Paar ewig anschauen können. Sie waren ein organisches Ganzes. Sie lebten bestimmt schon seit mindestens fünfzig Jahren zusammen. Sie knurrten sich gegenseitig an und verspotteten einander, dabei strahlten sie vor Liebe wie Jungverheiratete.

Meine Eltern werden nie so zusammensitzen. Und ich bestimmt auch nie mit jemandem, dachte Sofja.

Die beiden Alten bemerkten ihren Blick und lächelten sie an.

»Was für ein wundervolles Pärchen«, sagte sie zu Subow.

»Ganz normale alte Engländer.« Er lachte spöttisch, zuckte die Achseln und wandte sich an den Kellner: »Bitte zweimal Spargel mit Wachteleiern und zwei Kamillentee mit Zitrone und Honig.«

»Das ist alles?«, fragte Sofja erstaunt.

»Natürlich. Sie sind ja, wie es aussieht, sowieso nicht zum Essen heruntergekommen, sondern um anderen Leuten dabei zuzusehen. Als wären Sie im Theater. Was haben Sie gegen die Bestellung? Mögen Sie keinen Spargel? Warum haben Sie das nicht gleich gesagt? Einen Moment, ich rufe den Kellner zurück, und Sie suchen sich etwas anderes aus.«

»Nein. Nicht nötig. Woher soll ich wissen, ob ich Spargel mag oder nicht, wenn ich noch nie welchen gegessen habe?«

»Nein?« Er hob langsam die Brauen. »Sie waren noch nie im Ausland, Sie haben noch nie Spargel gegessen. Was haben Sie dreißig Jahre lang gemacht?«

»Was schon – mich mit Biologie beschäftigt!«

»Sie sind eine besessene Forscherin?«

»Nein. Um Gottes willen. Besessenheit ist schrecklich.«

»Aber es heißt doch, gerade die Besessenen brächten die Wissenschaft voran, machten die großen Entdeckungen.«

»Unsinn. Keiner der großen Wissenschaftler war besessen. Was die Wissenschaft voranbringt, ist die kindliche Neugier erwachsener Menschen und natürlich Talent.«

»Und noch eine Kleinigkeit, nämlich Geld«, sagte Subow lachend. »Sagen Sie, würden Sie gern etwas Außergewöhnliches entdecken, etwas Nobelpreisverdächtiges?«

»Zum Beispiel?«, fragte Sofja lächelnd.

»Zum Beispiel ein Mittel, diese beiden alten Engländer, die Ihnen so gefallen, wieder jung zu machen, ihr glückliches Leben um fünfzig oder gar hundert Jahre zu verlängern?«

»O mein Gott, jetzt fangen Sie auch noch damit an!« Sofja schüttelte den Kopf. »Das ist ja geradezu eine Art Massenwahn.«

Der Spargel wurde serviert. Sofja betrachtete enttäuscht die mit Ei bedeckten dicken weißen Stangen und sah zu Subow.

»Iwan Anatoljewitsch, sind Sie sicher, dass das essbar ist?«

»Probieren Sie. Ich rate Ihnen, mit den Köpfen anzufangen.«

Eine Weile aßen sie schweigend. Sofja musste sich eingestehen, dass es wirklich gut schmeckte.

»Das ist kein Wahn«, sagte Subow, als sein Teller leer war, »das ist der älteste Traum der Menschheit.«

»Das ist kein Widerspruch«, murmelte Sofja mit vollem Mund, »ich hoffe, Ziel Ihres Projekts ist nicht das Elixier der ewigen Jugend?«

»Und wenn? Machen Sie dann nicht mit?« Subow zündete sich eine Zigarette an, schaute Sofja durch den Rauch hindurch an und setzte hinzu: »Das ist natürlich ein Scherz. Hören Sie, ich verstehe nicht, wie Sie so viele Jahre unter Professor Melnik arbeiten konnten. Er beschäftigt sich doch genau damit, er behauptet, eine Methode gefunden zu haben, das Leben auf hundert, zweihundert Jahre zu verlängern.«

»Das ist unmöglich. Eine solche Methode gibt es nicht«, sagte Sofja und legte die Gabel hin. »Sie haben recht, Iwan Anatoljewitsch, Spargel schmeckt sehr gut. Besonders die Köpfe.«

»Freut mich. Das heißt, Melnik ist ein Betrüger oder, verzeihen Sie, nicht ganz richtig im Kopf?«

»Nein, auf keinen Fall!«, protestierte Sofja. »Er ist kein Betrüger. Ich kenne Bim, ich meine, Boris Iwanowitsch, seit meiner Kindheit. Mein Vater und er waren Freude, sie haben zusammen Paddeltouren unternommen und alle Feiertage und Geburtstage gemeinsam verbracht. Er und seine Frau Kira Gennadjewna sind für uns fast wie Verwandte. Sie sind gute, anständige Menschen. Aber Bim hat sich eben an der Sweschnikow-Methode festgebissen.«

»Entschuldigung, woran?«

Sie bemerkte die Veränderung in Subows Gesichtsausdruck und wunderte sich selbst, was sie da gerade gesagt hatte.

»Ach, das ist schwer zu erklären. Wissen Sie, es gab einen russischen Wissenschaftler, Michail Wladimirowitsch Sweschnikow. Er war Militärchirurg und Biologe. Es kursiert die Legende, er habe einige Ratten verjüngt, und nicht nur Ratten. Auch Menschen. Bim hat mich mit Sweschnikows Assistenten bekanntgemacht, Fjodor Fjodorowitsch Agapkin. Er lebt noch. Er ist hundertsechzehn Jahre alt. Was sehen Sie mich so an?«

»Nur so. Ich höre zu. Das ist sehr interessant.«

»Eher traurig. Bim glaubt, dass Agapkin Sweschnikows Methode kennt, ja, dass er sie an sich selbst ausprobiert hat.«

»Warum denn nicht?«

»Darum! Bim widerspricht sich selbst, das passiert ihm häufig. In den Bergen von Abchasien und in Lateinamerika leben Menschen, die noch weit älter sind. Hundertdreißig, sogar hundertfünfzig. Genau genommen ist Agapkins Alter gar nicht so außergewöhnlich. Manche Menschen werden eben sehr alt, über hundert, und zwar ohne alle Verjüngungsmittel. Das ist wohl Veranlagung. Aber ich fürchte, Agapkin hat nicht mehr lange zu leben. Er ist ein Wrack, seine Beine sind gelähmt. Aber sein Kopf funktioniert noch bestens, das muss man ihm lassen.«

»Und Sie denken, Sweschnikow hat keine Verjüngungsmethode erfunden?«

»Ich weiß es nicht. Es gibt zu wenig Informationen. Bekannt ist nur, dass er sich mit der Epiphyse beschäftigt hat.«

»Was ist das?«

»Die Zirbeldrüse. Eine kleine Drüse im Zwischenhirn, sie produziert das Hormon Melatonin. In den siebziger Jahren wurde die durchaus begründete Theorie aufgestellt, dass die Epiphyse das Altern steuert, dass sie also die sogenannte biologische Uhr ist, von der Altern, Leben und Tod abhängen. In den USA kam es sogar zu einem Melatonin-Boom. Das Hormon wurde künstlich hergestellt, industriell produziert, in Apotheken verkauft und in großen Mengen eingenommen, die Presse verkündete, das Jugendelixier sei endlich gefunden. Aber es kam nichts Gutes dabei heraus. Mit Hormonen sollte man eben nicht scherzen.«

»Augenblick, Sofja Dmitrijewna, ist denn etwas dran an der Theorie, dass die Epiphyse die biologische Uhr ist?«

»Nun, hundertprozentig richtig ist sie natürlich nicht. Ein lebendiger Organismus ist zu kompliziert, das ist kein Computer. Die Epiphyse ist verantwortlich für den Schlaf-Wach-Rhythmus, sie sagt zum Beispiel den Bären, wann sie in Winterschlaf fallen sollen. Ihre Funktion hat mit dem Wechsel zwischen Tag und Nacht zu tun, mit dem Ablauf der Zeit. Vor kurzem wurde bewiesen, dass von ihr das Funktionieren des

Immunsystems abhängt. Früher dachte man, das Hormonsystem würde von der Hypophyse und dem Hypothalamus gesteuert. Aber dafür ist die Epiphyse zuständig. Ja, es ist sehr wahrscheinlich, dass eben diese kleine Drüse entscheidet, wie lange ein Mensch lebt.«

»Und Professor Sweschnikow hat also bereits vor neunzig Jahren entdeckt, dass das Altern mit der Epiphyse zu tun hat?«

»Möglicherweise hat er irgendeine Gesetzmäßigkeit erkannt, aber er hat daraus keine voreiligen Schlüsse gezogen. Im Grunde wussten das bereits die alten Ägypter und die mittelalterlichen Alchemisten. Im neunzehnten Jahrhundert aber und zu Beginn des zwanzigsten hielt man die Epiphyse für ein rudimentäres Organ. Die positivistische Wissenschaft lehnte alles ab, was sie nicht erklären konnte.«

Der Tee wurde gebracht. Das englische Ehepaar war gegangen. Der Pianist hatte den Flügel zugeklappt, saß in einer Ecke, trank Kaffee und rauchte. Das Restaurant war fast leer. Sofja fielen die Augen zu.

»Boris Iwanowitsch hat mir gegenüber mehrfach den Namen Sweschnikow erwähnt, mir aber versichert, es gebe keine Methode, das sei ein Mythos, der endlich entlarvt und widerlegt werden müsse.« Subow zündete sich eine weitere Zigarette an und bestellte, statt zu zahlen, noch einmal Tee.

»Ja.« Sofja seufzte und unterdrückte ein Gähnen. »Das sagt er zu allen. Aber er sucht und sucht.«

»Wonach genau, was meinen Sie? Nach Aufzeichnungen, Beschreibungen der Methode, einer Art Rezept oder nach dem geheimnisvollen Stoff selbst?«

»Möglicherweise sowohl als auch. Es ist jedenfalls bekannt, dass es Sweschnikow gelungen ist, die Epiphyse auf irgendeine Weise zu manipulieren.«

»Ist das denn so schwierig?«

»Überlegen Sie doch, sie befindet sich mitten im Gehirn. Sweschnikow war natürlich ein hervorragender Chirurg, aber die Technik für derartig komplizierte Eingriffe war damals noch auf einem recht niedrigen Stand.«

»Muss man denn unbedingt den Schädel öffnen?«

»Ja. Man muss die Hirnrinden durchdringen, ohne sie zu beschädigen, und dabei Infektionen vermeiden. Antibiotika waren damals noch unbekannt, die Desinfektionsmethoden waren primitiv und unzuverlässig. Wundoberflächen wurden nach der Carrel-Dakin-Methode mit Karbolsäure behandelt. Aber Karbolsäure zerstört die Leukozyten, also den natürlichen Schutz des Organismus. Übrigens hat Sweschnikow das als Erster festgestellt und ist bei seinen Patienten deshalb nach der bewährten alten Methode von Pirogow vorgegangen. Er hat Chlorwasser, Höllenstein, Jod, Alkohol und Teer benutzt. Sweschnikow hat Verwundete gerettet, die andere bereits aufgegeben hatten. Er war ein begnadeter Arzt, barmherzig und grundanständig. Er mag die Schädel von Ratten geöffnet haben, aber nie hätte er das Leben eines Menschen für ein wissenschaftliches Experiment aufs Spiel gesetzt.«

»Sind auch andere Wege denkbar als ein chirurgischer Eingriff?«

»Ich habe darüber nachgedacht.« Sofja konnte sich nicht mehr beherrschen und gähnte herzhaft. »Angenommen, es ist ihm gelungen, einen bestimmten Stoff zu injizieren, der über die Blutbahn in die Epiphyse gelangte. Etwas Anorganisches, auf Mineralbasis? Oder ein Pflanzenpräparat? Ausgeschlossen. Bakterien? Wohl kaum. Sie breiten sich sofort im gesamten Organismus aus. Bleibt nur eines. Aber das sage ich Ihnen nicht.«

»Warum nicht?«

»Erstens ist das grässlich, unappetitlich und widerlich, und wir sind zwar fertig mit dem Essen, sitzen aber immer noch in einem Restaurant. Und zweitens bin ich furchtbar müde.«

Sofja schleppte sich zu ihrem Zimmer, ihr fielen die Augen zu. Subow versprach, sie zum Frühstück zu wecken. Sie glaubte, sie müsse nur mit dem Kopf aufs Kissen sinken und würde sofort einschlafen. Sie nahm ihren Pyjama aus dem Koffer, stellte sich unter die heiße Dusche und bedauerte plötzlich, dass sie den alten Agapkin nie gebeten hatte, seine Mütze abzunehmen. Vielleicht war das ja gar keine Freimaurermütze, vielleicht trug er sie nur deshalb ständig, weil sein Kopf von Trepanationsnarben entstellt war?

Als sie endlich in dem breiten Hotelbett lag, unter dem warmen und leichten Federbett, merkte sie erstaunt, dass sie nicht einschlafen konnte.

Bim war tatsächlich besessen von Sweschnikow. Das hatte sie schon früher geahnt, aber nie wahrhaben wollen. Ganz offensichtlich versuchte er ständig, eine unbekannte fremde Entdeckung schlechtzumachen, nach der er selbst fieberhaft suchte. Mehr noch – als er erfahren hatte, dass Sofja sich für Sweschnikow interessierte, war er fuchsteufelswild geworden und hatte dauernd wiederholt: Quatsch, Unsinn! Hast du nichts anderes zu tun?

Sie hatte bei ihm zu Hause im Regal mehrere Bücher gesehen, in denen Sweschnikow erwähnt wurde. Es gab nur wenige, aber Bim besaß sie alle, sogar die Memoiren von Ljubow Sharskaja. Einmal hatte Sofja auf seinem Schreibtisch eine sorgfältig gebundene Sammlung alter Zeitungen von 1916 entdeckt, darin geblättert und war sofort auf einen Artikel eines gewissen B. Vivarium über ein Jugendelixier gestoßen, das Professor Sweschnikow erfunden habe. Der Text war vollkommen verrückt, im Stil der Boulevardpresse.

»Boris Iwanowitsch, wollen Sie etwa, dass man über Sie das Gleiche schreibt?«, hatte sie gefragt.

»Warum liest du solchen Quatsch? Was hast du nur mit diesem Sweschnikow?«, hatte er böse gerufen und ihr die Zeitungen weggenommen. »Es gab keinen Sweschnikow! Gar nichts hat er erfunden!«

Um sich abzulenken, versuchte Sofja zu lesen, dachte aber trotzdem an Bim, an ihren Vater und an Sweschnikow. Schließlich fiel ihr ihr kleiner Player ein. Sie musste Kopfhörer aufsetzen und ruhige Musik hören, dann würde sie unversehens einschlafen. Sie kroch unter dem Federbett hervor, schaltete die Stehlampe ein, kramte lange suchend herum, durchwühlte den ganzen Koffer, dann die Aktentasche. In einem Fach fand sie eine entwertete Zugfahrkarte Sylt-Ost – Hamburg Hauptbahnhof, im zweiten eine Moskauer Metrofahrkarte, im dritten einen zerknüllten Fünfzig-Euro-Schein. Der Player lag im Außenfach.

»Du hast bestimmt gedacht, du hättest das Geld verloren, Papa. Aber hier liegt es und sagt keinen Ton. Warum hat deine Tasche auch so viele Fächer?«, murmelte sie.

Eine Weile saß sie unter der Stehlampe auf dem Teppich, die Augen geschlossen, die Zähne zusammengebissen und die Fäuste geballt, und hielt mühsam die Tränen zurück. Schließlich öffnete sie die Hand und erblickte eine große Gelatinekapsel. Vaters Vitamine. Sie waren ihm aus der Hand und in die Aktentasche gefallen. Kein Wunder. In der letzten Woche hatten ihm merklich die Hände gezittert.

Sofja stand auf, ging ins Bad, nahm eine kleine Plastiktüte von der Ablage, zog die Zahnseide heraus und verstaute die Kapsel sorgfältig darin.

Moskau 1917

Der Chauffeur half Agapkin, die Lebensmittel hinaufzutragen, stellte sie vor die Tür und ging sofort. Andrej empfing Agapkin. Er hatte eine Kerze in der Hand und schirmte die Flamme mit der Hand ab.

»Na, wie steht's?«, fragte Fjodor.

»Papa ist aufgewacht, hat heißes Wasser mit Awdotjas Moosbeeren getrunken und versucht jetzt, im Schein der Petroleumlampe zu lesen. Tanja ist in ihr Zimmer gegangen, sie wollte ein bisschen schlafen. Die Dienstmädchen sind auch weggegangen, sie haben versprochen, morgen früh wiederzukommen. Awdotja sitzt bei Papa und strickt. Oh, Birnen!« Andrej hockte sich hin und beleuchtete den Korb und die Tüten. »Wo kommt das her? Wo haben Sie das beschafft?«

»Hol Tanja, wir werden essen. Dann erzähle ich alles.«

Der Professor empfing ihn mit einem schwachen Lächeln und drehte sich unbeholfen auf dem Sofa herum.

»Tja, Fjodor, der Mensch braucht so wenig. Es ist kalt und dunkel, draußen wird geschossen, überall herrscht der Tod, aber ich wache auf, die Schmerzen haben ein wenig nachgelassen, und schon bin ich glücklich.«

Agapkin stellte die Tüten auf den Tisch, nahm die Petroleumlampe in die Hand und untersuchte das verbundene Bein. Der Verband war nicht durchnässt, es hatte nicht geblutet. Die Zehen ließen sich bewegen.

»Wie sieht es draußen aus?«, fragte der Professor.

»Schon ruhiger. Sie haben sich wohl auf einen Waffenstillstand geeinigt.«

»In wessen Hand ist der Kreml? In unserer oder in ihrer?«

»Woher soll ich das wissen, Michail Wladimirowitsch? Ich wollte doch nur zur Apotheke. Aber es ist alles geschlossen.«

»O mein Gott, was sind das für Wunder? Wer war da so großzügig?« Die Kinderfrau hatte die Tüten und den Korb entdeckt, schlug die Hände zusammen und plapperte drauflos. »Michail, sieh nur! Käse, Schokolade, weiches Weißbrot, ein ganzes Pfund Rosinen, Kaviar! Andrej, Tanja, kommt schnell her!«

»Unsere Awdotja hat doch hoffentlich nicht den Verstand verloren?«, flüsterte der Professor erschrocken.

»Nein. Wir packen gleich alles aus und rücken den Tisch heran.«

»Warten Sie, Fjodor«, der Professor berührte ihn am Arm, »sie phantasiert wirklich nicht?«

»Nein.« Agapkin nahm eine dunkle Traube aus dem Korb und reichte sie ihm. »Essen Sie. Das brauchen Sie jetzt.«

»Ich traue meinen Augen nicht. Ist das echt? Keine Attrappe?« Sweschnikow zwickte eine Beere ab, steckte sie in den Mund und kniff die Augen zusammen. »Mein Gott, noch vor kurzem gab es das alles, aber es kommt einem schon vor wie etwas längst Vergessenes.«

Awdotja deckte den Tisch mit dem Festtagsporzellan und dem Silberbesteck. Sie schoben Sweschnikow Kissen in den Rücken und setzten ihn auf. Andrejs Augen glänzten. Nur Tanja blieb Agapkins Gaben gegenüber seltsam gleichgültig.

Agapkin erzählte, er habe sämtliche umliegenden Apotheken abgeklappert, die Hoffnung auf Jod und Verbandszeug schon aufgegeben und beschlossen, ins Lazarett zu gehen, doch am Nikitskije-Tor sei er mit einem unbekannten älteren Herrn zusammengestoßen. Der Herr habe ihn respektvoll gegrüßt. Er habe sich als Vater eines jungen Leutnants zu erkennen gegeben, der 1915 mit einer schweren Verwundung im Lazarett gelegen und als hoffnungsloser Fall gegolten habe; aber Professor Sweschnikow habe ihn gerettet.

»Wie hieß er? Ich erinnere mich an alle schweren Fälle.«

»Es war mir peinlich, ihn danach zu fragen. Der Herr war so voller aufrichtiger Dankbarkeit, und ich hatte den Eindruck, dass ich ihn hätte erkennen sollen. Als ich sagte, dass Sie verletzt sind, hat er mich sofort mit nach Hause genommen. Jedenfalls, diese Gaben sind alle von ihm, aus seinen Vorräten. Sein Chauffeur hat mich im Automobil nach Hause gebracht.«

»Recht so«, brummte Andrej mit vollem Mund, »sonst hätten Sie das nicht heil nach Hause schaffen können. Die Revolutionäre hätten Ihnen unterwegs alles abgenommen.«

»Eine erstaunliche Geschichte«, sagte Sweschnikow. »Tanja, du solltest etwas essen.«

Sie war blass und wirkte angespannt. Auf ihrem Teller lag eine unberührte Scheibe Weißbrot mit Kaviar.

»Nun iss doch, Tanja«, forderte Awdotja sie auf.

»Was ist mit dir?«, fragte Sweschnikow.

»Nichts.« Sie atmete aus und schüttelte den Kopf. »Wie spät ist es?«

Agapkin holte seine Taschenuhr heraus.

»Fünf vor zehn.«

»Ich gehe in mein Zimmer, ich muss mich hinlegen.« Sie stand schwerfällig auf, erstarrte plötzlich und klammerte sich an der Stuhllehne fest.

Ganz in der Nähe krachten mehrere Schüsse. Das war ein schweres Geschütz. Die Fensterscheiben klirrten. Awdotja ächzte und bekreuzigte sich. Niemand außer Agapkin hörte, wie Tanja mit zusammengebissenen Zähnen stöhnte.

Im Nu war er neben ihr, eine Hand auf ihrem Bauch. Im flackernden Licht der Petroleumlampe leuchteten Sweschnikows erschrockene Augen. Tanja atmete geräuschvoll aus.

»Nehmen Sie die Hand weg, Fjodor. Ich weiß selbst, dass ich Wehen habe. Sie sind schon ziemlich stark und kommen alle drei Minuten. Papa, schau nicht so. Es ist dir doch nicht neu, dass eine Schwangerschaft mit einer Geburt endet?«

»Aber doch erst in zwei Wochen«, flüsterte der Professor verwirrt.

»Das dachte ich auch. Aber er hat anders entschieden. Er will wohl unbedingt sehen, was hier bei uns los ist.«

Das Telefon funktionierte noch immer nicht, und es gab auch keinen Strom. Draußen wurde ununterbrochen geschossen. Der Kampf schien direkt unter ihren Fenstern zu toben. Der kurze Waffenstillstand war vorbei.

Der Befehlshaber der Truppen des Moskauer Militärbezirks war aus dem Kreml geflohen, wo revolutionäre Soldaten ihn als Geisel gehalten hatten und beinahe getötet hätten. Wieder in Freiheit, stellte er dem Revolutionären Militärkomitee ein Ultimatum: Der Kreml müsse geräumt werden, das Komitee aufgelöst.

Die Fahnenjunker blockierten den Skobelew-Platz. Auf dem Manegeplatz, in der Twerskaja-Jamskaja, auf dem Arbat, am Telegrafenamt, an der Hauptpost und vor den Bahnhöfen wurde gekämpft. Ein Trupp aus dreihundert Soldaten des Dwina-Regiments beschoss die Kremlmauer.

Das Dwina-Regiment bestand aus Deserteuren, Plünderern und Marodeuren. Kurz vor dem Aufstand war es aus dem Butyrka-Gefängnis ins Lazarett verlegt worden. Die Soldaten hatten angeblich einen Hungerstreik begonnen, und der Sowjet der Arbeiter- und Soldatendeputierten sorgte sich um ihre Gesundheit. Nun wurden sie zum Stoßtrupp der Revolution, zur wichtigsten Stütze der Bolschewiki in Moskau und belagerten den Kreml.

Vor dem Troizkije-Tor wurden sie von einer Abteilung empfangen, die Oberst Danilow unterstand.

Tanja lief im Wohnzimmer auf und ab, wobei sie sich den

Bauch hielt und abwechselnd betete und Puschkin-Verse rezitierte.

»Vielleicht gehen wir lieber in Ihr Zimmer? Sie müssen sich hinlegen, ich muss Sie untersuchen«, sagte Agapkin.

»Warten Sie. Fassen Sie mich nicht an. Wenn ich mich hinlege, schreie ich bloß, so kann ich es besser aushalten. Wir bleiben hier, näher an der Küche, wir brauchen doch heißes Wasser. Und Papa wird verrückt, wenn er allein bleibt. Eine Liege steht hier auch. Die ist bequem genug.«

Sämtliche Kerzen und Petroleumlampen aus der ganzen Wohnung wurden ins Wohnzimmer geholt. Agapkin zog die Vorhänge fest zu, damit man von draußen kein Licht sah.

»Fjodor, Sie haben in Geburtshilfe nur ein Befriedigend bekommen«, sagte Sweschnikow, »das weiß ich genau. Professor Grinberg hat sich bei mir über Sie beschwert. Und Sie haben noch nie allein Geburtshilfe geleistet.«

»Dann kann er das ja jetzt lernen«, sagte Tanja.«Wärst du nicht rausgegangen, um zu kämpfen, hättest du das wunderbar selbst machen können. Nun musst du daliegen und zuschauen. O Gott, das tut ja wirklich weh. ›Muss ich um die Erde jagen, mal zu Fuß und mal zu Pferd, mal im Schlitten, mal im Wagen, ewig, ewig aufgestört?‹ Andrej, was machst du hier?«

»Ich habe Angst, Tanja. Tut es sehr weh? Papa, darf ich hierbleiben?« Andrej saß in einem Sessel, die Beine angezogen und die Arme um die Knie geschlungen.

»Geh in die Küche, hilf Awdotja. Wir brauchen bald viel heißes Wasser«, sagte Sweschnikow.

»Nicht in den ererbten Wänden, fern der Väter Gruft und Schloss, in der Fremde werd ich enden, das ist sicherlich mein Los«, rezitierte Tanja leise mit zusammengebissenen Zähnen.

»Vielleicht legst du dich jetzt endlich hin?«, fragte ihr Vater.

»Ja, Papa. Gleich. Ich glaube, das Fruchtwasser geht ab.

Ojeoje! ›Auf der Straße werd ich haben, unter Hufen, unterm Rad plattgewalzt, seitab im Graben meine letzte Ruhestatt.‹ Mein Gott, tut das weh! Andrej, geh raus! Fjodor, horchen Sie mal, was machen die Herztöne?«

Bis zu diesem Augenblick hatte sie ihn nicht an sich herangelassen. Nun kapitulierte sie. Sie hatte keine Wahl. Er hätte gern gesagt: Haben Sie keine Angst, vertrauen Sie mir, ich habe schon Erfahrung, ich bin mit einer doppelten Nabelschnurumschlingung fertiggeworden, ich bin stark, ich bin der Beste, ich liebe Sie.

»Und?«, hörte er den Professor fragen.

»Der Rhythmus ist gut. Da, eine starke Presswehe.«

»Das weiß ich allein!«, knurrte Tanja. »Gehen Sie sich die Hände waschen. ›Lässt ein dummer Zöllner fallen mir den Schlagbaum auf den Kopf? Oder packt mit seinen Krallen mich der Typhus-Tod beim Schopf?‹«

Das Revolutionäre Militärkomitee hatte das Ultimatum abgelehnt, doch die meisten seiner Mitglieder waren aus dem Stab geflohen, als die Kampftruppen der Fahnenjunker von den Nachbardächern aus ihre Fenster beschossen. Auf den Dächern saßen junge weibliche Leutnants, sie waren ausgezeichnete Scharfschützen.

Das Haus des Gouverneurs stand unter Artilleriebeschuss. Die Fahnenjunker griffen an, besetzten die Hauptpost, das Telegrafenamt und den Kasaner Bahnhof.

Dem Befehl von Oberst Danilow unterstanden außer Fahnenjunkern auch Studenten, Lehrer und Oberschüler aus Gymnasien und Realschulen, Juristen, Zeitungsredakteure, Schauspieler, Literaten und junge Beamte verschiedener Departements. Sie waren nur ungenügend ausgerüstet. Viele von ihnen hielten zum ersten Mal eine Waffe in der Hand. Trotzdem gelang es ihnen, den Stoßtrupp der Revolution abzuwehren.

Die Geschützkompanie im Kreml wurde erneut aufgefordert, sich zu ergeben. Die revolutionären Soldaten veranstalteten eine Kundgebung. Draußen wurden mehrere Warnschüsse aus einem Minenwerfer abgefeuert. Das war ein gewichtiges Argument. Die Soldaten erklärten sich bereit, den Kreml zu räumen.

»Nicht schießen! Aufhören!«, rief Oberst Danilow, als eine verschreckte Menge in grauen Soldatenmänteln im Troizkije-Tor auftauchte.

Das Haus in der Zweiten Twerskaja bebte, die Fensterscheiben klirrten. Die Granaten explodierten so nahe, dass es schien, als müsste das Haus bei der nächsten Explosion einstürzen.

Die Mieter liefen in den Keller zum Hauswart, verkrochen sich unterm Bett, der Spiritist Bublikow saß in einer alten Truhe und versuchte, eine Sondersitzung der Geister diverser Staatsoberhäupter der Vergangenheit einzuberufen, von Alexander dem Großen bis zu Katharina II. Die Geister waren vermutlich ebenfalls nervös, denn bei einer Geschützsalve stürzte der Kronleuchter im Esszimmer von der Decke.

Sweschnikow richtete sich auf dem Sofa so abrupt auf, dass er auf sein verletztes Bein trat und vor Schmerz aufheulte. Gleichzeitig stöhnte Tanja kurz und dumpf, bleckte die Zähne, ihre Halsadern schwollen an, in einem Auge platzte ein Äderchen.

Unter ohrenbetäubendem Geschützdonner kamen ein behaarter kleiner Kopf mit großen Ohren und starrsinniger hoher Stirn und kräftige kleine Schultern zum Vorschein.

Das Kind war größer und agiler als Sinas Tochter. Es kam mühelos und rasch auf die Welt und schrie sofort los.

»Da ist er, unser Junge«, sagte Fjodor.

Die Kanonen donnerten noch immer. Die Fahnenjunker griffen an. Sie besetzten den Brester Bahnhof und die Elektrizitätswerke. In den Häusern im Zentrum Moskaus ging das Licht an.

Andrej hüpfte herum, klatschte in die Hände und rief »Hurra!«

Die Kinderfrau Awdotja löschte glücklich schluchzend die nun unnötigen Kerzen und Petroleumlampen.

Tanja sah und hörte nur ihr Kind. Fjodor tupfte ihr mit einer Serviette das feuchte Gesicht ab und streichelte ihr zerzaustes Haar. Sie schien es gar nicht zu bemerken. Der Junge weinte laut. Sie legte ihn an die Brust.

Die Bezirke im Zentrum Moskaus waren in der Hand der Fahnenjunker. Die Bolschewiki kamen vom Chodynka-Feld und von den Arbeitervierteln am Stadtrand, umzingelten das Zentrum und schossen von den Sperlingsbergen mit schweren Geschützen. Von überall rückte Verstärkung an. Matrosen aus Petrograd, Rotarmisten aus Iwanowo-Wosnessensk.

Fahnenjunker, Studenten und Offiziere im Ruhestand besetzten den Kreml. Diese letzten Verteidiger Moskaus in den Kremlmauern, im alten Herzen Russlands, wurden Weiße Garde genannt. Die Garde bestand aus Freiwilligen. Nur wenige von ihnen waren professionelle Militärs.

Sie warteten auf Unterstützung, auf Truppen, auf Kosaken, sie glaubten, dass die Regierung noch irgendwo sei, sie müssten nur Verbindung zu ihr herstellen.

Oberst Danilow wusste: Es würde keine Unterstützung kommen. Von nirgendwoher. Russland hatte keine Regierung mehr.

Siebzehntes Kapitel

Insel Sylt 2006

Hier spiegelte sich nie der Himmel im Meer. Das Wasser war so kalt und schwer, dass es das Licht schluckte. Bei Sturm schäumten die Wellenkronen und sahen aus wie ein Abbild der dahineilenden kleinen Wolken. Der Nordwest, der ewige Herr über die Insel, jagte mit pfeifender Peitsche die Wolken wie eine verschreckte Schafherde, ließ das Meer schäumen, bog die Bäume, warf Gläser mit frischgepresstem Saft auf den Tischen der Strandcafés um und riss Lesenden die Zeitung aus den Händen.

Hier badete niemand. Man saß im Strandkorb, atmete die jodhaltige salzige Luft, hüllte sich in Mäntel und Decken, schaute aufs Meer, lauschte dem Heulen des Windes, dem Rauschen der Wellen, den Möwenschreien und aß in den Strandrestaurants die berühmten Sylter Austern.

Die wohlhabenden Deutschen, die diesen Ort für ihren Urlaub oder für ihren Lebensabend wählten, suchten Ruhe, Abgeschiedenheit und saubere Seeluft. Hier gab es keine Fabriken, es gab nur eine Austernfarm, alte Windmühlen und kleine Bäckereien. Hier mochte man keine Autos. Die Insel war so klein, dass man Fahrrad fuhr oder zu Fuß ging.

Der alte Herr im Strandkorb unterschied sich kaum von seinen Nachbarn. Außer dass seine Beine nicht in eine karierte Decke gehüllt waren, sondern in ein weißes Mohairtuch, das er vor langer Zeit für ein paar Kopeken in der russischen Stadt Orenburg gekauft hatte. Wie viele hier am Strand sprach er laut, wie mit sich selbst. Aber im Unterschied zu den anderen nicht in ein Mobiltelefon oder in eine Freisprechanlage. Er hatte kein Telefon bei sich. Seine Sprache klang seltsam. Die

Möwenschreie, Wind und Wellen übertönend, rezitierte der alte Herr laut und ausdrucksvoll russische Verse.

»Muss ich um die Erde jagen,
mal zu Fuß und mal zu Pferd,
mal im Schlitten, mal im Wagen,
ewig, ewig aufgestört?«

»O mein Gott, schon wieder«, knurrte eine hochgewachsene Deutsche um die fünfzig. »Fahren Sie doch in Ihr Russland. Was hindert Sie jetzt noch daran?«

Sie trat von hinten an den alten Herrn heran und stülpte ihm ungeniert eine Kinderskimütze mit Bommeln auf. Der Herr sah sie ärgerlich an und fragte auf Deutsch: »Wie spät ist es?«

»Halb fünf. Essenszeit für Sie.«

»Danke, Gerda. Ich esse hier am Strand, im Restaurant. Geh schon, deine Lieblingsserie fängt bald an.«

»Ich verstehe. Das ist sehr freundlich von Ihnen, Micki. Das Kalbfleisch, den Broccoli und den warmen Apfelstrudel mit Schlagsahne soll ich also an die Nachbarshunde verfüttern?«

»Wovon redest du?«

»Davon, was ich auf Ihren Wunsch für Sie zubereitet habe. Ich habe mir Mühe gegeben, habe das Kalbfleisch gekocht, Apfelstrudel gebacken, Sahne geschlagen, und das alles, damit Sie jetzt den überteuerten Touristendreck essen? Wenn Sie so viel Geld haben, dann spenden Sie es lieber den Armen. Wenn Sie auf ihren verdammten alten Magen pfeifen, verschwinden Sie doch nach Russland und ernähren sich von Kohlsuppe und Wodka.«

»Schon gut, sei mir nicht böse«, sagte der Greis, »komm, wir gehen.«

Der Greis nahm ihren Arm. »Du bist die beste Köchin in ganz Schleswig-Holstein, vielleicht sogar in ganz Deutschland. Bitte kündige nicht, ohne dich bin ich verloren.«

Von der kleinen Hauptstraße mit teuren Geschäften, Restaurants und Hotels bogen sie in eine Nebenstraße ab. Dort begannen die privaten Villen.

»Gerda, hast du heute schon nach der Post gesehen?«, fragte der Greis, als sie ins Haus gingen.

»Liegt alles in Ihrem Arbeitszimmer. Ein Haufen Mist, wie immer. Aber das, worauf Sie warten, ist nicht dabei, Sie müssen also nicht extra hochgehen. Waschen Sie sich die Hände, und dann schnell zu Tisch. Ein drittes Mal wärme ich das Essen nicht auf.«

Der Greis zog die Jacke aus, schob die Füße in warme Hausschuhe und ging hinauf in den ersten Stock, wobei er laut deklamierte:

»Nicht in den ererbten Wänden,
fern der Väter Gruft und Schloss,
in der Fremde werd ich enden,
das ist sicherlich mein Los.«

»O mein Gott, schon wieder«, knurrte Gerda, diesmal nicht ärgerlich, sondern traurig.

Sie verstand kein Wort Russisch, aber dieses Gedicht hätte sie wohl ohne Stocken auswendig zitieren können. Sie wusste, dass es von Puschkin war. Einem Dichter, der für die Russen das Gleiche bedeutete wie Goethe für die Deutschen und Shakespeare für die Engländer.

Seit fünfzehn Jahren war sie die Haushälterin dieses seltsamen einsamen Alten. Er hieß Michail Danilow. In einem Jahr wurde er neunzig. Er war kräftig, sehnig, schweigsam und nicht launisch. Gerda nannte ihn Micki.

Er war in Moskau geboren, am 25. Oktober 1917. Mit fünf Jahren hatte er Russland für immer verlassen, betrachtete sich aber noch immer als Russe. Er hatte in der SS gedient, war Luftwaffenpilot gewesen, woraus er keinen Hehl machte. In seinem Arbeitszimmer hing auf einem Ehrenplatz ein gerahmtes Foto. Er als blutjunger Mann in Leutnantsuniform, neben ihm ein schönes Fräulein, auf seinem Arm ein in eine Decke gewickelter Säugling.

Dass er bei der SS in Wahrheit englischer Spion gewesen war, hatte Gerda erfahren, als ihn ein Hamburger Fernsehteam besuchte. Sie interviewten ihn in seinem Arbeitszimmer, und er erzählte ihnen von einer raffinierten Spionageaktion 1944.

»Wie konnten Sie bei der SS sein, wenn Sie Russe waren?«, fragte Gerda.

»Ich war nicht Russe, ich bin Russe«, antwortete Micki. »Aber damals, 1938, habe ich das nicht publik gemacht. Ich hieß Ernst von Kraft. Seit meiner Kindheit habe ich akzentfrei deutsch gesprochen und fehlerfrei geschrieben.«

»Warum haben Sie für England spioniert und nicht für Russland? Haben Sie die Kommunisten und Stalin gehasst?«

»Stimmt, ich habe sie gehasst. Aber während des Krieges habe ich für Russland spioniert. Doch das ist streng geheim.« Micki zwinkerte ihr zu und legte den Finger auf die Lippen. »Das wirst du hoffentlich niemandem verraten, Gerda?«

»Sie haben also Ihr Leben riskiert für die, die Sie hassten?«

»Nicht doch, Gerda, so dumm bin ich nicht. Ich habe es für Russland riskiert. Ich wusste, Stalin würde sterben, die Kommunisten würden gehen, aber Russland würde bleiben. Und so ist es ja auch gekommen.«

»Warum kehren Sie jetzt nicht dorthin zurück, wenn Sie es so lieben, Ihr Russland?«

»Weil dort niemand auf mich wartet. Hier habe ich mich

eingelebt. Ich bin zu alt, um meine Gewohnheiten zu ändern.«

»Wie haben Sie es geschafft, zu überleben?«

»Meine Mutter hat für mich gebetet.«

»Wenn Sie um Ihr Leben gebetet hat, warum dann nicht auch um eine Familie für Sie? Sie waren so ein schöner junger Mann, Sie hätten zehnmal heiraten und einen Haufen Kinder, Enkel und Urenkel haben können«, knurrte Gerda.

Micki tat, als hätte er ihr Knurren nicht gehört, und rezitierte wieder seinen geliebten Puschkin. Wie immer, wenn er traurig oder nervös war.

Gerda hätte ihn gern gefragt, wo das Fräulein und das Baby geblieben waren, traute sich aber nicht.

Eines Tages bat Micki sie, ein festliches Abendessen vorzubereiten, und ging zum Bahnhof.

An diesem Tag sah sie Micki zum ersten Mal seit Jahren nicht in abgewetzten Jeans und einem Pullover mit Flicken auf den Ärmeln, nicht in Trainingshosen und Turnschuhen. Er trug einen eleganten englischen Anzug, ein schneeweißes Hemd, eine Krawatte und teure schwarze Nappalederschuhe, hatte sich länger als üblich rasiert und sein Lieblingsgedicht an die zehn Mal wiederholt, es sogar auf eine lustige Melodie gesungen.

Gerda gab sich Mühe. Kochen war ihre Poesie, ihr Stolz und ihre Lieblingsbeschäftigung. Sie grillte frische Forellen, bereitete eine komplizierte Zitronensoße, buk ihre berühmte Vanilletorte mit Pflaumen, zog ihr bestes Kleid an, stellte frische Rosen auf den Tisch und zündete Kerzen an.

Micki kam mit einem älteren Russen vom Bahnhof. Beide waren angespannt und schienen nicht recht froh über die Begegnung. Der Russe drückte Gerda die Hand und stellte sich vor: Dmitri.

Er sah aus wie sechzig. Er war genauso grauhaarig, kräftig

und sehnig wie Micki. Er hatte sogar ebensolche großen, komisch abstehenden Ohren wie Micki. Am Tisch sprachen sie russisch. Beide waren nervös und würdigten Gerdas kulinarische Meisterwerke kaum. Sie war gekränkt und wollte in die Küche gehen, blieb aber im Esszimmer. Vom Gespräch der beiden verstand sie kein Wort, nur, dass sie mehrfach zwei Frauennamen wiederholten: Vera und Sofie.

Dann gingen sie hinauf in Mickis Zimmer, redeten dort noch eine weitere Stunde und kamen wieder herunter.

»Übernachtet Dmitri denn nicht hier?«, erkundigte sich Gerda kühl. »Ich habe auf Ihren Wunsch das Gästezimmer für ihn hergerichtet.«

»Ich habe versucht, ihn zu überreden, aber er hat ein Zimmer im ›Crowne Plaza‹ reserviert«, antwortete Micki.

»Sagen Sie ihm: Das ist ein schlechtes Hotel. Von wegen vier Sterne! Die Küche ist miserabel, die Zimmer werden nicht saubergemacht, es ist kalt und feucht, die Bettwäsche ist immer klamm, und es ist sauteuer.«

Dmitri zog seine Jacke an, griff nach seinem kleinen Koffer, lächelte Gerda freundlich an, sagte »Dankeschön« und noch etwas auf Russisch.

»Er sagt, das Essen war wunderbar, es hat alles sehr gut geschmeckt. Und vielen Dank an dich«, übersetzte Micki.

»Das habe ich selber verstanden.« Gerda schürzte hochmütig die Lippen. »Warum haben Sie ihm nicht übersetzt, was ich über das ›Crowne Plaza‹ gesagt habe?«

»Das ist sinnlos, Gerda. Er würde sowieso nicht hierbleiben.«

Dmitri blieb zehn Tage im scheußlichen ›Crowne Plaza‹. Er traf sich mit Micki, sie saßen zusammen am Meer, gingen abends am Strand spazieren, und manchmal kam er mit ins Haus, dann stiegen sie hinauf in Mickis Zimmer.

Dmitri war beileibe nicht der erste Russe, der Micki hier auf der Insel besuchte. Der Alte bekam oft Besuch aus Russland. Aber noch nie hatte er jemanden vom Bahnhof abgeholt, für niemanden hatte er einen englischen Anzug angezogen, für niemanden hatte er um ein festliches Abendessen und um das Gästezimmer gebeten. Über keinen der Besucher hatte er sich gefreut, eher im Gegenteil. Jeder Besuch machte ihn düster und nervös, und er knurrte auf Deutsch: »Verdammt, was wollen die hier, ich hab sie satt, sie sollen sich zum Teufel scheren.«

Er schrieb für Gerda russische Namen in lateinischen Buchstaben auf einen Zettel und bat, ihn nicht ans Telefon zu holen, wenn diese Leute anriefen. Einmal klingelte ein höflicher, aber ziemlich nervöser älterer Mann sehr lange an der Tür der Villa.

»Sag ihm, er soll verschwinden, sonst rufen wir die Polizei.«

»Was wollen die alle von Ihnen?«, fragte Gerda.

»Sie glauben, mein Großvater sei ein Alchemist gewesen und hätte mir das Geheimnis eines Elixiers für das ewige Leben hinterlassen.«

Gerda lachte amüsiert.

»Da gibt es nichts zu lachen«, sagte Micki, »im Gegenteil, das ist traurig. Du liest doch Zeitungen und siehst fern. Da ist doch dauernd die Rede davon, dass es heute in Russland von Verrückten nur so wimmelt.«

Am Tag von Dmitris Abreise zerschlug Micki seine Brille und seine Lieblingsteetasse. Beim Rasieren schnitt er sich heftig in Wange und Kinn, er zog den Pullover linksherum an und verschiedene Socken. Gerda bemerkte das, als er sich im Flur die Schuhe zuband, sagte aber nichts. Bei seinem Anblick hätte sie beinahe losgeheult.

Als er weg war, ging sie hinauf in sein Zimmer, um dort aufzuräumen. Auf dem Schreibtisch stand ein neues Foto, das einzige Farbfoto neben den alten Schwarzweißaufnahmen. Es zeigte ein junges Mädchen von Mitte zwanzig mit kurzgeschnittenem blondem Haar. Gerda betrachtete das reine, schmale Gesicht lange.

»Guten Tag, liebes Fräulein. Wer magst du sein? Ich kenne die Menschen, und ich sehe, du hast kluge Augen. Wahrscheinlich bist du ein guter Mensch, und ganz bestimmt bist du Micki lieb und teuer. Sonst würdest du nicht hier stehen, unter Glas und in einem schönen Rahmen.«

Als Micki vom Bahnhof zurückkam, entschloss sie sich, ihn nach dem Foto zu fragen.

»Wer ist das?«

»Meine Enkelin«, antwortete Micki und ließ sich schwerfällig in einen Sessel fallen, »sie heißt Sofie. Sie wird bald dreißig. Sie lebt in Moskau. Dmitri ist ihr Vater. Mein Sohn.«

Seitdem verkniff sich Gerda jedes Warum. Micki sah immer eifrig die Post durch, die im Briefkasten wie die elektronische im Computer.

Er bekam viel Post. Neben den üblichen kostenlosen Zeitungen, Werbeblättern und Spams waren es Antwortschreiben auf seine Anfragen an Bibliotheken, Archive und Universitäten verschiedener Länder. Wenn Paketbenachrichtigungen kamen, brachte Gerda auf dem Gepäckständer ihres Fahrrades stapelweise Bücher auf Deutsch, Englisch und Russisch nach Hause.

Micki hatte mehrere Lehrbücher zur Militärgeschichte geschrieben. Bevor er die Villa gekauft und sich endgültig hier niedergelassen hatte, hatte er in England, Belgien, der Schweiz und Frankreich gelebt und Vorlesungen an Universitäten gehalten. Noch immer wurde er per E-Mail um Konsultationen gebeten, manchmal besuchten ihn auch Journalisten.

In den letzten fünf Jahren arbeitete er an einem Buch über die russische Revolution. Sein Tisch war mit Papieren übersät, er saß stundenlang am Computer. Wenn Gerda ihm über die

Schulter schaute, sah sie auf dem Bildschirm kyrillische Buchstaben. Sie wurden immer größer. Mickis Augen ließen nach.

»Wen interessiert das schon?«, knurrte sie. »Sie könnten Ihre Augen und ihr Gehirn schonen und sich ausruhen, in Ihrem Alter.«

»Ja, wahrscheinlich interessiert das niemanden«, antwortete Micki, »aber ausruhen kann ich mich im Grab. Und je weniger ich meine Augen und mein Gehirn schone, desto später werde ich dort landen.«

Aber nach Dmitris Besuch ging er nur noch an den Computer, um seine Post abzurufen. Er schien nicht einmal mehr lesen zu können. Wenn er ein Buch zur Hand nahm, fuhr er zehn Minuten lang mit der Lupe über die Seiten, dann legte er es beiseite, ging spazieren oder saß stundenlang am Strand, schaute aufs Meer und lauschte den Möwen.

Er war auf einmal vergesslich und zerstreut. Setzte keine Mütze auf, wenn es kalt war, verlor seine Brille und rasierte sich manchmal eine Woche lang nicht, bis Gerda ihn darauf aufmerksam machte.

»Schämst du dich nicht, Fräulein?«, fragte Gerda das blonde Mädchen auf dem Foto. »Weißt du wirklich nichts, verstehst du nichts, fühlst du nichts? Wirst du wirklich nie herkommen?«

Moskau 1917

In Moskau herrschte Krieg. Überall in der Stadt standen Barrikaden. Auf Straßen, Gassen und Höfen wurde geschossen, Fenster wurden von Kugeln und Granaten getroffen. Straßenlaternen zersplitterten, und hohe Gasfackeln flammten auf. Niemand löschte die Brände, die Feuer griffen auf Nachbargebäude über. Rotgardisten mit irren Augen stürmten in die

Wohnungen, suchten nach Waffen und nahmen nebenbei alles mit, was ihnen gefiel. Beim geringsten Widerstand oder einfach so, aus Jux, schossen sie jeden nieder.

Die Einwohner gründeten Hauskomitees, organisierten Tag-und-Nacht-Wachen in den Häusern, um ihren Wohnraum, ihr Eigentum und ihr Leben zu schützen, und schleppten Eimer und Schüsseln mit Wasser, um brennende Holzscheite zu löschen, die von benachbarten Brandstätten geflogen kamen.

Wenn die Schießerei verstummte, liefen betrunkene Marodeure über die Twerskaja, den Arbat und die Sretenka und rissen den Toten die Stiefel herunter. Dunkelheit, Kälte und Tod herrschten in Moskau. Niemand wusste, wann das enden und was morgen sein würde.

Eines späten Abends kam Ljubow Sharskaja angelaufen, in einem abgewetzten Schafpelz und einem grauen Bäuerinnentuch. Sie weinte und küsste Sweschnikow, Tanja und Andrej, erzählte, man habe ihre Wohnung geplündert, sie selbst habe sich nur durch ein Wunder retten können und wolle nun weg, nach Witebsk und von dort nach Warschau, dort habe sie einen Cousin.

»Warte noch, bleib eine Weile bei uns«, versuchte Sweschnikow sie zu überreden, »bald kommt alles wieder in Ordnung, zumindest werden die Schießereien aufhören.«

»Nein, Michail. Nichts kommt wieder in Ordnung. Wenn die Schießereien aufhören, heißt das, dass sie gesiegt haben. Dann werden sie die Grenzen schließen, und wir alle sind gefangen, dann wird Russland ein einziges riesiges Zwangslager. Ich will nicht warten, bis ich zur Schlachtbank geführt werde wie sprachloses Vieh. Sollen sie mich unterwegs töten, das wäre allemal besser.«

Der Anblick des neugeborenen Mischa löste einen erneuten Tränenausbruch aus.

»Mein Engel, du kleines Wunder, was soll aus dir werden in dieser Hölle?«

Die Kinderfrau Awdotja hatte etwas Proviant für sie zusammengepackt, Tanja gab ihr ein paar Kleider von sich. Sweschnikow wollte ihr ein wenig Geld in die Tasche stecken, aber das lehnte sie kategorisch ab.

»Ihr habt selbst wenig, außerdem ist dieses Papier bald sowieso nichts mehr wert. So Gott will, sehen wir uns wieder, wenn nicht in diesem Leben, dann später, irgendwann einmal.«

Agapkin brachte sie hinunter zur Haustür. Beim Abschied umarmte sie ihn und murmelte mit ihren ohne Lippenstift seltsam blassen Lippen: »Pass auf sie auf, Fjodor, sie haben außer dir niemanden mehr. Danilow, selbst wenn er dort im Kreml überlebt, wird weiter gegen diese rote Pest kämpfen, bis zum Tod. Als weißer Oberst ist er ein Todeskandidat.« Sie hielt sich erschrocken den Mund zu. »Mein Gott, was rede ich da, ich dummes Weib? Dass mir die Zunge verdorre! Weiß er wenigstens, dass er einen Sohn bekommen hat?«

Agapkin schüttelte wortlos den Kopf.

»Na schön, ich gehe, solange es ruhig ist. Vielleicht schaffe ich es zum Bahnhof. Irgendwann wird schon irgendein Zug fahren, und wenn nicht, gehe ich eben zu Fuß. Leb wohl, behüte dich Gott, Fjodor.«

Ljubow verschwand in der Dunkelheit. Erst jetzt, als Agapkin der langen, verschwommenen Gestalt mit dem hässlichen Tuch nachsah, bemerkte er, dass es tatsächlich ruhig war. Er hörte, wie der Wind mit den vereisten Blättern spielte, und wenn er die Augen schloss, konnte er denken, es sei alles wie früher. Eine ganz normale Moskauer Nacht Ende Oktober.

Er tastete nach den Papirossy in der Tasche und riss ein Streichholz an. Vielleicht war ja wirklich alles vorbei? Wenn bis zum Morgen nicht mehr geschossen wurde, musste er in die

Nikitskaja gehen und mit dem Meister sprechen. Er wollte nicht weiter die Rolle einer blinden Marionette spielen. Der Meister sollte ihm erklären, was sie zu tun gedachten. Würden sie mit der roten Pest zusammenarbeiten? Oder sich vielleicht still und heimlich absetzen, bevor die Grenzen dichtgemacht wurden? Diese Variante war keineswegs ausgeschlossen.

Agapkin stellte sich das leere Haus vor, die fest verrammelte Tür. Im Unterschied zu vielen anderen Menschen in Moskau und in ganz Russland bezweifelte er in diesen schrecklichen Oktobertagen nicht, dass die Pest sich für lange hier festgesetzt hatte. Bei aller äußeren Absurdität dieser neuen Macht besaß sie Energie und sogar einen gewissen Reiz, eine dämonische Verführungskraft. Diese Leute sagten genau das, was die gepeinigten und verwilderten Massen hören wollten. Den Soldaten versprachen sie Frieden, den Arbeitern Brot, den Bauern Boden. Während alle anderen schwatzten, stritten und zweifelten, handelten sie – in dem absoluten, bedingungslosen Gefühl, im Recht zu sein. Sie fürchteten weder Blut noch menschliches Gericht oder göttlichen Zorn.

Er hatte seine Papirossa noch nicht aufgeraucht, als vom Kreml her ein unheimliches Grollen und Donnern herübertönte. Das Trottoir bebte unter seinen Füßen.

Am 30. Oktober um Mitternacht eröffneten die Bolschewiki mit drei schweren Geschützen das Feuer auf den Kreml. Drei Tage dauerte der Beschuss der altehrwürdigen Mauern. Den Kremlzugang von der Erlöserkirche her verteidigte eine Maschinengewehrbesatzung unter dem Kommando eines Fahnenjunkers, der neunzehnjährigen Baronesse de Bode.

Die Fahnenjunker hielten mit letzter Kraft die Stellung und hatten nicht vor, sich zu ergeben. Die Bolschewiki waren bereit, den Kreml zu zerstören, um seine letzten Verteidiger zu vertreiben.

Die Spitze des Beklemischew-Turms fiel. Vom Nikolaus-Tor schaute das zerschossene Antlitz des Heiligen Nikolaus auf die Stadt.

Es gab erneut keinen Strom. In der eiskalten dunklen Wohnung klang das Telefonklingeln wie eine Explosion.

»Es geht wieder! Es geht wieder!«, schrie Andrej und rannte zum Apparat.

Draußen wurde es gerade hell. Tanja schlief in ihrem Zimmer so fest, dass sie weder das Klingeln noch Andrejs Aufschrei hörte. Der Säugling lag in seinem Bett, einem großen ovalen Korb, gewindelt mit einem abgeschnittenen Stück Laken, in ein warmes Tuch gehüllt und unter Andrejs alter Decke. Awdotja hatte ihm feierlich eine weiche rosa Wollmütze aufgesetzt. Die hatte sie noch vor seiner Geburt gestrickt – sie hatte geglaubt, es würde ein Mädchen.

Im Wohnzimmer rußte eine Petroleumlampe. Mit Kerzen gingen sie sparsam um, der Vorrat war fast aufgebraucht.

»Für dich habe ich seinerzeit auch eine rosa Mütze gestrickt, Michail. Deine Mutter, der Himmel sei ihr gnädig, der Guten, hat mit einem Mädchen gerechnet. Ihr Bauch war rund und breit, allen Anzeichen nach also ein Mädchen. Aber nein, das warst du. Und als sie mit Natascha ging, war es genau umgekehrt, der Bauch war spitz wie eine Birne, wir dachten, es wird ein Junge. Für Natascha habe ich eine hellblaue Mütze gestrickt«, murmelte die Kinderfrau, die auf der Sofakante saß und im Halbdunkel ihre löchrigen Schätze sortierte. »Siehst du, ich bewahre alles auf, hier ist deine Mütze, hier die von Wolodja.« Awdotja schluchzte auf und bekreuzigte sich. »Hier die von Tanja, die von Andrej. Aber die Motten haben sie zerfressen. Dabei habe ich sie bekämpft, die Verfluchten, mit Zitronenschalen und mit Lavendel. Schau mal, deine ersten Strümpfchen, und hier, Nataschas Kleidchen, ihr Strampler und ihre Schuhchen.«

Unter Awdotjas Gemurmel schlief der Professor ein, und im Schlaf lag ein glückliches, friedliches Lächeln auf seinem Gesicht.

Es fielen noch immer Schüsse, mal leiser, mal lauter, aber niemand zuckte mehr davon zusammen. Sie hatten sich daran gewöhnt.

»Fjodor Fjodorowitsch, es ist für Sie«, sagte Andrej enttäuscht und reichte ihm den Hörer.

»Wie geht es dem Professor?«, fragte eine vertraute Stimme.

»Danke. Es ist alles gut.«

»Rufen Sie an, wenn Sie etwas brauchen.«

»Es ist sehr kalt im Haus. Und der Strom ist wieder weg.«

»Ja«, sagte der Meister, »bei uns jetzt auch.«

»Bei Ihnen?«, fragte Agapkin erstaunt.

»Im ganzen Stadtzentrum. Hören Sie denn nicht, was los ist?«

»Und wann ist das alles vorbei?«, fragte Agapkin düster.

Eine ganze Weile hörte er nur ein Knacken im Hörer und spürte in seinem Ohr, an seiner Wange das missbilligende Schweigen seines Gesprächspartners.

»Beruhigen Sie sich«, sagte der Meister schließlich, »nehmen Sie sich zusammen. Es stehen noch viele Prüfungen bevor, viel schlimmere als die jetzt. Die Straßenkämpfe werden nicht mehr lange dauern. Ich hoffe, Sie erinnern sich, was Ihre wichtigste Aufgabe ist?«

»Selbstverständlich.«

»Vergessen Sie die Tiere nicht. Schauen Sie regelmäßig nach ihnen. Auch sie müssen bewahrt werden. Das Telefon funktioniert einstweilen, wenn Sie etwas benötigen, lassen Sie es mich wissen.«

»Ja. Ich danke Ihnen.«

Ich habe ihm nicht gesagt, dass Tanja entbunden hat, dachte

Agapkin plötzlich, ich habe es nicht gesagt, dabei hätte ich es tun müssen.

In diesem Augenblick hasste er Matwej Belkin beinahe, den Meister, seinen Lehrer und Wohltäter.

»Wer war das?«, fragte Andrej flüsternd, als Agapkin aufgelegt hatte.

»Ein Bekannter aus dem Lazarett. Warum siehst du mich so erschrocken an?«

»Ich weiß nicht. Sie machen so ein Gesicht ...«

»Was für eins?« Agapkin drehte sich zum Spiegel.

Die Kerzenflamme flackerte, und so von unten angeleuchtet sah sein Gesicht tatsächlich unheimlich aus.

»Na, als hätte er Sie sehr gekränkt«, erklärte Andrej flüsternd.

»Unsinn. Das liegt am Licht. Niemand hat mich gekränkt. Wir sind nur alle schrecklich müde. Du solltest schlafen gehen, Andrej.«

»Nein. Wozu? Es ist schon Morgen. Ich muss auf den Anruf von Pawel Nikolajewitsch warten. Er weiß doch noch nichts, ich will ihm als Erster sagen, dass er einen Sohn hat.«

Agapkin ging ins Labor. Zündete eine Petroleumlampe an. Die Ratten rannten herum und quiekten. Wasser und Futter waren alle. Sämtliche Tiere lebten noch, und kaum hatte Agapkin Körner und Wasser nachgefüllt, stießen sie einander laut quiekend beiseite. Nur Grigori III. saß reglos da. Er hatte seine eigenen Tröge, die ebenfalls leer waren.

»Grüß dich, mein Freund. Für dich habe ich was Besonderes«, sagte Agapkin gespielt munter, »hier, für dich, von unseren älteren Brüdern.«

Er zog den Trog heraus, schüttete Korn hinein und legte ein Stück Schweizer Käse und einen kleinen Mürbekeks dazu. Der Ratz sprang so ungestüm herbei, dass Agapkin zurückwich.

»Oho, was für eine Energie, was für eine ausgezeichnete

Reaktion, ganz zu schweigen von deinem Appetit. Bist du etwa noch jünger geworden? Wenn es hell ist, werde ich dich mal untersuchen. Mir scheint, du fühlst dich in dieser Hölle wohler als wir alle.«

Als er ins Wohnzimmer zurückkam, schlief der Professor nicht mehr. Awdotja hatte ihm ein Kissen in den Rücken gelegt und die Petroleumlampe herangerückt. Er saß und las die Zeitung »Nowaja shisn«, die Agapkin am Vortag aus der Bolschaja Nikitskaja mitgebracht hatte. Erregt las er die Liste der Mitglieder der Provisorischen Arbeiter-und-Bauernregierung vor.

»Vorsitzender Wladimir Uljanow (Lenin). So ein kleiner Glatzkopf, der kein richtiges R sprechen kann? Und mit den Deutschen befreundet ist? Ist das nicht der, der erklärt hat, jede Köchin könne den Staat regieren? Moment mal, ich sehe hier keine einzige Köchin. Rykow, Miljutin, Schljapnikow, Skworzow. Die kenne ich alle nicht. Aber hier, L. D. Bronstein (Trotzki). Ein Mann mit einer bemerkenswerten Kehle. Wenn er auf einer Kundgebung sprach, klirrten in den umliegenden Häusern die Fensterscheiben. Mein Gott, und wer ist das? Für Nationalitätenfragen J. W. Dshugaschwili (Stalin). Vielleicht ist er ja die bewusste Köchin?«

Hamburg 2006

Iwan Subow erwachte vom Piepsen seines Mobiltelefons.

»Worüber hast du mit Lukjanow beim letzten Mal im Restaurant gesprochen?«, brüllte der kleine Apparat so laut, dass der verschlafene Subow abrupt auffuhr und sich den Kopf an der Ecke des Nachtschränkchens stieß.

Das Leuchtzifferblatt zeigte halb fünf. Subow hatte seine Uhr auf Ortszeit umgestellt – in Moskau war es also schon halb sieben. Er stand auf, verzog das Gesicht, ging mit dem Telefon ins Bad, benetzte ein Handtuch mit kaltem Wasser und hielt es sich an die Schläfe.

Das Telefon brüllte weiter: »Du hast mich verarscht, von wegen, du hättest dein blödes Diktiergerät aus Versehen nicht aufgeladen. Dir passiert nie etwas aus Versehen! Du hast mich angelogen, von wegen, Lukjanow sei auf deinen Vorschlag eingegangen! Das ist er nicht, verdammt! Dass du es weißt, ich werde eine Exhumierung verlangen!«

Da Colt fluchte und kreischte wie ein Marktweib, war also nichts Schlimmes passiert. Subow kannte seinen Chef wie eine Mutter ihr Kind.

Würde ihn Colt auch nur einen Augenblick lang der Dinge verdächtigen, die er ihm jetzt an den Kopf warf, würde er nicht brüllen. Dann wäre er ganz ruhig, so freundlich wie nie, würde gutmütig scherzen und vermutlich nicht eine einzige Frage zu dem stellen, was ihn interessierte. Erst wenn kompetente Leute gegen ein solides Entgelt unabhängige, absolut lautlose Nachforschungen angestellt und ihm das Ergebnis mitgeteilt hätten, würde Colt den Beschuldigten vielleicht direkt ansprechen. Aber auch das ganz ruhig, ohne die Stimme zu heben.

»Sein Herz war gesund! Er ist gestorben, nachdem er mit dir im Restaurant war! Was hast du ihm gegeben, du Tschekist?«

»Cäsar-Salat mit Hühnerbruststreifen. Eine Fischplatte für zwei, ohne Beilagen. Kräutertee mit Vanille«, zählte Subow gelassen auf und setzte sich auf die kleine Bank in der Duschkabine.

»Wieso hast du dann gelogen, er sei einverstanden gewesen?«

»Ich habe nicht gelogen. Er war wirklich einverstanden, aber nicht für Geld, sondern seiner Tochter zuliebe.«

»Was redest du da? Sie sind arm, alle beide! Seiner Tochter zuliebe hätte er das Geld genommen, damit sie sich ein anständiges Leben leisten kann!«

Ein Wassertropfen aus der Dusche fiel auf Subows Kopf. Er seufzte, stand von der unbequemen Bank auf, verließ die Duschkabine und blickte in den Spiegel. Die Schläfe war rot und ein wenig geschwollen.

»Ich habe ihn überzeugt, dass nur Sofie entscheiden kann, was mit der Entdeckung geschehen soll. Sie ist Biologin und die Ururenkelin. Das ist Schicksal. Sie kann sich das Ganze ansehen und wird wissen, was weiter zu tun ist. Das ist ihr Recht, ihre Pflicht und vielleicht ihre wichtigste Chance im Leben. Ich habe ihm geschworen, dass wir keinen Druck auf sie ausüben werden, dass wir ihr nur die Möglichkeit geben werden, sich in Ruhe damit zu beschäftigen, alles zu sichten, was noch da ist – wenn überhaupt noch etwas da ist –, und dann zu entscheiden.«

Subow ging in sein Zimmer zurück, nahm den Eisbehälter aus der Minibar, klopfte ein paar Würfel heraus und wickelte sie in ein Papiertaschentuch. Dann kroch er unter die Decke und presste den kalten Umschlag auf die Schläfe.

»Und? Warum sagst du nichts mehr? Weiter!«

»Er hat versprochen, mit ihr zu reden, aber nicht gleich. Er müsse sie erst vorbereiten, das Ganze käme zu überraschend und sei zu ernst und kompliziert. Ihn beunruhigte vor allem eines: Wenn das Präparat wirklich existiert, würde seiner Tochter damit eine enorme moralische Verantwortung aufgebürdet. Das quälte ihn am meisten. Aber ich habe den richtigen Weg gefunden. Wie sich herausstellte, habe ich ihm genau das Gleiche gesagt wie der alte Danilow.«

»Woher weißt du das? Er hat doch zu dir gesagt, sie hätten das Thema gar nicht erwähnt.«

»Haben sie natürlich doch, aber Lukjanow konnte mir als Fremden nicht die Details eines Familiengeheimnisses verraten. Das brachte er einfach nicht über sich. Er hat seine Prinzipien, das wissen Sie ja. Aber ich habe es aus einem Satz geschlossen, den er gesagt hat: ›Ja, das meint er auch.‹ Am Ende haben wir uns durchaus freundschaftlich getrennt. Ich habe angeboten, ihn nach Hause zu fahren, aber er wollte lieber zu Fuß gehen, ein wenig frische Luft schnappen.«

»Das ist alles?«

»Ja. Wir haben verabredet, dass er mich sofort anrufen würde, sobald er mit ihr gesprochen hat.«

»Und warum war dein Treffen davor mit ihm so ein Misserfolg?«

»Pjotr Borissowitsch, ich habe von Anfang an versucht, Ihnen klarzumachen, dass man ihm nicht sofort Geld anbieten sollte.«

Subow hörte, dass Colt schnaufte und mit hastigen Schlucken trank.

»Hast du schon mit ihr gesprochen?« fragte Colt nach einer Pause.

»Noch nicht.«

»Weißt du was, verdopple einfach die Summe, die wir festgelegt hatten.«

»Lieber nicht, Pjotr Borissowitsch.«

»Du meinst, das wäre zu viel? Seit wann machst du dir Sorgen um mein Geld?«, fragte Colt bissig.

»Darum geht es nicht«, stöhnte Subow leise.

»Sondern? Erklär's mir, damit ich's verstehe. Ich bin ja nicht blöd.«

»Wenn ich ihr mehr anbiete als das normale Gehalt, verliere ich den Kontakt zu ihr. Das würde sie erschrecken und abstoßen.«

»Unsinn! Keiner lehnt Geld ab! Niemand und niemals! Ich bin nicht erst seit gestern auf der Welt, von mir hat bisher jeder Geld genommen, ganz andere als sie. Akademiemitglieder, verdiente Künstler, ganz zu schweigen von Ministern und diversem Abgeordnetengesocks.«

»Lukjanow hat abgelehnt.«

»Verdammt! Was wollen sie denn deiner Meinung nach? Was?«

»Von niemandem abhängig sein. Sich als anständige und freie Menschen fühlen.«

Colt lachte plötzlich. Sein Lachen klang eher wie Weinen, wie krampfhaftes, hysterisches Schluchzen. Subow hielt das Telefon vom Ohr weg und sah, dass der Akku fast leer war.

»Wer arm ist, kann nicht anständig und frei sein«, sagte Colt, erneut lachend. »Das ist ein Naturgesetz!«

»Nun, sie sind ja nicht ganz arm. Aber das ist natürlich alles relativ.«

»Was quatschst du da, Iwan? Sülz mich nicht voll! Wenn jemand Kohle ablehnt, heißt das, man hat ihm einfach zu wenig angeboten.«

»Die Summe spielte keine Rolle. Lukjanow hat sich um etwas anderes Sorgen gemacht.«

»Aha, und vor lauter Sorge ist er plötzlich gestorben.«

»Er war wirklich sehr besorgt. Im Prinzip kann er durchaus einen Herzanfall erlitten haben.«

»Nein, Iwan. Hier stimmt was nicht. Aber wenn du es nicht warst, wer dann?«

Das Eis im Taschentuch schmolz, auf dem Kopfkissen bildete sich ein nasser Fleck. Subow kroch aus dem Bett, warf die Kompresse im Bad auf den Fußboden und betrachtete im Spiegel noch einmal seine Schläfe. Sie war noch rot, aber die Schwellung war fast weg. Keine Beule, nur ein blauer Fleck. Nicht weiter schlimm. Er ging zurück ins Zimmer und schloss das Ladegerät an.

»Wer?«, fragte Colt noch einmal.

»Ich denk drüber nach.«

»Ja, denk drüber nach, Iwan, und zwar gut. Denn einen anderen Kandidaten als dich sehe ich im Moment nicht.«

Moskau 1917

Der Strom war wieder da, aber das Telefon blieb stumm. Das Dienstmädchen Marina war zurückgekommen und erzählte, dass es nun ruhig sei und nicht mehr geschossen werde. Aber überall liefen Banditen herum, angeblich revolutionäre Patrouillen, und plünderten unter dem Deckmantel von Haussuchungen am helllichten Tag, nähmen sich, was ihnen gefiel, und man könne sich nirgends beschweren. Niemand wisse, was das für eine neue Macht sei und wo sie sich befinde. Die einen sagten, jetzt werde es überhaupt keine Macht mehr geben, die anderen, Lenin sei ebenso provisorisch wie Kerenski, er werde höchstens einen Monat lang regieren, dann werde sich ein Kongress versammeln und den Zaren zurückholen. Die Fahnenjunker würden angeblich nicht angerührt, nur entwaffnet, in Listen erfasst und nach Hause geschickt.

»Pawel Nikolajewitsch wird bald kommen, schon heute Abend, ganz bestimmt«, sagte Andrej.

»Wenn ihm, Gott behüte, etwas passiert wäre, hätte man es uns sofort mitgeteilt.« Sweschnikow strich Tanja über den Kopf. »Nicht doch, du darfst dich auf keinen Fall aufregen. Mischa braucht deine Milch, er hat doch sonst nichts zu essen.«

»Ich rege mich überhaupt nicht auf. Ich weiß es ganz genau. Pawel lebt. Aber ich möchte hingehen.«

»Wohin?«, fragten Agapkin und Sweschnikow im Chor.

»Zum Kreml, auf den Skobelew-Platz oder in die Snamenka zur Alexander-Schule. Wo geben sie die Waffen ab? Es muss doch eine Art Sammelpunkt geben, einen Stab. Vielleicht ist er ja verletzt? Vielleicht liegt er im Lazarett? Das Telefon funktioniert nicht, ich kann mich nicht erkundigen, ich muss hingehen.«

»Bist du verrückt?« Der Professor schrie so laut, dass Mischa aufwachte und anfing zu weinen. »Du hast zwei Nächte nicht geschlafen, du bist noch geschwächt von der Entbindung. Du gehst nirgendwohin! Untersteh dich! Siehst du, wie wütend Mischa weint, er ist ganz meiner Meinung.«

»Er weint, weil du so schreist, Papa«, sagte Tanja.

»Das ist nicht wahr, Papa schreit nicht, er spricht ganz ruhig«, sagte Andrej, »du darfst nirgendwohin gehen, du bist totenblass und deine Augen sind ganz rot. Lieber gehe ich.«

»Wunderbar, Andrej.« Sweschnikow nickte. »Eine großartige Idee. Soll ich dir vielleicht noch meine Pistole mitgeben?«

»Papa, ich kann nicht mehr zu Hause rumsitzen. Es ist nicht auszuhalten in dieser Kälte. Mischa muss gebadet werden, er pinkelt und kackt doch die ganze Zeit, wir haben nicht genug Stoff für Windeln und auch kein Brennholz mehr für den Herd. Wie sollen wir Wasser warm machen? Drüben bei Madame Cottie ragen Rohre aus dem Fenster, da kommt Rauch raus. Vielleicht laufe ich wenigstens mal rüber und frage, woher sie den Ofen haben? Nur schnell über den Hof, dann komme ich gleich zurück!«

»Nein. Du bleibst hier!«, schrie Sweschnikow heiser.

Noch nie war der Professor so nervös und gereizt gewesen. Sein Bein tat unerträglich weh. Der ständige dumpfe Schmerz laugte ihn aus. Er schlief kaum, aß nichts, vor Schwäche hatte er Schüttelfrost und fror unter zwei Decken.

Das Verbandszeug war alle. Agapkin und Tanja rissen Bettwäsche in Streifen, aber auch davon war nur noch wenig da. Sie brauchten Windeln, die Kinderfrau wusch mehr schlecht als recht mit kaltem Wasser, aber nichts wurde richtig sauber und trocken.

»Ich gehe«, sagte Agapkin, »ich versuche zu erkunden, was da draußen vorgeht.«

»Ja, Fjodor«, seufzte Sweschnikow, »aber seien Sie bitte vorsichtig.«

Tanja schaute ihn mit besorgten, schlaflosen Augen an. Er trat zu ihr und küsste ihr die Hand.

»Ich werde versuchen, Verbandszeug und Windeln zu besorgen. Vielleicht habe ich ja Glück?«

»Und versuchen Sie, etwas über Pawel Nikolajewitsch rauszukriegen, wenn es geht«, sagte Andrej.

Es war ein dunkler, schmuddeliger Tag. Niedrige Wolken hingen regungslos über der Stadt wie Sackleinenfetzen. Es fiel nasser Schnee, der so schmutzig war, als fiele er nicht vom Himmel, sondern als werde stechender Staub von den besudelten, mit Müll übersäten Trottoirs aufgewirbelt. Die zerschossenen Gaslaternen brannten wie Fackeln. Die Flammen stiegen hoch in den Himmel auf und wurden als blutroter Widerschein zurückgeworfen.

Zum ersten Mal seit Tagen liefen Passanten die Twerskaja entlang, aber sie hatten sich verändert. Die Moskauer Straßen wurden beherrscht von einer neuen, nie gesehenen, kaum noch menschenähnlichen Art.

Einzelne schauten sich gehetzt um, den Kopf eingezogen, als wären sie aus dunklen, stinkenden Höhlen gekommen. Zweier- oder Dreiergruppen benahmen sich ungehemmt wie in einem billigen Wirtshaus. Sie fluchten, grölten, lachten ungeniert lauthals und spuckten auf den Boden. Soldaten- und Arbeitermützen, Melonen und Zylinder, sichtlich von fremden Köpfen, waren keck in den Nacken geschoben. Die Kleidung stand offen, so dass man die Unterwäsche sah.

Ein junger Mann in geflickten Filzstiefeln, aber einem teuren Herrenpelz kam Agapkin entgegen. Er rempelte ihn absichtlich an und hauchte ihm schweren Alkoholdunst ins Gesicht. Fjodor legte einen Schritt zu. Sich jetzt bloß nicht auf ein Handgemenge einlassen.

Eine junge Frau in einer Plüschweste, unter der ein Brokatballkleid hervorschaute, schrie, als sie auf einer Höhe mit Agapkin war, mit schriller hoher Stimme: »Intellenzler, Offiziersschwein! Schande über dich!«

Sie wollte ihm ins Gesicht spucken, doch Fjodor konnte ausweichen. Sie roch nicht nach Alkohol, sie war berauscht von der neuen Freiheit, bei der alles erlaubt war.

Viele graue Soldatenmäntel, Lederjacken und -schirmmützen gingen vorbei. Finstere Gesichter, auf denen eine Staubschicht zu liegen schien. Trübe Augen. Harter, direkter, ungeniert abschätziger Blick. Diese Männer waren ruhig und hochmütig. Bewaffnete. Die Organisatoren der höllischen Maskerade. Die neuen Herren der Stadt.

Über den Gartenring rollten dröhnend Laster, eine ganze Kolonne, mindestens ein Dutzend. Die ersten beiden waren voller Soldaten, die übrigen transportierten nagelneue helle Kiefernsärge.

Während Agapkin wartete, ertönte hinter ihm eine Stimme: »Wer sind Sie? Offizier? Waffe?«

Zwei Männer im Soldatenmantel, einer mit einer Ledermütze. Wilde, irre Augen. Zu einem dünnen Riemen zusammengerollte rote Armbinden.

Sie können nicht alle am frühen Morgen schon betrunken oder berauscht sein, dachte Agapkin, aber es ist ihre Sternstunde. Sie sind wie von Sinnen: Auf einmal ist alles erlaubt.

»Ich bin Arzt«, sagte er, »ich habe keine Waffe.«

Glücklicherweise hatte er seine Pistole zu Hause gelassen. Sie durchsuchten ihn gelassen und geschäftig, nahmen ihm die Taschenuhr weg und das silberne Etui mit den Papirossy, schüttelten alles Geld aus dem Portemonnaie und behielten auch das Portemonnaie. Schließlich ließen sie ihn laufen und wandten sich einem alten Mann in einem soliden Ziegenpelzmantel zu.

Sie werden ihn ausziehen, dachte Agapkin, hoffentlich wohnt er in der Nähe, dass er wenigstens nicht erfriert.

Agapkin ging weiter, langsam, wie im Schlaf, dann drehte er sich um und sah, wie ergeben, ja beflissen der alte Mann den Mantel auszog, und verharrte plötzlich mitten auf der Straße.

Ich wehre mich nicht. Es kommt mir nicht einmal in den Sinn, mich oder den alten Mann zu verteidigen. Warum? Ich bin doch genau wie sie, ich bin der Sohn einer Wäscherin, wir sind aus dem gleichen Holz. Aber ich fürchte und hasse sie, ich erstarre vor Angst. Was ist mit mir los? Was bleibt mir noch? Den Kopf gegen die graue Hauswand zu schlagen, in den Erdboden zu versinken, in die Hölle, vor Scham und Angst?

»In die Hölle«, sagte er laut, mit blutleeren Lippen, »da bin ich sowieso schon. Wir alle sind dort.«

Er wollte rauchen, um sich ein wenig zu beruhigen, doch dann fiel ihm ein, dass man ihm eben die Papirossy samt Etui abgenommen hatte. Ebenso wie das gesamte Geld, also selbst wenn ein Wunder geschehen und er ein geöffnetes Geschäft finden sollte, würde er nichts kaufen können. Verbandszeug? Windeln, Seife, Brot, Grieß – in der Hölle?

Hamburg 2006

Das Telefon klingelte, als Sofja duschte. Im Bad gab es einen zweiten Apparat, neben der Toilette. Er klingelte so lange und ausdauernd, dass Sofja das Wasser abdrehte, sich ein Handtuch umwickelte und abnahm.

»Sofja Dmitrijewna, schlafen Sie noch? Es gibt nur noch eine halbe Stunde lang Frühstück.«

»Guten Morgen, Iwan Anatoljewitsch. Ich bin schon wach. Ich brauche noch eine Viertelstunde.«

»Gut. Der Frühstücksraum ist in der dritten Etage. Verlaufen Sie sich nicht. Ich erwarte Sie.«

»Na, was ist, Knolle? Macht's dir Spaß, dich mit allen möglichen dummen Ängsten zu zermürben?«, wandte sie sich an ihr blasses Spiegelbild. »Dafür bist du nun völlig unausgeschlafen. Du siehst furchtbar aus. Du hast dir nicht mal die Mühe gemacht, Nolik zu antworten. Und zum Frühstück musst du mit nassen Haaren gehen, zum Föhnen ist keine Zeit mehr.«

Nach der heißen Dusche am Morgen erschienen ihr ihre nächtlichen Mutmaßungen absurd. Sie schämte sich für ihre schlechten Gedanken über Bim, am liebsten hätte sie ihn gleich angerufen und sich entschuldigt.

Auf der Marmorablage am Waschbecken lag die Plastiktüte mit der kleinen Kapsel. Sofja wollte sie schon wegwerfen, besann sich jedoch und schob sie in die Aktentasche.

Als sie in die dritte Etage hinuntergefahren war und den Frühstücksraum betrat, war ihr ein wenig schwindlig.

»Sofja Dmitrijewna, hier bin ich!«

Subow musste aufstehen und Sofjas Hand berühren, damit sie zu sich kam.

»Ja? Ah, nochmals guten Morgen.«

Dummerweise hatte Sofja nach der schlaflosen Nacht überhaupt keinen Hunger. Sie lief mit einem leeren Teller lange vor dem Büfett auf und ab und nahm am Ende nur einen Löffel Quark und ein paar Stücke Ananas und Honigmelone. Subow brachte ihr ein Glas frischgepressten Orangensaft und bestellte einen starken Kaffee.

»Unser Zug geht in anderthalb Stunden. Ich habe heute früh Nachrichten geschaut, auf Sylt ist es sehr kalt, minus zwölf Grad am Tag, ziehen Sie sich also warm an.«

»Gibt es dort auch jeden Morgen so ein Frühstück? Wo werde ich eigentlich wohnen?«

»Für die erste Zeit haben wir für Sie ein Hotelzimmer gebucht. Später, wenn das gesamte Team da ist, ziehen Sie in eine Villa um. Wir haben sie für ein Jahr gemietet, aber dort wird noch renoviert.«

»Im ›Crowne Plaza‹?«, fragte Sofja.

Die Hand mit der Kaffeetasse verharrte vor seinem Mund. Sofja schaute Subow an und sah, dass seine hellen Wimpern leicht zuckten und seine Pupillen sich verengten. Seine Verwirrung dauerte nur den Bruchteil einer Sekunde. Gelassen nahm er einen Schluck Kaffee und lächelte wie immer warm und herzlich.

»Sofja Dmitrijewna, haben Sie etwa einen Reiseführer studiert?«

»Nein. Das heißt, doch. Im Zimmer lag ein Haufen Prospekte auf dem Tisch, auch einige über Sylt.«

»Und von allen Hotels auf der Insel interessieren Sie sich ausgerechnet für das ›Crowne Plaza‹?«

»Ich weiß nicht. Der Name ist einfach hängengeblieben. Warum wundert Sie das so?«

»Weil wir genau in diesem Hotel ein Zimmer für Sie gebucht haben. Sie haben wirklich eine phantastische Intuition.«

»Danke, Iwan Anatoljewitsch. Sie sind der Erste, der das feststellt, und ich fürchte, Sie irren sich. Meine Intuition ist eher schwach entwickelt. Sagen Sie, werde ich heute gleich mit der Arbeit anfangen? Gibt es dort schon ein Labor?«

»Heute und morgen werden Sie sich erholen, auf der Insel spazierengehen, Seeluft schnuppern. Und Sie sollten unbedingt mal durch die Geschäfte bummeln. Ich fürchte, Sie sind für den Winter im Norden nicht warm genug angezogen. Sie dürfen sich nicht erkälten, auf Sie wartet viel Arbeit.«

Sie verließen den Saal. Subow schlug vor, auf eine Zigarette in die Bar hinunterzugehen.

»Gern. Und ich brauche noch eine Tasse Kaffee«, sagte Sofja.

In der Bar klingelte Subows Mobiltelefon. Er entschuldigte sich und ging mit dem Apparat in eine entlegene Ecke. Sofja beobachtete ihn von weitem. Er wirkte mürrisch und angespannt. Er telefonierte ziemlich lange. Auf dem Bartresen wurde sein Kaffee kalt.

»Gibt es dort schon ein Labor?«, fragte Sofja noch einmal, als er zurück war.

»Sie sind ein richtiger *workaholic,* eine Besessene«, sagte er mit seinem üblichen Lächeln, »was für meine Chefs natürlich sehr gut ist, einfach wunderbar. Aber wollen Sie wirklich gleich heute mit der Arbeit anfangen?«

»Ich habe Sehnsucht nach meiner Arbeit, ja. Aber vor allem bin ich gespannt. Wenn mein Arbeitsplatz genauso sauber, bequem und menschenfreundlich ist wie alles hier, werde ich heulen vor Glück.«

»Gut. Ich zeige Ihnen das Labor. Ich versichere Ihnen, es ist genau so – sauber, bequem, bestens ausgestattet. Aber heulen sollten Sie bitte nicht.«

»Ich werde mich bemühen. Ich werde mich von vornherein darauf einstellen, dann kann ich meine Emotionen beherrschen.«

Wieder zurück in ihrem Zimmer, schaltete Sofja den Computer ein und fand eine neue E-Mail von Nolik.

»Sofie, warum meldest du dich nicht? Wie geht es dir dort? Heute Nacht habe ich noch was gefunden.

Michail Pawlowitsch Danilow war einer der Leute, die den Engländern Informationen über das Geheimabkommen über die Aufteilung Europas zwischen unseren und den Deutschen übermittelt haben. 1939 war er gerade 22 Jahre alt. Er hat bei der SS gedient, als Leutnant. Im Moment habe ich nur ein einziges Foto von ihm, aus einem Buch abfotografiert. Die Qualität ist miserabel, außerdem ist es vor zehn Jahren gemacht worden, darauf ist er also schon alt. Aber weißt du, was mir aufgefallen ist? Das hagere Gesicht und die großen, ein wenig abstehenden Ohren. Wie bei deinem Vater.

Sofie, werde bitte nicht nervös und sei mir nicht böse. Ich ziehe vorerst keine Schlüsse, ich schildere dir nur die Fakten. Von dem Geheimabkommen konnte nur jemand wissen, der zur Ribbentrop-Delegation gehörte, der also zu der Zeit, 1939, in Moskau war.

Ich rate dir sehr, nach Sylt zu fahren und Danilow zu suchen. Nein, ich rate es dir nicht nur, ich bestehe darauf. Die Insel ist nicht weit weg von Hamburg, und sie ist ziemlich klein. Du findest ihn dort bestimmt. Ich habe irgendwie das Gefühl, dass ihr beide genug Gesprächsstoff haben werdet.

Ich umarme dich und küsse dich genauso heiß und unanständig wie auf dem Flughafen. Und du, liebe Knolle, kannst nichts dagegen tun!

Dein Nolik.«

Achtzehntes Kapitel

Moskau 2006

Mürrisch, nervös, mit verquollenem Gesicht und Kopfschmerzen nach dem Cognac in der Nacht setzte sich Pjotr Colt auf den Rücksitz seines riesigen gepanzerten Jeeps.

Der Chauffeur begrüßte ihn leise, bekam aber keine Antwort, fuhr aus der Tiefgarage, bog auf die Straße ein und beschleunigte. Nach zwanzig Minuten steckten sie im Stau. Colt, der eingeschlafen zu sein schien, fragte plötzlich heiser: »Wo fährst du hin?«

»Ins Büro, Pjotr Borissowitsch.«

»Hab ich das gesagt?«

»Etwa nicht?«, fragte der Chauffeur erstaunt. »Wohin denn sonst? Sie sagten gestern Abend, sie hätten um elf eine Sitzung, und jetzt ist es viertel elf.«

Colt fluchte, knurrte etwas, rief einen seiner Stellvertreter an und beauftragte ihn, die Sitzung ohne ihn abzuhalten.

»Fahr ins Zentrum«, befahl er dem Fahrer, als sich der Stau aufgelöst hatte, »in die Brestskaja.«

Er traf den alten Agapkin am Schreibtisch an, vor dem eingeschalteten Notebook.

»Er kommt nicht ins Internet. Ich habe alles abgeschaltet«, flüsterte Buton leise.

Neben dem Computer lagen einige alte, zerfledderte dicke Hefte.

»Mach einen Kamillentee für ihn und für mich einen Kaffee«, befahl Colt, rückte einen Stuhl an den Schreibtisch und setzte sich neben Agapkin.

»Ich habe schon gefrühstückt«, knurrte der Alte wütend, »ich will keinen Tee. Ist sie angekommen?«

»Ja.« Colt sah auf die Uhr. »Ich glaube, sie steigen jetzt gerade in den Zug nach Sylt. Na, willst du nun doch deine Memoiren schreiben?« Er wollte nach einem der Hefte greifen, doch der Alte schlug ihm auf die Hand.

»Finger weg!«

Der Schlag klatschte heftig, tat sogar weh, und Colt freute sich unwillkürlich. Der Alte hatte Kraft in den Armen und ein ausgezeichnetes Reaktionsvermögen.

»Schon gut.« Er nickte brav. »Aber erklär mir wenigstens, was das ist.«

»Das ist von unschätzbarem Wert. Dafür hat man versucht, mich zu erstechen, zu vergiften und zu erschießen.«

»Wer?«

»Erstechen wollten mich Steppenbanditen, eines Nachts im Zelt, aber ich war geschickter, habe ihnen das Messer entwunden und meine Kameraden geweckt. Vergiften wollte mich Jeshow, erschießen Berija. Das Gift habe ich selbst entdeckt, und vor der Erschießung hat mich Gleb Bokija bewahrt, das war schon nach dem Krieg, 1946.«

»Moment mal, du hast doch gesagt, Bokija sei 1937 erschossen worden. Wie kann er dich da nach dem Krieg gerettet haben?«

»Ganz einfach. Ich habe einen Teller kreisen lassen und seinen Geist angerufen. Er ist herumgeflogen, hat dem Richtigen etwas eingeflüstert und mich Gottesknecht vor dem unausweichlichen Tod bewahrt. Du bist ein ungebildeter Mensch, Pjotr. Was hat man dir an deiner philosophischen Fakultät nur beigebracht?«

»Wissenschaftlichen Atheismus, dialektischen Materialismus. Es gibt kein Leben nach dem Tod.«

»Gott schaffen diejenigen ab, die Seinen Platz einnehmen wollen. Atheismus führt immer zur Diktatur eines hemmungslosen Paranoikers über Millionen schüchterner Ungläubiger«, knurrte der Alte.

»Fjodor, hör bitte auf mit dem Blödsinn. Ich habe auch so schon seit heute früh furchtbare Kopfschmerzen.«

»Hast du getrunken?«

»Was glaubst denn du! Nach deinen wüsten Andeutungen über meinen Iwan habe ich zwei Nächte nicht geschlafen.«

»Was?«

»Natürlich bestreitet er alles, er hat mit mir ganz ruhig und vernünftig gesprochen.«

»Was?«, wiederholte der Alte.

»Das ist Schwachsinn, Fjodor, von Anfang bis Ende.« Colt hob die Stimme, schrie. »Mein Iwan hat niemanden umgebracht! Und er wird auch deine kostbare Sofie nicht anrühren. Er behandelt sie wie ein rohes Ei.«

Colt brüllte, schielte dabei unruhig auf die Hefte und versuchte, den Text auf dem Bildschirm zu lesen, doch da aktivierte sich der Bildschirmschoner.

Agapkin schaltete den Computer aus.

»Hör auf zu brüllen und schiel nicht auf den Bildschirm! Du würdest sowieso nichts kapieren. Ich habe gefragt, was du getrunken hast? Cognac?«

»Ja. Meine übliche Marke.« Colt seufzte schwer.

»Sag mal, willst du etwa nicht herausfinden, ob Dmitri ermordet wurde?«

»Doch. Ich werde alles tun, was ich kann. Das verspreche ich. Aber jetzt erklär mir endlich, wie dich der tote Bokija vor der Erschießung bewahrt hat!«

»Ganz einfach.« Agapkin schlug eines der Hefte auf und hielt es Colt vor die Nase. Colt sah akkurate Zahlen- und Buchstabenreihen, unverständliche Zeichen und Skizzen. Der Alte schlug das Heft wieder zu und strich zärtlich über den roten Wachstucheinband.

»Eine Chiffre, ja?«, fragte Colt.

»Sieh an, du hast es erraten«, spottete Agapkin, »du bist ein Genie, Pjotr. Ich habe mich in dir nicht getäuscht. Das ist eine der raffiniertesten Chiffren von Bokija. Er war ein Meister im Verschlüsseln. Außer mir kennt niemand den Schlüssel. Niemand auf der Welt.«

»Und was ist das?«

»Die Materialien der Forschungsreise in die Wudu-Schambala-Steppen von 1929. Das Material, das alle Fachleute bis heute für endgültig verloren halten. Das Original existiert allerdings nicht mehr. Das wurde vernichtet. Das hier ist die einzige Kopie, aber ohne mich ist es nur eine sinnlose Ansammlung von Zeichen.«

»Und das willst du nun entschlüsseln und in den Computer übertragen?«

»Ja. Das versuche ich.«

»Warum hast du das nicht schon früher getan?«

»Ich hatte Angst, jemand könnte davon erfahren und es mir wegnehmen wollen. Mich erstechen, vergiften, erschießen.«

»Wer denn?«

»Es gibt genug Interessenten. Aber jetzt habe ich ja dich, Pjotr, du bist stark, klug und großzügig. Ich glaube dir, dass du mich beschützen wirst. Und auch Sofie. Vor allem sie, dann erst mich.«

Colt nickte mechanisch, knetete eine Zigarette und fragte nachdenklich: »Heißt das, auch Berija hat sich für Sweschnikows Methode interessiert?«

»Schluss, Pjotr. Mehr sage ich vorerst nicht.«

»Nein, warte, du hast doch gesagt, schon 1930, nachdem die Gefangenen, die man für Versuche benutzt hatte, zufällig erschossen worden waren, sei die Geschichte endgültig in Vergessenheit geraten.«

»Lass mich in Ruhe.«

Buton rollte den Servierwagen mit dem Tee und dem Kaffee herein. Agapkin schob das Heft in eine Schublade. Ein Blick auf sein Gesicht, die zusammengepressten Lippen und die eingekniffenen Augen sagte Colt, dass das Thema für heute beendet war, trotzdem fragte er: »Willst du es für sie entschlüsseln?«

»Für wen denn sonst? Für dich etwa?« Agapkin griff nach der Tasse und trank langsam, mit kleinen Schlucken, seinen Kamillentee.

»Sag mal, sieht sie Sweschnikows Tochter wirklich so ähnlich?«, fragte Colt leise.

»Was geht dich das an?«

»Es interessiert mich einfach.«

Agapkin stellte die Tasse ab, drehte sich mit seinem Sessel herum und starrte Colt an. Seine Augen wirkten plötzlich jung, klar und scharf. Colt hielt dem durchdringenden Blick stand. Eine ganze Weile schwiegen sie sich an. Adam kam herbeigehumpelt, blaffte ein paarmal und legte Vorderpfoten und Kopf auf den Schoß seines Herrn.

»Was meinst du«, fragte Agapkin und kraulte den Hund hinterm Ohr, »als dieser Hochstapler Melnik Sofie zu mir gebracht hat, habe ich sie da gleich erkannt?«

»Ich denke, du wusstest vorher, wer sie ist, und dass sie hier aufgetaucht ist, war dir zu verdanken.«

»Sehr gut. Richtig. Ich habe nach einem Weg gesucht, mit ihr in Kontakt zu treten. Natürlich hatte ich ihre Adresse und ihre Telefonnummern, aber ich wusste nicht, was ich ihr sagen sollte. Wer ich bin, woher ich plötzlich komme. Ich wusste alles über Dmitri und natürlich auch über Sofie. Schon als Studentin hat sie in den letzten Studienjahren hin und wieder Artikel in wissenschaftlichen Zeitschriften veröffentlicht. Ich habe alles von ihr gelesen, und mir schien, sie könnte sich eines Tages durchaus für Professor Sweschnikow interessieren. Es gibt ein Antiquariat für medizinische Fachliteratur, das einzige in ganz Moskau. Die Buchhändler sind gute Bekannte von mir. Ich habe sie gebeten, mir Bescheid zu sagen, wenn jemand etwas über Sweschnikow suchen sollte. Ich hatte mit Sofie gerechnet, aber erst kam Melnik. Später konnte ich ihn veranlassen, Sofie herzubringen.«

»Kann Melnik vielleicht geahnt haben, wer sie ist?«, fragte Colt plötzlich und leerte seine Kaffeetasse mit einem Zug.

»Das hätte noch gefehlt! Er hat keine Ahnung. Er hat mich mit Fragen gelöchert, und ich habe mich redlich bemüht, sie zu beantworten, konnte es aber nicht. Du weißt ja, ich erinnere mich an eine Menge Alltagsdetails, aber alles Interessante, Wichtige, das habe ich vergessen.«

»Ja, dieses Spielchen hast du am Anfang auch mit mir gespielt.«

»Aber nur eine Weile. Du schienst mir ein kluger Mann zu sein. Ich hoffe, ich habe mich nicht geirrt. Du bist der Erste, dem ich erzählt habe, dass Tanja in ihrem Testament verfügt hat, ihr Sohn dürfe das Ganze nur an ein Mitglied der Familie übergeben.«

»Hat Tanja gewusst, dass sie in Russland einen Enkel hat, Dmitri?«

»Selbstverständlich. Sie hat ihn sogar gesehen. Dafür habe ich gesorgt. Sie war zweimal als Touristin in Moskau, 1970 und 1976, drei Monate vor ihrem Tod. Das letzte Mal saßen sie nebeneinander, in der Hamlet-Aufführung am Taganka-Theater. Dmitri war mit seiner Frau dort, die übrigens schon schwanger war mit Sofie.«

»Das wusste ich nicht. Das hast du mir nie erzählt.«

»Du weißt überhaupt noch sehr wenig.«

»Hat Tanja nicht versucht, ihn anzusprechen?«

»Eine dumme Frage, Pjotr! Hast du vergessen, dass hier die Sowjetmacht herrschte? Dmitri war ein aufrichtiger Komsomolze, dann ein ebenso aufrichtiger Kommunist, du weißt schon, einer mit Idealen, mit dem festen Glauben, dass die Idee trotz aller Überspitzungen unter Stalin großartig und das System gerecht sei. Außerdem arbeitete er in einem geheimen Forschungsinstitut, er war Geheimnisträger. Stell dir vor, eine ältere bourgeoise Dame, eine Touristin aus dem kapitalistischen Frankreich, hätte ihn plötzlich angesprochen und gesagt: Guten Tag, Dmitri, ich bin deine leibliche Großmutter. Dein Großvater war einer der Anführer der weißgardistischen Bewegung, ein eingefleischter Feind der Sowjetmacht. Dein Vater hat bei der SS gedient und für den englischen Geheimdienst gearbeitet. Dmitri hätte sich vor Angst in die Hose gemacht und das Ganze für eine Provokation gehalten.«

»Ja, wahrscheinlich.« Colt nickte. »Aber Dmitri war doch gar kein Biologe, sondern Ingenieur. An ein Mitglied der Familie weitergeben! Das ist doch kein Erbstück, kein Diamant mit fünfzig Karat. Damit kann man weder sofort Profit erzielen, noch kann man es verkaufen. Man braucht in jedem Fall einen Fachmann, einen Biologen.«

»Profit, verkaufen.« Agapkin verzog das Gesicht und bewegte die Lippen. »Jemand aus der Familie – damit meinte Tanja jemanden, der eben nicht ans Verkaufen denkt. Aber das wirst du kaum verstehen, Pjotr. Überhaupt bin ich jetzt müde vom vielen Erklären. Verschieben wir dieses Gespräch auf später. Ich will heute noch arbeiten.«

»Gut«, – Colt seufzte –, »verschieben wir's auf später. Aber beantworte mir noch eine letzte Frage. Hast du vor, die gesamten Informationen nur an Sofja weiterzugeben? Dechiffrierst du deine wertvollen Krakel nur für sie oder um des Präparates willen?«

»Für sie. Nur für sie.«

»Und wenn sie sich weigert? Wenn sie genau wie ihr Ururgroßvater Sweschnikow plötzlich blödsinnige moralische Bedenken bekommt und findet, man könne dieses Verfahren ja nicht allgemeinzugänglich machen, und nur Auserwählte zu verjüngen sei unmoralisch und gefährlich für die Menschheit?«

»Und wenn schon! Wunderbar! Dann eben nicht.«

»Jetzt lügst du aber.« Colt lachte und schüttelte den Kopf. »Du machst nicht nur mir was vor, sondern auch dir selber. Du kannst nicht zulassen, dass Sweschnikows Entdeckung für immer verschwindet. Du wartest doch selber ungeduldig darauf.«

»Ja, Pjotr. Natürlich ist das gelogen, natürlich warte ich darauf.« Der Alte seufzte. »Aber ich habe Angst um das Mädchen.«

»Hör auf, Fjodor, du hast vor allem Angst um dich selbst. Du brauchst das Präparat, die Zeit läuft dir weg, das ist alles.«

»Ach, Pjotr, manchmal ist es mir richtig zuwider, mit dir zu reden. Hör auf zu trinken. Das schadet dir. Es macht dich böse und dumm. Weißt du, was für dich im Moment das Wichtigste ist? Denjenigen zu finden, der Dmitri getötet hat. Denn er wird bald versuchen, Sofie zu töten. Pass auf, dass du nicht zu spät kommst, ohne sie erreichst du gar nichts. Das garantiere ich dir.«

Moskau 1917

Unversehens befand sich Agapkin vor dem Haus in der Großen Nikitskaja. Davor parkte ein geschlossenes Automobil, daneben standen zwei Soldaten mit Gewehren über der Schulter.

Agapkin wollte vorbeigehen, aber es war zu spät. Die Soldaten hatten bemerkt, dass er vor dem Haus stehen geblieben war, und traten ihm in den Weg.

»Wohin? Stehen bleiben!«

Er kam nicht zum Antworten. Die Tür ging auf. Der junge Mann in der Soldatenbluse sagte ruhig: »Lassen Sie ihn durch. Er will zu uns.«

»Was geht hier vor?«, fragte Agapkin in der Diele.

»Legen Sie ab und kommen Sie herein.« Der junge Mann nahm Agapkin den Mantel ab. »Warten Sie im Wohnzimmer. Ich sage Bescheid.«

An der Garderobe hingen nagelneue Lederjacken. Es war relativ warm, aber nicht von der Dampfheizung, sondern von Öfen. Im Wohnzimmer brannte ein fröhliches Feuer im Kamin. In einem Sessel saß Sina mit ihrem Kind auf dem Arm. Sie lächelte.

»Guten Tag. Tanetschka ist gerade eingeschlafen. Ich traue mich nicht aufzustehen, ich sitze still wie ein Mäuschen, damit sie nicht aufwacht.«

Ihr ruhiges, anheimelndes Flüstern, ihr rotwangiges rundes Gesicht, ihr freundliches Lächeln, der Anblick des schlafenden, in eine Seidensteppdecke gehüllten Kindes, die Sauberkeit und Behaglichkeit des Zimmers erschütterten Agapkin.

»Wissen Sie, sie ist furchtbar verwöhnt. Sie schläft nur auf meinem Arm, wenn ich sie ins Bettchen lege, wacht sie sofort auf und weint. Papa ist oben, in seinem Zimmer. Er wollte schon nach Ihnen schicken, er hat einen dringenden Auftrag für Sie.«

Er ließ sich schwer in einen Sessel ihr gegenüber fallen und sagte mit dumpfer, tonloser Stimme: »Sina, ich wurde gerade ausgeraubt, ganz in der Nähe, auf der anderen Seite des Gartenrings.«

Sie seufzte und schüttelte traurig den Kopf. »Auf der Straße ist es unsicher und gefährlich. Aber Papa sagt, das ist bald vorbei. Wir müssen uns gedulden und abwarten. Beruhigen Sie sich, Fjodor, ruhen Sie sich aus.«

Doch dazu kam er nicht. Der Junge in der Soldatenbluse bat ihn nach oben ins Arbeitszimmer.

Von dort hörte Agapkin gedämpftes Lachen, der Meister unterhielt sich mit zwei Besuchern.

»Iljitsch sah ganz müde und verwirrt aus«, ließ sich ein fröhlicher Bariton hören, »er schaut mich an, lächelt und sagt: Mir ist schwindlig. Von der Illegalität an die Macht – das kam zu plötzlich.«

Agapkin klopfte an. Das Gespräch verstummte.

»Ja, Fjodor, kommen Sie herein«, rief der Meister.

Er sagte nicht Bruder oder Disciple. Seine Gäste hatten also nichts mit der Loge zu tun.

»Guten Tag, Matwej Leonidowitsch. Guten Tag, meine Herren«, grüßte Agapkin.

Zwei Männer in halbmilitärischen Jacken, ein dicker junger Rothaariger mit Stupsnase und mädchenhaft zart geröteten Wangen und ein Älterer, ein hagerer, leicht ergrauter Brünetter mit einem schmalen, rassigen Gesicht, starrten ihn belustigt und erstaunt an.

»Meine Herren«, wiederholte der Rothaarige ironisch und hob einen molligen Finger.

»Genossen, macht euch bekannt«, sagte der Meister, »Fjodor Fjodorowitsch Agapkin, ein großartiger Arzt, der treue Assistent und fast ein Verwandter von Professor Michail Wladimirowitsch Sweschnikow.«

»Stepanenko«, stellte sich der Rothaarige vor.

»Wenn meine Erinnerung mich nicht täuscht, ist Oberst Danilow der Verwandte«, sagte der Brünette nachdenklich und griff nach einer Papirossa.

»Der jüngere Bruder des Genossen Kudijarow ist in den Kämpfen um den Kreml heldenhaft gefallen«, erklärte der Meister halblaut. »Setzen Sie sich, Fjodor. Es gibt gleich Tee.«

Agapkin setzte sich auf die Stuhlkante und starrte gierig auf die Papirossa, die der Genosse Kudijarow mit seinen hageren Fingern knetete. Sein Gesicht kam Agapkin vage bekannt vor.

»Unter dem entwaffneten Offizierspack ist Oberst Danilow übrigens bislang nicht«, sagte Stepanenko.

»Auch nicht unter den Getöteten«, ergänzte Kudijarow und riss endlich ein Streichholz an.

»Hui, weg ist er, der liebe Oberst.« Stepanenko spitzte die Lippen. »Vielleicht an den Don, zu Ataman Kaledin.

»Wird er denn nicht noch einmal seine junge Frau aufsuchen, sich verabschieden?«, fragte Kudijarow.

»Tatjana Michailowna ist hochschwanger, glaube ich«, sagte der Meister und sah Agapkin an. »Oder hat sie schon entbunden?«

»Ja, das hat sie«, sagte Agapkin kaum hörbar.

»Ach ja? Aber warum sagen Sie das so traurig? Ich hoffe, es ist alles gut verlaufen?«

»Ja. Das Kind ist gesund. Ein Junge.«

»Na, dann kann man dem Herrn Oberst ja gratulieren«, sagte Kudijarow munter, »er kehrt heim, und da wartet so eine Überraschung. Ein Sohn. Sein Erstgeborener.«

Die starren hellbraunen Augen saugten sich an Agapkin fest. Agapkin erwiderte den Blick des Genossen Kudijarow und erkannte ihn endlich.

Grigori Wsewolodowitsch Kudijarow hatte ab 1914 die Krankenhauskasse verwaltet. Im Dezember 1916 war er mit einer erklecklichen Summe verschwunden und wurde seitdem gesucht. Im Lazarett hieß es, der geflohene Kassierer Kudijarow sei kein banaler Dieb, sondern ein politischer. Er habe das Geld für die Partei der Bolschewiki gestohlen, der er seit langem angehörte, und habe enge Beziehungen zu deren Spitze, zu Lenin und Trotzki.

Kriminal- und Geheimpolizei waren mehrere Monate lang im Lazarett herumgelaufen und hatten Ärzte und Feldscher vernommen, aber ohne Ergebnis. Sie hatten lediglich herausgefunden, dass Kudijarow gar keinen Betriebswirtschafts-Abschluss vorweisen konnte, sondern ein abgebrochenes Medizinstudium, und dass er vom ersten Tag an Geld aus der Lazarettkasse gestohlen hatte, allerdings nur kleine Beträge.

Agapkin hatte selten mit ihm zu tun gehabt und ihn darum nicht gleich wiedererkannt. Als er jetzt in die kalten klugen Augen sah, begriff er, dass Kudijarow ihn sofort erkannt und es deshalb nicht für nötig gehalten hatte, sich vorzustellen.

»Übermitteln Sie unbedingt auch in unserem Namen Glückwünsche«, sagte Kudijarow.

»Ja, Genosse Agapkin, unsere Empfehlung und Hochachtung an Seine Wohlgeboren.« Stepanenko kicherte und bewegte ruckartig den Kopf, eine Verbeugung andeutend.

»Wie geht es Michail Wladimirowitsch?«, fragte der Meister.

»Danke, schon besser«, murmelte Fjodor mit steifen Lippen.

»Keine Komplikationen, Entzündungen?«

»Nein. Aber wir haben nicht genügend Verbandszeug, die Lebensmittel gehen zu Ende, und es ist kalt.« Agapkin hätte beinahe hinzugefügt, dass sie auch Windeln brauchten, biss sich aber auf die Zunge, als er Kudijarows Blick begegnete.

»Folgendes, Genosse Agapkin«, sagte der ehemalige Lazarettkassierer nachdenklich, »oder entschuldigen Sie, soll ich Sie lieber mit Herr anreden?«

Agapkin verzog gequält das Gesicht und schüttelte den Kopf. Kudijarow verstand das auf seine Weise und fuhr fort: »Anatoli

Wassiljewitsch persönlich interessiert sich für die Versuche von Professor Sweschnikow. Ich habe ihn vor meiner Abreise nach Moskau getroffen, und er hat mich ganz vertraulich gebeten, den Professor ausfindig zu machen. Wir brauchen solche Leute. Wir werden ihm ein Labor zur Verfügung stellen und ihn mit allem Notwendigen versorgen.«

»Anatoli Wassiljewitsch Lunatscharski, der Volkskommissar für Volksbildung«, erklärte der Meister auf Agapkins fragenden Blick hin.

»Im Moment brauchen wir Verbandszeug.«

»Ach, übrigens, wie hat sich der Professor eigentlich die Kugel im Bein eingefangen?«, fragte Stepanenko plötzlich ohne jedes Lächeln, mit einem gespannten Blinzeln. »Was wollte er denn auf der Straße, mitten in einer Schießerei? Etwa seinem tapferen Schwiegersohn zu Hilfe eilen?«

»Wir sind hinausgegangen, um Brot zu kaufen.«

»Brot?«, fragte Kudijarow. »Nun ja, verstehe. Sagen Sie, Genosse Agapkin, wie steht Michail Wladimirowitsch generell zu den Ereignissen? Was sind seine politischen Ansichten, mit wem sympathisiert er?«

»Er ist verwundet. Ihn peinigen die Schmerzen im Bein. Er hat einen neugeborenen Enkel, im Haus ist es kalt, und es gibt nichts mehr zu essen. Und überhaupt steht er der Politik fern. Ihn interessieren nur die Medizin, die Biologie und seine Familie.«

Ein Dienstmädchen brachte den Tee. Die Gäste tranken jeder ein Glas und verabschiedeten sich. Stepanenko drückte Agapkin kräftig die Hand. Kudijarow nickte ihm nur zu, und Agapkin fiel ein, dass er im Lazarett bekannt gewesen war für seine seltsame Angewohnheit, niemandem die Hand zu geben.

Als sie weg waren, wagte Agapkin endlich, den Meister um eine Papirossa zu bitten.

»Der Genosse Kudijarow hat 1916 unsere Lazarettkasse geplündert«, flüsterte er nach dem ersten Zug hastig.

»Das heißt Expropriation«, erklärte der Meister ebenso flüsternd, »jetzt heißt überhaupt alles anders, auch wir beide, Genosse Agapkin.«

»Meister, erklären Sie mir, wer sind diese Leute? Was geht hier vor?«

Er war fast sicher, dass die Antwort lediglich eine Erinnerung an die Länge seines Seils sein würde, bekam aber etwas ganz anderes zu hören.

»Sie haben uns überlistet, Disciple. Das ist unsere eigene Schuld. Wir haben sie unterschätzt.«

»Wen – sie?«

»Das ist es ja gerade, das lässt sich nicht so klar definieren. Formal heißen sie ›Partei der Bolschewiki‹. Im Grunde ist es eine kleine terroristische Organisation mit marxistischer Ideologie.«

»Karl Marx, ein deutscher Spiritist«, erinnerte sich Agapkin, »er hat ein Buch geschrieben über ein Gespenst, das in Europa umgeht.«

Der Anflug eines Lächelns huschte über Belkins Lippen, aber er schüttelte traurig den Kopf.

»Trinken Sie Ihren Tee, Disciple. Karl Marx ist kein Spiritist. In seiner Jugend hat er für schwarze Magie und Satanismus geschwärmt, dann hat er sich seriösen ökonomischen Theorien zugewandt. In seinem berühmten *Manifest* geht das Gespenst des Kommunismus in Europa um. Aber er hat mit dem Ganzen nichts zu tun. Er ist nur ein Schlagwort, ebenso falsch wie alle ihre Schlagworte. Alle Macht den Sowjets. Den Boden den Bauern. Alles Lüge.«

»Und was ist die Wahrheit?«

»Sie haben gesiegt. Das ist die Wahrheit. Wir haben verloren, und jetzt müssen wir entweder damit leben oder sterben. Übrigens werden künftige Historiker uns Freimaurern die Schuld an allem geben, genau wie nach der Französischen Revolution. Und den Juden, wie immer und überall. Merkwürdigerweise will niemand die simplen Gesetze der Evolution in Betracht ziehen.«

»Sie haben also einfach Glück gehabt? Weil sie zur rechten Zeit am rechten Ort waren?«, fragte Agapkin.

»Ja. Genau. Sie haben den sauren Geruch des Gärens gewittert, die heftige, irrationale Sehnsucht nach Stenka Rasin und Jemeljan Pugatschow.«

»Aber konnte man das alles denn nicht voraussehen, Meister?«

»Ich sagte doch bereits, Disciple, sie wurden nicht ernst genommen. Sie sind nur wenige. Sie kennen Russland nicht. Konspiration, Illegalität, Verbannung, viele Jahre im Ausland. Höchstens zwei, drei von ihnen haben eine abgeschlossene Hochschulbildung. Die meisten sind Halbgebildete mit krimineller Vergangenheit. Professionelle Revolutionäre. Eine Art schwarzer Geheimorden mit ungeheuren Ambitionen.«

»Meister, sind Sie sicher, dass sie lange herrschen werden?«

»Unglücklicherweise ja. Ich bin sicher. Sie beißen sich fest wie englische Bulldoggen.«

»Vielleicht kann man ihnen ja die Zähne ausbrechen?«

»Schön wär's, aber wer sollte das tun? Im Augenblick begreift noch kaum jemand die Bedeutung und Unumkehrbarkeit der Ereignisse. Die meisten glauben, Kerenskis provisorisches Kabinett sei einfach vom neuen Übergangskabinett Lenins abgelöst worden und im Grunde habe sich nichts geändert. Dieser allgemeine Irrtum nützt ihnen. Bevor die Leute sich besonnen und ihr Wesen erkannt haben, werden sie in Russland ihre eigene Ordnung einführen, eine Ordnung, bei der sich niemand mehr muckst.«

»Das verstehe ich nicht, nein.« Agapkin schüttelte störrisch den Kopf. »Wie können sie ihre eigene Ordnung einführen? Wie sollen sie sich an der Macht halten, wenn ihr Beruf die Revolution ist?«

»Disciple, Sie machen mir Freude.« Der Meister lächelte, diesmal breit und offen. »Die erste vernünftige Bemerkung in diesen Tagen. Sie scheinen allmählich wieder zu sich zu kommen. Gratuliere. Natürlich können sie das allein nicht schaffen. Um wenigstens einen primitiven Staatsapparat aufzubauen, brauchen sie ausgebildete Fachleute. Polizisten, Militärs, Finanzfachleute, Lehrer, Ärzte, Diplomaten, Spione. Außerdem verlangt eine Diktatur, und ohne die werden sie nicht auskommen, einen so gewaltigen Beamtenapparat, wie ihn kein demokratischer Staat je gesehen hat. Zum Glück sind sie noch nicht imstande, Hunderttausende gebildete, ihnen loyal gesinnte Leute im Reagenzglas heranzuziehen. Sie müssen also mit denen vorliebnehmen, die da sind. Das gibt uns die Chance, wenigstens zu überleben, wenn wir sie schon nicht zerstören können. Heute waren sie bei mir, um mir den Posten eines Beraters ihres Kommissars für auswärtige Angelegenheiten Trotzki anzubieten. In Petrograd gibt es zwar genügend professionelle Diplomaten, aber der Genosse Trotzki braucht meine inoffiziellen Verbindungen.«

»Sie werden mit denen zusammenarbeiten, Meister?«

»Ja. Und Sie auch, Genosse Agapkin.«

»Michail Wladimirowitsch wird das nicht tun. Darauf lässt er sich nie und nimmer ein.«

»Ihn wird niemand fragen, genau wie übrigens uns beide.«

»Aber man kann doch kämpfen ...«

»Man kann nicht nur, man muss. Aber mit einer Pistole auf die Twerskaja zu laufen ist sinnlos, besonders für Professor Sweschnikow. Das ist nicht seine Sache, nicht Ihre und nicht einmal meine.«

»Wessen denn?«

»Die von Oberst Danilow.«

»Apropos – wie soll ich mich verhalten, wenn er auftaucht?«, fragte Agapkin heiser.

Der Meister trank seinen Tee aus, schwieg eine Weile, hob dann abrupt den Kopf und sagte: »Vor allem müssen Sie Ihre persönlichen Interessen vergessen, Disciple. Eifersucht und Rivalität müssen auf ruhigere Zeiten verschoben werden. Haben Sie mich verstanden?«

»Ja.«

»Ausgezeichnet. Ich hoffe, Ihr gesunder Menschenverstand ist letztendlich stärker als Ihre Emotionen. Sobald Pawel Nikolajewitsch nach Hause kommt, finden Sie eine Möglichkeit, mir das unverzüglich mitzuteilen.«

»Das ist alles?«

»Ja, das ist alles. Verbandszeug, Lebensmittel und Futter für die Ratten wird man Ihnen später vorbeibringen. Um Windeln und was sonst noch für den Kleinen gebraucht wird, bitten Sie Sina. Wie heißt er übrigens?«

»Michail.«

Agapkin erhob sich langsam, trottete zur Tür und ging hinaus, kehrte aber noch einmal um und fragte: »Was soll ich dem Professor sagen, woher das Verbandszeug und die Lebensmittel kommen? Das letzte Mal habe ich etwas von einer zufälligen Begegnung mit dem Vater eines von ihm geretteten Verwundeten erzählt. Was soll ich diesmal sagen?«

»Sie müssen gar nichts sagen. Sie spielen aufrichtiges Erstaunen. Der Chauffeur wird hochkommen und sagen, das alles werde auf persönliche Anordnung des Volksbildungskommissars Lunatscharski geliefert. Sie müssen den Professor nur überzeugen, die Gaben anzunehmen. Ich hoffe, das wird nicht so schwer sein.«

Hamburg 2006

Der Hauptbahnhof beeindruckte Sofja ebenso wie der Hamburger Flughafen und das Hotel. Sie gebärdete sich beinahe wie ein Kind vorm Weihnachtsbaum. Aber ihre Fröhlichkeit kam Subow ein wenig gekünstelt vor, als wollte sie sich selbst überzeugen, dass alles schön, wunderbar und großartig sei.

»So viele Cafés und Geschäfte! Wozu das alles auf einem Bahnhof? Ach! Von so einem Plüschteddy habe ich als Kind geträumt! Iwan Anatoljewitsch, würden Sie es albern finden, wenn ich ihn kaufe?«

»Sofja Dmitrijewna, in Moskau gibt es auch ganz schönes Spielzeug.«

»Natürlich, aber ich würde in Moskau niemals in einen Spielzeugladen gehen und mir einen Teddy kaufen.«

»Hatten Sie als Kind zu wenig Spielzeug?«

»Nein, ich hatte viele Spielsachen. Aber die mochte ich alle nicht. Ich habe Herbarien angelegt und Pflanzen und Insekten erforscht. Mit acht bekam ich zum Geburtstag ein kleines Mikroskop geschenkt. Das war mein Lieblingsspielzeug.«

Sie betraten das Geschäft. Der Teddy, der Sofja gefiel, war schon ganz zerzaust, stellenweise kahl und hatte zudem zwei verschiedene Augen, ein blaues und ein braunes. Er saß in einer separaten Vitrine hinter Glas. Die Verkäuferin holte ihn heraus. Sofja nahm ihn, als wäre er ein lebendiges Wesen, und lächelte glücklich, bis sie das Preisschild entdeckte. Sie machte ein langes Gesicht, gab der Verkäuferin den Teddy zurück und flüsterte verwirrt: »Das verstehe ich nicht. Hundertsiebzig Euro?«

»Das ist ein Sammlerstück«, sagte Subow.

»Eine Einzelanfertigung«, erklärte die Verkäuferin.

»Tja, ich habe wie immer Pech.« Sofja seufzte. »Gehen wir.«

»Vielleicht nehmen Sie einen anderen? Sehen Sie, wie viele Teddys es hier gibt, sie sind alle sehr hübsch«, sagte Subow.

»Einen anderen will ich nicht. Und überhaupt ist das Unsinn. Ich weiß gar nicht, was in mich gefahren ist. Gehen wir. Ich muss mir eine Zahnbürste kaufen, die habe ich natürlich vergessen. Und Zigaretten.«

»Wie Sie meinen. Wir treffen uns in dem Café da drüben. Der Zug fährt in einer halben Stunde.«

»Ja, ich beeile mich.«

Kaum war sie weg, rief Colt an.

»Ist dir irgendwas eingefallen?«

»Bisher nicht«, gestand Subow.

»Du bist schon einen ganzen Tag mit ihr zusammen. Was kannst du sagen?«

Colt hatte Sofja nie gesehen, ebenso wenig wie ihren Vater. Sie gehörten zu jener namenlosen Menge, die er in seiner Vergangenheit als Komsomolfunktionär nur »Bevölkerung« genannt hatte. Sie sprachen russisch, waren für ihn aber fremder als Ausländer, eine Art Außerirdische. Er begriff nicht, wie man in solchen Wohnungen leben, solche Kleidung tragen, solche Lebensmittel essen konnte. Er verachtete sie nicht einmal, er bemerkte sie einfach nicht. Sie erschienen ihm als geisterhafte gesichtslose Masse, die keine Aufmerksamkeit verdiente. Menschen seiner Kreise kamen praktisch nie mit der »Bevölkerung« in Berührung. Sie hatten ihre eigenen Häuser, Geschäfte, Krankenhäuser, Züge, Abgeordnetenzimmer auf Flughäfen und Bahnhöfen, eine Sonderversorgung. Mit seinen fünfundsechzig Jahren war Colt noch nie mit der Metro oder mit einem Bus gefahren.

Später, als die Sowjetmacht zusammengebrochen war, stiegen einzelne Vertreter der »Bevölkerung« auf und begannen ein menschliches oder fast menschliches Leben. Mit ihnen verkehrte Colt wie mit seinesgleichen. Doch diejenigen, die unten geblieben waren, ignorierte er weiterhin.

»Und, was ist sie für ein Mensch? Genauso einer wie ihr verstorbener Vater? Oder kann man sich mit ihr einigen?« Colts Stimme klang nun ganz ruhig.

»Das habe ich Ihnen doch schon gesagt, Pjotr Borissowitsch. Sie wird arbeiten, da bin ich sicher. Sie ist besessen von ihrer Biologie, sie weiß viel über Sweschnikow und interessiert sich für ihn. Die Gelegenheit, das Präparat zu erforschen, wird sie nicht ausschlagen.«

»Gut. Lass kein Auge von ihr.«

»Haben Sie Angst, dass sie wegläuft?« Subow lachte.

»Nein. Ich fürchte, dass wir mit unserer Suche nicht die Einzigen sind, Iwan.«

»Unsinn, Pjotr Borissowitsch, niemand wird sie uns wegkaufen.«

»Sie könnte getötet werden, Iwan.«

»Nicht doch! Hier?«

»Auf Sylt. Aber nicht gleich. Später.«

»Von wem?«

»Das fragst du mich? Forsche nach, überlege!«

Subow setzte sich an einen Tisch und bestellte für sich und Sofja je ein Glas Ananassaft. Er ahnte, dass Colt ihn angerufen hatte, weil er wieder mit Agapkin gesprochen hatte. Der Alte macht ihn verrückt mit seinen Phantasien. Subow hielt diese Mutmaßungen für bloße Paranoia.

Wäre jemand ernsthaft hinter dem Präparat her, wüsste er es, denn das beschäftigte ihn seit langem. Er hatte gründlich nachgeforscht und war sich sicher: Im Augenblick interessierte sich niemand außer Colt für Sweschnikows geheime Entdeckung. Natürlich konnte es gewiefte, hartnäckige Einzelgänger geben, aber die musste man kaum fürchten, schon gar nicht hier in Deutschland.

Subow war überzeugt: Dmitri Lukjanow war eines natürlichen Todes gestorben. Das belegte vor allem der Obduktionsbericht, den er als gründlicher Mensch sich natürlich angesehen hatte.

Die Einfahrt des Zuges wurde ausgerufen. Subow erschrak, weil Sofja noch immer nicht da war, da tauchte sie auf. Sie zog ihren Koffer hinter sich her und telefonierte.

»Mama! Es ist einfach alles phantastisch, wie im Märchen! Nein, meine Nase ist nicht verstopft, mein Ohr tut nicht weh. Warte doch mal, hör mir zu! Hast du verstanden! Eine kleine Plastikdose. ›Vitacom plus‹ steht drauf. Ja, entweder im Medikamentenschrank im Bad oder im Schubfach neben der Liege. Nein, sie muss offen sein, angebrochen. Dann schau in der Küche nach, auf dem Tisch. Hast du sie? Ja, das sind sie. Wie viele sind noch drin? Hör mir zu! Oxana wird dich heute anrufen. Erinnerst du dich, so eine Große, Rothaarige. Du oder Nolik, ihr trefft euch mit ihr und gebt ihr die Dose. Sie weiß, wozu. Beruhige dich, Mama. Ja, ich werde Nolik schreiben und ihm alles ausführlich erklären. Mama, meine Karte ist gleich leer, ich muss Schluss machen. Tschüss, ich hab dich lieb!«

Sofja steckte das Telefon in ihre Jackentasche und sah Subow an.

»Entschuldigen Sie. Kaum hatte ich eine Drogerie gefunden, da klingelte ständig mein Telefon. Müssen wir schon los? Ist der Saft für mich?«

»Ja. Sie können ihn mitnehmen. Geben Sie mir Ihren Koffer.«

Sie gingen auf den Bahnsteig und stiegen in den Zug.

»Das ist ja ein toller Zug!«, rief Sofja. »Und man darf sogar rauchen?«

»Nicht überall. Nur in diesem Wagen.«

»Oh! Eine Steckdose für den Computer und ein Tisch!«

Als der Zug losfuhr, trank Sofja ihren Saft aus, zündete sich eine Zigarette an und packte ihr Notebook aus.

»Ich beantworte nur rasch eine E-Mail, dann schaue ich aus dem Fenster.«

Subow saß ihr gegenüber. Er schlug ein dünnes Buch in einem billigen Hochglanzumschlag auf. *In vorderster Linie der unsichtbaren Front,* die Memoiren eines ehemaligen Kollegen.

Auf dem Vorsatzblatt stand in akkurater Schrift: »Für Iwan, den lieben Freund und Kollegen, zur freundlichen Erinnerung vom Autor«.

Sofja las eine Viertelstunde lang ihre E-Mails und antwortete. Dann stand sie auf und ging hinaus. Der Computer blieb eingeschaltet. Subow drehte ihn zu sich. Sofja blieb zehn Minuten weg. Er konnte sämtliche ein- und ausgegangenen E-Mails der letzten Woche lesen. Als sie zurückkam, stand der Computer wieder vor Sofjas Platz, und daneben lag eine kleine Papiertüte mit einem Geschenkband.

»Ist das für mich?«, fragte Sofja.

»Natürlich.«

Sie wickelte das Band ab und schrie leise auf.

»Iwan Anatoljewitsch, Sie sind verrückt! Hundertsiebzig Euro! Sie können sich nicht vorstellen, wie ich als Kind von ihm geträumt habe, von genau so einem Teddy, klein, beige, zerzaust und mit verschiedenen Augen. Aber ich hätte mir das nie, niemals gestattet. Hören Sie, ich gebe Ihnen das Geld, ja? Ich habe welches. Ihr Kurier hat mir tausend Euro gebracht.«

»Sofja Dmitrijewna, diese dumme Idee will ich nicht kommentieren. Sagen Sie lieber einfach nur danke.«

Neunzehntes Kapitel

Moskau 1917

»Hör auf, Pawel, dieser Irrsinn kann doch nicht ewig dauern. Du musst vor allem etwas essen und ausschlafen.«

Die Stimme des Professors klang erstaunlich munter. Agapkin erstarrte im Flur. An der Garderobe hingen ein Militärmantel und eine Offiziersmütze.

Am liebsten wäre er sofort wieder gegangen, um sie nicht zusammen sehen zu müssen. Den Oberst mit dem Kind auf dem Arm und die glückliche, wunderschöne Tanja. Wenn sie glücklich war, wurde sie noch schöner. Ihre Augen waren dann ruhig und tief, auf ihre Wangen trat eine zarte Röte, und sie lächelte verhalten vor sich hin. Dieser Anblick tat ihm weh wie grelles Licht nach Dunkelheit.

»Wir hätten nicht verhandeln sollen«, ertönte Danilows tiefer, heiserer Bariton, »wir hatten eine Chance, aber alle haben abgewartet, wollten kein Blutvergießen. Wir wollten keines, aber sie dafür umso mehr. Wie kann man mit Leuten verhandeln, die den Kreml mit schweren Geschützen beschießen? Aber es lag nicht an ihnen. Es lag an uns. Wir haben ihnen Russland vor die Füße geworfen, wir haben es zerredet, haben es uns entgleiten lassen, das wird uns nie verziehen werden.«

Mischa fing an zu weinen.

»Bitte, Pawel, hör auf«, sagte Tanja, »er versteht zwar noch nichts, aber er spürt alles.«

»Ja, schon gut, genug. Verzeih mir altem Dummkopf. Mischa, hab keine Angst, ich bin gar nicht so gereizt und düster, schau mal, ich kann meine Brauen einzeln bewegen, erst die rechte, dann die linke. Und ich kann meine Zunge zusammenrollen.«

Das Weinen verstummte. Plötzlich lachte Andrej fröhlich und rief: »Sehen Sie, er lächelt! Pawel Nikolajewitsch, er lächelt Sie an, wirklich.«

»Red keinen Unsinn, er ist noch zu klein, das ist nur eine unwillkürliche Grimasse«, sagte Tanja. »Überhaupt hat er jetzt Hunger.«

»Nein, er lächelt wirklich«, widersprach Danilow, »er lächelt mich an. Willst du nicht auch etwas sagen, Mischa? Komm, sag mal Papa.«

»Gleich sagt er noch ein Gedicht auf und spielt den Flohwalzer auf dem Flügel. Er ist ja klitschnass! Merkst du denn gar nicht, dass er nass ist, Pawel?«

»Aber er weint nicht!«

»Er lächelt!«

»Mischa, mein Kleiner, was flüstern die Engel dir zu? Willst du sagen, dass noch nicht alles verloren ist? Dass wir noch eine Chance haben? Sagt mal, von wem hat er eigentlich diese großen Ohren?«

»Von dir natürlich. Was machst du da? Nicht die Mütze abnehmen! Es ist kalt. Schluss jetzt, gib mir das Kind!«

»Was soll das heißen, Tanja, hab ich etwa Segelohren?«

»Gib mir das Kind und schau in den Spiegel.«

»Hm – tatsächlich. So was, das ist mir früher nie aufgefallen.«

»Pawel Nikolajewitsch, ich habe Wasser heiß gemacht, Sie wollten sich waschen.«

Agapkin wich zurück, ging hinaus, schloss leise die Tür hinter sich und lief rasch die Treppe hinunter. Unten vorm Fahrstuhl traf er auf eine ältere Dame aus einer Wohnung im zweiten Stock.

»Fjodor Fjodorowitsch, guten Tag, das ist ja alles schrecklich! Uns sind sämtliche Dienstboten weggelaufen, ich wollte mich gerade erkundigen, was mit der Heizung ist, aber das ist sinnlos, niemand weiß etwas, der Hauswart ist betrunken und wird ausfallend, dabei ist er Moslem, der Koran verbietet doch Alkohol. Warten Sie, hier ist ein Brief für Michail Wladimirowitsch, der lag in unserem Briefkasten, ich wollte gerade zu Ihnen, ihn abgeben.« Sie reichte ihm einen dicken Umschlag.

Der Brief kam aus Jalta, von Natascha und Ossja.

»Ich danke Ihnen, ich werde ihn übergeben. Nachher. Jetzt bin ich in Eile.« Er schob den Umschlag unter seine Jacke.

»Sie sind doch nicht krank, Fjodor Fjodorowitsch? Sie sehen so seltsam aus«, murmelte die Dame ein wenig erschrocken.

»Nein, nein, ich bin nur in Eile, entschuldigen Sie.« Rasch verließ er das Haus.

Vor der Tür stand das wohlbekannte Auto. Der Chauffeur kam ihm entgegen und fragte leise: »Was ist los, Disciple, wo wollen Sie hin? Was ist mit Ihnen?«

»Der Oberst ist zurück. Das muss ich melden.«

»Das mache ich. Helfen Sie mir, die Pakete hochzutragen.«

»Nein. Auf keinen Fall! Ich kann nicht, ich will nicht dorthin!«

»Was ist los? Sind Sie betrunken?« Der Chauffeur beschnupperte ihn wie ein Hund. »Nein. Anscheinend nicht. Etwa Kokain?«

»Hören Sie auf. Ich bin nüchtern und habe auch nichts geschnupft. Es geht mir schlecht. Etwas Persönliches. Das werde ich Ihnen nicht erklären.«

»Ist auch nicht nötig, ich weiß Bescheid. Sie haben es selbst gesagt – der Oberst ist zurück. Ich an Ihrer Stelle hätte mir längst eine fröhliche Studentin gesucht. Ja, schon gut, beruhigen Sie sich. Kommen Sie mit, ohne Sie kann ich das nicht alles hochschleppen, Sie müssen doch sowieso wieder zurück, was bleibt Ihnen übrig, also halten Sie aus, Disciple. Leiden veredelt die Seele und trainiert den Willen.«

»Ja. Gut, ich bin bereit. Aber Sie kommen mit rein und erklären alles selbst, sonst sieht es so aus, als würde ich schon mit denen zusammenarbeiten, und dann verliere ich sein Vertrauen, seinen Respekt, dann ist alles umsonst, alles aus.« Er flüsterte hastig und mied den spöttischen Blick der blauen Augen des Chauffeurs.

»Schluss jetzt mit der Hysterie! Setzen Sie sich rein!« Der Chauffeur öffnete den Wagenschlag und drückte Agapkin gewaltsam auf den Beifahrersitz. »Sie können von mir aus beten, meditieren oder Elefanten zählen. Sie haben drei Minuten, um sich zu beruhigen und sich zusammenzunehmen. Oder ich muss melden, dass Sie unzurechnungsfähig und unzuverlässig sind.«

Der Chauffeur wandte sich ab und zündete sich eine Papirossa an. Er lehnte draußen an der Tür. Über seiner schwarzen Lederjacke trug er ein Schulterhalfter. Fjodor konnte den Blick nicht von der Pistolentasche wenden. Er brauchte nur die Hand auszustrecken, um den Revolver herauszuziehen. Der Chauffeur würde es natürlich merken, aber nicht gleich begreifen, was los war. Er würde denken, Disciple habe den Verstand verloren und wolle ihn umbringen. Disciples wahre Absicht würde er kaum erraten. Und diese kurze Verwirrung würde genügen, sich die Mündung an die in rasendem Schmerz pulsierende Schläfe zu halten und abzudrücken. Nur ein Augenblick – und alles wäre vorbei. Kein Schmerz mehr, keine Liebe, keine Angst und keine Demütigung. Nichts mehr. Leere.

Ich weiß, dass das Sünde ist. Aber ich kann nicht mehr.

Er war bereit zur dieser letzten, raschen Bewegung, er hatte sich endgültig und unwiderruflich entschieden, er hielt es für den einzigen Ausweg, aber seine Hand gehorchte ihm nicht, sie rührte sich nicht. Sein Körper wurde von einem furchtbaren Krampf erfasst, der Kopf explodierte schier vor Schmerzen, er begriff nichts mehr, er sank in eine eiskalte pfeifende Finsternis und konnte nur noch denken: Es ist passiert, ich habe mich getötet, aber ich habe nichts gespürt, ich habe nicht einmal den Schuss gehört.

Sylt 2006

Sofja schaltete den Computer aus und schaute aus dem Fenster, ihren Teddy im Arm. Subow schaute in sein Buch, als wäre er ganz vertieft in die Lektüre, doch seit einer halben Stunde waren die Memoiren seines ehemaligen Kollegen auf Seite eins aufgeschlagen.

Er dachte über das nach, was er vor vierzig Minuten aus Sofjas E-Mails erfahren hatte.

Ihr Freund Nolik, der immer Hunger hatte und noch nie im Ausland gewesen war, hatte gründliche Nachforschungen für sie angestellt.

Subow erinnerte sich sehr gut an Agapkins nervöse Andeutungen; er hatte sich den Mitschnitt zweimal angehört, bevor er ihn Colt übergeben hatte. Aus dem Geschwätz des Alten hatte sich Sofja kaum ein mehr oder weniger klares Bild machen können. Agapkin hatte sie nur erschreckt und verwirrt, das war seine übliche Art. Aber die beiden E-Mails von Nolik dürften eine gewisse Klarheit in das beunruhigende Chaos gebracht haben, das die Begegnung mit Agapkin in ihrem Kopf hinterlassen hatte.

Vermutlich hatte sie in Hamburg eine schlaflose Nacht gehabt. Um fünf Uhr morgens hatte sie eine E-Mail an eine gewisse Oxana geschickt.

»Hallo, liebe Oxana! Entschuldige, dass ich so selten schreibe und anrufe, und immer nur, wenn ich etwas von dir will. Ich bin zur Zeit in Deutschland. Und ich brauche deine Hilfe.

Bitte ruf bei mir zu Hause an, meine Mutter ist dort. Sie wird dir ein Döschen mit einem Vitaminpräparat geben. Das hat mein Vater eingenommen. Er ist vor zwei Wochen gestorben. Diagnose: akutes Herzversagen. Du sollst selbstverständlich kein offizielles Gutachten erstellen. Untersuch es einfach für mich und schreib mir, was du gefunden hast. Ich bin fast sicher, dass in den Kapseln wirklich Vitamine sind und sonst nichts.

Liebste Grüße. S.«

Der verfluchte Alte hat sie mit seinen Mutmaßungen angesteckt, genau wie Colt. Doch für Colt war Dmitri Lukjanow nur ein Bindeglied, ein Fremder, für Sofja aber war es der leibliche Vater, an dem sie sehr hing. Sie wird sich nicht beruhigen, ehe sie eine Antwort gefunden hat. Darüber hat sie die ganze Nacht nachgedacht, hat verschiedene Möglichkeiten erwogen. Und hier im Zug hat sie Nolik geantwortet.

»Nolik! Danke, du bist toll, und daran habe ich nie gezweifelt! Du hättest natürlich Historiker werden sollen und nicht Schauspieler.

Ich werde Michail Danilow gar nicht selbst suchen müssen. Ich glaube, ich werde direkt zu ihm gebracht. Ich bin von Hamburg unterwegs nach Sylt. Dort ist das Labor. Wer daran interessiert ist und warum, weiß ich noch nicht, auch nicht, was ich von dem Ganzen halten soll.

In meinem Kopf herrscht ein totales Durcheinander. Vor allem will ich wissen, warum Papa gestorben ist. Er war auch auf Sylt, er hat dort zehn Tage in einem Hotel gewohnt. Ich habe in seiner Tasche zufällig eine Gästekarte gefunden. Er wollte mir alles erzählen, konnte sich aber nicht dazu entschließen. Ich ahne, warum. Er hat es immer wieder aufgeschoben und es am Ende nicht mehr geschafft.

Nolik, mein lieber, guter, mach dir bitte keine Sorgen. Ich

bin sicher, dass mir hier nichts Schlimmes zustoßen wird. Vielleicht sogar im Gegenteil. Aber das Wichtigste ist für mich jetzt Papa.

Ich küsse und umarme dich, du fehlst mir. Halt dich tapfer, trink nicht, entschlüssele weiter historische Rätsel. Das brauche ich jetzt dringend.

Deine Knolle.«

Interessant, wie sie wohl über mich denkt? Warum stellt sie mir keine Fragen, obwohl sie so viel weiß?, überlegte Subow und blickte hin und wieder über sein Buch hinweg zu Sofja. Mutmaßt sie etwa, ich könnte etwas mit dem Tod ihres Vaters zu tun haben? Bestimmt nicht. Ich spüre keine Feindseligkeit von ihrer Seite. Eine gewisse Anspannung ja, aber das ist durchaus verständlich. Ein Glück, dass der alte Neurastheniker ihr nicht gesagt hat, mit wem ihr Vater am letzten Abend seines Lebens im Restaurant war. Und gut, dass Lukjanow selbst ihr nichts mehr erzählt und meinen Namen nicht genannt hat.

»Das Meer«, sagte Sofja, »schauen Sie, auf beiden Seiten ist Meer. Wir fahren über den berühmten Damm, den längsten Eisenbahndamm in Europa.«

»Ja.« Subow nickte und schlug das Buch zu. »In zehn Minuten sind wir da.«

»Schade, dass ich den Roman von Siegfried Lenz nicht mitgenommen habe. Den würde ich jetzt gern noch einmal lesen. Er hat das alles so eindrücklich beschrieben, den Damm, die Insel, das Meer. Ich habe das Buch vor langer Zeit gelesen, aber nun habe ich das Gefühl, als wäre ich schon einmal hier gewesen. Iwan Anatoljewitsch, warum haben Sie mir nicht gleich gesagt, dass wir nach Sylt fahren?«

»Habe ich nicht? Ich dachte, das hätte ich Ihnen schon damals im Restaurant gesagt.«

»Nein. Sie sprachen von Hamburg. Aber egal. Auf der Insel gibt es bestimmt einen Buchladen, vielleicht bekomme ich den Roman dort, damit kann ich gleich mein Deutsch auffrischen.«

»Wenn nicht, bestellen wir ihn im Internet.«

»Ja, eine gute Idee. Und was lesen Sie da?«

Sie griff nach dem Buch, überflog den Klappentext, schlug es auf und las die Widmung. Sie machte ein langes Gesicht, schlug das Buch wieder zu, gab es Subow zurück und fragte: »Sie waren beim KGB?«

»Ja. Aber ich bin vor zehn Jahren in den Ruhestand gegangen.«

»Interessant. Und was haben Sie für einen Dienstgrad?«

»Oberst.«

»Sie wollten nicht General werden?«

»Doch. Aber ich musste gehen. Ich musste eine Familie ernähren.«

»Haben Sie eine große Familie?«

»Meine Frau, zwei Kinder, jetzt auch noch eine Enkelin, plus die Eltern, meine und die meiner Frau.«

»Und Sie allein ernähren sie alle?«

»Jetzt nicht mehr allein. Mein ältester Sohn verdient inzwischen recht gut, und das Gehalt meiner Frau wurde erhöht. Sie unterrichtet am Pädagogischen Institut. Aber Anfang der Neunziger war es sehr schwierig. Und da bekam ich ein gutes Angebot.«

»Und Sie bereuen es nicht?«

»Nein.«

Sie schwieg eine Weile.

»Sie und Fjodor Agapkin sind also Kollegen?«

Der Zug hielt. Subow nahm Sofjas Koffer und sagte: »Agapkin? Ist das nicht der uralte Mann, von dem Boris Iwanowitsch Melnik erzählt hat?«

»Genau der.« Sofja nickte und stellte keine Fragen mehr.

Als sie auf dem Bahnsteig standen, fröstelte sie.

»Ja, hier ist es wirklich kälter als in Hamburg.«

»Ich habe Sie gewarnt. Setzen Sie Ihre Kapuze auf. Also, gleich ins Laboratorium oder doch erst ins Hotel?«

»Können wir erst ins Laboratorium?«

»Sind Sie so ungeduldig?«

»Hmhm.«

»Gut. Wir bringen nur rasch Ihren Koffer und meine Tasche ins Hotel. Es ist ganz in der Nähe. Die Insel ist klein.«

»Ja, ich weiß.«

Sie fuhren zehn Minuten mit dem Taxi. Subow saß auf dem Rücksitz neben ihr und spürte ihre Anspannung.

»Sofja Dmitrijewna, möchten Sie sich nicht erst ein wenig ausruhen?«

»Ich bin überhaupt nicht müde.«

Ihr Anblick tat ihm weh. Sie betraten die behagliche Hotelhalle. Sofja erstarrte und sah sich erschrocken um. Nur mit Mühe konnte sie die Tränen zurückhalten. Subow dirigierte sie in einen Sessel und füllte an der Rezeption rasch die Anmeldungen aus. Als er zurückkam, befürchtete er, sie werde gleich in Ohnmacht fallen.

»Alles in Ordnung mit Ihnen?«

»Ja.«

»Gut. Dann bringen wir die Sachen hoch und kommen gleich wieder runter.«

Sie nickte und folgte dem Hoteldiener, der ihren Koffer trug.

Ich muss ihr alles erzählen, dachte Subow, heute, jetzt gleich. Ich kann es nicht mehr aufschieben. Aber ich weiß nicht, wo ich anfangen soll.

Moskau 1917

Agapkin kam zu sich, als ihm jemand sanft und behutsam auf die Wangen schlug.

»Na, na, Disciple«, sagte der Chauffeur, »machen Sie die Augen auf, ich weiß doch, dass Sie mich hören.«

»Ja«, hauchte Agapkin.

»Sie haben Fieber. Ich bringe Sie hoch, dann legen Sie sich ins Bett.«

»Das geht nicht. Vielleicht habe ich ja Typhus? Dort ist ein Säugling. Das geht nicht.«

»Da haben Sie wohl recht. Aber was soll ich nun mit Ihnen machen?«

»Bringen Sie mich in die Pretschistenka, ins Lazarett. Zu Doktor Potapenko oder Maslow oder irgendwem …«

Das Sprechen fiel Agapkin schwer, ihm klapperten die Zähne, seine Muskeln waren noch immer stark verkrampft. Aber sein Kopf war nun trotz der schrecklichen Schmerzen klar.

Ich lebe. Warum? Was hat mich abgehalten? Angst? Der Selbsterhaltungstrieb? Aber immer wieder erschießen sich Menschen, und jeder hat im letzten Augenblick Angst. Trotzdem schießen sie sich tot, wenn sie sich einmal dazu entschlossen haben. Warum habe ich das nicht geschafft?

Wegen der Barrikaden konnten sie nicht direkt bis zum Lazarett fahren. Der Chauffeur bremste und fragte: »Schaffen Sie es selbst zu Fuß?«

»Eher nicht.«

»Ich kann Sie nicht begleiten. Ich darf es nicht riskieren, den Wagen ohne Aufsicht stehenzulassen, zumal mit den Lebensmittelpaketen. Eine Umfahrung gibt es nicht. Durch die Höfe ist es nicht weit. Versuchen Sie, auf die Beine zu kommen.«

Das ist noch eine Chance, dachte Agapkin gelassen, ich

werde es natürlich nicht schaffen. Ausgezeichnet. Ich werde irgendwo auf dem Weg zusammenbrechen, das Bewusstsein verlieren und nicht mehr zu mir kommen. Oder eine rote Patrouille wird mich ausziehen und erschießen. Noch besser.

»Nein, warten Sie, bleiben Sie sitzen. Ich habe eine Idee«, sagte der Chauffeur. »Ich bin Ihretwegen schon ganz durcheinander, Disciple. Das hätte mir gleich einfallen können.«

Er setzte ein Stück zurück und wendete. Durch Seitenstraßen fuhr er zur Bolschaja Nikitskaja, hielt vor dem Haus des Meisters und hupte dreimal. Kurz darauf kam der junge Mann in der Soldatenbluse heraus. Eine neue Schmerzattacke durchfuhr Agapkin. Er wurde bewusstlos.

Dann folgte ein schwarzes Loch, eine tiefe Ohnmacht. Er erinnerte sich hinterher nicht, wie sie losgefahren waren, erneut vor den Barrikaden gehalten hatten und der junge Mann zum Lazarett gelaufen war. Er kam erst zu sich, als er auf einer Trage eine vertraute Treppe hochgetragen wurde. Maslow kam ihm entgegengelaufen.

»Wenn ihr ihn fallen lasst, erschieße ich euch! Fjodor, hörst du mich? Komm, mach die Augen auf! Bist du etwa verwundet? Wo? Ich sehe kein Blut. Eine Kontusion? Du bist ganz heiß. Typhus? Wo wollt ihr denn hin, ihr Trottel? Ich hab gesagt, nicht in den Gemeinschaftssaal! Ins Behandlungszimmer fünf!«

Maslow und ein unbekannter junger Pfleger zogen Agapkin aus.

»Fieber, über vierzig. Halt, was ist das? Ein Brief? Ah, an Michail Wladimirowitsch! Wie geht es ihm übrigens?«

»Er ist verwundet, die Wade«, murmelte Agapkin.

»Oho! Ist der Knochen verletzt?«

»Nein.«

»Gott sei Dank. Und wir sitzen hier und wissen nichts, auf

dem Chodynka-Boulevard ist der Stab der Bolschewiki, da wird so geballert, dass man sich nicht raustraut. Wir schuften Tag und Nacht wie Zwangsarbeiter und schlafen schon im Gehen ein. Die Verwundeten werden dutzendweise gebracht, wir haben zu wenig Verbandsmaterial, zu wenig Betten, der Strom ist dauernd weg, es ist eiskalt. Die Pfleger und Feldscher sind abgehauen, hier arbeiten nur noch Freiwillige, Gymnasiasten und Studentinnen, aber was kann man von denen schon erwarten? Das sind Kinder. Wenn so ein sechzehnjähriges Fräulein Blut sieht, fällt es in Ohnmacht, und wir müssen das Dummchen wieder aufwecken, müssen unnütz Salmiak und Baldrian verschwenden! Wie ist der Professor denn zu seiner Verwundung gekommen? Wer hat die Kugel rausgeholt?«

»Tanja.«

»Allein? Zu Hause? Hör mal, sie muss doch demnächst entbinden!«

»Hat sie schon. Einen Jungen.«

»Wer war der Geburtshelfer? Du etwa? Wie heißt das Kind?«

»Michail.«

»Der Professor ist natürlich im siebten Himmel vor Freude? Ich muss mal vorbeischauen und es mir ansehen. Und was macht der Oberst, der glückliche Vater? Ist er am Leben? Zurückgekehrt? Er geht bestimmt an den Don, zu Kaledin, weiterkämpfen? Mach den Mund auf. Weiter, Fjodor, stell dich nicht an wie ein kleines Kind! Nimm die Zunge weg, ich sehe nichts. Kannst du mir nicht deinen Hals zeigen? So, der Hals ist sauber. Jetzt atmen. Noch mal. Keine Geräusche. Meine Güte, ein Puls wie ein Maschinengewehr! Waska! Magnesiumsulfat und Glukose, schnell!«

Sie gaben Agapkin eine Spritze in die Vene, kontrollierten erneut Puls und Herzschlag, tasteten Bauch und Lymphknoten ab. Weitere Ärzte kamen hinzu, darunter Potapenko. Ihre Stimmen klangen dumpf, gedehnt und verschmolzen zu einem einzigen Dröhnen, das mit jeder neuen Schmerzattacke in Wellen anschwoll.

»Und als sie ihn hatten hinausgebracht, sprach er: Errette deine Seele und sieh nicht hinter dich; auch stehe nicht in dieser ganzen Gegend. Auf den Berg rette dich, dass du nicht umkommst. Aber Lot sprach zu ihnen: Ach nein, Herr!«

Agapkin öffnete die Augen. Im Halbdunkel erblickte er eine über ein Buch gebeugte Silhouette. Ein junges Mädchen in Gymnasiastinnenuniform saß an seinem Bett. Lange dunkle Haare verbargen ihr Gesicht.

»Siehe, dieweil dein Knecht Gnade gefunden hat vor deinen Augen, so wollest du deine Barmherzigkeit groß machen, die du an mir getan hast, dass du meine Seele am Leben erhieltest.«

»Was ist das?«, fragte Agapkin.

»*Genesis,* Kapitel 19«, antwortete das Mädchen und schlug das Buch zu. »Ich habe ein Unbefriedigend in Religion, seit dem Frühjahr versuche ich, die Prüfung zu wiederholen. Der Diakon, Vater Artemi, ist ziemlich gemein. Er lässt uns seitenweise auswendig lernen. Wie geht es Ihnen?« Sie legte ihm ihre leichte Hand auf die Stirn. »Sie haben hohes Fieber. Soll ich vielleicht den Doktor rufen?«

»Nicht nötig. Wie alt sind Sie?«

»Sechzehn. Haben Sie Durst?«

»Ja. Wie heißen Sie?«

»Katja.«

Sie brachte eine Tasse warmes Wasser und sagte, dass sie erst den zweiten Tag hier arbeite. Eine Schwesternuniform habe sie noch nicht bekommen, es seien nicht genug da. Aber sie werde sowieso bald wieder aufhören. Die Arbeit sei zu schwer.

»Katja, der Religionsunterricht wurde doch nach dem Februar an allen Gymnasien abgeschafft«, fiel Agapkin plötzlich ein, »per Erlass. Wieso studieren Sie dann das Alte Testament?«

Sie lachte leise und schüttelte den Kopf.

»Der Diakon ist mein Onkel. Er wohnt jetzt bei uns und unterrichtet mich, meine Schwester und meinen Bruder, er setzt sich mit uns ins Esszimmer, fragt uns ab, gibt uns Zensuren, sogar ein Zeugnis. Solange ich das nicht kann, wird er mich nicht in Ruhe lassen. Oh, Sie haben hier einen Brief.« Sie bückte sich und hob das Kuvert auf. »An M. W. Sweschnikow. Sind Sie Sweschnikow?«

»Nein.«

»Dann muss ich ihn hinbringen, hier steht die Adresse. Ich wohne in der Orushejnaja, das ist ganz in der Nähe der Zweiten Twerskaja. Ich bringe ihn auf dem Heimweg vorbei. Dort warten sie bestimmt schon darauf. Briefe sind heutzutage eine Seltenheit, die Post funktioniert kaum noch.«

»Nicht nötig. Ich bin bald wieder gesund, dann bringe ich ihn selbst hin. Ich wohne auch dort. Legen Sie ihn unter mein Kopfkissen. Ich werde ein wenig schlafen.«

»Tun Sie das. Der Schlaf heilt alle Krankheiten. Stört es Sie, wenn ich leise weiterlese? Wenn ich still lese, behalte ich nichts, ich muss es mir vorlesen.«

»Lesen Sie ruhig.«

Sie schlug die Bibel wieder auf.

»Da ließ der HERR Schwefel und Feuer regnen vom Himmel herab auf Sodom und Gomorra und kehrte die Städte um und die ganze Gegend und alle Einwohner der Städte und was auf dem Lande gewachsen war. Und sein Weib sah hinter sich und ward zur Salzsäule.«

Als Agapkin aufwachte, war das kleine Behandlungszimmer leer. Die Petroleumlampe rußte. Er versuchte, sich aufzurichten. Das Fieber war ein wenig gesunken, er konnte sich besser bewegen, die Muskelkrämpfe hatten nachgelassen, aber der Kopf tat ihm noch immer weh. Er schraubte den Docht herauf und riss das Briefkuvert auf.

In dem Brief erzählte Natascha Wladimirowna, dass Ossja ihnen allen einen Schreck eingejagt habe. Er sei schwer krank gewesen. Vierzig Grad Fieber, Krämpfe, Herzrasen, Erstickungsanfälle. Die Ärzte hätten nicht gewusst, was los war. Sie hätten ihm in den Hals geschaut, die Lungen abgehört, ihn auf Ausschlag untersucht. Er habe furchtbare Kopfschmerzen gehabt, sei wie wild im Zimmer hin und her gelaufen und habe ab und zu das Bewusstsein verloren. Keine Medikamente hätten geholfen, doch bei geschlossenen Vorhängen und gedämpftem Licht sei es ihm ein wenig besser gegangen. Das Fieber sei davon nicht gesunken, doch der Schmerz habe nachgelassen und das Herzrasen sich beruhigt.

Am dritten Tag sei Ossja gesund und munter aufgewacht, als wäre nichts gewesen. Nun ginge es ihm bestens, er habe zwei weitere Kapitel seines Indianerromans verfasst. Was ihm gefehlt habe, wisse niemand.

Dann folgten einige Seiten mit Ossjas hastiger, schiefer Schrift.

»Nicht zwei Kapitel, sondern anderthalb, zudem erst im Entwurf, ich schicke sie, wenn ich sie korrigiert habe. Krank geworden bin ich durch meine eigene Schuld. Ich schäme mich, es zu erzählen, aber ich muss. Sonst wird Natascha es tun und natürlich wie immer alles übertreiben.

Also, ich musste etwas überprüfen. Mein Hauptheld Ikamuscha Zerfetztes Ohr ist auf der Flucht vor dem Zauberer des

Yagan-Stammes, einem schrecklichen Bösewicht mit Namen Aua Feuriger Nieser. Seine einzige Rettung ist ein Sprung von einem Felsen ins tosende Meer. Ich musste mich überzeugen, dass Ikamuscha das überlebt, und erfahren, was er fühlt, wenn er springt und wenn er bei Sturm im offenen Meer schwimmt. Ich fand einen passenden Felsen. Für alle Fälle nahm ich meinen besten Freund Aljoscha Semjonow mit. Falls ich zu ertrinken drohte, sollte er mir einen Rettungsring zuwerfen und Hilfe holen.

Es war stürmisch, aber höchstens Windstärke drei. Für mich eine Kleinigkeit, ich schwimme sehr gut. Das wird nicht einmal Natascha bestreiten. Auf dem Felsen versuchte Aljoscha, mich von meinem Vorhaben abzubringen. Aber ich wusste: Wenn ich darauf verzichte, stirbt mein Ikamuscha, oder ich muss die ganze Geschichte umschreiben, noch einmal von vorn anfangen.

Ich zog mich aus und wollte springen. Aber plötzlich bekam ich furchtbare Kopfschmerzen, alle Muskeln verkrampften sich, und ich konnte mich nicht von der Stelle rühren. Ich erstarrte wie eine Salzsäule und fiel der Länge nach auf die Steine, ich hätte mir beinahe den Schädel aufgeschlagen und wäre ins Meer gestürzt. Aljoscha konnte mich auffangen und festhalten, er zog mich ein Stück weiter weg, lief auf die Straße und rief um Hilfe, aber das hörte ich nicht mehr, ich verlor das Bewusstsein. Ich erinnere mich nur daran, wie ich getragen wurde und ein Offizier und eine schöne Dame mich mit einer Droschke wegbrachten. Es ging mir furchtbar schlecht, ich dachte, ich müsste sterben, genau wie damals in Moskau im Lazarett.«

Agapkin faltete den Brief zusammen und legte ihn wieder unters Kopfkissen. Michail Wladimirowitsch und Tanja würden ihm bestimmt verzeihen, dass er ihn geöffnet und gelesen hatte.

Fische steigen an die Oberfläche. Mäuse und Ratten verlieren die Angst vor Katzen. Die Parasiten steuern das Verhalten ihres Zwischenwirts. Doch was wollen sie von ihrer endgültigen Behausung? Dass sie heil und ganz bleibt. Fühlen sie, was wir fühlen? Können sie unsere Gedanken lesen? Ossja wollte von einem Felsen ins Meer springen. Ich wollte mich erschießen. Haben sie unsere Absicht erraten und uns ein lähmendes Gift ins Gehirn gespritzt? Weder er noch ich haben unser Vorhaben ausführen können. Im letzten Augenblick sind wir zur Salzsäule erstarrt wie Lots armes Weib. Warum? Weil du dich nicht mehr umschauen und dem Tod nicht mehr in die Augen blicken darfst, wenn du die Chance bekommen hast, ihm zu entwischen.

Sylt 2006

Aus Mickis Zimmer oben drang am Morgen Musik. Gerda freute sich. In der letzten Woche hatte ihr Micki gar nicht gefallen. Er war schlaff und irgendwie schläfrig geworden. Hatte das Essen verweigert und tagsüber auf dem Sofa gelegen und an die Decke gestarrt, was er zuvor nie getan hatte. Gerda hatte ihn gewaltsam zum Spazierengehen hinausgejagt, aber er war jedes Mal schon nach zwanzig Minuten heimgekommen und hatte sich wieder aufs Sofa gelegt. Sie hatte sich diverse Vorwände ausgedacht, damit er mit ihr hinausging, zum Beispiel einkaufen.

»Micki, Sie brauchen einen anständigen Pullover.«
»Wozu?«
»Wenn das Fernsehen mal wieder kommt, haben Sie nichts anzuziehen.«
»Ich lasse mich nicht mehr filmen.«
»Nie mehr?«

»Gerda, bitte lass mich in Ruhe.«

Dann schwieg sie beleidigt, hielt das aber nie länger aus als eine halbe Stunde.

»Micki, die Vorhänge in der Küche hängen schon fünfzehn Jahre da, so lange, wie ich hier arbeite. Die Flecken gehen beim Waschen nicht mehr raus, das sieht scheußlich aus, Sie brauchen neue.«

»Nimm dir Geld und kauf welche.«

»Damit Sie dann sagen, dass es Ihnen von diesem Muster vor den Augen flimmert? O nein, seien Sie so gut, bequemen Sie sich vom Sofa und kommen Sie mit. Dann kaufen wir Ihnen auch gleich ein paar warme Hemden, einen Pullover und eine Decke fürs Gästezimmer.«

»Wozu? Ich erwarte keine Gäste.«

»Auch wenn Sie keine erwarten, kommen ja vielleicht doch mal welche.«

»Wer denn?«

»Nun, zum Beispiel der ältere Journalist aus Petersburg, der über den Krieg und über berühmte Spione schreibt.«

»Hast du vergessen, dass ich dir verboten habe, ihn ins Haus zu lassen?«

»Warum?«

»Mir gefällt nicht, wie er schreibt.«

Gestern nun hatte sie es endlich geschafft, ihn zum Einkaufen zu bewegen. Als er einen Pullover anprobierte, hatte die Verkäuferin ihr allerdings ins Ohr geflüstert: Der arme Micki sieht schlecht aus, es geht wohl zu Ende mit ihm.

Als sie am Morgen die Musik aus seinem Zimmer hörte, beschloss sie, ihm aus diesem Anlass eine seiner Lieblingsspeisen zum Frühstück zu machen: Kartoffelpuffer. Mickis Lieblingsleckerei aus seiner fernen russischen Kindheit. Die hatte seine alte Kinderfrau ihm im hungernden Moskau kurz nach der

Revolution manchmal gemacht, allerdings waren die Kartoffeln süßlich gewesen, weil sie gefroren waren, das heißt, es waren eigentlich gar keine Kartoffeln, sondern nur Kartoffelschalen, in bitterem Öl gebraten.

»Ich kann mir gut vorstellen, wie diese Kartoffelpuffer gerochen und geschmeckt haben!«, knurrte Gerda, während sie geschickt ihre appetitlichen goldbraunen Puffer wendete. »Ph, von wegen, es geht zu Ende mit Micki, auch junge Leute haben manchmal Depressionen. Nach dem Frühstück machen wir uns auf ans Meer, aber nicht zum Rumsitzen, sondern zum Spaziergang, und heute Abend werde ich ihn bitten, den russischen Film über den Einfaltspinsel einzulegen, dem Banditen Brillanten in den Gipsarm schmuggeln. Und mir alles zu übersetzen. Dann wird er wieder lachen, er lacht immer, wenn er diesen Film sieht. Und jetzt hört er gerade ein Lied daraus.«

Die Musik war ziemlich laut, also war die Tür zu seinem Zimmer wohl offen. Gerda glaubte, Micki mitsingen zu hören. Sie schob die Puffer auf einen Teller, stellte die Pfanne in den Geschirrspüler und rief: »Micki! Das Frühstück ist fertig!«

Kurz danach kam er herunter ins Esszimmer. Gerda hatte sich nicht geirrt, er sang tatsächlich, auch noch, als er sich an den Tisch setzte.

»Kartoffelpuffer«, verkündete sie feierlich, »Sahnesoße mit Knoblauch. Darf ich fragen, was für ein Lied Sie da singen?«

»Das von der Unglücksinsel. Du hast es schon zwanzigmal gehört.«

»Ich kann kein Russisch. Wovon handelt es?«

»Das habe ich dir schon oft übersetzt. Sogar aufgeschrieben. Sei froh, dass ich nicht reimen kann, sonst hätte ich längst eine Nachdichtung für dich gemacht und dich gezwungen, sie auswendig zu lernen und sie jedesmal zu singen, wenn du mich anknurren willst.«

»Ich habe ein schlechtes Gedächtnis und bin unmusikalisch. Wollen Sie nun essen oder lieber warten, bis alles kalt ist?«

Er wickelte einen Puffer auf die Gabel, stippte ihn in die Soße und biss ab.

»Gerda, du bist wunderbar, du bist ein Genie. Ich glaube, ich habe noch nie etwas Besseres gegessen.«

»Danke. Freut mich. Was für einen Tee soll ich Ihnen kochen?«

»Koch mir einen Kaffee, liebe Gerda.«

»Was haben Sie heute vor?«

»Ich will ans Meer, ich habe Sehnsucht danach.«

»Ich hoffe, ich muss Ihnen nicht mit Schal und Mütze hinterherlaufen.«

Er trank einen Kaffee, zog sich auf Gerdas Geheiß warm an und verließ das Haus. Gerda räumte die Küche auf und ging mit dem Staubsauger ins Gästezimmer.

Moskau 1917

Der Brief aus Jalta wurde im Esszimmer laut vorgelesen. Dann las Professor Sweschnikow ihn in seinem Arbeitszimmer zusammen mit Agapkin noch einmal.

Während Fjodors Krankheit hatte die Wohnung einen Kanonenofen bekommen. Er stand in Tanjas Zimmer, das Abzugsrohr ragte aus dem kleinen Lüftungsfenster. Brennholz hatten sie nicht beschaffen können. Danilow hatte sich vom Hauswart eine Axt geliehen und mühsam einen alten Kleiderschrank zerhackt, der in der Kammer gestanden hatte. Potapenko und Maslow hatten dem Professor einen Rollstuhl aus dem Lazarett gebracht.

Die Pakete mit Lebensmitteln, Verbandszeug und Windeln hatte die Kinderfrau angenommen. Der Chauffeur wollte nicht hereinkommen, überreichte nur die Pakete, erklärte, sie seien dem Professor auf Anordnung des Volkskommissars Lunatscharski geschickt worden, und ging wieder.

»Siehst du, Michail, so lieben dich deine Patienten und denken an dich«, sagte Awdotja, »das schickt dir ein Luka Tscharski. Genau das, was wir brauchen, Weißbrot, Tee, Zucker, Seife, Kerzen. Sogar Verbandszeug und Windeln.«

Das Wort »Volkskommissar« hatte Awdotja überhört, und der Professor überlegte lange, wer dieser Luka Tscharski war, und konnte sich nicht erinnern. Alle hatten Hunger, es wurde dunkel, sie hatten keine Kerzen mehr, der Strom war noch immer abgeschaltet, Mischa musste gewindelt werden, der Professor brauchte einen neuen Verband – die Gaben des unbekannten Luka kamen also sehr gelegen.

Als Agapkin aus dem Lazarett heimkehrte, freuten sich alle, auch der Oberst. Danilow dankte ihm herzlich und umarmte ihn. Agapkin verzog das Gesicht und knirschte leise mit den Zähnen, aber das bemerkte niemand.

Klawdija machte für ihn Wasser heiß, Andrej begoss ihn mit einem Krug aus dem Bad. Dann tranken sie Tee mit groben Zuckerstücken und aßen Kringeln und erzählten Agapkin von dem rätselhaften großzügigen Luka Tscharski.

»Was war eigentlich los mit Ihnen?«, fragte Sweschnikow, als sie allein im Labor waren.

»Ich bin rausgegangen und habe lauter zerstörte Häuser und Ziegelsplitter gesehen. Unter meinen Füßen knirschten Glasscherben, der gefrorene Schmutz war mit Blut vermischt. Die Lampen loderten wie Fackeln, bis das Gas alle war. Die Gesichter der Menschen auf der Straße sahen völlig anders aus, grau und fremd. Die Apotheke in der Leontjew-Gasse war vollständig niedergebrannt, die verkohlten Trümmer rauchten, es roch schrecklich, beißend.«

Während Fjodor redete, untersuchte er die verjüngten Ratten. Sie waren allesamt am Leben. Grigori saß nach wie vor in einem Einzelkäfig. Gerade hatte er ohne Eile seine Portion Körner verspeist und Wasser getrunken, nun schaute er Agapkin an. Seine roten Augen glänzten, die winzigen rosa Nüstern bebten. Er hatte die Ohren gespannt gespitzt, als lauschte er aufmerksam ihrem Gespräch.

»Eine rote Patrouille hat mich angehalten«, fuhr Fjodor fort, »drei Männer mit Gewehren. Sie haben mich seelenruhig durchsucht und ausgeraubt. Sie haben mir das Portemonnaie und die Papirossy weggenommen. Dann haben sie vor meinen Augen einem alten Mann den Mantel ausgezogen, und ich konnte nichts dagegen tun. Ich hatte keine Pistole dabei.«

»Das war Ihr Glück, Fjodor.«

»Ich weiß nicht. Dann hätte ich sie erschossen und mich nicht so nichtsnutzig gefühlt.«

»Sie wollen ein Ritter von der traurigen Gestalt werden und gegen Windmühlenflügel kämpfen? Die Windmühlen hatten keine Gewehre, die haben nur ihre Flügel kreisen lassen. Sie hätten vielleicht einen von ihnen erschießen können, meinetwegen zwei. Der Dritte hätte Sie getötet.«

»Vielleicht wäre das besser gewesen. Man kann nicht weiterleben, wenn man sich verachtet.«

»Besser? Fjodor, was reden Sie da? Sie sind jung und stark und ein talentierter Arzt.«

»Ja? Und wen interessiert das? Wer braucht mich denn überhaupt?«

»Vor allem Sie selbst. Und ich brauche Sie. Sie wissen genau, wie ich zu Ihnen stehe und auch unsere ganze Familie. Muss ich Sie etwa adoptieren, damit Sie das begreifen? Oder jeden Tag wiederholen, wie sehr ich Sie schätze? Sie sind doch kein Kind und kein empfindsames Fräulein.«

»Verzeihen Sie, Michail Wladimirowitsch. Ich danke Ihnen, das haben Sie mir noch nie gesagt.«

»Gern geschehen.« Der Professor lächelte. »Ich halte es auch meinen Kindern gegenüber nicht für nötig, ihnen ständig zu versichern, wie sehr ich sie liebe. Ich dachte immer, solche Dinge verstünden sich ohne Worte, außerdem bin ich kein Meister großer Reden. Und was war dann?«

»Ich bin zu unserem Lazarett gegangen, ich hoffte, dort wenigstens Verbandszeug zu bekommen, aber unterwegs bin ich gestürzt und habe das Bewusstsein verloren.«

»Kein Wunder.« Sweschnikow nickte. »Sie haben sich so tapfer gehalten. Jeder Mensch hat seine Grenzen. Sie sind nervlich vollkommen erschöpft, Fjodor. Deshalb kommen Ihnen solche Dummheiten in den Sinn. Aber was ich nicht verstehe – warum das hohe Fieber? Einundvierzig, hat Maslow gesagt.«

»Das hatte ich schon als Kind, bei Aufregung bekomme ich immer Fieber. Im Gymnasium habe ich das sogar ausgenutzt, wenn ich eine Lektion nicht gelernt hatte. Dann fasste der Lehrer an meine Stirn und schickte mich nach Hause.«

»Und die Krämpfe? Das Herzrasen?«

»Hat Maslow das erzählt? Sie wissen doch, er übertreibt immer.«

»Das haben beide erzählt, er und Potapenko. Und der untertreibt eigentlich eher. Die beiden hatten Angst um Sie, und wir auch, als Sie so lange wegblieben. Maslow und Potapenko kamen ja erst am nächsten Tag. Sie haben übrigens mein Bein untersucht und waren zufrieden. Es verheilt ganz gut. Und mit dem Rollstuhl, den sie mir mitgebracht haben, kann ich mich jetzt wenigstens in der Wohnung bewegen. Nun, und was glauben Sie, was das bei Ossja war?«

»Vielleicht sind die Zysten aufgeplatzt? Der Beschreibung nach war es ähnlich wie das, was wir bei der grauen Ratte beobachtet haben. Herzrasen, Atemnot, Fieber. Aber selbst wenn sie geschlüpft sein sollten, dann wissen wir jetzt Gott sei Dank, dass das nicht tödlich ist. Ossja ist gesund.«

»Aber warum geschah das genau in dem Augenblick, als er von einem Felsen springen wollte? Er hat natürlich Angst bekommen, konnte aber nicht mehr zurück von seinem irrwitzigen Vorhaben. Er hat einen schweren Schock erlitten. Verprügeln sollte man ihn, den kleinen Mistkerl! Was für eine Idee! Seinen Ikamuscha wollte er retten! Unser Abenteuerschriftsteller! Vielleicht hat der Parasit ja gar nichts damit zu tun? Bei Ihnen war es doch fast das Gleiche. Ein Schock, Fieber und Krämpfe.«

»Ja, die Symptome sind ähnlich, aber die Ursachen unterschiedlich. Wie so oft in der Medizin«, sagte Agapkin gelassen, griff in den Käfig und berührte den Kopf von Grigori. »Wir müssen die Versuche fortsetzen, sonst verlieren wir uns in Vermutungen.«

»Ja, Sie haben recht, Fjodor. Wir müssen weitermachen.« Der Professor seufzte. »Sobald ich mich auf Krücken fortbewegen kann, werden wir das tun.«

»Was für ein dichtes, weiches Fell er hat«, bemerkte Agapkin und streichelte die Ratte, als wäre sie ein Kätzchen, »und wie seine Augen glänzen. Die Hinterpfoten sind wieder wunderbar beweglich, als wären sie nie gelähmt gewesen. Wie alt ist er jetzt, in Menschenjahre umgerechnet?«

»Schon weit über hundert wahrscheinlich.«

»Die Patriarchen im Alten Testament wurden noch älter. Adam hat mit 130 Jahren sogar noch Kinder gezeugt. Sein Sohn Seth wurde mit 105 Jahren Vater und ist insgesamt 912 Jahre alt geworden. Bis zur Sintflut war die Lebenserwartung sehr hoch.«

»Ja, ich habe auch vor kurzem angefangen, das Alte Testament noch einmal zu lesen. Da werden genaue Zahlen genannt. Am ältesten wurde Methusalem. 970, glaube ich. Sein Enkel Noah lebte schon weniger lange, nur 950 Jahre.«

»Unser Parasit hat bestimmt schon damals existiert, vor der Sintflut.«

Der Professor lachte.

»Sie meinen, er war da mit im Spiel? Besinnen Sie sich, Fjodor, schreiben Sie keinem Lebewesen, auch wenn es so alt und geheimnisvoll ist wie unser Wurm, die Vollmachten des Schöpfers zu. Hören Sie, ich glaube, da klopft jemand an die Tür.«

»Ja, es klopft. Michail Wladimirowitsch, möchten Sie nicht einmal sehen, was in Grigoris Gehirn vor sich geht? Was sie dort treiben, unsere geheimnisvollen kleinen Freunde?«

Agapkin schaute den Professor an und lächelte nachdenklich. Er hatte sich fast beruhigt. Der Spuk war vorbei. Er fühlte sich wieder gesund und stark. Er wollte essen, ins Dampfbad gehen und ordentlich schwitzen, wenn das wieder möglich war. Und er wollte augenblicklich Tanja sehen. Sie war hier, nur zwei Zimmer weiter. Sie stillte ihr Kind. Und ihr Mann besuchte gerade General Brussilow.

Eine Woche zuvor war eine Granate ins Wohnzimmerfenster des Generals geflogen und hatte Brussilows Bein zerschmettert. Er lag im Lazarett.

Heute zu Brussilow, morgen zu einer geheimen Offiziersversammlung. Und wer weiß, dann vielleicht an den Don, kämpfen bis zum letzten Blutstropfen.

»Vorsicht, Fjodor!«, rief der Professor. Agapkin konnte die Hand nicht mehr rechtzeitig aus dem Käfig ziehen. Der Ratz war hochgesprungen und hatte seine Zähne in Fjodors kleinen Finger geschlagen.

Zwanzigstes Kapitel

Sylt 2006

Das Laboratorium lag nur fünfzehn Gehminuten entfernt am Meer, dort, wo der Strand endete. Ein zweistöckiges weißes Gebäude mit Flachdach, eine Filiale der deutschen Pharmafirma Genzler.

Pjotr Colt hatte eine beträchtliche Summe in die Entwicklung einer Reihe von Präparaten auf der Basis bestimmter Algen gesteckt, die nur hier vorkamen. Sofja sollte als unabhängige Expertin von Seiten des Investors in die Forschungsgruppe integriert werden. Subow öffnete mit seinem eigenen Schlüssel.

»Ist niemand hier?«, fragte Sofja erstaunt.

»Heute ist Sonnabend.«

»Auch kein Wachschutz?«

»Wozu? Hier auf der Insel werden nicht einmal die Villen immer abgeschlossen. Das ist einer der friedlichsten Orte in Deutschland, vielleicht sogar in ganz Europa.«

Das Haus war vor kurzem renoviert worden. Es roch nach Farbe. Viele Räume waren fast leer, bis auf Tische, Stühle und Schränke.

»Die Ausrüstung ist noch nicht vollständig.«

»Aber etwas ist schon da?«

»Ja, natürlich. Im ersten Stock haben letzte Woche deutsche Chemiker die Arbeit aufgenommen.«

Sie stiegen die Treppe hinauf und betraten einen großen Raum. Darin standen Computer, Reagenzgläser, Büchsen und Kisten. Das breite Fenster ging aufs Meer hinaus.

»Sehen Sie nur, was für eine herrliche Aussicht«, sagte Subow.

»Ja.« Sofja nickte, warf aber nicht einmal einen Blick in Richtung Fenster. Viel mehr interessierten sie die Reagenzgläser auf dem Tisch, die elektronische Waage und der Schrank mit den Reagenzien.

»Kommen Sie, Sofja Dmitrijewna, oben sind ein Pausenraum und ein kleiner Wintergarten.«

»Gehen Sie nur, Iwan Anatoljewitsch, ich muss hier etwas überprüfen.«

»Wollen Sie etwa jetzt gleich mit der Arbeit anfangen?«

»Nein. Nicht ganz. Vielleicht gehen Sie schon mal hoch? Oder irgendwo eine rauchen? Verzeihen Sie, ich muss allein sein.« Sie zog die Jacke aus.

»Ich möchte im Moment nicht rauchen, und oben habe ich eigentlich auch nichts verloren.« Subow zog ebenfalls die Jacke aus. »Ich bin nur Ihretwegen hergekommen. Ich bin ungeduldig, zu erfahren, was Sie hier tun wollen, und darum, verzeihen Sie, bleibe ich hier, wenn Sie erlauben.«

»Na schön, ich erkläre es Ihnen.« Sie stellte ihre Aktentasche auf einen Stuhl und nahm eine kleine Plastiktüte heraus. Darin lag eine ovale braune Kapsel.

»Sie möchten eine Analyse durchführen?« Subow lächelte. »Warum so eilig?«

»Diese Vitamintabletten hat mein Vater genommen. Ich muss wissen, was da drin ist«, sagte Sofja schnell und leise.

Sie war furchtbar blass, ihre Lippen waren ganz weiß, ihre Hände zitterten.

»Sofja Dmitrijewna, Sie sind sehr nervös.«

»Ja. Ich bin nervös. Es gibt heutzutage so viele gefälschte Medikamente, vielleicht hat mein Vater statt Vitaminen irgendeinen Dreck geschluckt?«

»Da ist was dran. Das würde ich an Ihrer Stelle auch überprüfen wollen. Nahm er dieses Präparat denn schon lange?«

Sie krempelte die Pulloverärmel hoch, wusch sich die Hände

und holte diverse Fläschchen, Pipetten, Pinzetten und ein Kästchen mit Glasplättchen aus dem Schrank.

»Er hat Verschiedenes ausprobiert und ist schließlich bei dem hier geblieben, Vitacom plus, das nahm er seit einem oder sogar anderthalb Jahren.«

»Hat er es in der Apotheke gekauft?«

»Ja, bei uns gleich um die Ecke. Aber die letzten beiden Packungen hat er aus Deutschland mitgebracht. Es ist ein deutsches Präparat. Von einer renommierten Firma.«

»Also, dann ist es eher unwahrscheinlich, dass das Medikament gefälscht ist. Sie sagten, er hat zwei Packungen gekauft?«

»Ja. Eine davon hat er angebrochen. Hier müssen irgendwo Handschuhe sein. Ah, da. Ausgezeichnet, genau meine Größe.«

Sofja schüttete ein feines graugelbes Pulver auf die elektronische Waage. Erst jetzt bemerkte Subow, dass die Kapsel sich leicht öffnen ließ.

»Eben, sie ist nicht verschweißt«, murmelte Sofja, als hätte sie seine Gedanken gelesen, und schüttete den Rest des Pulvers auf ein Glasplättchen.

Eine ganze Weile stand er hinter ihr und beobachtete schweigend, wie das Pulver unter einem Tropfen einer farblosen Flüssigkeit leicht schäumte, sich dunkel färbte und wie dann auf einem anderen Plättchen rötliche Muster entstanden.

Sofjas Hände zitterten nicht mehr. Sobald sie die Handschuhe angezogen und sich an den Tisch gesetzt hatte, war sie vollkommen ruhig. Keine einzige unpräzise Bewegung. Und kein weiteres Wort. Im Labor herrschte Stille wie vor einem Gewitter. Als die ersten Takte von Vivaldis *Vier Jahreszeiten* sie plötzlich durchbrachen, zuckte Subow vor Überraschung zusammen. Sofja aber wandte nicht einmal den Kopf.

Er ging rasch hinaus in den Flur.

»Hallo, Opa, wie geht es dir?«, fragte seine dreijährige Enkelin Dascha. »Ich habe ganz allein deine Nummer auf Papas Telefon gewählt. Wie ist das Wetter dort?«

Subow sprach fünf Minuten mit Dascha, dann noch drei Minuten mit seinem Sohn, und als er zurückkehrte, stand Sofja am Fenster, die Stirn gegen die Scheibe gepresst.

»Haben Sie etwas herausgefunden, Sofja Dmitrijewna?«

»Ja«, antwortete sie dumpf und rührte sich nicht von der Stelle.

»Nun reden Sie schon, ich bin auch ein bisschen aufgeregt. Was haben Sie herausgefunden?«

»Ja. Gleich. Entschuldigen Sie.«

Er trat zu ihr und sah, dass sie weinte. Er warf ihr die Jacke über, sie gingen hinaus und setzten sich auf eine Bank vor der Tür.

»Rofexid-6«, sagte sie tonlos und zündete sich eine Zigarette an, »ein neues Präparat, das nicht zugelassen wurde.«

»Und das haben Sie in nur zwanzig Minuten herausgefunden?«

»Nein. In zwanzig Minuten kann man nichts genau bestimmen. Ich habe es erkannt. Ich habe selbst damit gearbeitet. Ein neuartiges Herzglykosid, in das große Hoffnungen gesetzt wurden, aber leider hat sich herausgestellt, dass Rofexid-6 bei geringer Überdosierung starke Nebenwirkungen auf das Herz hat.«

»Es ist also ein Gift?«

»In gewisser Weise sogar schlimmer. Es ruft keinerlei Vergiftungserscheinungen hervor. Kein Erbrechen, keine Krämpfe, keine Schmerzen. Aber bei einer bestimmten Konzentration im Körper verringert es die Blutversorgung des Herzmuskels. Die Folge ist Blutmangel. Plötzlicher Herzstillstand. Alles ganz natürlich, besonders, wenn der Betreffende siebenundsechzig ist.«

»Das heißt, jemand hat die Packung gestohlen und den Inhalt der Kapseln ausgetauscht?«

»Und dann habe ich selbst meinem Vater die Packung gegeben. ›Sofie, dein schussliger Vater hat seine Vitamintabletten bei uns vergessen. Die sind ziemlich teuer. Ich lege sie in deine Tasche, vergiss nicht, sie ihm zu geben.‹ Mein Gott, sie waren fast fünfzig Jahre lang befreundet, haben zusammen Paddeltouren unternommen, in einem Zelt geschlafen, ihre Geburtstage gemeinsam gefeiert. Ich kenne ihn seit meiner Kindheit, solange ich zurückdenken kann. Er hat auf der Beerdigung geweint, hat gesagt, er hätte seinen besten Freund verloren. Wie ist so etwas möglich? Warum?«

»Vielleicht ist es ein Irrtum, Sofja Dmitrijewna?«, fragte Subow.

»Nein. Jetzt nicht mehr. Aber wie nun weiter, weiß ich nicht. In Moskau wird jemand eine weitere Analyse vornehmen. In der angebrochenen Packung sind noch einige Kapseln. Die kann man mit denen in der geschlossenen Packung vergleichen. Aber die Sache ist auch so klar. Die Menge des Präparats, die Dosis, die Zeit. Es stimmt alles. Aber ich wage es kaum auszusprechen. Bim hat meinen Vater getötet. Boris Iwanowitsch Melnik.«

Moskau 1917

Viele Menschen besuchten Brussilow im Lazarett. Um den verwundeten General hatte sich eine Art Stab oder Klub geschart. Offiziere, Gesellschaftsaktivisten, Vertreter des YMCA, Diplomaten und Priester. Sie brachten Spenden, und Brussilow schickte das Geld über verschiedene Offiziere in den Süden, zu General Alexejew. Dort formierten sich die Truppen des Weißen Widerstands.

Brjanzew und Danilow hatten sich am Bett des Generals getroffen und waren rechtzeitig kurz vor der Durchsuchung gegangen.

»Sag mal, Pawel, willst du weiter in der Oberstuniform rumlaufen?«, fragte Brjanzew.

»Ich habe sowieso nichts anderes anzuziehen. In meine Wohnung hat eine schwere Granate eingeschlagen.«

»Du wohnst also bei Michail. Vielleicht solltest du wenigstens die Schulterstücke abreißen, wie andere auch. Warum machst du das nicht? Vergessen? Oder aus Prinzip?«

»Ich weiß nicht. Ich kann mich nicht selbst degradieren.«

»Wenn du es nicht kannst, werden die es tun. Lass uns durch die Höfe gehen, auf den Straßen wimmelt es von Patrouillen. Du bist also Vater geworden. Bist du glücklich? Ach, dumme Frage. Natürlich bist du glücklich. Sag mal, wohnt Fjodor Agapkin noch immer bei euch?«

»Ja. Warum fragst du?«

»Nur so. Oho, schau mal. Halt, tritt nicht drauf!«

Sie durchquerten einen Hof. Direkt vor ihnen rannten quiekend mehrere riesige graue Ratten vorbei.

»Als würden sie das sinkende Schiff verlassen«, sagte Danilow.

»Hör auf, Pawel.« Brjanzew verzog das Gesicht und winkte ab. »Mir ist schon ganz schlecht von diesen apokalyptischen Reden. Du hast gerade einen Sohn bekommen, und da trägst du das Land zu Grabe, in dem er leben wird? Vor wem haben wir alle solche Angst? Vor einem Haufen Banditen? Die werden bald quiekend auseinanderlaufen wie diese Ratten hier! Hast du ihre Dekrete gelesen? Das ist doch Schwachsinn! Die taugen zum Regieren wie ich zur Ballerina.«

Danilow schwieg. Brjanzew kam in Fahrt, er erwähnte Rasin, Pugatschow und die Französische Revolution. Als sie vor dem Haus in der Zweiten Twerskaja standen, besann er sich plötzlich.

»Ich Trottel komme mit leeren Händen! Wenn ich wenigstens einen Blumenstrauß für Tanja hätte, ist immerhin ein Ereignis, das erste Kind.«

»Unsinn, Roman«, sagte Danilow und öffnete die Tür. »Komm rein, sie werden sich auch ohne Blumen über deinen Besuch freuen.«

»Roman, bist du das?!«, rief der Professor aus dem Wohnzimmer.

»Ich bin's, Michail, wer sonst? Na, lass dich anschauen. Ich muss schon sagen, du bist gut – plötzlich den General rauszukehren. Welcher Teufel hat dich alten Esel geritten und auf die Barrikaden getrieben? Tanja, wie konntest du ihn gehen lassen? Und du Fjodor, wo hattest du deine Augen?«

Brjanzew küsste alle, ging in Tanjas Zimmer, um den Säugling zu bewundern, stieß begeisterte Ausrufe aus und deklamierte laut einen Spottvers, der in Moskau kursierte:

»Lauter Flegel, ungenierte,
ungewaschne Deputierte –
Diese dreiste, freche Bande
bringt über ganz Russland Schande.

Da habt ihr die öffentliche Meinung über die Bolschewiki! Von Rückhalt im Volk kann nicht die Rede sein.«

»Roman, sie haben Petrograd in einer einzigen Nacht eingenommen«, bemerkte der Professor leise.

»Eingenommen!« Brjanzew lachte. »Michail, das war eine Operette, eine Situationskomödie reinsten Wassers, mit Verkleidungen und allem Drum und Dran.«

»Eine Komödie ist lustig«, sagte Tanja, »dass sie Piter eingenommen haben, das ist zum Weinen, nicht zum Lachen.«

»Roman, ich habe das Gefühl, dass wir alle nicht nur abgestumpft sind, sondern den Verstand verloren haben«, sagte der Professor, »wir kapitulieren, lassen uns ergeben entwaffnen. Wie unter Hypnose.«

»Unsinn, Michail. Wir lassen uns entwaffnen, weil wir kein Blutvergießen wollen. An Kapitulation aber denkt niemand. Ich gehe jede Wette ein, dass in einem Monat von den Bolschewiki nur noch der bittere Hauch der Erinnerung übrig sein wird. Na, wer hält dagegen?«

»Ich«, sagte Agapkin.

Er hatte die ganze Zeit wie immer schweigend an dem kleinen Tisch in der Ecke gesessen. Alle zuckten zusammen, als er in der Stille plötzlich die Stimme erhob.

»Fjodor!« Brjanzew drehte sich zu ihm um. »Also, ich setze zehn Rubel. Ich gebe ihnen einen Monat, aber ich glaube, das ist schon zu viel.«

»So, gibst du ihnen, ja?« Danilow hob die Brauen. »Haben sie dich denn gefragt?«

»Warte, Pawel, lass Fjodor sagen, wie lange er meint.«

»Das kann ich nicht.« Agapkin schüttelte den Kopf. »Aber ich weiß, dass es länger dauern wird. Viel länger.«

Sylt 2006

Es wehte ein heftiger Wind. Sofja zitterte und klapperte mit den Zähnen. Subow setzte ihr die Kapuze auf und wickelte den Schal darum. Sie lächelte ihn unter Tränen dankbar an. Sie gingen bis zum ersten Café auf der Strandpromenade, setzten sich, und der Kellner legte Sofja eine Decke um die Schultern.

»Vielleicht sollten wir etwas zu essen bestellen? Hier gibt es großartige Austern. Mögen Sie Austern, oder haben Sie die auch noch nie probiert?«

»Sind sie anders als Muscheln?«

»Bestellen wir doch einfach welche, dann werden Sie sehen.«

»Nein. Danke. Wenn ich nervös bin, schnürt es mir immer die Kehle zu. Dann kriege ich nicht einmal einen Schluck Wasser herunter. Ich muss sofort würgen. Wissen Sie, ich glaube, das hat mir das Leben gerettet. Nach der Beerdigung, bei der Totenfeier, hat mir Bims Frau Kira Beruhigungstabletten gegeben. Drei Kapseln, nicht zugeschweißt, genau wie die Vitaminpillen, nur gelb. Natürlich hatte sie keine Ahnung. Er hat sie ihr für mich gegeben. Ich war damals vollkommen durcheinander, aber als ich heute Nacht im Hotel die Kapsel in der Aktentasche fand, da fiel mir das wieder ein, und ich wäre fast durchgedreht, ich habe versucht, mir einzureden, dass das Unsinn ist und Bim nichts damit zu tun hat. Noch vor einer Stunde habe ich gehofft, dass ich mich irre. Iwan Anatoljewitsch, lassen Sie uns ein Stück spazieren gehen. Ich möchte aufs Meer schauen, ich habe es ewig nicht gesehen.«

Sie erhoben sich, verließen das Café und liefen sie am Strand entlang.

»Kann man hier baden?«, fragte Sofja.

»Nur, wenn Sie Eisbaderin sind.«

»Ich meine natürlich nicht jetzt – im Sommer. Na ja, ich kann sowieso nicht schwimmen.«

In Subows Kopf formte sich indessen deutlich der Satz: Ach, übrigens, was ich Ihnen noch sagen muss, ganz in der Nähe, nur eine Straße weiter, wohnt Ihr leiblicher Großvater, zu dem wollte ich Sie eigentlich bringen. Aber das erschien ihm jetzt völlig unpassend, also sagte er: »Selbst im Sommer badet hier kaum jemand. Das Meer ist ziemlich kalt.«

»Warum gilt die Insel dann als begehrter Urlaubsort? Läuft man hier Ski?«

»Sehen Sie irgendwo Berge?«, fragte Subow und probte im

Stillen: Sofja Dmitrijewna, hören Sie mir bitte zu und regen Sie sich möglichst nicht auf. Sie werden heute einem Menschen begegnen, der ... Diese Variante erschien ihm noch ungeschickter als die erste.

»Was macht man dann hier?«, fragte Sofja.

»Sich erholen.«

»Wie?«

»Na, so.« Subow nickte zu den Reihen gestreifter Strandkörbe hinüber.

»Einfach nur dasitzen?«

»Ja. Dasitzen, atmen, aufs Meer schauen, den Möwen lauschen. Die Luft hier soll ganz besonders gesund sein.«

Vielleicht hat sich Ihr Großvater Michail Pawlowitsch Danilow deswegen gerade hier niedergelassen. Außer Ihnen hat er niemanden mehr auf der Welt.

Diese Variante fand Subow etwas besser als die beiden vorigen. Natürlich wusste sie selbst schon Bescheid, aber er musste trotzdem mit ihr darüber reden. Musste irgendwo ansetzen.

Moskau 1917

Am 10. November waren alle Kirchen in Moskau geschlossen. Die Bolschewiki begruben ihre Toten – ohne Totenmesse, in roten Särgen, an der Kremlmauer.

Den ganzen Tag herrschte in der Stadt eine seltsame, ungewohnte Stille. Die Menschen auf der Straße und in den Wohnungen unterhielten sich nur halblaut, die Stadt war in dichten grauen Nebel gehüllt. Unter den Füßen schmatzte Schneematsch, hin und wieder dröhnten die Motoren von Panzerwagen auf, rumpelten LKW über die kaputten Straßen, jaulten die Trompeten der Trauerorchester.

Die nächsten zwei Tage war es noch stiller. Moskau war wie erstarrt. Es hatte schon oft aus Ruinen auferstehen müssen, hatte Epidemien, Wirren, Brände, tausendfach Verrat und Mord erlebt und öffentliche Hinrichtungen auf dem Roten Platz. Aber noch nie in der ganzen Geschichte Russlands war der Kreml mit schweren Geschützen beschossen worden, noch nie hatte jemand seine Toten ohne Totenmesse begraben, noch dazu mitten in der Stadt, an der Kremlmauer. Das hatte etwas von uralter ritueller Gotteslästerung, von schwarzer Magie, etwas Dämonisches.

Am Morgen des 13. November war Moskau erfüllt von Glockengeläut.

Auf dem weitläufigen Gelände der Großen Himmelfahrtskirche standen zahlreiche offene Särge. Dort wurde die Totenmesse für die gefallenen Fahnenjunker abgehalten.

Der Platz in der Kirche reichte nicht für alle, die von den Verteidigern Moskaus Abschied nehmen wollten. Die Menschen standen draußen, strömten langsam aus den umliegenden Straßen zusammen, von den Patriarchenteichen, vom Twerskoi Boulevard, von der Spiridonowka. Der Wind heulte, nasser Schnee peitschte die Gesichter, wo er sich mit Tränen vermischte und schmolz.

Oberst Danilow war als einer der Ersten gekommen und mit der Menge in die Kirche hineingeschwemmt worden, weit weg von einigen Regimentskameraden, die ebenfalls hier waren. Um ihn herum standen fremde Menschen. Manche schluchzten leise, andere blickten mit starren, trockenen Augen vor sich hin. Das allgemeine Gefühl von Betäubung, von geistiger Lähmung erfasste auch Danilow. Er konnte nicht weinen, er konnte an nichts denken.

Er hörte weder den Chorgesang noch die Bibellesung und spürte weder Weihrauch- noch Blumenduft. In seinem Kopf hämmerte wie ein Maschinengewehr die hoffnungslose Frage: Warum? Armee, Gendarmen, Polizei – wo war das alles geblieben? Petrograd hatte sich kampflos ergeben. Moskau hatte Widerstand geleistet. Und was war das Ergebnis? Reihenweise Särge, darin blutjunge Tote, fast noch Kinder, rauchende Trümmer, beschädigte Kremlmauern, die Mariä-Entschlafens-Kathedrale, das Wunderkloster und die Basiliuskathedrale zerstört. Die Uhr des Erlöserturms zerschossen und verstummt. Irgendwann würde sie repariert werden, aber dann würde sie eine andere Zeit messen.

Die Totenmesse war vorbei. Der Oberst gesellte sich zu drei Männern, die einen Sarg auf ihre Schultern hoben, und zog mit der großen Prozession durch ganz Moskau, zum Allerheiligen-Friedhof. Ein langer Weg. Hin und wieder vernahm er gedämpfte Unterhaltungen.

»Dieser Schrecken wird bald ein Ende haben, sehr bald.«

»Sie werden sich gegenseitig die Kehle durchbeißen, jawohl! Ein Dutzend Minister ist schon aus ihrem ZK ausgeschieden.«

»Keiner traut ihnen, keiner will sie. Sie haben sich selber satt. Sie haben Frieden versprochen und so viel Blut vergossen, sie haben Brot versprochen, und Russland steht am Rande einer Hungersnot.«

»In einer Woche wird es einen neuen Umsturz geben, eine neue Regierung.«

»Was denn für eine?«

»Eine konstituierende Versammlung!«

»Dafür braucht es keinen Umsturz, die ist doch schon legal gewählt worden.«

»Ich bitte Sie, was gibt es denn jetzt noch für Gesetze außer deren barbarischen Dekreten? In Petrograd werden schon Fahnenjunker erschossen. Sie haben angefangen, Priester zu verhaften, weil sie die Totenmesse für Getötete gelesen haben. Es heißt, sie sollen auch erschossen werden. Einige Fälle hat es schon gegeben.«

»Wo ist eigentlich Kerenski geblieben?«

»Abgehauen. Hat jede Menge Unheil angerichtet und sich verdrückt.«

»Nicht mal die Deutschen wollen mit denen Friedensverhandlungen führen.«

»Ach, die Deutschen haben doch erst dafür gesorgt, dass sich diese Bolschewiki bei uns vermehrt haben wie die Pestratten.«

Von Zeit zu Zeit machte die Prozession vor einer offenen Kirche halt, und erneut wurde für die Toten gebetet. Erst gegen Abend erreichte sie den Friedhof.

Danilow hatte noch nie so viele Mütter und Väter an einem Ort zusammen ihre Kinder begraben sehen. Dutzende, Hunderte. Erdklumpen fielen auf Sargdeckel, Mütter und junge Ehefrauen sprangen in Gräber, es wurde so heftig geweint, dass es ihm das Herz zerriss.

Er konnte es nicht mehr ertragen und ging.

Was nun weiter? Viele Familien flohen aus Moskau und Piter auf die Krim. Dort war es noch ruhig. Sweschnikows Schwester Natascha hatte sie in ihrem letzten Brief inständig gebeten, zu ihr nach Jalta zu kommen. Aber der Professor war strikt dagegen.

»Ich verschwinde nicht freiwillig aus meinem Haus. Zu Besuch gern, mit Freuden. Ich habe Sehnsucht nach Natascha und nach Ossja. Aber weglaufen – weshalb? Und wie auch, mit meinen Krücken? Ich bin hier geboren, hier werde ich auch sterben.«

In der ungeheizten dunklen Wohnung in der Zweiten Twerskaja hatten sie fast die gesamte letzte Nacht gestritten. Danilow fand, dass sie gehen mussten. Tanja und Andrej stimmten ihm zu. Aber der Professor hatte immer wieder gesagt: Fahrt ihr vier, mit Mischa. Ich bleibe hier, mit Awdotja und mit Fjodor. Wenn das Bein ausgeheilt ist, werde ich wieder im Lazarett arbeiten. Außerdem habe ich hier mein Labor. Wie soll ich alle meine Gläser und Fläschchen und meine Ratten transportieren?

»Ich fange dir dort Ratten, so viel dein Herz begehrt!«, rief Andrej.

»Papa, dort gibt es auch Lazarette, auch dort werden Chirurgen gebraucht«, sagte Tanja.

»Und hier nicht?«

»Willst du etwa die behandeln, diese ...?«, fragte Andrej düster.

»Ich unterscheide Kranke und Verwundete nach ihrer medizinischen Diagnose, nicht nach ihrer Parteizugehörigkeit. Wenn ein Mensch leidet, muss ich ihm helfen, und sei er noch so ein roter Bolschewist.«

»Aber du bist doch mit einer Pistole losgelaufen, um gegen sie zu kämpfen!«

»Und das würde ich wieder tun, wenn ich Gelegenheit dazu hätte.«

»Du willst auf sie schießen und sie dann behandeln?«

»Ja, ein Arzt muss jeden behandeln, auch Verbrecher. Außerdem – wenn ich fliehe, sieht es aus, als würde ich ihren Sieg anerkennen, als würde ich glauben, dass sie stärker sind als wir. Es würde aussehen, als hätte ich Angst bekommen, würde kapitulieren und ihnen meine Wohnung zur Plünderung überlassen.«

»Ach, wenn du so mutig bist, dann sind wir alle, auch Pawel Nikolajewitsch, wohl jämmerliche Feiglinge?«

»Andrej, hör auf, übertreib nicht!«, sagte Danilow.

»Hört alle auf!«, mischte sich Tanja ein. »Papa, du weißt ganz genau, dass wir ohne dich nirgendwohin gehen.«

»Das ist Erpressung, Tanja. Ihr vier müsst wirklich weg. Wer weiß, demnächst beginnen womöglich Verhaftungen. Wenn Pawel hierbleibt, ist er in Gefahr. Außerdem gibt es hier bald nichts mehr zu essen. Und dann kommen die Fröste. Fahrt nach Jalta. So Gott will, ist dieser Alptraum im Frühjahr vorbei, dann kommt ihr zurück.«

»Nein, Papa. Ohne dich gehen wir nicht weg«, wiederholten Tanja und Andrej stur.

Danilow war von Anfang an klar gewesen, dass es sinnlos war, mit Sweschnikow zu streiten, und jetzt, auf dem Heimweg von der Beerdigung durch schmutzige dunkle Gassen, stritt er mit sich selbst. Für ihn als Offizier gab es nur einen Weg – dienen und kämpfen. Etwas anderes konnte er nicht.

Einen Dienstherrn hatte er nicht mehr. Die rote Regierung hatte den legalen Oberkommandierenden Duchonin abgelöst und einen unbekannten Fähnrich ernannt, einen gewissen Krylenko. Um zu kämpfen, musste Danilow an den Don, zu Kaledin. Viele seiner ehemaligen Regimentskameraden wollten dorthin und forderten ihn auf, mitzukommen. Das bedeutete Trennung von Tanja und Mischa. Sie hier im kalten, hungernden, lebensgefährlichen Moskau alleinzulassen war undenkbar. Aber auch hierbleiben und die Hände in den Schoß legen konnte Danilow nicht.

Es gab noch eine dritte Variante, über die Alexej Brussilow gesprochen hatte. Der alte General meinte, die Bolschewiki würden sehr bald anfangen, eine richtige, professionelle Armee aufzubauen. Sie begriffen schon jetzt, dass die Macht mit einer Horde bewaffneter Deserteure nicht zu halten war. Sie würden Militärs brauchen, und dann könnte man sie kampflos entmachten. Von innen heraus, mit dem Geist des Offizierskorps. Die Soldaten würden sich besinnen, der eigenen Bestialität überdrüssig werden, wieder auf ihre früheren, gewohnten Kommandeure hören, und alles würde von selbst enden, mit einem unblutigen Sieg über den absurden roten Alptraum.

Danilow hatte dem alten General nicht widersprochen. Aber er wusste: Mit den Bolschewiki waren keine Kompromisse möglich. Wenn man einen Pakt mit dem Satan schloss, war es dumm, sich mit der Hoffnung zu trösten, man könne den Leibhaftigen überlisten.

Einundzwanzigstes Kapitel

Sylt 2006

Michail Danilow ging eine anheimelnde hübsche Straße entlang zum Meer. Die Schaufenster waren bereits weihnachtlich dekoriert, und wie immer am Sonnabend waren viele Menschen unterwegs. Nicht nur Touristen, auch Einheimische. Danilow traf Bekannte, lächelte, blieb stehen und wechselte mit jedem ein paar Worte. Seit der Sendung mit ihm im Hamburger Fernsehen vor fünf Jahren ließ es sich niemand nehmen, ihn zu grüßen und mit ihm zu reden.

Vor dem Friseur traf er Barbara, die Inhaberin des Buchladens. Sie war nur fünf Jahre jünger als er. Gerade hatte sie sich die Haare tiefschwarz färben, schneiden und legen lassen und kam ihm nun hocherhobenen Hauptes entgegen.

»Micki, die Bücher, die du bestellt hast, bekommt man in Deutschland nicht. Eins davon habe ich für dich in Bern gefunden, aber das wird leider erheblich teurer.«

Der junge Polizist Dietrich kam gemächlich auf dem Fahrrad vorbeigeradelt, winkte und rief: »Herr Danilow, Sie machen ein Gesicht, als hätten Sie eine Million im Lotto gewonnen!«

Am Strand setzte sich Danilow in seinen Strandkorb, legte sich eine Decke über die Beine und bestellte einen Becher Glühwein mit Zitrone und Vanille – genau solchen Glühwein hatte er vor dreißig Jahren mit seiner Mutter in Nizza getrunken.

Sie war damals gerade aus Russland zurückgekehrt. Ihre Augen hatten geglänzt, sie hatte gelächelt und sowjetische Witze über Breshnew erzählt, die sogar sie als ausländische Touristin gehört hatte.

Sie hatte erzählt, dass sie es sich auch diesmal, genau wie bei ihrem ersten Besuch, nicht hatte versagen können, das Haus in der Zweiten Twerskaja aufzusuchen. Das Haus habe noch dagestanden, als wäre nichts passiert. Natürlich sei es gealtert, der Putz abgeblättert. Im dritten Stock, an den Fenstern ihres Zimmers, hingen gestreifte Vorhänge. Das Esszimmerfenster sei offen gewesen, auf dem Fensterbrett hätten Blumentöpfe gestanden.

Die Vorstellung im Theater an der Taganka sei großartig gewesen, besonders Wyssozki als Hamlet.

Sie hatte für ihren Sohn zwei Wyssozki-Kassetten gekauft, allerdings nicht in Moskau, sondern in Paris. Dann hatte sie lange und geheimnisvoll geschwiegen, bevor sie zum Wichtigsten kam.

»Fjodor hat gehalten, was er versprochen hat. Er hat es so eingerichtet, dass wir nebeneinander saßen, in der fünften Reihe im Parkett. Hier, das ist für dich vom Genossen General.« Sie nahm ein kleines Foto von Dmitri aus ihrer Handtasche. »Siehst du, er hat sich einen Bart wachsen lassen. Ich finde, das steht ihm. Und Vera ist schwanger, glaube ich. Sie sieht gut aus.«

Sie waren am leeren Strand spazieren gegangen. Niemand hatte gebadet, die Saison war längst vorüber. Es hatte starker

Wind geweht, genau wie jetzt hier, aber der Wind war nicht so kalt und scharf gewesen.

Er wusste damals nicht, dass sie nur noch zweieinhalb Monate leben würde, und er war nur für einen Tag gekommen. Sie hatte ihn nicht zum längeren Bleiben zu überreden versucht und ihm nichts gesagt. Gleich nach seiner Abreise war sie in die Klinik gegangen, die Operation war missglückt und hatte nur bestätigt, dass es keine Hoffnung mehr gab.

Aber an jenem Tag wäre ihm so etwas nie in den Sinn gekommen. Seine Mutter sah großartig aus mit ihrer schlanken Taille und ihrem geraden Rücken. Sie hatte ihr Haar immer lang getragen und zu einem Knoten gebunden.

Nur ein einziges Mal, noch in Moskau, hatte sie es abgeschnitten, das war 1920 gewesen, damals hatte sie Typhus. Er war noch ganz klein gewesen, drei Jahre alt. In seinen frühesten Erinnerungen sah er seine Mutter so vor sich – mit kurzem Haar. Eines Morgens hatten die Kinderfrau und er seine Mutter zum Dienst ins Lazarett gebracht. Als sie hineinging, hatte er ihr nachgeschaut, und daran erinnerte er sich bis heute. Der Wind hatte das kurze blonde Haar gezaust, genau wie bei dem Mädchen dort in der braunen, für dieses Wetter viel zu dünnen Jacke.

Das Mädchen stand ganz in der Nähe, mit dem Rücken zu ihm, und blickte aufs Meer. Ihr Gesicht konnte Danilow nicht sehen. Zwei Schritte von ihr entfernt telefonierte ein hochgewachsener Mann auf Russisch. Das Mädchen trug eine Aktentasche über der Schulter. Genau so eine hatte Danilow vor kurzem für Dmitri gekauft und Fotos hineingelegt, damit Sofie sie sah.

Der Mann steckte das Telefon weg, sagte etwas zu dem Mädchen, setzte ihr die Kapuze auf, und als sie Danilow ihr Profil zuwandte, konnte er ihr Gesicht sehen.

»Sofie«, sagte Danilow so leise, dass es bei den Möwenschreien und dem Meeresrauschen kaum jemand gehört haben konnte.

Doch er konnte nicht lauter sprechen. Seine Kehle war wie zugeschnürt.

»Verzeihung, was haben Sie gesagt?«

Nun stand sie vor ihm und sah ihn an.

»Sagten Sie Sofie?«, fragte sie auf Russisch. »Heißen Sie Michail Pawlowitsch Danilow?«

Moskau 1917/18

Am letzten Tag des Jahres tauchte in der Wohnung in der Zweiten Twerskaja ein Tannenbaum auf. Er war klein und dürr. Agapkin hatte ihn bei einem betrunkenen Soldaten an den Patriarchenteichen gekauft. Der Stamm war so dünn, dass er aus dem Ständer kippte und mit Lappen umwickelt werden musste. Sie holten den Baumschmuck hervor und zündeten Kerzen an.

Es war nach wie vor kalt, aber nun hatten sie noch zwei weitere Öfen. Brennholz war teurer als Brot, den Kleiderschrank hatten sie längst verheizt, nun war der alte zusammenklappbare Esstisch an der Reihe, der zwanzig Jahre in der Kammer gestanden hatte.

»Das wolltest du alles wegwerfen, Michail, den Schrank und den Tisch. Siehst du, man darf eben nie voreilig sein«, sagte die Kinderfrau Awdotja.

Als Nächstes sollte Awdotjas riesige Kommode verheizt werden. Sie hatte sie schon ausgeräumt und dabei eine Menge alter Kindersachen zutage gefördert, nun stopfte, nähte und strickte sie Sachen für den kleinen Mischa.

»Wer weiß, wann es wieder Kinderkleidung zu kaufen gibt, und Mischa wächst und wächst, kaum haben wir uns versehen, da wird er schon laufen, dann kommen Andrejs erste Schuhchen gerade recht.«

Mischa wuchs tatsächlich rasch und war Gott sei Dank nie krank. Tanja hatte genug Milch zum Stillen. In die Universität ging sie nicht, sie lernte zu Hause, bei zwei ausgezeichneten Lehrern, ihrem Vater und Agapkin. Auch Andrej klemmte sich hinter die Bücher und nahm mit Tanjas Hilfe den Gymnasialstoff durch.

Die meisten Lehranstalten waren zeitweise geschlossen. Es gab keinen Strom, es fuhren keine Straßenbahnen. Die Banken zahlten kein Geld aus und wurden von Sparern belagert, die hofften, wenigstens kleine Beträge abheben zu können.

Oberst Danilow stellte sich jeden Morgen in eine solche trostlose Schlange. Er besaß eine Spareinlage von zehntausend Rubeln, das war sein gesamtes Kapital. Jeden Tag hieß es, heute werde Bargeld ausgezahlt, aber die Bank machte nicht auf, am nächsten Tag öffnete sie zwar für ein paar Stunden, wurde dann aber erneut geschlossen, weil vor dem Hintereingang drei Panzerwagen mit Rotarmisten und einem Finanzkommissar vorfuhren. In der verschreckten Schlange wurde geraunt, ab Montag würde Geld ausgezahlt, aber nur die Hälfte des Betrags auf dem Konto. Die Hälfte war besser als nichts. Doch am Montag traten die Bankangestellten in einen Streik.

In der Nähe der Bank befand sich ein kleines Café, dort traf Danilow hin und wieder ehemalige Kameraden. Niemand von ihnen trug mehr Schulterstücke, denn dafür konnte man verprügelt oder gar erschossen werden.

Sie sprachen von der Bildung irgendwelcher Komitees, luden ihn flüsternd zu Versammlungen ein. Sie behaupteten, Kaledin sei mit Kosaken vom Don auf dem Weg nach Moskau, der Zar sei aus Tobolsk geflohen und kehre nach Petrograd zurück, und die Verbündeten schickten mehrere Armeen als Unterstützung. Zwei deutsche Korps seien unterwegs in die Hauptstadt, es werde Ordnung geschaffen, selbst die Deutschen hätten nun genug, in Petrograd gebe es bereits einen deutschen Stab.

Energische junge Männer setzten sich zu ihnen, forderten sie auf, für die heilige Sache der Verteidigung des Vaterlandes zu spenden und wollten ihnen dafür eine offizielle Quittung mit Stempel aushändigen.

Sweschnikow arbeitete in seinem Labor, benutzte statt der Krücken nun einen Stock und ging mit Agapkin immer öfter ins Lazarett. Zu operieren wagte er vorerst nicht, das Bein tat noch weh, er konnte nicht lange stehen, aber er untersuchte bereits Patienten, stellte Diagnosen und schaltete sich wieder in den gewohnten Rhythmus des Klinikalltags ein.

Päckchen mit Gaben von »Luka Tscharski« kamen nicht mehr. Das Haus in der Großen Nikitskaja war leer, Türen und Fenster waren vernagelt. Agapkin wusste, dass der Meister seine Familie auf die Krim geschickt hatte und selbst nach Petrograd gezogen war, um die Lage zu erkunden und neue Kontakte zu knüpfen.

Zu Weihnachten brachte ein Unbekannter einen großen Korb mit Lebensmitteln und entfernte sich ohne jede Erklärung rasch wieder.

Obenauf lag ein Kuvert mit einem Brief darin.

»Lieber Michail Wladimirowitsch!

Sie erinnern sich bestimmt nicht an mich. Im September 1917 haben Sie meinem Sohn, Leutnant Juri Gawrilowitsch Kornejew, das Leben gerettet. Er hatte eine Bauchwunde, alle Ärzte außer Ihnen hielten den Fall für hoffnungslos. Sie haben ihn operiert, und mein Juri hat überlebt.

Damals konnte ich mich nur mit Worten bei Ihnen bedanken, alles andere haben Sie strikt abgelehnt. Aber jetzt, da ich weiß, dass Sie verwundet sind, und unter den tragischen Umständen unserer Zeit wage ich zu hoffen, dass Sie sich nicht weigern werden, von mir und meiner Familie diese bescheidenen Gaben zum Heiligen Weihnachtsfest anzunehmen.
Mit tiefer Hochachtung
Marfa Kornejewa
Gott schütze Sie.«

Auf dem Boden des Korbes fand Awdotja noch einen weiteren Umschlag – er enthielt dreitausend Rubel.

»Natürlich erinnere ich mich an Leutnant Kornejew«, sagte der Professor, »für die Lebensmittel vielen Dank, aber das Geld – das ist zu viel.«

»Kornejew, Gorschanow & Co, die Schabolow-Brauerei in Moskau und noch ein Dutzend weitere in ganz Russland. Sie haben sich nicht das Letzte aus dem Herzen gerissen, das versichere ich Ihnen«, sagte Agapkin.

Er freute sich – hinter diesen Gaben steckte nicht der Meister.

Beim Weihnachtsessen wollten sie nicht über die Untaten der Bolschewiki reden.

Sweschnikow brachte einen Toast darauf aus, dass es im vergangenen Jahr trotz allem doch eine Menge glücklicher Ereignisse gegeben habe. Mischa sei geboren worden. Pawel sei lebendig heimgekehrt. Ossja sei in Jalta nicht vom Felsen gesprungen und habe sich von seiner plötzlichen Krankheit rasch erholt.

»Und dir hat die Kugel nicht den Knochen zerschmettert«, erinnerte Tanja.

»Das Haus ist nicht abgebrannt«, ergänzte Andrej.

»Und du hast endlich die französische Deklination gelernt«, sagte Danilow, »du hast dir deine Weihnachtsgeschenke also redlich verdient, schau mal unter den Baum.«

Andrej fand ein Flugzeugmodell, das wie durch ein Wunder in Danilows zerstörter Wohnung unversehrt geblieben war, und einen Globus.

Nun gingen alle zum Baum, raschelten mit Geschenkpapier, öffneten die Schachteln, bedankten sich, stießen Begeisterungsschreie aus und küssten sich. Sweschnikow zog seinen englischen Pullover über, Danilow ging seinen neuen Anzug anprobieren, Agapkin wickelte sich den weichen Schal um den Hals und bestaunte das Monogramm F. F. A. auf dem Deckel des silbernen Zigarettenetuis. Awdotja hüllte sich in ihr riesiges, schneeweißes Mohairtuch.

Tanja fand zwei Schachteln, auf denen ihr Name stand. Die erste war groß und flach und enthielt ein festliches Kleid aus dunkelrotem Samt. Die zweite war klein, und darin lag eine goldene Armbanduhr.

Wie, wo und unter welchen Anstrengungen sie das alles in der zerstörten, verarmten Stadt aufgetrieben hatten, daran dachte in diesem Augenblick niemand.

»Und wo ist das Geschenk für Mischa?«, fragte die Kinderfrau.

Sweschnikow lachte. »Mein Gott, der Junge ist zwei Monate alt, er wüsste es sowieso nicht zu schätzen.«

»Ich hab was! Ich habe ein Geschenk für Mischa! Wie konnte ich das vergessen?«, rief Andrej, lief in sein Zimmer und kam mit einer Mappe in der Hand zurück.

Sie enthielt ein Bild. Zum ersten Mal seit Monaten hatte Andrej keine Demonstration, keine Schlange vor einem geschlossenen Lebensmittelgeschäft und keine Schießerei gemalt, sondern das Meer, den Himmel, Wolken und eine aus grauem

Nebel hervortretende Sonne. Dafür hatte er seine letzten kostbaren Aquarellfarben verbraucht.

Am menschenleeren Strand standen zwei kleine Figuren.

»Das ist Mischa.«

»Und wer ist das daneben?«, fragte Tanja.

»Ich weiß nicht. Erst habe ich nur Mischa gemalt. Aber dann fand ich, dass er so einsam aussah und noch jemand bei ihm sein sollte.«

Sylt 2006

Subow wartete in der Hotelhalle auf Sofja. Sie war mit zu Danilow gegangen und hatte nicht gesagt, wann sie zurück sein würde.

Subow trank die dritte Tasse Kaffee, vor ihm lagen die Memoiren seines ehemaligen Kollegen, nun auf der zweiten Seite aufgeschlagen.

Es war bereits nach Mitternacht, und Sofja war noch immer nicht zurück. Colt rief an.

»Warum meldest du dich nicht? Was ist los bei dir?«

»Sie haben sich getroffen.«

»Und? Gibt er es heraus?«

»Weiß ich nicht. Sie ist noch bei ihm.«

In der Lobby war Rauchen verboten. Subow ging hinaus und traf auf Sofja.

»Für wie viele Nächte ist mein Zimmer gebucht?«, fragte sie und zündete sich ebenfalls eine Zigarette an.

»Warum fragen Sie?«

»Weil ich wahrscheinlich eine Weile dort wohnen werde.« Sie nickte in Richtung Parallelstraße.

»Sie können gleich morgen umziehen.«

»Danke.«

Eine Weile rauchten sie schweigend.

»Sofja Dmitrijewna, möchten Sie etwas essen?«, fragte Subow, als sie ins Hotel gingen. »Es ist alles schon geschlossen, aber ich habe verabredet, dass man hier in der Bar einen kleinen Imbiss serviert.«

»Nicht doch, Iwan Anatoljewitsch, ich musste den ganzen Abend essen. Ich bin sehr müde.«

»Konnten Sie denn etwas essen? Waren die Schluckkrämpfe vorbei?«

»Ablehnen war einfach unmöglich. Das hätte seine Haushälterin Gerda tödlich beleidigt.« Sofja lächelte und schüttelte den Kopf. »Keine Angst, ich gehe nicht sofort schlafen. Setzen wir uns kurz hin. Die Aufzeichnungen von Professor Sweschnikow und Muster des Präparats, an dem er gearbeitet hat, existieren tatsächlich. Es ist alles erhalten.«

»Das hat Danilow, Ihr Großvater, Ihnen erzählt?«

»Ja. Beinahe sofort. Er hat es mir erzählt und gezeigt.«

»Es ist alles bei ihm zu Hause?«

»Ja.«

»Wie hat er es Ihnen erklärt?«

»Er musste gar nichts erklären, im Gegensatz zu Ihnen hat er sofort gewusst, dass ich ohnehin Bescheid weiß. Ich verstehe nur eines nicht: Warum das ganze Theater? Erst mit meinem Vater, dann mit mir. Ich kenne die Leute nicht, für die Sie arbeiten, aber Sie machen den Eindruck eines durchaus vernünftigen Menschen. Hoffen Sie im Ernst, dass Professor Sweschnikow ein Elixier der ewigen Jugend erfunden hat?«

»Sagen wir es ein wenig anders, Sofja Dmitrijewna. Wir möchten es herausfinden, mit Ihrer Hilfe.«

»Und warum fragen Sie sich nicht, warum keines seiner Kinder oder Enkel diese Entdeckung nutzen wollte? Und was mit ihm selbst passiert ist? Wo die Menschen sind, die das Präparat an sich ausprobiert haben? Was haben Sie denn, außer vagen Aussagen über die Ratten, die der Professor 1916 in seinem Labor auf wundersame Weise verjüngt haben soll, und dem armen kranken alten Agapkin? Sind Sie sicher, dass seine Langlebigkeit wirklich mit dem Präparat zu tun hat, nicht mit der individuellen Veranlagung seines Organismus?«

»Diese Fragen könnten wir Ihrem Großvater stellen.«

»Nein. Leider nein. Nur Fjodor Agapkin, sonst niemandem. Aha, Sie sagen nichts.« Sofja lächelte schwach. »Darauf hat er Ihnen also bisher nicht geantwortet. Aber wenn es nur um Ratten ginge, würden wir beide vermutlich jetzt nicht hier sitzen, und mein Vater wäre noch am Leben.«

»Haben Sie Danilow vom Tod Ihres Vaters erzählt?«

»Nein. Ich konnte es nicht. Irgendwann werde ich es natürlich tun müssen. Aber jetzt noch nicht. Mag mein Vater für ihn noch eine Weile lebendig bleiben. Wissen Sie, was mich am meisten quält? Mein Vater hat Bim selbst davon erzählt. Er musste es einfach jemandem mitteilen, sich beraten, und Bim war ein enger Freund. Gleich nach seiner Rückkehr von hier ist mein Vater zu ihm gegangen. Ich kann mir ihr Gespräch lebhaft vorstellen. ›Bim, ich weiß nicht, was ich machen soll, was ich von all dem halten soll. Mein leiblicher Vater hat sich angefunden. Ich habe mein ganzes Leben ohne ihn verbracht, habe nichts von ihm gewusst, er ist eigentlich ein vollkommen Fremder, aber sein Gesicht ist mir so vertraut.‹«

»Was meinen Sie«, fragte Subow, »kann Ihr Vater ihm etwas von dem Präparat erzählt haben?«

»Natürlich nicht. Aber er hat den Namen Sweschnikow erwähnt. Das genügte Bim. Am nächsten Morgen gab er mir im Institut das Döschen mit den Vitaminpillen.«

»Sie sagten, Sie hätten die übrigen Kapseln zur Analyse gegeben.«

»Es ist keine offizielle Analyse.«

»Wer nimmt sie vor?«

»Meine Freundin, eine ehemalige Kommilitonin, sie heißt Oxana.«

»Wo?«

»Bei uns im Institut, in der Abteilung für organische Chemie.«

Subow reichte Sofja einen Notizblock und einen Stift. Sie schrieb ihm Oxanas Namen und ihre Telefonnummer auf und murmelte plötzlich kaum hörbar: »Mein Vater hätte das Präparat niemals erwähnt. Sie haben ihm doch gesagt, dass er darüber nur mit mir sprechen darf.«

Subow erstarrte mit dem Notizblock in der Hand und fragte: »Wie bitte?«

»Sehen Sie mich nicht so erschrocken an, Iwan Anatoljewitsch. Ich weiß, dass mein Vater an seinem letzten Abend mit Ihnen im Restaurant war.«

»Wann ist Ihnen das klar geworden?«

»Schon gestern. Im Taxi, auf dem Weg vom Flughafen. Da haben Sie genauso geschaut wie jetzt. Keine Angst, ich habe keinen Augenblick lang gedacht, dass Sie meinen Vater getötet haben könnten.«

»Danke.« Subow lächelte. »So was, und ich dachte, ich hätte mein Gesicht vollkommen unter Kontrolle. Offenbar bin ich nicht mehr recht in Form.«

»Sie sind einfach ein lebendiger Mensch und kein Roboter. Kann ich jetzt schlafen gehen, Iwan Anatoljewitsch? Mir fallen die Augen zu.«

»Ja, natürlich. Mir ehrlich gesagt auch. Nur noch eine letzte Frage: Sind Sie bereit, an der Erforschung des Präparats zu arbeiten?«

»Was bleibt mir übrig?« Sofja lächelte traurig. »Michail Sweschnikow ist mein Ururgroßvater.«

Erschöpft ging sie in ihr Zimmer. Sie war hundemüde, zwang sich aber, den Computer einzuschalten, bevor sie unter die Dusche und ins Bett ging. Sie musste Nolik schreiben, wenigstens kurz, ausführlich dann morgen.

Von ihm waren drei E-Mails gekommen, eine von Oxana.

»Sofie, entschuldige, ich bin total überlastet. Deine Kapseln habe ich mir natürlich sofort angesehen. Das ist irgendwas Merkwürdiges, aber ganz bestimmt keine Vitamine. Mein Chef, das Monster, kontrolliert mich ständig, so dass ich im Moment nichts nebenbei machen kann. Ich weiß, dass du es schnell brauchst, darum habe ich die Kapseln Bim gegeben. Er war heute im Institut. Ich habe ihm alles erklärt, und er hat versprochen, es rasch zu erledigen und dir einen ausführlichen Bericht zu schicken.«

Moskau 2006

Subows Anruf erwischte Pjotr Colt im Stau.

Er hörte sich Subows knappen Bericht an, bat seinen Fahrer, zu wenden und wieder in die Brestskaja zu fahren, und erledigte unterwegs noch einige Anrufe.

Agapkin saß noch immer am Computer, seine welken Finger huschten über die Tasten. Er empfing Colt mit einem spöttischen Lachen.

»Kannst du nicht schlafen, Pjotr, hast schon Sehnsucht nach mir?«

»Was kannst du mir über Melnik erzählen?«, fragte Colt und sank schwer in einen Sessel.

Bevor der Alte antwortete, blickte er lange schweigend auf den blinkenden Bildschirm, dann schaltete er den Computer aus, sah Colt an und sagte langsam: »Melnik war nicht immer ein Stümper. Er hatte zweifellos Talent, er hätte etwas erreichen können in der Wissenschaft, aber jetzt ist er eine Null. Ich rate dir also ab, ihn in die Arbeit einzubeziehen.«

»Aber er ist Professor, habilitiert, er hat viel publiziert, er redet im Fernsehen, fährt auf internationale Kongresse.«

»Sein Leben lang beschäftigt er sich mit Biologie, Chemie und Pharmazie. Er hat große Pläne. Er will ein Jugendelixier entwickeln, den Nobelpreis bekommen, weltberühmt und märchenhaft reich werden. Das ist für ihn kein abstrakter Traum, er arbeitet hartnäckig für sein großes Ziel. Aber er entwickelt immer nur Gifte. Er hat noch kein einziges Medikament erfunden, das helfen, heilen, Schmerzen lindern kann. Und für ein Gift, und sei es noch so ungewöhnlich, wird er kaum jemals den Nobelpreis bekommen.«

»Ungewöhnlich?«, fragte Colt leise. »Was meinst du damit?«

»Mitunter entwickelt er überraschende Kombinationen, wie zum Beispiel sein letztes Produkt, Rofexid-6. Ein Medikament gegen Arthritis. Im Geheimlabor des Innenministeriums hätte man dieses Präparat sicher zu schätzen gewusst. Nach einem Stoff mit genau diesem Effekt hat man dort lange gesucht. Natürlicher Tod durch akutes Herzversagen, keinerlei Anzeichen für eine Vergiftung, keinerlei Nachweis bei der Obduktion. Und Melnik hat ihn entwickelt, allerdings rein zufällig, ohne jede Absicht. Ihm ging es wirklich um ein gutes, sicheres Medikament.«

»Darf ich rauchen?«, fragte Colt.

»Bitte.« Der Alte nickte. »Manchmal mag ich den Geruch.«

Colt stand auf, ging zum Fenster, öffnete es und zog gierig an der Zigarette.

»Was meinst du, Fjodor, kann er dieses Rofexid-6 mal benutzt haben?«

Der Alte schwieg quälend lange, ächzte, bewegte die Lippen und streichelte den grauen Kopf seines Pudels Adam. Der Hund hatte sich neben ihm im Sessel zusammengerollt, war eingeschlafen und schnarchte wie ein Mensch. Colt wartete geduldig und schaute aus dem Fenster.

Colt drückte seine Zigarette aus, ging zu Agapkin und drehte dessen Sessel so abrupt um, dass Adam aufjaulte und hinuntersprang.

»Erinnere dich bitte, hast du in seiner Gegenwart irgendwann einmal erwähnt, dass Sofja Tanja ähnlich sieht?«

Der Greis öffnete den Mund, sein Kopf begann heftig zu zittern, seine Finger krallten sich in die Armlehnen. Seine Lippen waren ganz blau, die Augen eingefallen.

»Ruhig, ganz ruhig«, murmelte Colt erschrocken, »Fjodor, es ist nicht deine Schuld, das konntest du nicht vorhersehen, niemand konnte das, nicht einmal ich. Sieh mich an, Fjodor! Buton! Komm her, schnell! Tropfen, Nitroglyzerin! Den Notarzt!«

Buton kam herbeigerannt, stürzte zu dem Alten, legte den Finger an seinen Hals, hob ein Augenlid an, griff nach seinem Handgelenk und prüfte den Puls.

»Nicht weiter schlimm, Pjotr Borissowitsch, wir brauchen keinen Notarzt. Er kommt von selber wieder zu sich, das hat er öfter, wenn er sich sehr aufregt. Ich mache mal das Fenster auf, wenn Sie gestatten. Er muss nur tief durchatmen, ein bisschen Baldrian nehmen, und alles ist wieder gut.«

Kalter Wind wehte herein, blähte die Vorhänge und schlug die Tür zu. Buton tropfte Baldrian in ein Glas und flößte ihn dem Greis vorsichtig ein.

»Möchten Sie eine Decke?«

Agapkin bewegte die Lippen und gab einen kurzen, pfeifenden Laut von sich.

»Was?«, fragte Colt. »Was ist? Rede!«

»Sofja!«, sagte Agapkin deutlich.

Colt ließ sich langsam neben dem Sessel auf den Teppich sinken.

»Mein Gott, ich Idiot! Fjodor, hörst du mich?«

Der Greis öffnete die Augen, sah Colt von oben herab gelassen an und sagte: »Brüll nicht so. Ich bin nicht taub. Ich höre dich.«

»Mit ihr ist alles in Ordnung, reg dich bitte nicht auf, sie lebt.«

»Haben sie sich getroffen?«

»Ja.«

»Hat sie ihm das mit Dmitri schon gesagt?«

»Nein. Sie konnte es noch nicht.«

Moskau 2006

Die Tasche war fertig gepackt. Kira hatte die fehlenden Kleinigkeiten für ihren Mann gekauft. Boris war am Morgen ins Institut gefahren. Er gönnte sich keinen Tag Pause, nicht einmal am Sonnabend vor seiner Abreise.

Sie erwartete ihn zum Abendessen.

Der Ärger wegen des Lammfellmantels war verflogen. Sie konnte ihm nicht lange böse sein, sie redete sich ein, dass ihr alter Mantel schon noch eine Saison durchhalten würde. Jetzt würde Boris für seine Arbeit endlich anständig bezahlt werden, und dann würde sie ganz in Ruhe kaufen können, was ihr gefiel.

Die Wohnung müsste renoviert werden, die Sanitärtechnik ausgewechselt, die Decken geweißt. Und sie müssten endlich mal Urlaub in einem richtigen europäischen Kurort machen.

Kira beschloss, die Pfifferlinge zu braten, die seit August in der Kühltruhe lagen. Sofie und Vera würden mit Sicherheit nicht mehr kommen. Sofie war abgereist, und auch Vera würde bald wieder nach Sydney zurückkehren. Gäste waren in nächster Zeit nicht zu erwarten, aber einen Anlass für ein festliches Abendessen hatten sie zweifellos.

Boris kam pünktlich aus dem Institut. Er fühlte sich noch immer schuldig.

»Mach dir keine Sorgen wegen des Mantels«, sagte Kira, »das spielt keine Rolle, jetzt, wo sie sich endlich gemeldet und dich eingeladen haben. Lass uns gleich essen und dann schlafen gehen. Dein Flug geht um sieben, das heißt, du musst kurz nach vier losfahren.«

Er murmelte etwas, nickte zerstreut und ging sich die Hände waschen. Kira stellte eine sorgsam gehütete Flasche Kognak auf den Tisch, band die Schürze ab, richtete ihre Frisur und schminkte sich sogar ein wenig die Lippen, was sie sonst zu Hause nie tat.

Im Fernsehen lief eine politische Talkshow. Boris hörte aufmerksam zu und schaute auf den Bildschirm. Kira wartete nicht, bis er den Kognak einschenkte, sondern tat es selbst.

»Auf dich, Boris. Auf dein Talent, auf deine hartnäckige Arbeit und darauf, dass deine Verdienste endlich anerkannt werden.«

Er stieß wortlos mit ihr an, ohne den Blick vom Bildschirm zu lösen. Die Show war langweilig, obwohl die Gäste und der Moderator sich redlich mühten und brüllten wie Marktschreier. Boris hatte sich nie für Politik interessiert, eigentlich interessierte er sich für nichts außer seiner Biologie.

»Kann ich ausschalten?«, fragte Kira.

Er nickte gleichgültig. Der Bildschirm erlosch, doch Boris starrte noch immer gebannt darauf. Kira hatte längst aufgegessen, seine Pilze aber lagen unangerührt auf dem Teller und wurden kalt.

»Probier doch wenigstens mal«, sagte Kira ein wenig gekränkt, »du hast doch den ganzen Tag nichts gegessen, und ich habe mir solche Mühe gegeben.«

»Entschuldige, ich kann nicht.« Er stand auf. »Ich bin furchtbar müde.«

Erst jetzt bemerkte sie, wie sehr er in den letzten Tagen abgebaut hatte. Seine Tränensäcke waren dunkel und geschwollen, die Wangen eingefallen.

»Boris, wenn du wieder zurück bist, musst du gleich zum Arzt gehen, du siehst schlecht aus.«

»Ja«, antwortete er und ging in sein Arbeitszimmer.

Kira räumte den Tisch ab, spülte das Geschirr, füllte die Pilze in einen Topf, stellte ihn in den Kühlschrank und schaute zu ihrem Mann hinein.

»Schicken Sie dir wenigstens einen Wagen? Oder soll ich ein Taxi bestellen?«

»Sie schicken einen Wagen. Geh schlafen.«

»Mach nicht mehr so lange, Boris. Ich stelle den Wecker auf halb vier.«

»Gut. Schließ die Tür.«

Sie küsste ihn auf die unrasierte Wange und ging. Ihr fielen die Augen zu, sie wollte früh ins Bett gehen. Auch wenn sie ihn nicht zum Flughafen begleitete, musste sie mit ihm aufstehen, ihn verabschieden, und danach würde sie vermutlich nicht wieder einschlafen können. Morgen war Sonntag, da musste sie nicht zur Arbeit, aber im Laufe der Woche hatte sich im Haushalt einiges angesammelt.

Als der Wecker klingelte, sah Kira, dass ihr Mann nicht neben ihr lag.

»Er ist schon aufgestanden«, murmelte sie und rief: »Boris!«

Keine Antwort. In der Wohnung war es still und dunkel. Nur durch den Spalt unter der Tür zum Arbeitszimmer fiel ein Streifen Licht.

Boris saß noch immer im Sessel, den Kopf in den Nacken gelegt.

»Er ist hier eingeschlafen«, seufzte Kira, »ich hätte ihn ins Bett bringen müssen, er konnte sich doch kaum noch auf den Beinen halten.«

Auf dem kleinen Brett der Stehlampe entdeckte sie ein leeres Wasserglas und ein Pillendöschen. Das Beruhigungsmittel, das Boris ihr bei der Totenfeier für Sofie gegeben hatte.

»Ach, ich durfte sie nicht nehmen, aber du schon?«, knurrte Kira. »Komm, wach auf, es ist Zeit.«

Sie berührte seine Schulter, schüttelte ihn und wiederholte immer wieder dumpf: »Boris, Borenka!«

Er war noch warm, als der Krankenwagen kam. Der Arzt schickte die gelben Kapseln zur Analyse.

Am gerichtsmedizinischen Institut wurde festgestellt, dass die Kapseln eine komplexe Kombination aus pflanzlichen und tierischen Stoffen enthielten, die eine toxische Wirkung auf das Herz hatte. Der Tod durch Herzversagen konnte nach einigen Tagen oder einigen Stunden eintreten, je nach Dosierung.

Einer der Experten erinnerte sich, dass ein solches Präparat ein Jahr zuvor als neues Medikament der Gruppe Herzglykoside zum Patent eingereicht werden sollte, doch die Nebenwirkungen waren so erheblich gewesen, dass die Versuche eingestellt worden waren. Geleitet hatte sie der Biologe Professor Dr. Dr. Boris Iwanowitsch Melnik.

Moskau 1918

Den Rest des Winters über verbrachten Professor Sweschnikow und Fjodor Agapkin erneut ihre gesamte Freizeit im Labor.

»Wir treten auf der Stelle«, sagte Agapkin, »wir können noch ein Dutzend, noch hundert Ratten impfen, mit dem gleichen Ergebnis. Jede dritte Ratte überlebt und wird verjüngt. Die übrigen sterben. Ich glaube, wir werden nie verstehen, warum.«

»Ja«, bestätigte der Professor, »das kann Jahre dauern. Wir müssen in Ruhe beobachten, genau untersuchen, Gesetzmäßigkeiten finden.«

»Bislang sehe ich nur eine Gesetzmäßigkeit. Die Ratten, denen Sie das Präparat injizieren, werden gesund und überleben. Meine krepieren.«

»Entschuldigen Sie, Fjodor, das ist ein seltsamer Aberglaube von Ihnen, sonst nichts. Ihre Bisswunde am Finger blutet übrigens schon wieder. Wollen Sie behaupten, das sei auch eine Gesetzmäßigkeit? Dass Grigori eine persönliche Antipathie gegen Sie hegt? Dass er sie extra so gebissen hat, dass es nicht verheilt?«

»Ich weiß es nicht.«

»Aber ich weiß es. Wie oft waschen Sie sich im Lazarett die Hände? Sie bearbeiten sie ständig mit Ethanol oder Jod. Desinfektion ist natürlich notwendig, aber wie alles in der Medizin hat sie auch einen gegenteiligen Effekt. Die Haut trocknet aus. Der natürliche Schutzmantel wird zerstört, und darum verheilt Ihre Wunde nicht.«

»Und wie weiter?«

»Reiben Sie die Hände jeden Abend mit Sanddornöl ein. Ich glaube, wir haben noch ein Fläschchen.«

»Davon rede ich nicht. Nicht mehr lange, und es wird eine richtige Hungersnot geben. Wir haben schon jetzt nicht mehr genug Futter für die Ratten. Was tun, wenn eines Tages alle krepieren?«

»Sie machen sich Sorgen um die Ratten, Fjodor? Haben Sie keine Angst, dass uns dasselbe Schicksal droht?«

»Alles, was wir von dem Präparat noch haben, steckt im Grunde in den Ratten. Ohne sie können wir nichts reproduzieren.«

»Darum machen Sie sich mal keine Sorgen. Sehen Sie die drei dunklen Gläschen? Eins enthält Sand, die beiden anderen nichts als getrocknete Rattendrüsen. Ich habe sie vakuumversiegelt. Aber ich glaube, das wäre gar nicht nötig. Ihnen ist egal, wo sie leben. Die Zysten können in jedem beliebigen Milieu unendlich lange überdauern, sogar wenn sie gekocht oder tiefgefroren werden. Nur für uns sind Hunger, Kälte, Verhaftungen und Erschießungen lebensbedrohlich. Die Zysten warten einfach seelenruhig ab, fünfzig, hundert, tausend Jahre, und erwachen wieder zum Leben, wenn sich die richtige Gelegenheit ergibt.«

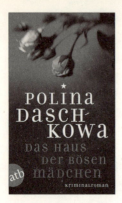

POLINA DASCHKOWA
Das Haus der bösen Mädchen
Kriminalroman
Aus dem Russischen
von Ganna-Maria Braungardt
400 Seiten
ISBN 978-3-7466-2617-8
Auch als E-Book erhältlich

»Atemberaubend gut.« FREUNDIN

Eine Frau wird mit 18 Messerstichen ermordet. Die vierzehnjährige Ljussja behauptet, die Tat begangen zu haben, und liefert sogar die Mordwaffe. Doch Ermittler Ilja Borodin glaubt nicht an ihre Schuld. Die Serie blutiger Morde setzt sich fort. Eine heiße Spur führt in ein angesehenes Kinderheim – hier lebte auch Lussja. Borodin deckt ein gefährliches kriminelles Netzwerk auf.

»Daschkowas Krimis machen süchtig.« SÄCHSISCHE ZEITUNG

Mehr Informationen erhalten Sie unter www.aufbau-verlag.de
oder in Ihrer Buchhandlung

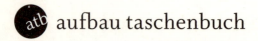

POLINA DASCHKOWA
Die leichten Schritte des Wahnsinns
Kriminalroman
Aus dem Russischen
von Margret Fieseler
454 Seiten
ISBN 978-3-7466-2372-6
Auch als E-Book erhältlich

»Unglaublich dicht und spannend!« BRIGITTE

Bravourös meistert die Journalistin Lena ihren Alltag – bis ihre Freundin Olga mit einer Hiobsbotschaft auftaucht. Ihr Bruder, ein Liedermacher, hat sich angeblich im Drogenrausch erhängt. Aber ausgerechnet, als er Aussicht auf einen Plattenvertrag hatte? Lena stößt auf Ungereimtheiten. Wenig später wird ein Anschlag auf sie und ihr Kind verübt.

»*Dieses Buch ist ein Meisterwerk.*« LITERATUREN

Mehr Informationen erhalten Sie unter www.aufbau-verlag.de
oder in Ihrer Buchhandlung

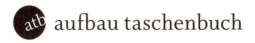